中如珠宝店

陈家桥中短篇小说集

陈家桥　著

合肥工業大學出版社

目　　录

史 教 授

1

经济系主任李淑贤亲自参加了关于经济系举办月末舞会的讨论会。李淑贤号称经济学教授，其实那不过是他凭教龄所轮到的一个职称。但李淑贤年龄过大，已过六十五，由于系里无人能顶替他这个职位，因而他就德高望重地坐在主任的位子上。舞会是以青年为对象的活动，本来是学生们自发组织的，后来团委参加进来，再后来主管宣传的一位同志也来参与，加上系里的风气是好的，所以各方面都积极地动起来了。经济系舞会的形势是紧张的，由于统计系会计系审计系已经连续多次成功地举办了月末舞会，这使这次月末舞会显得特别抢眼，经济系已经三次主办失败，这一次全系破釜沉舟，争取办好它。系主任李淑贤的开场白十分有力，我们要把这次舞会办成一次真正有质量的舞会，我个人以人格担保，我是重视它的，至于怎么办，那需要集中大家的意见，最终我们要拿出一套新奇的方案。目的只有一个，那就是让所有的人都来参加舞会，要在数量和经济上都压倒前几次舞会。这是经济系的责任。至于学院方面，我已跟那边的领导磋商，希望他们在经费上能预期拨款，所以在音响设施场地和服务上，我们不存在严重问题，现在所要做的就是想出特别的办法来。众人的思想都在转动。我坐在最里边，我对李淑贤的话很有感触。系主席台下的花盆里飘出一小股烟，那是左边第四个领导抛下的烟头，尽管他只是个学生代表。还有许多人要求发言，人们都在回顾着前几次失败的教训，不论是哪方面都存在问题，那么第一步就是要把出现过的问题都解决掉，第二步才是开动大家的思想。我也有思想，尽管我在承办舞会这件事上只是一个办事员，但我的好友，叶童，却是这次舞会的重要角色，他也是学生，他负责舞会的具体操办。系里对他十分器重，而他又进一步地委任于我。会议室隔壁是厕所，厕所里有人在放声地歌唱，李淑贤对此大为恼火。他一怒之下离开了会议室，走出门时，他否定了另一个后随者的舞蹈动作，他说，你们记住，不仅仅是交谊舞，它还是经济舞。于是，在李淑贤走后，大家就在议论，什么叫经济舞呢？至少它是经济系主办的舞，要有经济特色。统计系的一千人，会计系的一千二百人，审计系的八百人，他们都不懂这个提法，因为经济系是学院里的主流之系，我们的舞会现在是无限地玄妙了。叶童把笔记本整理好，在系部三楼的拐角，两只小鸟机灵地飞过，还有马桶的抽水声，再往外是下坠的空间。

在第八个办公室和第九个办公室间的门廊上，有五根绳子，这是备用绳子，在绳子上拴了七只黑色的梧桐球，我们称之为七个点，如果七个梧桐树球动起来，那就是五线谱。我对音乐的理解还算准确，而叶童心机很深，他是学问很深的研究生，我是保送的研究生，我们对音乐的理解不一样，但这一次音乐有什么意义呢？对舞会来讲，音乐是第一次要的，我们必须想到人，而且我们要琢磨他，现在的人跟过去不一样了，他们不像人，都像比人还要能玩的动物，为什么呢？因为钱。李淑贤还有张敏都很清楚，别的系在办舞会这个问题上挣了不少钱，为什么经济系要落后呢？这个具体的数目可以通过计算得出来。数目不大，但很有象征意义。叶童是个创收理论者，必须通过舞会来赚钱。在我们四十米开外的一座楼前，有两个人弄响了他们口袋里的硬币，他们是别的系里的进修生。我问叶童，你还记得倒数第三次舞会上那两个摔倒的恋爱者？叶童反问，你能肯定他们是恋爱者吗？我说，我听见他们倒下时发出的叹息，还有众人的叹息，是我们的舞会葬送了他们的美好感受，他们现在分手了。叶童说，那我就不管他们在之前是否是恋人了。一次失败的舞会主要由于舞会之前的准备工作没做好，跟舞会现场的情况关系不大。舞会是主办者思想的体现。

谁办的舞会？一个走路的学生在问。

我说，经济系。

那你是什么人物？

我说，我正在筹备舞会。

叶童、张烽、曹卫东还有四个女人一起走进浴室，又在男女两道门之间分开。我加入男人的行列，我来得晚了点。

我说，人们在逼我。

谁呀？

我说，可能会去跳舞的人。

在水里有金钱的回忆，水很烫，使人的皮肤灼热难忍，想到了钱那冰凉的性质，就靠在男人的腿根，缓解我们此时的压力。另两个朋友为叶童搓背，我睡在蒸汽的木栅栏上。还有许多阴影在雾气中活动。金币闪烁的光色在头脑里掠过。不能再紊乱下去了，我坐起来，看见另三个男人走出了浴池，雾气越发浓重，此时思想的光芒远不及金币的辉煌，我挥起手，想到了痛苦生活中旧人类的眼泪，而我所能做的，首先是思考舞会的出路。这次艰难的筹备使叶童双目干涸，他躺到了那张椅子上，一觉睡去。在天花板和巨大的水管之间，没有昆虫和蝇，只有水滴，舞会上的旧人类无比残酷，因为他们热爱了经济系的舞会，那是一种偶然，他们的音符好些？气氛好些？还是他们找到了舞会的精神支柱？浴室里有人在跳动，那是被开水冲击的愤怒，更多的学生，一般是本科生，料定了冷水更好，都退到凉水那一排去。我跟叶童抽起烟。张烽、曹卫东掩面而卧，四个老人站在面前，预备给我们修脚，我们拒绝，经济系所有学生的纸币如果泡到浴池里，都会变成废纸，这就是真理，现在为他们考虑吧，这是金钱的荣誉，为什么有思想的一批人能把舞会办好呢？

2

四个系办舞会用的都是以前的大食堂，现在它改成了一个多功能的礼堂，由于建筑物偏旧，平时紧紧地锁着，在我印象中，每次都是办舞会才去使用它。今天已经是七号，我和叶童到礼堂去。十七个女生已经在礼堂里摸到了各个吊灯的开关，它们分别隐藏在窗幔的根部。十七个女生拉亮吊灯，从礼堂的顶部传来喧哗声，那是一些飞舞的虫子，它们将扑向屋顶的亮瓦。如果仔细地搜寻，才会发现总务处的人也在礼堂的前部，他们为了卫生而来，沉浊的气息，渐渐四散，光线带进了新鲜感。我们对礼堂是熟悉的，我记得那对倒下去的跳舞者确实是恋人。曹卫东和他带来的几个人后期赶到，专门察看那道检票木门边的扶手，可以想象假如来者踊跃，将有多少人沉醉于这个入口。在月末的舞会上将会上演众人的激情。但愿这不仅仅是梦想。说到底，老师们对这件事并不特别关心，因为，年轻人还是以学生居多，虽然系主任亲临了讨论，但毕竟讨论会没有结果，倒是一到四年级的本科生已在广泛地开展民主测验，希望能选出一套方案来，至于我们这百把个研究生只好埋头小圈子中，以新奇的思路来捕捉舞会有可能展现的光影。这种预测是困难的。叶童是在击败四个有头脑的同学之后才最终被委任为筹备会的负责人的。他为此丢下了正在进行的论文提纲，专心办起舞会来，再说那些女生毕竟是舞会在月末的光荣的主人，她们对地面都有研究，特地穿上白色的高跟鞋，刻意地模仿着月末才有的旋转。如果不是与别的系部的竞争，我想她们的腿不会在旋转时显出一种仇恨的青春。回忆统计系和会计系的做法，其实也没别的，关键是他们找到了舞会的主题，这使大众都愿意到舞会中来，说到根处，也就是舞会上能找到他们想要的东西，这就是一致的激情。但是他们的做法，已经过时，我们无法模仿，我们所要做到的就是把更多的人调动起来，让他们在交谊时想到一种永恒的感情，想到他们只有在舞会上才能体会到的意味来。在礼堂里沉浸久了，就会使浑身洋溢着在低空飞旋的感觉，叶童最先从礼堂里出来，他稍稍乐观了一些。我们几个人达成了一致意见，那就是我们要为舞会找到一个从未有过的核心，凡是别人所能做到的，我们都不做，我们要给舞会一种新的境界。现在是六月天，天空晴朗，男人们此刻都穿着短裤，我们想到他们在舞会上将要套上西裤忍受燥热，而女人们将会疯狂地抑制着她们的热，她们将使舞会回到友谊上。但前提是，舞会必须有吸引力。

精神上的盛况将在月末舞会上出现，而继之以门票的收入，我们相信二者是统一的。经济系人员众多，况且叶童也非平庸者。我去买了一条烟，拿到广播室左手的一间教室里，我们坐下来想办法。有两个很胖的女生趴在玻璃窗外偷看我们的研究，我示意她们走开，结果她们买来了西瓜。虽然音乐是次要的，但曹卫东还是首先提到了音乐，我想他是为了缓解我们的心情。他构思了舞曲的步骤，应该是有松有弛。比如外国的激进的曲子，比如民乐中的缓慢的调子，但如何搭配呢？

在礼堂播放音乐是简单的任务。

它们将从导线传到四个巨大的音箱中，每个音箱的颜色都是黑的。

在对音乐的议论结束之后，张烽讲到了态度问题，于是我们竭力在印象中寻找几个俊丽的看门者，她们将是本系最有实力的美貌的女子，至于她们的理论和成绩，我们暂且不管，这是对现场的一种猜测，或许她们迟早也会主动申请来看门的。而搭建场地需用的劳力将从几个爱好篮球的高个子那里争取，他们将把适当的布标和背景的吊灯挂到各自的位置上。现在，我们再不能虚度光阴，月末很快就会到来，我们得为舞会找到命脉，并且它是新的，是致命的激情，是所有人都会欢呼的。我们感到如果在舞会上能出现奇景就好了，也就是说当人们正在跳舞时，突然有人与众不同，对所谓的交谊舞发表高见，那么舞会也不失精彩，但问题是舞蹈已经开始，人们还有胃口吗？再说，谁能在交谊舞的过程中脱颖而出呢？我们也想到了羊，或者说某种温顺的动物，假如它出现呢，是否给舞会增加了另类的光彩？但动物如何与人共舞，而且动物又怎能理解我们这复杂的欲望呢？张烽建议可以邀请所有的男人都在跳舞时吸烟，主题是反对烟草，但女人怎么办？女人们如何抵制，让所有的女孩都不穿丝袜，主题是回归自然，行吗？我认为其他系的女生肯定会拒绝这种做法，丝袜的广告词就是吸引与吸引力，褪下丝袜的女生如何传达她们青春的舞步呢？叶童说现在不能对舞会的整体作巨大变革，只能独辟蹊径，想出与舞会以往的经验不同的招数才能驾驭这样的舞会，再说这是经济系的舞会，李淑贤也表了态，完全可以从经济系的角度来想办法。大家都在叹气，说到底，我们四个与会者都清楚，咱们男人在交谊舞中只是配角，风采还是女人的，要想使舞会真正与众不同，还是必须从女人那儿打开突破口，但女人一般不会主动，她们是舞会中的高傲的主人，如何利用她们？我们只是想到了个别的女人，想到某个仙女，或某个无与伦比的女人，她号召了舞会的所有跳舞者，并且在这之前，她就吸引了这些男人和女人。

抽掉五包烟之后，从我这个位置斜着向上看，能数清月光下的五十六片叶子，再往上是遥远地伸上去的树干。月亮使这个小房间布满了朦胧的雾气，四个人中有三个人都在打哈欠，只有叶童闭上眼睛，玻璃上没有了探视的脸，所谓的月光也潜藏起来，叶童说他想做梦，另三个人合上笔记本，准备回宿舍睡觉。叶童和我同宿一屋，我先站起来，拎着我们的水瓶。叶童对曹卫东说，世上有真正的仙女吗？张烽很疑惑，他对叶童说，你千万别为舞会把你头脑给逼疯了。在我走到过道里时，听到叶童在喊，陈文，你快回来。我老老实实地放下开水瓶。叶童郑重地说，今晚我们四个人必须想出办法来，明早再碰头，把办法给定了。靠一个晚上，晚上有什么呀？叶童说，我要求我们四个人今晚必须做一个梦。梦他妈的一个仙女出来，让她到舞会上来，有了仙女的舞会怎么说也差不到哪去。我拍手叫好，另两个人也拍手，随即笑倒在椅子上。那晚叶童很晚才回来睡觉，我因为主动做梦的要求而不能入睡，叶童回来时也不跟我讲话，他放下蚊帐，拉亮手电筒，他照着他自己的眼睛。第二天早上，我们在新食堂边的洗水池那儿碰面，张烽最先到，他把他的梦写在纸上，叶童看了一下，摇摇头，把纸条交给我。后来曹卫东也来了，他的梦中出现了一个仙女，但那个仙女似乎是男人变的，说实话，我们四个人恐怕都没有睡着，我们大约只是在天亮时那难熬的困顿中闪现了一个仙女，当然各人的仙女都不一样。我说，我想到了一个仙女，可她不抹口红，胳膊很粗，可恶的是她拄着拐杖，说着山东方言。叶童用凉水冲脸，太阳还没有完全跳出地面，许多学生往操场那边跑去。叶童把我们拉到拐角，那儿避风，他小声地跟我们说他真的梦到了一个仙女。谁？我们紧张地问。他说，跟你们一样，我也对仙女不抱希望，我只是刻骨铭心地想一个人，结果我把她想出来了，至于她的名字你们都知道。那不是仙女了？我问。他说，当然是一个活人了。曹卫东猜可能是个美丽的时髦女子？叶童说，不是。我们觉得叶童太感人了，他为舞会简直是奉献了一切。叶童说，我在天亮时才定她的，她就是著名的女经济学家史翠。史翠，我们重复着这个名字。史翠是经济期刊常出现的封面人物，因为她所提出的新颖的经济观点，目前在经济界威望颇高，加之她是经济学界中少有的女流之辈，因而格外引人注目。张烽说，让一个经济学家来出席舞会这有用吗？谁能保证她一定会来呢？史翠远在北城，距我们几千公里，而且她公务缠身，又是名人，倘她是真能出席舞会，也算是一个新闻。目前困难的形势容不得我们犹豫，事情也就按叶童的意思定了。要想请史翠，就必须让经济系出面，甚至学院也得出面，至于她来了以后怎么安排整个舞会的局面，那是后话，现在首要的任务是把她请来，让她定下月末到我们院里来，到舞会上来。请史翠的事叶童就交给我去办，一旦这事落实到我头上，我不但不觉荒诞，相反，我对史翠一下子就有了好感，史翠其人在我们经济系无人不知，因为她曾到学院作过小型报告，当时我作为尖子生倾听过她的演讲，现在对她有一些感性的记忆。她有四十多岁，脸相看上去还行，身体有些丰满，因为那时史翠与我和舞会没有关系，所以没想别的，现在一想到要把史翠请到舞会上来，身体就有别样的感觉。叶童安排任务之后，就和张烽到女生宿舍楼去挑选把门的女神，我飞速地喝完稀饭，走向图书馆，我把史翠的资料都找来了，我对她那冗长的论文没有兴趣，倒是刊于封面和封二的那些照片吸引我的注意，研究她的照片才得出一个结论，这是一个未婚的中年女人，原因是她所有图片上都未出现家庭的痕迹，另外从一篇很短的财经日报上的采访来看，她也谈到个人生活的一些乐趣。请一个单身女人到舞会上来这不算跑题。我把图片拿到复印室复印，之后，我到经济系办公室去，我没敢直接去找李淑贤，于是我找系主任助理张敏，这位从浙大毕业的博士生对我印象很好，现在和我同在一个课研组。我们抽了一支烟，我把大致情况跟他说了，想不到他竟没嘲笑我，而且赞扬叶童有独到的眼光，他把我带到李淑贤办公室。李主任对我不算客气，听张敏介绍了情况之后，面带难色，他说，你们的办法虽然有点臭，但总算是个办法，至于请史翠，我也没把握，她是北城的名人，硬去请恐怕得靠脸皮，那是不一般的女人啊，上次来系里讲课，她就是不做大场的报告，你们也听了，这不是一般女人，系里可以为你出函，但不承担一切颜面上的难堪，我建议你们亲自到北城去，我这有她研究所的电话。

我抄下电话号码之后，跟张敏到卫生间小解。张敏对我很鬼魅地说，要把史翠弄来可不是一件小事啊。中午，我跟叶童商量，看是否派一个人到北城去，摸清史翠来参加舞会的可能性。叶童认为只要我们真心来待她，那她一定会来的。我跟叶童说史翠是个单身女人。叶童说，你确定吗？我说，确定。叶童觉得如果必须派人去请，那只好让我去。我倒愿意去，但叶童认为我经济理论上功力不够。我对叶童的怀疑表示不满，我认为我对史翠的经济观点还是热衷的，她在各种媒体和财经论坛上屡有出现，怎么能说不了解呢？真正不了解的是她的生活，我认为舞会是生活上的事情，只有从生活方面劝说她，才能使她动那颗芳心。我跟叶童争起来，我骂他，你做什么鸟梦，梦上这么个人，凭良心说，她是仙女吗？叶童说只要对舞会有帮助，怎么不是仙女呢？

在决定去北城之前，我们先给她挂电话，先探她是否在北城，我们这次一定要把她请来，拨电话到研究所说她正在开会。在哪开会？不在北城，在哪？

在海南。或者在广州。

我们要她的手机号码，研究所问我们是谁。

他们不给。

我们又让两个女生打电话，结果套出她家的电话，打电话到她家，是她一个学生接的，说她在外地。在哪？在广州或厦门。

又问手机号码。

那个帮她看家的学生给了她手机号码。

我们拨她的手机。

没人接，是呼机转接，接到座机上，又是另一个人接的，说史教授正在会议室主持讨论。在厦门。

下午四点钟，我们再挂电话时，接电话的人是史翠的助手，他让我们等一分钟，我们都很害怕，谁都不敢讲话，还是叶童老练，他抓起话筒，讲了两分钟，电话挂断。

他擦了擦汗，说，她答应了。她会月末到，订了航班，会跟院办打招呼的。

3

从 8 号到 15 号，我不仅脱离了日常生活，甚至连舞会我也没有去管，叶童忙得眼神发呆，我却沉浸在无限种跟史翠有关的资料中，名义上是在摸她的底，实际上跟一个人背景资料接触久了，就容易生成一种莫名的亲情，而目光在那些照片上移动，也就相当于一种精神的抚摸了。对于她的经济观点，各种媒体的介绍大致相同，无非是那套对现在的宏观经济学有建树作用的理论，至于整体学术体系，由于专业上的关系，我并不完全赞同，但看得出来，作为一定意义上的权威，她有强大的征服力，在各种报道中，对她生活的介绍寥寥无几，而且不够准确，至于她跟经济活动有关的情况还算丰富，我在不停地摘抄，引述，我怀疑这是另一种论文，加上她那些跟报告有关的玉照，很快，我成为对她有了依恋的人，一方面我有点自喜，另一方面我则急切地盼望尽快跟她见面，这次在舞会上的合作，将使我更亲密地靠近一位经济学家。通过资料上的调查，我向各位介绍一下女经济学家史翠的大致的情况。

史翠，女，1957 年生于河南信阳。1979 年考入北城大学经济系，师从著名的理论家沈谦一教授，1983 年毕业后分配至开封机械修造厂，主管计划处工作，1985 年调北城，任北城大学经济系讲师，副教授，1987 年调入北城经济研究二所，任副研究员，提出了轨道理论、荐介理论，1990 年调入北城经济研究所，任研究员，第三研究室主任，提出“价格杠杆说”，并进一步丰富从二所得出的理论体系，整合出新宏观经济论，学界称之“翠派经济学”，从 1995 年以后由于其在市场经济理论方面的卓越见识，而被西方学府青睐，常往返于中美中欧中日之间，广泛讲学，推销其翠派理论，目前翠派经济学已引起哈佛一资深经济组织的强烈关注，史翠也被吸收为哈佛论坛的核心人物，主导宏观经济现象的全球走向。

以上是学界对她学术过程的大致勾勒，从以上介绍诸位可以看出，基本上没有涉及她的私人生活，而从时间上来看，如此著名的人物可能也没有多少工夫来处理私事，但实际上在我仅有一次倾听她报告的印象中，她并非那种沉默的学究，她甚至没戴眼镜，细想起来，她穿着很时兴的毛衣，胸口也相当鼓胀，对，她不是一个传统意义上学院里的人，她是一个很大气的女人，是有大量欲望没被我们看清的人。从对她那些学术花絮的总结上，我得到结论，她远远没有被我们这些正常人所理解。

在 1979 年至 1983 年期间，她当时师从沈谦一教授，对整个经济的宏观形态作了大量的数据分析，她试图从价位上创新，但遭到其恩师的批评，因而在大学期间未有建树。1983 年之后，在开封机修厂工作期间，由于对计划处在价格机制下的有力调控，而使开封机修厂名噪一时，她也因此被北城大学看中，调其回母校充实经济系价格研究小组的力量，她卓越的才识，使她在 1986 年被破格提升为副教授，并担任研究生导师。这在当时国内的学术界引起轰动，值得一提的是，由于她跟沈谦一在价格价值双向连动理论上的分歧，而迫使师徒在1986年分手，此后，据某报称她跟另一汪氏经济学家结成朋友，此君汪氏乃国内一拓新派高手，史翠之所以能顺利进入研究二所跟此人关系极大，报纸总在发表研究成果后指出，汪氏与史翠志同道合。我顺便搜集了汪氏的材料，可惜汪氏1987年留美后一直未归，在剑桥转道弄新建筑理论，此乃另一话题。再说史翠成为翠派经济学的领头人物之后，一直游历于各地，成为名学府讲坛上的风流人物，那么为什么她的私事少有报道呢？是不是她过于权威，以至人们把她当成了阴性金刚呢？我觉得一旦史翠到了南城，那我必须对她应付自如，否则她可能到了南城也不参加舞会。我想一方面我们要掌握她全部的底细，另一方面我们要找到她虚软的地方，以把她紧紧地捏住。我把调查得来的情况跟叶童作汇报，张烽和曹卫东听得十分认真，还不停地做笔记。叶童现在的导师是国内一前卫经济学的倡导者，因而，他个人对史翠的理论留有成见，我劝他对史翠要有热爱之心。叶童在纸上画史翠的草图，我拿来一看，胸膛是扁的，这不行，我试图让它们拱起来。叶童问，为什么。我说，因为这是一个生命啊。叶童大笑，他女友在外边喊他，他就跑出去了。今天已是15号，太阳升得高高的，梧桐叶又绿又大，那细密的绒毛也在难忍地抖动着，礼堂的里边已做过多次的修饰，现在各种准备工作都在有条不紊地展开。

15号下午，我和叶童被传到院办去，院办里的女老师对我们说，北城研究所来了封传真，是史教授的秘书写的，秘书认为史教授在月末可能不到南城来了。我看传真上幼稚的笔迹，觉得秘书他妈的是个废物。院办的女老师为我们惋惜。我觉得事情有不合理的地方，明明是史翠亲口答应叶童的，再说，南城经济学院也是国内二流的学府，到本院来也是顺理的事。叶童说，不可能，她一定会来的，是秘书在捣鬼，堂堂史翠，能言而无信？他要再挂电话给史翠。我建议还是先跟所里追个电话，我们挂电话到研究所，是所里的另一个男人接的。我们说找史翠，那人说，史翠在北城大学。我们只好找那个发传真的秘书。秘书的声音还算不错，居然是个很阴柔的男人，他说，史教授太忙。叶童说，可她已经答应我们了。秘书问，是舞会吧。叶童说，是的。秘书在那边偷笑。舞会怎么了？叶童问。秘书的神秘使我们对月末舞会史翠的出现产生了危机和失望，但我们不能气馁，现在我最有发言权了，因为我研究了史翠，我应该把她给稳住。整个黄昏我们都坐在水泥台上抽烟，晚上，我坚定了信心，口气也相当硬，我想跟史翠正面讲一次话，让她对舞会有强烈的信任感。

我挂通了她的手机，声明要跟她仔细地谈谈，她的助手把电话给了她，出人意料的是史翠仍承认她月末到，而且没有意外的话，将在二十七八号到南城。这使我满腹的疑言都没有用了，本来准备称颂她的话也讲不出了，她耐心地问我，你叫什么名字呀？我说，我叫陈文。她说，陈文，你们准备你们的事吧，我会来的，请听好，以后所有的活动以我的话为准，秘书和助手只是心疼我，才不让我东奔西跑的，你们千万要防止他们的用心良苦。我挂电话之后，一晚上都在那种幸福的冲动中，为了舞会我决心对翠派经济学顶礼膜拜，我要趴倒在她的脚下，任那四十多岁的身体发挥醉人的香气，这是著名的人物啊！叶童立即返回礼堂，加紧对礼堂正面那特有的台面的整理，那儿既是一个讲话落座的地方，也将是舞台有可能出现的一个缓慢退避的地方，我们想到了讨论，想到了发言，也想到了舞会上的换鞋以及疲倦者擦拭热毛巾的地方。

4

月末舞会准确时间是28号，我们考虑如果史翠28号到，那么我们就安排她晚上出场，但如果万一她27号到呢，她毕竟随口说过27号到，27号到，那么学院和系里肯定要针对她安排活动，而我们所要的那种离奇的效果，也就是当28号夜幕降临，礼堂里挤满了黑压压的人群中，我们希望她才从霓虹灯里走出来，那将是一种醉人的喜悦，会使舞会升华到一个很高的境界上去。虽然我对史翠月末的光临充满了信心，但叶童仍忧心忡忡，他跟曹卫东他们在细心地商量如何去应付院方和系里。说到底，我们是年轻人，我们考虑最多的仍然是舞会，叶童对我产生很高的愿望，仿佛我看了些史翠的资料，那么，我便能对付这样一个举足轻重的人了。叶童认为我在心理上对史翠有效果，特别他看到并听到我跟史翠通电话的情况，他说越是有名望的人那么她越容易跟那些不起眼的人产生同感，而我就属于那种不起眼的人，但我不起眼只是从理论上来讲，作为一种阳刚的男人，我也并非次品。叶童嘱我要牢牢地套紧她那些材料，要丝丝入扣，要对她了解到入木三分。19号，系里派一个女老师把我们喊到系部办公室，据说李淑贤已经发了三天的怒气，指责我们对舞会的筹备没有落在实处，听女老师的口气，李淑贤仍不相信史翠月末会来参加舞会。张敏从会计系那边协调纠纷回来，见我们坐在他的办公室抽烟，就知道我们遇到难题了。他说，李主任的心和肝都已经肿得不像样了，他一方面想不到你们把赌注押在那样一个名人上，另一方面他也想不到一个那么权威的人物居然会来参加舞会。我问张敏，李主任到底相不相信史翠会来。张敏很残忍地说，李主任是不会坐井观天的，他势必要夹进来，甚至院领导也不敢轻视这个现实。叶童说，有什么呀，不就是个女人吗？张敏把粉笔盒放到洗脸池里，又用香皂细心地洗他的手，我看见五支断粉笔吸收了水分之后松软地粉化了，混合着皂液浑浊地悬浮着。李主任由他的两个博士生陪同，肩膀兜得老高，一进门就大声地叫，快把那两个研究生给我叫来。张敏陪我和叶童坐在李主任的长沙发上。沙发的颜色是黑的。我发现老主任脸上的黑雀斑闪着醉红色，还有逆光中的小细毛。他拍了桌子，叶童心理不平衡了。李主任没有骂我们，他只是说我们不务实。听他的口气我才知道他是想亲自从我们嘴中探听一下史翠月末具体来南城的情况。叶童跟他说，她是真正答应了的，虽然是一次舞会，但毕竟是经济系的舞会，我们南城经济学院也是国内二流的学府，她来参加这种活动也是合适的。李主任说，可你叫我怎么相信呢。叶童马上拍胸脯，豪迈地说，李主任，你一定要相信我，不然的话，事没法办了，你千万要给我们撑腰，赶紧给院里边打招呼，在接待上为我们做后盾。李主任一听觉得史翠似乎不是那个媒体上的史翠了，反倒成了你叶童和陈文的史翠了。过了好一会儿，气氛才轻松下来，我料定李主任心里有了新打算，他必须顺着舞会的思路走。他说，既然这样，你们就放心，在参加舞会之前的那些工作，我们帮忙安排，但你们是年轻人，你们浮躁，不晓得上年纪人的想法，这方面我比你们在行，我会考虑的。叶童反驳他，李主任，人家史翠才四十出头呢。四十岁还小？人家是名人，四十岁也当成一百岁，这你懂吗？我和叶童从系里出来已是一头雾水，如果再想想院领导，那情况可就更复杂了。我们到校大门口的咖啡厅喝咖啡，又有几个同学参加进来，我们聊到很晚，李主任的心思我们明白，但怎么跟他解释史翠为舞会所萌发的青春呢？或者我们不要解释了，就当舞会是一场上帝的舞会，是史翠命运中的巧合吧。

5

叶童对舞会的权利仅仅体现在他对舞会现场的安排上，在这方面是按惯例做的，他不仅要考虑场地、音响、来宾，还有休闲，特别的是他要为晚会定一个调子，因为这是年轻人分内的事。虽然叶童心存疑虑，但我们还是很快就把舞会定成史翠的舞会了。至少是我们利用了这种机遇，使其首先是史翠的一部分，其次它才真正成为我们经济系欢乐的海洋。礼堂在夜晚的黑暗中寂静地趴着，那些大窗子都将在月末悬挂彩色的剪纸，还有那朽木的柱子也将扎上美丽的丝带，更重要的是那些俊丽的女子将在月末充当一只又一只气球，飘游在舞会的场地上，而史翠的出现将使她们沉入到飞旋的欲望中。叶童问我，你猜史翠她会飞旋吗？我认为我们没必要让史翠本人旋起来，那是她自己所担心的问题，我们要做的是使她有旋起来的预感，你看，我们都在等待着她，她做什么动作都可以，因为她是名人，她是学术界的期望，她无论怎么动，只要一动，也就激活了所有人的信心，看到了舞会那热情的奔腾的目的。张烽说，如果史教授27号到，那就安排四个最美的女生陪她上街。

叶童说，那样的人可能不上街，再说上街会引起记者注意。

他一说让我们想到了学院外面的新闻界，还有南城其他的大学。

曹卫东说，史教授到，还是要找一个特别有本领的人去管住她，一方面是为了舞会，另一方面也是为了省事，她确实是冲咱们年轻人的舞会来的，这一点很感人，我们也不能只知道利用她，我们也要付出真心，对她有个交代。

叶童看着我。我想我得去陪她，这在我心里让我好受了一些，我研究她这么多天，理应成为一个值得大家信任的人。

叶童对我说，陈文你要真正摸通她的理论。

可我觉得光有理论没用，交谊舞不是理论，它是生活，但叶童的心思很深，他熄掉烟头，又郑重地说，到底还是经济理论家，跟理论怎会没关系，生活有什么，你能跟她谈生活吗？

我说，这个我能。我想她在生活上不见得就怎样的超脱。

我们一遍遍地复述她的论点，谈她周游各学府并在经济刊物上的谈话，张烽的嘴上长出厚茧。

6

27号上午11点，李淑贤以及张敏比我们提前到达禄口机场，我和张烽、叶童、曹卫东四个人乘机场大巴赶到，有两个热情的女生在十五分钟以后也陆续赶到。李淑贤在到站显示牌下抽烟，他高挑的个子活像挂衣服的木模子。张敏和我们说话，他说院领导本来也要来，担李主任施用诡计把他们骗过了，李主任的用心很明显，尽量把史翠拉到经济系这个圈子里。电子显示表明史翠乘坐的航班将于11时40分到站，我的心跳突然加快了，想到史翠终于要扑面而来，这怎不让人激动呢？叶童这几天身体不好，又在悬挂彩色丝带时扭伤了脚，现靠在玻璃门上，对史翠的到来保持着平淡的心境。李淑贤生怕走漏了风声，尽管这样，还是有几个经济报和商报的记者于11时35分出现，这让李淑贤猛地减灭了热情。事情到这个份上，也只好听任天命了。11时47分，史翠推着很大的行李车走出来，她身边有三个男人，大概是飞机上邻座的朋友，跟她在出口处道别。我们举起了牌子。我帮史翠推车，我还没敢细细地看她，但她这一次的光彩是缓慢地闪亮的。奇怪的是那三个记者只问了史翠几个莫名其妙的问题便离开了，李淑贤和史翠走在一起，可史翠不跟他讲话，曹卫东帮史翠拎她的背包，史翠出了机场，被强烈的阳光封住了眼睛，我是在她戴上浅色墨镜那一刻起才被她注意上的。她问我，你就是陈文吧。我说，是的。她说，我猜你就是的。史翠的白色的短袖上衣，估计是从外国买的，衣领、袖和肩部都绣着特别的花纹，那简单的灰色的齐膝的短裙，使她完全成熟地展现在我们面前，而在那光滑的颈部，有一根特别薄削的丝巾，只有认真地看，才能发现它巧妙地缠贴在衣领的边沿，使那衣领和颈部的皮肤有了轻缓的交接。在从门口走向汽车的大约三分钟时间内，我从侧面看到她衣服里边那浮动的肌肤，在浅色镜片的背后那长长的眼睛点燃着一种向往。名人与自己如此接近，这使呼吸变得困难。在迈向车门那一刻，李主任不合时宜地问了个经济问题，史翠拒绝回答。李主任本来要让史翠转而上那辆院办的奥迪，但史翠跟着行李车来到海狮面包车边上，我看见叶童做了个手势，把她让到第二排座椅上，我坐在她旁边。李淑贤和张敏坐奥迪在前边领路。不知为何，叶童也不提舞会，大家沉默着，汽车一直开到振源饭店，安排房间之后，李淑贤要领史翠到酒店去吃饭。史翠嘱托李主任要把学生也带上，李淑贤让我和叶童去陪。在饭桌上，我发现史翠的牙齿也特别好看，那种光泽十分正常，使人有许多正常的联想。在饭桌上，她说到了她是一个人生活的。李淑贤首先提到舞会，他说，名教授能来参加舞会，这是对经济学子们的一种关怀。史翠放下酒杯，她看了看我和叶童，眼睛中有那种很有耐力的春芳。史翠意味深长地说，舞会是一种很好的形式啊。叶童想就舞会跟史教授说，但史翠很快制止了他。李淑贤便跟史翠说经济系这两年的变动，史教授也只是听着。也就是在三杯酒过后，史翠才向我们介绍她身边的那个年轻的苍白的助手，一位姓郑的博士。郑博士在史教授边上如此苍白，以至我们只有在被介绍的情况下才能发现他，但他出语惊人，他说，史教授能来是对南城经济学院最好的关爱了。李淑贤连忙称谢，他马上跟这位郑博士有机地聊起来。张烽说，史教授光艳照人。我想她的光艳是由于她那特殊的身份，是由于她那令人仰羡的气质。

我在倒酒时看见她的腿，那精致的小腿外侧缓缓下滑的倾斜的坡面在丝袜的包围中拉动着我的目光，我有些醉了，而史翠也终于低声地笑起来，那是没有理论的笑了，每一笑都倾注了光阴般的真纯的色彩，使人溢动着美，她那可爱而细削的纱巾在她扭头时向外轻畅地飘拂，还有那高级唇膏映衬下的唇，在抿过红酒之后，闪烁着少有的亲情，使我们四个年轻人醉意朦胧。张敏跟郑博士激烈地争论着，李淑贤也幸福地低头按他的腰。史翠对我说，南城是个美好的地方，这儿的人很有感情，她说话声音轻微，跟几年前她来作报告时完全不一样，现在我完全相信她了。午后的时光本来就是暧昧的，加上酒精的作用，它使我们每个人在离开饭桌时，都体验到了人与人之间那种甜蜜的信任。李淑贤回学院去了，我们四个人还有张敏把郑博士和史翠往房间里送。这个午后，阳光暗了一些，天空浮起少有的轻快的云，房间不太热，叶童坐在那张没有揭开床罩的床上，张烽和曹卫东坐在屋角的二人沙发上，我和史翠挨着小桌子坐下。张敏和郑博士在疯狂地饮水。

或许是光线的缘故，或者是某种场景的回忆，它使史翠在一个小时左右的时间内突然深沉了，她观察着我们，皮肤也由那种诱人的淡淡的白，而浮出一种微红，看来，她有了情绪。叶童已经把舞会前后的情况都跟她谈了，她只是听。我感觉她对年轻人是完全理解的。

从两点五十分左右，院里边的几个教授就不停地打电话来，说要请她吃饭，或者要来拜望她，最后院长也打电话来，史翠都拒绝了，她说她跟我们在一起很快乐。

张烽和曹卫东到隔壁郑博士房间打牌。

我和叶童继续陪着史翠。

叶童说，在某种意义上，我们宁愿这是你一个人的舞会。

史翠说，那我就把这个舞会给大家，这是所有人的舞会，让大家都到舞会上来。

我心想史教授完全是青春的，可我没有说。那天我穿着一件紫色的T恤，我是特地这么穿的，我没见她之前，我想过只有紫色才跟理论工作者有一种亲缘，紫色对男人来说象征着抑制和忠诚，而对一个四十出头的女人来说，她象征着曾经的虹，以及漫溢着的回忆中的印象。

史翠注意我的T恤是在四点钟开始的，那时我捕捉到她内心的秘密，她需要跟人讲话，而这人必须是以前不曾遇到的，那么我所要做的也就是我自己所能做的，因为我在本质上跟史翠没有关系。

四点半是个很惊险的时刻，因为有几批人都要亲自来接她，但她全部阻挡了，她去卫生间，出来之后，我对史翠说，你休息吗？我可以拉上窗帘。史翠微微地闭了闭眼，她那微皱的抹过护肤品的手伸出来，搭在那只精美的化妆包上。此刻叶童接到传呼率先退出。他临走时对史翠说，就让陈文陪你，办事也行，上街也行，反正最好不要到院领导那去，舞会希望你神秘，更加神秘。

7

在叶童迈出房门之前，我头脑里飞旋着近在咫尺的史翠的影像，那是一种美，也是一个扁平的影子。史翠关上房门，我下意识地站起来，当我单独一个人来面对女经济学家时，我深感一种空虚，双手夹在腿中间，又坐下去，在这短暂的一分钟内，她竟背对我，细心地抽出茶叶包里的绿色茶叶，然后拎起水瓶，她没有给我机会正面看她，这样我就不好先开口讲话，而我宁愿她先表态，她得在理论上给我这个陪伴她的年轻人定个调子，但史翠出乎我的意料，她在泡完茶之后，没有让我看见她的脸，而是侧身向卫生间走去。在从墙角拐弯的刹那，我隐约看见她的手抬到腰部的位置，随后她在厕所里打开抽风机，在里边待了十分钟左右。有这十分钟，我也安定好情绪，等她再出来时，我们都处在主动的位置上。她是拿着一条白毛巾出来的，由于擦拭过脖颈，那条小丝巾又向外挣脱了一些，衣领向外翻，使她的脸看起来红润了一些，但她明显地擦去了口红，这使她露出了原色的脸，而在这样的脸上，那双眼睛也就传出了与之前完全不同的情感。在彻底的困惑之后，人反而会回到一种平淡的忠实的关系中，我只能抹去那些所谓的理论，年轻人应该更纯洁一些，在这点上，我必须为她做个表率。她坐下来，把毛巾放在桌沿上，解开手表链，很轻地咳了一声，之后，她喝茶。她的脸色在那红润的深处，是一种冷冰冰的凝止的感觉，我的手似乎能在心里边够着她。我先说话，我说史教授你休息吧，我可以拉上窗帘的，她没有同意休息，但她让我拉上窗帘，她说话的声音也大不相同，跟从飞机下来多数人吃饭以及叶童在场时判若两人，那么她要我怎么表现呢？我说，我这是受大家的委托，他们要我帮你隐藏好，以便在舞会上突然出现，给人以完整的新鲜感。史翠在沉寂了将近二十分钟以后，才开始转过身，敲起那美丽的腿，面向我，跟我很投入地聊起来。她的两只腿叠在一块，一只腿斜着架在另一只腿上，两只膝盖以不同的姿态固定着我这边的坐姿，我也得面对她。我一再重申，她对我们的舞会是重要的。史翠的冷漠是现实的，这我深有体会，但你总觉得她的冷漠又是深藏于内心的，而在表面上她不过是在观察着我。我问史翠，史教授你有什么心事吧。她说，我怎么可能没有心事呢，既然我答应到舞会上来，那我是有心理准备的，告诉你，我是一个女人，虽然你年轻，但你应该能体会女人的需要，我当然需要一种舞会，而且是年轻人的舞会，你们都能看见我，看见我身体的出现，在你们都互相能拥抱起来的时候——她说话时，使气氛更加冷淡了。如果她不谈她的生活，那我根本弄不懂她这种心情。说话时，我们的腿挨得近了些，她总为我倒水，也偶尔把她自己的手放在她的第二只纽扣上，她的语气仍似报告，但内容上，她在这个午后回到了过去。她的过去，严格上讲，是她进入经济界之前的那些生活，在她看来，那决定了她以后看待这个世界的视角。

史翠说，我是一个冷漠的人，但从哪一天起开始变成冷漠的人，我记不得了，从记事时候起，我不爱说话，特别不爱单独跟人讲话，就像现在你我面对时一样，因为我讨厌甚至是惧怕这样的场面，我不知道两个人坐在一起要如何相处，我是孤独的，我到北城大学经济系学习，沈谦一教授当时也就是看中了我性格中这种冷僻的作风才把我招入他的旗下的，对一个理论工作者来说，冷漠是最重要的了，这要从我的童年说起。童年对我来说，本来也是五颜六色的，但在那时的眼中，视线里只有那些基本的颜色，要么是灰的，要么是黑的，或者是白的，我喜欢沉静在许多人之中，然后讲跟自己无关的事情，我不能处到真心的朋友，因为我觉得那不现实，但这并不妨碍我长大，尽管我性格孤僻，但有人仍喜欢我，在我的成长中，总有人仰慕我，要跟我交友，但我并不会信任对方，因为我以为那是对方的假象，最重要的是我上学长成一个懂事的女人之后，我发现了自己的价值，所以我把所有的时间都用在学习上，结果我考上了北城大学，但在上大学之前那近十年的生活中，我尝试了许多努力，试图很好地完善我自己，但努力都失败了，不瞒你说，我对爱情也有很高的向往，可惜都没有实现，而在身体方面我也有激情，我这么说你能听懂吗？

我说，史教授，我愿意聆听你的故事。

她问，那你要我怎么谢谢你。

我心想，恐怕没有什么可谢的。

史翠又接着说，甚至到我在学界取得成功我才发现，我的理论建树来自于我性格上的冷漠，它使我回避了许多冲突，好像自己跟这个世界没有利益，没有关系，也没有情感，只是做一把刀，一把解剖刀，来对待社会经济关系。

刀？我问。

她用手向后弄了弄她的头发。我看见她半环形的胸罩上方所袒露的隆起，她侧过脸，那俊丽的有些忧愁的下巴换了个形式，她张开双唇，捏住了瓷杯的沿口。

史翠接着说，可我骨子里是女人，我有这样那样的向往，按宿命来说，也许那种冷僻只是为这把刀服务的，而我仍想愉快起来。

我当然也想她愉快，可我功力不够，对她深沉的叙述缺乏有效的理解，按理说，身体的激情是随时都可以恢复的。

遗憾的是现在我们彼此单独面对，没有了群体和公众的吹捧，只有两个人，两副身体，每人都处于自己的想象中，但我如何打破这种寂寞呢？

我问史翠，你没有考虑结婚？

她说，我是不会结婚的，我跟你说了，我无法单独来面对一个人，我太冷漠了，这是冰寒到心底的一种体验，只有自己才清楚，我总感到这是别人的世界，这是他们的，而我所做的，即是研究它，观察它，好比是在抚摸它。

抚摸它？你懂吗？她又问。

我说，是这样的吗？我伸出手，在空中晃了一下。

她说，理论上讲是这样的。

谈话时，傍晚的阳光又从西天射出来了，它使振源宾馆后院的小竹林浮现出一派翠绿的生机，那些树上的知了又持续地响起来。

8

史翠在来南城之前已经准备了她在舞会上穿的衣服，但我跟她谈话之后，她对自己的身体还有了更多的关注，她告诉我她的身材还没有太大的变化，这大约也是寂寞的青春所遗留下来的唯一可贵的东西。傍晚的气温虽然降下来了，但空气中反而会传出一些沉闷的东西，我们6点钟从振源宾馆出来时，看到叶童正在和两个女生在复印店那儿印材料，他向我做手势，我就没去跟他打招呼，而是把史翠带到往右拐的福建路上。

居然她的青春如此寂寞，加之她冷漠的表情，这不禁使我对她有了同情。我们想走到山西路再坐的士，史翠和我肩并肩，我的感觉不太自然，在过察哈尔路时，我发现叶童在远远地跟我们，我想他可能是对我有担心，我们没到山西路就招手上了的士，以至叶童没能继续跟踪下去。在华联商厦挑衣服时，我替史翠背她的包，我在她试衣时坐在木制的平台般的椅面上，能从试衣镜底部的空当处看到她移动的脚，她接连试了两套衣服都觉得不合适，最后她仍然挑中了白色的上衣，而裙子呢，有一条把臀部包得很紧的比膝盖稍短的样式。她不愿意再反复地试了，这一次她让我帮她参考，我觉得这一套衣服出席舞会时还是给人以严肃的感觉，她说她宁愿严肃一些，总之已经参加了舞会，那么处于其中便是最重要的了。她拉开带镜子的木门，之后把我也喊了进去，我只顾注意她试衣服的细节，做一些挑剔，而在同时，她毫无顾忌地脱下了上衣，这时我已经侧过脸，想从木门边出去，她继续说话，而我已听不清楚，当我站到门外时能感到她对那件白上衣的钟爱，我心底很矛盾，觉得真如叶童所说自己是个绝不起眼的人，或许她根本不在意我的存在？我还是推开木门进去，这一次她刚好套上白衣服，但扣子还未扣上，我有些尴尬，但我又不能往回退，就站在她面前，我终于可以确定她对这场面是无所谓的，她甚至侧过身，我看见她成熟的身体的线条，她让我帮她把换下的衣服拿好。这之后，我心跳一直很快，怎么去吃饭，以及往回返都已不在精神中了，只知道这是活动的一个中年女人，反复地跟我讲她新买的衣服，而舞会呢，既近在眼前，又仿佛永远不会发生似的。回到宾馆时，叶童在大堂等我，说等我回去开会。

史翠告诉叶童，陈文晚上还要处理一些事情，有问题的话你们现在就商量解决吧。我看时间已到八点，很可能我会无法胜任这个角色。我把史翠讲她寂寞青春的情况跟叶童说了，叶童坐在红木的椅子上，抽烟，皱紧眉头，他问我，她还跟你说了什么。我说，我只能讲这么多了。那有没有什么暗示呢？

我说，她只讲那冷漠的生活，是她一个人面对别人的冷漠，她完全献身给经济学了。

叶童说，现在我们真难以琢磨她对舞会的态度了。

我说，那你先回去吧，我还是跟史翠在一块，不是让我把她稳住吗？

叶童说，本来是安排报告的，但郑博士代为主持了。

两个复印材料的女生也从外面走进来，她们看我的眼光有些不屑，以为我沉入到对名人那无聊的追随中了。

叶童虽为我担心，但他还是同意我继续留在史翠这，至于筹备会就不开了，关键是今晚还有一个临时决定的彩排。叶童不知道史翠到底对年轻人是什么态度，他闷闷不乐地走了。

我再到史翠的房间时，史翠正准备洗浴，我坐在窗边，我讨厌经济学著作，我也讨厌那些文字。

从她去洗澡开始，我对舞会就怀疑了，因为我想到每一个单独的人，假如世上没有舞会呢，人们也应该以其他理由相互能接触到对方，特别对于女人来讲，应该跟舞会相同，找到无数种与她们拥抱的方式，我想象在淋浴下的史翠，想到挑衣服时她袒开衣襟的胸罩。

那也是一种白色。

精致的白色。

我听见那阵阵水声，一如舞会可能会畅快的脚步，每一声都冲刷在自己的胸膛上。

她的旅行包拉链口打开，可以看见那些女性的用品，在她零散地抛下的衣物中似能闻到奇异的体香。在我看来，舞会终归是别人的意义，但是谁的呢？仿佛不是我自己的，我与史翠如此接近，可我如何来面对舞会的新鲜感，我合上她的著作，我摸着她的粉红色的化妆盒，那些口红，护肤液和奶油色的小瓶子从手指边滑过，我觉得冷漠的一切都是深处的了，现在没有冷漠，而是特别多的热情，它们浮游在身体的四周。可怎么也不能准确地爬出来。

她洗澡出来时，已经换好了刚才买的衣服，她说，我只先让你看了。

我说，很好看，使你看起来只像个跳舞的女人。

她用一块布遮住了她的经济学著作。

在略作妆饰之后，她竟然扭动了一下，这个动作使我看到她急切的想表现的欲望。

我说人们都在等你出现。

我不能细心地研究她的步伐，因为我心灵里只装着这么个现实的女人的影子。

这个晚上，我一直在教她跳舞，因为她不会，这可能就是她本人的现实，她不会跳舞，所以她对舞会充满了兴趣，她对年轻人充满了兴趣，舞会不需要描述，它就是一种拥抱，是广泛的，是随机的。

于是，我在她的启示下抱起了她。

我们从四步、三步，直到两步，我们缓慢地跳着。

她的身体贴得我很紧，然而那身体并不冷漠，特别对我这样一个从未恋爱过的人来说，女人的身体是永远不冷漠的，因为她只是我体验中的美和吸引。

但我如此次要，拥抱中会传过阵阵希望。

这里面的信息是永远翻动的，游走的，深入到身体的深处。

她用很低的声音跟我说，这是她第一次跟男人在跳舞。

我不是第一次跳舞，但是第一次单独跟女人在一起，可我没有讲我的情况，在我那种处境下，我已无法表达我自己了。

她谈起了裙子，谈起它的长度以及它对身体的作用。我承认我听不清了。头脑里涨满了血。而心灵里，游遍了许多细小的长长的线头。

她的冷漠只是她说的，或者只是她能从记忆里说出来的。我关心这样的冷漠，可我对两个人的局势没有了改变的能力。

9

四个月以后，南城的梧桐树叶已经枯黄了大半，正是在那样的时节，我终于克制不住我内心的冲动，踏上去北城的火车。火车要行驶一千五百公里，十几个小时的路程使我对生活作了总体的回顾，那车窗外闪现的秋色一如它沉睡般的土地里的一切，生机与腐朽并存，而秋的深色的危机感染着我。我要去找史翠，这是我必须做的，自从舞会之后，我们再也没有相见。秋天，我想再见到她，那是什么样的女人？北城的秋天凡是自然的一切都尽显萧瑟，秋风阴冷而潮湿，那空中浮起的云仿佛象征了地面所有于成熟中埋伏的危险的新异的预言，我感到了命运那遥不可及的冷漠，那是史翠的冷漠。

到北城之后的第二天，我找到了研究所，先找到郑博士，这个阴柔的男人对我十分客气，但显然他不敢肯定史翠会不会见我。

我是在走道的玻璃外边见到史翠的。史翠的背后也是玻璃，在她的玻璃背后，是那些杨树组成的风景。

杨树一一排开，偶尔会出现行走的人。

她正在看书。

我没有向她招手，也没有推开门。

在她正前方偏右的椅子上坐着她的博士生，他们也看着她。

她始终没有抬起头。我看见她的那件毛衣，在领子的里边有白色的边饰，或许是夏天的那件，或许不是，她或许是记忆中的史翠，或许不是，我就只能看着她。

那些杨树在风中又飘下些叶子，但数目已相当稀少，或许没有飘下，只是从地上重新旋起的旧叶而已。

她是我的第一个女人。

10

现在我来说说27号晚上的彩排。

两个人的跳舞，表面上是我在教她，其实当我们在宾馆的地毯上轻缓地移动脚步，只是在很少的范围内晃动时，我知道这种舞蹈的教学事实上只是一个借口，我们不过是在拥抱中移动，而去除了移动，从红地毯往上是两种身体，这里面存在着一种信任，尽管她一再说那是冷漠的过去，但到我们面前的仍是某种致命的亲密，它使人眩晕，使人有了渴望。我牢牢地抓住它，而且在手上，只有轻微地捏住，我听到她的呼吸，她胸部跳动的细声，还有那细看起来已红晕得沾满了微尘的脸。

地毯如此寂静，使脚步没有声音，如果一定要按照她的思路，我想冷漠也一样能导致一种心底的温情，而冷漠，正是她自己所言语的那些过去的故事，这是她一再重复的故事，并且，它是她所有的生活。而她把这些生活在舞蹈的训练中倾诉于我。我对她的用力毫无知觉，我宁愿没有什么知觉，这是第一次与一个女人单独在一起，更何况这是对舞会的预备。好像整个青春只能全部地搭进去了。

虽然地毯熄灭了那种移动的声响，但我总能体味那缓慢移走的腿，它们保持着更绝密的贴近，轻轻地，又如亲亲的沉默着的其他东西，相互前进，又轻微地闪开。

而彩排在8点15分开始。我们是8时40分到的。当时，她要我拉着她的手，因为她想掩藏在无序的男女中。8时40分，只是彩排的一个时间，但似乎人们只在做同一件事，想同一个人。这件事便是史翠的舞，这个人便是史翠。我们是从北边的第三道小门进去的，站在那些讲话的观看的人群中。在台上，院领导、李淑贤还有几位表情兴奋的人，只跟随叶童和张烽的指示，左右地徘徊着，看了半天，才发现他们的模拟史翠出场时的状况。他们似乎没有考虑到舞会，而只是考虑要面对史翠，要跟史翠说点什么，并一起握住点什么。我拉着史翠的手，我想他们只能握住她的手了。由于是彩排，没有安排很正规的舞会乐曲，而代之以一支类似运动的曲子，节奏感有些强，只是压低了声音。史翠聚精会神地看着，一边把头轻轻地贴在我肩上。其实，我是认同她的这种心理的，她仿佛看见自己已经在那个幕布前的一排人之前，跟他们握手，大家都看到她亲临了舞会的现场。这是对年轻人，对所有年轻人的一个惊奇而冒险的参与，她将使他们听见她，看见她，并能以舞会的方式拥抱她。

但那些人，无论是领导，主任还是学生，他们与所有人一样，都会跳舞，并懂得舞会中的游戏，更重要的是，人们都期待着亲情，因为史翠，舞会似乎不存在任何其他的可能，它是一次有意义的舞会了。

史翠白色的上衣，那薄削的丝巾，还有灰色的新买的裙子，还有那俊俏的皮鞋，将在她那非凡的气质中与每个人擦身而过，并随时会与你紧紧地依偎在一起，她是跳舞的女人，是女人中在跳舞的一位。

我握紧她的手，她手心有些汗，没有人看见我们在观察彩排，没有人能够发现我们的存在。

中如珠宝店

那天，在体育馆门前空旷的平地上，一些无业游民松散地站立着，等待这个城市中需要他们的人。像我就是其中非常简单的一位，站在那儿，腰中仅有的几十块钱被我的身体紧张地感觉着，所谓的希望也不过是在城市中先安顿下来，对于一个一无所有的打工者来说，心情反而很轻松。城市上空乌云滚滚，各种混杂的声音袭来，无所谓的我夹杂在人群中。我看见体育馆很宏大，但让我讨厌，好像作为一个城市，我完全是与它对立的，它不属于我，即使我愿意属于它，可它也并不表态。交给城市，拿什么去交呢。看身边这些茫然的人，旧衣服，灰苍苍的脸，刚从劣等旅馆或广场赶来，不但心中没有计划，甚至连矛盾也不具体，城里人不理我们，个个神采飞扬。我用力地抓了一下衣角，希望天空能更矮一些，能使我压制住我对现实的失望，我将把生活看得更严重一些，只要这个城市还需要像我们这样的人去发挥作用的话。如果没有城里人来管我们，那么这些打工者将立即溃散，但毕竟他们最终还是满足了我们的需要，他们需要我们。这虽然并不令我感动，但你要明白只要是人总能发生关系的，我要到城里来，你就必须看重我，我是个有价值的人呢。中如拨开人群来到我面前时，我只是在意识中省略了她在朝我走来的路径中各种可能偏差的倾向，但作为一个肯定的结果，她建立了与我的认识关系以及从此开始发生的所有事情。中如把头发往后捋了捋，洁净、油黑而又浑圆的脑壳在甩动之后，仔细地看了看，向我传来一种信任的眼光，她想表白的无非是，你没有余地，我挑中了你。因而在劳务市场上，她没有对我谈一点工作的事情，这反倒使我狂妄起来，我预感这将是一个特殊而重要的工作。中如走在我前边，她一点儿也不蔑视这些打工者，从背后看去，这是一个非常善良，又非常理智的城市女人。她在偶尔回头和我谈话时，总在问我："你有把握吗?"我不知道这是什么意思，最后她停了下来提醒我："我是说你能把握自己吗?"这是什么话，我是个人呢，我完全可以把握，我是我自己。中如发现了我不算迟钝的智力，因而她说你不笨。能被中如这样来评价很好。走过体育馆的平地来到另一个出口时，一辆小车停在那儿，司机下来开门，然后呜的一声出发了，在驶向中如珠宝店的过程中，中如的每个语气都是在压制我不要说话，不要我说话成了汽车内她的目的，也许那个司机是个胆小的人，他一直红着脸，听着音乐，他所要表露的就是我只开车，我不管其他的，从这一点可以看出中如对我即将为她所做的工作充满了神秘、压制以及自私性，即这是她个人的事，在车内我已明显地感到了这一点。为中如工作，为这漂亮的城市女人工作，这符合我的要求！

从后门迈进中如珠宝店那复杂的空间时，中如软化了我的眼光，尽快把我领到她的办公室，坐下来之后，由于还没有开始谈话，因而她把我安排在她办公室的卫生间里，我坐在马桶上，木门关着，门外脚步声重重，看来是一些谈事情的人，中如尽快地支开了所有的人，打开卫生间把我放了出去，她叫我坐在沙发上对我说："我要你虚构！""虚构？"我迷惑了，我觉得我应该在她这儿做一份实实在在的工作，然后拿一份实实在在的收入。但虚构算什么呢，太缥缈了，太不实际了。"可你必须虚构！"她再一次站起来，昂贵的首饰在她的身体上撞击，声音悦耳，使我害怕。"可我年轻！"我意思是我不太适合虚构。中如有些生气了，叫道："到底是个打工的，我叫你虚构，是因为你的工作需要你这样做。""你是说我是在做一项虚构的工作？"我怀疑地问。中如见我很认真，很快又笑了，很亲切很友善地说："你是个好青年，看来也很聪明，这样吧，我告诉你，你即将做的工作就是为我管理我最重要的东西。""什么？"我忽然发现了我自身的意义。"管理一只保险柜！"我半天没有说话，好像保险柜的指标把我带进了某种神秘的历史观，好像保险柜是敌人们的目的，而我呢，立即正义了，捍卫保险柜！"可你需要方法！"中如否定了我的勇气和正义感，指出："你必须虚构你的一切特征，虚构一切与数字有关的特征，从而你才能再提出一个虚构的密码，然后你就开始负责它，就像它是你的！"我反应一会儿说："你的意思是我要虚构我的年龄，出生年月，身份证号，邮编号以及一切号码，甚至我父亲的？我母亲的？"中如连忙拍手："对，对！"可我马上提意见了："这没必要啊，我的这些东西没人知道呢，凭你也不知道啊！""哎——"中如拉长了嗓音叫道："不知道还不是存在吗，正因为你本来的这些东西是客观的因而迟早会露出破绽，别人会从这些数字上面猜你的密码，从而盗窃！"她紧张地说，"是啊，你的好几个前任，人都非常精明，但却没有躲得过珠宝店内部的窃贼。"我在心里迫切希望把这个窃贼抓住，中如稍显得悲观了一些，她说："我相信你只要能彻底虚构你的一切特征和经历，然后从虚构中提出一个密码，别人是很难猜到并破译出来的。"

应该说虚构是困难的，非常困难。所谓的中如所要求的虚构必须是真正的虚构，即脱离一切真实，一旦与真实有一点儿联系，那么那个再虚构出来的密码据她来讲就非常不可靠了。由于我对中如珠宝店来说，处于一个非常重要的位置，因而中如赋予我良好的感觉，她对我态度很好，好像与她已没有了界限，中如极其信任而又严厉地拍了拍我的肩部叫我跟她一起到珠宝店的大厅走走。跟在她身后，发现我从此将不得不忠实于她，而这很好，珠宝店的人们对她都非常尊重，喊她中总。凭着我听她指指点点的模样，别人也看重了我。无疑，大家很快猜到一个新的保险柜管理员出现了。在透明的玻璃柜台下面，珠宝金银们排列有序，对我这样一个贫穷的人来说，我很惊诧我一点儿也不心动。其实后来一想我才明白我的全部存在都被吸附在那只保险柜上，保险柜成为我在中如珠宝店的生存体现，我感到如果有必要我完全可以用鲜血来捍卫它。但看这些营业员、保安以及导购员们精明强干的眼神，我意识到确实必须像中如所说的那样要注意方法，这方法就是虚构，就是虚构保险柜的密码。很快，中如已经与我谈妥了条件，工资很高。必须虚构是她全部命令的核心。保险柜设在地下室的一个暗角，拐了几道大铁门，都是很窄很深的通道，在到达保险柜面前时，中如仰起脸，合上眼睛，差点晕眩了。我连忙过去扶住她，这使她确信我是值得信任的。那么现在呢，中如捂着额头缓慢地说，我走了，你留在里面，这钥匙交给你，你坐在里面虚构吧，必须虚构一个完全与己无关的密码。中如转身走了，各道铁门依次锁上，保安那沉重的喘气声使我害怕，太严肃了。虚构的过程是思想的过程，我闭上眼睛，坐在快要腐烂的木椅上，看来前一任管理员坐的时间不短。为了使思想更纯净，或者说为了使那个思想中的我更纯净，我闭上眼睛，不想看，什么也不听，我开始了构思，而构思的过程是事实的，但结果呢，是虚构，虚构的结果是我拥有了新的履历，一切与数字有关的特征都定了下来，然后我提出了虚构的密码，数字当然很简单，但我大汗淋漓，太累了。虚构完了，我才发现这个盛放保险柜的地下室阴暗而且有一股馊味，好像保险柜本身也有味儿，我在屋内走动了几圈，然后我叫了几声，中如立刻在保安的带领下返回，之后，她打开保险柜，向我清点了那些最珍贵的珠宝，末了，她把保险柜的门轻轻地合拢，对我说："我也不必知道你的密码，只要你一个人知道就行了。好了，现在按你的密码锁上它吧!"中如干干脆脆地说。中如背过身去，让那个保安离开现场，她自己呢，在铁门那儿徘徊，我很快按照密码锁好保险柜，中如像青春激动的人那样跑过来拉住我的手："但愿你能为我保卫好这些东西!"中如的热情使我受宠若惊，同时也使我觉得通过保险柜的密码这个特殊的存在符号，我已经在这个城市中取得了相对的独立、自由和快乐。我和中如手牵手地迈出铁门，我的脸红了，而在那时间，我不断在心中重复我虚构的一切，我甚至主动告诉中如，我将使这虚构的东西永远记在心间。当然，要是忘了，不就打不开了，中如温柔地说。我刚从中如办公室所处的那一侧向大厅探出头来，就听见那些营业员叽叽喳喳，我很反感，但没有办法。“看来不过二十多岁。”我立即呈现了我虚构的年龄。在大厅走了一圈，末了，我发现在议论声熄灭之后，这些人其实都很好，都很体贴我，但我在再次转身到休息厅时反而恐惧了，我认为我对我虚构的东西记得太清晰了，太明白了，我真害怕我会讲出来，讲出来别人也就可以猜了，而这多么危险啊！

我所参加的中如珠宝店的第一个会议就是安全会议，作为最重要的保险柜的管理员，我并没有坐在某个显赫的位置，甚至没有坐在会议桌旁，而是坐在某个离圆桌有两米之遥的拐角。中如在冯乌的提示下站了起来，宣布今天我们将讨论中如珠宝店的安全问题，在座的营业员、保安、采购员、鉴定员、导购员、管理员、经理个个神情严肃，没有人介绍我，使我很失望，同时我也才感到在中如珠宝店我是个没有经验的人，对中如珠宝店缺乏了解，也缺乏分析能力。冯乌作为常务经理非常蹩脚地介绍了中如珠宝店不久前才发生的一次被窃案，他要求所有员工提高警惕，员工们在座位上晃动起来，中如站起来，用一种威胁的口气使他们又恢复了镇静。有个尖声尖气的营业员在座位上说：“我们柜台可没有问题，被窃的仅仅是那个保险柜，跟我们有什么关系呢？”冯乌大怒，拍了桌子：“你怎么对中总的公司如此没有良心，难道你不心疼？”还有几个高层管理员也随声附和。这时中如本人情绪也差极了，她站了起来，脸有些浮肿，她话语锋利，坚定地指出：“中如珠宝店的保险柜内的珠宝有很大可能就是被店内的人窃走的！”中如的话并没有在群众中引起轩然大波，人们不再说话了，因为中如太失望了。这时中如把我从拐角牵了出来，对众人非常不礼貌地说：“你们给我看清楚，这是我刚招来的保险柜管理员，今后，就看他的了，你们不要再打主意，各自工作吧。”众人看着我，吊在会议室屋顶的白炽灯嗡嗡地叫着。没有人向我提问题，但显然每个人都很蔑视我似的，在这种情况下，中如亲切地按住我的肩膀，以显得我们是彼此信任的。冯乌带头鼓起掌来，叫道：“祝贺壳贝先生，祝贺吧！”他扬起双手，看来这个保险柜的管理员是非常特殊的，我似乎受到了人们被迫做出来的尊敬。后来，中如坐了下去，冯乌站起来继续对员工们讲安全常识，所谓的安全在他理解无非就是严守秘密，严守中如珠宝店的一切秘密，而中如总在不断提醒："你还要对他们讲提高自己的觉悟。""哦，对了，"冯乌总在补充的时候说："要热爱中如珠宝店，中总辛辛苦苦经营的珠宝店是我们大家的生活依靠啊，我们要对中总负责，珠宝店出了问题，中总也就出了问题，而这是不允许的，她是我们工作上的希望！"于是，大家拍掌，这种凝聚力似乎令人感动。会议就要散场时，中如让我提前退场，这使我产生了恐惧，因为我好像再一次被排斥在这些员工的外面，并且好像我再一次与所有的人更明显地处于对立的位置上。中如所传输给我的信息就是，你是我的人，而其他人，是你的敌人！敌人？我下意识地反省，后来我还是很勉强地肯定了，因为我的工作从某种程度上就是防止这些内部的窃贼。

迈出会议室，外面空气稍微好了些，我碰到了在会议室外面清洗茶杯的女工予扇。予扇看来有三十岁，感觉很风流，头发披散着，穿着紧身裤，我难以想象她是一个打杂工，但她首先向我讲话了，令我感动，她关切地问："你就是那个刚刚被任命的新的管理员？"我说是的，接着她停下洗茶杯的手，站了过来，笑嘻嘻地对我说："我叫予扇。"而我呢，我暂时什么也没说。她在我面前观察一会儿说："是农村来的？"我说是的，现在我已经在心里给自己定了规矩，不论别人问什么，我将说实话，必须说实话，因为只有实话才是虚构的反面，才是离虚构的密码最远的东西。予扇并没有格外看重我所从事的工作，但她很关心我的一些情况，并提醒我："你的前几任都有遭遇，你要小心。"我感谢了她。我在保安的带领下又回到了那个地下仓库，在阴暗的屋内我拧开灯泡，保安在若干道铁门以外那喘息声隐隐约约。从这时开始，我得承认我认为我是一个神圣的人，并不是因为我可以成为一个神圣的人，而是因为我的工作，我的保险柜职责促使我形成神圣的直觉，只有神圣了，才能维护那确切的虚构的密码。我回想刚才予扇对我的问话，我就发现我要想维护这个密码就必须对别人说实话，必须讲出真实的一切，这样谁知道我的虚构特征、虚构经历以至虚构密码呢？除了我自己。

那种神圣的感觉使我在阴暗的仓库内保持一种良好的精神状态。予扇每天都要到仓库来上两三次，既是打扫卫生也是为我送来食品，当然并不是说我不能外出，而我的外出必须受到中如的亲自批准。为了表达我对中如的感激之情，我以一个乡下人的忠诚坚守在保险柜边。予扇在擦洗铁门、板凳、保险柜时，总是对我发出意会的眼神，令我心动。渐渐地，我觉得予扇在我的内心中完全矛盾了，作为我自己，我已默默地喜欢上年轻的身体、滚动的体香和骚动的诱惑，但在另一面我完全认为她有可能就是那个窃贼，看她的行为有多像啊，在擦洗保险柜背面时，有时会愣着发呆，甚至她所有的问话都关乎我的经历、我的习惯，这是不是就在套我的密码呢？完全可能。因而对于予扇我矛盾了，但我很喜欢她。终于有一天保安脱离现场，只留下她和我在仓库里时，予扇向我走来，然后悄悄地问我："结婚了吗?""没有。"我如实回答。"家里好吗?""不好。"这种问答都很枯燥，因而也就使得时间非常具有不稳定性了，看来她向我尽可能地做了一些暗示，比如她是很善良、很通道理也很喜欢我的，而这对我内心的刺激是客观的，令我痛苦。现在我见到中如的机会不多，当然对于中如我又是另外一种心情，不像对予扇，对这个地下仓库内我常常面对的女人，我真想抱住她，只要这不是危险的举动！我肯定会的。予扇有时会坐在我边上，向我没完没了地问话，在这地下仓库内，问话是代替事件最主要的方式了，既然我不能对她发生点什么，那么问话立即成为必要的了，她问我的住址、经历以及年龄等等，我一一说了。当我每说完一个真实的特征我竟感到我的安全性提高了，取得了阶段性的胜利，因为越是她得到了我的这些真实情况，她也就越不会靠近那个虚构的密码。予扇会用那肮脏的潮毛巾在自己的手上不停地擦，这种动作很像农村的母亲们，因而我对予扇的知觉慢慢潜化成我对乡村的某种怀念，这是很美好的，总是在我们相处融洽，有说有笑的时候，保安小豹会突然急匆匆地冲过来叫道："予扇，予扇，打扫卫生的时间已到，快出去！"而予扇有点恋恋不舍，我有时不小心会从眼睛中流露出一种对她的关爱，这令她嫣然一笑，而我在面对保险柜时觉得我对予扇的心思是可耻的。保安小豹在每次开门关门和我短暂的接触中会评论我的坐姿、手势以及习惯。他说："你的好多习惯太土，农村气，现在你明白了你在中如珠宝店工作，并且受到这样的重视，你应该精明一些。"小豹每次说话并不期待我的反应，看来他是在暗中观察我，对于小豹这个我时时见到的人，我觉得他同样是危险的人，而每想到有这么多危险的人就在我身边，我是多么担忧啊！予扇第二次来擦洗保险柜时不幸划破了手，虽然不重，但鲜血滴在地上，按照我在农村生活那种迷信上的观念，这是一个不好的兆头，我想也许有人会杀死我，然后行窃，这种忧虑占据着我的思想，但最终还是被我克服了，通过这件事我明白我还是绝绝对对危险的，生命是脆弱的，即使密码再安全，而人是不安全的，这降低了我那工作中的神圣感。我捏住予扇出血的手指，她在抽搐，我发现她的脸上流露一种期望，我握紧她的手，我说，你不用怕，不用怕，包扎一下就好了。小豹这时迅速冲进来，猛地从我手中挣出予扇，然后扶着，迅速往外跑，不知为什么，他竟不无恶意地对我说："不要你逞能，狗屁！"予扇夹在他腋下，被他掳了出去。小豹那幻影一般的凶恶的对予扇的呵护，使我觉得我作为地下仓库的终点，在我的前边全部埋伏着模糊的人，既像中如珠宝店的员工又像危险的蓄意的盗窃者，他们的存在以及相互之间的关系，我弄不清楚。小豹对予扇的那种急切的呵护令我迷惑，同时我无法真正明了在小豹和予扇之间到底存在怎样的关联，从眼神、动作以及对话中看不出来，对这两个与我密切的人，我不明白他们之间的相互关系是非常危险的。

中如和我走下汽车，在立交桥底端的凹地上散步，满天的城市上空的星斗简直就像奇迹，这要得益于今天才下了场雨，空气清新，才得以现出这满天的星光，尽管中如还没有讲话，但我已万分感激了，许多杂乱的盲流正在涌动，在立交桥不远处的江堤上传来各种鬼魅的抱怨声。整个江边的大城市稳重，繁华，现在在这星空的笼罩下闪烁着它内部的各种灯光。中如和我并排走着，她试图告诉我她的身世，而这也正是为了让我明白她非常看重她现在的金钱、珠宝和地位。我没有对她的财富表示惊吓，这显示了我冷静的工作作风。她说："你不用担心其他的，只要你把那个保险柜看好了，有你的钱!"我说，我并不完全在意钱。中如看了看我，很宽容地笑了，许多汽车闪过，凹地上的青草在静静地匍匐着。显然，这是一个抒情的季节，我认为我已经在这个城市中在中如珠宝店取得了自己独特的实现价值的方式，只要我牢守我虚构的密码，那么我就可以认为我活得不错。我把我的这种感觉告诉了中如，中如起初没有赞同，但后来她好像被我那种抒情的倾向给感化了，她说："哎，你还是个不错的家伙。"通过这短暂的散步，进一步拉近了我们之间的距离，强烈地突出在我们面前的是：为了她，我虚构了一切，但是这种虚构因为必须保密，而成为一个绝对化的存于内心深处的东西，令我稳定。当然在那夏夜的星空下我也明白正是这虚构才表达了我有能力对中如表达我的忠诚，也才能形成我对她的忠诚。中如后来在一大块旧木板上坐了下来，在这块荒废的像工地一样的凹地上，她抬起头问我："我觉得你不能体现你过去的东西，一点信息也不能暴露，你要知道在中如珠宝店内那些隐藏的窃贼非常灵活，有异常的感知力，你必须判断他们对你的认识和探密途径!"我焦急地说："那不是你说的吗，你说过我只要将有虚构的特征以及由虚构的特征再推究出来的密码保护住就行了吗?"中如站了起来，面向前方，她说："壳贝啊，我们要把眼光放得远点，你想想，别人又不是呆子，他们反应灵着呢，既然你工作了这几天别人没能从你口中掏出什么有利的东西，也许他们已经发现你是在虚构!""发现我在虚构?"我迷茫了，我觉得人们的目光和智力都有可能是敏锐的，我非常不平静地说："为什么呢，别人要盯着保险柜?"

中如说那是因为保险柜内的财富具有不平衡性。但我立刻起誓我要维护这财富，这保险柜对我是绝对化的意义。中如看来对我非常器重，甚至已经用她温暖的手拉住了我的手，据她讲她的身世，她是个独身女人，从外地来的。我不明白她为什么有那么多珠宝，以及她为什么还要做一个普普通通的怕别人盗窃的胆战心惊的人。后来，凹地上的那些草块染上了露珠，在脚下撑了起来，她慎重地说："不能让别人发现你是怎样虚构的！绝对不能！"我更加迷茫了，我想我该如何向别人隐藏与我虚构有关的细节呢，甚至这细节只存在于我那虚构所需用的短短时间内，现在它还存在吗？为了表示我的警觉，我告诉中如，在我身边现在那两个我每天必见的小豹和予扇好像有些异常，中如在听完我的叙述之后，认为我不仅没有经验，而且还过于人情化，太不理智了。她认为我必须冷漠，必须割断别人对你的所有欲望、想法，让别人觉得你像一块石头，而谁又能让石头说出他的思想和经历呢？正因为作为一块石头它说不出来，所以别人才会来研究你，因而你应该尽量去除自己表现出来的东西，或者说最好让自己没有表现。"没有表现？"我想没有表现可能就是指一种精神上的消亡，只要坐在那儿，记住虚构的密码就行了！中如和我一起返回她的住处，我坐在那豪华的沙发上，双眼充血，觉得一切都来得太快了，中如脱下外衣，甩动两条细长的腿，之后盘在沙发上，在对面可以清楚地看见她的腿根，看见她的身体在那儿无所谓的样子，我不知道怎么办。中如闭上眼睛，之后我就走了，走出中如家，返回地下仓库一直有保安在陪同，这使我在迷蒙中感到我通过这密码获得了自身被保护的权利，我总在想密码也许就是我自己。

从一开始，中如珠宝店就扣下了外界与我的通信，刚进中如珠宝店第二天我就上街发信把我的工作地址介绍给我独自在农村务农的父亲。父亲应该是很高兴的。但后来他们的回信以及电报全部被中如冯乌他们扣留在办公室里，他们认为这是我工作的需要。大概也就是在我到珠宝店工作还不满一个月时，我父亲开始患病，几封加急电报催我汇钱回去。有父亲本人发来的，也有堂兄发来的，这使中如无比气愤，她对冯乌说："我的人，为什么要与这些人有瓜葛？"冯乌连忙说："那是，那是，可毕竟是他父亲啊！""不行！"中如嚷道："他现在太重要了！"长久没有得到来信，使我顿感惆怅，紧接着我感到可能中如他们在背后封锁我，因而我径直闯向中如办公室。我说："我不行，我要回去看看我父亲。""可你没有父亲！"中如倔强地说。"没有父亲，我真的没有父亲？"在中如那股气盛的压力下我难过得说不出话来。其实我是有父亲的，我对中如虚弱地说。为什么我虚弱了呢，因为在这一刻我猛然意识到我的虚构的密码也正是与我父亲有关的，我是从我虚构的父亲的出生年月、时间、特性上推出了现在我使用的密码，因而父亲实在太重要，也太危险了，由于父亲处于如此独特的位置，因而我害怕父亲了，害怕暴露。但中如呢，她为什么知道我内心对父亲的虚构呢。中如说："你在乡下只有父亲对吧，只有父亲在乡下，父亲是你唯一的乡村背景，这太危险了，假如你确实就是由父亲来虚构这个密码，那么？"她话没有说完，然而我紧张的神情使中如睥视着我。她叫道："太要命了，你太缺乏想象了，叫你虚构虚构，为什么你不从其他虚构的东西上再去虚构，说到底，你还是老实，告诉你，你没有父亲，为了工作，你没有父亲。"但如果仅仅从工作上来讲，我确实不应该有父亲，因为没有父亲那我就放心了，别人就无法去探寻我内心虚构的密码了，因而我不说话了，默默地返回地下室，而那些封锁在中如抽屉里的加急电报正反映着父亲衰老的垂危的病情！到地下仓库，予扇已等在铁门那儿，小豹在看见我时向我露出迷人的微笑，可能是我的特殊位置使予扇几乎可以和我站在一起，她说："我的手好了。"她伸过来给我看看，小豹打开铁门，生着闷气，然后他走了。予扇在闷湿的仓库内说："你离开家了，到了城市，但你不能忘了家啊，我们都明白你的工作性质很特殊，但这不能阻止你对家庭以及身边的人应尽的义务！"她说话时不停地暗示我，她对我的关心完全是出自她对我的好感，而我同样在这抽象般的地下室内被这种好感收买了，我觉得我可以过去摸一摸她，于是我草率地过去摸了，而这未尝不可。反正予扇反应更为积极，在地下室内，就在保险柜斜背后那张长长的破沙发上她要求我对她好，除此之外，没有别的，她一再不停地对我说："不要因为你特殊的保管员的身份就看不起我。"看不起她？我不会这样的，因为我无时无刻不在提醒我自己你予扇和小豹也许正埋伏在我思想的出口，随时在等待破译我的密码呢。你想想他们那么穷。而这个柜子里有那么贵的珠宝，是谁都要动动脑筋的。我趴在予扇身上，我觉得我利用了我的特殊身份取得了非常危险的收获。予扇仍不经意地问我："家里还有人吗？"我如实地说了。在我和予扇抱在一起时，小豹捏着手中的家伙在外面气得半死，可没有办法啊，谁叫我是管理员呢？在这时候，对于予扇我还没有发挥我的真情，因为我的大量感觉都表明对付予扇，其实只相当于对付一个危险的敌人，但事实上也许并非如此。予扇那风流的手势以及不驯服的热情都属于她自身生存上的习惯，同样，我并不了解她，因而我所使用的对予扇的方式完全出自于予扇是一个虚构的敌人，而一个虚构的敌人在被我拥抱时，我有一种犯罪般的快感，一种疯狂感，使我顿感我自身那与众不同的意义。予扇在讲话中虽然一直都很尊重我，但她总不忘记提醒我："我们有一个共同的特征，那就是我们都是穷人，都是相对于中如来说贫穷的人。"我很害怕，我害怕贫穷成为一个对我对密码不利的特征，然而贫穷不是数字，因而与密码还是有距离的，不必害怕，但我想不到正因为贫穷才吸附了我的存在，才吸附了我充当一个管理员去脱离一切去过这种虚构的生活！如果我不贫穷，那么我完全可以与中如无关，与保险柜无关，也许我不贫穷就有了自己的保险柜和雇一个虚构的管理员！

鉴定员历经是个鬼头鬼脑的家伙，穿着灰色的夹克，人很瘦小，戴副眼镜，拇指和食指总爱捏在一起，在冯乌的面前他的眼睛骨碌碌地转着，而清点员练练在冯乌的背后，刚刚被他骂了一顿，历经示意清点员不仅要搞好自己的工作，更要充分理解冯经理的良苦用心，其实历经认为练练应该清楚在中如珠宝店内生命是不平等的，必须有震撼，有改变，也就是说历经总认为在搞好自身工作的同时，也要更多地为自己着想，毕竟中如是个商人，是个独特的商人。练练很诚实，正因为诚实才是清点员，用来核实珠宝数目，而历经很精明，从而也只能是鉴定员，对两个珠宝店内的特殊员工，冯乌则有他自己的一套想法。他们三个人坐在国防咖啡馆的前台上，飞舞的灯饰依靠电力的交替作用忽明忽暗，阴风一会儿就起来了，使人觉得躁动不安。由于历经多次对清点员练练的暗示，清点员都没有反应，因而历经找个理由让冯乌把他赶走了，在暗失的电灯中冯乌和历经凑在一起，现在该到说实话的时候了，大家不都是为了生活得更好吗，但他们马上意识到他们辛辛苦苦为中如干了这么长时间现在的待遇比壳贝也好不了多少。很奇怪，这个人，历经把烟头在嘴唇边咬碎了说。冯乌没有表态只是骂了一句，这个孬种。什么意思呢？无非是我严守了一个奇怪的密码。历经说他能有多大本事，我保证他要出事！冯乌把冰凉的西瓜汁倒在地上，然后用皮鞋蹭着，他觉得中如简直是个白痴，找了这么个乡下来的冒失鬼。但正因为是中如看中的，所以冯乌就决定一定要打垮他，不能让他在那个位置上坐稳，他没有那个能力。历经马上意识到冯乌简单地否定我是不对的，毕竟作为一个人他总可以虚构一个东西的。历经与冯乌在阴风忽起的前台把头靠在一起，他们俩发誓必须紧密地捆在一起，然后做一下大致的商量。冯乌接着就喝了不少酒，拿起手机打通中如家的电话，立即放下架子温和地说："中总吗，我是老冯啊，你好吗？"冯乌也知道他的套近乎不会勾起中如的欢心，这个女人好像除了珠宝她什么也不在意似的。电话中出现了短暂的停顿，历经连忙抢过电话说："中总，明天是进货的日子，我们要下仓库的！"中如于是慎重起来，她叫冯乌过来讲话，冯乌再次拿起电话时，额头上布满阴云，中如在那边狠狠地命令道："我不允许你们在外面擅自讨论公司里的事情!”冯乌向历经努了努嘴，历经敏感地做了一个划刀的手势。这使得冯乌慌乱挂掉了电话，马上绷起脸对历经说：“这是老板，不要乱比划。”历经摇了摇头。冯乌第二天一大早映入我视线范围时，眼睛是肿着的，每逢开箱放珠宝进去，气氛都非常紧张，保安们列队进门，然后列队退出，只留下历经、冯乌、练练、中如和我。我们围在一起。因为货还没到，大家有机会在保险柜前做一些简单的聊天。冯乌装作非常关心职工生活的样子，在那儿跺了跺脚说：“我们考虑为你安装空调，免得累坏你的身体。”这一点纯粹是妄想，中如不会同意的，历经的表情向我透露了。后来就是来了电话，说珠宝到货日期推后，那么今天就不用开柜了，我如释重负，大家一起来到办公室，中如则到外面谈事情去了，在冯经理办公室，历经故意坐得离我很近，我觉得他的和蔼令人心悦诚服地相信他。“我是搞技术的。”他和我握了握手。冯乌特地站了起来严厉地说：“壳贝，你担子不轻啊，你也知道你能做上这份工作实在是中总独到的勇气和眼光，你不能让大家失望。”冯经理的话我听进去了。但从冯经理大堆的废话之后一接触到问我个人的一些情况时，我立即把他以及历经都当成了危险的可能的敌人，我觉得不怕一万，就怕万一。冯乌在头脑中盘旋着中如和他一起扣下的我父亲的病危电报，这张纸在他眼前燃烧着，但他在凶狠地做一种冒险的试探：“听说你有一位父亲?”“父亲、父亲，”父亲这个词儿那庞大的压力使我头疼，喘不过气，使我失望，因为按照中如的要求为了工作我是不能有父亲的。冯乌见我半天不说话便有点穷凶极恶了：“可你必须有个父亲，这是事实，难道事实你也怕!”由于冯乌太暴躁了，因而我表示了抗议，“我可以不回答我有没有父亲，除非中总这样要求我!”历经见状连忙站起来劝场，他和蔼地半弯腰在我面前说：“壳贝，冯总也是为你好吗，你又不是不知道中总不是一个完人，她有她的不好的一面。”这下子我完全理解冯乌的用心，他确实是想用父亲的情况来胁迫我，不论事实上他有没有可能与盗窃有关，但毕竟我认为他具有成为一个敌人的条件，只因为中如的珠宝是中如的，而不是他的，那么他为什么不可能是个窃贼呢。在我意识到这一点之后，我马上站起来表示我要离开冯经理办公室，但历经坚决地按住了我，他说：“你这样过分的小心谨慎我们完全可以理解，但你要明白你不能没有父亲，不能假装你没有父亲的!”怕什么！我在心里想，我只是假设我没有父亲，因为这对我保护密码有利呢。在历经的带领下，我到了中如办公室，他说是让我在这儿休息一下，再回地下室，不用生气以免影响工作，他说你多心了，冯总，他会是坏人？历经转身走了，在中如办公室我很快在地上捡起了堂兄发来的父亲病危的电报，看来这是冯总安排的，但当时我无比伤心，也无比气愤，我觉得中如太过分了，她把我的密码完全放在比我更有价值的地位，那么我还是个人吗？我揣着电报，泪如雨下。这时我也才在心中强烈地要求我使用感情以使我能从一切虚构的思想中返回一个普通人的状态，从而也才能承认我有一个父亲。只有这时我才意识到这份工作既艰难而又危险。我可以虚构父亲年龄、出生年月那些特征现象，然后再虚构密码，但我还是从父亲开始虚构的，我认为一切虚构必须从一个实际的存在出发，即使不是父亲，那也将是另外实实在在的一个东西，这是无法避免的，既然这样，那也不必强求，我认为我应该对我实实在在的父亲负责，在他病危时，我必须回去看他！由于我拿起电报那激动、压抑而又痛苦与紧张的神情被别人发现了，于是在中如珠宝店的某些知情者心里，我父亲，这突然呈现出来与我有关联的一个人物立刻成为他们思考的对象。也许他们思考的并不是这个病危的老人，而是他，对于壳贝、保险柜密码设定者的影响，然而，在现在的局势中最危险的却是别人已经肯定地知道了我，壳贝有一个父亲，不管病危也好，死了也好，他是有一个父亲的，而这还不是事实吗？虽然是事实，但正因为他引起虚构，是虚构的起点，才显得万分危急。

周末，在地下室戒备森严的气氛中我迈出沉重的脚步，在精神上或者说在思想上我完全成为一个囚徒似的人。铁门依次锁上，予扇用一种又惊羡又同情的目光为我送行，而我每想到在她的身上在她的心中都留有我的痕迹时，我觉得即使是虚构的生活，它也含有一些不容更改的事实，它们与虚构的东西并列，使危险的关系继续暗暗地往前发展。我心情非常激动地对予扇说，我要去见中如。子扇摇了摇头，表示她对我的行为难以评价，只是说了句：你要好自为之。能有什么不好呢，一个打工仔去见自己的老板会有什么不好呢？我想我应该更切实地回到一个真实的自我的位置上，到中如那儿就应该告诉她，我可以过虚构的生活，维护虚构的东西，但同时在与虚构不抵触的情况下我也应该拥有现实的生活。敲开中如的家门，中如早已恭候在客厅，她让那个做事的保姆回到小房去了，然后大声地说："今天我把店内和仓库的事儿都安排好了，你尽管放心，可以在我这多待一会儿，只要你愿意，随你便，你确实辛苦了！"中如那客气的语气使我被软化了，然而在内心我强烈地要求我必须向中如讲我要回去看父亲的事。因而坐下来之后，我开始闭上眼睛，狠劲地咬了咬嘴唇，然后我说，我确实有父亲的。中如没有说话，而是起身把吊灯关了，代之的是柔和而又晦暗的壁灯，过了好一会儿她才说："你不要再让我失望了！"我说："可我必须有父亲，我有一个病中的父亲呢，甚至病危，或者已经死了？"我声音哽咽了。中如坐了过来，她声音很细微，但无微不至地体贴着我，她说，好了，好了。可我没有被软化。我坚持说我的看法，我认为我的父亲和我的密码并不矛盾呢。不矛盾？中如缓缓地说："我也看出来了，父亲对你非常重要，但为了工作，你知道父亲是不能存在的，因为他对你的工作是一种破坏，如果你因为父亲，因为回去看父亲而露出破绽，那么可想而知，你将造成多大的错误，酿成多坏的恶果啊。"我想了一会儿嘀咕道："只要我反映的父亲或者说发生的一切与父亲有关的事都是真实的与虚构无关，那么根本不会影响工作，不会波及到密码的安全嘛！"中如站了起来我才发现她穿着极短的白裙，只到腿根稍下那块儿，我的心怦怦地动起来了，她绕了几个弯子为我端来一小杯冰水，递到我手上之后说："你父亲本身是安全的吗？不安全啊，你想，父亲既是真实的，因为你父亲存在，同时他又是虚构的，因为你不就虚构了他的那些特征吗？"我立即承认我确实是从父亲身上开始虚构的，因而中如说道："从一开始，关于你父亲，你就犯下了错误，由于他是你想象力的起点，引起了虚构，因而你父亲必然处于一个危险的位置上，他现在病了？"中如假装刚刚知道地问。我说："是的，但我是一个人啊，不管我现实也好，虚构也好，我必须对我父亲负责，我爱他！"我破釜沉舟地说。中如坐了下来，在我边上，不知从哪一天开始好像中如真的与我成为那种息息相通互相依赖的人似的，她说："那你要考虑我啊，我的保险柜或者说我交给你的保险柜，你也必须负责，现在唯一让父亲和保险柜不冲突，就是你必须让别人无法了解或无法认清你父亲生病或者说你有父亲这件事儿。""那么？"我疑惑了，我说我该怎么办呢？中如于是在我边上瘫倒在沙发的靠背上，用手捶打着头，并且她示意我帮她按一下疼痛的额头，一接触上她的身体，那么她那交给我的保险柜以及珠宝便变得神圣起来了，而且好像拥有了我对它们的占有的直觉，我觉得这种心思奠定在中如与我那友爱的关系上，中如想了一会儿说："既然已经虚构了，看来你还是可以虚构，那么现在我们必须继续努力，那就是你必须让你父亲不再影响你，就当他不存在。""当他不存在？"我觉得在城市里我不能可耻到这个地步。中如翻了个身，脸朝着我这边，伸出手按在我肋旁说："你还太年轻，不懂事，当他不存在是做给别人看的，实际上我俩知道就行了，我们可以汇点钱回去，委托别人照顾，就说你工作太忙，深得老板的依赖，因而请他体谅你。"接着她又说："因为保险柜是我的，而你是我的管理员，因而所有其他人都不可信，我们让别人看到你根本不在意你父亲，从而别人也就无法从你父亲身上下手来破获密码，哎，密码，你真叫我难受!”中如使劲地蹬了蹬脚，然而我和中如近在咫尺，再说那个做事的保姆早已到小房内睡去了，剩下我们两个单独的完整的人，因而我的野心蓬勃地萌发了，我用力打了个哈哈，接着我说你真好，仅仅是我的这句话就消除了一切故障，中如过来搂住我，她深情地说：“真难为你，我，你……”她没有说下去。我用手抚在她滑溜溜的腿上，此时我觉得我不仅可以抚摸这富有的女人，甚至我可以告诉她我对你永远忠诚，因为这是我真正的生活，因为真正的生活隐蔽在那虚构的密码处，隐蔽在虚构的意义里。中如拉着我的手，主动地让我抚摸，她没有呻吟，而是不停地压制喘气，尽量保持她习惯上的风度，很大气，有钱人的那股善良劲儿。我们就这样吧，为了工作，把父亲干脆地抹掉，暗暗地寄钱，托人关照就可以了，因为你虚构了他，所以不能说是你没良心，而是父亲处于不利的位置上，对于你来说。在我和中如处于非常兴奋又非常和谐的抚摸的快感中时，我突然惊叫到：“我害怕他真的不存在了，我害怕我不回去看他，他就要死了!”中如按住我。

清点员练练带着中如那含糊不清的指示来到我家乡所在地，乌消乡乡政府时，他感到他进入了壳贝的内心世界，那个打工仔盲目神情之外的那个纯净的地方，大山阻隔，汹涌的河水，大峡谷，在乌消乡，说是一个乡，其实方圆好大，整个层出不穷的乌消余脉全部交错着。很难划清具体的地域，好不容易找到负责人，报上我父亲的姓名，负责人摇头，说，太大了，太迷茫了，大概在山那边，他指了指山头，也许到别处问问会好些。练练知道这个确实弄不明白到底壳贝的父亲住在哪，因而他决定自己去找。行走在我的故乡，行走在他本人的一个同事的故乡，在大惑不解的山区乡村，他沉重的步行声就好像扣响在我在城市那盲目的心跳上，练练也许被震撼了，走了好长时间，按照姓氏以及我堂兄的姓名，经过许多陌生人隐约的点化，练练还是找到了一块在乌消山下一块算是开阔的地儿，乌消山虽不高，但山头众多，若隐若现，在山中间凹地保留着一种封闭性，有出口也有进口。当练练终于站在这凹地上时，他明白像这块地方所养育出来的壳贝他是不会复杂的，对于那个城市，对于珠宝店那复杂的构成来讲，他必然是简单的。为了尽快地寻找到我的父亲，他在乡政府边的邮局就已经秘密化名给中如打了电话，直接告诉她，他会不折不扣地完成任务，他惊喜地说，我已经找到壳贝的故乡了。中如严肃地说，你不要有其他动心的念头，必须尽快看护好父亲，如果他去世了，就为他送葬。正因为练练是从城里来的，乡里的那个负责人还是表示了他的感谢。练练在太阳垂落进高高的山的背后时，终于找到了我所居住的那个村落，他先找到我堂兄，向他介绍："我是从壳贝工作单位来的！"堂兄吓了一跳，赶忙表示极大的尊重，但同时又疑惑地说："我弟呢，为什么他不回来！"练练说："因为工作上的需要，他不能回来，委托我回来，看望父亲。父亲现在?"堂兄叹了口气说："哎，也没什么，就人老了，每一天都很危险，他自己每天都在说，他要死了，不过，他确实在生病呢！"堂兄非常焦急地说。堂兄绕着村内的山路，拐了几个弯到了一个小坡上扣响了我家大门，父亲一人在里面没有回声，堂兄直接从门档下面拉了机关，打开大门进去，屋内幽暗，这在练练看来就好像是我那模糊的不被认识的大脑。堂兄在里屋门外叫道："叔，壳贝托人回来看你了！"还是没有回声，于是堂兄带着练练直接进去了，来到床边，父亲正把脸侧靠在床沿上打盹，身体看上去虽很衰老，但毕竟是一个活着的人，在呼吸，在暗暗地动。练练没有被这场面给感动，相反他有一种巨大的仇恨感。他觉得壳贝确实不应该有这样一个父亲，有什么用呢，对于他的城市生活有什么用呢？但就是他，引发了那个非常重要的密码！练练在心中盘算道。然而在口头他仍非常善意地对堂兄说："壳贝不错呢，有些话，我要对老伯说。"父亲仍没有清晰地睁开眼睛，堂兄很识趣，打了个招呼："叔，跟来人讲几句吧，等会儿我再来。"堂兄带着非常疑惑的心情离开我家。练练在床沿边的椅子上坐了下来，坐在父亲那藏青色的已经备好的寿衣上。练练扯大声音叫道："你再醒醒，我是替壳贝回来看你呢。"父亲这次听到来人说出我的名字，终于睁开双眼，小声地说："我的壳贝呢。"从声音上听，父亲已经很老了。"他在城里由于工作需要，不能看你，不能看你，不能，你懂吗?"父亲积聚了一些体力，挣扎着说："那怎么也不打封电报啊?"父亲的问话声音远远小于在幽深的山谷飘荡的自然的那些回声，这使得练练恐惧起来，但练练看父亲的气势估计他已不能支持多久了，因而练练说："你要明白你得珍惜你的儿子，他在城里混得不错呢，正因为他有了这样的城市生活，所以你得原谅他，他不回来送你了。""送我?"父亲忽然镇定了，他觉得这是他妈的讽刺，然而我们看起来非常忠实的练练此刻在这个乡村老人面前正凶狠地说："我来送你……"但他没有说下去。其实父亲这时就明白了他的儿子已经承认并默许了他的临终，而这不正是他自己以及委托堂侄催发的电报中所一再希望表白的吗？看来，他懂了，父亲在心里想到。"他在城里干什么啊?"父亲虚弱地问。"哦，这个，这个，"练练重复了几遍，接着他又说："他干一份重要的工作，为私人干，知道吗，为私人老板干活，很好，很好呢。"父亲一听在为一个老板做事。立即毁灭了他那微弱的希望。"那不行。那不行。""你嫌不实惠?"练练低下头问。

“不，不是啊！”父亲把眼睛睁得很大：“那不安稳。”父亲使劲地否定道。练练在此刻用内心那强力的控制欲使自己保持冷静，他温和地说：“老伯你放心好了，我完全可以代替他告诉你，好着呢，虽然很艰难，对工作来说。但作为父亲，希望你能理解，希望你理解你是他的……”练练没有说下去，他的眼泪快要出来了，然而他是坚定的城里人，身上含满了现代人那认真负责而又敏锐的精神，也许父亲已经意识到了他儿子在城市中那微妙而又危险的位置。其实在练练马不停蹄地赶往父亲并与父亲交谈的每个时间点上，中如珠宝店的另一个，鉴定员历经以出差在外为名受冯乌的密令悄悄尾随练练，赶到了乌消乡。此时，当练练在父亲床边问话，历经正用凶猛的光芒逼视着我们村庄的外貌以及四周那高高的山头。父亲终于明白儿子是不会回来了，就像儿子不再是一个具体的儿子，只是一个记忆中的儿子，走向城市，能那么轻松地回来？练练看见我的家中只有一些必需的陈旧的木质家具和劳动工具，再看这非常精神化的父亲，骤然明白了我的那种无所认识的特性，有什么呢？什么也没有！父亲在练练的搀扶下站了起来。

潮湿的闷热的地下室内，我刚刚恢复生活的信心，中如在不久前对我说：“我已经为你父亲汇钱去了，会帮他治好病的，你放心。”中如还告诉我如果有必要她可以派人下去看望我的父亲，只要我能保护好密码，替她管好保险柜。中如甚至把她吃剩的一只苹果丢给我，让我抱着它，像抱着甜蜜的事业。她让我返回地下室内，对我露出意会的笑容，使我觉得在城市内只保持一种微妙的位置，你就能获得微妙的生活，但像我这样一个乡下人，能混到这种地步已经是令我满意了，就这样，我觉得我的父亲其实也已经从我虚构的生活中获得了巧妙的利益。我甚至在想：看，我的老板为我付钱替父亲治病呢，由于金钱、位置、甚至是信任感的诱惑使我对父亲渐渐丧失了那种敏感的思念和爱。父亲似乎更加模式化了，成为乡村的一个幻影，成为我虚构的起点，成为我也认为对我不利的人！对我不利的存在！予扇停止和小豹那短暂的对话又和我同时处于地下室内，每天只要她愿意她都可以以打扫卫生为名，多待一会儿。予扇成为我生活的一种象征，好像在这个城市在我这个位置上，我去拥抱或亲吻一个打扫卫生的女人是无可指责的，当予扇把擦洗用的毛巾丢得老远，而那只还有湿味的手绕向我愚笨的下颌，想托起我非常独特的装有密码的头颅时，我感到在这个地下室内我的生存我的存在慢慢变得合理了，这是不以我的意志为转移的，因为我必须在这种虚构密码压力下好好地活着，甚至我认为我活着就是为了记住这密码，我认为我活着有了巨大的意义，它与密码的存在并驾齐驱，处于中如珠宝店那首要的位置上。予扇仍躺在那浅绿色被烟火烫得七孔八疮的长沙发上，沙发难过地下陷着，发出那种沉闷的抱怨声。予扇会捏住我的下颌说："我们都太穷了，打工，为他们做事，可我们是人，我们就不能像他们一样富起来?"其实她的每一句话我都可以很轻易地理解为对我密码的勾引，然而这一招在我看来是非常幼稚的，因为我想我的密码是我虚构的，虚构的东西不探索不研究会出来？没门。因而我不发表意见，我只是抚摸、亲吻，与这风流的打工女人在这地下室厮混，我觉得我可以满足她的心理，看，在地下室的保险柜边工作的人只不过如此，他也有七情六欲，他需要我，需要外面的，他不仅仅是密码的主人和奴隶！我闲着和予扇坐着的时候，总想用烟火那晦暗的光明去照亮她手上被划破的地方，那个疤痕一直敞开着，对我来说，她是有某种坏兆头的，好像一不小心那破坏的地方又会流出血来，预示着某种突然的变化，比如把我杀掉，用强硬的方式夺走珠宝，这使我的心情总是紧张，从而也使我虚构的密码和心理都显得苍白与虚弱。其实，我每当和她在这地下室厮混时，我都明显地感到我一直把我最危险的设想都会加在她和小豹身上，不仅因为他们同样是贫穷的，更主要的是我们每日必见，那样熟悉，似乎每一句问话，每一个行为都关涉着那个虚构的密码和虚构的存在！予扇小心地摸着我胸口上的扣子说："你已经到这儿不短时间了，听说你父亲……"现在予扇提到我父亲使我的心情被沉重地打击着，因而她继续颇带感情色彩地说："大家都很明白，你对不住你父亲，你想想，谁不知道。"接着，予扇向我列举了有多少人对我有议论，甚至他们都隐窥了我内心那特殊的状态，到底还是为了中如什么也不顾了，然而中如真的有那么大意义？如果没有中如，还要那个密码吗？予扇不无讥诮地说。予扇甚至向我大胆地提示，正因为中如只是一个人，一个既有钱又有毛病又最终具有必然缺陷的人，那么她才有她不利的一面，也就是说她也可以不明不白地消失掉！那么密码是绝对的，对你绝对重要的东西？我经受着予扇的冲击。但我总是不明白为什么予扇会这么糊涂，难道我苦心经营死死维护，为此可以忘记父亲的虚构密码的生活会被她这么简单的怂恿动摇掉？我认为我虽然贫穷，然而我是坚定的，但我在那一刻没有意识到我坚定正是因为我贫穷，如果我不贫穷，或者说绝对地认为我不能贫穷，必须与中如拥有一样的财富时，那么我对予扇的冲击还能这样无动于衷?

父亲突然焕发了一种新异的力量。这使练练无比吃惊，练练挽着我的父亲，感到万分委屈，同时又渺茫地希望能从中得到点什么。"真的不能回来，也不会回来了？或者是来不及了?"父亲加大力气问练练。练练于是用压抑的口气说："老伯，你不用再想了，你要知道，我说实话了。""说实话?"父亲被练练的话给震动了，父亲在这一刻可能启动了他智力上最精明的部分，他预感到他的儿子现在已经异化了，不再仅仅是儿子，更可能的情况是他迫不得已不能是一个儿子了，不然他为什么不回来呢？既然不能，那么就不必再强求了。父亲在堂兄和练练的搀扶下迈着正常人那样的步伐向遥远的山冈走去，说遥远其实只是感觉上的，因为天天都能看见，而又不会常去，才显得处于精神上的顶端，很难碰着。三人刚一拐出村口，埋伏在村口的历经就悄悄地戴着一只大斗笠远远地瞄在后面。山区潮湿的雾气比我在城市地下室内的雾气还要重，并且乌云下降得很低，由于这会儿云还算稀薄，因而那渐渐逼近的两座山冈分明地确立着它们的位置。父亲正朝右边的那座山冈迈去，堂兄在明白父亲的取道之后劝道："叔，还是不去了吧，壳贝不在，你还是不去了吧。"父亲没有做声，他在想不去那山冈还能去哪呢，只要真正明白他的人谁不知道他早就在暗暗地盼望着坐在那风儿吹动的山冈上呢？也许只有他儿子，只有现在在城市中生存的我才明白那山冈本来就是我父亲的理想和归宿，每次劳动归来或者坐下来想心思的时候，总对那荒凉的灰色的山冈凝望着出神。当练练在右手搀着我父亲，堂兄在前边若停若走地不断阻止父亲的过程中，恰好乡里有个人正在某个村里做完工作回来，碰到练练，双方还寒暄了几句，出于交际需要，练练就把我在城里的情况作了一番虚假的陈述，然而谁都阻止不了人们在确信壳贝已经属于了城市，甚至他已经构成了城市的一部分。父亲在这种似乎是胜利的结果的鼓励下，精神格外高涨，同时它也掩藏了另一种更直接更突然也更消极的崩溃。练练和乡里的人作了形式上的告别，乡里人赞扬练练能如此高风亮节代一个到城里生活的农村人回来关照亲人，这纯粹是正义之举。这也使得练练觉得在中如珠宝店内那个怀揣虚构密码的壳贝确实获得了某种偶然的利益，但很快父亲的精神就不能维持了，因为力气不够，气也接不上，那种本质上的衰老也就一览无余了，这样刚刚在练练心中升起的对壳贝的难以认识的感觉现在减退了，因为他已明白从这样的一个父亲的身上所引发的虚构怎么也复杂不到哪去的，甚至也不能构成一种真正的秘密和威胁，这样的父亲确实就如中如所说，他拖不了多久。此时他想到中如才想到他此行的使命，必须尽快维护住父亲最后的存在，维护住最后的对父亲的控制权，说明白了，只要父亲去世了，只要他平静而幸福地去世了，那么这个虚构的起点，一个真实的存在也就失去了它的有效性，消匿了，那么即使他去世得并不幸福，那也没有办法，反正按中如的说法，这是为了壳贝，为了中如珠宝店，为了城市内他的工作和未来！除此之外还有什么多余可说的呢？堂兄卷着裤脚，无法和练练说一句完整的话，这个城市人对他来说，除了令他感动没有任何可供辨别的东西。然而练练搀着父亲的手渐渐吃力了，好像父亲正在丧失前进的主动性。狡猾的历经跟在练练一行的身后，他在父亲的背后凶狠地盯着父亲，然而在他看来父亲仍是一个复杂的存在，仍是一个带有谜语性质的东西，因为他竟没有觉察到父亲正在作最后的努力和挣扎，到那山冈上去正是父亲最后的与儿子有关的行为，只有他儿子知道他的父亲热爱家门前方右手那高高的荒凉的山冈，在那山冈上可以背靠乌消山那高耸入云的高峰，而在左手是同样一个灰色的山冈，同样敦厚、浑圆、确立。父亲实在太老了，也太虚弱了，因而他的每个步骤在快到山冈上时，已经变得不像他心中所思想着的行为了，好像他是在完成一项任务，而这任务只有我才深深懂得，那是迈向我观念中思想中心中的父亲的最后的结局，在我当初以父亲来虚构密码时，我就想到了在我熟悉、生活并认知着的故乡乌消山区，只有父亲，这衰老的我全部的背景的父亲是我的爱的象征，我爱他，我一直在心中记忆他，我才有了这样一个虚构的起点，而我，还能在这个如此激烈的城市中虚构父亲的什么呢，当父亲现在真实地向山冈迈出每一步，我当初在地下室内也就同样在虚构他的结局，他的每一步，冲向那山冈，冲向那守望家园的地方，除了这个地方值得虚构，可以虚构，除了可以被虚构，可以被我美好而谨慎地虚构，我还能从哪儿开始去虚构呢，我找不到其他的东西，因而今天的父亲并没有脱离我的心灵的感应，并没有脱离我虚构的过程。从我父亲迈向山冈的过程来看，当初的虚构显得那样真实、那样必须，就像父亲完成他自己，最后他就像我敲定了那个密码一样坐在那块山冈的地上，灰色、潮湿，仅有的几块石头垫着屁股，冷雨穿插着，并不大，刮着人的脸，堂兄和练练都脱下衣服，遮在父亲身上，他双眼闪着光亮，那是他必然的眼光。在对面的山冈上坐着的坟上是我在幼年时就病逝的母亲，她已坐了好多年，在这两个山冈的前边的开阔地上，就是我们的村庄，就是我们的家，这种抒情般的场景打动着练练，躲在不远处一个凹一点地方的历经擦着脸上雾湿的雨气紧张地等待着。父亲忽然站起来，向前艰难地迈去，站在那山冈靠内侧的边缘，对着练练说："回去告诉壳贝，在山冈的下面，在山冈们之间，那四弯松好着呢。"练练顺着父亲的手指看下去，在山冈之间那隐蔽的地点上，有四棵高大而又茂密的松树盘结着，纠缠着，扯成一片，绿茵茵，遮在雨气里，含满了沉沦的意象，令人消极，又令人渴望去理解这山冈之间的下陷。其实，这时在另一个角落偷偷观看的历经已经破晓了密码，他马上转身一路冲下山冈，四弯松，四弯松，这沉陷的山冈间的四弯松，这四棵弯曲的在下陷的地域生长的东西不正是唯一的值得人们去思想的东西吗？作为壳贝，你不就是这样一个乡下人吗？予扇那天神色紧张地在我耳边对我说："小豹是我的哥哥！"小豹是他的哥哥这种关系正是最危险的象征性的关系，然而更严重的在于它是事实，她告诉我这个有什么用呢？接着小豹故意向我使了个眼色，然后有点矜持地退出了。这次，予扇把潮湿的毛巾从一开始就往脸上擦了擦，我才意识到在予扇的心目中真正的工作目的我是不明了的，她把我拖到沙发上，解开我的上衣，凑在我的胸口上说："让我听一听你的心跳。"我没有反对，但她那火热的脸一直贴着，好像在表达她的身体对我的一种确切的恳求，然而她要干什么呢，无非就是要那个密码，我们都应该明白身体是次要的。予扇再一次说："我和我哥哥都在为中如做事，你也在，我多么指望你能放明白一些，我们完全可以。""可以什么呢？"我立即收拢，警惕地反问。予扇生气了，但她仍在坚持，她终于忍不住说："我们还要穷多久，打多久的工才能改变我们自己呢？"哥哥和妹妹这种联袂的亲密的关系立即使我觉得在那条保密的道路上，我的敌人正带有某种现实的攻击性，密谋，直接进攻的可能是有的，但我仍是可以自控的，我觉得她所听到的我的心跳也绝对是真实的，我只要真实，不把虚构的东西吐出来，那么我没有什么更安全的办法。予扇愤怒了，啃着我的胸部，然而在我看来那是一种美好的仇恨。予扇呼吸这潮湿的空气，眼中含满屈辱，对于她来说，我纯粹相当于一个保密的废物，一个不能说话不能确切地理解自己位置的废物，但她没有否定我和排斥我，而是焦躁地拥住我，令我吃惊。但是在中如珠宝店内到目前为止我已完全适应了那种虚构，现在我更明白了要想严守一个虚构的东西其实不难，但这仅仅只是守住，是守住自己的出口，是守住我对中如的忠诚。我在这个城市所必须付出的忠诚。然而予扇还是和小豹一起离开了我，小豹嘲笑着，笑声在各道铁门内摇动。我赶忙拨电话给中如，我说晚上我要过来。在我离开地下室前往中如住处时，严密的保安系统由于小豹的作用失灵了，那个潜进地下室进行成功偷盗的历经正在冯乌的安排下迅速组织盗窃、溃逃和消灭痕迹的工作，速度很快。在中如家里，我还没有来得及向她陈述小豹与予扇那致命的危险关系，中如就主动地拥住我，盛赞我已安全地为她工作了这么久，她心里还在暗自庆幸，那个令她殚精竭虑的父亲照现在的情况来看应该没有问题了，中如坐在沙发上再次伸出腿，我想现在是抚摸的时间，在报告危急情况之前，我竟想去抚摸这至高的人，我至高的女人，我发现我不仅崇拜她，忠诚于她，我甚至还爱她。在我久久地抚摸这令人欢欣鼓舞的腿时，我那虚构的密码正被历经转动着，我抚摸着中如，被抚摸着的中如是甜蜜的。就在不久之后，抚摸被紧促的敲门声打断，那个清点员练练风尘仆仆地闯进门之后说："父亲，他已经不存在了。"这时我明白父亲确实无可挽回了，我站了起来，他说："还好，我尽力了。"不知怎么，我恍惚了，我恍惚地觉得这个虚构的密码其实已不再有压力了，因为它关于父亲，是从父亲那引起的，现在他去了，好像我交还了这种东西，交给了父亲秘密地带走了，而我还有什么责任呢？

消失的旅行团

玉敏看不起蒋寒，也看不起顾彼德，当然更看不起王阿嫂。但玉敏为什么还要跟他们一起打牌呢？玉敏跟他们三个打牌已经有段时间了，起初玉敏只是为了应付有些好玩的蒋寒，因为她和蒋寒不言自明的关系，所以便摸起了麻将。而陪蒋寒打牌的人很多，终究有哪些人既能跟蒋寒玩牌又不会引起玉敏的反感呢？过几个礼拜就看出来了，原来玉敏对所有人都没有好脸色，只是对顾彼德和王阿嫂稍好些，因此这四个人便能够坐到一起来。蒋寒虽喜欢摸麻将，但技术不高，也并不是真要赌钱，无非是吃个宵夜，或者由谁输了开车带大家去洗个澡什么的。蒋寒开有一家在本城十分有名的旅行社，我们差不多可以称他为旅行大亨。在业界很有影响。顾彼德经济上十分优裕，据讲有海外背景，一说是海归，另一说是他有亲戚在国外。至于那个王阿嫂，玉敏始终没有掏清她的底细，问起蒋寒，蒋寒也只是应付，说不定他自己也搞不清王阿嫂的底细。四个人常在一起打牌，能谈的话反而少，即便打完牌由输家坐庄搞个节目，也大多是潦草收场。对于自封冰清玉洁之身的玉敏她哪能忍受天长日久这么打下去，最终非把脑浆打出来不可。她不喜欢打麻将，但蒋寒喜欢，她就只能成为这牌桌上的四分之一。不过，天气渐渐好了，玉敏跟蒋寒相识已经快有半年了，那时是夏天，现在眼看春天就要到了，玉敏常在打牌的间隙到阳台上透气，看天空中飘着许多幻想般的绿叶、花朵还有儿童的笑脸，她的眼睛有些发花，她命令自己应该是有个动作的时候了。虽然有些害怕，但她必须这么做，不然生活是为了什么呢？难道真是为了这个开旅行社的傻子？玉敏回到牌桌，顾彼德正在抽烟，蒋寒在打手机，说起一个到新疆的包团的事。蒋寒很生气，被这个包团的电话闹得不安宁。顾彼德劝蒋寒不如把下边的事情交给邓拓去抓，自己何必事无巨细呢。说起邓拓，蒋寒咽了口气，跟顾彼德说，现在我手下哪有什么信得过的人！这时，重新坐定的玉敏把手往蒋寒肩上一搭，说，你不要这么讲嘛，我们又不是靠什么邓拓之类的做事情。王阿嫂拉了玉敏一把，拢在她耳边说，他们男人的事别管。玉敏推开她的手，有些不怀好意地说，我哪敢跟你王姐比啊，你有实力得很。蒋寒也抽起烟. 这时四个人又码起了牌。玉敏看手上的牌这么散，没什么兴趣就做起了十三烂，明明是十三烂，却打掉了一个风头，于是猛地把脚一跺，尖叫一声，顾彼德笑她。蒋寒让玉敏不要发脾气，打牌不要太张狂，知道你在做十三烂，打掉个风头也不算什么。后来玉敏摸到了一个五筒，推倒了牌。她推牌时，似乎听到她推倒了无数的成捆的金钱，推倒了大楼和汽车。她在牌桌上，仿佛做了个梦，这些被推倒的麻将压在蒋寒的手上，蒋寒闪光的钻戒在她边上熠熠生辉。王阿嫂用手在毛衣外边挑了挑胸衣，她很疲倦，她对大家说，今晚是我输，我开车带大家去吃蜀王。这时顾彼德突然骂道，吃什么他妈的蜀王，老子宝都打掉了。玉敏头很胀，她看了看蒋寒，他的脸色很不好，很不舒服，他咬着烟屁股，头僵硬地扭向左边，那儿有一个小酒柜，里边放着洋酒。

这是青色时代旅行社发往六库的旅行团出事之前，旅行社老板蒋寒和他的女友玉敏所打的最后一次牌。当然，参加牌局的还有顾彼德和王阿嫂，这是两个纯粹的牌友，至少在蒋寒看来跟旅行社没有什么关系。当晚打完牌，将寒虽是被发往西北的那个旅行团的票价问题大伤脑筋，但他还是没给玉敏足够的提醒。玉敏亲自带团前往六库，这并不是她第一次带团，但蒋寒希望玉敏把叶颖带上，玉敏结果没带叶颖。她说叶颖是个娇气的女孩，带她干什么，这是一个豪华的旅行团，发往六库，那里有珍贵的金丝猴，有怒江、元江，有高海拔的内陆湖——仙湖，为什么要带上个奶声奶气的叶颖呢？在业务方面，平时玉敏对青色时代插手不多，不过蒋寒也明白凡是她玉敏出的策划方案多半反响很好，她是个有品位的女人。而蒋寒真正看重玉敏的不就是玉敏品位非凡这一点吗，蒋寒从一个高官家庭出身，有很好的背景，又在复旦国际政治专业毕业，他能在商界打拼一番天下，其实顺理成章，不过他遇到玉敏之后，他才明白原来自己处过的那些女人，包括他的前妻，都算不上出类拔萃，女人什么样才叫动人？蒋寒发现只有像玉敏这样不仅踏实，而且现代意味浓郁，在私生活上神秘莫测，在亲热时似懂非懂，在金钱上明白底细的人才算得上富有这个时代的学养。他把她当成一个跟自己有距离的美女。不过，这一次发往六库的旅行团，是在到了六库最前边的一个叫盈江的岔口便和后方失去了联系。而失去联系后的头天，虽然蒋寒是逐渐加紧了追踪和寻查，但并没有惊动别的方面。他还不好给事情定性，那么大的一个团，二十多人，况且都是很有素质的旅客，怎么可能全部不见了呢？蒋寒自经营青色时代以来，还是第一次遇到这么莫测的事，虽然以前零散出现过诸如临时改线、游客受伤等事故，但像这样集体失去联络的事还是第一次。蒋寒有他的职业敏感性，但因为这支团队是由玉敏带出去的，他的职业敏感起什么作用呢？这时他才意识到自己原来对身边的这个玉敏其实了解甚少。蒋寒记得这个女人跟自己在一块快有一年了，对于她的许多提到过的故事，现在细想起来也就是一些碎片，甚至不知道这个女人到底是干什么的。蒋寒总想从牌局上得到一点启示，这恐怕是他除了职业敏感之外，另外一点可怕的预感了。他于是给那个顾彼德打电话，这时距六库旅行团失去联络已是第二天晚上，距那次牌局已是第三个晚上，他打通了顾彼德的手机，不过接电话的却是顾彼德的妻子，胡曼云。胡曼云和蒋寒见过一面，当蒋寒问起顾彼德时，胡曼云却说，顾彼德有两部手机，他把这部手机丢在家里，这说明他出远门了，每次都这样。出远门就用神州行那部手机。蒋寒装作不急，胡曼云也没多问，蒋寒按胡曼云提供的顾彼德的神州行，结果手机处于关机状态。他没敢把顾彼德跟玉敏、旅行团的事情联系起来想。又挂王阿嫂的电话，发现是个空号，王阿嫂也找不到。这下，蒋寒愤怒了，拍了桌子，心想自己跟三个人玩过牌，现在却一个也找不到了，除非三个人就没打过牌？蒋寒决定翻找玉敏留在房中的东西，想从中找到一些可查找的线索。他还不信玉敏会对他使坏。

第四天上午十点钟，一向不被蒋寒看好的青色时代旅行社的副总邓拓，从各种复杂的来往账户中查出了在几周前由玉敏亲自签名给白云旅行社的一笔账，邓拓又从白云旅行社的一位朋友那里费了很大的力气，瞒着对方的老总，才得知原来这次发往六库的旅行团所包用的豪华大巴是通过白云旅行社从金龙汽车租赁公司租来的。而金龙租赁公司的这辆奔驰大巴是不久前才从德国原装进口过来的，平时一直被省政府租来做园林博览会的政府用车。查到了这笔业务的原始现金来往底单之后，邓拓便和蒋寒一起分析到底这个团为什么会消失，那只能说明玉敏早就有所图谋，要把这个旅行团带到一个她所预设的地方去。邓拓急着向蒋寒建议一定要把这件事查个水落石出，否则以后在行业内还怎么混？蒋寒对于自己的女友私下里跟别的旅行社发生业务非常气愤，而且那个白云旅行社的巫总跟自己是个竞争对手，双方都是本省的行业巨头，巫总背后有国旅做盾牌，他嗅到了一些激烈的枪火味。邓拓很快在中午就弄到了玉敏这次带团所用的大巴车号，还有驾驶员的姓名。拿到这些东西之后，蒋寒带上邓拓，还有两名导游小姐，坐上他的专车，很快便驶出本城，直接追往大理方向。因为六库的团是在永平与六库之间盈江那一段失去联络的，所以他们只能追到大理为止。在大理，他们必须要想办法查出那辆大巴的去向。据蒋寒多年的从业经验，那么一大支旅行团，如果继续乘坐那辆大巴而不被人发现几乎是不可能的。车过安宁、楚雄，过楚雄后在一个镇上吃东西，邓拓和两位导游小姐都在挂电话，但所有电话都不通。蒋寒让他们吃东西，反正到了大理，或许可以查些线索，到大理一共只用了三个半小时，车速极快，路上蒋寒虽然心焦，但还是被一路的风景所感染，他有些泄气，他问邓拓，你说她这么做到底是为什么？邓拓说，是不是好玩？蒋寒说，放你的屁，你什么时候发现玉敏是个能玩的人。两个导游小姐不敢插话，在蒋寒一再追问下，才胆战心惊地说，或者不是玉敏姐的主意呢，要是她也是被动的呢？邓拓说，那你们说团是被别人带跑了的？蒋寒说，你们这么讲，听起来就像是有人在搞劫持，这不可能，我们省怎么可能有这种情况呢，再说劫持会有目的，现在什么音讯都没有呢。到大理之后，蒋寒在邓拓的催促下，才向警方报了案。省城的公安局很重视，立即给各地区的公安局发文，要求尽快调查，不过从公安的态度来看，这并不像什么危险的大事件，因为没有任何迹象表明他们是处于危险中的。蒋寒在大理市公安人员的陪同下到收费站看录像，经过反复的察看，最后是在夜晚的一段录像中看到了那辆大巴，因为亮度低，又因为车身长，所以并未看清车牌只是从外形上认出了那辆大巴，邓拓很肯定，他咬定就是这辆大巴。不过，他们发现这辆大巴并没有发往六库方向，而是在大理至保山的大宝路，它是在那个深夜发往保山方向。在保山方向到底干什么？蒋寒他们驱车往保山追，到保山已经是深夜了，保山方面的公安局立刻给公安高速公路局打电话，要求配合调查，原来大巴确实到过保山，然后是在另一天凌晨开往了腾冲方向。录像显示车子很脏，而且据当时的值班员回忆，驾驶员态度很不好，因为车子太显眼所以给值班收费员留下了印象。问他是否留意车上的情况，值班员说没有看清，因为玻璃上贴了阳光膜。因为一路上都能从收费站查到该车的录像，警方很快便排除了被劫持的可能，他们无法跟蒋寒保持同样的紧张感，蒋寒四人驱车前往腾冲。腾冲的收费站没有录像，所以他们无法在腾冲直接掌握车子的去向。

蒋寒和邓拓带着青色时代旅行社的两名导游仍在腾冲寻找这个在他们看来已经消失的旅行团。不过，他们所说的消失，好像还是说到底是谁在做这件事。蒋寒承认以前对邓拓的看法有些片面，因为邓副经理不是一直在他边上提醒玉敏是个很能玩的女人么。这个能玩的女人玉敏带着这个消失的旅行团是在十七号中午的盈江朝南的地段，在一个叫拐者的岔口离开了那辆崭新的奔驰大巴，甚至没有跟司机强调沿途回去要注意保密，在她看来如果蒋寒认为这个旅行团消失的话，那还不如说蒋寒到目前为止还不知道生活中有神秘的东西在指使着人们在暗处活动。为什么要选择盈江的拐者这个地方消失呢？照顾彼德跟这二十几个人的说法便是，因为玉敏早就在手工绘制的云南地图上掐住了这个点，这个叫拐者的地方是从大宝公路斜向插来的主道外的一个秘密地点，而最关键的便是旅行团里的人很快发现拐者实际上是在一条废弃的大公路上，而这条大公路在以前十分著名，它叫做滇缅公路，这些高素质的团员稍动一下脑筋就会顺利地回忆起第二次世界大战，在那次战役中，作为中国大后方运输物资的首要通道，滇缅公路发挥了重要作用，因为战争结束后几乎很少维修，现在的滇缅公路已经非常的破旧，不过，拐者这个地方所在的路段，刚好是绕向高黎贡山和两个著名峰顶之间的垭口的一条通道，而现在即使使用这条公路的货车也已经绕行观澜大桥，从山下走沿怒江的支流——翠溪窖河边的那条新路了，这条路几近不用，这正是玉敏选择这个路段的原因。下面我们看看，从此插上老路的这个消失的旅行团的构成情况。资料上显示的是玉敏为了自己带团而虚报的材料，他们真实的身份是富有的一群人，准确地讲，可以称他们为一群闲人，这群闲人的姓名和年龄都不重要，对玉敏来说最关键的是他们有机会聚到一起，由这个诡秘而自称神圣的女人带往他们期许的一段体验之旅。假如我们要追问这些人到底是如何从人们视线中消失的，我想这倒是我们的过多的忧虑，除了蒋寒及青色时代要负旅行社的责任之外，我想这绝对是他们自己的一次神秘的孤独的消失，大山，流水，深不可测的河谷、山涧，还有高远的隐藏在峰尖的白云，遮住的太阳，这一切都配合这种消失的过程，尽管他们移动得缓慢，这支队伍是由玉敏统一带领，他们有一面沿用青色时代的小旗子。举旗的王阿嫂很好地体现了她的权力，不过也随时不忘每隔一小段行程便会向玉敏请示一下她带的队伍到底怎么样，玉敏说，这是合情合理的事，你不要有什么负担。因为才从那条怒江的支流绕过来，现在沿着滇缅公路752km段向上走，他们一般走动得很慢，但是由于空中湿度很大，很快这些人的脸上、头发上、衣领上便浸着水，潮潮的，这使得他们沉重起来，因为迟缓和笨重，他们渐渐有些乏力，而这才刚刚开始，他们体验到了这份艰辛，不过作为一群十分彰显的闲人，他们在滇缅公路上仰望前边一直朝上的旧路以及路边不时出现的石碑和石块，他们互相打气，补充精神，因为他们总能看到前边不断转弯又不断出现的云和雾气中的垭口，而那山口其实还无限遥远，其中一位甚至在之前的一部独立纪录片中看到过那个垭口，据说曾有最后的马帮从那里翻过，驮着茶叶和瓷器。然而翻过这个垭口是需要耐力的，耐力本身不是体验，因为他们都要输出耐力。玉敏要好些，她身上什么东西也没带，她像一个孤寡的女王走在队伍的最右侧，最靠近山崖的高寒的土边，踏着一些野草，她经常打量着这支由绅士和妇女组成的旅行团。

从752km的公碑处沿着高黎贡山的主公路向上攀升，他们这群队伍极其沉缓却不乏一种庄严的氛围，聚拢着行进至767km处时，他们发现原来队伍是在一种迂回的方式上极其沉重地抬升。而当768km的公碑出现，天空却忽然封闭了刚才裂露出来的那层向下伸延的缺口，那时泻下的苍白阳光也在这沉闷闭合的似云非云的团状的天空的物质背后，悠远地遁去了。这时没人能想象这样的场景到底意味着什么。在神秘莫测的顾彼德到玉敏身边低声低语了一小阵之后，顾彼德让队伍站住，举着他那只几乎已经不能扩大音量的小喇叭，朝众人喊话，他说，天空阴沉，或许阴雨将至，不，或许是一场暴风雨，但这条大路，是打仗留下来的，没有必要紧张，根据玉敏那张手工绘制的云南省区域图，我们可以发现这条公路将一直朝向高黎贡垭口，我们翻过垭口，再从一座吊桥上绕过，便可以摆脱这山峦的险境。他这席话对大家没什么影响，因为就在他的小喇叭滋啦滋啦地响作之后，不久，这支队伍便又在缓慢地向上移动了，而沉幕闭合的天空却并非是一点儿光亮没有，不知为何公路及路边的高大树林均像被另一种光亮所浸染，都在黑与白之间那不确定的颜色中沉闷却齐刷刷地向上延伸，而行至778km处，有人发现一只高而庞大的黑色飞鸟正在他们不远的侧面沿着那空旷的山涧中的气流的斜坡，危险地向上爬升，速度很慢。这支队伍中的陆建华以前曾经学过社会学，他深知假如动物在滑翔的话，那么它承担的风险很小，但如果动物不拍击翅膀而能够爬升，这说明动物在孤注一掷，它在与大气的流动搏击。陆建华和另一个男人张国庆，这一路一直在讨论社会学问题，因为他们之所以成为闲人，是因为他们的生活没有意义，与他们的学问无关，而供养他们的，有人批评是这个社会的体制，有人说别人用钱供起了他们，不过他们不想做不学无术的花瓶。他们对这种大鸟发表的危险的猜测，很快引起了玉敏的注意，玉敏来到他们旁边跟他们一起对大鸟议论纷纷，而这种议论又立即招致了另外几个人的同情，他们包括董怡和文卿，不过女人多半仍是同情，男人们居然在这时候，在这消失的旅途上仍记挂他们以前所遭遇的社会学。不过黑色的大鸟终于靠近，他们起初以为是鹰，王阿嫂的旗帜一挥，众人暂停下来，等着观看，不过等这只黑鸟靠得公路如此之近时，人们才发现它根本不是鹰，玉敏必须承认过失，好像不是鹰，那么这只鸟就讽刺了这支队伍的所有人似的，还是陆建华第一个站出来承认这是一只乌鸦，因为在这空旷的山涧，因为特殊的云幕，天空的遮覆，我们看成了鹰，不过，它确实是一只乌鸦，也许不比一般的乌鸦巨大，但只因为它在这危险的天空的坡度上朝上滑翔，所以才引起关注。玉敏吹了声口哨，乌鸦便掉转头部，拍击翅膀，迅猛地向山下飞去。而这转换的速度之快，让顾彼德急忙号召大家尽快向垭口那边爬去，这难道不是一个危险的预兆么？而最大的危险是什么呢？张国庆说，就在于有人会识破我们的用心，有人会猜出我们的行踪，还有什么比这更可怕的呢？难道我们不就是这样一种消失吗？玉敏让队伍排成竖条形，不要并肩在公路上行走，因为前边路已经窄了许多，路面上翘着许多石头尖，是该小心行走，众人知道此行的去处，不过是体验一个旅行的目的，体验这种旅行是如何消失的。

在腾冲县城以西六公里的大叠泉度假区，蒋寒终于见到了那辆崭新的奔驰大巴，车的两侧刷着锃亮的深绿色的金龙的字样。邓拓让蒋寒先不要惊动这位大巴司机，待他调查清楚了，再由蒋寒出面。蒋寒于是到度假区的金云大酒店要了一间房，给两位导游小姐也开了一间。邓拓在车外守候那名大巴司机。蒋寒到房间后，打开手提电脑，希望能从电脑里调出跟玉敏有关的资料出来，但是仅有的几篇玉敏执笔所写的报告也都非常的刻板，几乎看不出什么异样，他真是后悔自己是怎么被这个女人迷上的。心烦意乱的蒋寒拉开窗帘，看着在奔驰大巴侧边蹲着的邓拓，邓拓正在翻看手机，从这三楼的高度看上去，这个副手像一只松鸡。蒋寒回到床边。倚着床头的被子便歪了下去，头脑里什么景象都有，仿佛这支消失的旅行团是什么都干得出来的。邓拓等了很长时间发现这样干等下去不行，他便到这家酒店来询问，说没有这人，又去问停车场里的人，有人说看见过这个司机，又有人说车子停了好长时间，但似乎没见到有游客。邓拓于是往平房那边去，平房那边是专供情侣使用的小包房，大概不归度假区管，因为已经出了停车场的大门，那儿有一个小的接待室，邓拓问坐在小柜台里的姑娘，有没有见过上边停车场那辆奔驰大巴的司机。姑娘起初不说，邓拓只好掏出一百块钱，请姑娘帮忙打听，姑娘装了钱，出去溜了一圈，回来跟邓拓说，那个司机就住在这排平房，不过他是到温泉池洗澡去了。邓拓赶忙返回酒店，跟蒋寒说找到了那个司机的踪迹，说是在紫胜温泉池洗澡，蒋寒立即招呼那两个导游小姐，四个人急匆匆地下来。

在一条街上，很快找到了紫胜澡池，四个人分男女席进去换衣服，然后进了那个四方方的位于山崖底侧的紫胜温泉池。不过按照姑娘所说的那个司机的模样，因为他有一脸的大胡子，所以蒋寒刚一下池子就认出了那个大胡子司机。蒋寒对邓拓说，就是那个泡在拐角的，两位导游在水中比之前要轻松了许多，她们问蒋寒要不要躺在池角那儿泡泡，可以休息休息。蒋寒为了平息他心中的焦虑，便和两个导游到拐角去，两个女孩也都文静，蒋寒庆幸自己的公司里到底还是有好女人的。邓拓在水中绕过了七八个男男女女，到了这个大胡子司机面前，他在那人旁边的池沿上坐下，大胡子的眼睛眯着，边上有只烟灰缸，烟还在燃着。大胡子看邓拓望着他，便轻轻地问了声好。这把邓拓吓了一跳，还以为他知道了自己的身份。邓拓努力使自己镇静下来，问他，你那车人呢？大胡子愣住了，从水中抽出身子，一下子站了起来，抓起烟，吸了一口，反问道，你问我什么人啊？邓拓说，你拉了那车旅行社的人啊。大胡子重新坐回水里去，这时蒋寒也已经游过来了，他是从水里只露出个脑袋漂过来的，这使他比邓拓显得更沉稳一些。他对大胡子说，你把我那车人呢？大胡子望着水中的蒋寒说，你说是你的人，邓拓说，他就是青色时代旅行社的老总。你拉的难道不是青色时代的人吗？大胡子终于有些愤怒了，他说，我是在洗澡，我不是在无休无止地替你拉人的。邓拓想揪住他一点儿什么，比如衣领什么的，但他光光滑滑的，只有一件大短裤，倒是身后池中央的温泉在冒着巨大的泡泡。那人只说，他们在滇缅公路盈江入口处下了车，我是拿钱干活，我是来温泉洗澡，顺便才捎上他们的，这家伙说话时，蒋寒看见带有少许泛黄的珍珠光泽的水粒从他的胡须向下掉，又落到池面上有波纹的水里。大胡子的花短裤在他站起来时，会鼓起一阵水，随即又飘起来，而那两个女导游也有些愤怒地围拢过来，这样大胡子便被四个人在水池的拐角那儿给活活地堵住了。大胡子洗澡倒轻巧，不过蒋寒还是把他的怒火都压在胸口，他有些温和地试着向大胡子靠近了一些，大胡子捧了一把水从头顶浇下来，这样他浑身便都向外散发那股硫磺味，邓拓从大胡子背后的石阶上爬过去，在整个四个人往后的山崖上，也有滚烫的温泉从上边渗下来，如果细眼往这山崖上看，你还会发现许多细小泉眼都在向外冒水。在蒋寒的几乎是央求的追问下，那个大胡子才说，他们那行人，绝不会出问题，他们在盈江下车时，甚至叮嘱我不要跟任何人提起他们去玩的事。去玩？邓打反问。这时大胡子使劲地在自己的胳肢窝那块抓了一下。然后他对那两个导游小姐说，年轻人爱玩，难道那些不再年轻、整日埋头生活的人就不玩了，他们很有必要去玩玩。邓拓从石阶上又绕回来，大胡子全身都淹到温泉里，他的胡须便成为漂在水面上的黑色草根一般的了。蒋寒让两个导游小姐到池沿那儿去要一壶绿茶，这边的蒋寒和邓拓都淹没在水里，只露出个脑袋。这就对了，在这腾冲温泉泡澡，我看比什么怒江那边的石头山要好！什么石头山？蒋寒问。大胡子说，我哪知道，他们有手工地图。手工地图？蒋寒自言自语。关于手工地图，在云南省旅游界只有少数几个人有。他蒋寒以前有一本，是花了四千多块钱在丽江买的。现在他们用手工地图来出走？邓拓小声地对蒋寒说，你那本手工地图怕是被玉敏拿走了。大胡子就是不离开温泉浴池。蒋寒泡了一会儿，也觉着特别舒坦，就跟大胡子一起泡下去了。

在782km的公碑处，先前陆建华和张国庆所见到并误以为是鹰，后来又看出是乌鸦的那种黑色的鸟，便不仅是一只，至于最初的那一只是否还在公路旁侧的山涧就不得而知，不过，因为突然有了数只这样的黑鸟，人们便再也不敢确认它们是乌鸦，因为乌鸦为何这么多，这么高的飘扬在山涧的空气中，山涧的下部沉入在公路旁边巨大的悬崖的落差中，而山涧对面的主峰由于空气由那种乌亮转为有些通透的裂隙中的蓝，所以对主峰的高度难以目测，甚至也无法感知，那么这里的山涧也就无所谓高矮，分不清哪一部分是天空，哪一部分又是下垂的山石中的空洞，至于这数只黑色的鸟，也就谈不上大小。像陆建华以前的那套社会学也就派不上什么用场。生活就不仅是什么花瓶或闲人了，即使是谈到乐趣，现在也危险丛生，哪能说清呢？张国庆缓缓地向路边移动，因为就在刚才天空大块的乌云将天幕闭合了一段时间以后，那对面主峰之间的空隙所淌出的蓝便又将队伍鼓舞，偶尔间或有一些雨点撒在队伍里那些还能抬头仰望天空的闲人身上，人们意识到他们就要快到垭口了，即使玉敏在以前很多次在手工地图上关注到这个垭口那个特殊的有关李英时的小屋的介绍，但当他们这支队伍果真到达了这个地图上极其微小的一个点时，他们还是有些惊悚。因为这间小屋实在是让人不寒而栗，它几乎是挂在一块大石头上，而大石头是垂直地斜插在路右侧的崖尖上。这一小块向外突出的石崖，刚好卡在公路拐弯的地方，如果你仔细地看，在这间石头小屋的石墙上刷着不同时代的许多标记，比如加水、加油、休息，比如战争创伤，比如弹孔，而且还有几块露出尖头的钢条，玉敏抬手示意大家停下，只有顾彼德一人向小屋走去，因为小屋几乎是挂在大石块上，而大石块是原先就长在山上，只因在修建滇缅公路时因为取弯道绕过这块巨石，所以这块巨石便显得是突兀地悬挂在公路的弯处而小屋几乎更像是凿出来的，否则是不可能以这种半悬空的姿态在公路边站立的。顾彼德要想进这间小屋就必须登那几级石梯，而石梯可以肯定有战争时代的痕迹。我们可以从石阶旁侧那发亮的由旧枪托所焊成的扶手底座上看出当年抗日战争大后方的火热运输线上的激情和热血。顾彼德招了招手，玉敏便跟过去，他小声地让玉敏把地图展开，原来在地图上的小屋的标记上写着李二娘小屋。而李二娘干的是帮助人的好活。帮点什么呢？从手工绘制地图背后简单的地图索引来看，李二娘是个赤脚医生，在高黎贡山非常有名。之所以选择在这垭口上为人看病，一是因为据讲她病人太多，建在山顶上的小诊所可以减少病人的数目，因为只有那些真正信任她的病人才会历经千辛万苦上来求诊，另一说法则是李二娘本人对这段战争的历史十分熟悉，对当初那些滇缅公路上的战争英雄十分敬仰，她的诊所便开在这间曾经废弃了的石屋上。顾彼德从石阶上去，不敢敲门，而是沿着旁边的窗台下边只有半米见宽的石道走到窗台下边，顺着窗台向里看，当然他看清了里边，他回过头来，朝队伍做了个手势，意思是，李二娘正在屋子里边呢。这小消息令众人有些兴奋，可以在李二娘这个小诊所休息一会儿，而陆建华已经急匆匆地表示一定要请李二娘给自己看一看。玉敏让大家把衣服整理一下，队伍要有队伍的样子嘛。

就在众人还没走进的刹那，李二娘用一盆冰水刷拉泼到顾彼德的脚前，顾彼德连忙用欧洲人一般的风俗向她深深地鞠了一躬。李二娘这才开口道，你难道没看见我这还有好多等着看病的人么。顾彼德这才向左侧右侧以及后边望去，因为正面光线太强，他好不容易才分辨出原来屋里确实还有不少人。这时玉敏也已经推门进来，紧接着二十多个旅行团的成员都从石门进来了。里边的人有了一小阵骚动。顾彼德示意大家不要紧张，我们纯粹是路过这，看这石屋很特殊，便进来了。玉敏从顾彼德身后往前站，凑到李二娘面前，李二娘斜眼看了玉敏一眼，有些怪气地说，姑娘人长得倒不错，就是不太懂民主。民主？玉敏很吃惊，原来李二娘开口讲民主。李二娘见玉敏被她弄吃惊了，才收起刚才伸出去泼顾彼德水的双手，在旁边的麻绳上取下一块毛巾，对旅行团的二十几个人说，其实我早猜到你们会来看病的，你们都有毛病。旅行团里的人也不便发言，即便像陆建华这样整日口舌矫健的男人也只能忍气吞声。说到民主，李二娘扭过头，对坐在屋左边的一群当地农民模样的人说，你们不要再吵了，再吵也没用，你们就是要把我刚才讲的民主的事情回去好好商量，大家拿意见，宅基地的事好办。那些农民站起来，都戴着黄色的头巾，有些人还握着锄头，玉敏看见他们都很虔诚的样子。这群农民陆续从石屋里往外走，因为顾彼德始终对李二娘彬彬有礼，这使李二娘也不忘每隔一小会儿时间便会给这群消失的旅行团成员讲几句安慰话，当然最重要的是她手里居然在什么时候已经捏着一份跟玉敏怀揣着的一样的手工地图，玉敏和王阿嫂判断李二娘会在这些早先来的病人们走光之后，跟他们有话要说。不过最后几个人不仅来看病，还牵着马，这让玉敏完全不明白了，明明是石阶的小路进的屋，怎么会有几匹马儿进来呢？但这几个确实牵着马，还驮着货，他们要往西边去。李二娘甚至伸手朝一个人指了指，对他说，你的马鼻孔冒热气，你不能在正午时候过垭口，怎么也要到黄昏以后，不然马必毙命，那人即刻感谢，奇怪的是用的还是普通话，只是有些四川腔。李二娘包了副中药给那个个子矮小的赶马人，在他耳边低语了几句，这个人拿着药往后退，于是这群赶马人也从石头屋出去了，大门在马匹往外走时发出咯吱咯吱的响声。顾彼德又向李二娘鞠了一躬，这时李二娘朝玉敏招招手，玉敏走上前去，李二娘坐的位置上有块石头，她勾下身子，叫玉敏把地图打开。然后她打开了自己的手工地图，跟玉敏的比较一下，之后又从袖笼里抽出一幅，对着玉敏面前一晃，玉敏恍惚了一下，李二娘说，你们都有病，但想到办法就好，你们叫体验之旅这很好，这手工地图上标的我的小诊所，你们本来可以不来的。陆建华往前跨了一步，对李二娘说，我们再不能忍受自己成了多余人。多余人？李二娘反问，她环顾了四周，又说，幸亏刚才的那些人都走了，不然会把你们笑话死的，你们也算多余人，你们才不算呢，你们只有病，只有病，才到我这来，也是缘。旅行团中女人们都有些害怕了，听这个李二娘讲话似乎很没谱。李二娘跟玉敏挨得很近，她打量玉敏，问她，你是带队伍的吧。玉敏说，正是。李二娘站起来，这时人们才发现李二娘很英姿，她的发髻又厚又浓，挂在头后边，肩膀又俏又挺拔，皮肤是古铜色的，她的发髻上插着银簪子，很尖很锐利地戳着。她先是在最有礼貌的顾彼德头上摸了一下，顾彼德很温顺，甚至没动一下，没反应一般，然后她又摸了陆建华一下，陆建华也没动，她就这样在每个人身上都摸了一下，然后她有些气愤地说，都不多余，你们搞体验的别耽误在什么多余不多余的空想中，你们到那去之后，你们就明白，没什么多余的。她在总结这些人时，着重观察玉敏的反应，玉敏有些局促，不过，还好，跟手工地图上绘制的李二娘的肖像相反，实际中的李二娘完全没什么巫气，倒有些刚正不阿。她在玉敏身边低语了几句，说，我没什么忠告给你们，我唯一要讲的是你们要去的那个寨子，已经腾空了，等你们去呢。

旅行团的二十几个人到达高黎贡山主峰侧面的垭口之前，从不远处望见垭口处燃起了烟火，因为烟火升腾会烫开那成絮状的雾气，所以几乎从垭口向上的天空，像喷发着柱状的长条形的舌头似的。玉敏走在最前面，她的后边跟着旅行团的人都有些兴奋，因为只要翻过垭口，他们距离所要去的石宝寨，就不再需要爬山了。玉敏发现燃烟的人是几个赶马者，之前在李二娘的诊所里已经跟他们打过照面了。队伍很机械地站在垭口前边的一块空地上。这块空地相隔的一片危险的坡地上就站着那几个赶马人，以及他们正在吃着高山草根的马匹。玉敏让大家不要动，因为赶马人似乎并没有翻垭口的迹象。赶马人中的老头对玉敏说，你们最好不要翻过高黎贡山，翻过去你们什么也见不到了，山那边有什么呢？哈巴雪山你们是爬不上去的，再说在哪都能看到哈巴雪山的峰顶，何必要翻过高黎贡山呢。玉敏说，我们不是去爬雪山的，我们到石宝寨去。石宝寨？这时马队的另两个人也围了过来，朝玉敏很怀疑地望着，一个年轻一点的男人问玉敏，你们到那儿干什么？那儿都没什么人了。玉敏说，我们不是搞一般旅行的。因为马队的人讲普通话，看来他们也不是本地人。顾彼德到马旁边转了一圈，然后催促玉敏赶快带队伍从垭口翻过去，这些马帮现在不翻垭口，是因为李二娘跟他们交代过的，天黑之前，马帮不能翻过垭口。那个老头见顾彼德跟玉敏在小声嘀咕，忽然朝玉敏递过来一杯东西，让玉敏闻闻。玉敏一闻，原来是玉米酒。老头说，姑娘，我们都是本地人呢，石宝寨我们知道，那没什么好玩的，以前听说有几个外国人去拍过照片，你们去那儿干吗？顾彼德对老头说，老人家，你没听说么，我们刚才在李二娘诊所里见过，我们是搞体验旅游的。什么体验？老头问。玉敏怕老头多问，就问老头，你以前是民办教师吧，普通话说得真好。老头笑了笑，对另几个赶马的人望了望说，哪像民办教师。这几个马帮的人都会讲普通话。顾彼德拉着队伍已经在翻垭口了，玉敏跟在最后边。其实一过垭口发现太阳在西边又大又圆，根本不是这一边的云雾缭绕，马上豁然开朗了，而且现在又从右侧看到了怒江以及一开始绕过的翠溪窖河的一处拐弯。队伍现在下山，人们的兴趣也在增加，马帮的人没有过，他们支着油毡棚，已经在生火做饭。玉敏跟那个老头道了别，她看到翻过垭口的西侧天空突然放晴，高兴了许多，她甚至问队伍中有没有会唱歌的，顾彼德自告奋勇唱了一曲流行歌，这招来队伍中真正会唱歌的朋友们的耻笑。王阿嫂举着小旗子，队伍整齐划一，因为现在能看到巨大的哈巴雪山的正面就直立在眼前，尽管这之间还有很长的距离，但因为雪山如此巨大，所以依照手工地图，都看不出在哈巴雪山和高黎贡山之间到底都有什么样一些具体的地方了。这条废弃的滇缅公路在翻过高黎贡山之后，只能行走五公里便迅速向右后方一插，原来又插回到观澜大桥这一侧，回到新滇公路上去了，现在队伍继续往石宝寨方向根据手工地图绘制的路线过的便是一条小路，最多能供马帮使用，路面很窄。

顾彼德真是一个绅士，不然他也不会在第一个看见怒江上的溜索之后，向他身旁的女王般威严的玉敏行了个礼表示敬意。而玉敏顺着溜索朝怒江对岸看去，从这个角度，原来正面矗立的哈巴雪山此刻因为有些逆光反倒处在阴影中，像一块巨大的屏风，这边的旅行团里的所有人大约都感到震撼人心的效果，全部屏住呼吸，任凭江风在脸上吹过，玉敏看见了石宝寨，这个旅行团的体验的目的地就在溜索对岸那块巨大的山岩上。而从溜索过去，却只能到达石宝寨最底下的石阶的起点，至于如何上石宝寨，这边的人都没有经验，也预想不了，谁能知道如何爬上一座山一般巨大的石头呢？王阿嫂把旗子一挥，旅行团的人于是形成了一个纵队，所有的妇女都站在最前面，她们把行装收拾了一下，有几个人甚至喝了些饮料，以便能以一种镇静的心态滑到江的对岸去。顾彼德依次检查了队伍中各人的着装以及他们胸部的情况，待会溜索的铁制的扣件就要挂在胸上。这一次，玉敏第一个站到了溜索的木架上，因为溜索只有两副，另一副在江对岸，能看见它反衬的强烈的日光，玉敏挂好之后，对众人说，今天我先溜过去。她说这话，完全跟女王口气一样，顾彼德意味深长地向众人喊道，玉敏先溜，你们大家接着一个个依次序滑，在江心不要往下看，这不是目的地，我们要到的地方是石宝寨，就在对岸。溜索不可怕，玉敏溜到对岸，解了扣件，在江对岸向这边挥手，这时妇女们陆续溜了过去，王阿嫂除外，因为她是旗手，她要在这边指挥，男人们也有不少溜了过去，最后只剩下顾被德，顾彼德一个人环顾旁边刚才众人解下的一些物件，发现自己突然没有那么大的理由过去了，扣扣件的手老是慌，那么又沉又粗的麻绳绞着的铁家伙硬是哐当哐当，有些危险地拖拉着，而对岸的女王用望远镜朝这边看，镜头拉近，发现男人顾彼德双手发抖，摆弄那铁家伙很不利索，女王放下望远镜，又拴着那边的溜索回到这边，把顾彼德推得踉跄，玉敏骂他，你怎么回事，你还海归派呢，你在欧洲都学了些什么，你打麻将不行情有可原，你拴个溜索都搞不好，你不是蠢吗？顾彼德被玉敏骂了一通，还是扣不好，玉敏这才发现溜索的扣环已经扣死了，无法转动，这样要是在江中卡死，非把人悬在江上不可，玉敏只得和顾彼德两人挂在同一根溜索上，那只卡壳的溜索扣只好用来拴在两人之间，扣紧后，两人一腾身，江对岸的人都在拍巴掌，因为这次是双人一起过，又是女王玉敏亲自救顾彼德先生，所以众人惊讶，他们速度也快，在江中心，顾彼德对女王轻声地说，这些男人哪个不爱你呢，不羡慕你呢，你真是女王啊。玉敏叫他收声。到了对岸，队伍收拾了一下。玉敏让王阿嫂给每个人都最后动员了一遍，说马上就要上石宝寨了，李二娘先前跟我们讲过寨子里人都搬走了，我们到石宝寨去，我们是搞体验的，我们要唯一克服的东西便是多余，我们不是多余的人，我们要去除的就是多余感，一句话，我们在石宝寨，就是要找到我们生活的真实感，我们不是多余的人，我们至少自己需要自己，女王一般的玉敏见队伍中的人一直默默不语，她意识到旅行团的人完全和她处在同一种心理中了，面前一条石崖上的台阶一直向上，而浑圆厚重的巨石顶上的坡面上便是他们渴慕已久的石宝寨了。

旅行团里有的人数过石宝寨的房屋，一说是九百九十九间，一说是五百六十七间，反正数字相差很大，即使是搞社会学出身的陆建华和张国庆，也无法真正统计清楚在石宝寨里到底有多少间平房。现在他们大致能弄清楚石宝寨的格局，建在一块山崖中的大石头上，说是块石头，其实是一座山，因为无论从天空，或是从远处看，都呈现的是块石头，至于在马帮那里听到的有外国人在石宝寨的说法不攻自破，原来石宝寨里没有一个人。玉敏是住在石宝寨靠近东侧（背对哈巴雪山主峰）的第一处悬屋，因为那儿会在早晨第一时间迎来阳光，而在黄昏也是最后送走余晖，这好比是一个小地球，圆的，是一条悬着的子午线一般。玉敏在顾彼德的建议下，入住了这处套房，我们可以审视一下这种房屋，严格说来所有的房屋都彼此联系，至少从房基的底下的大石头可以看出，它们是连缀一起的，而最重要的是这些墙根并非是堆砌上去的，仔细研究好像是从石头中凿出来的。玉敏住了这一间，这一处房子便成了旅行团的一个集中议事的地点，而就在这间房屋的旁侧又陆续有许多房子按照特殊的规则上下联合，似乎像铰链一样，捆束在一起，回望先前爬上石宝寨的阶梯不免有些后怕，仿佛直上来的路原来仅仅是一条石头的凸起，粗硬地拉扯在巨石上。董怡、艾卿等几个女人想到了火源，因为她们准备在石宝寨来一个小小的庆祝，这立即招来了陆建华他们的反对，像顾彼德一样，男人们都很绅士，不过他们并未在吃喝上形成一致，后来玉敏给大家定了个基调，这次到石宝寨搞体验，吃不是主要方面，甚至在可能的情况下，可以不吃，或者说少吃，吃不能说明问题，我们之所以来，是因为旅游，而旅行的目的可不是观光，假如纯粹是观光，那就更没有什么意思了，一群人消失在旅行社的机构之外，仅仅为了旅游？这说明他们都是要恢复他们一直想实现的一个身份，至少做一个有用的人。在玉敏的房子的正中央，挂着一幅“我们并非多余”的横幅，这是一行人中的书法高手崔浩所作，他的字遒劲有力，但他仍然在玉敏跟前很虔诚地说我们的感受并不真实，我们到底有什么用？玉敏吩咐王阿嫂让入住在不同房间中的旅行团的男女们一定不要破坏石宝寨的每一寸土地，不过石宝寨一草一木活的都没有，建在石头上的石宝寨一切都是石头，除此之外，便是巨石裂隙和沟纹中那些流淌的甘泉。而背靠的哈巴雪山正把强大的太阳牢牢地擎起。石宝寨里本来住着那些当地的村民这些年都搬到山下去住了，他们因为集体搬迁到山下观澜河外的一个村庄，而将石宝寨腾空，假如玉敏没有弄错的话，他们是第一批集体来到石宝寨的专业旅行团，但为什么要化作消失的旅行团呢？

晚上，众人都坐在玉敏的石头屋中，男人在抽烟，女人们捏着衣袖，因为他们不想让别人知道，他们是带着秘密来的，这秘密在他们旅行团内部已经公开了，那就是他们是羞辱的一群，相对于火热的生活，他们并不落伍，但他们都知道他们是多余的，他们之所以消失是因为他们明白，在他们各自的生活中，并没有任何的牵挂，没有人会寻找他们，他们独自生活、独自工作，他们独自承担命运，所以他们独自来去，他们住到了石宝寨，而唯一追逐他们的除了旅行社，还能是谁呢？而这唯一的旅行社的问题会由玉敏来解决，她一开始就跟他们讲好了，你们要相信我，相信我可以带你们去完成这一次体验之旅，你们有一个消失的旅行，天知地知，仅此而已。饭吃得很少，因为随身带了不少干粮，石宝寨的房中没通电，油灯吊着，但只有少数意志薄弱的妇女才会偶尔在吃饭的时候点起油灯，其余的人或者睡在床上，或者出来走动，而在石宝寨上没有坪地，除了相互勾连的房间，便是一些通道和门沟，人们只能在这座庞大的山石上相互穿行，几个比较牢靠的人倒是在顾彼德的带领下跟玉敏探讨起多余的人生来，而玉敏确实像个女王一样，不知是否为了防止众人涣散精力，她是不停地强调她有无穷的勇气，可以在这里耗下去，让人们体会到在这石宝寨里人生那无尽的意味，顾彼德也曾问她这意味着什么呢？玉敏说，是爱。爱什么？顾彼德绅士般地问道。玉敏说，你们自己去体会吧。虽然吃喝不愁，大家相互节制，但在石宝寨待了一天一夜之后，有些人便忍不住要到玉敏这边来探寻这次旅行的最终可能。最终可能？玉敏有些生气，什么叫最终？在石宝寨？什么叫最终？那我问你们所有的旅行有没有最终？众人都答不出来。陆建华安慰大家，在石宝寨，在旅行中消失，无牵无挂，靠自己，找回自己，这不就是石宝寨的启示么？

在石宝寨，他们虽然是集体来旅游的第一批人，但相对于过去零散光临的那些游客来说，这支神秘旅行团的出现确实在一个非常隐暗的形式上慢慢引起了石宝寨周围，主要是石宝寨下，隔着怒江的那些淳朴村民的注意，而在高黎贡山以西乃至哈巴雪山背面，那片朝着更广大的高地和高原冲积地带的人，他们已经从石宝寨上偶尔升起的青烟以及在夜晚反射的偶然的光线中，意识到已有一群人闯入了石宝寨。那些马帮里的人，李二娘门诊部里的人，乃至那些可能在追查他们的人，或许都会慢慢注意上的。在次日午后，一个叫吴霞的女士因为午饭过于难吃而找到玉敏，她并没忘记在跟玉敏说话之前，像个姑娘一般的虚弱地一笑，向后退了退，颇有些不好意思地说，这里的生活条件太苦啦，中午我就没有吃饭。玉敏知道这已经不是第一个到她面前来诉苦的人了。顾彼德把香烟摆在烟灰缸里，然后他坐直身子，往玉敏看了一眼之后，便咳嗽起来。吴霞有些紧张。玉敏说，你来跟我谈这一点儿很好，但我们一再强调过我们消失到这个地方来不是请客吃饭的，你肚子饿，这也很好，我问你，你以前在城里肚子饿不饿。吴霞说，可我一饿就会更加孤独。孤独！玉敏重重地重复道，孤独两个字说得很好，孤独确实很好，我们不是孤独，才会多余的么？吴霞出去了，不过孤独的感受飘散在这间石宝寨东西相界的屋中，顾彼德含笑说，是啊，孤独才会多余，我们找谁说去，我们活得好好的，可我们为什么孤独，弄清了为什么孤独，我看我们就不会是多余的了，我们也就不是白白寄养在这个地方了。随着吴霞第一个来诉苦，后边接连几个女人都来讲她们由于对环境的挑剔而引发的对于石宝寨的不适应。最后陆建华来了，顾彼德跟陆建华坐到靠门近一点儿的地方，玉敏所坐的那把石制的椅子在幽深的堂屋的里处，陆建华说，我看还是要吃一些好东西，我们不是让大家来受苦的，我们体验的如果只有苦，恐怕也不对。玉敏对陆建华说，老陆，你搞社会学研究，苦不苦，那可不仅是个人问题，也是群体问题，我们住在石宝寨，无非就是体验，我们不再孤独，我们是一个旅行团，我们在石宝寨会有新东西的。什么新东西？陆建华狐疑地问，玉敏从石凳子上下来，走到老陆和顾彼德面前，然后她把斜开的大门拉开，刷亮的光线便跳进了屋子。玉敏和老陆、顾彼德到各个房间去看望这些已经从兴奋状态中缓过劲来的游客，玉敏每见一个人都问，好些了吗，你还孤独么？其实这个寨子本身难道不比人更孤独吗，于是这个消失的旅行团在玉敏巡视一番过后，每个人都希望能给寨子带来点什么。但能带来什么呢？晚上，在玉敏的屋子里，老陆、张国庆他们点上了油灯，在旅行团的人联欢之前，顾彼德跟大家保证，我们这次旅行绝不会一无所获，现在来看，已经收获不小了。他脸涨得通红。玉敏示意大家冷静，说是联欢，其实就是在寨子里一聚，不过在七嘴八舌的议论中，众人最后还是达成一个共同的心愿，那就是对石宝寨，对这腾空了的村子有一份爱。谁能不爱石宝寨呢？这个反问，让人难以回答，石宝寨就是石宝寨，没有人能不爱它，否则消失到这个地方干什么。在聚会结束后，大家三三两两在寨子里散步，有人摸石头，有人收拾小路，有人跳到屋顶上，有人在黑暗中仰望星空，还有的人看到更远，似乎石宝寨可以瞭望地球，总之，人们久久不能入睡，后来月亮就升起来了，月光把石宝寨照得像水晶球，那些暗影处，像闪着心灵的火光，有些女人胆子也大了些，朗诵顾城的诗，有些失望的男人也开始朗声大笑，石宝寨变得有些欢腾了，尽管它仍然冷静、清澈，而且还透着黑夜的阴森。

幺五和铜锣是在观澜大桥两头的两块礁石上，远远望见石宝寨寨顶上升起的那道青色的烟柱，才回到新村子里向族里的老人交代了可能有一支旅行团上了寨子。不过新村的老人们似乎并没有那么刻意地仇视这些落脚到寨子里的陌生人，自从十多年以来，有些外国人根据他们久远的想象来到石宝寨以后，村里的人们便知晓对于石宝寨，不同的人会有不同的印象。但村子里的年轻人可能又有他们的认识。幺五和铜锣在第三天傍晚，天将黑未黑之际，顺着石阶中段往右的一条沟渠，潜进了石宝寨向下的一条暗道，攀附叠叠层层的建筑廊沿的迂拐的石槽，然后他们潜入了石宝寨，这并未让旅行团的人有丝毫察觉。幺五和铜锣分开两路，一边向左，一边向右，沿着房顶向上爬行，跳跃，他们轻灵的身体像初夜的两只蝙蝠，跌跌撞撞，但没有什么声响，在他们观察中，这支旅行团似乎规模不小，而且组织得很有章法，因为凡是在房间里的人很少有剧烈的动作，一般都静坐在石桌旁，很少的人在谈论问题，只有若干心细的人似乎竖起耳朵听听动静，更多的人面对石壁，努力从墙面和地表搜寻什么意味深长的东西，幺五和铜锣最后汇合到玉敏所住的石屋的屋顶，他们蹲在房顶上顺着亮光向下望去，有几个绅士坐在她周围，有两个男人在抽烟，那个坐在重要位置上的女人，小声地向他们交代着什么。幺五和铜锣没敢惊动这支旅行团，他们下山之后回到村子里也有人十分不满这支神秘人住的旅行团，但村子里有身份的人却保持着冷静，甚至还持有乐观的态度，这又是怎么回事呢？

第二天一早，一支由村子里派往石宝寨的队伍便出发了，因为他们可能有所准备，所以这支队伍次序井然，先过去的一行人直接就和玉敏见了面，他们显然知道玉敏是这支队伍的带头人，在跟玉敏简单交涉之后，这几个人便开始在石宝寨里来回走动，好像在安排什么，很快更多的人抬着东西上来了。旅行团里的女人因为突然发现寨子里原来的村民陆续回来便惊动不小，问玉敏是怎么回事。玉敏说，你们不要担心，他们今天是回来办事的，但到底办什么事呢？因为上来的人越来越多，后来就发现这些人都到了石屋的屋顶上，至少旅行团的人是这么看的。他们不知从哪些暗处到了顶上，旅行团的人在不同屋子里听到那些村民在房顶走动的响声。后来顾彼德和玉敏从他们的屋子往后，扒开一道像舱门一样的竹帛的旋轴，然后踩着石柱的凿痕，倾斜向上，爬到了石屋之顶，这才发现原来他们所踩的屋顶乃是一块连成一片、起伏有序的平台，共有好几块，四四方方地拼接在一起，其实这些房子倒像是在这些巨石上凿出来的，而这些石块的平面上，村民们已经在备置桌椅，显然他们要在这大吃一顿。后来，旅行团的人发现有村民在几处又黑又深的屋子里生火做饭，速度快而不乱，许多熟食陆续抬向了房顶，太阳也放晴，人们交叉走动，气氛温和，人们相敬如宾，并没有人刻意地嫌弃他们，即使跟旅行团的人打照面，也都是十分的淳朴，似乎早已心知肚明似的。最后有一对看起来很光艳的人走了上来，人们是从石梯上很缓慢地爬上来的，他们的胸前别着红花。然后，就是下午了，下午有些漫长，旅行团的人一开始只有少数几个人上到了上面的平台上，后来就都上去了，而且参加了这一群村民中来回的劳动，搬东西，收拾桌子，带孩子，之后，他们彼此攀谈起来，旅行团的人发现他们虽然沟通起来有点困难，但他们听得懂普通话，村民中少数闯过外边世界的人甚至也会说普通话，玉敏一直想寻找在这大批人群中是否有负责的人，但几个小时下来并没有找到是谁在组织这场宴请的庆典，不过那一对新人也并非是只讲排场，他们也参与一些劳动，比如拿拿花束，捎带些东西，总之是些轻便的活，以免让他们崭新的衣裳被弄脏。玉敏和顾彼德和几个有文化的村民在商量吃饭长桌的位置，因为是一条长桌，中间不隔开，约有近百张组接在一起，所以只得略微向东西倾斜，这在上边的天空看下来，像一条长蛇，有些人，特别是孩子都占上了座位，玉敏他们自然也有了座位，不用说，这支神秘旅行团的人也拆散了坐在其中，他们一开始还能互相望到，后来就失去了联络，只有三三两两地隔在一块，玉敏和陆建华坐在一起，顾彼德斜着隔几个位子，不停地向玉敏打着手势。那对新婚之人不知坐在什么方位。肯定是有人宣布了启动的信号，众人便吃了起来，旅行团的人也在吃，玉敏本想看一看她的队伍是怎么样的一个体验法，但她哪能看见，只有她身旁近一些的村民在不停地鼓励她吃，鼓励她喝，有人甚至在劝她的酒，玉敏喝了不少酒，是玉米酿的酒，甘醇而馥郁芬芳，回味无穷。顾彼德吃得不多，忧心忡忡，玉敏和陆建华碰了碰酒杯。老陆说，这么多人恭贺新禧，真是没有想到。玉敏说，想不到不孤独的生活也有这么样的排场。一个年轻的小伙子在旁边站起来，跳了支舞，然后扯起玉敏，玉敏正面看他，他又给玉敏跳了一支火辣的鼓点一般的舞。

幺五和铜锣早在回村子里向老人们汇报他们在石宝寨上边看到的旅行团的情况之后，他们和老人们一起便被一个麻脸老人喊到新村西头的一间马路边的屋子，那里停了一辆警车，警车里还坐着一个人，不过这个人没有下车，有麻子跟村里人交代事情就够了。原来，麻子是六库县公安局的，麻子姓刘，也是本地人，他跟村里的老先生早就谈得差不多了，而幺五和铜锣问麻子这支旅行团是不是干什么坏事的。村里的老人让他们不要多问，幺五和铜锣一再跟麻子讲，他们看到的这支队伍其实素质很好，没有什么过分的。不过幺五和铜锣以及村中的年轻人，其实没有对这支旅行团有什么戒备，在长长的桌筵上的喜酒喝完之后，这些村里的男人几乎已经和这支旅行团的人相处得十分融洽了，但酒席过后，一片混乱的场面倒也还是有石宝寨的规矩的，当初那个给玉敏跳舞的小伙子对玉敏很殷勤，这让玉敏有些戒备，不过顾彼德好像酒喝得有些多，讲话不太连贯，对不整齐的村民们散乱的情形失去了兴趣，而老陆、文卿他们居然和村民中有文化的人谈起了石宝寨的历史。吃饭的长席虽说是摆在平台上的，但因为它特别长，其实长席是接起来的，在中间拐了好几处，平台也并不是特别的平，有些凸凹，在这块石宝寨的坡地上，什么人能观察一切呢？不过麻子和另一个高个子坐在人群中，努力地盯着玉敏这边的一些人。幺五和铜锣以及一些精干的年轻人开始撤席，那些农妇们动作利索，很快便把盘碟搬下去，不知如何安排的场合，那对新人是在一大群小孩的簇拥下站在长凳上，四周围满了人，玉敏还坐在原处，其实这支旅行团的人也都坐在原处，而那些村民倒是组织到跟这对新人道喜的游戏中去了。虽然麻子和省城来的高个子警察在人群中并不显眼，但很快顾彼德和玉敏发现了他们鹰一样的眼光。玉敏并不吃惊，她晓得这些人还是会找到他们的，就像蒋寒以前说过的，公安无处不在，在中国，旅游始终是安全的，但是令这支旅行团的人没有想到的是蒋寒、邓拓也混在喜酒的队伍中。他们在腾冲往丽江找到手绘地图之后，和六库公安局的麻子一起，逐步侦察，已经摸到了这团的线索，蒋寒在那些最沸腾的村妇中打闹着，带着她们赠送的围巾，跟她们喝酒。不像玉敏这边的这些人，虽然也在吃喝却放不开，搞不清楚，在石宝寨除了体验旅游，他们还能有别的什么。麻子看够了这支旅行团里所有人的行为，实际上他是很不耐烦了，征求了省城那个警察的意见，试图向玉敏这边靠近。蒋寒却不露面，他本以为玉敏会发现他们，但玉敏没有，玉敏在麻子靠近之前，已经偷偷地溜到石沟坎那儿，下一道坡，再顺着一条暗道，她可以返回她的崖屋，但人太多，无法回去，也无力去表明什么，旅行团的人三三两两，搭着话，这时黄昏已近。麻子终于靠近了顾彼德，这时玉敏让顾彼德不必退缩，看他们问什么吧。玉敏背对他们。麻子说，我是六库公安局的。顾彼德说，我叫顾彼德。麻子说，那人是陈玉敏吧。顾彼德点了点头。麻子气色忽然严厉了一万倍，他低声斥道，你们还想怎么样？顾彼德说．我们怎么了？另一个公安脸色无法辨清，但不比麻子温和。

玉敏跳下一级石头台阶，向石屋那边走，这时背后的那对远处的新人周围爆发出热烈的欢呼声。玉敏回到屋子，顾彼德本想跟上，但他发现有个女人在喊他。他一回头，发现是他老婆胡曼云，顾彼德脸红得像猪肝，不过胡曼云没有责备他，一脸的不解，蒋寒在远处站着，望着这边，顾彼德也看见他了，还有他身边的邓副经理，顾彼德记得与他一起吃过饭。麻子和玉敏在石屋中，大门半开着，门外有个公安不进屋。麻子问，你这算什么呢，你这是干什么呢，把一大堆人偷偷带到这么个地方。玉敏不做声。麻子严厉了一些，说，知不知道都在找你们。玉敏在喝水，她口渴，麻子于是敲桌子说，怎么玩消失呢，这是青色时代旅行社，不是黑社会，搞什么消失呢？玉敏还是不做声，麻子到门外去了一趟，外边那个公安跟他交代了几句，他手里拿着蒋寒他们的报案材料。这边僵持了很长时间，因为玉敏始终没有回答他们的问题，麻子干脆不发火了，但他口气越来越严重，他严重时，旅行团的人都赶回了玉敏的这间屋子，屋内光线很暗。顾彼德终于站到玉敏旁边，王阿嫂还是无所谓，跟团里的人小声嘀咕着什么。不过蒋寒现在哪儿，众人仍没有发现，麻子发火归发火，但玉敏最后还是亮出了一张纸，上边有这支团里所有人的一个声明，其实很简单，这支队伍虽然像蒋寒报案时说的那样走的是青色时代的团，但并没有和青色时代签合同，这支队伍是签了契约，自己组织的，由玉敏和大家组织的。麻子和外边那个公安又谈了一会儿，这旅行团的人窃笑，门外那个公安也进来跟麻子一起翻材料，不过，他们确实也没有拿到带公章的合约，只是有一个报名表。但这违什么法呢？这晚，来回折腾，但人们心肠还好，人也不坏，事也没出，不过旅行团也谈不上消失了，动静还不小，石宝寨原村的人大概也都知道了，蒋寒得跟玉敏见上面，但却在石宝寨上。第二天，太阳很高，还是一大圈的人，不过这天上午是石宝寨村选举村委会，投票和唱票都敲了锣，节奏酣畅，旅行团的人在收拾行装。玉敏没动，有那些人在张罗，她就是看村里人选举的那个劲头，有些憨厚，但有模有样，有几个绅士站在她四周，像保护她似的。她问他们，你们还多余吗？绅士们不做声。她又问，没体会到啊，这寨子，这石头。绅士们站着不动。玉敏转过身，她往前去，绅士们跟在她后边，顾彼德也在其中。

张西芹

张西芹，凡是在她小时候见过她的人，都没想到她长成大姑娘之后竟成了一个胖子。她并不比一般的胖多出些韵味，相反更多的倒是给了她不该有的负担。几个跟她玩得好的朋友，总觉得张西芹不应该长得胖，她家境一般，精神紧张，性格也不好，为什么会长胖呢？张西芹就读于一所省立师专，这样的专科学校在前几年还算是个大学，现在已经没有地位了。张西芹成了一个有问题的女孩，她总是很迫切，什么都很迫切，当然在恋爱方面，也必然是急迫地想要找个对象了，既然自己无缘无故地胖，那么现实就是不那么可爱了，她讨厌现实。她一再声明自己对眼下的生活没什么好说的，她同宿舍的张苏和阿元都支持她这么看，为什么要在自己有那么多不美好的同时还要歌颂生活？对于生活，我们不批判，但我们至少不歌颂。这三个女生在吃饭时达成这样的共识。张西芹的名字，很容易让她自己联想到芹菜，而芹菜瘦瘦长长的、清心寡欲的样子也成了她懂事以后的一个目标，她对自己讲，我恐怕要找一个跟我名字相符合的男孩。她的这个想法让张苏知道了，张苏批评了她，张苏说芹菜是一种杀阳的菜，如果男人食芹，会杀掉精子，生不出孩子，精子数不够！阿元也附和。张西芹虽然口头上答应了，但她没考虑那么多，什么杀阳呢，又不是杀人，有了男人，有感觉就行。在师专校园，张西芹没有找到合适的对象，因为她感兴趣的几个男生统统对她绝对的冷漠，张西芹不怕自己被别人逼上绝路，像许多有自卑情绪的人一样，张西芹把自己初恋的希望寄托在网上。她上网找人聊天的事没跟任何人讲，她到与学校相隔甚远的棋盘巷的网吧里上网，在那儿，她甚至第一次抽上了烟，张西芹享受助学金，每当她吸烟，在键盘上打字时，她有一种跟现实玩火的感觉，当她看到周围女孩如此时髦而傻帽时，她骂了句脏话。我们的张西芹很快在网络的世界上找到了她所要的东西，她在向别人介绍自己时，总不忘加上两个字，平静。别人于是问她，什么叫平静。她说，总是被人包围，难得有这种平静的心情。终于有一天，有一个外地的男孩在网上问她，你妖媚吗。张西芹想了想，在电脑上跟那人说，这让我考虑几天再回答你。那人在线上说，这种简单的问题也要考虑么。张西芹说，我怕伤害你。这个在网上在两天之后得到张西芹自述妖媚答案的男人便是林大辉。林大辉很快和张西芹在网上聊得万般投机。林大辉向张西芹要电话，张西芹考虑了五天，在网上把号码给了她。林大辉便每天打电话到张西芹的宿舍来，张西芹很快活。张苏，阿元还有其他女生都知道张西芹恋爱了。而张西芹自己则说自己是恋了爱而不是恋爱了。阿元纠正过她好几次，她都不改口，似乎恋了爱，说起来好听。张西芹十分节约，日子过得还不错，学习也很认真，她在跟林大辉同志保持热线电话的这段时间，大家发现张西芹同志已经不那么自卑了，甚至高傲了起来，在同宿舍中，她是第三个恋了爱的。张苏和阿元每晚在操场上跑步，总不免要谈到张西芹的近况，充满了担忧。一个说，张西芹被人骗了。另一个人说，她骗别人呢，她那么丑，还冒充妖媚，阿元和张苏笑。过了几天，又觉得张西芹很不容易，能这样相信一个网上的林大辉很不简单，同宿舍的人都上过网，但能遇到像林大辉这样每天都打电话的人真是少。

一天中午，大家都在睡觉，电话铃声急促响起，是林大辉的，大家都能听见林大辉发出爽快而坦荡的笑声，张西芹也含苞待放般的配合。阿元终于忍不住要质问张西芹，你考虑过结果没有，你到底有没有结果。张西芹端着饭盒说，什么叫结果，我看没结果的是你们这些只会躺着睡觉的人，我们快了。什么快了？张苏问。张西芹说我们快要决定了！决定什么了？她说，我们快要决定我们的人生了，张苏骂她是个傻子。她扑到张苏身上，想跟她算账，张苏跑出去。晚上，张西芹跟张苏、阿元三个人到校门口买晚报，看见门口停了不少车子。阿元说这些车子是来接人的，接艺术系的女生，她们好看，还会艺术。张西芹朝地上吐了口唾沫，在那骂，什么艺术，她们不过是陪人玩。张苏说，谁玩谁，还不知道，她们反正搞到钱。张西芹拿自己跟这些被接出去的女生相比，自己倒是落个干净，用自己的身心去爱别人，那有什么好后悔的呢？她大声地说，我不后悔。张苏问她，谁问你后悔不后悔？张西芹说，我就是告诉你们。张西芹跟这个远在苏南江宁的林大辉网恋了两三个月，终于有一天，这个林大辉寄来了一张照片。张西芹如获至宝，非常兴奋。拿回宿舍，供大家观看，还很怕羡慕似的。张苏她们觉得林大辉长相普通，但张西芹觉得无限帅气，在照片的背后有一行字：献给我亲爱的芹，辉。这句话也成为张西芹所在宿舍和班级的流行语，大家见面一般都说，献给我亲爱的芹。再问，献了没有。而人家林大辉要张西芹尽快传照片过去，张西芹要求考虑一周再答复林大辉，在这一周的时间，张西芹反复思考，决定不仅要给他传照片，而且还要传一大组照片，要让他知道张西芹有美丽的一面。于是她跟阿元和张苏商量，她们都支持她，要帮她弄一组美女照出来。

阿元和一位河南女生在宿舍里的衣服比其他人多，而且样式也好看。阿元把她那件很珍爱的风衣以及一件米色的毛衣都贡献了出来。河南女生有一件开口极低的丝质T恤，也都让张西芹试试，这边的张苏和另一个自以为有品位的人，一起在调试张西芹的各种姿势，而拍摄的人便是阿元，阿元本来准备干脆胶卷由同宿舍的人均摊出钱来买，但张西芹拒绝了。她说，不是钱，而是心态问题。拍照片的这个九月末，江城的气温已经低了下来，特别是午后，阴风阵阵，一派灰色，那些在夏季还疯狂拂动的树叶现在已经卷曲。在校园的山坡边上有几排老式的灰砖房，拍照片的第一个地点就是在那里。只有张苏知道，她自己在那个地方跟一个男生亲过嘴，看来是个容易跟恋爱挂上关系的地点。张苏问张西芹是不是重点往妖媚上打扮，可张西芹说自己的气质有妖媚的一面。在灰砖房之间的水泥沟，张西芹坐了下来，摆个姿势，因为遮住了胖，所以侧面看起来她有一种难以归类的风格，有一点笑意，有一点青春，但更多的倒是她似乎在立志成为一种深刻的人。对，她对大家说，是不是深沉了些。阿元说，张西芹你应该活泼些，光妖媚不行，人家林大辉可能懂不少道理。张西芹于是背靠灰砖房的木门，木门又旧，腐烂了不少，靠上去发出令人心惊的吱吱的响声。阿元按动快门，后来事实证明只有这张照片，张西芹还算本色，她没有任何表情，呆呆地站立，双手缩向后边，能发现她很丰满，但可贵的是并不显胖，这张照片也成为她这一组照片的首封。后来她们在树下，在栏杆旁也照了一些。傍晚，一行七八个人，坐车到长江大桥去，桥刚建成，桥上风大，车子不多，张西芹突然站在这么高地方被大家包围着照相，竟激动起来，她更加迫切了，她问阿元，我到底笑了没有。阿元说，你笑了。但实际上，张西芹可怜的神情里并没有笑，而是被江风刮脸，脸和身体之间，因为大风吹荡，竟似乎没有了联系。后来照片出来了，这几张大桥上的照片姿势都很好，只可惜脸部阴沉，似乎张西芹对长江的感觉是不美好的。而张西芹自己还是决定把大桥的照片也寄过去。回到宿舍，天已经黑了，大家都没有兴致了，张西芹还要照，她说应该拍一张在床上的。张苏问她是不是有勾引的意思。张西芹说，勾引也没有错，我跟林大辉连人生都要决定了，勾引还不是自己的事么。阿元帮张西芹换一套衣服，就是开口极低的那种，先是拍了一张，很妖媚，但因为是近拍，所以胖得不像样子。阿元又让张西芹套了件红色的披风，这样胖得不那么直接了，只是因为红色太盖人，张西芹竟有一些愚笨的妖了。

在星期四的中午，由一封信作为陪衬，张西芹将照片寄了过去。从江城到苏南江宁，邮路只需两天，而两天之后的晚上当她上网想去听听林大辉的评价时，林大辉没有在聊天室出现，于是她苦等电话，结果他也没打。她很不安，跟张苏他们说，是不是林大辉在做重大决定。张苏说，照片可能太有冲击力，林大辉不是受不了吧。而张西芹自己还是抱着希望。就这样，寄过去的一组照片，反而把林大辉弄得失了声。一个礼拜后，林大辉先是在网上露了面，他以一种十分真情的口吻对张西芹说，我会一辈子爱你，但我不得不跟你分手，因为我的生活太复杂。张西芹一听热泪马上下来了，在她的追问下，林大辉说因为母亲突然病重，所以母亲做了个决定，要让我跟南方市市长的女儿成婚。张西芹如五雷轰顶，泣不成声，挂了线，回到宿舍跟张苏她们说，她说林大辉因母命难违，要跟南方市市长的女儿结婚。张苏、阿元都大笑起来，说分明是骗你。张西芹说不可能骗的，他说他一辈子都会记住我。这时候说服张西芹去明辨是非是没有用的，问题是林大辉撒谎水平太低，让张苏她们恶心，觉得是在愚弄。张西芹开始穿黑衣服，一件很陈旧的介于夹克和风衣之间的衣服，她已经在纪念这场所谓的初恋了。林大辉还是会打电话来，这让张苏她们不解，既然要跟南方市市长的女儿成婚了，还打电话，既然这么巨大的骗词都说了还打电话？而张西芹并没说话，她更加地在意自己。大家总结一定是照片上的丑形象吓退了林大辉，但丑是什么标准。张西芹在接林大辉电话时，总是哭泣，而且伴有抽动的响声。林大辉的电话维持了两个礼拜，终于让张西芹彻底明白林大辉是没有办法才离开她的，而他们之间本有一场伟大爱情。遭受这次挫折的张西芹仍没有宣告这场恋了爱的结束，她还会在与人聊天时，提到“献给我亲爱的芹，辉”，而别人实在忍不住笑，便问，献了没有。张西芹说，他是没有办法，一个那么大的南方市，一个市长，一个市长还只有一个女儿，他没有办法，他妈妈要死了。似乎宇宙中都会流传这句温暖的话。张西芹如果不是在这所师专，如果她家境好，如果她有伟大的信念，也许她真会成大事，因为她总能为自己说话，站在自己的角度上跟大家那么真诚地说她的生活，继林大辉之后，大家都知道她跟师专同校里的一个男生恋了爱，而这一次近距离的恋了爱，没给她那么大的改观。她只是在闲谈中透露她的一些特征，因为那个人喜欢她的长相，这就是这个地下恋爱者爱她的理由，一些她张西芹式的特征。因为同校，因为张西芹自己保密，所以张苏她们想过很多办法，都没能调查出此人的出处，因此张苏开始怀疑张西芹在吹牛，而张西芹赌誓说那个人酷爱她的长相。阿元对张苏说，一物降一物，张西芹的胖可能有不同之处。张西芹跟那个地下者的接头地点在校外，师专在郊区，他们很可能在城中心地带接头，那里比较繁华，张西芹最近的打扮也往雍容华贵的方向走，所以人们猜测张西芹这次目标不再虚妄，而说不定那个地下者真有独到的眼光。

张西芹有一段时间，每晚很晚回来，这让人琢磨不透，没人敢翻她的包，但有一次张苏发现她包口敞开了，原来里边有一瓶洁尔阴，张苏跟阿元说，张西芹一定跟那个地下者那个了。哪个了？阿元不懂。张苏说，张西芹一定跟地下者睡了觉，洁尔阴都装了。阿元说，很可能。张西芹虽然恋了爱，但学业不能耽误，学校活动也积极参与，最让人尊敬的是她没说林大辉的不是，她把她当初所定义的痛苦转化为一种关怀，她常在熄灯之后说，林大辉真没办法，那么大的一个南方市，被逼的是他。张苏笑，阿元也笑，其他人也笑，张西芹却说，我不怪他的。

张西芹把她一直使用的洁尔阴洗液后来公开放在宿舍洗脸用具的木格上，这使得宿舍里的那几个始终没有和男生接触的女孩相当愤怒。她们在议论张西芹，说她在疯狂地报复生活。张苏是在两年前就交了男朋友的，只有她才明白张西芹这么做，很可能是她把那方面的事看得淡了。有一次张苏和阿元约张西芹到校外的小馆子去吃东西，想套一点那个地下恋爱者的情况出来，但张西芹很警觉，她对那个男孩只字不提，她成了一个保守秘密的人。然而她的洁尔阴洗液不断招来各种非议和猜测，就差快要传遍整栋楼了，不过张西芹是个认真负责的人，她自己到不少宿舍去过，见过不少人放了洁尔阴，原来洁尔阴也可以用于保洁，一个什么都不做，连男孩子是什么样子都没见过的女生也会用上洁尔阴的。时光飞逝，虽然偶尔林大辉还会打电话来，但只是谈他那病重的母亲以及复杂的身世。而张西芹百听不厌，每次以泪洗面，这让张苏她们彻底绝望，认为张西芹耐力特别好。阿元说，也许人家需要的就是这种动情的东西。张西芹因为在恋了爱的问题上搞这种掩藏的方法，很快出了些名气，其余的人都来打听，一时间胖姑娘张西芹有了知名度。

不过，快要毕业了。一个周末，天气剧热，张西芹一个人在宿舍里，估计是刚从水房冲凉回来，正在换衣，没扣门，张苏和阿元从系里开会回来，撞上张西芹，张西芹大叫了一声，原来她的内裤是男式的，又宽又大，而且带有运动白条，灰色的，很扎眼，让张苏也叫了出来，阿元只是笑，因为张西芹上边穿着胸衣，下边这件短裤使她胖胖的身材显得健壮。阿元便夸奖张西芹，还是张苏反应快，她问张西芹你怎么穿他的内裤？张西芹说我的没洗，他的拿了过来，我穿他的。张苏和阿元说张西芹变态，张西芹很不高兴，为了防止阿元和张苏把她穿男士短裤的事说出去，她答应她们等拿到毕业证书，她会把那个男的带给她俩过目。张苏和阿元相信张西芹到时会让她们见识这个地下者的。临近毕业的六月，宿舍里，蚊虫飞舞，蚊帐内的女生叽叽喳喳，对未来社会充满迷惑。到十点钟，只有张西芹还没回来，那个河南女生把收音机声音调大，原来她在听成人时空节目，尽讲男女恋爱、性，幸福之类的话题。张苏和阿元很快加入到话题的讨论中，熄了灯，大家还在议论，问题是什么样的男人不会搞婚外恋，有人说农民不找，有人说商人不找，怕花钱，有人说，漂亮的男人不找，因为自信。后来，张西芹回来了，她倒在床边，哭了起来。这让宿舍里的人吓了一跳，纷纷跳下床，问她什么原因。张苏说，肯定是地下者出问题了吧。张西芹还是哭，追问了很久，她才说她太感动了，原来今天黄昏时，她到江城4号码头取了东西，是那个林大辉托人从船上带来的一个包裹，里边装的是南京栖霞山的树叶。阿元问，有没有信。张西芹说，没有。张苏问，那你哭什么呢？她说，他爱着我。张苏说，这你就不对了，你现在跟地下者在一块，你还留恋林大辉干什么！他嫌你丑！张西芹猛地惊醒过来，反问张苏，谁说他嫌我丑，他连市长的女儿都爱，还会在意丑么，他为了妈妈，连市长女儿都娶，还会嫌丑么？张苏爬回床上，张西芹跟阿元讲黄昏她到码头上取东西的情形，一艘拉沙的民工船，因为在短信上讲好了样子，所以张西芹在码头上挥手，黑色的帆船就开了过来，她接过那个民工的包裹，那么轻。当她问那个民工，林大辉还有话么。那个民工已经转身，踏过沙，向船舱那儿回了。机帆船轰隆着向左前方开去。那么轻！她拉着阿元的手说。树叶是很轻，阿元说，树叶是什么意思，张西芹，林大辉这么做是为什么？阿元望了窗外，又说，他把树叶献给你了。张西芹让河南女生把收音机关掉，她大声地说，你们怎么这么无聊，听什么成人时空，那些事有什么意思。河南女生被激怒了，她问张西芹，你做过了，那你说也行，我们听。张西芹站了起来，叉着腰，胸抖得很厉害，她说，那事就是一上一下，那事只有你恋了爱才会知道的。一个女生说，我不会上当，不会上你的当。张西芹反问，我会骗你？一个女生说，我说我不会上你上过的当，张西芹把包裹细心地放到洁尔阴瓶的旁边，挂在黑暗的门旁。一个星期以后，她们毕业了。

张苏、阿元和张西芹都留在了江城。阿元因为学习成绩好，找到了一所还算不错的初中。而张苏不善跟人打交道，在分配的重要关口，没能使尽力气，几乎没找到工作，一开始在一家刊物里试用，很快被踢了出来，干脆到社会上受聘，去了一家很小的做贸易的公司。因为生活的负担，以及初次踏入社会的艰难，这三个好友在毕业之后几乎很少联系。而张西芹的家境原来就差，所以她的工作便成了全家的希望，张西芹还有一个仍在读书的弟弟，她的母亲便对她寄予厚望，她母亲花了一万元，找了人，用尽了办法，才在江城的模范路小学为她找到了教差。开始给小学生代课的张西芹有一种新鲜感，她试图打电话给阿元，向她讨教些问题，而阿元在初中是疲于应付各种考核，跟她没什么话，张西芹自然也就谈不上当初承诺的把那个地下恋爱者带给她们看了，阿元和张苏也记不起要看那个男孩了。那个男孩叫景南，景南跟张西芹的事，张西芹的母亲一开始是不知道的，张西芹之所以不敢跟母亲讲，是由于她母亲早就跟她讲过，她应该找一个对家庭有帮助的男人。意思很简单，要找个有钱的。张西芹认为母亲的话虽然很不对，但自己也没办法，如果母亲不求人，不拿出一万元，她实际上是不能进小学的，她是由她母亲分配的。景南没有钱，住在出租屋里，是个没有工作的年轻人，愤世嫉俗，喜欢遥想未来，没有生活能力。张西芹不知道自己是否爱他，也不知道景南对她有什么想法，按她自己的意思，她的爱情已经永远给了那个带给她一包树叶的林大辉了。景南，这个当初的地下恋爱者，终日在出租屋里发呆。张西芹给他吃，给他喝，他用张西芹的钱买了电脑，玩游戏，然后写文章，乱写乱画，还抽烟，他是一个学物理的学生。他跟她说，即使什么都做不成，至少我还可以搞我的本行，研究地球和星相。张西芹也还相信，因为景南头脑很聪明，经常讲天文的故事给她听。景南来自河北农村，上学很不容易，现在留在江城，没有工作，他有点急躁也是正常的。张西芹意识不到景南有什么大问题，张西芹跟景南已经相好了很长时间，直到有一天，张西芹母亲要张西芹去见一个男孩时，张西芹才如实地告诉母亲自己是跟一个学物理的男孩在一起，张西芹母亲当场阴下脸，坚决地告诉张西芹，除非她死了，否则决不同意她跟景南好。母亲的死命令，张西芹明白，其实她自己也知道跟景南并没那种决绝的感情，她是在顺水推舟地谈恋爱，过日子。

景南的脾气越来越坏，他终于耐不住贫穷、寂寞，他讲他要搞天体物理去了。在哪搞？张西芹问。景南说，我要把我的知识用起来。张西芹说，那你想办法找工作吧。景南说，你自己工作怎么找的，我现在留在江城，你母亲出一万块帮你找，你让她帮我也出一万块。张西芹心想景南振振有词一定来自于他自信我爱他。我疯狂爱他？但疯狂什么呢？张西芹跟景南吵，大吵一顿之后，关系降了温。景南就翻脸了，这时，张西芹就去找张苏和阿元，三人约在商之都见面，喝冷饮。阿元已经在准备考研，张苏在推销东西。听张西芹讲她跟这个地下者的状况之后，张苏说她永远不想见这个男人，简直是混蛋。阿元倒觉得一个河北人留在江城也不容易。

张西芹说，她迟早要跟景南分手的。张苏说，那现在就分。张西芹又说，可他爱我，他爱我，我不能那么绝情。阿元问，你怎么知道他爱你。张西芹说，他爱我是肯定的。张苏说，你要是不跟他分手也行，你们各人干各人的。张西芹又说她妈如何如何，她妈是个厉害的女人，她妈是个不容反对的女人。她妈对张西芹不利，张西芹没有办法跟林大辉一样，她自己也遇到妈妈的问题，于是她们又回忆在读书时流行的那句，他妈妈要死了。张苏和阿元没能给张西芹什么好建议，只是打听出张西芹对景南身体十分不满，阿元不明白。张苏是过来人，她问张西芹是不是景南有大问题。张西芹说，他紧张，他做那事不行。那么年轻就不行，这说不过去啊。张苏坚决鼓动张西芹离开这个景南，阿元也听明白了，她也建议跟这个景南立即分手，如果这样，倒还是林大辉好，至少敢娶市长的女儿，还结得成婚呢。景南这人能结婚么？他配么？张苏大声质问。这次商之都聚会之后，又过了三个月，张西芹又找她们，说景南威胁她，要她赔钱，说耽误他分回河北教书，留在江城没事，要让张西芹赔十万块钱。张苏不禁大怒，说景南这人简直是个无赖。阿元说，别理他。张西芹说，景南威胁要找到我家去闹，要找我妈要钱，要是去找我妈，我就完了。张苏说，别怕他闹，让他去闹。张西芹说，我妈妈会死的。张苏和阿元不明白。张西芹终于哭了起来，两人在边上安慰她，她说她妈不堪生活重压；弟弟读书要钱，父亲又多年生病，卧于床上，家里全靠她，现在要是景南一闹，我妈会死的。张苏让张西芹不要讲什么死不死的，世上的妈妈都不会死，说那句他妈妈会死的，是玩笑话，是林大辉那一段的。谈起林大辉，张西芹恢复了一些精神，张西芹回去跟景南又较量去了。过些时日，阿元跟张苏和张西芹说她想去合肥，到那里准备考研，张苏说她也想去合肥打工。而张西芹在江城小学也不算好，她说她也梦想离开江城，但她能去哪儿。她说，我只有有个艳遇，恐怕才能走得掉了。

景南终于没有亲自闹到张西芹妈妈那儿，而张西芹妈妈几次三番地威胁张西芹，如果她不跟景南斩断这份恋爱关系，她就要闹到张西芹模范路小学去，她说她要到模范路小当着教师、学生和校长的面，掮女儿的耳光，因为在她看来，女儿完全不考虑这个亟待她作出贡献的家庭。张西芹跟她的父亲始终无话，父亲卧病在床身体有病是一方面，另外恐怕也跟她妈妈太强势有关系，只是这个强势的女人也并没在这个社会上弄到什么。张西芹家住在离长江江岸不远的棚户区，是一种老式的水泥房子，弟弟自从上了学，就很少回来，张西芹感到这个家对她没什么吸引力，有时她真盼望景南去闹，也许能闹出个结果来，但景南不闹，景南好像有了其他爱好，他喜欢出去，虽然不去工作，但他终日在外边。张西芹问他在外边干什么。景南说他在街上想问题。有一次景南说他要办个班，辅导学生。张西芹说以你的物理知识办班没人学。景南说，我跟孩子们讲天体运动，讲宇航员。张西芹说，你又不会吹牛。提到吹牛，张西芹明白那不是一般人能够做到的，因为吹牛至少要有个基础，景南没有基础。他爱着张西芹，张西芹抱着这种心态，陪景南玩。

张西芹的教学工作由于和校长关系不好，所以在小学的日子很难过，校长认为张西芹的业务不行，张西芹多次想改善她的教学办法，但效果很差，甚至她的体重、仪态也都成了校长批评她的把柄。张西芹和模范路小学之间关系渐渐恶劣了。时间飞逝，张西芹的理想始终在那个林大辉身上，由于景南不行，又非常狂躁压抑，张西芹有时即使在景南面前，也会对往事想入非非，而她最爱展开想象的便是有朝一日也许会见到林大辉，她在想象那样的场景，以及在那种场景中会有什么样的可能，她感到了自己某种满足的需要，但那是什么呢？张西芹在滑行，在生活、在时光的分秒中滑行，她懒得把自己管死了。年底，有一个全国小学的业务交流会，会议就在江城召开，而与会的是全国的一些在教改方面有经验的小学，这次开会，本来轮不上张西芹，但张西芹偏要去，因为她发现如果自己连开会的权利都没有了，那么有一天或许别人会把她不当个人，这完全有可能，她听过别人在背后议论她，这个胖子什么也不会教。但事实是学校的一位教导主任就很欣赏她，听过她的课，觉得她的方法很特别，有不同凡响之处。于是在这位主任的帮忙下，张西芹参加了这次教学交流会。而这次开会地点就设在江城的城陵矶宾馆，那是一座悬在长江岸边巨石上的宾馆，气势颇为开阔，每晚江水浩荡，散会后的小学教师们便在宾馆三楼的舞厅里跳舞。张西芹白天的发言让有些人记住了她，但她注意到领导们都不喜欢她，也许她太胖了，她真正发现自己太胖了，坐在椅子上，在站起来后，那海绵好久都弹不起来，有一个巨大的臀印。

张西芹是五号晚上，跟老姚在舞厅认识的，白天，她始终没对老姚有印象，老姚脸红红的，个子不高，腰里别着个很小的手机，人又瘦，跟张西芹跳舞时，他问张西芹为什么要在小学教书，跟小孩子打交道。张西芹说，我学的就是这个。老姚在搂着张西芹跳舞时，手很规矩。张西芹之前跟另外一个男人跳，那人用手摸她的胸衣带子。老姚只是在背后托一点点，舞姿相当轻盈。肥胖的张西芹在老姚的带领下，很快就顺畅地跳起来，感到身体有一种从未有过的轻盈、放松。她自己也感到奇怪，为什么那么胖，一个快有五十岁的跟父亲年纪差不多的老姚会把自己搞得那么旋转呢？她越跳越轻，目中无人，只有那种旋转、轻灵，还有老姚那张有了皱纹但亲切可敬的脸，张西芹跟他转啊转，老姚跟张西芹跳到十一点半，两人后来来到宾馆围墙边散步，老姚对她问寒问暖，还摸她的手，问她冷不冷。由于跳舞时，老姚手很干净，所以在外边老姚摸她，她不介意，老姚便托住她的脸，她还在那种轻盈的幻觉里，他的托腰的手，让她觉得亲密，她有些醉意似的，跟他散步。老姚从北京房山区来，跟她讲北京，她听得很有滋味，那晚她跟老姚在宾馆外面的马路上走了很远，她没有凉意，似乎老姚把她引到一个境界中去了。老姚讲了许多，手却一直在腰上。她也不知道什么时候老姚跟她已经几乎搂住了，老姚终于激动起来，他说他已经好久没有和这么年轻的女孩在一起了。张西芹这才感到老姚跟她脸靠脸，她本来有机会推开他，但她实在没有理由这么做。长江在远处，能看到江沿上竖起的高大的铁架，天空有些暗红。老姚碰了碰她，她没有动，老姚也没大动作。她记起了林大辉，她想跟老姚谈谈林大辉，但张不开口，她记住的都是那包树叶，裹在布包里，还没有焦烂，只是叠着、混着、塞着。老姚始终托她的腰，这样她也就一直在那种幻觉中，她的身体抬了起来，肥胖也减了一层，自己像树叶一般，叠着，浮动着。老姚做了些什么呢，摸她的手、胸，然后呼吸加重。两人在马路上走了很久，才回去，这就是张西芹跟老姚的初识，这一次没有其他出格的举动，但张西芹似乎飘飘然了。老姚在第二天开会时却像没发生什么似的，只是在散会之前，互相留了手机。老姚一上火车便给张西芹发短信，他说他爱她。老姚爱张西芹，老头一般不会骗女孩吧，张西芹想他让我跳舞跳得那么好，老姚是个好人。张西芹跟老姚每日发短信，张西芹压根就没思考过老姚前前后后的举动，到底是干什么，反正他让自己轻了许多。

张苏和阿元都已经到合肥去了，阿元是去报考合肥一所重点大学的教育行政学的研究生，在学校附近租了房子，找老师帮忙搞题目，而张苏则利用亲戚关系，找到在一家大公司做一份还算不错的工作。因为到了合肥，她们更加惦记留在江城的张西芹，她们多次劝说她不如离开江城跟她们一道在合肥混。张西芹说或许有了合适的机会，再加上被逼到绝路，她会义无反顾地来合肥的。张苏问她什么叫被逼到绝路呢。张西芹的意思是她现在有了个小小的转机，她把自己认识北京老姚的事情说了。张苏听是个老头，心里就犯嘀咕，劝张西芹不要没有原则。张苏的这句不经意的话却把张西芹说哭了，她在电话线的那端号啕大哭。因为这句话确实击中了她，她发现自己一直是个没有原则的人，只是不肯承认而已。张苏自己反倒没这个意思，张西芹的痛苦使张苏也很震惊。阿元打电话去安慰她，但话说得越多，事情就越收不了场。最后大家达成共识，张西芹确实是个没有原则的人。而张西芹自己对这个看法是支持的，现在剩下的问题是如何以一个没有原则的女孩的身份继续生活下去。张西芹决定要把现实跟理想分开，她宣布理想都是过去的事了，从今往后的将来，都是现实的。就在达成这种共识后的一个礼拜，张西芹路过合肥，她是要从合肥火车站上火车到北京找老姚去。张苏和阿元到车站去接的她，还帮她预订了票，在合肥逗留的一天，张西芹向她俩详细描述了老姚的温情，老姚是个短信高手，但短信中也不全是歌颂张西芹的，他也谈谈教学方法。张苏说老姚这是在掩耳盗铃。张西芹反驳说老姚没必要这样，我并没有拒绝他。阿元很关心地问张西芹到底跟老姚要不要留个底线，因为此次前往北京，如果什么都做，那就太轻率了，毕竟老姚五十岁了。张西芹说老姚能使自己变轻，能旋转。张苏知道张西芹恐怕没什么底线，问题又回到景南那里，张苏关切地询问年纪轻轻就不行的景南在那种时候是什么表现，张西芹说脸涨得像肝一样。张西芹有理由，而且有充足的理由去做她想做的，更何况老姚在北京呼唤她。阿元和张苏亲自把张西芹送上了车，其实在车上叮嘱她的那几分钟，阿元和张苏同时意识到张西芹这么干和原则不原则没什么关系，张西芹的生活是张西芹本身的，所以她俩反而冷淡了，跑下车之后，没跟张西芹挥手，张西芹也不激动。

张西芹给老姚的短信中就这么说过，喜欢你的成熟，因为我也要成熟。到了北京，老姚没到西站接她，她是自己换了郊区车，一辆又晃又摆的大车把她拉到了房山镇。老姚没把张西芹带到小学，而是把她直接带到了镇上的一家宾馆。北方的气象让张西芹有些开心。老姚也很客气。这是白天，老姚在房间里跟张西芹一起回顾了两人在开始时的交往，老姚总结说，简直像梦一样，现在你来到我旁边了。张西芹见老姚这么斯文，心里更加踏实。但跑到北京，尤其是到了北京郊区究竟是干什么呢？老姚拉上了窗帘，两人坐在椅子上，中间隔着木茶几，面前就是床，老姚的手还是自然不自然地放在腰上的手机上。张西芹肥胖的身体喘动着，老姚伸过手，托住她的腰，另一只手搭在她肩上，她向他那边主动靠了些。老姚的动作和手势都是很倾斜的，老姚说过两天我带你到京城里转转。张西芹说，我不是来玩的，我是专门来看你的。老姚说，我知道。张西芹身子向前够了够，她这个动作，让老姚不明白，老姚只得站起来，但他的手一直扶在她的腰上，对老姚来讲，这么年轻这么肥美的腰已经是永世难忘的了，而且是从江城到了北京，老姚把她搂起来，两人都站着，很近，却没有抱。没有那种拥抱，但站得又是足够近，很难说两个人是什么姿势。就这样僵立了很久。张西芹连景南的内裤都穿过，她对男人是不陌生的，她在等待老姚，而老姚还是没有那种慌乱，他托她的腰，站着。张西芹胖，老姚瘦，后来老姚就有点靠着张西芹了。因为近，所以张西芹能闻到老姚身上那种老头的气味，而且有北方泥土的腥味。老姚不往下一步走，张西芹也不怕，张西芹也不担心，因为她在合肥跟张苏她们就已经讨论过所谓的底线，一个没有原则的女孩还有什么底线呢。何况爱情是什么？张西芹跟老姚不谈这个。老姚的每个动作，都能让她轻起来，并且真正地动起来，她跟老姚就这样。她在房山镇宾馆住了三天，每天老姚除了上课都陪她，晚上要陪到十一点，中间也说过不少教学上有趣的事情，但老姚没有解她的衣服，她在等老姚跨出这一步，她想过假如老姚很利索的动手，她就反抗，假如他紧张，她就不反抗。问题是不知道老姚会干什么。在第三天晚上，张西芹问老姚，你喜欢我什么。老姚说，我已经好久没跟你这么大的女人在一块了。张西芹说，我不小了，二十三岁了。老姚说，小，小，小。张西芹记起自己曾经拍给林大辉的那张妩媚的照片，也许老姚不会嫌她丑。于是她托了托腮，在床头边坐了下来，看着老姚，老姚终于走过来，头伏在她双腿中间，埋着头，弯着背，他瘦小的脊梁在暗暗地抖动。老姚没有什么动作，只是呼出的热气在她双腿中间熏染，她有一些快意，但温暖的感觉更多。她的身体在头脑中前进，后来就感到他的头很重，压在腿中间，她用手托住老姚的脸，想让老姚抬头看她，老姚却挣脱，说，就让我这样吧，就让我这样吧。老姚不看张西芹，老姚埋头在她腿上，他不看张西芹，张西芹发现老姚双目紧闭。

张西芹离开房山镇的那个早晨，华北平原上那种在晨雾中撒下的阳光照亮了张西芹脚下的柏油路，红色的出租车尾部不停喷出雾气，张西芹望着站在墙边的老姚，那个始终摸着腰间别着的手机的老教师似乎在暗中别着一把手枪，除了这是臆想的最后的刺激之外，张西芹所谓的对底线的恐惧，以及那种作为一个女孩没有原则的认识，都不能具体，好像没到过北京房山。老姚要干什么呢，什么也没干，除了那已经有些灰的头发埋在双腿中间时蹭下了一些瘙痒之外，老姚无所作为。短信也许也不用发了，老姚没走到出租车边，张西芹上了车子，她肥胖的身体从车门钻进去之后，就再没回过头，前边还有不短的路啊，要到镇上的车站，要上短途车，要坐公交车，要到西客站，然后要进候车室，终于她回到了江城。在那间狭小的出租屋里，景南沉默不语，失神地卧在沙发上，电视上滚动着无聊的广告，然而张西芹还是没能估计出到底发生了什么，景南没跟她讲话，她也没讲任何北京的事，她甚至连老姚的形象在脑中都没过滤一下，她明显意识到老姚于她于生活，其实原来也可以不存在。她回到模范路小学去，到了办公室，校长和老师也都还正常。除了比较漠然之外，她并没看出什么不对，她到教室去，路上碰到教务主任。这位一直对她不错的主任跟她嘘了几声之后，也就转身上楼了。不过她觉得这嘘声里有些轻微的怪异。见到孩子们，她有些高兴，尽管孩子们也没有什么热情，但她还是很激动地告诉孩子们自己去了北京。孩子们有些吃惊地望着她，她检查了他们的作业，然后开始上课，这时她心里轻快了一些。

到了中午，她本准备是要回妈妈那边去一趟的。但想不到她刚到校门口，却发现母亲正好等在那里，母亲已经直冲过来，对着她的脸，就是一巴掌。张西芹一下子蒙了，她没能反应过来，母亲已经骂开了，说我让你跟这个混蛋好，他是个什么东西。尽管母亲在骂她，奇怪的是并没有什么人围观，大概是母亲的姿态过于严厉了，没人敢在边上张望。张西芹努力使自己冷静下来，她想母亲打她一定是有道理的，母亲几乎是疯了，她在不停地骂，很快她听出来母亲原来骂的是景南，景南到底怎么了？母亲拖她。她问，你要拖我到哪？母亲说，我要拖你去跳江。张西芹说，我不跳，我跳江干什么？母亲说，你没有脸，你活着干什么。张西芹说，我怎么没有脸了？母亲说，你那个男人去嫖娼，你知不知道？张西芹虽然老担心自己没有原则，但她倒从没想到景南还会这一手。张西芹说，不可能，景南不是这种人，他不可能干这种事。母亲揪住她的头发，在那大骂。张西芹往左边的树下挪脚步。母亲几乎一直在厮打，张西芹胖，母亲够她的头发有点难，就揪她衣领，张西芹只是躲。母亲和她终于在树边站定了，母亲眼神里尽是凶光。张西芹声音也渐哑了，她发现自己刚才肯定也大叫过，她让她妈不要急，慢慢讲。原来，景南到江城的梧桐街一家发廊里找小姐被公安抓住，搞到派出所，本来也没什么大事，只怪景南说自己是个老师，公安就让他交代是哪个学校。景南又讲不出来，只说自己是教天体物理的。其实他不过是给一帮朋友吹过天体物理。派出所的人以为他在隐瞒，就硬要他交代。景南没单位，他哪来学校呢。派出所的人一逼，景南只好把张西芹家的电话讲了出去，张西芹妈妈就是这样被叫到派出所去的。所谓窄路相逢，张西芹妈和景南便是如此。张西芹妈对景南是鄙夷有加，而景南早就扬言要找张西芹妈来要挟张西芹，想不到是在派出所里，因为嫖娼被抓见了面。张西芹妈当场就要疯，抡起东西就要打，骂他是个畜生。派出所的人就问张西芹妈，这小伙子到底是你什么人。张西芹妈说，这个畜生我不认识。派出所的人并没那么激动，他们劝张西芹妈想个办法，不然他们就要把景南关起来。张西芹妈还要打景南，派出所的人才把张西芹妈拉出去，张西芹妈说要把这个景南给剐了。景南在派出所里耷拉着脑袋，这个可恶的景南在张西芹妈走后，又让派出所的人给张西芹的学校打电话，还是那个小学的教导主任保的他。

张西芹妈撕裂不了景南，但撕裂张西芹是可以的。张西芹不同意她妈对自己动武，这个景南嫖娼跟自己有什么关系呢？张西芹想到上午教导主任跟自己嘘的那一声，现在全明白了，原来是他去帮景南解决的问题。张西芹妈斩钉截铁地说，你永远不要再见那个人，不然我杀了你。说完张西芹妈就坐上三轮车走了。张西芹在树下站了几分钟，她决定回出租屋去，她倒要看看景南为什么要这样。她在路上走，心事很复杂，景南不行，这是不是他去嫖娼的原因呢？景南不行，这事只有她自己知道，她妈又不可能知道，一个男孩子不行，那么他去嫖娼可能有点理由，这么想她倒觉得有些对了。到了出租屋，景南不在，这一点她有所预料，她想他应该留个纸条，那只蓝色的挎肩包不在，看来景南是走了，不过他所有的东西都没收，不像彻底离开的样子。她打他的手机，手机已关机，张西芹有些着急。她翻抽屉，找到了一些单据，其中有一张罚款单，上边有教导主任的签名。她又绕回小学去，怕丑也不行，找到了教导主任，他正在跟几个老师聊天，教导主任和她到操场边谈话。主任说，年轻人犯点错不要紧。张西芹说，他这个人本来就没谱。主任说，你恐怕要和他分手了吧。张西芹说，过一段再讲，我要把钱还你。主任说，不急，其实应该景南自己来还我。张西芹说，他不在，背着包，不知去哪了。主任说，这家伙心理素质好，不会出事的。张西芹说，我看也是。两人沿着操场转圈。主任临分手时说，小张啊，你还是要把教学工作抓起来，这是根本啊。张西芹说，明天我取钱还你。主任走了，张西芹又在操场转了一圈，她忽然想跑步，因为她发现自己已经跑起来了，而且速度还不慢，于是她连跑了三圈，并不累，她出了些汗，才离开操场。

景南背着他的双肩包并没有出走多远，这个在张西芹身上无法行起来的男孩，去嫖娼被抓一事，使得他和张西芹母亲在派出所上演了一场殴打的闹剧。他心理也反而平衡了。张西芹是奔波于模范路小学，出租屋以及母亲家这三点之间的。和老姚的短信停下来之后，她就频繁地给在合肥的张苏和阿元她们发短信聊天，因为在北京房山和老姚没做出格过分的事，她似乎找回了一些原则，不过她还是相信她自己没什么原则。张苏当然是开导她干脆永远不要再找什么原则了，没有就没有吧。张苏说她在合肥过得也不好，凡是能利用的也就利用，对男人也是如此。而张西芹从来是不以利用男人为目的的，照她自己说的，她每次都是动了真感情，而感情才更加可怕。景南在消失了一周之后，又回到了出租屋，那个午后张西芹正在出租屋里批改作业，景南打开门进来了，张西芹也没有责怪他，景南的头发很乱，身上有臭味，她就让他坐下来，她要他到街上去洗个澡，味道太臭了。景南说自己太困，要睡觉。他在网吧混了不少天。张西芹也不追问他到底是怎么混的，她给他找衣服。景南催张西芹还是把小学主任的钱给还了，否则会麻烦的。张西芹说钱就从以后的工资上扣吧，现在一时又拿不出钱来。就在两人争执时，张西芹无意中居然想到柜子里那包林大辉以前托人带给她的树叶，她去翻找，却不在，张西芹吼起来，问景南为什么动她的那只布包。景南说，没什么，丢出去了，扔了。张西芹问，扔哪了？景南说，扔到水里了。张西芹扑过来，要抓他的头发，景南让开，骂她，说她跟她妈一样都是不讲理的女人，一包树叶丢掉算什么。张西芹说，就是不能丢。景南一定是故意的，他至少知道树叶有一些特殊的意义。张西芹跟景南没能打起来，景南在收下张西芹给他的二十块钱后，出门到澡堂去了。张西芹有些想哭，但哭不出来。

下午的天很阴，张西芹绝望地想起了林大辉，似乎没有什么比林大辉好，至少林大辉没有哪方面是对不住她的。她望着柜子暗中的空处发呆，关上柜门，她回到小学，已经放学。学校里没什么人，她也没遇到老师，跑到值班室，掏出自己的电话卡。然后泡杯茶，在桌前呆坐着，她要在六点整给林大辉打个电话，她要告诉他，他给她的那包树叶已经被人扔掉了，她要告诉他树叶对她很重要，因为那是他们曾经的爱情。林大辉曾说过他会永远爱着她的。六点整，他打林大辉的手机，仍然是很安静的，林大辉并没激动和意外，尽管两人已经很久没有联系了。张西芹有些哽咽地说，你的那包东西丢了。林大辉安慰她说，不要紧，我现在太忙，不然的话，我会很快给你带一包来。张西芹说，多盼望再得到一包树叶啊。林大辉说，我懂，我懂，等我母亲身体好些了，我再抽空托人给你带一包树叶过来。林大辉一提到他母亲，这就把许多往事都勾起来了。张西芹说，好些了吗？林大辉一时没听懂，她又问，你妈好些了吗？林大辉这才反应过来，急忙说，还是病得很重啊。张西芹不知道怎么办了，莫非对这场爱情发一万个誓言，再说也已经那么久了，连市长的女儿都要娶了，她又回到老路上，痛哭阵阵。林大辉是半个小时后才挂掉电话，他们得出一个意见，过一段时间，林大辉一定托上次那只沙船上的人再带一包树叶来。张西芹从模范路小学出来，外边街道的冷风阵阵吹过，她肥胖的身体有些招架不住，脸木木的，她不停地用手在上边拍，她在想景南为什么要把我的东西扔掉呢。她觉得自己的母亲也许是对的，不应该跟景南在一块。那不是自己的爱情，天冷，她不想即刻回母亲那边，又不想见景南，于是在街角站住，拉紧衣服。她看见人们冷清清地从面前穿过，吸烟男人的火星在身旁闪闪的，她忽然想抽根烟，于是她就朝亮处的烟铺子走去，买了一包云烟和一只打火机，然后又返回刚才站着的街角，点烟，抽了起来，有些呛，但猛吸，心态平和了些，冷还是冷，肥胖的身体似乎能跟寒冷作斗了，她又恢复了一些精力，连吸了三根烟，阻止了数次流泪的冲动，她真是想到了原来自己的没有原则全部是因为自己想到了原则，想到了女人应该有那种自己能感受得到的爱情，但什么是感受呢。她把烟头扔到地上，用脚踩灭了。这时有个中年人站在旁边，很狐疑地望着她，她也望了望他，那男人于是靠近问，走不走，一起玩玩。她没懂。男人又问，多少钱。张西芹听出男人是把她当成小姐了，她肥胖的身体向前一撞，顶到男人的身前，男人后退一步。张西芹骂道，你妈的，我是人民教师。男人转身，也骂了句脏话。张西芹不敢再在街角站了，她往街的另一头走，她想到母亲那边去，看看母亲疯掉没有，原来母亲没疯。父亲卧在床上，正在看着她。母亲坐在板凳上，像块木头。张西芹去厨房弄了些东西吃，嘴里泛着苦水，心中念叨着林大辉的名字。

卧病在床的父亲招手让张西芹坐到他床边的木桌下边的一把陈旧的藤椅上。张西芹很不习惯，因为跟父亲一直没话，父亲问她这一次到北京出差怎么样，张西芹明白父亲是要问她男朋友景南嫖娼的事。张西芹不愿往景南身上扯，她于是跟父亲说起了在北京遇到一个好心人。父亲听说世界上还有张西芹所讲的请她去玩什么也不需要回报的好心人，一下就来了兴致，追问张西芹为什么不跟这样的男孩好。张西芹说可惜不是男孩，年龄大了。父亲说年龄大些倒也没什么不好。张西芹看见父亲眉宇间舒开了一些，就有些感动，想父亲倒也是能够光鲜起来的人。父亲见母亲到外边去了，于是很诡异地告诉张西芹，要提防她母亲，他说，你妈这人靠不住。张西芹反驳父亲，她承认母亲脾气倔，但只要不疯，人还是很好的。父亲说，问题是你还年轻，你根本看不出她已经疯了。张西芹知道父亲长年卧病在床，对生活的认识跟常人有些不一样，她不想再跟父亲啰唆下去。就在这时，张西芹的舅舅进了客厅，这个长年在张西芹家出入的男人跟张西芹之间几乎没说过话，他对她母亲的帮助是有目共睹的，但这个下午张西芹的父亲向客厅努努嘴对这位舅舅表示极大的不屑。张西芹还是不理会舅舅，而舅舅发现张西芹在里屋跟她父亲聊天，也觉得诧异，一直在客厅晃动。后来舅舅还是出去了，张西芹父亲才跟张西芹说，你妈的话你不要信，她说那小子去嫖娼就嫖娼了？谁能作证。张西芹说，这事是真的。父亲又说，你妈喜欢栽赃别人，她要是不喜欢什么人，她是什么都干得出来的。张西芹听得心惊肉跳，母亲未必有这么狠。父亲还要发挥下去，张西芹让他好好养病，又帮他煨了中药。几年来，父女之间没这么好过，其实他们寻找到的共同的敌人，不是她妈，而是她舅舅。因为张西芹早就怀疑这个家已被她舅舅掏空了。父亲鼓励张西芹彻底搬到外边住，张西芹在小学有一间宿舍，可以住在那。父亲说，你还是少回来的好，他们复杂着呐。张西芹从家里出来，到了一家茶室，要了杯茶，然后用手机给林大辉发短信，林大辉一直没回，她就一条一条地发，他越是不回，她就越是肆无忌惮地发。张苏和阿元都到合肥去了，现在留在江城的朋友已经越来越少，连讲话的人也没有，张西芹很孤独。即便如此，她还是杜绝自己跟老姚联系。

第二天，中午放学时，一位学生到她办公室来，说是要问一些问题，本来很简单的问题，张西芹讲了半个小时，小孩听得很认真，末了，她问学生，你知道老师为什么这么详细地讲给你听？小孩说，不知道。张西芹说，因为老师爱你们。小孩似懂非懂地走了。她说她爱着学生，这也没错。倒是几个同室的老师听见了，又传到校长耳朵里。校长下午把张西芹叫到他办公室，问她，你为什么讲什么爱不爱的，你知道这么讲是不对的，小孩不要听这一套东西的。张西芹说，这有什么错啊。校长还是批评她。张西芹很愤怒。晚上，她跟景南在一块吃饭，有好几次她想张口告诉景南她决定跟他分手了，但一看他纷乱的头发和折皱的衣领，她就说不出来，她一直在警告自己，景南至少是爱着她的。景南为她夹菜，她吃得很少，她是下决心要少吃东西，要把自己改变过来。景南先吃完，坐在旁边喝茶，桌布很脏，张西芹低着头，景南问她，你妈是不是有神经病？张西芹说，你别理她就是了。景南说，想不到她是那种人。张西芹没接他的话讲下去。明明是要分手的，讲那么多又管什么用。过了半个小时，张西芹突然对景南说，我爸说我舅舅不是个东西。景南说，你爸讲得对。张西芹问，你又不认识他，你怎么知道。景南说，你爸爸说的对，你不也说过你舅舅要把你们家掏空的嘛。张西芹说，可我们家什么都没有，又没钱，又没势，掏什么啊，讲讲而已。景南站起来，从卷筒纸上撕下一大条擦嘴，问，你不是说过你舅舅跟你妈之间好得不得了吗。张西芹说，我舅舅跟我妈妈不是亲姐弟，两家组在一起的，又没血缘。景南突然踢倒垃圾桶，振振有词地说，那也不行，把你爸往哪放，算个什么东西，告诉你，就是你软弱，要是我的话，早把他打出去。张西芹吃不下去了。景南说，只要你能抓住他们俩有什么见不得人的勾当，你就可以让你爸找人收拾他们。张西芹发现跟景南讨论这事没理由，又不准备跟他好下去的，家里的事还是不让他知道的好。景南却说，我知道你对我有意见，但你们家的事，我还是替你着想。你应该把你那个所谓的舅舅打出去，这是个原则。张西芹听到景南讲到原则，她为之一振，这个人也指责自己没原则了，到底什么是原则？又过了三天，张西芹跟景南说，讲原则吧，我们在一起没意思。景南汗流浃背，他就是不行，趴在她身边，眯着眼，有些狰狞的样子。很晚了，张西芹穿衣服，她边穿边说，我们不要再在一起了。景南趴着不动，张西芹穿好了起来，给景南煮面条，景南打开台灯，看他的天书。张西芹煮好面条，景南起来，然后张西芹就对他说，我也有过爱情的。景南说，那是你自己的事。张西芹喝着热茶，窗上结满了水汽，屋里很暖和。景南吃着面条，抬起头，问张西芹，要不要我去打这个狗东西？张西芹愣住了，问，讲什么呢？景南说，你舅舅啊，这么大逆不道，我听你的，只要你让我打他，我就去打他。张西芹说，你别闹事了吧，我妈要是知道你说这话，她会撕了你的。景南说，我不怕她疯。张西芹去收拾，把一些书从枕头边挪到桌子上，然后，给塑料花瓶换水。景南坐在桌边养神，张西芹想，要是景南摇身一变成了林大辉就好了。

因为要还教导主任为景南嫖娼罚款垫上的几千块钱，张西芹省吃俭用了好几个月。虽然说是要跟景南分手，但这个河北男孩除了跟张西芹在一块，他几乎不能在江城找到任何生存的机会。张西芹当初是从张苏和阿元那里各借了一千块钱，现在每月还钱，终于在过年之后把钱还完了，她轻松了一些。因为过年关这段时间，当地的民工都返乡过年，所以工地停工不少，因而也就少了拉沙的船，没有拉沙船，也就没有办法拿到树叶，张西芹自己是这么判断的，虽然断断续续的电话中，林大辉还是答应尽快带一包树叶来，但江面上没有穿梭的拉沙船，又如何远送一包温存的树叶呢。张西芹在二月初，到江边去过一趟，码头陈旧，那泡着木板的水泥墩下，江涛拍打，能听到长江巨大的沉闷的声响，有水的，有空气的，也有船的，甚至还有对岸那暗影中发出来的，它们都在散发声响，张西芹还记得那次拿树叶的情景，因为昏暗的光线，因为拉沙船的陈设，还有陌生人神秘的倦容，张西芹是深深地怀念这过往的一切了。江面上有鸟在飞，并不高，还有船，也不大，不像是客轮，也不像是货轮，很难说是什么船，长长的，好几艘，连着，在江心缓慢地向上移动，张西芹捂紧自己的风衣，空气中有一些雨星。江城的二月，风有刺骨的刮力，在面颊和脖颈外削着，张西芹知道自己也可以轻，也可以如鸟一样飞过长江，也可以如树叶一样，聚拢在包裹中，至少老姚使她轻过，她很难过。从码头往回撤，到了梧桐树下，又拐过街口，坐上了公交车，手里捏着手机，却不知道怎么办。但二月的寒冷的气流中已有一些松动的迹象，作为在江边生活的人，她意识到很快就会有温暖的情愫，像人那样，在江边上呈现一些活跃的东西。张西芹高兴起来，回到学校见到教导主任，这一次主任把她带到办公室，很关心她的教学工作。张西芹跟主任说，其实孩子的心总是在变化的，主任问她为什么会捕捉孩子们内心的东西。张西芹说，只有跟孩子们讲实话，孩子们才会相信你。主任说，你这样考虑问题很好，但你首先要把自己的生活处理好。张西芹不做声了，她知道学校里对她的传言很不好，因为她至今还没跟那个嫖娼的景南分开。主任见张西芹沉默了，就为她倒了杯水，并弯了弯腰看看张西芹低着的脸。主任说，其实我从来没劝你跟景南分手。张西芹抬起头来，她没想到主任再次提起景南，这说明主任是拿她当朋友的。张西芹说，他爱我，我没办法让他走，他是河北人，他没我，在江城待不下去的。主任说，就算你这理由成立吧，但你还是要更坚定些，你要知道你自己想要什么，想干什么。张西芹听主任这么一开导，几乎已经控制不住了，因为这又回到她对自己的固定的看法上，我是个没有原则的人。主任当然不理解，她倒是不能再辜负主任对她的赏识和支持，她必须给主任一些正面的说法。张西芹鼓足勇气说，主任，其实我一直有一个爱着的人。主任来了兴致问，说说看，什么人。张西芹说，你们都不知道，外地的，说完，张西芹就站起来。主任怔在那里，主任很激动，他在后边反应过来以后，张西芹已经从他办公室走出去好远了。主任到门外喊，张西芹老师，你站住，你说谁？张西芹停了一下，没回头，又往前走，她看见校门口有那么多树，树上还有树叶，虽然少，但毕竟有一些，她发现以前从未注意到有些树叶会挺过冬天，确实有树叶会残留在树上，很狠的样子。有些破落、败旧、弯着、缩着，有些朝茎秆上卷，但它们还挂在树上。张西芹走在树下，观察它们，她走得很慢，她对自己说，即使为了这些树叶，也还是要找回原则，对，不是自己没有原则，是把原则丢了，或者是看不见什么原则了，发现不了了，只能这种样子了。她意识到从长江到小学，到树叶，到原则，到主任，到嫖娼的景南，这纷纷乱乱的各种情况中，总有一些什么规律，人们没有责怪她，绝对没有。这样想，她就快活了许多。过了一阵，天气在变化，江上的货轮多起来，城市又在施工，码头又热闹起来，长江都动弹了，她想林大辉要给我带树叶了吧。

四月下旬，江城的农贸市场上，河虾、鱼以及体型庞大的水产品充斥着摊位上的水箱，张西芹是在给父亲买甲鱼时意识到空气和木头都变了样，一股强烈袭人的夏的气息已经浸到人体中了，张西芹震动了，似乎不动不行了。张西芹给父亲熬汤时，母亲看着她，然后母亲到父亲床边，对他说，你女儿懂事了，这下，你以后不用愁了。张西芹知道母亲的脾气，她见不得女儿对父亲好，母亲跟父亲就这样，永远是这样。张西芹在二十三号晚上，接到林大辉的电话，说是在第二天下午，会在江城四号码头有一挂镇江铁字的货轮靠岸，他托人给张西芹带东西，还在电话中着重提到了去年深秋在栖霞山搞来的枫叶，这次是枫叶，张西芹很高兴。她发短信跟张苏和阿元说，张苏和阿元从合肥给她打电话来，祝贺她跟林大辉到底还是靠得住的。张西芹这一夜睡得很香，景南在夜里打她手机，她没听见。第二天早上，上课，她跟孩子们很亲热，学生们也很高兴。中午她跟主任打招呼，主任发现她乐滋滋的，就问她有什么高兴的事，是不是景南变好了。张西芹说跟景南没关系。她现在是能快活就快活起来的。张西芹中午在打扮，下午四点去的码头，站在码头水泥岸高处，看不少货轮在卸货，多是钢铁、轮胎，还有拉煤的，从上边安庆、武汉来的有，从上海和无锡也有船来，那辆挂镇江铁字牌的货轮一直没到，她没打林大辉的手机，她怕林大辉烦她。眼看快到六点了，天有些暗，太阳还没有落下去，在长江上边有大块的云彩，在江对面的黑虚虚的楼房顶端刷上亮彩，过一会太阳又显了出来，傍晚的天空很奇特，那些装卸工、搬运工、摆渡民工还有推车下班等船的人挤在一起，在四号码头货轮和客轮停靠点之间，有一大块挂满黑轮胎的水沿，张西芹就站在那儿，向下游看去，因为晚霞亮了起来，光推着水波往下流，那些浪向下推移，滚动，张西芹向下望，有些往下开的船，先是一个点，后来就大些，成顺型的排列，又错开。

她终于看到一艘船，身上是黑的，船尾大，走得很慢，先是在江心，然后一直向左侧倾斜，再后来，她看见了那大大的镇江铁字牌，她料定那是林大辉要给她带东西的船了。她看那船，那船往上赶，往她所站的这个四号码头赶，她不知道时间是怎么走动的，霞光也终于彻底埋到江中去，江面对岸的楼房也都黑了，码头这边的以及江岸上的灯有些亮起来了，虽不完整，但江岸显然是勾起来了，那艘镇江铁字船终于靠了过来，江风有些软，但毕竟带着江水的腥味，使下午还暖烘烘的感觉消退了许多，有不少的清凉。那艘船准确讲是几点抵岸的，张西芹不清楚，它停靠在货轮必靠的一个拐弯处，这时那些推着自行车等着摆渡的人已经走完了。江岸上竟有些冷清，再看江岸上的灯光基本上都亮了，但又更加的暗，更加的凝重，张西芹很激动，眼里黏黏的，不是泪水，多半是一种迷迷糊糊被江风吹多了的脏东西。货船靠岸，张西芹走过去，向船上挥手，一开始见到两个人，她要绕过两条水泥道，上一个坡，再下到那个弯处，走过几块铁墩拉在一起的枕木，才能到船边，这时那两个人反而不见了，她朝船里喊了一声，谁在里边？里边没应，张西芹的脚够不着船舷，她就接着叫，船舱里有弱的灯，船头朝着这边，船侧斜着靠在那挂轮胎皮的弯处，有拐折的铁栏杆，张西芹往铁栏那边走。船上堆满了沙，这是拉沙船，沙是细的，在黑暗中也能觉出沙的金黄。张西芹看清了沙，也就镇定了许多，她现在可以从旁侧跳上船，可以踩上撒下来的沙，这儿离船舱要远些。她必须喊出一个人来，她又叫，这时有个人从船舱倒面的小门走出，只露个头，身子还在下边，头发很浓密，眼睛亮而小，眯眯的，他望着张西芹。张西芹喊，是不是林大辉叫带东西了？那人哦了一声，张西芹确信是对了。张西芹肥胖的身体一下子落到船上，她搓了搓手，勾着身子，看那个人，那个人走了过来，船舱里有广播声，张西芹背过手，看那个人，那个人问，是你吧，张西芹说，是我，麻烦你了，她又往船舱看，那个人往前移了一步，江面上实在太暗，金黄的沙就堆在身旁。那人很精干，一条灰色毛巾搭在肩上，看着张西芹，张西芹说，东西呢。那人说，在舱里呢。张西芹发现船侧有船舷的地方上了不少钢条，焊得很结实，在船舱这个小屋子往后还有一小块堆货的地方，那儿焊的一定是白铁皮，在暗中发光，上边堆了不少杂物，看来那儿是拉另一种货的。张西芹说，你们辛苦，拉沙不容易吧。那人不说什么，只看着她笑。张西芹望着这个又精干又憨厚的人，这时从船舱后门那儿出来一个人，走到白铁皮那块地方，在捡着什么，一声长长的汽笛从江上边滑过，那人用毛巾擦擦脸，走近张西芹，张西芹看清了他的眼睛，他声音很低沉。张西芹终于问，请问林大辉给我带的东西呢。那人问，你很急是不是。张西芹说，我不急，不急，给我就行了。从他们站的这个角落，刚好朝着江城大桥的第二个桥孔，张西芹和那个人靠在船侧的栏杆上。那人抽支烟，叼着，并没吸。他问张西芹，你跟林大辉多久了，你了解他吗？张西芹说，好久了。那个人又问，你为什么不问问我，林大辉到底是个什么人呢。张西芹许久说不出话来，她只是嘴唇咬得紧紧的。那人掏出火机，却不点上，张西芹希望他能给她一根烟，那人看着她。她过了半天才说，他有他的难处，他没有办法啊。那个人说，看来你是不想问我林大辉的事了。张西芹坚定地说，别跟我说他的事，我不听。那人用毛巾在脖子上擦。张西芹太想吸一根烟了，于是她就紧盯着那个人的嘴，她以为那个人会给她一根烟的，那个人确实给了她一根烟，不过，给她一根烟之后，甚至就是在同时他的手也就搭在她的肩上，她有一种温暖，暖烘烘的，在体内，在腿上，她吸着烟，他为她点上，她看着江水，那个人的手仍搭在她肩上，她没敢正眼看他，但是他的手却狠狠地捏在肩上，她的身体先是紧绷，后来就酥酥的，她想拼命吸烟，恨不得把烟吞下去，她想江水都涌上来了，那个人的手从背向下，一直托到腰那儿，一直在抚摸，张西芹不动，先前眼睛湿湿的黏黏的东西，过一会儿烘化了。江风弱下去，但拉沙船不停的波动使得张西芹无法挣脱，她挣脱也没什么用，那个人不拿出那包东西，她就这么站着吧，因为她不看他的脸，她反而能更好地感觉他，他的手硬，年轻，身上有一股腥味，他年轻，又可以说有些臭味，正是这臭味，使她不动，她没什么好怕的，这是一个年轻的人，在水上，从长江下游来，顶着镇江铁字招牌，他是从林大辉那儿来的，他能怎么样，那个人的手在她的腰上停下之后，没再动。过了许久，才移到她头后边，在那儿摸她的头发。她不停地在心中叨念，从林大辉那儿来，是林大辉那儿来的，她有些迷醉，后来有些晕沉，她的烟蒂掉在地上，她迷迷糊糊看见烟头的火，细碎的，小小的，在沙粒上，沙很多，往脚后移动，能听见广播声，船舱有门，但慢慢看不见了。她轻轻蹲下来，那人扶着她，她倒下，在沙上，看满天的星，身体一会苏醒，一会沉默，像眨眼睛那样，一动一动的，那块毛巾就在耳朵边上，那个人就伏在她身上，亲吻她，并翻动着她。她深深地醉了。但眼睛一直能看见满天的星，那些星星啊，亮的，暗的，还有往下滑的，拉沙船波动着，天也晃荡着，她知道那个人的脸贴着她，蹭在她胸上，她摊开手，劈着，整个地躺在沙上，沙在她的身体下摊开，纷纷动着……不知什么时候，那个人扶她上了岸，她有些站不住，那个人继续往前扶着她，让她坐一块大轮胎上，轮胎暖和得很，有些热气。然后，拉沙船走了，她眼泪如雨，说不出话，在脚边有一包树叶，紧紧的，足足三四斤重，多少叶片啊。她看着拉沙船上的人，向她挥手，离她远去，天空有些倾倒，繁星也跟着摇坠。

这是她做的她认为是最后的一件没有原则的事，尽管事情已经记得不是太清楚，但她终归是跟那个为她带树叶的男人在船上有了一次疯狂的生活。而如果不是这样，实际上在未来的生活中，即使在若干年之后，在某种场合，或某个处境下，也许，而且是确定还会发生这样的事。原则之于一个人就是如此了，没有了，也就发生了每一种预想中的事。张西芹没有再打开那包树叶，甚至她从此与那个林大辉失去了联系，在这个黄昏之后，张西芹睡了三天三夜没有起床，没有吃饭，也没有喝水，她做了无数个梦，也可以说她是在梦中做了无数种猜想，甚至她确定拉沙船上的那个精干的与她发生关系的人就是林大辉，她不需要去求证，她知道关于林大辉，关于爱情，关于她肥胖人生的爱情，她已经走出了尽头。张西芹三天三夜之后，起了床，振作了精神，开始从那个狭小的屋子出发去找景南，她必须跟景南有个了断，要么跟他在一起，要么彻底地远离，对于这个来自河北的男孩，应该给他一个结果。即使愤怒的景南要割她的肉也行，她随他了。她先回那间出租屋，没有找到景南，他那只包也不见了。张西芹回家，见了母亲，母亲没有骂她，也没问她什么事，像个陌路人，倒是父亲，气色好了许多，问她要不要在家里长住些时间，在父亲看来，张西芹有可能是换了一个人似的。张西芹在江城的街角里寻找景南，她去了以前景南嫖娼被抓的那间美容店，别人也没见到他。张西芹找遍了大半个江城，都没找到景南。张西芹回到出租屋，用小镜子照，发现脸里边有铁青一般的瘀黑，她有些害怕，觉得兆头很不好，她有些想哭，现在她再不考虑原则了，她想景南除了在那个方面不行，焦躁和冲动之外，似乎并没有太多的缺点，她能回忆起自己以前穿他的短裤时他那种爽快的嘲笑声。晚上，她睡下了，没有批改作业，眼睛在黑暗中睁着，后来，她睡着了。深夜，景南背着包回来了，他坐在桌边吃方便面，张西芹听到他回来，她努力醒来，爬起来，却发现景南走了，她就往外追，街上有不少夜间游荡的路人，她没有追上。景南会去哪？她拼命打他的手机，但他的手机始终关着。五点钟，天亮了，张西芹又折回了出租屋，她坐到床上，看了看，才发现原来景南就睡在床上，她推他，他不动，她就捶了他一下，他仍不动，她就掀开他身上的被单，再拽他的肩，她才发现，景南的脸已经发黑，身体冰凉，面如死灰，他已永远地去了。张西芹哭了起来，没有声音，一只手捂着眼睛，抹着泪，另一只抵在他下巴上，那冰凉的下巴有着胡须，硬硬的，再摸耳根、面颊，脸像一张纸紧紧地收缩着。张西芹弯下腰，收回摸他脸的那只手，两手一起捂住眼睛，眼泪才完全地堵住。

白马伏酒吧

从省立医院出来之后，尽量不用手去捂着嘴，由于病的关系，我习惯用手去有意地捂住嘴以减少咳嗽的震动已有好几年了。夺目的炎热的太阳在向西偏去，背着一只大大的白花花的帆布包在省立医院拐了两条街之后的一个角落里我停了下来，对于这个城市，好像我永远都不会熟悉似的，总有我弄不明白的东西，我的体质很差，这从客观上减小了我去辨别一切的欲望，但我也不仅仅是在挨时间，我感到生活对于我来说总有变化，这点新鲜感刺激着我。站在电话机边，拨了几个电话发现城市的号码已升位，记住升位方法之后，却被别人抢去打了，于是只好站在那儿。在前边不远处有几棵矮壮的梧桐树，绿荫荫的叶子，在街边正是一家小吃店以及几家卖音响的铺面，我挪起脚步焦急地迈过去。但当我快到梧桐树边时，才发现在梧桐叶的背面有许多酥软的细毛在那儿摇摇欲坠似的，这马上影响了我肺部的知觉，只好掉转头，匆忙的汽车逐一驶过，好多人似乎都在骂我，我才发现我并未走在人行道上，但我并不老实，我也在心里骂他们。好几年了，我已经不再为我的肺去自怜，去争取人们的同情或好感，我只把这病当成我的特征。在灰色的城市的大街小巷漫游，才渐渐觉得不仅仅是我的肺，甚至我的整个移动的身体都没有一点儿与别人有关，甚至我认为它们也不对自己负责。太阳仍然厉害，往西坠落得很慢，我哼着小调儿，对以往的生活稍微作了一下回顾，这段时间在医院里的印象使我对这灰色的城市的色调涌起了不满，我是那样怀念医院那洁白的颜色、温顺的人们，还有传染病房那抱头鼠窜的偶尔的探病者。与这灰色、杂乱而又喧嚣的街道相比，病似乎美丽了，牵引某种白色的幻觉使我的脚步不自然起来。或许就是那种对白色的幻觉才使我盲目地溜了大半天之后，才在东风南路停了下来，刷着雪白墙壁、在黄昏若隐若现的白马伏酒吧映入我眼帘时，我瘙痒的肺立刻安静了，那大片的白色引人注目，在清一色机关门面的重要路段白马伏酒吧挺立着，似乎预示着它巨大的讽刺性。但对于我来说，它引诱我的也仅仅是这白色的墙壁，似乎在这垂直的临街的白壁上，摊开我沉重的肺，我没有考虑它的呼吸，我好像又找到了医院的感觉，很自由，对于对肺要负责的我来说，我理应在这种幻觉中继续鼓动我的思想，因而我干脆靠在墙壁坐下来。晕眩的落日在这白色的墙上倒了，终于有人来管我，那是一个非常高非常壮实的青年人，以优雅的口气叫道："你快给我说清楚。"然而我说清楚什么呢，我非常不坚定，因为我过于简单，对于以前的生活除了病这个结果我觉得不值一提。那个年轻人见我不说话，便加大力度叫道："我怕你死在这儿!"他这样的话使我更加无动于衷，我觉得在这酒吧门口不用压抑我有病的肺这已足够美丽，当那个年轻人既像同情又像仇恨那样评论我的长相时，天色陡灰就暗了下来。于是，城市立刻使我昏迷了，这并不是由于太阳的坠落，而是由于城市自身的作用。我算一个城市人，那么我得承认我想靠在那酒吧的白墙上睡去。像铁屑一样的粉尘在迷蒙中打击我的脸，我感到我的脸是松散的，在我沉迷时，我的肺似乎又挣脱出我感知的范围，作为一个用来呼吸的东西，它遇到了困难，城市的夜风吹着它，而它在不停地喘动，年轻人没有踢我，而且没有碰我，这很奇怪，他看我的眼神是那样奇怪，他的表情发生在我无意之中，而那些撞击我的粉尘最终使我不得不竭力清醒，我反对我伪装我睡着，因为我发誓如果我指望欺骗谁混口饭吃那就错了，我没有杂念，当然非常准确的想法也没有，这可能就叫无所谓。那个年轻人最终出来用手碰了碰我的胸口，这是这段时间除了医院之外，第一次有人碰我的胸口，那里面是沉重的，我这次就觉醒了，我立刻命令我自己：对使我觉醒的现状我应该尊敬。因而我激动地站了起来，也许是爬了起来，当我看到他那高大威武的身材和甩动的大拇指，我立即发现我的脸上和身上全是污垢，我觉得我的重量太大了，很不好，于是试着说："我好多天，没有"对于我的这种陈述，他立即作了补充"其实你什么也没有。"而这最使我高兴了，你们想想，我还能有什么呢？我觉得我能听懂他的话，这已经是很好的意义了。这种生命，哎，我忘了一切，但我记住他那美妙的手势"你可以留在这儿!"于是，我就留下了，照现在的回忆来看，如果他不这样说，我照样可以留下，只要这个世界需要我这样做，我完全可以留在那儿，这也是权利。但正因为我不是个没有反应的人，因而我高兴了，我抚摸这雪白的墙壁，渐渐听到了在酒吧以内人们流动的声音和温暖的停顿。我被另一些好心人抬进了酒吧，这些好心人真正的好处就在于他们在我昏迷时把我抬进了酒吧，使我从此成为白马伏酒吧以内的一个人，这种昏迷造成了我今后回忆上的困难，但好心人因为无法回忆而虚无了，剩下那个停在白墙前被年轻人示意可以留下的瞬间和我在酒吧以内睁开第一道眼的瞬间，在这个间隔内，白马伏酒吧已经完全地控制了我，使我被迫承认：

我就在白马伏酒吧里。当我捂着胸口，离开视线以内那渺茫的屋顶和简单的事物时，我觉醒的内心尽量不去分辨，这可能是身体上潜在的需要，对真正休息的需要，因而我既不辨真伪，也不辨善恶，在这延长的时间里，肺也宁静了，一切都缓和了，白马伏酒吧也就是在这样的情况下收留了我。我不突出，白马伏酒吧也不突出。

当我在酒吧走动，并没有人管我，好像这是一个极度自由的世界，在整个酒吧内部到处都是白色，甚至那些穿行的人们也穿着雪白的衣服，我担心这是梦境，然而这确实就是现实。当然因为我刚到酒吧里，所以我暂时还没有碰到顾客们，他们倒是另一番样子。那个肯定我可以留下来的年轻人似乎跟我迎面走过一次但我不敢确定，这环境很陌生。观察这酒吧里面的东西非常艰难，因为所有的东西都是白色，从而东西与东西之间的界限也就消失了。要想确凿地把握住一样东西，你得选择适当的角度，通过光线与阴影所造成的分割才能准确地发现那些其实很简单的东西。按照我经验上的习惯，我总以为在这个地方会有人主动来管我，比如要求我做事或者要求我停下来，但事实上很难碰到像管理者那样的人，这种无人看管的松散的空间很快使我不适应，立即使我对这真实的空间产生了怀疑，可能是为了表达我的这种怀疑，我竟主动地使劲拍了拍胸部，我似乎对周围的一切说，你们看，我为了这儿压抑着呢。在白色的白马伏酒吧以内，其实我转悠的也仅仅是那个与马路横着平行的巨大的前厅，它的空间、色调和自由的气势顺利地承接了从医院到酒吧的过渡，当我拾起我的帆布包，我发现帆布的颜色渐渐变浅了，一切都似乎更为轻盈了，这差点儿就是恐怖。那些把我抬进来的好人肯定就是这些在我身旁穿行的人们中的一部分，但他们没有站出来表态，好像已轻易地遗忘了我的进入，就这样，我愤怒了，我为这沉默了无人看管的现实而愤怒得咬牙切齿，我心里认为这是一个地点即将灭绝、不存在的标志，但事实上也许是我的感知迟钝了，我无法发现人们表情中的异常，也无法发现人与人之间的差别，而这助长了我盲目的悲伤。现在已是早晨，白马伏酒吧终于有人开口对我说话，这是一个声音很细，干练，但好像随时都可以飘动的人，他留着一小撮胡须，他的声音在被我听见时逐渐加大，并且他的形象也在我注意到他之后丰满起来，他说："你开始做事吧。"但我为谁做呢？我表达了我简单的疑问。他说，这个我不管，反正你必须做事，这是你活着的保证，白马伏酒吧欢迎你。这个莫名其妙的人就这样向我致了欢迎词，也很正式，于是我挺起了脊梁，用心地点了点头，表示我同意他的欢迎，我就在白马伏酒吧做事吧。那个有胡须的人把我带到前厅往后的一个笔直通道内，从通道两侧的木门看去，类似前厅这样横向的屋子在后面还有许多排。我在通道最前边的一个卫生间里洗了洗脸。当我对着镜子看了看我的眼睛，我才发现我的眼睛仍是黑的，有胡须的人带上门，沉重一声，干脆地走了。在这与普通卫生间没有什么区别的卫生间里，我迅速脱光了衣服，抓着水龙头，挤着迅疾的水向身上冲去，许多污垢被冲下来，和水儿一起流在地面上，我在地面上发现了泥土的颜色。这时，卫生间再次打开，有几个标致的年轻人进来，用水冲洗着脸，他们说话的声音非常粗糙，但却很润滑，什么也止不住他们那幸福的感觉。有一个人在我边上对我仔细看了看说："新来的?""嗯。"我装作友好地回答。"哦，我们清楚地看见了你，在这卫生间里我们认为你是一个好青年。"他们真诚地说。这样我向他们对白马伏酒吧前厅那雪白的颜色作了描述，他们说："那是从开始就有的。"在这卫生间里待了一会儿，我的肺就出问题了，在胸腔里面跳动，好像人们可以看见我的脸也就可以看见我的肺一样，了解了它的毛病，而有了毛病，它就声张了，我很难过，我用力地压着胸部，那两个年轻人说："你很恶心!"他们话刚说完，就把洗干净的脸向镜面凑去，他们伸出的乳白色的舌头在贴向镜面时渐渐恢复了红润。在这卫生间内似乎一切都可以鲜明起来，当他们还想和我说些废话时，那个曾在门口肯定我可以留下的年轻人进来了，他叫牡历，牡历像赶走幼稚的人那样把这两个小年轻从卫生间内赶了出去，他的理由是他已找了我很久，要单独和我说话。他屁股抵着卫生间的木门，用眼睛漆黑而空虚地盯着我，我对他即将发表的一切语言都充满了期望，他说白马伏酒吧是个干活的地方，看到你来，我就看到了你的未来，但我主要是看你身体的迹象，只要你身体好，你当然可以很轻易地吃这碗饭。于是他又妄自尊大地说："不用说我是因为在这白色的白马伏酒吧待久了，我的眼睛就有穿透力了，我主要是觉得身体本来就应该是透明的!"说完，他竟然出人意料地掀翻了自己的上衣，我顺着他的手指看到他饱满的胸膛上盛放着雪白的文身，一朵花，繁琐地搅动着。他以那种热爱真理般的口吻说："我里面全是真家伙，我有力，虽然有时我不使力，但我有力，这还不够吗?我靠的就是这个。"他在胸膛上啪地拍了一掌。我没有说话，他马上就轻蔑了我。他嚷道："我是拿你当个小兄弟，告诉你，你还得好好地体验一下，你何必浪费呢?""浪费什么?"我明知故问。他穿上衣服说："千万不能浪费你的身体。好好地用。"在这会儿，我心里非常明白身体是重要的。我发现在这三个年轻人和我一前一后待在卫生间里时，我竟一丝不挂，当牡历站在木门后面大声地喘气时，我发现有个人正在厕所的木板背后伸出硕大的屁股，很快她露出了全身，她一点也不惊讶，我迅速穿好衣服，牡历在发现这少妇样的女人之后，奇迹般的溜掉了，剩下刚刚穿好内衣的我。她把扫帚在空中抽动几下，腥臭的水粒落在我身边，但她并不在意，她像对一个熟视无睹的人那样说："你还当有我，你们还当有我?""但，你是谁呢?"我不得不这样来询问，因为我觉得从本意上讲我绝不甘心去忽略一个女人。但她趾高气扬，口是心非，她说你们除了一副身子骨，还有什么呢？在卫生间里我故意瞅了瞅内衣中的身体，我忽然慎重起来。我的肺在我精力集中的时候又开始挣扎，因而我的表现立即就可耻了，我居然吆喝她出去，她大骂道，"你算谁，敢叫我出去?"我连忙解释只有在这卫生间里我才舒服一些。我的态度引起她表现上的改变，相反当走近我时，我发现她有一种伟大的热情似的，她说："我是个干活、干脏活的女人。"跟这有什么关系呢，我立即拿起她的扫帚，但她惊异地跑开了，她嘴里不停地喊："你们是另外的人!"我赶忙追出去，当然追着她只能来到另一个卫生间。是女式的。她惊愕地退缩在卫生间的门上说："你们就是那些比较纯粹的人，只专职于工作，白马伏酒吧内的工作，你们是谁，只要愿意就可以，只不过你们有副好身子骨罢了!"她提到身体，使我猛地一震，下意识地捂住胸口，而这平缓了她的紧张，她丰硕的身躯在厕所里的木板上搓动，一双惊诧的眼睛闪着异样的光芒，叫着，叫着。忽然，从木板以内一个女人用力推动木板，使她倒在地上，打扫卫生的女人被我搀出女卫生间，来到通道以内，她对我说："你不要在厕所待长，以免弄臭了身体!"她这样说好像她对我的身体很重视似的。我走过去，在她边上，以一个安慰者的身份说："你的心情放好点。"她没有在意我没有逻辑的情绪，而是以一种无所谓的神情蹲到地上，在地面上仍是白色的瓷砖，碍眼，不过很纯净，这像是个很纯洁的地方。她说不久你也要穿上白色的衣服。一说到这，我再次以为我在做梦，因为我确实是多么渴望能穿上白色的衣服，不知为什么，这可能是我有病在医院常住的缘故，但为什么我能到达像白马伏酒吧这样一个如此依赖白色的地点呢？这种巧合证明了生存自身的腐朽，既然巧合都能碰上，那今后呢，生活还有意义吗？我这样讲，主要是想对人们表明我所遇到的白马伏酒吧延续了我的生活，而这一点并不是我争取到的，对这种意外的东西，我总是认为它对生活的另一面有强烈的干预和伤害作用。

在卫生间里被我碰见的两个年轻人之一青练很快就在白马伏酒吧消失了，他的消失立即使我被重视起来，在酒吧内有人试图恶意地封锁这个消息，白色的白马伏酒吧，我终于得以见到一个有权力说话的人，他以不可逆转的语气和巨大的实力般的气度向我说话，他叫左夫。左夫大致地向我介绍了白马伏酒吧的情况，和别人一样他无中生有地就白马伏酒吧那纯白的色调向我作了各种显然是错误的解释，但他着重指出了我的年轻，认为像我这样的人，其实主要得益于我没有让人生厌的过分的经历，这迎合了白马伏酒吧的要求，同样白马伏酒吧也必然向我隐瞒它自身的经历。左夫是个有着暗褐色额头的人，其实他的全身都传出一种退缩、影像般的虚无感，这使我想向他献媚和说好话的心思找不到依据，于是我决定去试探在白马伏酒吧以内真正有权力的人到底是谁，但左夫逃避了这个问题。甚至在他和我说话时，那个有胡须的曾和我有过一面之交的人对他很不恭敬，这损害了我与左夫的谈话的有效性，他一直想过来碰一下我的身体。但他克制住了，他蛮有把握地指出，我是个有希望的人。由于闲着无聊，我还是很不知趣地提到了青练，我认为他不应该受到白马伏酒吧的忽视，他的消失必须被提到桌面上来，左夫叹了几口气，没有加以说明。但从他的神情来看，他之所以没有否定我对青练的看法，完全是出于他个人对青练那点儿感觉，这一点证明了在白马伏酒吧以内对任何一个具体的人来说，白马伏酒吧有其非常抽象的一面，这维护了白马伏酒吧的神秘性，直到我们谈话到正中时，才发现原来左夫认为青练的消失为我正式提供了一个机会，即我可以上岗工作了，在白马伏酒吧以内我可以正式存在了。我没有对此表示我的感激，因为青练的离去多半凶多吉少，这从牡历他们几个人的脸色上可以看出来。在我踌躇了半天之后，左夫打开白色的百叶窗，阳光不仅进来了，甚至也让我看到了百叶窗窗叶的边缘，很锋利，这实际的事物的形状给我现在的心灵增加了信心。他在百叶窗分割他头颅的视野中对我说："你永远都不用旗帜鲜明地表明什么，哪怕对于你自己，你又何必知道你是谁呢，而我们，尽量不想了解你，你放心好了，你可以在这儿好好地干番事情，当然白马伏酒吧内所有的人都是简单的，也许没有生活目的正是我们的目的。但酒吧本身具有它存在的一套东西，而这我请你不要过问。"左夫重新把百叶窗拧上时，我感知他的头颅已经不再具体和整体了，而是一些可恶的裂隙和部分体，令人难以捉摸。于是我问他："听说我们是靠身体吃饭?"左夫兴奋地拍着桌子叫道："你能如此直言你对工作的看法，让人高兴!"左夫坐了下来，猫着腰，睁着一双小眼睛，鬼魅地说："我们抓住了现代女人的心，现代女人的芳心或者叫心脏。"他挑逗式的话拉近了我们之间的关系，左夫变得亲切了，于是我也就主动靠了过去，他说："好像我们酒吧并没有恶意要来招徕这些现代女人，她们的身体、金钱和名誉。但她们投进来了，滚热的，你也许已经知道在每一天白马伏酒吧那白色的空间里，这些女人穿行自如，绝不含糊，满足了白马伏酒吧的成立条件，它经营了生意，装放了你们这些人，你看。”他叫了一声，便有几个女孩子为他捧来一个大布包，放在桌子上。那几个女孩子哭丧着脸，非常无味的样子。左夫没有批评她们而是精力旺盛地对我说：“快吧，快穿上这些衣服，雪白的上衣，雪白的裤子，雪白的背心，还有雪白的短裤，乃至雪白的袜子，你是雪白的白马伏酒吧以内另一个雪白的个体，后面你该知道了，你该干什么，不信，你在牡历身上闻闻，他那纯粹的男人味飘满了他所处于的每一个地方，白马伏酒吧纯洁、坚挺、自由而又简单，快去吧！”但在离开屋子之前，我抱上那布包里的衣服，遭到了左夫的表扬：“从你手势上看，你应该可以有点名堂，也许她们喜欢这个。”当我再次迈进卫生间，那个打扫卫生的少妇正在水龙头下洗头，弯着腰的头颅穿过裤裆的空缺她看见了我。她见我抱着大堆的衣服知道我是要换衣服的，于是大股的阴影从她的脸上滑过，并且使她那漆黑的眼睛遭到了刺激。我对她说：“我要换衣服。”“那我来……”她没有说完，我也不想去领会，对这少妇，我卸下了认知上的困难，我感到好像她完全可以信任似的。当我解开上衣，她郑重地向我声明“我有一个女儿。”她的女儿就这样开始进入了我的思想以及我的生活，虽然我并没有立即就见到她，但我知道我已经喜欢上这个幼小的孩子，喜欢这个孩子就使我对少妇本身有了母亲一样的幻觉，更何况她一直都比较尊重我，于是在她同时存在的卫生间，我顺利地换好了衣服。在这个过程中，我看到我的肺部的位置总想捣蛋，但它并没有脱离我的控制，而少妇永远都在说：“你的身子骨越看越觉得不错。”这话好像是身子骨成了我全部生活的希望。

换好衣服之后，我站在笔直的通道上，这是左夫的提示，他认为这样我可以被顾客们粘上，但好久也没有人经过，也许今天太晚了，我捏了捏白色上衣的衣角，一股浓密的粉尘味向我袭来，看来这白衣已沉睡了很久，但这一点同时也促使我相信白马伏酒吧是个有章有法的地方。通道垂直着，很长，大约每隔十米就有个横着的门，从门内向里看去，里面横着大排幽深的房间，当我走到最里处，才发现牡历躺在门边的一把长椅上面，垫着厚毛巾，他只穿着裤子，印有白花的身体光晃晃地甩在长椅上，他叼着烟，在边上坐着一个衰老的女人，但那个女人讲起话来仍然铿锵有力，我很难判断她的年龄。她对牡历说：“生活真是没有意思，只要我们一休息，好像就不如死去，但我们仍要活着，这是为什么呢？从这一点上我跟你比，我还不如你，干脆，你就不要休息了，永远都工作，陪伴着我们，这很幸福！”牡历不冷不热地笑着，衰老的女人并不认为牡历是在敷衍。过了一会儿，她奇怪地说：“我总感到青练不成熟，这不，他出事了！”她提到青练使我吓了一跳，同时也好像使这个顶着青练位置的我遇到了某种非现实的危险，我举目向空宅的通道望去，间或有白色的身影闪过，那是即将投入工作的人们，还有那些在白色中本应突兀的女人们却因为距离的缘故，没有被我确凿地发现。牡历很沉痛，对于同事青练，他早就看出来了，那是一个个性太强的人，容易出口伤人不说，还喜欢武断地办事情，喜欢给你留下印象，这显然是不可取的，衰老的女人很快夹着黑色的公文包从房间迈出去，我连忙躲到稍远的位置，我闻到一股清香，似乎她在分散这种精致的化妆品的味道。衰老的女人走后，我迈进房间找了张凳子在牡历的身边坐下，牡历很客气，他说：“你小子既幸福又倒霉，但你还是派上了用场，从这点来说，我祝贺你。”他指出我的身体将开始劳动了，这使我有点腼腆，但我很快克服了所表现出来的情绪，我总能这样。但我还是要不停地按住我的胸口，因为我的肺还是想暴露我的肺病经历。牡历坐了起来。

当我被一个年纪轻轻的小姐拉着手坐到白马伏酒吧前厅靠窗临街的倒数第二张桌子边时，苍白的月光打在那洁白的桌布上，我的手她的手还有透明的杯子以及吸管、烟灰缸还有牙签摆在桌子上，因为各自颜色的不同而体现了它们的模样。我心跳不止，呼吸被压制着，我的肺还算争气，因而我热爱上这个小姐了，这很短暂，但我从容的表情肯定暗中在白马伏酒吧内得到了赞赏。月色匍匐着，苍白的光芒在白布上只剩下那苍灰的一面，像纸灰一样，又像古老的纸钞。我一时说不出话来。小姐在那陕小的空间里，数次摆动她的腿，焦躁不安，飞舞的头发捆束着，透过摇曳的烛光，我看见她稚嫩的脸闪着比烛光还要隐暗的灰心，我想鼓励她，我对她有了好感，因而我觉得我的位置确立了。白马伏酒吧前厅坐满了成双成对的人，他们好像互相并不说话，但每个人似乎晃动着，光影打在临街窗台边几张有限的桌面上，剩下那些靠里位置的人们则暗暗地虚晃、绞动，人们的内心可以看得出来很不安静。对面的小姐好像并不在意这场景和月色，但她很看重我，她的手伸过来拽了拽蜡烛油，从她的眼睛往里看去，一片虚茫。我终于向她开口说道：“如果你有不顺心的事，在白马伏酒吧可不要再管，你看，我在边上陪着你，或者我可以帮助你。”小姐迷茫的眼光闪动了几下，很快就忘记了我的话。我说：“你可以伸出头看看街道上的月色。”“呸，”小姐并无凶狠目的地骂我，她说：“到街上看月色，看街道上的月色，那还要白马伏干什么，你应该明白我们在这，在这洁白的白马伏以内才有分辨能力，甚至包括对你，在你身上，我们发现我们在别的地方发现不了的东西，这些发现让我们受到刺激，属于激情了。”她如此看重白马伏这洁白的表面使我不得不再次陷于白马为我所提供的个人的背景，对，我是白马伏的人，我的秩序和我的尊严都是白马伏的，因而我撑直了身体，正想讲点什么，但一挺胸，我的肺就不老实了，对于面前的这个年轻女人，我们年龄差不多，但从她眼神中我似乎发现白马伏那善良的用心，从一开始就必须让一切人都满足起来。而这雪白的白马伏以内的一切不就是为她们提供一个崭新的起点吗，让她们再次感觉，单独、纯洁、自由和符合自身的安排。看得出，她在仔细地听完我的几句话之后，她看重了我，这使我勾过头来去，她用手抚在我额边，眼中很苦涩，我差点儿就想告诉她我确实很喜欢她，但我还没有来得及告诉她我的坦言，那个有胡须的白马伏的人就突然在我面前小声地说："栗树营让你去伺候另一个人。"我不知道栗树营是谁，也许那是个真正有权力的人，但这吓不住我，也没有鼓励我。我很怀疑我与面前这年轻的小姐即将擦身而过，而我们真正的交流还没有开始呢。有胡须的人向那位小姐大致作了一翻解释，小姐当然很不满意。而突然把我从如此惹人喜爱的小姐身边调走虽然可恨，但这毕竟说明了在白马伏里面我是有价值的，我是可以胜任工作的，我信心恢复了，肺部的不适也就更必要地控制住了。站起来，在斜边上，我月光下的影子斜拉着，俯视这不满意的小姐我忽然感到伟大起来，我不小心碰倒了蜡烛，白布很奇怪竟没被烧着，小姐翻着眼珠把烛油挤在一起砸到烟灰里，我发现她茫然的神情与月色很快消融了。我不得不转向，穿过通道，有胡须的人为我把第三排横向房子左侧边的第七间屋子向里的一道内门打开，我居然没有发现这屋子的形状，糊里糊涂地站在那儿，这时一位四十岁左右身穿黑色短裙和黑色紧身上衣的女人拦住我，她扭动着和我说话，她劈头就问你就是那个新来的壳贝先生？我连忙承认我就是壳贝。"是壳贝那就好了，反正到了这儿的人，你还是第一个真正被栗姐喜欢上的，"大约栗姐就是有胡须的人刚才提到的栗树营了，她这话立即导致我确信这个人本人不是栗树营，也许是身边的一个工作人员，因而我狂妄地说："那请问我能不能见一见栗？"她恼怒了，身子侧扭着头，斜着眼睛看着我，"我不懂你是什么意思，我看你有病，为什么要见她？我，我告诉你，你要对我好！"我在度过一段极度迷惑的徘徊之后，我肯定地说："我会对你好的。"她过来，揪住我背上的衣服善意地说："对栗树营一定要好，不然你能在白马伏酒吧待下去？"现在我一点也不知道栗树营到底是谁，也不是对面的这个人？我把她的手从我脊梁上拿开时，她友好地说；"你有另一种不为人知的气质，我对你看好！"她对我的肯定并没有使我的心明朗起来。相反我那强烈的生活和认识愿望在这个女人面前被弱化了。她既像蛊惑又像规劝那样使我终于明白在白马伏以内对有个叫栗树营的我必须有好感。这个问题其实不难，困难就在于我觉得对栗树营仅仅有点好感是不够的，我必须为她付出她所需要的一切，这才足够维持我在白马伏所体现的本性，我敬重栗树营的心理使我对眼前这个女人产生了激情，我差点儿冲过去，但我猛然感到在天花板上有一只虚黑的瓢虫正在爬动，果然抬起头来在那儿有一团东西。我立即掩护她，她狡猾地躲开了。末了，她说："你快去，到某某位置上找一个叫熊颜的女人。"我转头再回酒吧前厅时，月色已退，月亮沉没在淡淡的云中，光线昏暗，那些本来高挑地摇曳的烛光现在好像埋伏在桌面上，人的脑袋也埋伏在那儿。在未找到熊颜之前，我刻意向刚才被我们甩掉的那位小姐的坐处看去。暗淡的窗台下，只见一副虚黑的面庞，在头顶是她自己的手，那完全是一个仇恨者的造型，她的身体僵持着，脸面虽然无法辨清，但从那坚决的造型上看去，今天白马伏对她来说是有罪的。而我已顾不上这些，对她的某种不好意思使我在熊颜面前坐下时，不得不谨慎起来，在我坐下来之前，在熊颜两边坐着另两个毛头小伙子，操着奶油腔，大约在讨论一场足球比赛的事情。我在作了自我介绍之后，熊颜当然很重视，就把那两个小年轻赶跑了。熊颜有着紫黑色的唇，因为月光已退，凭那虚红的烛光我看见她的脸柔和，像蜂蜜。上半身的上半部处于桌面以上，令人心动。她对我来第一次表示了感谢，这也使我更强烈地感到在白马伏我的意义。她有一只亮色的皮包斜摆在她左肘边，包带很长，滑落到我这边，我本估计像这样一个到白马伏酒吧来做客的女人应该是那种在生活中失意的人，但她却没有表现这一点，她很健谈，但开始她与我谈得并不多。她提到了很多在这个城市有一些影响的事情，甚至她一再强调像她这样一个女人应该向别人传述热爱生活的作风。这样我的热情就被挑起来了。由于在烛光的两侧，我在用凶猛的目光刺向浑圆而美丽的脸部时，她没有丝毫抵触，于是我在桌肚下面伸出我的手。就在这时，在不远处的另一个拐角，有几个人发生口角，甚至大打出手，但很快被平息了。熊颜叹了几口气说："我认为在这儿总是不安全，那些人，总之，给我的感觉不能令人完全满意。"她这话给了我压力，也就是说使我对为她服务的工作产生了某种恐惧，但这种恐惧又使我觉得只要工作，拿到收入的工作总是一件美丽的事情。白马伏酒吧在这个时候，在前厅，当我再次举目四望时，大部分烛光都已熄灭，要么人们散去了，要么干脆就倒在座位里，这些成熟的女顾客们有的竟打起响亮的呼噜，既吓人，又惹人喜爱。温暖的前厅、松散的桌面，还有女顾主们在幽暗中毕露的面貌，都催人奋发，让我觉得与她们相处是一件好事。熊颜多次提醒我拉她的手，但我没有。这一点反而促使她对我更有信心。她只寻问我现在的情况，当然并没有关心我的经历，但很在意我心里的一些想法。对这内心的悬而未决的事情，我能讲什么呢？但我还是口若悬河地吹了不少，当然有好几次我差点儿讲出了我担心肺病的情况，但我还是敏感地止住了，听了我大半天其实一无所是的谈话之后，熊颜朗朗地笑了起来，从这笑声中好像听出了对我的支持，也许在今后我一直要伺候她，她一到白马伏酒吧我就必须奉陪的话，那么今天的这个开头也就算是成功的了。她没有对我的情况发表一点儿意见，只是兴高采烈地说："走，到里面去。"在第七排横房的某个包厢里我们一坐下来，熊颜就发起火来："怎么，这么好的一个人，怎么早没有介绍给我？"我连忙声明我是刚刚参加白马伏酒吧的工作的，但是熊颜仍不满意在那儿叫道："那个青练，比你差一万倍。"她一提到青练，立即使我汗毛都竖了起来，同样也使我本来已经承认了的与她之间那种自愿的亲密感渗进了一些被迫交易的色彩，于是我口是心非地说："过去的事情就不要说了。"但想不到我的话竟然使熊颜真的停止了对青练的议论。而我在心里一直想得到关于青练的确凿消息。过了一会熊颜拿着媚眼狡猾地看了看我说："都说小熊做事不地道，但他们也要想想，我们到这儿来，不仅仅是寻开心，也不仅仅是与你们建立亲密感，我们在这儿是一种对于自我的解放，你应该发现我是个老实人是吧？"但她说的小熊具体指的是谁呢？那么作为熊颜她与小熊又有什么关系呢？熊颜的怒火并没有消失，这使得我与她在房间内一点儿美感都没有，但我已渴望与她有美好的接触了，比如大家抱一抱、按一按什么的，那么我就再次提到了青练，当然反复提到青练使熊颜渐渐忘记了我的存在。她回味深长地说："那人给人的印象还不错！"对青练的缅怀使熊颜有些惆怅，同样地使她对白马伏酒吧内部的秩序表达了一些不满。对青练的缅怀构成了我们共同的心思，它唯一现实的好处就在于熊颜相信了我，我是个有正义感和有持久热情的人。由于时间在挨磨中飞逝了，当熊颜认为我起码应该为她提供点有说服力的服务时，已是很深的夜晚，出于日常生活极限上的需要，她必须回去进入梦乡了，但她声明像我这样一个人好就好在使她一无所获，不仅在身体上一无所获，甚至在思想上，在印象上压根也没有一点儿值得品味的东西。而这却被她肯定为我的长处。唯一让她心中不能平静的是我对青练的关注，这使她每每吃惊地警觉我是一个可以特殊起来的人。因为我的心肠很好，她再次表扬，也顺便在我身上柔软地攀附了一下，她很重，像一个打手那样坚硬的肩骨抵了我几下。之后她终于总结我是白马伏的希望！这么快，我能获得这样的评价是我无法料想的，由于一时高兴，我竟完全忘记呼吸，不仅呼吸急促困难，而且还不住地咳嗽，熊颜由于精力有限，而没有注意到，她拍了拍我说：“你不必激动！”

那晚，夜已经很深，从遂直通道两侧的玻璃窗向天空望去，月亮在躲过乌云之后重新晾晒它苍白的面容，我心地老实，又一片空虚，夹着刚才熊颜给我的服务费，脚下的步伐深浅不一。即使这样以往的经历也没有提示我去做任何反省，我感到在这通道两侧的任意一个房间其实都住着虚弱的服务者和被服务者。既然从这月色的场景下分析进每一个人在印象中的世界，那么我立刻就放肆地咳起嗽来。我觉得我应该让我的肺更自由更自然，既然我意识到白马伏酒吧这样一个看起来如此自由的地方，人已是如此虚弱、简单，那么我们内在身体的每一个部分理应得到它自身的权利，它有这个机会和条件吗？反正在这深夜，通道上空无一人，通道很长，简单地哼上一两个旋律已无法走完它，因而我烦躁了。我的肺凶猛地不可遏制地加油捣蛋，甚至当我咳出痰时，那种腥臭味使走廊的空气湿度慢慢加大了。白马伏酒吧，对我这样一个肺病患者来说，从一个地点上来讲，它已表现了很大的宽容，它使我觉得无论如何我可以随便地思想，可以评论，甚至它那多重的横向排列的房子也默许我许多额外的行动上的自由。而这一切我仔细一想，还是由一个叫栗树营的老总为我创造的。这样看来向她表达好感既必须又不够，真正要在白马伏酒吧内维持我私自的良心上的平衡，我就必须竭尽全力地一方面工作，卖命地全身心地工作，另一方面要让栗树营知道为了她，我什么不可以干呢？在通道的玻璃窗的间隔处，我实质性的思考屡次被打断，因为我的肺既不连续的发病，又不能安稳地呼吸，这种干预使我非常不痛快，因而也使我不能对白马伏酒吧抱一种彻底的热爱。最后，我还是在倒数第二排靠左手向房间的第九间的往里的一个拐角找到我的住处，当我打开门才发现原来在这道大门以内，有一个大厅不说，还有另一排门，我找到我的门，进去了。在这个屋子里更是雪白的一片，这使我迷惑了，我感到这好像不再是个有限的空间，而我们作为人，也好像不再是一个名副其实的人了。坐在桌子前面，我发现那笔直的与其他房间分隔的隔墙非常脆弱似的，我竟看到了隔墙的抖动，当我走上前去，用中指的骨节敲上一敲时，发现这隔墙竟是一层纸板做的，而且厚度不大，我感到很好玩，当我试着再去敲一敲时，那面咯咯地传来了一个小孩的笑声，她叫道：“好玩，好玩，墙里有老鼠爬呢。”看来小女孩还不明白这隔墙竟是纸板做的。接着那个孩子在那边隐隐约约地传来歌声，熟悉的旋律猛地把我带回童年时代，带回某种毫无作用的经历，只是自动的呈现，我没有被感染，只是对这个唱歌的孩子马上产生了一种信任。过了好大一会儿，一个女人叫道："看来，隔壁住人了，不用说，就是那个叔叔！"我马上听出她就是那个打扫卫生的少妇，我的心一揪，感到生活这样巧妙，那么多的房子，但我和她住隔壁？不知怎么，我的浑身都发热起来，我在屋内走动，发现房间里已准备了一切必需品，非常详细。于是我尽力使自己镇静，把我的胸部使劲按着，过了好长一段时间的发热，一大口痰猛地憋不住从口中喷出，剩下的时间我已无法控制我的肺，从鼻子、口腔、气管、支气管到肺，再到肺中隐秘的部位，好像它们全部都背叛了我，使我浑身都窜动起来，使我不由自主地跪在床边，不停地拉伸我的胸部，以适应肺部糟糕的运动。由于我咳声很大，使我耳朵的听力反而下降了，因而我听不到隔壁少妇和她的女儿对我的反应，但我总感到我不愿意让她们发现我是个有病的人。在我挣红脸，把脸贴在雪白的被单上时，突然有人在使劲地敲门，我吓了一跳，连忙用毛巾塞住嘴，并赶快抓点药随便地吞了，我尽快地打开门，一个小女孩站在门口，手里拿着一只布娃娃还有一只生锈的小工具。"叔叔，你要紧吗？"我赶忙把她拖进屋，我害怕别人撞见我现在的形象。小女孩并没有丝毫的怯场，看样子，她妈妈可能已经对她讲了我的一些情况。她看着我，我正在收拾刚才被挤皱了的床单以及被碰歪了的椅子。我觉得在她的面前似乎我是个幼稚的人。小女孩在我枕头边放下布娃娃和一只梅花起子式的工具，然后蹲在我身边，替我捡起刚才咳嗽时掉到地上的钢笔、打火机还有一支铅笔头。她用力地把我踩在拖鞋底的上衣的挂角拔出来，然后天真地屏住气，我不知道她在玩什么名堂，我非常心疼地伸出手想按在她浓头发的头顶，但她骄傲地躲开站得很直，叫道："不许你碰我！"我望着这个小孩子不可侵犯但又深谙事理的头脑，心中一片恍惚。她接着说："可能你是个好人。但不一定。"我觉得孩子把人分为好坏是非常普遍的，但她为什么说不一定呢，我用力地拍了拍胸膛说："快过来，叔叔看看你乖不乖。"孩子没有坐过来，而是在桌子的另一头把白马伏为我置备的手电、示意图还有几瓶香水重新摆好了位置，接着她拿起手电，拧开开关，照着我的眼睛，她说要试试我的心慌不慌。我故意张开嘴，听说这可以吓着她；她向我走近，手电顺着上口腔向里照去，忽然她一声惊叫，吓倒在地上。我正要过去扶正她，她妈妈却拧开门进来了，她没有丝毫责怪地拉起孩子，把她按在腰边，然后对我亲切地说："住在我隔壁，好啊，我们是邻居了。"她伸出手，被我紧紧地握住，我不想放，那手是如此的柔软、温暖，令人粉化，但我还在用力，我想从这个不俗的少妇手上捏出一些水分或是其他液体来，孩子躲在妈妈屁股后面小声地告诉她的发现：“叔叔喉咙里有个东西在一伸一缩的。”她的发现被少妇轻微地讽刺后便忽略了，但小孩子的话打击了我。不用说，少妇可能对我的肺有了注意，于是她说，你要当心身体。小女孩在妈妈的鼓励下，还是勇敢地站到我面前，她伸长身体，也够不着我的胸部、喉咙和鼻子，但她在我边上转了两周说：“叔叔，你真好玩。”少妇眼中向我传出的亲切使我发烧，因为发烧就会咳嗽，因而我故意地装出冷漠的样子，少妇寒暄几句，仍站在那，她身材很好，干活朴实，是劳动人民。左夫在背后出现时，我刚好低下头和她女儿掰手指。

我没有看到左夫，当少妇独自回房，而那小女孩却在我的房间，我很迷惑，于是我问她：“妈妈呢？”和左大爷回房去了，她认真地回答。“你说左大爷是不是一个叫左夫的？”我话音未落就能听到隔壁扑通一声，我尽力把耳朵贴在墙上，这时小女孩独自坐在我的床头，乖乖地睡着了，在这夜深人静时．少妇在那怨恨地叫：“你逞什么能，压着我，我叫你不要太蛮干！”我不知道意思，但左夫立即叫道：“你好大的口气，怎么了你，不满意我？”少妇在那儿喘着粗气，左夫看来并没有和她在一块，而是在另外一个位置，因为她既跺着脚又甩动手臂，呼呼有风。左夫纯是在话语上打击少妇，“你不需要我？不需要我在白马伏酒吧那显赫的位置？”少妇有气无力地叫道：“你什么狗屁位置？”左夫暴躁地弯下腰，又直起来吼叫：“我和栗树营是直线关系，不久前，我还为她招来了壳贝呢，你说我不够权威？”少妇可能侧过脸，房间非常雪白，由于隔墙，那听不见的世界就黑暗了。过一会儿，又可以听到左夫在隔壁喝水的声音，他咕噜咕噜，停下时仍不停地啧嘴，这是恶心人的恶心的习惯，回想起我这雪白的衣服就是他分配来的，我简直就感到白马伏确实问题不少。过一会儿，少妇扣带子的嘣嘣声传来，又传来拖鞋声、烧水还有电视声，我难以想象隔壁生活化的场景，但我在深夜充分觉醒的听力还是捕捉到他们后面谈话的点点滴滴，“真是你把壳贝招来的？”失去真气的左夫此刻表示他不负完全责任，“我只分配了他的衣服。”“这些坏蛋，听说了吗，刚好顶了青练！”少妇打抱不平地说。左夫立即从地面冲过去，大概堵住了少妇的嘴，于是少妇砸掉手中的东西，大呼一声青练。这叫声使小女孩醒了，她醒后发现在我的胳膊里，我们并排靠在床头，我在吸烟她用小手在我耳根处摸一摸，喊了我一声妈。我感到生活是混乱的。很快我就赶走了小女孩，左夫的话在我心头掠过，白马伏酒吧内部有大量不为人知的秘密。

在健身厅的大镜子上据说有些秘诀，说是从镜子后面可以看到前面，但对着镜子练身的人们却只看到自己的形体，尽管大部分人都很漂亮，而我本人确实不怎么样。健身厅里准备了大量橙色的饮料并排放在与镜面对应的一侧。我进健身厅时，猛地吓了一跳，看来身体在白马伏酒吧受到了重视。牡历他们全部脱了上衣，露着结实的肌肉，颤悠悠的，偶尔被杠铃横杆挤上时会凹进一个弹性的窝窝。我不想在乎，因为我非常明白在白马伏酒吧仅仅靠身体是不够的。牡历在喝饮料时，敲着发达的大腿，他戴着墨镜，神情过于严肃，我看那耸动的喉结直上直下，这种旺盛的生命力的表现没有感染我，相反使我为牡历叫屈，我认为这有力的肌体应该用在采石场、格斗所等等，但现实是牡历为白马伏酒吧的顾客们服务。牡历站着，没有在意我，盯着另一个躺着的家伙，那家伙个子不高，同样戴副墨镜，他们好像都不想看清楚自己的身体似的。他正在躺着举杠铃，那沉重的两头重物在被撑起来时，因为没有掌握好平衡，而砸在地上，杠铃的横杆压在他身体上时，他猛地喷出一大堆唾液，受到了牡历的指责。这个人就是最早在卫生间里被我撞见的两个年轻人中的一个，他叫白练，而那个消失的是青练。白练的肤质透着一种宽阔的大红，他的形体有些扁，难怪刚才杠铃并没有伤着他，我连忙过去看热闹，牡历这次热情地和我握住手，并顺手递过饮料，大粒的橙色在我目光中闪耀，我谦虚地放下饮料，伸手捏了捏他的肩膀，牡历指了指他对我说："这小子身子就是扁，耐人寻味，是优势，也是劣势，要看对谁，但反正有些人是不喜欢的。"白练这才从躺椅上一骨碌翘起来，他没有对我表示什么，而是干脆站得离镜子很近，牡历于是小声地对我说："只要你能适应这儿，可以干下去，那么我就为你高兴!"我眨了眨眼睛，似乎这镜面能够引起许多怪念头。牡历捂着我的耳朵说："谣传栗树营就在里面偷看。偷看我们?"我向牡历表达了讽刺，对这些为她做事的人还用偷看？这怎么啦，我们强硬着呢，这就是最好的人了，她有什么，说着牡历把白色的毛巾扔在地上，他用手托着肚子，用一根细线扯动十块砖头，来回拉升，发达有力的肌肉机械地应承着主人，这时我才发现牡历的身体一点儿象征性也没有，全部都表现为实实在在的运动，于是我不禁羡慕他起来。白练一直绷着脸对镜面审视自己，真实的眼睛前的墨镜和幻象前的镜面一起封锁住思想。我莫名其妙地开玩笑，取下他眼镜和他面对面，白练咬牙切齿，脸气得通红，牡历连忙过来劝"壳贝，不要动他，青练离开之后，他总是这样。"一提到青练我们都立刻沉浸在悲观的气氛中。牡历说，不论别人怎样言论，我们自己都有个清醒的认识，我们靠的是这个身体，我们信赖这个身体，因而才要锻炼它。只要它好，一世也就可以不计较了，从这点说，如果青练还在，还活着，那么身体鲜活成了他最主要的表现，这已够了，不必太记挂这件事。白练用拳头朝镜面砸去，并没有够着镜面。牡历拍了拍白练的后背，以一个兄弟的真诚的口气说：“我们还要好好干下去，赶快练吧。”从他口气中好像他们一直并没有从根本上看重我，总以为我这么快就在白马伏酒吧立下脚来，有另外的原因。牡历骑在鞍马上，不停地换手，喘重气，肌肉的发达程度忽而倾向于左边，又忽而倾向于右边。我眼睛仍没有放过镜面，我对牡历说，那里面的栗树营你见过吗？哦，见过，不过我忘了，所以等于没见过，我见她时听说她正处于被捕的阶段，也许是个替身呢。牡历于是很模糊地向我介绍了他那次见栗树营的情况，昏黄的灯光，惨白的布景，在通道内一闪而过，随后来了很多警察，“我当时暗暗地对警察说我看见了，其实我不清楚，因为栗树营是个手段高明的人，也许她是一个替身呢。”提到警察要追他，我马上意识到在白马伏酒吧内到底真的存在一个神通广大的人吗？当然，白马伏酒吧，对我们甚至对顾客们来说，都是现代化的一个简单的地方，简单是现代化的特征。既然简单，那么我不得不对牡历说我想弄明白青练的事情。牡历把包着黑塑料的铁哑铃扔在地上向我叫道：“你以为你是谁，快给我闭嘴，我心里明白着呢，各人各自小心。”我很不服气，但没有办法，他们已练了大半天，而我却一直不疼不痒地问这问那，我对我的身体是尽量不去感觉，因为我认为我是白马伏酒吧内一个命定的服务者，同时从青练来看，像牡历这样优秀的服务者也许下场同样不会很好。我回忆起熊颜对于青练的可恶的评价，似乎在她的眼光中有另外一种成见。

有胡须的人的胡须里飘满了水珠，晶莹、剔透，好像他是白马伏酒吧里一个清醒的男人，但我就是看不中他。他曾经向我宣布过的你就要开始做事了，难道这种宣布也是权力的象征？我很难承认。但从他为我打开第三排第七间横房的门之后的姿势看去。他完全有一种凌驾于我的存在之上的意志。这意志凭良心说是多么可恨！但主要和我面对的是上次的那个穿紧身衣的女人，这次我再见到她时，她公布了她的身份——栗树营的秘书，这下子更彻底地击垮了我的自尊心，因为我在心中咒骂我自己，我早就应该发现她与栗树营那不寻常的关系！但现在也不晚，从她偶尔投向有胡须的人的信任眼光看去，有胡须的人立刻成为他们确定的同一阶层。这次来，她是让我同她一起搬办公桌，收拾一下这个秘书间，在内墙上有一些按钮，我非常怀疑从这儿是否可以直接到达栗树营的所在地。她的办公桌内还有许多钉在一起挂在大夹子里的文件，我不知道内容，但我搬得很累，秘书在桌档下和我对视时，我觉得她的紧身衣已直接成为她的身体，我蹭了蹭，但遭到有胡须的人在上面的指责：“你这个贱人!”接着他指出让我来搬东西等于是在惩罚我的身体，也是在考验，看来新一轮更深入的白马伏酒吧的工作又要轮到我头上了。穿紧身衣的秘书在收拾桌面的大头针时，我猛然惊觉这是一个阅历丰厚、通情达理的人，她一直关怀着我，不断地寻问我最近的感觉，而我一直在保证我已找到了感觉。其实有胡须的人又有什么值得我不满的呢，从他的每个口气中似乎都表现了他对我目前工作与生活的认同，无论他代表谁，当我听到他向我宣布“你现在应该随时准备着对付小熊了”时，一阵巨大的欢乐涌上心头，我觉得我运气不错。有胡须的人很快被电话要求到另一个地点去处理事情了。坐在办公桌新的位置上，那个秘书揪了揪紧身上衣，专注地向我走来，而我退缩着，她眼睛向前凸，非常强硬地说：“养着你们也不容易啊。”我承认了，我想她是对的。她过来了，坐在我身边一把快要失修的破椅子上，她不计较，低着头，身体被紧逼着，我立即弯下腰抱住她，但我不放心地说：“我怕他会回来。”“你是指那个胡须？”她格格地笑了，然后她挤着我，以母亲那样的坦诚说：“你很普通，但你是个好人。”被她这样评定，使我无比幸福，似乎白马伏酒吧成为精神上的难民营，我得到了强有力的支持！秘书甚至在欢快地弹送那灰黑色的紧身上衣时，不停地对着雪白的墙壁发誓，我相信栗树营已经并接受了你，因而你要记住，快去，对小熊，拿出你的真本事吧。

深夜，死一样寂静的白马伏酒吧以内，所有的白色既凝练又飘逸，我睁开睡眼惺忪的眼睛发现熊颜正高高地站在我这儿，她从酒吧内有权的人们那儿拿到了我房间的钥匙，我没有不满意，我对熊颜一直很渴望，她身体半倾，悬悠的胸部抵在我温暖被窝的敞口边，我试着伸出双手，熊颜把我打落了。我于是闭上眼睛，熊颜说外面好黑，这样的夜晚真可怕，你不知道？外面飘着阴郁的细雨呢！对于这深夜我一点儿感觉也没有，凭着从窗外投过来的极稀少的月光我看到熊颜像一个梦中的人，但同时我非常明白熊颜是一个实实在在的嫖客，我没有办法啊，当这个富有的、器宇不凡的女人把腿敲在我嘴边向我烘托这夜晚那吓人的气氛时，我得承认我的梦境和我的现实已深为一体。熊颜不需要仔细地辨认我，同时她也不怀疑我，反正对我，她的说法就是好像与她们有一种缘分？那么她们中除了她还有谁呢？当然我略微动一下脑筋就想起了颇有名声的小熊。栗树营秘书不就让我上她吗？我很难判断目前形势上各种有利不利的趋势，但我在隐暗中兴奋了，我相信我已经被重视，那就是通过熊颜，我发现我已接触上白马伏酒吧那好像蓄谋已久的一个猎物小熊。熊颜与小熊现在我昏沉的大脑中浑然一体，我完全同意在这熟睡者们构成世界梦乡的时间，能和这富有的明事理的女人一起友好地相处，为所欲为！但熊颜作为一个清醒者，她没有表现任何对我不利的一面，继续若有若无地存在，给了我高度的依赖和信任。熊颜最终坐在我床边，用手按在我胸部，这是我肺部所在地，是我最危险的地方，由于梦一样的时间我无法自控，因而我一点儿主观的努力都不起作用，我呼吸从来就不均匀，疲劳得像一台失修的古钟苟延残喘，吸一点气，吐一点气，但那被它所挑动的身体啊，在白马伏酒吧内发挥越来越严肃的作用。只有在她按着我肺部的时候，我才真正把现实揉进我惨淡的梦中，我觉得这抚摸的手只是给了我最基本的安慰，是一个人对另一个人的基本好感，而除此之外还有什么更值得这个时代的人去强求的呢？她在那儿自言自语，哦，这个小伙子，他的呼吸是这样与众不同，动人，但这是他的吗？这是他的长处吗？熊颜在夜色中消失，但幻觉中的思想中她的手仍固定在我的肺部，这有病的肺是我一个普通的年轻人残存在这个世界最值得言说的特点了。然而，她还是在夜色中坚决地消失了，连同她的心理状态以及她大量不为我们所知的现代个性一起沉浸到既客观存在又不为我所知的世界中。然而，在我实体的身躯里，在温暖的白色的被窝以内，在现代梦境那样的源头——身体边缘，竟躺着后来我认定了的小熊。这是怎么回事呢？也许只有熊颜知道，她是我进入梦乡丧失现实之前的最后一个见证人，而这也不能说明问题，但小熊仅仅是在这个深夜依靠熊颜的信任感才能出现，它属于这种信任关系的一部分，我对自己的记忆也无法要求过高。毕竟，对于小熊来说，我在昏迷中肯定完全听任她的摆布，这是白马伏对我所要求的吗？好像又不是，我竟然没有用我与小熊的关系为它留下任何有影响的冲击呢？甚至我要说在白马伏酒吧以内谁又承认我与小熊已经有了关系呢？虽然我在梦中，在当时处于梦中，但在据后来那个刻上的门卫、巡视员以及路人的反映，那个在那个时间上到我卧室来的人就是小熊，但我可靠吗？我那时只知道是熊颜在控制着我的肺，安慰了我，而我呢？我与小熊就那样草率，也许什么也没有发生。甚至刚开始我可以向一切人发誓我不能吹牛，我只是接待了熊颜，因为熊颜是具体的，而小熊呢？为什么呢？从所有人的口气中看，好像那是一个众矢之的。白马伏酒吧内有权势的人非常重视小熊的举动。但毕竟那些证明小熊来到了白马伏酒吧我卧室的证词，全部是在他们承认了熊颜在那一刻是和白练外出于白马伏酒吧、在外面有事的情况下，而我呢，我矛盾了，熊颜不是到我房间内安慰了我的吗？我不想主动否定小熊和我的关系，这对我很重要，对白马伏酒吧很多人的理想也很重要。但我的良心以及我的求知欲逼迫我去思考，到底那个白练，那个被约出去的青练的好朋友白练能否出面核实这个事情呢?

在一切都含糊在人们不能作出真实的证词的情况下，我在白马伏酒吧内好像受到了格外的尊重。但这种尊重只局限于有限的程度上，看来大家仍心存疑虑，并且最关键的是我弄不明白大家到底要拿小熊做什么文章。秘书再次见我时，有胡须的人和左夫分别坐在她左右手，这是一种欢迎的三叉戟架势，我对他们这种礼遇和慎重的形式表示了轻蔑，因为我觉得我的个人条件很一般，但我怎么好像做起事来如鱼得水。然而真正令我担忧的仍是那个栗树营，她会如何看待我的表现，即使我的表现很好，但如果没有被她亲眼目睹，那么她又会如何接受各种对我的谣传呢?我坐过去，刚一坐下，看他们把手白花花地摆在铺有桌布的桌子上时，我立刻意识到他们这种态势完全像在审问我似的，因而我的气焰立即熄灭了，夹起肩膀，心灰意冷地低下头去。左夫和有胡须的人，不停地打瞌睡，这也从侧面反映了在白马伏酒吧以内还没有什么真正触动人的举动!那个穿紧身衣的秘书在要求我向左夫汇报了我的一些情况之后，善良地说，我们是让左夫来医治你心理上一些不良的东西，你可以信任的，但我没有心理创伤啊。她又让我对有胡须的人讲我的感受，可我同样没有，我觉得对她们来说，我奉承不是，硬抵也不是。但他们三个人则并排坐着，不说话，穿紧身衣的秘书找到了张凳子坐在我身边，她说:“一切都这么白花花的，多么明朗，你心情也必须明朗起来，这是白马伏酒吧的一个优异之处，它总能使一切被蒙蔽的东西露出真相，包括人的内心世界!”我看见她把一只戴着玉镯的手箍在我脖子上．我很感动，但我很不平衡地说:“那你们说青练到底怎么回事!”穿紧身衣的女人这才把左夫和有胡须的人撵出去，在他们出门之前，竟和她亲密地咂了咂嘴，意会一些事情。待他们走后，秘书骂道:“真叫我操心。”之后，她为我泡了杯茶水，在我腿边坐下，甚至就坐在我腿上，然后她郑重地说:“白练出事了。”这个消息像五雷轰顶一样在我头顶闪动，并像电钻机那样击打我，进攻我。我浑身发凉，那种鬼魅、阴森以及恐怖的来自于消息内部的决定性力量控制了我的整个身体。她见我如此惨白地望着她的体形，她不顾一切地抱住我，对我说:“对不起，吓着你了。”然而，我又觉得不对，青练和白练到底怎么了，他们又有什么地方真正吓着我了呢?我不知道。她抱得很紧，像白马伏酒吧的福利。我活动在她怀中，搔动，按压并解拉这衣服，在随意地触及这个紧身衣女人，她那不动声色的胸怀以及宽阔的沉默使我觉得白马伏酒吧是有魅力的!但有人在外面敲门，她收拾好衣服，走到门内，并没有开门，而是叫道:“是谁我都不开，出事了!”“出事了?”外面的有胡须的人或者左夫叫道。这种语气之温顺或对肯定的等待都表明了这个秘书大权在握；大权在握还是秘书？我不懂，但我过去从后面抱住她，她这次却出人意外地甩开我：“你给我冷静点。”“出事了！”她再次叫道。我重新坐下来，站在她办公桌后那细密的按钮边，她说：“现在不好议论你与小熊的事，因为我们不清楚到底白练能不能当面说出熊颜的情况，只有排除熊颜，才能确立小熊与你的关系！”“白练与熊颜！”这种压力使我难受。

文着雪白胸花的牡历，放下杠铃，浑身轻松，但每个部件好像都很尖锐，他的这种感觉使他对生活有一个成熟的理解。牡历在白马伏酒吧以内给人的印象一直是一个浮而不实的人，因为他过于显眼，漂亮的形体像公豹子。但在白马伏酒吧以内从来没有一个明确的人来评判你，生活必须依靠自己的奋斗。牡历在经过我卧室门前时，朝门上吐了口唾沫，他很奇怪为什么这样一个人他也有信心到白马伏酒吧来吸引女人？他有法宝吗？反正不好说。牡历披着大毛巾在通道内自由地前进。她一直在思考熊小幻所提出的问题：“我俩应该改变目前这种生活方式。”她的意思不仅仅是要长期承包牡历，甚至要改变牡历这种服务者的地位，对于一个职业的白马伏酒吧的工作人员来说，这种诱惑是有力的。在迈进自己的房门之前，牡历甚至听了听整个房间内的声响，那是人们迂腐、浑浊而软弱的声音，使他对自己干干脆脆的生命充满了自信。同时，牡历之所以现在时常迫切地思考熊小幻对他的勾引之词，也主要是因为继青练消失之后，白练再次消失，青练白练的结局虽不明朗，但无疑给予牡历一种恐吓——对在白马伏内部生存确定性的恐惧。牡历在某个卫生间内，在那个打扫卫生的少妇的鄙视和敌视下，用水龙头冲洗了自己的脑袋。那时，少妇一直手叉着腰，有一种令人费解的居高临下的姿态，好像对牡历这样一个高大英俊的先生，她早就已看透似的。牡历没有理睬她，不知怎么，他好像一直对她都有一种无法认识的感觉。反正在牡历看来，在白马伏酒吧以内身体是第一重要的，于是他随时都可以忽略任何人。他走出卫生间，湿漉漉的脸上水珠滴着，挂着。少妇既没有冷言讽刺也没有任何同事之间的问候，好像完全无关。牡历转身迈出洗手间，他觉得他这身体确实已完全隶属于服务工作那神圣的目标，但对像打扫卫生的少妇这样的女人来兑，好像身体的意义早已转移了。在这雪白的通道上，他即将退回自己的房间之前，还和一些从包房里刚混完出来的女人们擦肩而过，她们的惊媚的目光使他飘飘然。他在心里咒骂她们，因为她们富裕的形态以及某种超常的气质使他觉得他对她们抱有很大的依赖心理。白马伏酒吧的顾客对牡历来说，他相信她们的价值，牡历在进门之后，上次我所偷窥到的那个衰老的女人早已恭候在那个地方，她就是刚才我所提到的熊小幻。熊小幻穿着紧身细腿裤，黑暗的两条腿均分在桌沿边的地方，上身是内衣外穿，黑色的吊袋挂在不算坍塌的肩上，那暴露在外面的肌肤有一种铜褐色，使牡历觉得作为一个纯粹的女人来说，她不算太差，她使劲地扬起手，露出胳肢窝，从这种动作中透出一种人们劳动时相互招呼的幻影，于是牡历放下毛巾站在那，既是在欣赏这种表演，又是在准备加入到对她的服务中去。熊小幻开始没有说话，像这样一个上了一定年龄的衰老的女人仍能用肢体上的语言来表达她的思想，这本身已是她生命力旺盛的表现，既然这活着的生命对于自己的未来是那样重要。那么还有什么顾虑的呢？再说看她虽衰老，但曲线的身材，蹦跳的身体部件还有灵活的动作都暗示她作为一个女人，她的健康是绝不逊色于别人，那么年龄又算什么呢？熊小幻继续叉开双腿，坐在那桌子上并伸手向后摸出两大杯酒，缓慢地举起来，生活在这儿像一种游戏的同时也像一种仪式，熊小幻抱住牡历浑身发热，对未来美好生活的向往在这一刻具体成一种冲动，好像未来已上了保险似的。牡历在熊小幻所坐的桌面的边上使劲地按住这个女人，很长时间以来，对于熊小幻他自己好像是非常熟悉，但又很陌生，从她的话语以及一些迹象中很难判断她是干什么的，但他敢肯定她除了钱之外一定还有别的什么，在他热情的时候，熊小幻再次强烈地要求“历历，不如我们离开这儿吧，离开吧，我们可以好好地生活，外面的世界大着呢。”其实牡历虚伪的内心早已被熊小幻征服，但他仍在抵抗：“可我，可我是白马伏的人，别人都知道我是白马伏的人。”“但全社会不知道，总有人不知道，大部分人不知道基本上我看也没有人知道。”熊小幻软绵绵地说。然而牡历还在否定，他的意思是我没有良心了，可我还是装着有，我没有什么比在白马伏更好卖的东西了，那么今后呢？未来的压力在于白马伏以外的危险是难以消除的。熊小幻在紧抱着牡历的时候，浑身抽搐，凭着牡历，她觉得自己的生命一直在一种高峰上维持它不自知的超现实的感觉力。由于牡历一直未在熊小幻面前公开表现他对熊小幻带他出走的态度，因而熊小幻开始认真地说，你要认清你的位置，你在社会中的位置以及你在白马伏酒吧的位置，你不要以为你在酒吧人就完了，其实更重要的是对于白马伏以及白马伏以外真正的内幕，你一点也不清楚，青练和白练就是个例子啊！青练和白练所带来的恐怖比迷惑还要多。牡历不说话，默默地睡去了，而在心里肯定有他的打算。熊小幻在沉睡的牡历的身边不停地盛赞这美的健全的身体，难以形容，有它除了体质以外其他的意义，那意义主要是美，满足一些基本的需要，这也更加大了熊小幻对牡历的热爱，这种热爱在她自己看来完全相当于一种爱情。

左夫和那个打扫卫生的少妇在隔壁房间内的语言和行为通过薄薄的隔墙总能传过来一些不清楚的信息，但随着时间的推移，我对打扫卫生的少妇某种同情感早已丧失殆尽，留在头脑中更重要的是对现状的一种迷惑，好像这个少妇越来越不像个普通人，她与左夫之间那谈话、那呻吟以及偶然露出的惊吓声都迫使我去怀疑，大白马伏酒吧内作为一个打扫卫生的人她与这些服务者到底有地位上的区别吗？但每次少妇都要不厌其烦地在左夫面前嚷叫青练和白练，可听不出她的话是对他们的怀念、担忧还是讨厌呢？然而久而久之，我不得不扭转头脑内那些固定的想法，我认为左夫不仅仅是粗暴地骚扰她，干预她的生活，仿佛左夫在与少妇的对话中，态度并没有什么压倒对方的架势，倒相反，少妇越来越怪，后来干脆就不太理我，这使我内心大为恼火。但她的女儿还是常到我这儿来，每次来几乎以发现我的病为借口，看来这个小女孩已肯定我患了肺病，对掌握我如此不利信息的一个人，我除了表示好感以收买她，我还有什么更好的办法呢？小女孩在某日停电为我点蜡烛时，左夫刚好在隔壁被她妈妈使劲地抽了一巴掌，在这边很难判断是左夫羞辱了她她才打他，还是她妈妈无缘无故地打他，但显然他们之间矛盾的激化使我高兴起来，我抱起这个轻盈的小女孩，谈不上乖，但也没有什么坏脾气，我抱着她转悠，想要取得一个小孩的欢心也许并不太难，但她却揪着我的鼻子尖叫道："以后你要听我的话，服从我的命令！不然，我就说你有"她话音未落，我已满脸通红，因为隔壁的两个成年人肯定有所耳闻，我赶忙捂住她的嘴小声地说："我愿服从你。"但在心中，对于这个小女孩我涌起一阵仇恨，我不相信居然一个小女孩都能要挟我。她见我闷闷不乐，又拖住我的头轻轻地说："我不会不管你的。"我躺在床上，背对着小女孩，坐在边上，这时我又咳起嗽来，但我像往常一样捂着嘴又捂住了被窝，小女孩在外面捶着我的背，像钟点那样的撞击声分裂着我的思想。我偶尔在镇静时分从被里探出头来，这时我听到左夫与少妇那严厉的叫骂声："你要叫回来，怎么待在那样一个人边上，他们，怎么，他们没有声音了？小禾，小禾!"少妇严厉地呼喊。左夫却在制止，"这有什么关系，反正又不是第一次在他那边。"望着小女孩，我忽然发现她变得痛苦起来。

在白马伏酒吧那间最大最豪华的包房内，熊颜妩媚地展现她迷人的风采，不管从哪个角度讲，像我这样一个其貌不扬、思想平庸的人能与熊颜交上实在让我恍惚。熊颜向我描述在这个机械繁杂而又肮脏的城市内，人们的无所事事和对生活的消极态度。在对我讲了大半天的话之后，熊颜用手摸住我的左肋，她很严肃，但也很温柔。她试探问我："我们俩？怎么啦？我总觉得有缘分？""那又怎么样？"我点起一根烟，无精打采地问道："你要知道你使我快活。"她所说的快活就好像是一种简简单单的欢乐，好像是来自于人之外的东西。"但说实在的，"她停顿了好久，仰望天花板，"但我不愿意被你们干扰了我的生活。"她停下来，卡在我右肋上的手向更深处掐去，这控制了我的呼吸同时也使我的肺变得空前地紧张起来。我连忙说："放心好了，我做事绝不会影响别人，你是害怕我会缠住你，是吧，那你就错了，告诉你，我是一个有志气的人。"熊颜把自己精致的皮包向沙发上砸去，头发蓬松起来，掩藏在头发里的那张成熟、动人而又肉体化的脸侧歪着，在灯光那倾斜的光角内抵触着，她半弯着腰像遇到巨大矛盾似的说："但我害怕。""你不用害怕""你害怕什么呢，你在白马伏花了钱，花了钱就是你的价值，怕什么？"我不屑地说。她走了过来，我在空地上站着，她重新掐住我的左软骨使我无比虚弱，她乘机按住了我，她说："我害怕会记住你，我害怕记住你就是害怕记住别人，我不想，你知道吗？我不想记得我不该记住的人。""哦，这样，你的意思是你根本就不想记住我们啰？"我有点惭愧，我用力扳开她卡在我左肋的手，她淫荡地笑着，然而这笑声在我听来是很有人情味的。她坐下，身体有一半沦陷在肥胖的沙发里，她好看的手挥动着，她说"本来嘛，我们，就只想在这儿寻找生命激情，撇开花钱来找服务、找享受不说，我们纯粹的接触只应导致一个纯粹的结果，那就是最没有阴影的反应，我们需要激动，然后就是遗忘，这才纯粹，如果我要你陪我，而我还必须记住，那么你这就不地道了！"在我听得晕晕乎乎的时候，熊颜却转出笑脸来愉快地提醒我："告诉你，在这一大批人当中，我还是觉得你好。"我脑筋一时转不过来，谦虚地说："不用，不用这样感觉，你知道我没有什么优点可值得你喜欢的！"熊颜接过话茬，抱着拳头叫道："对，我喜欢的也就是你这种没有优点的人，甚至你是一个没有特点的人。"熊颜的话满足了我的自尊心和虚荣心，我想一个人要特点干什么呢，更何况本来我就是个一文不值的人。在我盲目地兴奋的同时，我的肺却变得不自然起来，而且我根本没有意识到一场暴风雨般的咳嗽就要来临，如果她知道我有肺病，害怕传染她不说，我的肺病不就是我的特点吗？她们不就担心这个吗？在这个时候，我才猛然意识到必须尽快从这个场面中解脱出去，因而我迅速按住她，抱得紧，我要求听她的安排，于是她真正的有决定意义的安排做了出来——明天请你到我住的地方来。熊颜很快就走了，而我再也忍不住，凶猛地喷痰，捶打胸口，浑身发痒，好像空气已成为生活和生命的障碍。我赶快在这豪华包间内寻找通风口，在雪白的墙壁、地面和房顶上没有一点儿缝孔，我找来一根牙刷使劲地撬着我的嘴，我在想那个小女孩在刚见到我时所说的我的喉咙里的怪物，那么是否真的存在这个怪物呢？或者说我的肺病真的是由这个怪物所控制的吗？我好容易停止粗重的喘气，接到从服务总台那儿转来的一个电话。当时无论服务总台的人还是知道有个姓熊的打电话要找壳贝的人，都立刻紧张起来，好像凭预感一个不可控制的但又有决定意义的事情即将发生了。当我拿起电话，果然传来熊颜那极有修养而又亲密的声音："告诉你，大家不都盯着小熊吗？告诉你，你可以乐在心里，你过来就可以见她了。"我压制住内心的狂喜，白色的白马伏酒吧霎时在我幻觉中金碧辉煌起来，我感到在白马伏酒吧内我的存在正发挥着越来越重要的影响。

我主动把穿紧身衣的秘书约到第四排的一个极小的包房内时，我感到我自己很宽容，很大气，好像生活已经豁然开朗了。我对这穿紧身衣的秘书有一种可任意使用自己亲情的飘忽感，在之前，我一直敬畏她与栗树营之间那种重要的关系，但现在当我就要为白马伏酒吧迈出重要一步，外出与熊颜密会并可望见到（真实的）小熊时，我觉得虽然在我生命中我不能自主甚至不能清醒地把握在暗中的制约白马伏酒吧同时也制约我的力量，但在实际的工作似乎不仅仅我的运气不错，好像同时也得益于我敏感、忠实的工作作风。穿紧身衣的秘书拿起一张报纸，起先在各个版面上潦草地搜寻一番，随后非常冷静地一边思考一边读报，这没有使我过于难受，这之中使屋内气氛出现转折的倒是她忽然站起来把紧身衣脱了下来，本来我以为她是脱光了的，但想不到脱掉一件之后，身上没有变化，里面还有同样的衣服，那衣服半折着拎在手上看起来既薄又轻。这奇怪的举动与装束加深了我对她的亲情，在这会儿，这个秘书确实代表了白马伏酒吧那完整的存在，使我感到她真正地维护了我。之后，她戴着光亮的眼镜，架在鼻梁上，我在不远处察看这一边回答我的问话一边读报的秘书。为了打破这无法破译的僵局，我主动打开电视，想不到她同样很执著。这使我确信在白马伏酒吧内不存在真正的不可认识的阶层，她的无动于衷，显然表现了她对我的认同、尊重以及她对我的好感。紧接着，我又在屋内做了好几件事情！但均遭到了秘书沉默的认同，这反而使我不冷静了。我不得不叫道："你，你，我们，我想讲呢！"这时，她很快敏捷地放下手中的东西，并拉了拉弹性衣服，端庄地说："快说说你的计划吧！"她如此直接的既像命令又像洗耳恭听的口气，使我的心思迷糊了，我不知道说什么。她却说："你要好好干！""那当然！"我的回答立刻使我回到对她服从的位置上，这影响了我对她的感觉。大家相互沉默了好久，我无法忍受了，其实我内心有一种要赴刑场般的感觉，而她应该也知道熊颜与我的密约将会对我对白马伏酒吧产生举足轻重的影响。我在内心那剧烈的矛盾的驱使下，慌乱地扑向她我本来想这是孤注一掷的臭招，但想不到秘书很快原谅了我，她像个长者那样拍着我的背，亲切地说："放心干吧，有你的!"我吻着她，她答应了，我吻着，抚摸着她，抚摸这浑圆、紧绷而又弹性十足的肉体。渐渐地，我的许多幻觉好像变得真实了，好像完全可以真实了。我应该承认女秘书这样一个穿紧身衣的女人。对于我在这个世界上的感觉来说，都是可靠的，不应有丝毫的抵触，甚至她仅仅是秘书，从我对白马伏酒吧那最直接的直觉中看，她完全可以代表白马伏酒吧，成为我内心的依靠，这就是现代意义上的工作了。我在她手指的拉动下，我的手指松散地触及她的身体，召唤着我，后来我就开始脱她的衣服，一层又一层，没有脱完，自始至终都在脱，像她作为一个被需用的身体，作为一种激情的后果，本来就没有真实面目似的。这重复的被激情所推动的脱衣的行为一直进行着，它随时都在强化我对她的亲情，越是对真实面目充满了肯定。后来，我在心里对自己说："不用脱了，她就是她，就是一切，是谁都行，是人，就是好样啊!"在白马伏酒吧以内几乎所有有关的职员都知道那个穿紧身衣的秘书在我这儿，于是不断有人打电话进来或直接到这儿敲门，但她的意见却是不理他们，我们在进行重要的活动呢。良心说，她没有给我一点儿压力，但她的每句话似乎都越来越涉及白马伏酒吧这个全体，在气氛无比轻松、关系已深入内心之时，她加快我脱衣的运动，鼓励我，对我说："我们是好的，是可以好的。"这种肯定马上使我觉得生命那巨大的喜剧力量了。她在欢快的气氛中真诚恳切地说："你要小心啊，对小熊，你是最合适的了，简直就像一个真的间谍，小熊!"她突然很义气地吼叫道。无论她在这之后说了多少亲密、严密又像命令一样的话，我都逐渐丧失了反应，好像在她温暖的弹性的躯体内沉入巨大梦床，无限的温柔，然而我疲惫至极，女秘书在我梦一样延续的思想的大脑内，她完全自然而然地虚幻了。但我的手，我那劳动、学习、工作的手却在可控的本能和思想中不断地尽量地重复那种脱衣的倾向，手指头撅起来，伸开，再强着，然后再攥起来，上翻，抬起，要掀，垂落，这些像是挣扎性的动作给那时清醒的紧身衣女人留下了深刻的不可磨灭的印象。

白练拖着沉重的身体，不断地用手抚弄脖子上被绳索勒出的紫血色的印痕，慢慢恢复了呼吸，在那星光黯淡、灯光昏黄的深夜，他的视线是那样笔直就像机场的跑道。白练大汗淋漓，虚弱的身体不断焕发一种复仇的力量。虽谈不上死里逃生，但毕竟作为一个白马伏酒吧的打工者他的身心都遭到了打击。他径直闯进市公安局的刑侦处，高明处长耐心地听取了他的汇报。白练痛快地陈述了他的遭遇，他请求公安干警们要严密地关注这件事，记住还有青练呢。高明没有因为他在白马伏酒吧内的工作身份对他有丝毫鄙视，但高处长同时也不无讽刺地说："做什么工作都要细心，还要识大局，搞清楚来龙去脉啊！"白练和盘托出包括白马伏酒吧在内的一切他所知道的情况其实也就表明了白练对于白马伏酒吧已失望至极！虽然白练对于白马伏酒吧那复杂的内幕基本上一无所知，但仅仅是那些表面上的人物以及事件已足够他讲好几个钟头，记录警官飞快地记录着，而高明处长则用手撑着头，认真地思考白练的话以及围绕白马伏酒吧的那些违法现象。在白练作完交代之后，天色已亮，黎明爬在台上，像一种对夜晚的野外各种偷盗对象的嘲笑，白练在高明的烟圈中看到了警察那笔直的鼻梁和刚毅的眼神，他试着捏了捏拳头，鼓足力气问高明："请问，你们最喜欢什么？"高明想了一会儿，双手扒着白练的肩膀说："管那些不明不白地受伤的人。"白练若有所思，他承认虽然在白马伏酒吧内可以自由地做服务工作，与富有女客融为一体，但还有另一面，好像在白马伏酒吧还有另一桩更为深刻的隐形使命，他不明白。他提出小熊的住处。天亮的界限在我迷蒙昏睡的大脑内无声地推近了，按照预先我对女秘书所承诺过的，我必须天亮之后马上赶往熊颜之处，这是熊颜那别具一格的密约的要求。一方面白练在市公安局内汇报情况供刑侦队员分析，另一方面是我听到白马伏酒吧内我卧室门上那急促的敲门声。睁开眼睛，黎明的亮色在雪白的四壁以及屋顶、地面上铺开。影射了。我半撑起身体，发现浑身酸痛，但内心却突兀不齐地出现各种不明不白的东西，既像喜欢生活又像讨厌生活。在这纯粹时刻的敲门声显然立即把我拉回了沉重的现实中，从这个早上开始，或者说从每个早上开始，沉重的心理负担就直接或变相地强加给人了。套上衣服，匆忙去开门，上衣还没有扣上，一股冷风迎面扑来，使我更加清醒了，站在门口敲门的原来正是住在隔壁的打扫卫生的少妇的女儿，那个关心我咳嗽的小女孩。这么早她来干什么？我很疑惑，但她很快伸出稚嫩的手交出一个纸条，很专业地交到我的手心，并试图捏拢我的手。我不明白，我预感到这是一个特殊而重要的纸条，看小孩子那扑闪扑闪的大眼睛似乎在变成一双专注、严肃的大人般的眼睛，我猛然有些害怕。但她那天真纯真诚实而又诱人的感觉使我蹲了下来。我想抱住她，在我内心深处好像我相信这个孩子已经明白了今天我的不平凡的意义，特别是今天我为白马伏将要付出的一切，她那温柔的小手插进我茂密的头发里，然后抓着，用力，使我疼痛，使我感觉到她在用力。她起初还笑了几下，但很快她不笑了，过了一会儿，虚弱地说："叔叔，你还是不去了吧？""为什么？我要去的。"我站了起来，发现她长高了一些，眉框差不多到我胸口下面那块儿，她伸出手在我胸口敲了敲，然后充满忧虑地说："你有肺病，别人会记住你，总逃不掉的。"我立即咣地关上门，然后背对门我下定了决心，排除干扰，然而小女孩那双眼睛在我胸中不断地打击我。我打开纸条。原来上面的落款是白马伏酒吧那神秘的领导栗树营，纸条上要求我在小熊处实施"白马伏计划"——要在小熊处，捆住她或打昏她，然后接应的人会想尽一切办法，通过报案等去抓住小熊。末了注明小熊是个坏人，意思是这个行动是正义之举。

我赶忙穿好衣服，系上领带，擦干净皮鞋。每想到我这趟外出不仅要为熊颜服务还要为小熊服务，那么我的内心立刻就凝重起来，还未出门，一种成就感就蛊惑了我。我想对于白马伏酒吧我是得到了我应有的尊严、价值和权利，虽然对于复杂的内幕一无所知，但毕竟我的工作一直坚定不移地往前推进着。打开门，小女孩仍然站在门口，她的眼睛在渐亮的天色中仿佛褐暗了，变紫了，像液体的珠珠，既动人心魄又很迷惑，我过去抚了抚这孩子的脸，然而那脸在瞬间似乎变成了另一个陌不相识的小人物，她讲话，还打手势，然而我心理由于过分紧张，什么也不明白。在隔壁虚掩的门口，我摔眼一瞟时，一个成年人慌忙闪过，也许那是她妈妈，也许是那个左夫，谁知道呢？我在通道内所看到的黎明中的一切既像幻觉又像真实。好像每一个在白马伏酒吧内我认识的人都走到通道内为我送行似的。当然跨出白马伏酒吧坐上的士飞奔向熊颜的住处时，冷风带着城市那腥臊的夜味向我袭来，使我心旷神怡，我感到我的生命很好，很容易体现它的价值，这不，我体现着呢，到熊颜住处，才发现原来熊颜住在南城花园那高层长楼以内，按照号码敲开门后，一个做事的老太太把我引到卧室之外的一个小会客厅，看来熊颜还在睡觉。当我拧开门并一屁股抵上它时，熊颜穿着淡粉色的透明的睡衣正站在我面前往左的大镜子里，剩下的事情很简单，我转过身往左，马上就搂住了她。她喘着粗气，更紧张又更幸福地拥抱着我。她不断声明感谢我的到来。从床上坐起来之后，我仔细看了看这个富有而魅力十足的女人，她笑得很艰难，但她的身体是放松了的，我没有说闲话，因为按照她的习惯，我们这些人是不能影响她的，不能让她有丝毫负担的，在心中我洋溢着和平甜蜜的感知，浑身都松散着，自足着，好像这不是一种交易与占有，而是一个更带有客观色彩的游戏，是为了满足精神生活上的一种需要——它使精神放松了，成立了，为之一振。这时，我的心忽然闪过白马伏以内那些隐约而又巨大的期望——对付小熊。于是我焦急地等待她引我见小熊，或最起码提到她，但她没说，反而她躺着，侧着，头歪放在我的身边，身体倾斜。慢慢地，我熬不住了，先是不自主咳嗽了一声，我连忙用手去捂，但不行，在我放松而自由的身体内部似乎平衡被打乱了，那个凶猛的有病的肺彻底崩溃了，疯狂地撞击着我的胸膛。很快，局面就发生了严重的变化，这个光洁美丽富有的熊颜立即在醒过来之后用毛衣裹住身体，退到床下，而我仍在不停地喘动，翻身和挣扎，她哭丧着脸，不仅彻底失望了，而且凶狠地对着我叫骂："原来你在装，你有肺病，知道吗，我现在知道了你有肺病，这个特点还不够明显吗，还不够让人注目吗，我能忘记我和一个肺病患者的交合？我甚至被传染了，我甚至永远都逃不掉你的阴影了！"我挣扎着爬起来，尽量平静地看着她，我看见了她的泪水，最后她斩钉截铁地宣布："我送你去见小熊！"在南城花园顶楼的一间小套住房里，小熊正在吹口哨，原来白马伏一直紧紧咬住的小熊就是她？我一看这样，已料想到事情的不妙，她有着男人一般的脸孔，手里搓着绳子，她说必须吊起你。在我边上有熊颜叫来的两个拧住我胳膊的人。但就在小熊把绳子快套到我头上时，忽然门被撞开，两个头上布有血迹，看来已打斗过的白马伏的保安迅速冲进来，他们迅速向小熊扑去，这时小熊在屋内奔跑，想摆脱。我刚好被她拉着，绳子卡在我脖子上，我出不了气，眼睛呛金花。之后，公安就来了，高明用枪对准屋内所有的人就原地不动了。紧张的场面就收了。铐起小熊，还有当场其他几个人。我呢，还是没有被铐，但有人直接按住我。干警们带着我们迅速返回熊颜住处。事先去抓熊颜的另一拨干警向高明报告："熊颜已脱逃！"高明没太在意，因为人们似乎认为小熊抓住，她也跑不了的。那个上午，城中起雾，城内一片迷糊，装着我们的警车在城市飞快地疯狂地奔驰，迅速扑向白马伏酒吧。在路上，高明对小熊进行突击审讯："为什么你要伤害他们，请你马上交代青练！"在小熊的交代下，高明又用对讲机派人去救青练，这一边小熊终于忍不住审讯时的难过劲说："我叫小熊？真正的小熊我看就是熊颜呢，你们都弄错了，我只是被她雇来，专门为她处理那些她不希望见到的人！""这个变态！"高明拳头砸在汽车的铁皮上。到白马伏酒吧，事情闹大了，因而酒吧甚至被里里外外地包围起来了，干警们神情严肃，在通道左手第三排的一个大房间里，举行了临时的紧急会议，小熊被押着，高明叫道："请你指出为什么要伤人？"小熊顶不住交代了，她说："熊颜这几年老得很快，人，几乎都不像人了，到白马伏去找刺激已有好长时间了，她发现我长得很像她，就雇了我，专门为她处理她不想再见到的人。”警方通过小熊的证词仍不能完全明白白马伏与熊颜之间有什么根本性的矛盾，以导致这么严重的不断伤人的后果。高明要求我指证白马伏酒吧的领导出来讲话，我起初还想捂住不说，但很快我被感化了，我提出了栗树营。他立刻要求栗树营过来受训，但她并未露面，于是在白马伏酒吧内那大规模的搜索开始了。我被押着，翻遍所有房间都没有找到，令我奇怪的是，所有的这些被搜寻的房间我都曾见过，根本没有栗树营吗？看来，这是个谜。高明问我：“你见过她吗？”我摇摇头，那谁见过？大家还是都在摇头，高明坐下来，审问我：“那你是受谁的指使去小熊处的？这不，还有个条子。”有警察从我房间搜出字条，于是高明问我：“谁给你这个纸条呢？”我不得已指出了那个小女孩，显然她不可能是栗树营，高明和蔼地站到她边上，引诱她说出谁给她字条。小女孩很快指出是她母亲那个打扫卫生的少妇给的，高明又问那个少妇，少妇说字条是左夫传来的，左夫又说是有胡须的人传过来的，有胡须的人最终说是那个穿紧身衣的秘书给的，似乎追到头了，秘书必然要供出栗树营——这个白马伏非法勾当的老板，但想不到秘书冷静地说：“我这纸条正是从小女孩手中接过来的！”这时众人把眼光都移向了这小女孩，只要小女孩否定了这种提法，那么这个女秘书必将顺理成章地交出栗树营了。或者她就是栗树营，包括我在内的不也曾这样猜想过吗？但小女孩却承认了！高明问秘书：“你作为她的秘书，你却从来没见过她？”秘书说：“没有，从最开始来工作，我就被在暗中嘱托过由那个小女孩为我传递我们老板的一切指示！”高明陷入了沉思，他问：“难道在白马伏酒吧所有的决定都是这样来传输的？”高明陷入更危险的思考中，从小女孩到少妇到左夫到有胡须的人再到秘书再到小女孩，仿佛在空虚循环中，每个都是栗树营，但栗树营到底是谁呢？

熊颜没有逃脱掉严密的法网，最终还是被高明抓获归案。在审讯室里熊颜捂着自己鬼魅无趣而又衰落的腮，嘴巴向前撅起，似乎要宣泄一种内心彻底的厌恶和空虚。高明说：“你为什么要伤害白练、青练还有壳贝！”熊颜揉了揉自己的脖子。晃了晃脑袋，以使她保持一种平衡，她激动地说：“他们，我需要他们，可我只是需要他们的身体，我只想与这单独的身体有关，身体就是在白马伏酒吧的意义，我多么害怕他们是有印象有特点的人啊，如果我记住他们，那么，还有意义吗？他们算什么！”高明对熊颜疯狂的心理恨之入骨，严厉地责问道：“可他们都是需要帮助的青年，他们最起码需要除了金钱之外能令他们温暖的东西！”熊颜在椅子上折腾了几下，过后她冷笑道：“壳贝，我真是……”她低下头，过了好久她才说："那个肺病，那个能吞噬人思维和思想的不可磨灭的肺病咳哮喘的印象让我无法不害怕，我害怕他是一个具体的壳贝，我只喜欢他是一个单纯的服务者，当他露出肺病的迹象，他的形象就丰满了。作为一个丰满的肺病患者，我就绝望了！我不能容忍我堕落到与这些具体的糟糕的男青年鬼混，我就是不想记住身体之外的东西！"高明冷笑道："你真可耻！"高明又问为什么反过来白马伏酒吧的栗树营要引诱你并想捕获你呢，熊颜在强大的审问压力下被迫交代，然而她的交代也是不彻底的。其实熊颜是本市黑帮会"熊氏极"的一个副手，所谓栗树营据熊颜讲也不过是个知识层次不高的黑道上的一个混混罢了，她们之间的过节源远流长，盘根错节，较上劲了，就想谁害谁。熊颜告诉高明，在这之前她一直压根不知道有栗树营的存在，现在提到她了，才想到在若干年甚至更早，所谓的栗树营就与熊氏结下了仇恨，但她一再声明她不认识她，仅仅是知道有她，因为谁也没有见过她——至少她自己就没有见过她。现在白马伏酒吧已被公安机关铲除，所谓的栗树营也就失去了被认知被查找的现实意义，慢慢地，她似乎真的不存在了。在整个白马伏酒吧事件中另有一个重要的人走了，消失了。那就是牡历，据说他和熊小幻一起真的像陷进爱情似的，带着很多钱，他们离开了这座城市，熊小幻是熊颜的大姐，是老大，当她坐在另一个城市欣赏牡历那健美的身躯时，她以为她改良得及时，免了其实不必要的是是非非。

拜甸记

苏坡和老徐乘坐一辆出租车来到一堵高大的围墙外边，这里是拜甸的一个重要景点。他们没找到售票口，在停车处的左边有一道门，老徐走到门前，望了望里边，这才跟着另外两个人买了门票，他们始终没有看到旅行社的人。这是一座像迷宫似的建筑，看起来像是用土垒起的，它的墙壁很陡峭，一层又一层的屋顶从下边仰望是倾斜的。老徐这个五十岁的男人，从未在任何景点被感动过。进去之后，那块平地很宽但很短，然后就是一道长长的狭窄的土黄色的阶梯，从下边看不到尽头，这是因为太长太高的缘故，它在高处又分了岔，因为看不到上边，所以并不知道它分岔去了什么地方。在与院墙顶差不多同样高度的地方向左有几间四方形的房子，它们连在一起。在第二间房子的门口有一个年老的女人在清扫墙根，苏坡看到墙外面是用土浆刷过的，这时还看不清这道悬直的阶梯左右两边建筑是怎样分布的，在右侧至少有五六排长短不一的厢房，在它们之间肯定有一些回廊连着，在左侧有人出没，他们像是在这座建筑里做事。苏坡和老徐在顶上的第二层跪拜这座建筑里所供奉的最主要的一个神。老徐的生活是无聊的，苏坡的生活也很无聊，他们从赞林寺出来时，无聊的心情一点也没有变化。老徐的嘴里还在回味刚才在右侧的某间殿里所喝过的油茶的味道。在城里他们和县委的几个人吃了晚饭，推却了当地人晚上陪他们玩的建议。他们回到宾馆 503 房间，宾馆外边就是拜甸县城的一条大路，从宾馆北口沿这条大路向北，过了三百米左右有一家歌舞厅。他们八点去了这家歌舞厅，歌舞厅的老板对他们很客气。老徐和苏坡要了一间叫紫藤的包间，老徐是真的想唱歌的，苏坡却一直和一个女孩子谈论下午他所去的赞林寺，这个叫赵沫的女孩子几乎能够把赞林寺的每间房子、每一层殿、每一个台阶甚至那些暗中的过道都能一一说给他听。这座建筑就像挂在他们对面的墙上。那个陪老徐唱歌的女孩子，穿着很时髦的衣服，绝不是拜甸人，她穿着一双又像是灰色又像是白色的鞋子，腿上是一双挑破了丝的长袜。晚上陪他们吃饭的县委的那几个人知道他们在高香歌舞厅唱歌，所以就叫歌舞厅的人特意关照他们。那是一个愉快的晚上。苏坡自以为他跟赵沫相处得好，他看着老徐，总觉得老徐跟陪他唱歌的女孩不会有什么共同的地方。苏坡是在老徐搂着女孩的时候突然想起了杜敏。杜敏是苏坡的女友，她是个善良的女孩，他到拜甸来的这几天，每天晚上都要给她打电话，苏坡看了看手机。赵沫跟他说她已经至少五年没去过赞林寺。

我现在要说的是一座危险的宫殿，无论你是否能记住它的房间和格局，你都无法解开苏坡在后来所碰到的那次意外的事件。即使是像赵沫这样的女孩子，她也仅仅只是一个记忆的高手。

苏坡和老徐是在第二天上午才知道有这么一件事。就是他们去赞林寺的那段时间在赞林寺的阶梯右的第三层殿靠西头的一间更为神秘的狭小的殿里，有一个人死了。他们没有向苏坡描述那个女孩的模样，但苏坡想起他的女友杜敏。在停车的那道石埂前面是一道突然陷下去的沟坎，那种垂直的气势让人吃惊。公安局的小宋和他的同事坐在路边。苏坡放眼向前方望去，那高大的山峰一座接一座。老徐还是那么沉默。老徐说，晚上我们还去高香歌舞厅。苏坡问他是不是喜欢那个女孩子？老徐说，她很不错。县公安局的车子一直跟在县委派给他们那辆海狮面包车的后面。公安局的小宋并不急于向他们了解情况。他是不敢直接和老徐讲话的，只要车子停下来的时候，他总是问苏坡，你记得吗，那是右侧第三层倒数第二间。

老徐问苏坡你记得那间房子吗？苏坡说我们刚去过的。老徐说那供的什么神啊？

苏坡说我没有看清楚。房间很暗，仅有一盏吊灯吊在神像背后。那些高大的柱子伸向屋顶，柱子后面是什么谁也不清楚。至于黑暗中的墙是否有门通向其他房间，我也说不上来，向西北方向望去，能看见县城的大部分，还能看到赞林寺所在的那道山坡，并且有赞林寺侧影的一小部分，它显得是那么的灰那么的直。老徐跟小宋说，我们会配合你们的工作，也许我会想起昨天的细节。在几乎所有的山冈上都建有像赞林寺一样的建筑，只是规模要小一些，矮一些，短一些。

他们没有再往前方去，中午十一点半他们返回了县城。县政府的人没有打电话过来约吃饭，苏坡意识到真正是出问题了。午饭以后老徐和苏坡走在拜甸的大街上，路旁的商店出售各种低劣的物品，他们转了几家店，老徐买了一把银质的烛台，一把小巧的刀，还有一些挂饰。苏坡什么也没买。走在街上空气很凉。这次来拜甸是县文联的木杨发的邀请，前来参加木杨的拜甸调查报告的讨论会。现在赞林寺出了这个案子牵扯到他们，他们当然要找木杨。老徐跟木杨并不熟，苏坡也只是跟他有过电话联系。到拜甸已经有三天了，除了下飞机时跟木杨见过一面之后就一直是县文联的老陈安排他们的活动。木杨没再露面。现在也不知道讨论会到底安排在哪一天，却出了这么一件事。苏坡是一定要去找木杨的。木杨在碧塔海。下午四点钟，老徐和苏坡骑着两匹马趟过一道河，碧塔海边全是软软的黑土，在一间木头房里再次见到了木杨。木杨的手上有许多细小的鱼鳞，他的几个孩子正把小鱼穿到长长的丝线上，已经穿好的那些鱼并排躺在地上，穿过它们喉咙处的细丝从第一条脱离地面的小鱼身上一直延伸到木杨的小女儿手上。苏坡握住木杨的手问他讨论会到底哪一天开。木杨说明天也行后天也行。老徐很气愤地问木杨到底是谁的讨论会。木杨说是我的，但是有县文联经办，我要跟老陈还有主席他们商量一下。

木杨家的木头房子，是在碧塔海向着东南方向拐过去的那片水沿边上，木杨的大女儿约有十五六岁，为老徐和苏坡冲了两杯油茶，苏坡和老徐没有喝，向着水边溜达，在一百多米远的前方，木杨的妻子，一个皮肤很黑的女人，在喊木杨，苏坡只听懂了木杨的名字，其他的便不知道了。木杨也走到水边来，一边跟他妻子大声地谈话，一边收拾小树上挂着的长长的折叠起来的渔网。老徐想走了，木杨也没有挽留的意思。他很无奈地跟苏坡说，开会的事还是由李主席来定。老徐说，你写的是什么报告啊？苏坡和老徐都还没看到拜甸调查报告，据说县委的人很重视这篇报告。文联的人前天说，还是到会场上再说报告吧。往回走时，木杨让他的大女儿为老徐和苏坡牵马。这一次他们走的是一条椭圆形的绕过沼泽地的比较远一些的铺有沙子的土路。路的右边零零散散地有些低矮的农民的房子。墙是白的，顶是灰的，这些房子的背后很空旷，离山还有一段距离。一些又像是雾又像是云的气团，静静地飘着，离地面很近。苏坡问木杨的大女儿，你识字吗？她说我不识字，但我会唱歌。苏坡说，那就给徐老师唱首歌吧。他们走上那条完全用滚木捆扎并用粗木桩架起来的栈道之前，大女儿一直在唱，黑马一直在走，老徐在马背上抽烟。上了栈道，大女儿就往相反的方向走了，栈道是建在那长长的轻缓的坡上，大片大片的青草一直延伸到对面的山脚。更多的马和牛散在栈道的两边。老徐说，你对报告到底知道多少？苏坡说，我也是从老郭那才听说这篇报告的。老郭在省城，不知道他对报告了解多少？

他们走完栈道，把马还给租马的农民，退回了押金，坐上中巴车返回了城里。苏坡和老徐一直在车上争执，到底是由他们来催促县文联定下讨论会的日期，还是由县文联定好日期再来找他们。苏坡甚至想到，是否可以不辞而别了，老徐提醒他，县公安局的小宋会不会再找他们。果然，回到宾馆的大堂，小宋就和几个当地的女孩子坐在沙发上等他们。小宋邀请他们坐下来一块儿说说话。老徐按苏坡的意思就坐了下来。苏坡不知是为什么，竟谈起去碧塔海这路的风景，那几个女孩一直在笑。苏坡想，我哪出错了？老徐抽了几支烟之后愤怒地站起来，他说他要先回房间去了。苏坡被小宋继续挽留在咖啡厅里。苏坡尽管说了许多，小宋却并不附和。他对苏坡说，只有查清楚问题，你们才能离开拜甸。那几个女孩子可以坐在大堂，可以在马路上，可以在五楼的过道里，也可能在她们可能出现的任何一个地方。小宋、苏坡和这几个女孩子把这个事情说明白了。苏坡回到房间之后，老徐说，我已经跟第一天晚上陪我们一起吃饭的县政府办公室的小廖说好了，晚上十点钟我们就去他那。苏坡说那是不是太晚了，谁定的时间啊？老徐说，我和小廖商量定的，小廖八九点钟有事。苏坡说我们俩现在还能唱歌啊？老徐说，要唱，要唱。那天晚上他们确实是先唱的歌再去找的小廖。县政府的楼很旧，只是靠马路的这一侧贴过瓷砖，里面很破。小廖是办公室的副主任，他和另外三四个人合用一个办公室。小廖办公室的后面就是垂直的当初建房子时才劈开的山坡。推开靠北的窗子能看见锋利的石头尖子。老徐没有直接跟小廖说公安局和赞林寺的事情。他倒是向小廖讲起了一个女孩子，老徐说，这个人很好，你们这的人是不是都和她一样。小廖只是微笑，他一个劲地夸赞，徐老师是个正派人，好人！苏坡希望小廖能和文联的人打个招呼要不明天把会给开了，要不我们就不再待下去了。小廖当场就给文联的李主席打电话，苏坡是在旁边完全听清楚了李主席跟小廖说的话。李主席说，报告我还没有看过，苏坡老师和徐老师也不要急于看报告，麻烦你们县政府的人让他们去看一看白水台、天台、井架、茶树，还有君山。小廖很不满意李主席的话，他放下电话对苏坡说，你们到底最想看什么？老徐说我倒想看看到底哪些人真正要开讨论会，哪些人不想开。小廖对老徐的尊重是有限的。他走出房间，到楼道的尽头探头看了看，他大声地喊着说，有两个女孩向你们招手呢。苏坡这就知道，小宋的那些女孩是盯住了他们。

七号上午吃过早饭以后，老徐和苏坡准备往文联去，文联在经十路上，苏坡有一张拜甸县城的地图，印制得很粗糙。拜甸宾馆所在的位置是经十路的北段，和文联相隔着一条东西走向的纬七路，他们准备走到文联去。经十路是一条宽阔的两边有许多商店的大路。这些商店里商品并不多，客人也很稀少，商店的门口总是搭起一些卖鞋、帽子、小刀、绳子之类的杂货摊。经十路的南北走向有点偏，其实是略向西北和东南方向偏。从宾馆到文联要走二十五分钟，当老徐和苏坡走到经十路和纬七路交叉的十字路口时，苏坡意识到由赞林寺方向，经十路、纬七路大概可以组成一种弓箭的形状。只是赞林寺离这把箭的箭头有十多里的路程，到了文联，在一楼的办公室里找到了李主席和汪干事。汪干事应该算是一个很健谈的人。他把老徐和苏坡以及另一个在他们来之前就和李主席在争论的人一起带到了三楼的一间破旧的像教室一样的会议室。会议室没悬挂横幅，没贴标语，主席台也没有清扫，至少有十张长方形的大木头桌两两拼在一起。李主席终于甩开了那个对他穷追不舍的提问的人，向老徐很郑重地说起这篇所谓的报告，以及这次即将开始的讨论会。老徐一定要李主席说出到底什么时候开会。李主席的兴趣似乎不在讨论会的时间表上，苏坡倒是能看出来即使是李主席这样的人也只能是猜测木杨的报告。那么报告到底在哪呢？汪干事告诉他们假如立刻开会，报告无论如何也会准时出现在每一位与会者的手中。老徐走上主席台，他摸了摸主席台那奇长无比的木料上的灰，他知道他是这次讨论会上级别最高的最有声望的从外地请来的，超过当地文联这些人的权威。老徐对李主席说我们已经在碧海塔见过木杨和他的家人了，本来是很简单的事，为什么被弄成这样。汪干事把苏坡拉到会议室的大门外，下了楼梯。他对苏坡说，悬而未决的不是讨论会，是赞林寺，右首第三层倒数第二间那个死人。苏坡不跟汪干事理论，因为在文联的大院里，那几个小宋派来的女孩子正唱起歌来。她们的歌声飘进了会议室，使老徐显得无可奈何。他跟李主席说，要不是赞林寺在我们去的那段时间发生了一个案子，我无论如何是要抛弃你们这个报告、会议，还有你们这个文联。汪干事回到会议室门口跟老徐说，徐老师，公安局的人跟我们打过招呼，不要因为这个案子影响讨论会。老徐只是尝试着给文联一个最后的期限，他没有跟苏坡商量。他定的最迟的开会时间是十七号。老徐所定的十天期限，震惊了苏坡。如果是他自己定的，那他只能是个白痴。随后，李主席想用文联的那辆旧标志车送老徐和苏坡回宾馆。汪干事即时制止了，一点也不留情面。苏坡明白在赞林寺这个问题上县里的这些人是一致的。他们度过了一个无聊的下午。七号的晚上老徐和苏坡是分开过的。他们突然都冷漠起来。他们都知道他们再不能轻松地围绕在报告的边上。老徐跟苏坡说，我不去高香歌舞厅，我把女孩约出来，我已经五十岁了，整天待在城市中，既然我来到像拜甸这样如此清静的地方，我想跟一个女孩共度我有限的哪怕是危险的时光。苏坡赞同老徐去约女孩乙。那是个朴素的好女孩。虽然小宋的女孩子们分布在他们出现的每一个地方，但从不挨近他们。他们是自由的。看起来拜甸仍然是尊重他们的。苏坡没有跟老徐说他的安排，他带着高香歌舞厅的赵沫在晚上八点左右拜甸的最后一抹晚霞被抹黑的时候再一次来到赞林寺。到院门口，苏坡庆幸小宋的女孩没能跟过来。赵沫这是五年来第一次重返她心中一览无余的赞林寺。他们推开院门，没有买票，也没有人阻止，直接就上了阶梯。其实苏坡也没有必要到所谓的案发现场去，赵沫也认为只是有一个死人，有一间殿，有这个寺，其余的什么都没有。赵沫把苏坡一直带到阶梯的顶端右首的那间最大的供奉有最重要的一个神的主殿。主殿里点着灯，有几个级别较高的活人端坐在神的侧面。赵沫跪拜了他们。苏坡向神跪拜。苏坡认真观察那几个活人的表情。他们是如此的严肃，如此的寂静，如此的不动声色。从上往下赵沫带苏坡几乎跪拜了所有供有神位的殿。当然在阶梯的右侧总会出现寺院里的工作人员。他们穿着黑色或藏青色的衣服，戴着有边缘的帽子，瞩望着与他们同一水平上的居于右侧的殿。没有人过问他们。他们并不热情。赞林寺是在山坡上的，每次从殿里出来都能看到坝子里越来越缩小的土地的尽头，其他的都在黑暗中。至于那晚他们是否到过右侧三层倒数第二间神殿这没有人清楚。赵沫只是当地的一个女孩，她不可能像苏坡一样对赞林寺的某一些神殿有特殊的注意力。再说，就因为赵沫如此熟悉赞林寺，也使得苏坡对赞林寺那些复杂的叠叠层层的神殿失去了兴趣。因为苏坡不记得他有要去案发现场的义务，所以他出来以后对于所谓的凶杀案更有一种恍如隔世的感觉。苏坡是在回拜甸宾馆的路上被公安局的小宋用警车拦下来的。当时他们的位置是经十路和纬五路的交叉向左再拐向南侧的高香歌舞厅的路上。小宋派来的那两个女孩肯定认识赵沫，她们轻视她，不跟她说话。女孩们跟小宋说，她是小姐。小宋把苏坡从出租车上拉下来，他跟苏坡说，你得跟我走。苏坡问，仅仅因为我去了赞林寺？小宋摇摇头，他说不，不是赞林寺，是因为你跟小姐赵沫在一起。苏坡当晚就被拘留了，是县政府的廖主任亲自打电话告诉老徐的。老徐让女孩乙立刻回高香歌舞厅，他点上烟，推开窗户，看着经十路，看着遥远的山冈，在黑暗中分辨着。

苏坡的女朋友杜敏按照老徐的指示在来拜甸之前的那个上午到老徐和苏坡所在的那个单位去找了熟人，其实对于拜甸，几乎没有人会重视，现在杜敏要到拜甸去，听说他的男朋友苏坡在拜甸出了事，单位里的人都为苏坡感到可惜，明明是参加个讨论会，怎么会反被陷害了呢？杜敏没敢想苏坡在拜甸跟小姐闹出的丑闻。老徐在电话中一再跟她强调，绝不是真正跟小姐有了关系，这一切都是比丑闻还要丑闻的不可理喻的东西。即便单位里的人对苏坡和老徐在文联的处境不以为然，但还是尽量跟省城的文联以及老方他们打了电话，希望能慎重地处理这件事。杜敏到机场时，老徐紧紧地拉住她的手，老徐阴着脸好像出了重大的错。老徐带杜敏尽快离开大厅，去外边找出租车，杜敏没发现在玻璃门外盯着老徐的那些女孩子，她们像是旅行社里的姑娘。在出租车上，老徐把大致的情况跟杜敏复述了一遍，杜敏有些气愤，她相信老徐说的是小姐赵沫陷害了苏坡，但她还是认为自己的丈夫跟小姐有染而大为不快。现在最重要的是把苏坡搭救出来，指望文联里的干部是没戏了。老徐为杜敏开了一间房，她简单收拾了一下，还没到吃晚饭的时间，她要老徐带她到派出所去，老徐说已经拘留了，不在派出所，在看守所。杜敏说，那就去看守所。老徐想让廖主任说个情，或者给看守所那边打个招呼，但杜敏不让他再去找这里的人，应该自己去找。吃晚饭时，老徐和杜敏到了看守所，县看守所的围墙很矮，就建在一座城边的小公园的边上，离公安局也不远。他们没花多少工夫就见到了苏坡。苏坡在里边吃饭，听说杜敏赶来了，有些气愤。他心想你这时来干什么，怎么会出这么大的丑？在看守所里，公安局的小宋派了个姓汤的年轻人来陪苏坡，说是在调查，实际上是陪他聊天，苏坡看出来公安局这边也没劲。他们更是搞不清事情的前后经过，小汤受小宋的指使，只是做表面文章，表面上对苏坡很好，仍称他为老师，一边做一些记录，一边问他一些文学上的事情，苏坡老师对小汤的印象也不错，小汤让苏坡跟杜敏和老徐他们放心地谈，他自己到另一间屋子里抽烟。杜敏看苏坡瘦多了，有些心疼。苏坡发誓说自己跟赵沫没有关系，赵沫没讲清楚他们是去赞林寺，他们不是在嫖娼，是去寺里，仅此而已。真正嫖娼的老徐当然早已跟那个女孩乙约定好了，给了她钱，她也不会告发他。到底是苏坡年轻，老徐向杜敏保证，像苏坡这种情况，肯定很快就会脱身，我们只是被地方上的人弄糊涂了，争辩也没有什么用，还不如凭实力，争取让他们向我们把事情全部说透，还要向我们道歉。看守所警察的态度很好，他对苏坡和小姐的事情只字不提，那不是他们能了解的，一切由公安局那边定，为什么就能把她的丈夫关了进来。问那个小汤。小汤很镇静，他说公安局里的事他也不完全明白，他只是来跟苏坡作调查。杜敏问，调查什么。这一次小汤也不说赞林寺的事情了，他还是说赵沫，杜敏容不得什么赵沫之类的，她倒对赞林寺的死人感兴趣。她说，你说说，凭什么死了一个人，你们就动那么大声势，把两个你们请来的客人弄到这般境地。小汤说，小宋一会就来，你们还是问他吧。杜敏和苏坡坐在那间长条形的会议室里。老徐和小汤聊，小汤给老徐讲天台，讲死人的仪式，还讲白水台的源头。老徐对小汤印象很好，苏坡跟杜敏单独坐在一起，苏坡有些慌张，必定他确实跟小姐唱过歌，聊过天，还摸了抱了，面对自己的女人现在还是心慌。杜敏比苏坡要成熟，她平静地对苏坡说，单位里的人都很关心你，我这次来一定会把事情处理好，你跟我说实话你到底跟那个赵沫怎么了？苏坡说，我发誓，我没嫖娼。杜敏有些激动，好像她完全能打败拜甸的这些人，她坚定地望着她的男友，一字一顿地说，我们要有信心。小宋半个小时之后赶到看守所，他对杜敏很客气，一再向她说明公安局的人只是例行公事，因为抓住了苏坡跟赵沫在一块，又有人作证他在歌舞厅和赵沫就有了勾搭，所以把苏坡关了起来，这跟赞林寺的案子并没有决定关系，当然苏坡本人跟赞林寺的案子还是有关的，他说话时嘴边总不忘带上那个徐老师。公安就是公安，所以免不了还是要调查下去。小宋的口气明显软了许多，苏坡是听出来的，他认为这是杜敏出现造成的，小宋对杜敏提到老徐和苏坡单位带来的那些意见只是点头，这让老徐大为恼火，他心想这些人简直是白痴。小宋对苏坡说不会关你太久，只是有人举报了赵沫，所以我们不得不关了你，赵沫也关了，在另外一个地方，我们会罚点款，争取让你早点出去。苏坡这时还是不忘讨论会的事，他很疑惑地说，毕竟我们是来开会的，我们不是来唱歌的，我们更不是来杀人的，我们没那种必要。小宋说，理解理解。苏坡关到拘留所里，县政府的人文联的人都来探望他，这时他对这次谈论会一点想法都没有了。他甚至想公安局是个骗局，老徐问小宋到底什么时候把苏坡放了。小宋把皮包夹到腋下，很沮丧地跟老徐说，徐老师啊，你性子太急了，讨论会你急，苏坡的事你也急，可我们都是按部就班的人，我们没权说怎样就怎样，现在杜敏老师也从首都赶来，我们很震惊，我这是从局长那里得到指示的，说一定要跟你们把事情弄清楚。即使你们真杀了人，我们也能理解，但问题是我们需要调查，这一点首都恐怕也是这样理论的吧。老徐还找不出反驳小宋的理由，这时杜敏已经扶着苏坡的肩膀有些义愤填膺了，她鼓励苏坡坚持住，这么一个美丽的地方也一定是个讲人道的地方。小宋看杜敏和苏坡那股亲热劲，也就来了恻隐之心，他对坐着的几个人说，不会太坏，因为那个殿里的人并没有死，现在有人出来作证，说那个人，从县医院走了出去，沿着西北方向走了，这后来还有几个人作证，说在城北的路上看见了这个人，没有死。既然没死开始又是谁把他说成是死人，并立了这个案子呢。小宋解释说他是昏死过去了，没有了呼吸，所以拖到了县医院的太平间，但他跑了，不是跑，是走了，走出去了，他又有呼吸了，这人真神。苏坡很愉快，这消息真好，本来就不应该有什么死人。那他是没事了，还可以再开会的，这事就他妈的怪僻。小汤也高兴，杜敏也高兴，大家差一点有要搂在一起，欢庆胜利。小宋把杜敏叫到看守所的办公室里，他跟杜敏说，你男友不见得有多不清白，只是我们这很注重社会风气，虽然苏坡老师是开会的教授，但我们也不会放他的，我们公事公办，我们不会折磨他，也不会把事情往单位那边捅，关于赞林寺的案子我们现在正在全力调查那个走掉的死人，他没有名字，但人们都知道他，他是跟文联关系密切的人，我们有义务也有能力追到他。这样也是对徐老师和苏坡老师负责，免得让他们担惹是生非的罪名，这仍然是一个案子。杜敏说，宋先生，我跟他们的意见是一样的，我们都认为他们是处于关心和爱护县文联以及文联里人的创作才来开会的，本以为是来指导创作，想不到惹了事，这有点隔离的味道，好在现在人没死，那就可以弄明白，对吧。你们这个地方有最好的风景，我丈夫和我以前谈起它时总是如醉如痴。小宋看杜敏有些伤心，连忙说仍可以如醉如痴，仍可以的。杜敏一定要小宋立即放了苏坡，但小宋说这可能不行，我至少要到明天才能定这个事。杜敏说我刚到拜甸，我想和我的男友同宿。小宋尽了最大努力，斗胆地说，我大概能保证明天可以放人。

第二天早晨，县政府的廖主任代表闻副县长来拜甸宾馆看望苏坡的女朋友杜敏，杜敏还没有起床，廖主任先找老徐，老徐对他很不客气，说既然没什么死人，那么赞林寺的案子也就是无中生有了，现在大家应该把精力放在讨论会上。廖主任一再夸奖徐老师人品好，跟他同行的还有县文联的汪干事，汪干事很机灵，立刻就承诺讨论会的事都会按徐老师的意见去办。徐老师说自己给他们定过十七号的期限，现在也还有时间，他建议他们把木杨赶快找过来，讨论会不能少了木杨，他是报告作者啊。现在汤干事对徐老师的话是言听计从，他保证会即刻去找木杨，他们完全按徐老师的意思去办这个讨论会。廖主任让徐老师在宾馆里等车子，上午可能要送他们去君山，如果可能还希望徐老师能劝那个杜敏，也跟着一道去。老徐连忙挥手说，杜敏有她自己的安排，再说了，你们不是要释放苏坡了吗？他在哪呢？廖主任说公安局那边正在办手续，估计今天就能放人。这是个误会，我们闻县长已经说了，要给你们最便利的条件，让你们不虚此行，一定会有大收获。老徐不明白他们还能收获到什么。老徐让他们走，自己会在中午去文联。汪干事赶紧称谢，并说会场已经在布置，现在是真正提到议事日程上来了。杜敏起了床，化好妆，跟廖主任和汪干事到宾馆餐厅用了早点，她着急，要他们立刻把苏坡放出来，廖主任给小宋挂电话，听小宋说，放人至少要到晚上，白天要办手续，要医院以及在拜甸北路的目击者作证，才可以将那个女人的死排除，这样才可以排除所谓的赞林寺杀人案。杜敏虽不认同，但也只好听任他们。杜敏跟廖主任说苏坡和老徐单位的意思，听出来他们还是要把讨论会开下去的，这次汪干事很欣慰。那几个由小宋派来盯梢苏坡和老徐的女孩子还在宾馆大厅里说笑。他们已经不用盯梢了，有一个人认识汪干事就过来跟他说话。汪干事很局促，怕杜敏误认为公安局还有盯梢，所以就把杜敏介绍给她们，她们很少见到像杜敏这样时髦的首都女人，所以很吃惊，有些怯场，背着手，摸不着边际，风一样的逃掉了。杜敏觉得她们很可爱。吃过早饭过后，廖主任要驾驶员带杜敏去城外的龙潭公园去玩，杜敏想让老徐一起去，但老徐不去，他要到文联的会场去，杜敏大发脾气，说拜甸这里的人安排事情怎么颠三倒四，我一个人到公园去干什么，疯了？她还是要去看守所看苏坡，这倒是更合理些。小宋开车赶过来，说杜敏哪里也不要去。他要让那个赵沫来道歉，证明她男朋友的清白，这全部可以说清楚的。赵沫一个小时以后赶来，看她样子不像是从看守所里出来的，杜敏一见到赵沫就放下心来，赵沫是个很淳朴也很细心的女孩子，待人讲话都很得体，那个陪老徐玩的女孩乙随后也赶来了，她们两个人拉着杜敏的左右两只手，跟她很亲热，按小宋的说法，她们三个人都快要成为一个小团体了。她们跟她说高香歌舞厅是个很规矩的歌舞厅，是民俗的，没有外边的那些乱七八糟的事，女孩也曾到省城做过事，她能比较这边的差异，向杜敏保证苏坡是清白的，至于那个老徐，也仅仅是头脑不太清晰，手脚不太利索而已，杜敏听着很高兴，心情也放松了下来，她们陪她去了沙画园，茶花园，劳山坪。最后在晚上，她们到了君山脚下，看夕照映在山弯那倾斜而广大的草地，不禁使人动情。赵沫跟杜敏说，如果你和苏坡老师有时间，还可以去雪山呢，只有三百公里，虽然道路难走，但如果能去，还是好玩的。杜敏感谢赵沫她们的好心肠。杜敏没问赵沫为什么当初在拘留苏坡时没能为他作证，赵沫也不往这上边说，杜敏想那是公安局的事，跟一个女孩子无关。

整整一个白天，老徐都在文联三楼的会议室里指导汪干事和朔干事在布置会场，徐老师见过许多世面，出席过无数次会议，包括在瑞典，日本以及在法国很多地方，他倒是第一次如此亲切地亲自主管会议的布置工作，这些文联里的人在他面前都很朴素。由于县里死人的事误伤了他们，所以文联已经被县里点名批评，他们再不敢怠慢这两名来宾。汪干事负责扫地，洒水，擦桌子，朔干事找人写标语钉钉子。午后，那个马作家，一个年轻人也加入进来，并经常引用李主席的话，好像这不是开会，而是专门做给徐老师看的，老徐开过很多次会，但这次是在海拔最高的很有悬案意味的地方开会，他也忘了什么报告的事了。下面的桌子是方形的，每张大桌子边摆了六只凳子。据汪干事说，肯定有许多人要来开会，他们很想听听这篇拜甸调查报告，更有吸引力的可能是徐老师对报告的评价。谁不想听听你和苏坡老师对拜甸文艺创作的意见呢。老徐不提报告，他现在一心想把会场布置好。最后布置主席台，他查看好了自己可能坐的位置，所以更有干劲了，甚至亲自擦起桌子来。朔干事问老徐，要不要把标语贴得高些，老徐一看，觉得已经够高，就让他下来。六点钟时，杜敏已经跟赵沫她们回到县城，坐在一家风味餐厅准备吃饭，给老徐打电话，老徐说他还在会场忙碌，说李主席一会也要到会场来跟他一起做最后的布置工作。杜敏也很激动，她说这家风味餐厅对她态度很好，好像是人为安排好了似的。她跟赵沫女孩乙在一起。老徐问她，是哪个乙？杜敏说，她都说到你了，说你人品极好！徐老师有些不快，他说晚上回宾馆再说。李主席是在华灯初上时分赶到会场的，他说他跟他老婆刚刚散完步，就立即赶过来了，夸赞会场布置得很成功，并说徐老师辛苦了。老徐跟李主席说明天上午我们开个预备会吧。既然如此重要的一个会，没有预备会是不行的。李主席喜出望外，说要是张副主席陈副主席听到这样的消息不知道有多高兴啊。李主席抚摸主席台上擦得发亮的台子，步履有些蹒跚，他掏出烟给老徐一支，老徐抽起来，别人也抽起来。李主席有些生硬地说，木杨他不见了。老徐差点就要踢桌子摔茶杯了。事情刚刚有了转机，木杨怎么会不见了呢。李主席说，宋队长会把他找回来的。

小宋亲自开车把苏坡送到杜敏的身边，小宋穿着制服，腰里别着枪，但跟苏坡说着笑着，好像先前并没有太错，他承认苏坡是个很有修养的首都来的人，当杜敏在离高香歌舞厅仅几步之远的一个化妆品商店里见到被护送回来的苏坡时，还是忍不住哭了。当时她头上还别着下午从君山脚下采来的一串小花，更增添了一份妩媚。赵沫看到苏坡和宋队长进了店里，想躲开，但苏坡还是拉住了她。宋队长一再跟杜敏道歉，说主要是医学上没有确定，当初就不该确定那个女人死了，否则也不会出这样的事来，宋队长到底还是承认他关了苏坡，最大的原因还是要排查案子，而不仅仅是嫖娼，那多难听啊。现在苏坡的女友也从首都来了，说嫖娼多没劲！宋队长问赵沫，有没有跟杜敏姐学到点知识，人家跟你们在一起，机会难得，要学学，赵沫和女孩乙笑个不停。宋队长看看表，才八点钟，事情还很紧，他要赶到碧海塔去找木杨的老婆，木杨怎么能说走就走，一波未平，一波又起呢？现在在车上，宋队长就跟苏坡说了，作者木杨也走了，这讨论会到底要不要开，要不要对来宾负点责任呢？苏坡从看守所出来，已经容光焕发了，只是心有点疲惫，看女朋友跟小姐赵沫处得那么好，自己也有了信心，她们小心擦拭着本地人的那些精油和粉底，她们的样子让人无法不冲动。宋队长一天都没有吃东西了，一直在做材料，现在他要回局里吃晚饭，然后去碧海塔，苏坡也想去，要把杜敏也带到木杨家。你去看看，那海，那房子，还有木杨那会唱歌的大女儿，很俊。宋队长回局里吃饭，苏坡和杜敏回宾馆，苏坡马上想跟杜敏上床，他已经迫不及待要表现他了。赵沫和女孩乙说她们要回歌厅去。苏坡想小姐们都很好，即便是拜甸这个地方，小姐仍然是讲礼仪的。回到房间，老徐刚好打电话来，他说，木杨跑了。苏坡说他知道了，老徐很失望，问苏坡该怎么办？苏坡说宋队长会把他找回来的，苏坡脱了杜敏的衣服，他雄心勃勃，粗鲁地亲吻她，她也不反对，尽管苏坡从没有这样过，但她还是应承他的每个动作，包括他一边动着一边说话的嘴。他说，我爱你，我爱你，这是个好地方，这是个好地方啊。她喃喃自语，苏坡，苏坡，苏坡。

宋队长以前很少在晚上办公事，这次深夜时分带着小汤、苏坡和杜敏赶到碧塔海边木杨家。事情过于突然。他跟杜敏和苏坡的关系已经熟起来，所以也就不用再去刻意地回避什么了。来调查木杨，并不是木杨本人有什么问题，只是由于在城北看到那个昏死女人的证人同时还提到了一个跟她一起向西北方向出走的男人，根据证人的描绘，宋队长可以确认那个人就是木杨了。木杨的老婆对来人很客气，她以前跟宋队长见过面，都是拜甸的人，彼此能领会工作上的意思。苏坡前一次在湖边远远地望见过木杨的老婆，这一次是在屋中，况且身边还围着木杨家的三个孩子，反而觉得她更亲切了。木杨的老婆对杜敏很客气，同是女人，却显得有点怕她。宋队长说明了来意，木杨老婆很平静，好像她丈夫跟一个昏死的女人出走并没给她带来多少意外，她甚至是知道这一点的。在她把事情说清楚以前，她到厨房里给宋队长弄吃的。宋队长刚才回局里被局长叫去汇报工作，晚饭还没有吃，现在是饿得不行了。木杨家的厨房是在正屋的外边，建在水岸边，厨房的窗子就开在那堵几乎是从水里砌起来的石墙上。杜敏很喜欢木杨的那个大女儿，苏坡跟她说这个大女儿很会唱歌，老徐就表扬过她。大女儿有些害羞，二女儿个子很矮，头发脏，脸也脏，现在正搂着她家的一条狗躲在屋角的一只柜子旁边，小女儿坐在一把黝黑的椅子上，瞪着大眼睛，手里拿着很可能是她父亲木杨经常读的那一本书。宋队长和小汤跟木杨的二女儿玩耍，他们把她的手从狗的脖子上取下来，狗很乖，二女儿背后有一块竖立的木料，可能是木匠做家具时剩下的，杜敏问木杨的大女儿，你的歌唱得那么好，可以到歌舞团去。苏坡说，歌舞团跟文联没关系，她爸只是文联里一个搞创作的。杜敏说，跟她爸有什么关系呀，你们男人就是知道关系，她唱得好，就可以做一个歌手。苏坡笑杜敏太幼稚，根本弄不懂像拜甸这个地方的人文风情。二女儿对小宋和小汤不感兴趣，她一直不说话，很怀疑地看着他俩。苏坡和杜敏跟大女儿聊了半天，杜敏是喜欢上这个大女儿了，还承诺以后一定在首都为她寻找机会。苏坡知道杜敏这是在吹牛，等回到首都，她肯定把这事给忘了。木杨的老婆端了四个菜，一个油淋干巴，一个炸酥饼，一个凉拌耳根草，一个炒肺，还有一碗堆得很高的饭，宋队长埋头吃饭，这时木杨的老婆把二女儿和小女儿叫过来，用土话跟她们说，大概是叫她们去睡觉，小女儿和二女儿都不肯，她们一定认为出了事情。大女儿能跟大家交流，她是坐在长凳上的。小汤摊开本子要记录，这使木杨老婆有些难为情。宋队长冲她摆手，叫她不要有什么顾虑，大家都是熟人，这苏坡和杜敏也是两个来自首都的朋友，人品很好，你尽管说。木杨老婆喝了茶，大女儿走到门边，她犹豫了一下，还是站在屋外，天上有月亮，空气很冷，因为是在水边，所以格外的阴森，从屋内向外看，能看到碧海塔水面上微微的雾气，苏坡把木杨的小女儿搂在膝边，杜敏想搂那个二女儿，但二女儿跑她母亲怀里了。木杨老婆说，木杨是要走的，他的事我从不过问，他跟我说了，他走之前，也没说什么大事，就说那个女人要走，他一直在等那个女人，这是他的工作，她要走，他就要跟着她。宋队长望了望苏坡，苏坡点点头，苏坡知道这里什么意思，这一点他比宋队长还要更清楚。但木杨老婆懂得一个人写另一个人是什么意思吗？苏坡没敢讲废话。宋队长让木杨老婆继续往下说，几年来，他跟她一直挺好的，因为他要写她，那几个领导跟他讲好的，让他去写。据说那个女人是同意的，大家都满意，他是跟我也说过，他会写她的。杜敏听得很入神，中间想打岔，但苏坡都制止住了她。宋队长问，他到底什么时候走的。木杨老婆说，他昨天晚上回来过，半夜里他摇着船，渡到碧塔海另一头，他临走时说，他要到城里去，要到医院去，还说事情很重要，他要跟她一起走。哪家医院，宋队长问。木杨老婆说，他没说。宋队长告诉木杨老婆有人作证看见木杨跟那个女人向拜甸的西北方向走了。木杨老婆连忙点头，说，对，对，有人跟我提了，这事传得真快，别人都晓得了，我也晓得。宋队长问，他平时经常和那个女人在一起吗？木杨老婆说，木杨是按文联领导的意思去办的，他写她，我不知道写什么，但他是有任务的。苏坡看木杨老婆是个通情答理的人。木杨的大女儿在屋外收拾干柴，她身影总是在门外闪现，拎着柴，卷着裤腿。杜敏走出屋门外，她喊大女儿，大女儿答应了一声，她说要帮她，大女儿不让，说她自己能行。杜敏问大女儿，你想不想你爸爸？大女儿很麻木，她对爸爸很尊敬的，但为什么要想他呢，他不过就是到拜甸西北那边去了而已。杜敏问话的方式是不对的。宋队长想从木杨老婆这弄清楚木杨跟那个女人的关系，就木杨老婆所讲的来看，木杨跟她一块出走是能够理解的，至少他是要写她，了解她的生活，还要按文联的意思，那是一个跟文联关系密切的女人，木杨不是个坏人，木杨跟她一起走，至少使问题还可以追查下去。他当场就跟小汤说，明早你带两个人，一早出发，去追他们，一定要把他们找回来，特别是木杨，他应该清楚拜甸现在的情况，把两个嘉宾搁在这里算什么，不，是三个，还有我们的杜敏老师。杜敏还在屋外，跟大女儿收拾柴火，杜敏满手是脏。木杨老婆出来让大女儿进屋，却不好跟杜敏开口，不知怎么称呼她。杜敏站在那不动，看月光下的碧塔海，木杨老婆让大女儿陪着杜敏，并让她唱歌给杜敏听，她唱得很动情，杜敏的眼睛湿润了，夜的碧塔海像墨一样，水面平平的，岸边也没有一丝响动，远处的山冈在月光下向后退缩，对岸的人家还有灯火，大概也是晚睡的。木杨老婆带宋队长小汤和苏坡到木杨用于写作的那个房间去，苏坡看到一张长长的条桌，上边有钢笔、纸，还有一把斧头，椅子是竹制的，很油亮，木杨老婆说，他就是在这个屋子里写那个报告的。宋队长问她，你识字吗？她摇头，并笑了，她说，我不识汉字的。苏坡惊异于这个房间，堆满了乱乱的旧东西，有圆木、鼓架、铁锅等，屋子是长条形的，没有挂吊灯，条桌上靠墙的地方有一盏麻灯，木杨老婆找来手电，往背里照，跟他们讲木杨遇到困难时，总是站在最里边冥思苦想，他对这个女人是尽力了。

十二号上午九点钟，关于拜甸调查报告讨论会的预备会议准时在拜甸县文联三楼会议室开始了，与会的人们纷纷落座，苏坡和老徐坐到主席台的重要位置上，老徐是居中的，旁边坐着文联的李主席，苏坡坐在主席台稍稍偏一点的座位上，在他身边有汪干事，他们每个人的面前都放着油茶，还摆了许多油炸麻花，主席台上放了鲜花，下边坐了不少人，都是坐在大桌旁的，每桌能坐七八个人，从上边看下去，像是一个餐厅吃饭的意思。因为是预备会，所以没有开场白，大家坐下来之后，有人要去厕所，有人在加茶水，也有人走到别人那儿去聊私事，所以气氛很轻松，秩序也有点乱，老徐不是好讲话的人，李主席也不像以往开会那样随意去训斥这些会员。说到会员，我们还不得不强调一下他们那淳朴而善良的面容，他们是真正抱着讨论会的目的来的，虽然有的人戴着毡帽，有的人披着坎肩，也有的穿着长靴，但说到底他们还是看重这个会议的，他们真诚，每个人对于报告都略知一二，但又说不出个意见。预备会本来就可以脱开报告的，至多也就是为讨论那个报告的正式会议做个准备。陈副主席宣布预备会开始，他声音很小，有些人可能没有听到。李主席跟老徐在上边私聊，李主席还是在跟老徐道歉，说不该出那种事情。老徐对李主席也不隐瞒，他认为包括拜甸文联在内的这些人作风有些问题，多少也有点做作的痕迹，这些人还是应该学学底层的人，比如那个叫乙的女孩就很不错。李主席连忙说，高香歌舞厅的那个乙确实不错，实不相瞒，我也跟她唱过歌的。老徐说，哦，原来都是熟人啊。李主席跟老徐本来就不应该有隔膜的。苏坡多次暗示老徐给会场上杂乱无章的会员们说点什么，但老徐一直在上边跟李主席说女孩子的事情，不听苏坡的暗示，苏坡很恼火，眼看会员们就要怀疑这两个来自远方的老师了。苏坡对跟他隔一个位子的朔干事说，即使会员们不问报告的事情，但主席台的人还是应该给大家一个交代，对吧，报告无论在哪，总是要有点线索的。朔干事拨开座椅，偷偷地溜到李主席身后拢着他的耳朵把苏坡的意思跟他说了。李主席又很小声地又跟老徐说了，老徐这才勾着头，向苏坡打了个手势，意思是叫他少安勿躁，一切都尽在不言中，何必性急呢？拜甸人不喜欢性急的人。下边是会员们，文学青年们，当地的所谓的文化人，他们谈论的议题无非是生活中的，比如写了什么、谈了什么、看见了什么，比如教育、抚养子女，比如旅游、打鱼等等，议题很分散，也没有人刻意地管他们。苏坡在主席台上急得快要哭了，这一点都不荒唐，因为没有人负责任，实际上就是没有报告，也没人能捅破这层纸，更何况报告是木杨的，是木杨写那个女人的，这一点人尽皆知，而木杨跟那个女人向着拜甸西北方向出走了，除了公安局的人，谁又能真正穷追不舍呢？预备会开到十一点钟，是张副主席宣布中午十二点统一在文联食堂吃饭，还要喝酒，这主要是因为有嘉宾在。在场的人拍掌表示同意。离吃饭还有一个小时，李主席终于忍受不住了，他开始对台下的一两个人高声地讲话，大概是在争论水井的问题，说有个人写了关于拜甸水源的一篇报告文学，讲得很不充分，他是有意见的，那两个台下的人讲话口气跟李主席不一样，所以李主席就气愤了，他嗓音提高了许多倍，虽然会场上还有人在说话，但李主席的声音终于是最大的了，所以大家都发现李主席在发言了。讲了十多分钟，终于把水源的事情讲完了，会议却冷了场，这时老徐被迫要讲话了，他说，作为嘉宾，我很荣幸参加这个预备会，请注意这是预备会，大家不要大惊小怪的，等我们看到报告时，我们就真正能开会了，我们开了会，也就能就报告谈出个所以然了。乍听起来这是废话，但还是站得住脚的。李副主席和张副主席一起拍巴掌。众人听得很认真，没有来得及附和。宋队长是十一点四十五分赶到会场的，他的出现使会场严肃起来。他来告诉大家局里的小汤已经带了两个人前往拜甸西北的叠甸方向，他们会尽早找到木杨和女人，不会影响到报告讨论会，不仅有报告，还有人，真人，大活人。会场上的人对这一点并没有喜出望外。老徐叫小宋到他身边去，小宋很听话就过去了。老徐说他做得好。李主席有些不乐意，嫌公安局的宋队长对文联的事插了手，破坏了他本来的那些计划，但碍于情面又不得不表示感谢。下边会场的人在吃饭之前和吃饭的那段时间又在悄悄地说所谓的报告了，大家虽没谈到女人，但谁都知道那是一个女人，那是一个在文联门外徘徊了二十多年的女人。

小汤和两个公安局的战友在叠甸并没能见到女人和木杨。听叠甸的人说，这女人和一个男人来过，时间并不长，大约只待了四个钟头，同样是去了庙。到庙里问，庙里人说女人磕了头，也是昏昏欲睡，没有倒下，木杨是扶住了她的，他对她很好，她很冷漠，似乎不把他当人，看见的人都觉得这一男一女关系很怪异，女的是个朝圣者，又疯狂又固执，身体还很差，而那个男人倒是个好人，看起来就有知识，硬是扶她搀她，不光是到庙里，还到城外的路上，仰头问天，一边口中喃喃私语。后来听说有人看见他们搭上了小货车，不再是行走，他们也要加快一些，木杨岂能阻碍住女人，再说，谁又知道木杨真是要拉她回去的，谁能保证木杨不是跟报告有些扯淡的意思呢？木杨就是木杨，是文联里的人定了他去写她的。小汤是从宋队长那儿了解到这种关系的。从叠甸往西北，就是重甸。那是一个更高处，天气也寒冷很多，小汤请示宋队长怎么办，宋队长让他带人一路往北追，一定要把女人和木杨找回来，这对文联和县里的名声都有好处。我们已经因为嫖娼问题栽了跟头，给外地的嘉宾抹了黑，现在我们要把事实摆给他们看，这也不难啊，女人就是女人，文联里的人都知道她，大家不提她自有大家的道理，所以不是有这么个讨论会吗，不是在讨论会之前由木杨弄了一个这么个所谓的报告吗？在重甸，他们没能见上面，但据调查，木杨和女人肯定在重甸的镇子里，宋队长跟镇里的人打了电话，让他们帮忙，并请重甸寺里的人能够给公安局的小汤更多的方便，并一再强调不是什么大事，只是关于一次讨论会，要把他们带回去，现在还不能说这个女人有多少底细，她多少算是一个文联周围的人，而木杨可是文联里的一个搞创作的人，他有知识、讲道理。小汤现在注意工作方法。即便有一些工作上的要求，重甸寺的人还是没有让小汤和这个女人见上面。他们办事很拖沓，并不把它看得很急。宋队长明明知道在重甸能把他们找回来，甚至可以给他们立功，同处于一镇但不能见面，真让人气愤，还不能说寺里的不是，跟寺有什么关系呢？宋队长跟苏坡说了上面的这些情况，苏坡让老徐拿意见，老徐自从开了预备会之后，对报告的态度有些执拗了，他性子更急，巴不得求他们回来，好像这报告会能拯救什么似的，苏坡暗自嘲笑老徐的迂腐，他经常跟女孩乙在一块，何必对那个女人斤斤计较呢？这时宋队长也必须承认大家都跟这个女人有了联系了。他想，你跑，你跑，你到底能跑到哪里去。宋队长已在十四号中午，调了一辆吉普车找了一个经验丰富的驾驶员，从另一个县绕道，向重甸寺方向赶，他一定要到那个镇上说服他们。

宋队长在拨甸寺外见到了木杨，木杨请宋队长不要那么粗鲁地去找那个女人谈话，宋队长有丰富的侦破经验，按理说他是可以直接跟那个女人把一切都说透的，但他考虑到木杨的建议，木杨是个搞创作的人，他可能更能懂女人的心事，宋队长也来不及去说木杨的不是了，木杨问宋队长怎么追到拨甸的，宋队长说汤警察他们已经追了几天了，在叠甸重甸我们的人都已经到了，可就是见不到你们，这不，现在我亲自来了，县城里还有那么多要开会的人，还有两个嘉宾总不能让别人一而再再而三的晾在会场里吧。宋队长向木杨要报告，这是他工作范围之一，现在是为文联和政府里的文化事业作出努力。木杨一听报告就忧愁，说报告倒是有，可我还没能写完，我跟在她后面也是跟踪记叙，她是个能感动人的女人。宋队长恨自己跟这个女人同在拨甸县却从没有见过面。那女人在里面已经倒腾半小时了，木杨劝宋队长不如先到拨甸县城的镇子里去，等他陪这个女人在拨甸寺里做完朝拜后再问她的意思。宋队长已有些怒火了，心想怎么一个女人有这么的神秘，又是晕死，又是出走，然后还要回避像他这样的男人，宋队长不同意，跟木杨争了起来。木杨说那就没辙，我也是文联的领导确定去写她的报告的，这是我的工作，我们跟你们谣传的昏死并没有关系，她就是那么个人。宋队长从拨甸寺的院子里搬出来，司机把吉普车开到远远的路上，他站在田野上，脚边的青稞在风中摇摆，现在必须让他拿出报告了，而且还得把她带回去，假如可能的话，也应该让这个女人跟两位来宾澄清一下她当初在拜甸昏死一事。这是假象，谁让她昏？是她自己？宋队长和小汤在商量下一步的举动。这时从拨甸寺的院子里出来几个人，有寺里的人，身穿紫红的袈裟，很飘逸，对木杨和那个女人还礼，那个女人背朝这边，看不清楚。木杨和那个女人告别了拨甸寺的人，向着北边走，然后走出一段，他们跟着走了一段，木杨停下，那个女人继续往前走，宋队长追上去，问木杨为什么那个女人不和他一起停下来。木杨说，她还要往前走，她喜欢这样。小汤在边上叹气，说，她到底是什么样的女人啊。木杨说，报告的事我跟她讲了，她说她现在反而无所谓了。她不再像以前传说的那样一定要加入文联了。加入文联？宋队长问。宋队长不清楚加入文联到底指的是什么。木杨解释说，加入文联就是加入文联。宋队长也就懂了。那么你这报告写的是？他问。木杨说，我就是写她想加入文联。宋队长确信木杨这个人是不会撒谎的。小汤接着就想开车沿着这条土路去追，现在还看得见女人的背影。宋队长示意他不要轻举妄动，问题没有想象的严重。木杨也没了主意，他也知道跟这个女人即使走遍天涯也还是这样，像她念念有词的那样，那是她口头上的话，尽管他不容易听懂，宋队长在天黑之前还是赶上了那个女人，他身后跟着木杨、小汤，还有三个同事，一行六人同时围住了这个女人。她转过身，脸有些发黑，姿色不难看，但难免有些憔悴。她没有什么反应，她早知道人们都在找她。宋队长介绍自己是一个公安，处理上次她昏死的案子。那个女人说自己并没有昏，恐怕是你们误会了。宋队长说，没事就好，城里有两个来宾，因为你出了点岔子，受了不公平的待遇，我们才来追你，想把事情从你这弄清楚，跟他们有个交代。宋队长提苏坡和徐老师是想把话题往讨论会上引，她却也不回避这次讨论会，她并非是不食人间烟火的女人，她知道文联要开讨论会，尽管目前那还不是包含她在内的文联，但这是一次与她有关的讨论会，报告写的就是她，她是讨论会里的文字上的人物。宋队长用很客气的口气说，你得跟我们回去。女人看着宋队长面色有些愤怒，是不是宋队长有些武断呢？木杨也上来劝，说，已经过了拜甸、叠甸、重甸、拨甸，我们是可以喘口气了吧。那个木杨要温情许多。她问木杨，报告可是你写的，你的事啊。木杨说，报告就在我身上。听得出这个女人对讨论会不是那么急切。木杨已经说过，她曾经是积极的，是盼望的，也是认真的。

在拨甸寺以西十公里的一条叫者北的小街上，杜敏见到了那个女人，她是跟苏坡一起由县政府的廖主任派车送下来的，当然这是由那个女人提出来的要求，在宋队长再三的说服下，她才同意那个从首都来的苏坡老师赶到拨甸来，假如他来她就跟他说实话，谈谈她的真实想法。她看过他的文章，了解他的风格，知道他是一个对创作十分有理想的人，这是完全可以信赖的。苏坡赶到者北，木杨宋队长他们在他进屋见那个女人之前，特地叮嘱他要注意这个女人的性格，这是一个内心十分坚韧的女人，她是一个有信仰的人，但她不仅信仰神，而且还有文联的理想，要加入文联，这就是她想要达到的。苏坡觉得这个女人太迂腐。为什么县文联迟迟不解决她加入文联的事呢？木杨说，可她连一个申请也没有写过，她似乎认识每一个文联里的人，但每次文联开会谁也不提她，不提她的事，这很难办啊。苏坡和杜敏于是进了屋，这是一个拨甸老乡家的堂屋，他们在这歇脚，宋队长手机没有信号，在外边干着急。杜敏在苏坡之前握住那个女人的手，她的手有瘦又长，但手心还是温柔的。苏坡说，你的事我们知道了一些，你辛苦了，这么远的走路。那个女人很温柔地低下头，她说，我就知道事情会办好的。苏坡说，你不是一般的文学青年，你是一个有理想、有信仰、有思想的人，文联里的人对你看法很好。杜敏觉得这个女人长得还是挺漂亮的，越看越有风姿，要不是一路风尘，把她稍稍美容一下，她一定能招惹人。她想到自己跟赵沫许诺的到首都以后还要关照她的意思，这次她对这个女人也说，你会有好发展的。这句话并不那么令人费解，这女人当然也懂，但她对杜敏兴趣不大。她跟苏坡说，他们把你和徐老师请来，他们是要讨论我的事了，轮到他们真正开会讨论我的时候，我反而承受不了，我想远离这一切，我想出走，向着拜甸相反的方向，我想我就是这样的，结果不重要，假如他们允许我加入文联，我想我的激动是不言而喻的。苏坡总算弄通了这个女人的心事，也就不再夸她了。木杨的怀里揣着报告，杜敏和那个女人并肩走在前面，这条者北小街的街头有一部电话，手机没信号，到电话机旁，苏坡拨通了老徐的电话，这家伙正在文联的会场，李主席他们都在。苏坡就长话短说了。苏坡说，报告和人都见到了，不出所料，是个很好的女人，这报告也很有意思。讨论会如期举行，而且众望所归，批准她的请求。者北小街位于山坳间的一条公路两侧，公路上铺着已磨得有些发光的石头，这些石头之间的凹处仍有锋利的边角，当杜敏的皮鞋跟卡到石坎中时，还能听到尖刺的刮声。山坳的海拔也很高，太阳隐在云里，这是个阴天。打完电话之后，苏坡走到屋外，看两边起伏的山冈，雄鹰离地面很近，盘旋着。树很少，大都是些小花，还有草根，支吾在山坡上。

被　捕

星期六，中如一进门我就觉得她不对，浑身都不对，但我不说，捂着被子就睡了。她喝了几口水，吃了药片，然后坐到床边，打开电视看一会儿，见我没有动静，拎起包说，我要走了。走了？我心想她太不够意思了，我还一直等呢。她确实带好门离开了我的屋子。这使我的疑虑进一步加大了，看来她今天出去补习功课没有什么好事。我继续捂在被窝里，心里很难过，我设想她如何顶着凛冽的寒风，步行过几条旧街，然后回到她自己的住处。

很快，我睡着了，在梦中我第一次梦见了一个孤儿，他伸着小手对我指手画脚，让我难受，我多次想制止他，但不能。后来我在梦中就已开始对这个梦本身发表看法，我想这个孤儿也一定是我自己，我因为感觉凄凉，而产生了一个孤儿般的幻觉，在梦中我有了泪水，并且和这个孤儿抱在一块儿。天亮时，我发现我每天早上都要浮出的激情却奇异地消失了，身体也凉冰冰的。我想这个孤儿对我震动太大了，我打电话给李佳，我说，我要去找他。李佳很快就过来了，他使劲地摇着我的头说，你怕是疯了，为一个梦就去找一个孤儿。我说，反正今天闲着没事就去找吧。于是我俩开始收拾，把脸刮干净，把衣服上的灰迹用毛巾擦一擦，在出门前彼此打量了一番，感到都不是被麻醉了的那种人，于是出门了。说实在的，在这么大一个城市要是无缘无故地去寻找一个陌生的孤儿那可真难，但走在路上我似乎找到了梦中的路线，在盘龙区福利院我和李佳受到了接待。在院门外我就看见了孤儿们，全部都跳跃着，显得很有精神，还冲我做鬼脸，当然福利院的吴院长见到我们时，她的脸色可就不一样了。很难看。这让我和李佳都很吃惊。解释了半天还是没有讲明白我的来意，因为李佳一言不发，所以被吴院长讽刺一顿，提前气走了。我还是耗在那儿，我用手比划着说，你看，我是这样的，昨天夜里我梦见了这样一个孤儿，我形容了他的鼻子、嘴巴、眼睛，还有身体上的一些特征。吴院长听过我的话后说，真是你梦见的，那就怪了，还真有这么个孩子。

我很高兴，竟大笑了起来，我感到一种荒诞，我把那种假想的真情也表现出来了，我的意思是我对这个孤儿有一种令人难以理解的好感，怎么说呢，就像是对我自己一样吧。吴院长低下头，把一个很大的本子从抽屉中拿出来，这时我和她都看着窗外纷纷飘零的落叶，黄叶子坠地时有轻微的啪啪声。不知怎么，我预感到一种不祥，但这只是使我变得更严肃。我说，吴院长请你相信我这个梦是严肃的，对这个孩子，我喜欢得要命。这我表示同意，她说，然后她站了起来，走到窗前，用手勾住窗子的铁杆，眼睛看着窗外，她向外面的一个年轻老师喊了一声。宋老师进来之后，扶了扶桌子，叫我坐下去，她以一种愤怒的眼光看着我，好像我是个坏人，她听了吴院长的介绍之后向我凑近了一点说，你做了个坏梦，这不，他死了。我主动表示我要去看看他之前，我害怕极了，吴院长带着哭声消失在另一间屋子里，宋老师说，你别乱传你的梦，孩子们还不知道他死了呢，他叫原原。原原躺在那张小床上，那张小床以前是医务室的，现在抬了过来，支在空屋子的中间，原原一动不动，在我见到他之前，他去世已经有七个小时了。

宋莲阻止我凑近原原，并很快把我往后推，屋内光线灰暗，几乎什么也看不清，床上的被单是灰颜色的，有很大的折皱，孩子像陷在里面似的。宋莲用手拢着她的头发，她看上去非常年轻，她在不停地嘀咕，为什么你梦见了他呢？为了向她表明我这个梦是一个确实的梦，我再一次向她解释了我梦中的知觉，即我已经知道我是对一个孤儿有了与自己一样的幻觉，这绝对不会假，我反复地说。宋莲站在屋子中央对我说，盘龙福利院几年以来原原还是第一个去世的孩子，千万不能让其他孩子们知道。好像死亡也会传染似的，宋莲又说，你这个梦就叫噩梦了。我居然非常认真地向她询问起原原的情况，起初宋莲显得并不热心，但我一味坚持，使她放松了戒备的心理，开始向我隐隐约约地讲起这个孩子的情况，但我还是听不懂，觉得原原更像是一个谜。没什么，反正现在死了，她说。深秋的风在外面呼叫着，经过一段时间的对话，看得出宋莲对我改变了看法，她认为我是个热心肠的人，而我自己知道我的心是冰冷的。对这孩子怎么办？宋莲问我。听这话使我大失所望，我想我能怎么办呢，仅仅因为我在梦中碰见了孩子，现在又找到了他，但他死亡了，我怎么办？你这么说，不是指出我有什么不妥的地方吧？我问。没有，绝对没有，宋莲说。我们的良心都是苦的，这个孤儿真是不幸。我感到她似乎还有什么话要说，但她打住了。有一个老太太进来了，不住地咳嗽，像在睡觉中那样替原原拉了拉被子，并且还一本正经地说，好好睡吧，天还早呢。宋莲回过头去瞪了她一眼，说，你把他当什么人了。老太太站在那儿拾掇着，令人费解，外面的光线恰好打在她那张脸上，她显得非常平静。老太太的身影在小床边移动，光线也因为她的移动而忽明忽暗。

今天是个阴天，兆头不好，我说。你说原原的死与这阴天……她问，随后她否定了我的说法，在话语中夹杂着一些焦躁。宋莲的头发齐肩，并没有用发带束住，而是散的，头发在耳朵边上透过光线闪烁着，在那张瘦削而又凄清的脸上有一种未睡好觉的迹象。看来，你伤心了，我说。她说，只要孩子有什么问题，她都这样，何况这个孤儿现在死了。她这时就哭了，她一哭，我就只能去搀扶她，但当我一接触她的身体，她就抱住我，趴在我身上，我本来以为她是太悲痛了，但想不到她竟然非常倔强地对我说，不，别过去，别看他，别看。她开始和我抱在一起向外旋转，我感到她是个昏厥的人。退到门口那块儿，那个老太太才用一种嘶哑的嗓子叫道，别吵醒了他。宋莲显得非常被动，和我一起带上门，喘息了几口气说，别看他，这是我们定的规矩，必须先让外面的人来看，里面的人最好不要看，你就更不能看了，要让主管部门来看。谁，我问。比如民政局什么的。为什么！鉴定死亡？我吃惊地问，感到很荒唐。她居然点了点头说，是啊，死人不是一件小事。

宋莲在拉我迈进孤儿院办公室之前，到洗手间或其他地方去了，以至我单独面对吴院长时有些尴尬，她还是拿着那个花名册对我看也不看就径直问道，你都看见了？我说，看见了。够不够？她问我。我想她这是什么意思，讽刺我或者挖苦我？也许得感谢你做了个好梦，她浮出一小点儿凄惨的苦笑。当然，并不是个好梦，不过，我停止了一会儿，又说，不过不是故意的。无意的也不能说明问题，吴院长这才抬起头来严肃地说。可我有原因的，对这个梦，那晚，我又止住了。你讲话不要吞吞吐吐，你要知道这是孤儿院，你是自己找来的，她叫道。我说，那晚我心情不好，怎么这一点重要吗，这样吧，以后再说，我感到今天我到这来一点意思也没有，也许我仅仅是预见了这一点。我看并不那么简单，吴院长坐了下去。窗外的落叶还在下坠，深秋的风悲号着，透过灰蒙的窗户，可以看见孤儿院的院墙上有一种潮湿的印记，一些绿黄的苔藓样的植物攀附在上面，间或有一些孩子的叫声刺破这阴冷的空气，呼啸着，然后在院墙的壁上回荡，看得出孩子们仍是欢乐并安全的。你别说那么多了，既然找上门来那我们也没有办法，她说。我很难完整地理解吴院长的话，就算我是来拜访他，不行吗！我讥讽地说。拜访原原，一个刚刚去世的孩子，你说这让人难不难受。她问我。我想她的心情太差了，不适合现在来讨论问题。那我以后不来了，我说，但话一出口我又意识到我这样讲太残酷了，怎么能不来呢，我感到事情才开始呢，我这样想。吴院长背过身去，我发现她很胖，在眉底有一些纹线侧翘着，从侧面看去，她是个冲动的人，我也看着窗外，窗外更加灰暗，我发现我在孤儿院已经待了很久，她不停地说，真令人难以相信，然后我就悄悄地迈出孤儿院办公室，站在院子中，孤儿们都回房间去了，只剩下我一个人站在院子里，回过头发现吴院长还站在窗口那个位置上，眼睛露着凶光，似乎想把这灰暗的光线也完全踩灭。

我感到我是在别人的耻笑声中，匆忙地逃离了孤儿院。但是原原的死像一块沉重的幕布盖在我的心上，使我无法正常地思考。我加快步子，在城市中小跑，行道树上的叶子飘着，飘着，女人们骑车骑得飞快，有一些流氓样的人在路边蹲着，对我虎视眈眈。但只有回想刚才宋莲对我的评价，我才有一些兴趣，毕竟她把我的心灵误解为一种热情。但为什么现在因为梦见一个孤儿，反而使形势变得神秘而又不利呢，瞧，那个吴院长的鄙视眼神，好像我得为那个梦付出代价似的。这样想着，我多少还是有些后悔，然而真正应该成为这个不祥事件起点的应该是中如，是她那晚在补课后私自出走，才使我不能自控，做了一个倒霉的梦！

你倒霉不能怪我，中如把脚翘起来，裙子向后耷拉着，若隐若现的腿根使我愤恨，使我力不从心，我说，补课，我知道你在补什么。那你说补什么？我说你在补……我没有说，但她知道，于是站了起来，指着我说，现在我马上就要参加成人考试，对我评职称非常重要，现在大家都说黄冈老师是权威，人很年轻，对献媚问题看得最清楚了。献媚问题，历史课上有这种问题吗？怎么没有？她温和了一些，对我推心置腹地说，人家黄老师对近代史摸得滚瓜烂熟，他认为今年考题上必定有关于献媚问题的论述，其实你和我都应明白，甚至所有老百姓都应该明白所谓近代史不过是一部献媚的历史罢了。中如上了几天课，我感到她好像真的对近代史有了研究似的。我说，我不懂什么近代史，也与我没有关系，我只知道外面传说那个黄老师是个对女学生……哎，你这就不对了，中如委婉地说，现在社会风气你又不是不知道，就像黄老师说的大家都在献媚，要怪就怪近代史把献媚这股歪风吹进了人们的心灵深处，对外国人都献媚献成那样，对自己人还能怎样，她不怀好气地说。你还别说，我以为中如讲的献媚多少还是有点道理的。我说，行了，中如，你知道了就行了，别老和他缠在一块儿，这让我不放心。中如使劲地笑起来，看来我这样说像是为时过晚似的，她停止发笑，对我认真地说，灰灰，你怎么这么简单，告诉你献媚问题是一个复杂问题，而且是这次考试，甚至可以说是历次近代史考试的一个重点，我必须不断地向黄冈学习，从他那儿把它挤出来，到我这儿，她指了指自己的胸口。我在屋子里听见外面街上人们忙乱的脚步声，好像每个人都身不由己似的，互相吹捧，讲好话，然后又相互背道而驰。当我还想向他讲那个梦所引起的我到孤儿院所看见的事情时，中如则背起包对我说，请原谅，我要走了。去哪？我威武地站了起来喝道，我觉得她对这个梦看得太轻了，没有给我一点儿关心。你别紧张，她说，我还是去补课。我懒得再说，站在写字台边，我在考虑各种纷乱的事情，其中包括我上班时的同事、几个远房亲戚，以及我在几年以前年轻时的一些古怪行为，甚至我在拼命闪现在过去岁月中对我刺激程度最大的一些事情，但我不知道我这样来使劲地回忆与我现在的生活有什么关系，但显然现在因为那个梦，我的整个人都被严格地限定在一种不自觉的严肃状态中。

我和李佳正要出门，电话铃声却响了，原来是从我单位转来的电话。那个专爱讲坏话的女同事小海在那儿尖声地叫道，你怎么啦，怎么突然火起来了。火什么？我不明白。不明白？别装了，民政局的人叫你去呢。其实，我正要去那，说完我挂掉电话，我想这很好，令人愉快，到孤儿院去，不仅仅出于一种自愿，现在多少有了一些强迫的色彩，即使这样李佳和我都认为其实不应该对那个梦看得过于严重，尽管梦本身的存在是异常严肃的。那天秋高气爽，人们脸色也好了许多，大量的落叶在人行道上堆积着，有一种软绵绵的飘扬感。李佳对我说，看起来我们都是可以真诚起来的人，我们到孤儿院去就表明了这一点，要是换上别人，不管他标榜自己的神经多么正常，我想也许他都不会再管这件事儿。同前次一样，在孤儿院门外李佳仍被挡了出去，这一次倒不是他自己生气，而是吴院长支使一名福利院的工作人员毫不客气地对李佳说，考虑到事情的保密性，请勿入内。而这时我已经跨进院门，因而回过头来时，李佳只能向我做了个手势，那大概是在说，人正不怕影子歪。这表明了他也或多或少地预感到事情的严重性。我并不在意这个，因为即使少一个陪行者，并不会改变我在这个事情中的身份，我认为我的价值在于和他们一起来说明问题，当然这是我一厢情愿的看法。

这次，吴院长对我就不再有任何表情了，非常麻木，她说，你来了就好，我们就害怕自从昨天你逃之夭夭过后就远走他乡了。这令我不快，好像我是个逃犯似的，但想到在孤儿原原去世这个凄惨的现实上，我不便争论，忍了气吞了声。这一次从院长办公室边上的一道小门，我走到了另一个荒芜的院中，我走过一条很含糊的小径，到达尽头和那个人碰面时，我自己先开口说，一切都是无意的，我不知道他听我这话会有什么反应，然后我继续往里走，我不知道现在这间房子是干什么的，但包括这个院子在内的这块地方显然并没有一点儿孤儿的影子，看来他们是在撇开孤儿来谈这个问题。于是我坐在这间屋子的某把椅子上，我发现陆陆续续有几个人都坐了过来，大部分是男人，大家开始抽起烟来，结果屋内弥漫着大团大团的烟雾，在这烟雾中吴院长来了，据我看来她的目光并不是冲着我一个人来的，对于谁她都这样。她坐下来之后，有些人就躁动了，开始谈论起天气，各行各业的待遇以及现在的社会风气，最后人们好像隐约达成一致意见，现代社会变得不那么纯洁了。这有什么不好，吴院长反问道，于是大家又熄灭了话题。其实只要仔细地竖起耳朵用心来听还是可以听出一小点儿孤儿们的活动的声音，既像是在吃饭，又像是在玩耍。再这样，我就不行了，我说。你先别动，不知道谁在另一个拐角里说，之后，就听到有人在喊，吴院长，吴院长。吴院长就站了起来，但由于光线的缘故还是看不清楚。尽管条件很恶劣，吴院长还是主动到我边上向我旁若无人地说，有几个是民政局的。她单独来告诉我这一点，对于一个敏感的人来说应该有反应，但偏偏我不买账，仍在那儿抽烟，冒充一个经验相当丰富的人。后来通过声音冲击烟雾所造成的形状，我看见最左边的拐子里的人问道，吴院长，就是他梦见的吧。吴院长立刻承认了，剩下的人就走了，当然我也马上走了，大家都离开了这间屋子，到更里面的一间，这间屋子宽敞多了，但光线仍不行，好像这有利于保持肃静。但是从这间屋子的一个窗孔，可以看到另一间屋子边上的长廊，而这长廊我昨天曾经走过，在长廊边上的某个窗户下边就躺着原原的那张小床。

坐的时间久了，我就发现大家都有一种尽快把事情解决掉的愿望，依正常人来看，一个孤儿的去世不应该大做文章，但现在吴院长总是对民政局的人说，怪就怪在他自己找上门来讲述这个可怕的噩梦。没有人要我把这个梦再复述一遍，其实我的梦只是提示我有这个孩子存在，没有多余意义。由于我不开口，因而众人仍在作思想斗争。由于民政局的人不开口，吴院长才说，我们孤儿院对于原原无法负责任，因为道理很简单，这里面蹊跷，你们想想，能有那么巧合的梦，并且就在去世的那个晚上？当然我自己也觉得我对于原原来说，确实有点过分。

民政局的王干事，是第一个正面和我问话的人，尽管他问话时我已经失去了作为一个正常人应该有的那种自尊心，但我居然口是心非地说，我确实对他有着很大的好感。到什么程度，王干事问我。我说，我简直觉得他对我很重要。吴院长在一边说，你听他说的，我们天天和孩子们在一块也不敢用这样的口气讲话，他怎么能说他对原原有这种感情，如此专注，好感，这是什么说法？王干事对于吴院长的话点了点头。我很迷惑，我不再说话，但我觉得我的眼泪都快要下来了，他们越是不承认我有些虚伪的看法，我就越是看重这份感情，我摁了摁鼻子。其实，没有什么特殊之处，王干事乘势说，从吴院长以及其他同志们的口风来听没有什么破绽可言，就是死了而已，现在，你看，只有灰灰先生是我们唯一的把柄，是他造成了不大不小的波澜，给原原的死蒙上了一些色彩，不至于成为不明不白的事情。有人对这话表示赞同。在我受到重视的同时，我那个梦本身也就在这些人的心中成了一个定下来的形式，它的逻辑将同他们的逻辑一样——必须去说明这次去世。而我对这一点没有什么不情愿的意思，虽然这事儿很小——从灰灰的梦来看。但我相信我必须负责，必须对孩子负责，我并不觉得这有什么荒诞的地方。王干事接着说，这种好感从现在社会风气来看是存在的，对这样一个可怜的孩子产生好感，到多大程度都不足为奇，我相信这是人类良心的一部分。我感到我内心的某个暗角同时被煽动起来了。

当然，在讲话的时候人们就陆续穿过另外几个奇形怪状的门孔到停放原原的那个小房间去了，后来只有我一个人站在那个窗孔下张望，没有人邀请我去看看，在这之间，我看见昨天和我讲话的宋莲向人们不停地介绍什么情况，她一定从远处看到窗下的我，但她并没有什么表示，好像她内心也无比紧张似的。她今天穿着跟护士差不多的裙子，间或有几个孩子去她边上讲点什么，她就不住地点头，之后，她也消失在小屋子里，看来就如昨天她说的，要先让民政局的人来看，既然死亡不是一件小事。但这些人到底要把它上升到什么程度呢，虽然我显得有些麻木，但这并不意味着对于他们看重我的梦我就没有一点儿戒备心理，只是我更多的想到的倒是一种刺激，我希望看到这个梦到底引发出什么骇人的后果？王干事再次见到我时，我正在和宋莲说话，大家脸上并不比他的严肃，因而他的脸就挂不住了，他没有跟我说话，但显然他有话要说，我看见他把烟头甩在一个花坛上，即使对一个迎面跑来的孩子他也没加搭理，生硬地消失了，然后那些人陆续在面前消失，大概也从孤儿院出去了，不便待久似的，他们没有看我，好像有一些重要的心理决定正在形成。看他们的模样，我不无愤恨地说。

宋莲连忙出去送他们去了，这时有个孩子跑到我面前，并拽着我的衣服要我蹲下来，他用疑惑的眼光看着我说，叔叔，是不是出了什么事情，怎么来了那么多人？我把他抱到花坛上，我无话可说，再把他放在我腿上，然后我自己又开始没命地吸烟，这样周围就围过一大群孩子，他们并没有向我提过多的问题，而是挤在周围，既不笑，也不着急，好像我有很强的观赏价值。他们个头都不高，但身体不算弱，有些孩子捏着拳头，有些昂着头，看我头顶以外的什么东西。我没有让他们走，也无法说让他们欢心的话，我觉得我真傻，过了好半天才过来一个老师，这是个四十左右的男人，由于长年在福利院工作，人显得很清秀，用一种清脆的嗓子喊着，别坐在他那，孩子们，别坐在他那。在他强调这个他字时，我想我有些不快，但这也很短暂，很快我周围就没有孩子了，他们一哄而散，去做游戏了，我继续若无其事地坐在那。过了很长时间，那个中年男人又过来了，这次他显得和蔼了一些，对我说，别等了，等什么呢。是啊，我想我确实是什么也不用等的，因为我脱离了我作为一个正常人的位置，在孤儿院仅仅因为梦是没有说服力的。别等，他再次威胁我，像是在故意试探我。我识破了这点，因而我把屁股从花坛上撤了下来。别等葬礼，他说。

宋莲用一种近乎乞求的口气对我说，你别固执了，那样不会有任何好结果，即使对原原也不会有利。当然我认为她把我本身的安全和名誉看得太重要了，她见我不答又问我，你真的无所谓？我说也许我的责任和大家一样在于把去世的事情弄清楚。宋莲把我引向那个荒凉院子拐角的一间屋子，在里面堆放了许多过时的玩具，看来房子已很久没有使用过。单独待在这儿，宋莲仍站在窗子下，我站在暗中，她说，我知道你是个好人，但你太麻木了，现在民政局的人来，把本来简单的事情弄复杂了，你知道别人在背后怎么说你？我说我不知道。她再次提到了吴院长，她说那是一个非常严谨、刻板而又思想深刻的人。过了好一会儿，我居然对宋莲提到了外面的事情，我建议她不要再待在福利院，这是个压抑的地方，她没有反对，我于是进一步地为她构想，她如果不在这儿工作那么她会怎么样。我想她可以开个花店，可以站铺面也可以去私人企业当秘书，她听得很认真，这使我相信对于这些孩子她并没有绝对放不下的意思。我继续鼓动她，好像我为她描述的这个孤儿院以外的世界充满了诱惑似的，她和我站得靠近了一些，由于话讲得差不多了。因而我只能弯下身来抚摸一件玩具，然后她过来向我解释那个玩具，我们的身体有了些摩擦，天气比以往更阴了，温度拼命往下降，她说她很冷，并提醒我说，孩子们并不冷，他们已经提前穿上了厚衣服。过不久，我就把手放在她背上，很柔软的背，衣服的质地很光滑，她没有反对，她对我轻轻地说，算了。我似乎也点头同意了这点。

她转过身来，她的脸凑得离我很近，对我一字一顿地说，我知道你是真的对孩子好，不像那些捐钞票的人，在背后总有社会性的动机，让人恶心。我并没有否认我被她认可的这种情操，但我对这一点比她更模糊。风从她先前站立的那个窗孔吹进来，有飕飕的声音，这时我才注意到孤儿院每个房间在一个成年人那样的高度上总有一个窗孔，窗孔不大，大概可以装两个头颅，四四方方的，装着可以推拉的小块玻璃。因为风吹，又因为这些陈旧失修的玩具，人在里面站着显得相当机械，如果迈出这间屋子我很难找到我在孤儿院的存在方式，于是我试着抱了抱她，她同意了，并且很激动，而我有一种良心上的不安，但当我想到这样的搂抱与所谓的爱情相去甚远时，我就反而平静了。她挤在我边上，有一种偷情的欢悦，即便是偷情，我感到她也把它当成了在孤儿院中的一件神圣的事情，而这一切全都奠定在我对孤儿那纯洁的爱心上，好像这样我得加倍感激原原，是他为我提供了心理上的借口，尽管我的爱心无比虚伪，短暂，令我失控。最后她说，我不会出去的。我反而不懂了，问她，去哪？她有些不好意思地说，因为我绝对不能离开孤儿院，否则就无法与你的心境连在一块了。可也许我并不那么绝对地喜欢这些孤儿，我一边说一边可耻地批评自己又在撒谎，因为我们仍是从那个梦本身来看问题，孤儿的利益我置之不顾！对，你要站到局外去看，因为现在大家都盯着你，你想想王干事吧，她劝我。我和她一起转出了那间屋子，她撇下我一个人匆匆地迈出门往外，到院长办公室和孩子们那一边去了。

小海晚上给我来了个电话，除了问一些不确定的关于民政局的事情之外，她特地在电话中对我狡猾地说，她很寂寞。这勾起了我的回忆，我发现在办公室里和她的几次心血来潮的拥抱实在很美、很动人，但无奈她最后对我说，外面谣传你与孤儿院打上了交道，说你在表现爱心，怎么想在单位提拔当头？我否认了，她在那边笑，我就只能挂上电话。但她马上又追一个电话过来说如果民政局的人还打电话来询问情况，她该怎么办，看来民政局已在我单位下了功夫。我说，随便，只要别把我讲成个雷锋。在电视频道没有任何清晰的图像之后，李佳乘酒意溜进我家，他进门第一句话就是说他看见了他俩在一块。哪两个？你还装孬，就是中如和那个黄呗！这狗日的！我咬了咬牙，把一只茶杯举起来，又极其缓慢地放在桌子上。他看我并没有他所预想到的那种怒火，在我边上鼓动说，你怎么了，是不是到孤儿院去多了，真的爱心都吸到那儿去了，连自己的女人也不顾了？我不讲话，然后我和他一起走上街头。

夜风很冷，吹在脸上，这种霜降天气，残存在树上的叶子多半疲软得要命，我感到我的身体也是那样。她是个婊子，我说。别老说她，还有那个黄冈，什么讲近代史的，专给年轻人补考上课，这个杂种！李佳说。其实我们不能坐以待毙，现在社会不但不纯洁，相反它有腐朽的一面，就是说你不净化自己，你就马上完蛋，所以我非常支持你到孤儿院去，即便什么也表达不了，那也可以从气势上向你自己证明对于像孤儿院那样的人，你都有自信，何况对于那些酒肉之徒？李佳接着说。对黄冈那种人，没有别的办法，只有当面去解决问题，我们两个一致这样认为。但是，我就是不明白为什么像中如这样的人也会对近代史上的献媚问题有了见解，这压根儿让人想不到，什么献不献媚，我看他完全是胡说八道。当然我认为献媚问题是存在的，但我否认献媚问题会成为我与中如不幸生活的原因，仅仅因为弄清楚这么个问题就投入到这个人的怀抱？我表示不服气。李佳一边劝我，一边和我商量计策，首先我们决定去核实一下情况，看这么多个夜晚中如不回来到底耗在他那做什么，或者说他们怎么做？于是我们赶到了他们补课的地方，教室早关门了，问看门人，看门人说最后搂在一起走的是黄老师和一个叫中如的女生。李佳压制着我的拳头，我们赶快回去，我迅速睡觉，我想我应该有梦，但显然没有，我睡得既很愤怒又很沉。

第二天是个周末，太阳升得老高，我一直躺在床上，醒来时看见中如正在泡方便面，我什么也没有问她，上去从背后就是一巴掌，打在她后脖子上，她回过头来大哭大叫，然后惹来很多人敲门询问情况，我不停地骂她为婊子。她反唇相讥，怎么了，自从那个倒霉的梦把你引向孤儿院你就觉得你干净了，说我是婊子，可我是婊子吗？我整天忙于上班，准备考试、补课，和正直的有见解的人待在一块讲问题，你却说我是婊子？她把方便面扔到空箱子里接着说，你以为我真不知道你的良心，凭你良心你会去孤儿院？而你良心你自己明白过吗？她这一问反而使我更加虚弱了。我连忙伸出双手止住她的话，我对她斩钉截铁地说，你永远别再跟我提近代史考试，别提什么狗日的献媚，我知道那是黄冈的看家绝活。我倒在床上昏昏欲睡，中如重新泡起面条来，并且还打了几个电话，与人津津有味地讲起近代史的问题。她说，黄老师说了，在订辛丑条约时，中国人献媚到了极点，那么一大笔数目，别说是送给别人了，即使是做生意谈判那也要好好地杀杀价的，你看，他们就那样送走了几亿两白银，为什么，还不是有钱（如果腰包没钱，能送得出手?），虽是赔给别人，但多少在清政府看来还是有些施舍的念头，以为一个泱泱大国给英法日这样的小国一点儿钱没什么，这就是花钱买宁静，求得精神上的安宁，这不就是献媚吗？

李佳听我转述完中如对近代史献媚的一个例子之后，似乎也多少有了点兴趣，他说对黄冈这个人可能得深入分析，不一会儿他就走了，中午之后，他约到了黄冈，两人找个茶馆坐了下来，李佳开门见山地说，你最近通过向一个学生讲述近代史献媚问题而干扰了别人的生活，所以你得……

这时李佳停住了，他自己也不知道该如何去要求黄冈，黄冈很有知识分子的风度坐在那儿一动不动，李佳倒是着急了，他说你说近代史就是一部献媚的历史难道你认为近代史上中国被打成那样，仅仅因为我们献媚，对列强们献媚？黄老师笑了笑，没有正面作答，但显然他在观察对面这个粗俗者的品位，过了好久，他说，李佳，我告诉你我们大家都应该尊重中如小姐，特别你那个朋友灰灰先生更应该对中如好一点，她现在进步多大你们知道吗，她由一个对近代史基本上一无所知的人，而跃进到不仅对近代史，甚至对当代史，不仅对中国史甚至世界史都有了全面把握的人，不要说参加成人高考的历史考试，就是专门搞研究，她现在也已经有了很好的基础。李佳听黄冈如此夸奖中如便很迷惑了。黄冈接着说，她之所以接受得这么快，那是因为她找到近代史上的钥匙——献媚，什么叫献媚，在我看来就是好感，向别人表示好感就是献媚，但有个前提，那就是这种好感是奠定在另一种从未被自己发现过的可能性上，这种可能性在清政府看来无非就是发现自己是老子，是天下第一，而英法是什么呢，就像是他们眼里所需要的好感，需要施舍的人，你说这蠢不蠢，他们把这种献媚中的好感理解为神圣的、和平的、安全而又美丽的感情，所以说献媚是一种被动的东西，所以说有好感不要紧，献媚也不要紧，关键是要把握住自己，知道自己是在献媚也就没问题了，知道是在献媚那其实就已经在真诚地与对手周旋，在内心有计划地对付敌人了，但近代史上总的看来没有这样的过程，令人遗憾。

经过黄冈这样一点拨，李佳觉得自己的头脑也确实有把握了一些，同时，对近代史这个历史事情也有了热情似的。李佳用手拨弄着一根茶叶梗儿，他情不自禁地堆起了微笑问道，（很不放心）你是否认为现代社会中也普遍存在献媚问题呢？黄老师不做声，李佳只能进一步微笑，像充满了渴望似的。黄老师对他看也不看，双眼盯着他头顶的上方缓缓地说，现在的献媚更不好说了，隐藏得很深，不便明说。由于一直在谈献媚，黄老师因而气愤了，他站了起来，独自冲了出去。李佳还没有摸出头绪就让这个坏蛋逃跑了。他还在那儿咀嚼他的话回味无穷，当他到我这儿向我讲述黄冈的情况时，他愤愤不平地说，黄冈就是在搞学术勾引，学术也许是正确的，但不能勾引人，他勾引中如用的就是献媚，只不过他认为如果中如知道了是献媚使他们相互之间有了好感的话，那么他们就自圆其说了。这既恶心，又可耻，我兴奋地骂道。

宋莲还是未能迈出孤儿院和我到外面的世界来游戏，尽管我已做好准备全心全意地接受这位年轻的姑娘，但阴沉的天气似乎在提示我，处于那个梦所引发的后面情况并没有丝毫亲情可言，于是这一次我到孤儿院并非出于看原原，而是去看宋莲，宋莲在门口就远远地望着我，孩子们正在前门那块空地上玩耍。在这后门虚掩的门边闪现着她的腿，裙子很长，只有在她不由自主地动荡时，才可以看见穿着肉色丝袜的小腿，这一点我从老远就看出来了。即使我是出于看望她而来的，但我们双方仍沉浸在对孩子原原的缅怀气氛中。我还没有镇定下来，宋莲就迫不及待地说，原原以前也爱从这道小门出入，这对于像他们这样大小的孩子来说可有点奇怪。我连忙对她说，也许这是一条充满隐患的小门。宋莲没有做声。我问，原原还躺在那？她说，是的，曾经也有人提议把他弄走，但没有成行，现在他仍安静地躺在那儿，而更让人紧张的是还有那么多孩子就生活在原原的周围，生活在死亡的阴影中，令人望而生畏。我向她建议道，也许确实应该把葬礼免掉。对于我突如其来的话，宋莲感到无比诧异，她说，你怎么知道，现在正在考虑在他的葬礼之前应该怎么结束这个……？她觉得她无法清晰地说下去。这增加了我们这次见面的神秘感，我回望小门前面的这条小道，在路边长满了小草，再往远处是巨大的建筑物，使孤儿院显得无比破旧、古老而又神秘。

后来我们关上小门，从另一扇很陈旧的木门钻进了上次那个荒院子，然后又到了左侧那个堆放玩具的房间，不管怎么说，从我单方面来讲，我还是有了偷情的幻觉，因而我忍不住向她问道，你有过吗？有过男人？那个？宋莲很明白我问话中的意思，她把头低了下来，很腼腆地说，有过，但那已经成为历史了，况且她说由于长久和孩子们待在一块儿，她对个人生活，已经麻木了，现在由于原原的死而接触上我，她多少获得了一点儿新鲜感。我像个恋爱中的人那样对她说，我会让你满足的。在我们说话时，我们双方都保持着一定的距离，好像这样不至于使我们双方冲得过于激烈，我发现她的心跳得厉害，而我已完全沉浸在努力地控制住她的那种甜蜜的感觉中。也许，你应该现在就飞出孤儿院，我说。可，这不能，因为这并不矛盾，她说。什么不矛盾？我自言自语。她又站在那个钻风的窗孔下，对我斜着充满爱情的眼睛说，我是说孤儿院与我们常人的感情并不矛盾，况且，孤儿院只能使我们的这种感情更加牢固，她说。我也顺势掉进她对于孤儿院与常人之间关系融洽的逻辑中，我甚至在这时确实对原原以及由原原之死所引起的所有事情产生了更大的热情，因而我问道，你觉得我对孩子是真心的？宋莲听我说这话，不禁笑了起来，非常温暖的样子。有好几次我都想冲过去按住她，但她都巧妙地避免了，看得出她今天有重要话要对我讲。我只能缓慢地像上次一样把我的手放在她背上，然后撩开衣服触摸在后背的皮肤上，我的手冰凉，而那背就像长满苔藓的树，我想这一定是个让我永远也无法忘怀的人。她每轻轻地惊叫一声，都会在声音的余韵中浮现孩子们在周围欢呼的情形，似乎孩子们正在鼓励他们的宋莲老师勇敢地敞开她的肉体和灵魂。我获得了某种正义感，似乎我是在安慰她。

后来，风就大了，从窗孔凶猛地灌进来，怕她冷，我把手抽了出来，她的脸通红，这时，她把头埋在我的下巴颏下面，对我严厉地说，我不得不告诉你一个非常重要的情况，不知你自己是否知道了，这非常不好。有这么严重？我说。她说，我之所以在第一天碰到你时就不让你去看孩子，就是因为这一点，因为，怎么说呢，就因为你和他长得一模一样！这一点你知道吗？虽然这种提法新颖，对我有冲击，但毕竟我不是那种容易大惊小怪的人，我也向她强调，不知道你发现了没有，我正是因为在梦中见到了他，掌握了他的形象，我才能到你们这找到他，我不是对吴院长说过了，我在梦中有一种对他就像对自己一样的幻觉，我自己有了孤儿的幻觉！什么，你对吴院长说了，她惊讶地问我。我说，是的，我对吴院长说了，不然她也可以像你一样发现的，像我一样有什么不好，这不是让人感到更加亲切吗？不！她忽然疯狂地叫道。我看见她甩了甩身子，长裙在玩具间飘动了几下，对我说，你不要幼稚，现在你这个梦几乎成为民政局的话头，谁现在不在意这个？除了你自己。她这样一说，多少使我有了些警觉，然而我仍客观地对她说，可这没有办法啊。这只能说明我和这孩子有共同的地方，我为此感到欣慰，我有点卑鄙地欺骗她。她连忙用手把我往外推，一边对我说，要是你告诉吴院长那你就更糟了，我看从现在开始你最好否认这一点。否认什么？我问道。否认你在梦中所见到的那个形象，原原的形象！她说。这我办不到，我说。宋莲很失望，但在失望的同时她好像又非常敬佩我这种勇敢精神似的。在这傍晚时分，天空好像呈现了一些淡淡的红，使颜色和光线都柔和了一些，她说，吴院长肯定和民政局的人把什么都说了。说就说了，那有什么，只不过从一场梦引起的罢了，我说。在隔壁院子里传来孩子们嬉闹声，大概他们从大门口那儿玩完了，宋莲急忙对我说，你谨慎一些，或者你不要再对孩子显得那样真诚，这种过火的表现只能使你越陷越深。我不懂她的意思，我的头脑仍旧盘算到底这个原原长成什么样，你要知道我到现在还没有正面看他呢，我决定晚上单独偷偷来看一看。

即使宋莲对我连拉带拽，我还是无法控制我那种奇异的心理，硬是要绕过另一个门孔，到了放原原的那个小院子，并在放原原的屋子对面的长廊上向这边张望，宋莲一直用最大努力使我加快脚步，叫我赶紧离开，免得被其他老师或者孩子们看见。这时我们都没有注意到有个孩子刚好从另一个门孔拾皮球，看见了四只移动的脚跟，他很快就辨认出有两只是他们的宋老师的，而另两只呢，是谁？于是孩子机灵地闪过身子，并招手让另两个小伙伴一起跟过来，他们猫在柱子和墙后面，看见他们的宋老师正与一个男人轻浮地拉拉扯扯，还偶尔发出一些古怪的声音，从背面看去，那个男人确实就是最近经常来孤儿院的那个人，孩子们更加疑惑了。最后我使力挣脱宋莲，用手指着放原原的那个房间说，有什么好讲的，不就是我梦见了他吗，我可以告诉所有人我不是故意的。怎么了，吴院长，民政局还有那些阴沉着脸的老师们？我灰灰怎么了，我用一种吊儿郎当的口气说。孩子们看见我们消失在对过的门外后，一溜烟地像打仗那样扑到我指的那个放原原的窗户，孩子们推了推门，门是虚掩的，但孩子们并不敢进去，在窗户那块儿又够不着，于是一个孩子架起另一个孩子，刚到最低的窗档那块儿。

中如叩响黄冈的门，黄冈过了好久才开门，原来他在刮脸，他把中如热情地让进屋，并用拿着吉利刀架的手，箍了她脖子一下，对她认真地说，谢谢你来拜访我。中如说，我早就想到你家里来，看看你这样一个充满智慧的人到底生活在什么样的地方。黄冈捂嘴想笑，但他止住了，他撒谎说，不瞒你，我这还很少有女人光顾。中如说，这我相信，毕竟你是个搞历史的严肃的人。你是真正严肃的人，她再次向黄冈强调。卧室的门虚掩着，在黄冈在卫生间木门那儿晃过身照镜子时，她推了一下，门可以动，但很沉，里面没有光线，她停止了，黄冈也就过来了说，这只是一个住的地方，没什么，说完他带上了卧室的门。中如并没有在意. 她坐在沙发上，她闻到屋子里传来一股香味，她把这种气味理解为黄冈脸上吉利泡沫的味道。她希望黄冈能立即放下手中的活儿，和她一起坐到沙发上，然后俩人抱在一块儿，就像每次下课之后在学校的教研室里那样，那儿还有黄冈的一间简单的屋子（名义上是教研室）。但她仍未发现黄冈正在焦急地寻找对策，必须尽快领她离开这儿，他想。但中如伸开了双腿，使自己激动的身体有意放松了一下，为了缓和自己的心理，她故意问了个近代史上的枝节问题，而这一点恰好使黄冈可以规规矩矩地坐下来扭转话题，分散注意力。

最上面的那个孩子吃惊地叫道，原原，原原，快起来。原原在这？下面的孩子们异口同声地叫道，老师不是说他被一个远房亲戚接走了吗？孩子们焦急地推开了门，大家站在门口，屋内光线昏暗，但孩子们的视力出奇地好，他们围在那儿一步一步缩小他们的队形，挤在一块儿向原原的那张小床移动。灰色的床单一动不动，有的孩子还是认出了这张床正是从医务室搬来的，在这会儿没有人再去呼唤原原的名字，当他们凑得离原原足够近时，停住了步子，那个在窗台上第一个见到原原的人现在甩开别人捏在他身上的手，小心地进一步地向原原凑去。到原原面前时，他没有注意到原原的脸是一种纸灰色，身体在被单里凹陷着，他好像预感到什么，但他对原原仍没有把握，看来这并不是一个玩笑。在这个孩子与原原对峙的阶段，忽然在屋子上空有一只鸟飞过，发出嘘溜的一阵叫声。孩子们都抖了一下，但谁也没有退缩。第一个孩子仍在心里作斗争，他考虑他应不应该把手放在原原的鼻孔下试试他的呼吸，但他想也许这样的玩笑是开不得的，就这样孩子们一直僵持在那儿，虽然天气很冷，但许多孩子都止不住地冒出了汗水，而他们一直忽略了在屋子的拐角那个老太太正睁着一双渺小的眼睛恐惧地望着他们，老人屏住呼吸，她真希望孩子们能一哄而散，把这当成个玩笑而已，然而孩子们毕竟是有意思的，她能观察到第一个孩子确实正在以一种非常缓慢的速度倾斜他的身体，他在一点儿一点儿地向那张小床倒去，他的头刚好处于原原胸口的斜上方位置。

黄冈坐下来之后，看着中如两条绷直了的颀长的腿，感到那是两根木条，无法使自己激动起来，但他还是抓住了它们，装作很动情地说，你是个不简单的人，你让我发现在你心中隐藏着一股巨大的不可阻挡的热爱生活的力量，如果近代史上的人们都能像你这样，那么我国近代史一定要被改写了。中如也向黄冈凑近一点，用嘴吻了吻他那湿漉漉的脸，对他说，我今天来就是想问你如果在近代史上没有献媚，那会怎样？没有献媚？黄冈没有料到中如居然很荒谬地提出了这样一个没头没脑的问题。那是虚构的，你知道吗，只有虚构才会使近代史没有献媚，而如果要虚构近代史那简直让我们后悔不迭，不要说没有献媚，即使是献媚的程度小一点，我们也不会在近代史上吃那么多的亏，他叹了几口气，站起来想走，然而中如没有领会他的意思，仍坐在那儿说，可一切都发生了，现在我们连虚构的胆量也没有？黄冈急忙弯下腰来把她扶起来，对她说，中如，我们不能因为掌握了解决近代史的钥匙——献媚，就自鸣自意，作为一个对历史负责的人，要虚构干什么呢，我们最好在献媚问题上沉到近代史的深层，沉到我们民族在那个时代的深层。我反对虚构。她依然没有从自己的逻辑中拔出来，恋恋不舍地说，我只是好奇，假如不存在献媚，不存在对别人那种盲目的好感，而是打起来，对，跟八国联军拼了，不管清政府，就让这些老百姓代我们说话，他们一定会跟外国人拼掉了，那哪还有割地赔款。她这一说，使黄冈火了，他叫道，中如你不能唱反调。中如这才意识到她在这个问题上滑远了，因而站了起来，黄冈连忙抱住她，一边疯狂地吻她，一边往大门那儿移动，在移动过程中，他俩都在注意卧室的动静，最后他们关上了大门，在黄冈的家里。中如一无所获。

第一个孩子在最后用力地把头撞向原原的胸口，一股青色的粉尘在屋子里飞扬起来，在这个极短的瞬间。第一个孩子大叫起来，于是所有的孩子都围在原原身边，他们全部大叫起来，但谁也不明白他们在叫什么，他们相互惊恐地、颤抖地，又好像是愤怒地在各自的位置上摇动着，没有谁吓倒，也没有谁退却，其实他们心里明白原原是死了。他们相信原原是死了，但这个死掉的原原好像又不是他们在孤儿院朝夕相处的那个原原。孩子们乱哄哄的，又彼此独立，这情景让人害怕，慢慢地有人开始把手放在被单上，于是被上的灰尘更杂乱地飞扬起来，屋里填满了死者所遗留下来的气息，第一个孩子终于在拐角那个老太太站起来时，不禁说道，原原死了。他这一说，反而使大家丧失了冷静，大家纷纷拔脚掉头想跑，但由于都挤在床边，因而顿时乱作一团，有人推挤压在床上，有人跌倒在床肚，有人蹲在地上，孩子们大胆地哭了起来，一个冲到门边的孩子由于紧张反而打不开门，更多的孩子从后面冲进来反而把门堵住了，大家手忙脚乱，后来老太太打开了屋内的白炽灯，灯光一亮呛着孩子们的眼睛时，孩子们都在门背后缩作一团打着冷战，老太太什么也没说，把刚才被孩子们弄皱了的被子重新铺好，并用那只苍老的手放在原原的身上。这时吴院长，还有老师们在外面惊叫起来，让孩子们快开门，吴院长拖着长长的哭腔说，孩子们，别怕，那不是你们所认为的死。孩子们听这句话，更加忧心忡忡，第一个孩子拉开门之后，率领后面的孩子们发疯似的冲回自己的宿舍，他们爬上床把头埋在被窝里，所有的老师几乎都来了，他们尽量对每一个孩子亲口说，别怕，这不能怪我们，没事的，他们一再强调孤儿院是没事的。

黄冈搂着中如迈出他的家门到了街上时，他长长地吁了口气。中如还在那儿天真地问，你觉得我们之间的感情？黄冈没加理会，好像他对此没有见解似的，但他极其缓慢而正统地对中如说，反正我们之间没有献媚问题，因为我俩都明白献媚是愚蠢者的行为，像我们，这样聪明的人又怎么会献媚呢？但中如一想起那个黑暗的被黄冈关起来的卧室她就不放心。黄冈说，中如，我们必须承认人必须自由，有胆量，不要自欺欺人。你这什么意思？中如问。黄冈想了想说，我是说，千万不能把自己看得多纯粹，我看越纯粹也就越靠不住，我们俩不是有好感吗？这就够了，千万不能把这种好感上升到绝对的不可缺少的地步，如果那样的话反而就是献媚了。你这样说，中如又想了一会儿接着问，那我把全部感情和希望压在你身上对不对？这个我不管，黄冈说，他怕中如听不懂，接着又补充说，我是说根据我在近代史上总结出来的经验，最好不要把自己的好感理解为一种对别人很重要的东西，那是大可不必的。这样一来中如多少还是懂得了黄冈那个卧室的含意，她也更加深刻地感受到了，只能让好感停留在好感的位置上，随时防止献媚，这正是黄冈给她的座右铭。这样一来，她又反而感到无比轻松。

李佳也同意我准备夜里去偷看原原相貌的想法，他对我很坚决地说，绝不能让王干事他们在长相上做什么文章。李佳临晚还为我陪酒壮行，说夜里风寒，一定要机灵地爬到放原原的那个小房间，亲自把相貌核实清楚，以迎接民政局下面的计划。那晚，天上有着稀少的星星，天气可真冷啊，据说那天是立冬的日子。到孤儿院后门口时，我好像感到宋莲应该在那儿等我，但那是幻觉，后门口阴冷凄凉，和隔壁那个大工厂的废弃车间隔着高高的院墙。小门已经从里面插上，我费了很大功夫才从外面用铁丝掏开门，然后我闪了进去。在去原原房间的路上，我还是有意在宋莲屋后的窗子下停留一会儿，我喊了一声，喊声很小，其实我只是想证明我对宋莲是真情的。我可以听见她在里面轻轻的来回踱步的声音。然后我猫下身，穿过以前和她抱过的那个屋子，再绕过荒院子，最后推开一个过道的门，在漆黑的走廊上摸索，最后我到了放原原的那间屋子。从外面听起来，里面什么声音也没有，这时夜已经不早了，我摸到他床边，发现我不仅浑身都湿透了，而且我眼睛很胀，头也很疼，浑身都不舒服，我想也许原原真的对我有着无与伦比的影响和刺激？但我又不愿意心甘情愿地承认这个。

我在床边坐了下来，屋子里完全黑掉，从那个靠走廊的窗户只可以看见一颗星星，闪着寒冷的光芒。我用手抚摸这张脸，再往下抚摸脖子，后来是腹部、屁股，再到大腿，然后是脚，最后我握在那双像铁丝一样的手上，我感到这孩子确实使我陷进了感情的深渊，现在我想我对他的感情绝对没问题，在这背后我想一定隐藏着我与他之间一种不寻常的命运关系，当然这是无法核对的，在我看来，我对这孩子有一种先天的好感，现在通过梦不过是显现这种好感罢了，他的手在我的手心里冰凉而又温顺地躺着，我的体温不断地试图给他，然而他纹丝不动，没有反应，不久我的泪水就下来了，挂在我的脸上，我不住地擦拭着泪水，尽管没有人会看见我哭，但我还是害怕被什么东西看见，也许我是害怕人的良心，一个不值一提的年轻人正在一个孤儿院冰冷的尸体边哭泣！虽然我非常喜欢我在原原面前的这种表现，但我不愿意别人了解到这一点。由于泪水使我眼睛变得透明而清澈了，所以当我再向窗外看去时，刚才那颗寒冷的星星反而不见了，天空一无所有，向更远的地方退去。我隐约可以听见一些夜晚的声音，但我否定了它们，我长久地呆板地坐在那儿，睁着一双伶俐的眼睛，好像我在体会什么似的。由于气温逐渐下降，身上的汗又倒吸了回去，因而我颤抖起来，靠门的那个窗孔灌进风来，我缩了缩身子，掏出我装在口袋里的蜡烛，然后我点起烟，又点起蜡烛，我是漫不经心地向原原看去，在摇曳的烛光中，那张苍白而又泛着青色的脸笼罩在烛光那粉红的淡淡的光影中，脸好像也在荡漾，当然我看见了原原的脸确实与我一模一样，只是小些罢了，尤其那眉毛，高高地扫着、挺着，在嘴巴，在下颌那些奇异的曲线处是我经常在镜子里所看到的自己，这个孩子真是太像我了，我忽然高兴起来，凶猛地吸着烟，用手一边在他脸上比划着，抚摸着，一边又把烟灰弹在地上。我很想俯下身来亲亲他，但烛光摇动得越来越厉害，窗孔那儿风也凶猛多了，我只能一边用手拢着烛光，一边继续对这张脸出神地审视着，后来烛光快要灭了，我抬起来用身体护着，然后我凑到他手边，那手有两个指头翘着，另外的弯着，全部垂在床单上，好像是我自己的手似的。

吴院长用手按在我手上时，我觉得那酥软的手指像个面包条似的。她做了个要把烛光吹灭的手势，但我止住了，她小声地凑在我耳边说，你都看见了吧，够不够？我想没有什么不够了。我继续在原原的床边捱磨时间，她一定看见了我脸上的泪痕，但她不以为然，对我凶狠地说，现在应该把问题挑明白讲了，你自己也千万不要有什么顾忌。那个专门照料原原的老太太不知什么时候从我手上夺走了蜡烛，吴院长用她肥胖的身躯在背后挤了挤我，让我尽快出去，我并没感到对于原原相貌的侦察使我的心情有什么变化，相反我竟对吴院长说，我真后悔在后面怎么就没有梦了。吴院长冷笑了一声说，我看你一直都在做梦。她这一说，反而使我糊涂了。到房门外，才发现窗户边站满了人，有王干事他们那一伙人在内，甚至宋莲也夹在其中，披着一件御寒的军大衣。王干事边上的一个人对吴院长说，他没什么多余的过火的东西吧，还算清醒？吴院长点了点头。王干事在那装模作样地说，把他带到办公室去，千万别吵醒他，也不能吓着他。看来大家都以为我是在做梦似的。我知道我反对他们是没有用的，于是跟着他们到了院长办公室，办公室里坐满了人，人们没有再吸烟，王干事和吴院长小声地交谈着什么，大概是在说，这个灰灰与原原一定有关系，长得那么像，他们在猜测会不会有血缘关系，这不是凭空想象，你们瞧他俩实在太像了，他们在谈话时的声音逐渐加大，似乎忽略了我的存在。

王干事说，除了是父亲（我大胆的构想）不然怎么会这样感情用事，深夜来看他？吴院长后来和其他老师们一道从封尘的抽屉里找出一个档案袋，翻到了原原的档案，她小声地对王干事讲述原原的情况，孤儿历史顿时在屋子里传述着，我听不清楚，但可以从他们的脸上看出那是另一部屈辱而又悲惨的历史，原原太不幸了，他们说。后来我自己抽起烟来，并自言自语，甚至还老是对宋莲那个位置频频使眼色。最终王干事拍了拍桌子对我叫道，这下子你可清醒了吧？我没有说我一直是清醒的，在我看来我清醒与否对事情本身没有任何意义可言。你听到了吧，你是在梦游，王干事说。由于王干事是民政局的人，我以为他对我的任何判断我都可以不加理睬，所以我说我不知道，也许是梦游吧，我画蛇添足地说。说你梦游，不是我们虚构的，他又说。我还是不便表示反对。对你梦游我们没有反对意见，关键现在你要明白你的梦和这原原的死有关。这一点我完全不同意，但我仍没有强烈地反对，甚至这一次我没有表态。这些我们都不管，王干事把手一挥说，但现在我们怀疑你是原原的父亲，刚才原原的档案我和吴院长还有同志们都看了，你很像里面所记述的那个与他去世母亲有关系的那个人，当然这一点可以让公安们去查，我们，请你记住，仅仅是怀疑你是他父亲，我们一旦怀疑，我们就会建议别人去查，你梦游到原原这儿是有深层原因的。宋莲不知从什么时候消失了，由于王干事公开说我可能是原原的父亲使我马上对原原有了更强烈的爱心，这爱心令我自己也坚定不移了，即使是他父亲又有什么不好呢，如果真是父亲，那么我的好感不是更有依据了吗？

那晚，我就住在孤儿院，甚至他们特许我可以在夜里随时去看望原原，我的房子就安排在离原原不远的一间，新准备的睡觉用品，一张旧床，一个洗脸架，一盏煤油灯（电灯坏了），然后我躺了下去，由于我内心有一种当了父亲的莫名其妙的激动，因而我竟然没有想到应该在夜里溜到宋莲房间里做点什么。可以说那个夜晚我一直在原原房间和这个新卧室之间穿梭，我并没有认真地思考我的过去到底与这孩子是否可能有关系，相反我倒像求之不得似的。我在那边替他拉被子，尽管被子从没有动过，老太太也尽职尽责地守在那儿，但我仍然既悲痛又欢欣地来回忙着。对这样一个孤儿我发现我灵魂中一股秘密的暗流冲动了，我从来没有像那个夜晚感到过充实。我想我对他的好感已完全有可能，并且有必要上升为一种至高无上的爱，如果他们怀疑我是他父亲，那么就让他们把这种怀疑变成一种肯定吧，我将牢记在心中，感谢他们发现了我，发现我是一个夭折的孩子的父亲。孤儿院夜里一片沉寂，没有一点儿气息。在隔两栋房子的东头那套屋里那些孤儿们安静地睡着，有些老师守在那儿，在他们的身体之外，偷窥着他们的梦乡。我只想时时地看见原原，时时地记起他，跑来看他的脸相、手势，那种亲情使我热泪盈眶，虽然他去世了，但我觉得他仍像活着一样，甚至比活着更可爱，我感到在悲痛中得到了满足，我似乎看见了漫漫生活中良心那奇异的出路。在这晚上，没有人再来管我，我发挥了一切热情和想象，对原原表达了关怀，即使我可以自鸣得意地想我就是他父亲，但我仍把他局限在一个孤儿的概念里，我觉得像这样一个孤儿，使我生命本身被反衬出了一种高尚的光环，使我看到我自身的热情，使我兴奋，使以前所有的平庸和不幸都在这冰冷的尸体旁软化而去，剩下的只是上升这种亲密的感情，上升我对孤儿的爱，把它上升到一个父与子的高度，我赞颂我的梦。我认为这是一个美丽的夜晚。

第二天一大早，天还没有完全亮，我就急忙带上门，准备迈出孤儿院回家好好收拾一下，而且还得到单位去请假，我觉得从现在开始，对原原这个人我的责任更大了。早晨的孤儿院很冷清，有个别老师已经起床，宋莲卧室的后窗仍亮着灯，很可能已经亮了一夜。我用冷水抹了抹脸，发现自己无比清醒，内心也纯净极了，总之在这清晨的孤儿院中我感到活着那强大的正义的力量，一种人道主义的力量。没有人在意我的忙活，尽管我在刷牙时响亮地咳嗽，跺脚并发表我对天气的看法，但大家都似乎忘记了我，而这恰好使我心境更加明朗。我觉得我真有幸与孤儿院建立起这种默契的关系。收拾停当，我仍然拨开小门，要从那道大围墙下面往回溜。开门后我发现宋莲抱着双手站在那儿，她穿一件紧身毛衣，外面罩着昨晚那件军大衣，她看见了我，并没有以往那么热情，而这也恰好符合我现在被净化了的心灵。我双手不停地搓着，用嘴巴哈着热气，为了使将来对于宋莲仍然有机可乘，我把自己从严肃的状态中往回拉了拉，我装作嬉皮笑脸地说，你要知道现在我和以前，这不，就是和昨天一比，我也发生了变化，我现在，你想我内心，怎么说呢，我望了望天空。在太阳没有出来之前，天空泛着一种难以名状的淡红色。

她不说话，也不再看我，而拿双眼盯着远方。我只能继续向她解释，对于未来我是充满信心的，我是说对于我俩的未来。我俩还有未来，我俩之间有过什么？她很悲痛地说。我无法理解她烦躁的心情，我只是对她说，不论你是否理解我现在的位置，我自己都明白我比以往更具有爱心、热情和忍耐力！什么位置？她大声地喝道。我用衣服的领子竖起来遮住冰冷的腮，我说我是他父亲。父亲？她冷笑道。这让我恶心，她说。她这一说使我热情的心被冰针刺了一下。我不做声了，任天空妄自尊大地发红、发亮，缩短与我们头顶的距离。你还是应该出去，应该到外面去，我建议道。到哪去？她问。我说当然是到我那儿去。去干什么？她问。我说，随便，也许仅仅是看看有没有离开孤儿们的机会。这我办不到，她说。你看，你也爱孤儿们不是吗？你是老师，你成天的灵魂一直面对他们，你看，我真傻，竟叫你离开他们，哦，不，我是说你应该有这种机会，就像假如有一天孤儿院不办了，世上没有孤儿了，你有能力在外面生活，我是这个意思，我说。谢谢了，她说。有一些小鸟在隔壁工厂的围墙上叫着，由于围墙很高，无法看见它们轻灵的身体，我想也许我确实太严肃，太真诚，太激动了，以至冷落了宋莲，改变了我作为一个俗人那可亲可爱的优点？于是我用了很大努力打破我现在这种紧张的平衡，我伸出了手，放在她胳膊上，她起初没有动，当我进一步向她胸口那儿抚摸时，她不再像往常那样依顺，忽然暴躁地甩开我，一个耳刮子打过来，我的脸冒着火星，很疼。

但我忍着，我想将来会讲清楚的。她在那儿捂着脸，以哭泣的口吻说，我只是以为他像你是一种缘分，但想不到他们把你诬赖为孩子的父亲，你竟不知羞耻地承认了，你说，你什么意思？她松开手，有点浮肿的脸冲着我直嚷嚷，我连忙往后退，靠在墙沿上，我有气无力，我说，这有什么不好呢，我只是宁愿相信我是他父亲，这样不是更合理吗，不是更使人明白我的爱心没有白白地……我没有说完，太阳已跃出地平线。她愤怒地叫道，俗气、卑鄙，你欺骗我，我本来还以为你是一个热心肠的人，对孩子是一种无私的爱，但想不到你一直渴望的竟是做他的父亲，如果没有父子关系，我看注定不会有这一切。我说，不管这种父子关系是先天的还是后天的，你都要知道它使我发现了生命的热情和意义，有什么比做一个父亲更让人心动呢？卑鄙，她仍在那儿叫道。你知道别人在背后怎么说你吗？你居然那么轻易地就接受并用你的行动认可了这种关系，你所有的对孩子的好感都变成了媚俗，变成了一种对自身罪恶的掩盖！罪恶，什么罪恶，我稍微加重了一点语气。她不说，但对于她所提到的罪恶我并没有记心里去。现在好了，你跑不掉了，孤儿院后墙被侧斜的阳光照耀着，水泥一动不动，卑鄙，卑鄙，她在那儿骂道，然后消失了。我仍站在后门那儿，我听见她跑到前几次和我约会的那间堆废玩具的房子里，用手用脚凶猛地撕扯，跺着，旧玩具进一步报废了。不久，宋莲就在里面疯狂地哭了起来，哭声很大，然后各种错乱的脚步声就从孤儿院的大门和前院那儿朝这一侧奔来，我赶忙抬脚从工厂围墙下面冲了出去。

回到家，已将近中午时分，门开着，里面坐着李佳和中如，他们见我回来都没有什么多余的表示，站起来，寒暄了一下，好像我是个客人。李佳说，看到了？我说，确实是一样。什么意思。我没有回答。中如挨着李佳坐，在那儿，俩人显得很投机。你怎么也回来了，我问中如。怎么，不能回来？她反问。我说，不是那个黄老师的吗。别扯，别用你那脑瓜子来乱扯，她说。我没有扯，我扔下手上的包，叫道。别冲我发火，她说。李佳把我拉进卧室，掏出烟，关上门，好像在商量什么秘密行动似的。过了好半晌他才说，她废了，中如废了。何以见得？我问。这不，她刚才和我，这不，我先说她对我讲的，李佳吞吞吐吐地说。她对你讲什么了，我不屑地问。她对我讲，不论怎么说，她在内心对黄冈这人产生了永远也不会消失的爱情，她说，那是她的命运。爱一个近代史老师，因为他掌握了献媚，用它解决了近代史，这种才华，让她动了心？我问。这我不知道，李佳说，反正我觉得如果一个女人对爱情有了这种把握的话，那么她就不可能再回头了，所以对你灰灰来说，她是废了。由于宋莲对我的拒绝、污辱和鄙视，使我现在再次面临来自中如的不幸之后，我无法忍受了，我叫道到底怎么了，这个时代，我怎么了？为什么会这样？说完我埋下头，把烟头摁在我的皮鞋上，发出一股臭味。划了他，李佳说。划谁？我问。孬种，划他黄冈！李佳站了起来，摸了摸腰间的家伙。我没有反应，他说，不论他怎么样，他也不能搞我们的女人，他骂道。我们的女人？我问。是啊，你的，就是我们的，他拍了拍我的肩膀。我握住他的手说，划！于是我们上路了。

在我们经常吃饭的那家饭馆吃饱了肚子，我又去添了一把新刀，在手指上试了试，足够锋利。不知怎么，我的腰板挺得非常直，脚步也铿锵有力，我一直在提醒我自己，我是个男人，一个并不渺小的男人，现在我还有了孩子，一个已经去世的孩子，但毕竟我是个父亲，我得让别人看到我不是那种胆小鬼，不是那种对一切都无所谓的人，我想，我有本事来对付这个世界。找到黄冈家，我们敲开门，又是好半天才开门，黄冈把我们让进屋，然后他自己一溜烟跑回卧室穿衣服，今天是礼拜天，他起得晚，他再出来时从卧室里带出一个姑娘，那个姑娘手拿一本历史书，看见我们两个凶恶的人，很伶俐地拨开门跑了。黄冈向我们笑着。我说，我是灰灰。他说，知道，上次李佳见我时跟我说了。李佳没有做声递过一支烟来，并点了吸着，我掏出刀，放在桌子上，然后把刀推过去悬在桌边，悬在黄老师的腿边，我粗暴地叫道，小子，拿起它吧。黄冈还是不动，他浅笑着，一副若无其事的样子。我可没有什么，他说。可你玩了我的女人，我说。李佳在另一边也终于开口道，你用你那狗日的献媚骗了多少女孩子，你这个近代史上的杂种！他骂道。我的手一直紧张地按在我腰间的另一把刀上。气氛在我们看来还是足够紧张的。

黄冈居然坐了下来，他向我们要了一支烟，只要他不拿刀子，我还真的不想下手，也许我的仇恨还不够剧烈。反正我正想听他说话。他抽着烟，皱着眉头说，灰灰，你的事情我也听讲了，甚至最近的我也知道，我看你已经不能自拔了。我，不能自拔？我难受地问。是，你想想像你这样一个人怎么会无缘无故地往孤儿院跑，可能吗？我说，那是因为我的梦。别提梦了，从头到尾，你都在献媚，而你却一点也不察觉，中如也没提醒你？他问。我说，我现在有我自己的爱。哈，哈，黄冈笑了起来，我恨不得扑过去，但我仍旧忍耐着。他说，你不仅在献媚，而且还非常殷勤，全身心投入，看你现在的样子，我听人说了，你刚刚当父亲不是吗？这是献媚，从一开始你做那个梦，梦见和你一模一样的一个孩子开始，你对孤儿院的好感就是不纯正的，它不是一种令人尊敬的好感，而是一种献媚，你希望你对孤儿的好感能神圣起来，能绝对化，使你充满了仁爱，但你不可能，因为你是一个无聊的青年，因而一步一步地通过献媚，通过对一个丧世孤儿的探望、关照和联系，你取得了认可，那就是你是他的父亲，可谁真正相信呢，只有你自己，只有你自己觉得，你是绝绝对对的他的父亲，而这不是献媚吗？我无话可说。一种难忍的耻辱、愤恨、悲观和虚弱浸染了我，我居然从椅子上掉下来倒在地上，倒地时腰间的刀清脆地掉在地上，发出一声脆响，这时黄冈迅速抓住刀，从桌面往这边扑，还好，有李佳在，他用匕首插进了他左边的臂膀。

在审讯室里，王干事坐在次要一点的位置。在中间坐着的是以前经常在吴院长耳旁低语的人，他是个公安。他拍了拍桌子叫道，现在好了，一切都清楚了。可我想我清楚的只不过是我是一个父亲，这一点我坚信不疑，可问题在于他们也认为事情的症结就在这个父亲的身上。公安王明说，在死者的档案里，留有他母亲的一封信，我们认为你应该读一读它。我说，我不想读。他说你必须读，只有读了，你才会知道你是他父亲。我说，我不读，我是他父亲，我是可以凭借自己来肯定的。到底读还是不读，他问。我说，不读。那么我们念给你听。我说，那行。于是他们就念起来，他在读之前，我在想所谓这个民政局的王干事看来根本不是什么王干事，对，他一定是侦探，我恍然大悟，看那犀利的眼神和敏感的嘴唇！他念着，我不得不听着。原原的母亲说，我要把原原养下来，我才去死，我才可以去死，孩子是无辜的，因为他是一个人，但只要他活着，就是一个线索，就可以用他来破案。什么案子，你知道吗？王干事在边上敲着烟灰缸问。我不做声，我在思考。是强奸案！强奸的字眼在我大脑里闪烁，它一下子把我带回到若干年前，在一个阴冷的晚上，我骑车从一个朋友那里回来（他就是李佳），在转到双龙路拐角时，在一个墙根下面，后来在一个遮雨棚下，我掳掠了一个大概从农村刚进城的少女，我疯狂地占有了她，那是我的第一次性生活，即使强奸了她，我对她仍有好感。我情不自禁地说，对。过一会儿我又天真地问，那原原，你们也认为肯定是我的孩子了。公安们发出鄙视的微笑。我并没有为从这个角度确定我是他父亲而有多少欣慰可言。王干事补充说，我们已从那晚你留宿孤儿院时，留取你的尿液作了化验，可以确认你就是他父亲。另外长得也一模一样，不是吗？他们都笑了起来。我也很放心地笑了。现在可以告诉你，你被捕了。

表演的价值

我并不怕野兽，这是我在斗兽场上的第一个观念。我和公牛目光对视的时候，我已经滴了三瓶眼药水，以使我的眼睛闪闪发光。我在心里像骂一个人一样的骂它，但我同时也在斗兽场上憎恨我自己，因为我知道，从本质上说，我们之间没有区别。在人群的欢呼声中，我站在围栏的边缘，然后我骑上训练有素的马，拿着剑头很短的杆杆，在那儿向公牛吆喝着，公牛似乎并没有被激怒。我向前挪了一点，它还是没动。N 当时坐在看台上，手持他的望远镜观看我的每个动作，我能从偶尔的强烈反光中看到 N 望远镜的镜片，我感到在他的目光中，我行动显得并不自由。记得那是在一个盛大的聚会上，N 把我拉到餐桌的一角对我说："如果你听我的，你的生活将会发生巨大的变化。"几年以来，我确实成为了 N 的一个朋友，我对他的话，言听计从，甚至可以说他主导了我的生活。他时常对我说："人类本来就需要像你这样的人。"在我大脑中闪现 N 与我往事的时候，公牛已经注意到我，我们之间隔着近三十米的距离，我的声音表明我一直在向它挑衅。

公牛在那儿挪着细小的步子，它把角往下面稍微收了收，仿佛它在黄沙满地的硬土上能够嚼出一口青草来，我嘴里说着"你死定了，你妄想，妄想!"话音未落，我向它冲去，我看到公牛很轻松地向我冲来，在它的视线中也许我的剑根本不存在，在它和我交错而过的时候，我因为没有准确掌握好姿势，所以我虚晃一枪，顺势溜掉了。人群中发出唏嘘声，我看到 N 望远镜的反光在我马匹的头颅上闪烁，我对我自己说："我是人，我不能急躁。"我回到围栏边缘，口中念念有词，人群屏住呼吸，他们知道我将再一次向野兽冲去。但这一次无论我把剑举得多高，吆喝声多么恶劣，那头公牛仿佛对我不感兴趣，静静地站在我对面喘气。我，没有挑逗起公牛，这一点让人群十分受不了，他们开始站起来帮助我齐声呐喊，公牛环视了嘈杂的人群，似乎我从它的脸上看到了轻蔑的笑容。N 终于忍不住，从人群中冲到过道，然后我看见他灵活的身体迅速钻到围栏的外缘，以至我能听到他对我的鼓励，"你快出击，出击，乘它静止时，刺它一枪。”我只得照办，我相信N的经验是对的，我两胯夹住马，手持剑，微微侧身向公牛冲去，公牛仿佛对我的目的一无所知，它站在那扭了扭脖子，我短短的剑头刺到公牛的背筋上时，公牛发出了一阵威猛的战栗。

公牛在围栏边缘不动，这是我近几年斗兽生涯中一个真正的敌人。它在背筋上鲜血微渍的时候，有可能明白了我的软弱和空虚，他的冷静是对我最大的讽刺。N在边上叫着说：“你必须打败它，让它完蛋，你才能有脸回去。”我被N的话激怒了，我在场地上骂道：“你们这些杂种，它不动。”人群在我辱骂他们的时候，渐渐把注意力从公牛的身上移到我身上，我发现他们开始对我进行评论，他们一致认为，真正被激怒的是这个斗兽员，而不是公牛。我在他们的目光中既仇恨无比又沾沾自喜，甚至我在保持我面对公牛凶恶的脸相的同时，很得意地溜起马来，我注意我屁股下的白马完全听从我的每个细微动作，以使它的步子像舞步一样优雅而具有规律，我看到白马那善良的眼睛像泉水一样清澈，尽管斗兽场上的黄灰时而弥漫在它的周围，但它仍然对我毫无怨言，我骂道：“你这乖种！”人群在我思考白马的时候，发现我突然平息的疯狂感使他们失望了，于是他们向我吆喝起来：“你快上啊，扎死它，让它倒掉！”我发现一只饮料罐向我的头部击来，打落了我的帽子，N在边上诅咒我：“你这胆小鬼。”

我用手提着马鬃，让白马往后退，其实我是在为我的下一个步骤做好准备，我认为我无法再等待下去了。我扭头对N说：“我其实已经完成任务了。”N对我的话置之不理，他说：“你虽然已经把你的剑扎进去了，但人群并不满意，他们期望的是你和公牛之间的一种真正的较量，你要把你所有的剑都刺进它的背筋，人群才会满意，否则他们会怀疑你的。”N和我的对话，我根本不能多加考虑，因为这是我的任务，他叫我怎么干，我就得怎么干，这时我的眼中浮现了在很久以前那宽阔无比的峡谷中，大群大群的野兽像洪水一样冲来，而那些孤单的人终于向他们迎去，给它们痛击，杀死它们，然后自己得以活下来，我设想他们那勇猛无比和精练的技术，他们肯定能够活下来就证明了他们比野兽更强，更有让人吃惊的地方。我觉得我现在已经不再是表演了，因为我把这头公牛当成一个与我共同争夺世界的人，如果它活着，我就必须死，所以我向它冲去，我那种咆哮的唾沫在空气中飞散，公牛终于向我冲来，但就在我们相遇的刹那，我发现它突然站住了，它的目光充满了仁慈，它那狰狞的角也固执地静止了，这时我的剑使劲刺进去，我发出了天摇地动般的声音，人群对我的表现发出了巨大的嘲笑声，因为公牛散着步扭头向它出发的地点回去了。

我那难堪的场面让负责斗兽场的管理员们为我忧心忡忡，他们拉着我的马让我到休息处休息一下，我从白马的身上跳下来，N把他的望远镜挂在身上，搂住我的腰肢，许多记者卡察卡察地为我们拍摄镜头，并且有记者采访我，要求我对这头公牛的心理状态作某种解释，甚至他们询问我与这头公牛是否以前相遇过。我对那些蜜蜂样的人群挥手，他们冷淡地蔫了下去，但不可否认他们的内心都在燃烧着一把火，因为这头公牛确实让他们喜欢上了，它那稳重而大方的神态，它那大义凛然的作风和稳定的心理素质，让人群觉得它应该赢，应该成为斗兽场的真正英雄，而对于我呢，N小声地在我耳边嘀咕说："人群开始怀疑你是不是一个优秀的斗兽员了。"N把那些记者从我身边赶开，然后他把我拖进一间换水的小屋子，他对我说："如果你不能优异地表演，获得人们的认可，人们就会不承认你今天到这儿是来斗兽的，他们会发现你另外的目的。"我喘着粗气骂道："可这头牛即使今天不死，也逃不过几天了。"其实N在我剑头上抹了一种烈性传染病毒，几年以来，我就是为N干这样的勾当，让我所对付的所有的公牛都成为废物，再让它们参与交配，搞垮它们的种族。

N这个在世界野兽界闻名遐迩的间谍实在老谋深算，在他的手下，我是唯一一个到目前为止还没有被野兽打败的斗兽员，因为我的成功表演，使别人把我当成真正的猛士，他们不会猜想我居然在为一个间谍服务，N用他的望远镜轻轻地砸了砸我的脑袋，他说："你出去吧，快回到公牛那儿去，把它刺得抬不起头来，让观众满意为止。"我再次出场，观众看到我表演的神情没有了，于是他们在看台上要求我表现我不可一世的疯狂。N举着他的拳头，率领观众们为这个场面拼命加油，公牛似乎有些莫名其妙，它看了看人群，然后把头低下去，那样子仿佛他在细心地观察这到底是不是一块人为的场地，是不是这次较量还有其他目的？它想，它是搞不清楚的。它对着我，我发现它的目光把我当成一个陌生人，这一点让我十分恼恨，因为我觉得它应该把我当成一个水火不容的敌人，这样才能促进我的表演。

人群中开始有人说我是一个没用的笨蛋，我向看台望去，人群又嗟叹我的懦弱。于是我把眼珠差点从眼睛里抠出来了，我似乎在向他们保证，我随时可以疯狂。公牛这一次从它靠近围栏一端慢慢走到了场地的中央，而且它扭动它下坠的肚皮，并用脚蹬它自己的屁股，有人开始从看台上退场，N差点就在场边大哭起来，我被这些退场者在临走时对我的咒骂声再次激怒了，我用力捶打我的白马向公牛冲去，由于我那把剑在与公牛还有一半距离，从手中往下准备刺击时，滑到了地上，我本能地缩回马背，公牛像日常生活中的那样仰起他的左角，我发现白马的脖子下面很快划开一道巨大的伤口，血流如注，白马散发热气，仍然把我驮着。我发现这白马比我还可怜，人群为白马欢呼起来，似乎在这个瞬间之后，白马立刻成为主人，而我呢，成为一个无聊的小丑似的，N和我都无法忍受这一点。人群开始为白马欢呼，并举起他们激昂的手臂，有人在欢呼声中喊道："换斗兽员，换斗兽员。"

为了重新夺回我的骄傲和位置，也为了让观众重新回到我身上，N在那儿残酷地命令："你给我离开马背，跳下来，单独与公牛决斗！"我被N的话刺激了，是的，我应该堂堂正正地与公牛搏斗，我说："我剑也不要了。"N伸出他的拳头打着我的脑袋，他说："你这个蠢货，剑不能丢，你不要忘了你的根本工作。"其实他所指的这个根本工作就是向公牛施放疯毒，而且越多越好，传染性更强。这样，我拿着剑，跨着坚实的步子向公牛迈去，那些正准备退场的人看到我离开白马，站到场地上，他们以最快的速度返回到他们的座位，并且屏住呼吸，场内鸦雀无声，其实我内心也没底，到底我能不能刺倒它，但我还是被一种伟大的英雄主义给驱使了。公牛在那儿看到它面前这个手持利剑的人，仿佛是它生活中的一个盟友，一个变态的盟友，于是我看见它学习我的步伐，在那儿一步一个脚印地往前慢慢挪动。人群终于完全把公牛忽视了，他们观察我的每一个动作，并且讥笑公牛的鹦鹉学舌，我觉得十分精彩，浑身洋溢着幸福。于是，我更加勇敢，我的步子也迈得快了些，其实我和公牛一样都已经在加速，它向我顶来，把它的角朝下一倾又迅速仰起，它那厚黑的皮脂把我的剑顶翻了，我抱住它的两角，然后它开始甩动我，我高高的屁股在太阳下散发昆虫般的灰尘。

人群发出经久不息的掌声，我在它角上任凭它摇动，我死抓不放，我感到它呼出的热气在我的小腹上徘徊，使我十分舒适，渐渐地我对它的摇晃适应了，人群用他们的手指在那儿伴随公牛的一低一高的挑动划着舞蹈，他们交口称赞："精彩的场面终于到了。"我从公牛转圈的方向中看到N站在前排为我拍手；但他同时示意我尽快乘机把剑捡起来，再次刺进公牛的背筋，因为按照斗兽场的规则，最终斗兽结果要看你刺进公牛背筋上剑的次数，但是，我认为我无法命令我自己从公牛的角上跳下来，也许公牛自己也不情愿这样。慢慢地，慢慢地，公牛终于变得没有力气了，我听到公牛突然发出山泉般的呜咽，这呜咽感动了在场的每一个人，他们交头接耳地说："这一次，它真的失败了。"人群把公牛当成了一个驯服者，而把我当成一个被驯服者，他们认为公牛没能制服我，他们为我欢呼，确认我的胜利。我在牛头上举起我的双手，公牛还在微弱地甩动，我仿佛宣布：我比它强。公牛那令人发麻的哭声在斗兽场回荡，人群开始同情它，跟我商量赶快下来吧，我们已经看到结果了。

我从公牛身上下来时，跌个仰面朝天，观众还是讥笑了我，他们觉得被驯服者毕竟是被驯服者，没有什么根本的转变。N 把我招过去说："刚才管理人员说了，你必须再刺它，否则你今天只刺他两剑，你将被取消你高级斗兽员的资格。"我向观众用双手摇了摇，然后我过去拿起剑，公牛见我朝前，它敏感地向后退了一步，我看到它脸上的泪滴在阳光下晶莹透明，一旦我拿起剑，人群不那么注意我了。因为我手中的武器，我想我可能丧失了人群对我的支持。我无法承受人群对我又低落的冷淡态度，我向他们大声地说："我是一个人，我本来就比它强。"人群中舆论哗然。我向公牛走过去时，公牛把屁股都靠到了墙上，它显得有点儿怕我。但我和它只有一尺时，众人都在惊呼"危险，危险"，然而我什么也感觉不到，因为我和它的目光说明了一切。"我们都失去了理智。"是的，我像表达人的生存能力和斗争技巧那样把剑在手中闪动了几下，然后，我轻松地刺进它的背，并且我一连插了几把。在这个动作的同时，公牛用他的角在我的胸口至少顶了几十下，每顶一次我的身体都被它托起，然后我也就顺势完成了下刺的动作，尽管人群中有人痛苦得受不了，但我对疼痛已失去知觉，在我刺完手中的剑时，我发现我的肋骨完全瘫痪了，我不能走动，很快倒在地上。

N 把我拖到了场外，许多人向我致敬，有些孩子用他们的小手摸我的脸，他们仿佛改变了我是一个怪物的看法，我在凄迷的目光中观察他们，发现他们对于这场表演还算满意。N 十分心疼我的伤势，他在管理人员和群众离开的时候，在我的耳边说："你一共刺进 $15cm^3$ 的剂量。"我看到他很满意。那头公牛自己迈着依然稳健的步伐从我们身边经过，N 这个老练的间谍向它的背影说道："你将最起码与三百头母牛交配，遗祸于未来。"

冠军的衰落

短跑冠军 N 跑得快，据他自己所讲是因为他聪明。他可以把他的裤子卷起来，指着腿声明他的腿并没有起主要作用，我注意到那些肌肉和筋块确实没有达到一个高级运动员该有的水平。不论 N 怎样陈述他的聪明，我和我的朋友们都不以为然，我们从来就没有崇拜过他，虽然他是个跑得最快的人。N 对我们的态度没有加以研究，他好像是活在他自己的大脑中，他总是自己肯定自己，有时把我们说得什么也不是。对于我这样一个在生活中一无所长的人来说，我感到 N 怎样蔑视我都无所谓，因为我对他本人也含着巨大的陌生感，只要我一闭上眼睛，我在大脑中所内现的 N 就是一个飞跑的形象，像一只小鸡或狮子。我在暗地里责骂 N，为什么跑得那么快?！我从来就压根儿没有去主动想过 N 表现中的每个细节所蕴含的意义。就像他自己肯定十分看重终点一样，我看重的是他那种飞跑中的存在，像一条纵深的线。

但是自从 N 和我妹妹相遇之后，我和 N 之间就发生了一些具体的事儿。N 在我妹妹转身时对我说："她很灵气。"我漫不经心地说："那是，我妹还是个空中小姐呢。"N 听完我的话后，十分震惊地站了起来，我连忙把他按下，我说："你也太动情绪了，你可不要乱来呀。"我半开玩笑半认真地说。N 用手把我甩回沙发上，我看他跨出迅速的步子走到我妹妹的身后说："我叫 N，是家林的同学。"我妹妹对于 N 的情况有所了解，她说："你就是那个跑得最快的?"N 没有谦虚，他说："有时我跑得就像飞呢。"我妹妹对 N 在后面的突然插话感到有点儿不适，她说："我对你还不了解。"这时我从后面过来了，我扯着 N 的肩膀说："你就别神了，我妹妹还要到里面拿东西呢。"N 有点儿不舍。可以说从一开始，我对 N 盘问我妹妹的情况就存有深深的反感，说心里话，我不喜欢 N，我觉得在他和我之间，或者说在他和别人之间存在一种巨大的距离，而且这种距离似乎在侮辱另外的人。他那极度自信的风格让我受不了，我在心中问我自己："他凭什么说他聪明，就因为他跑得快?"

从此 N 对我变得更为不尊敬了，他甚至在许多朋友在场时公开说我是一个愚笨的人，而那时，我正在纺织厂搞一项技术革新，并且已经在单位得到重视。N说：“他，他算什么呀，一辈子只能原地不动，当个小工人，即使他是个技术能手，那也是要做到死的。”但是，N的这些话居然在朋友们之间没有引起注意，大家既不指责N无理，也不为我细想。N在心里知道他已经十分喜爱我的妹妹了，但与此同时，我下定了决心阻止他去接触我的妹妹，因为我感到这是一个与我们在想法上十分不一致的人，他不可能脚踏实地地生活，虽然他的冠军是跑出来的，但是他无法在生活中按部就班地爱一个人以及理解一个人。甚至我直言不讳他所自诩的聪明是建立在盲目的自信上，就像他理解终点一样，因为他已经到了，所以他才发现终点对于他才有意义，然而对我们绝大多数人呢，我们的终点是分散而众多的，我们不可能像他那样从不回头，因为我们会有错误，而他自己就从不承认这一点。

N和我走在马路上，我发现他十分别扭，一个优秀的短跑运动员居然在走路时显得沉重而底气不足，于是我产生了怀疑。他说：“我很喜欢你的妹妹，我要娶她。”我说：“这不可能，我认为你根本就不明白你要怎样去与她相爱，这一点你没有任何可能性可言。”N也许被我的话激怒了，他说：“为什么不行，我这么多年一直在拼搏，我相信我自己，我可以战胜一切。”他又一次向我列举了他是如何由一个学校冠军到区冠军，到市冠军，到省冠军，并且在阐述这个过程时，一再向我说明他并没有付出太多的汗水，他指了指自己的脑子说：“我是由这儿来跑步的。”我对着黑黑的夜空发出笑声，他并没有为我的笑声感到丝毫的难受，他说；“我不需要向你解释这些，但是我自己现在也必须承认，你在我和你妹妹那畅通无阻的道路之间成为一个障碍，本来我可以像跑步那样从你边上绕过去，或者跨越过去，但是我发现你在伏击我，你阻止我，用你的心在阻止我……”他停顿了一下，我说：“是啊，我认为你没有能力去完成爱情这样一个过程，你把爱情当成一个终点了，你无法过日子，无法具体地打发时间，因为你永远在疯狂地奔跑。所以我也下定了决心，不让你和我的妹妹相好。”N站了起来，他捏紧了他的拳头，他的身体做了跑步的姿势，我可能骂了他一句，然后我看见他疯狂地向前冲去，他确实跑得很快。

N在铁门刚刚开启的停机坪外围寻找我妹妹，他穿着并不时髦，眉头紧锁，我一想到他等待自己所喜欢的人都没有快乐时，我感到他这人真他妈有罪。我妹妹最后一个从机弦上下来，大概她今天乘了三趟班机，有点疲倦，所以她在快到N面前时，一直用手捂着自己的头，N在她面前吆喝了一声，我妹妹停了下来，她笑盈盈地说：“哦，是你，你在这等人。”N

说："我正在等你呢。"我妹妹听N说是等她，仿佛一下子遭到了打击，她连忙闪身走开，N在她身后说："我想约你今晚吃晚饭。"我妹妹踩着她可爱的脚与她的几个同事打了招呼，然后她有点不知所措地说："我没空。"转身走了。我妹妹不喜欢他，这从第一次我就看出来了，但我绝不能相信我妹妹的眼光，因为无数次经历让我明白了我妹妹是个飘忽不定的人。她喜欢一个人主要是出于一种同情，所以我在心里发慌，"千万不要同情他，这个不应该得到同情的自高自大者。"

N站在起跑线上思索我对他说的话，他眼睛瞄着那白色线条的终点，他想："我真的从来没有想过我是怎么跑到那儿的吗？那么，我跑到那儿就没有意义了？"他感到火辣辣的太阳烤着自己的背，使他有点儿难忍，他想到我所说的他根本不可能完成一个相爱的过程，他在咒骂我："这个畜生，我如果不能完成一个相爱的过程，那么我又如何完成我的一百米呢。"他还没有想完，就拼命地冲了出去，这短暂的距离，他感到他想强烈地克制自己去体会这个跑步的距离，但他感到已无法主导自己，他的整个头颅在空气中晃动。他似乎感到自己的灵魂和器官都放弃了对于自我的关注，只是在那儿甩荡，但他同时也感到了那种终点所带给自己的巨大压力，使他的目光成为一片模糊的同时，他看到了自己幸福的所在，然而在同时，当他在终点歇下来时，那种不可抵抗的悲观仿佛一种深深的真理把他制服了，他开始问他自己：我真的很聪明吗，那么为什么别人从来不承认这一点呢？他把自己的脸贴在终点的白线上，他感到那条白线顿时变成一条柔软的粗线，把自己的整个头部都捆起来了，他听到观众们在那儿欢呼，庆祝他的胜利，他流下激动的泪水，爬了起来，向观众挥了挥手，观众冷静了下来。

N把我们那帮朋友全部召到一起，坐在三楼的大平台上，当时太阳正在下沉，N含着巨大的委屈对他们说："我现在真是拿家林没有办法，我还从来没有发现过这么愚蠢的人，居然阻碍我和她妹妹之间——"朋友们对N所说的话显得十分冷淡，所以为了打破这种冷落的场面，N自言自语道："我怎样才能让他消失呢，按照规定他是没有道理成为一个障碍的。"朋友听不下去了，忍不住站起来说："谁规定的？他有这个权力，为了谋求他妹妹未来的幸福。"N知道他所说的这种规定只是沿用了他在比赛时关于道路的陈述，然而在生活之中，在自由的人民之中，这种规定我的朋友们无法理解，简直荒唐。朋友们说："N，你的冠军只是你个人的，对于别人来说，它丝毫没有诱惑力，因为连你本人也知道，你只会跑得越来越远。"N长久以来第一次发现他的朋友开始对他的跑步作了议论，于是他感慨万分。那晚之后，他打了个电话给我，表示他为以前对我的无礼而感到惭愧，并希望取得我的谅解，他这出其不意的谦逊态度着实也使我感动了一阵子。

我妹妹要飞巴黎的消息传到N的耳朵，虽然她只是离开这个城市一星期，但是N却感到一阵灾难似的，他对我说："我将看不到你的妹妹。"我听到N重提我的妹妹，又引起我极大的不平，我张口骂道："你这个人，凡事都只想到一个极端，对于我妹妹飞巴黎，你像对待终点一样，以为终点不在了。"他低下头说。"她真的不在了。"我说："你为什么就不能开动脑筋，把你自己从极端中拔出来呢，你多想想她和你之间的差距，你就明白了她为什么不喜欢你。"他吃惊地问我："和你妹妹，差距?"我说："是啊，人越跑越远，没有人再能认识你，那不是差距是什么。"N好像感到了一种巨大的危险，他说："为什么我从来就没有想到这点呢。"我用手拍着他的背说："虽然你跑得快，但是你如果没有思想，那也毫无意义。"他坐到地上，我感到他很气愤，他说："我怎么没有思想呢，只是你们不理解罢了，对于我来说，终点就是我完整的思想，包括我对你妹妹的爱情也是这样，只要能够肯定与她相爱，我将达到目的。"我感到太可笑了，我拂手而去。

那一次妹妹在临走时，N到机场送行，我妹妹在机场那坚硬的机坪上确实有她作为一个空姐的特权，她可以随意走动，以使在栏杆外跑动的N不断张口结舌，因为他的话儿总是无法连贯，N几乎乞求她给他一个明确的答复。"能还是不能?"我妹妹耻笑他说："你以为你跑得快，你就可以目中无人，你以为我会崇拜你，你难道没想过我在天上跑得比你还快吗?"N在听完这句话之后，白眼珠接连眨了几下，然后我在不远处看到他倒在地上，在他的眼中，那些浑浊的泪水追逐刚刚起飞的铁鸟，他在发誓必须重新解构自己的生活。回到体训队，队长把他找去谈话，希望他眼睛把七运会的冠军盯得更紧，一定要跑在最前面，队长帮他抱紧拳头，并砸在桌子上，N对他的话越听越不顺耳，烦躁的心情最终使他暴跳如雷，从办公室冲了出去。

他跑到跑道上发现空无一人，在环行的四百米距离中，他第一次感到自己的希望仿佛落空了。虽然在一百米开外醒目的白线熠熠生辉，但这一次他感到模糊了，他开始起动，但很快有一种比死亡还要强制的力量使自己慢了下来，他的视线开始变得清晰了，他好像能看到道路上的每一个细节，那些黑细的砂粒和近旁的小草仿佛都忽然变得硕大起来，他在琢磨它们时，感到了一点儿快乐，并且他在大脑中还闪现了他以往生活中的每个细节，于是他又变得痛苦起来，这时他才感到原来自己是个细腻的人，他十分怀念我妹妹，他揣摩她的长相，仿佛她在身边与自己并排跑步。这一次他确实跑得很慢，以致队长在尽头向他拼命地指骂，他们怀疑他是否在发疯，那一次一百米他几乎用掉了一分钟，可以说他是走过来的，他到达终点时，队长指着他的脑子说："你这儿在干吗，难道装着馊水吗？"N无法克制他那崭新感受所带来的巨大力量，他一拳把队长打倒在地。

N从此开始在跑道上慢了下来，他直至在七运会选拔赛上用了两分钟才跑完一百米，使围观的朋友和群众都摸不着边际。我遇到他已是几年之后了，我看他背着手经常在我家的背后一条路上散步，他速度很慢。我妹妹在空中和一个商人相识，并很快结婚，之后就离开了这座城市。我那天特地堵住N，我看到他的脸上皱纹十分深刻，头发稀疏，脸色在微红中透着广大的苍白，我们目光相遇时，他显得特别温和，我感到我以前对他说的话多么不好啊，我发现他十分有礼，他说："又见到你了。"我哽咽了，说不出话来，他到我近旁说："我在想一个问题。"

黑骏马

王明开着他那辆破旧的汽车沿着大蜀山的盘山公路向山顶驶去，车速总在二十公里左右，放下车窗能闻到森林的气味，还有地皮的潮气和树根的腐味。他能从山路拐弯的地方看到许多年轻人，有的坐在石阶上，有的手拉手，有的在亲吻，有的七八个人在一起争论着什么。男孩子抽烟，女孩子们手里拿着橘子皮。在快到山顶的那一段，有一辆摩托车迎面冲过来，他如果不打一把方向就会撞上，他想到了自己的车子撞上摩托车的后果，摩托车上的人会飞下山去的。他还是戒除了自己的可怕的念头，打了把方向，急速地绕过最后几个弯道，把车子开到接近山顶的那块有建筑的平地。在大蜀山顶，有电视发射塔，有住着武警的平房，一家旋转餐厅，还有一个小型的带悬空转盘的游艺场。在简单地领略了这些建筑物之后，王明站在向着西南侧的山崖边竖起的石块上，俯看着山脚下宽阔的平地，向着远处的另一座山，他记起它的名字，紫蓬山。他看清了从香樟大道上延伸过来撇开大蜀山山脚向西南方向的公路，在公路的两旁有人燃起了稻草，浓烟阵阵，烟像是从大地上冒出的。有着火点，没有火苗，似乎已燃尽，只有青白的烟雾升腾，而不散去。在他能看清的第七处青烟和第八处青烟之间有一片池塘，在池塘的西侧有一小片黛黑色的小树林，他分辨着这一小块环境，在这块池塘东侧一百米左右的地方有三间瓦房，外墙是用砖头垒起来的，内墙是用土墩砌起来的，上面盖的本是暗红的小瓦，因为风吹雨打的缘故，已快成灰黑的了。这三间在公路旁的田野中突兀而立的房子就是他王明的，在这处房子的后面约三四华里的地方就会有一座村庄，但他很少到那些村庄去，尽管那些村庄里的人会在耕地时，买东西时，骑摩托车时，走亲戚时，上公路时，赶鸭子时，送葬时，迎亲时经过他的住处，但他能记住的只有少数几个人的脸。从山顶的角度，王明无法看到那屋顶的形状，他只是根据目测的经验，知道那房顶的位置。这是李翠走后他第一次登上大蜀山顶。

李翠不在这田野边的三间平房，这使得王明有机会到附近的村庄转转，还有大蜀山、野生动物园、桃源镇小街，王明跟着一个赶鸭子的四十多岁的女人到了王庄，到王庄才发现庄子并不像在远处看见的那样子，其实它很大，有许多房子，而且房子也不是那种在他平房那边所看到的新崭崭的楼房，这村子的中间部分，甚至还有不少老宅，这些老宅一律都是灰砖灰瓦，颇有皖南民居的韵致。而此处的合城却是皖中一带。他到王庄转了一圈，里边的人多半都见过他，因为从王庄去合城都从他的平房那里经过，才能到达通向合城的公路。他又到扬水圩去了一次，在那里他几乎没碰到熟面孔，因为杨庄的人可以绕道西侧上公路，在那边有一条机耕路可以插到安合路，再说扬水圩的人对合城的兴趣好像要弱些，扬水圩老老少少一般都一副慵懒的样子。一个星期过去了，他知道也许李翠就要回来了，李翠回来，他的生活会好些，有人做饭，收拾房子。李翠可以到城里去，可以到桐山购物中心去集中采购一批东西回来。王明自己不能开车进城里，虽然他这辆红色的破车是新近才弄来的，没人知道车牌，但他还是怕被那几个人看见，他们如果看见他，就不会饶过他，他们会把他抓住，然后就要跟他们结账，说得明确点，他就要把欠他们的钱还给他们，他对欠下的账很清楚，甚至数目也都非常明确。他不还钱，不是别的，就是因为没那么多钱，他住到大蜀山脚下的这处平房很容易理解，因为欠钱，还不出钱，所以要住到一个别人找不到的地方。他没采取一般人那种躲到深圳的办法，他还想过点好日子，躲过去了再说，而且躲在合城边上的大蜀山下，可以说近在眼前，但别人不会猜到。李翠到苏北去了，李翠跟王明在一起已经五年，她对王明的态度有些复杂，但他始终认为这个女人还是可靠的，她比他年龄稍小些，但人生经验并不差，她对一切都了如指掌，尤其在生意上是块好坯子，奈何王明在重要的事情上一般都不听女人的，所以李翠就没有办法，再说李翠也不是个能坚持的人。她所能做的就是不停地给王明想办法，出点子，而这一点很让王明喜欢，王明就欣赏她总能在关键时刻给他想出绝妙的主意来，比如前些日子，王明的内心遭到了欠债问题的极大压力，他让李翠给他解压，李翠想光凭女人的身体，光靠在床上或者是依靠睡觉来解压是不够的，即使她在这方面百般妖媚，效果也还是有限的。王明是个会做生意的知识分子，她要再给他新的刺激，李翠终于劝说王明放弃从前挣大钱的人生计划，应该过田园生活。王明说，我不可能完全跟城市生活隔绝起来。李翠说，你应该尝试换一种生活方式，你闲着，闲好了再回城里去拼命。王明说，我的人生哪谈得上闲。李翠说，你太没劲，我给你去买样东西，提提神，兴许有用。就这样，李翠踏上了去苏北农村买马的路。李翠怀揣他俩珍贵的三万块钱到苏北的盐城去，她说她有个朋友在苏北盐城的建湖县，那里产一种枣黑马，她要去买一匹。李翠的这个主意甚至没从王明的头脑里滤一下，王明便爽快地应允了，他想到了马的好处，他能够骑一匹黑马在田野之间以及田野边的公路上奔跑，这样的事情稍微想想就可以兴奋的。

李翠只花了两万七千多块钱就从建湖县的老郑手里把一匹黑色的烈马买了回来。王明拍着黑马的背，他与马的眼睛在倾斜的有些鬼魅的角度上对视了片刻，他看不出它能通多少人性，更别说会对自己有什么特别的情愫了。李翠劝王明不要急于跟黑马交朋友，以后有的是时间，现在黑马是你王明本人的了。王明一时没给黑马准备地方，只能把它拴在三房瓦屋的中间那间堂屋，堂屋有盏吊灯，正好悬在黑马的头顶。幸亏门空高，黑马是勉强可以挤进来的。只在堂屋站了半个小时，黑马就耐不住，王明只好把它牵出去。李翠从老郑那里带回的饲料只能供它吃上半个月，以后得自己想办法在合城这块土地上供养这匹黑马。黑马被王明拴在门前右侧的一棵松树边，威风凛凛的黑马跟王明的关系有些僵硬，双方互不熟悉。第一天，黑马就是站在大门口过的夜，而且夜里起风，李翠起来用手电筒照黑马，黑马双目怒睁，李翠急忙回去推醒王明。王明说，不要管它，它只是一匹马而已。

第二天，附近的王庄、扬水圩和毛坦厂庄的人路过这边，并没像王明预备的那样会对黑马驻足评判，他们一概无趣地盯两眼，便如往常一样地离开了。黑马并没给这三间瓦屋以及里边的男女带来什么新奇观。王明还是熬不过夜里李翠三番五次的惊叹，他在第三天动手给黑马砌了个马棚，是用红砖砌的，上边搭的是石棉瓦，在墙顶的东西两侧漏了半尺高的勾缝，里边干爽清净，还在靠北侧瓦屋的墙边砌了石槽。一间还算标准的马棚使李翠对王明大为佩服。夜里，李翠脱光衣服，在王明身上不停止地攀附，王明闭着眼，抚摸李翠，李翠有些狠心地说，要是有一天，我们分手了，黑马倒是个见证，它看见了我为你做的。王明是在一个礼拜以后，才骑上黑马的，他坐的马鞍是李翠从南京夫子庙买的，还算结实，骑上去，王明怀疑这匹马很可能是匹军马，因为它的肌肉和步伐与他以前骑过的任何马匹都有明显的不同，更奇怪的是它的加速带有训练有素的特征，他沿着大蜀山山脚向紫蓬山方向骑了十华里，然后黑马轻易地把他驮了回来，这一趟，虽然时间不长，但一下子拉近了王明和黑马的距离，他下了马，李翠已在捆扎王明的图书，他放下手中的毛巾，对李翠说，马不错，但好像太烈，是军马吧。李翠说，不会吧，老郑没说是军马。王明又问，到底多少钱买的？李翠说，两万七，本来要三万的。王明说，天大的人情，我看它值五六万呢。李翠回瓦屋里去了，王明把黑马牵进马棚，马棚里有一只灯泡，王明打开它，又把它关上，他靠在墙上，黑马在王明的注视下低着头，前边的马蹄往后退了退，然后它转身，侧对着进口的王明，王明抚了抚马背，然后出来，进了瓦屋。在瓦屋里，李翠正在做饭，因为没有专门的厨房，她正在一个临时搭起的灶台上做饭，房间里有蒸汽，生活真火热啊。李翠扭过脸来问，怎么样，这匹马不错吧，告诉你，它能改变你。改变什么？王明问。李翠说，让你不那么郁闷。王明只是摇头，两人有说有笑，这在买马以前是没有的。王明下午到王庄去收鸡蛋，回来时在远处就看见马棚外围着几个人，他加紧脚步回来，原来是几个小朋友，他们在逗黑马玩，黑马不理他们。于是小朋友就问王明，叔叔，叔叔，你是干什么的。王明说，别在这逗黑马玩，回去吧，小心它踢你们。小朋友沿着土路向王庄的方向走了。小朋友问王明的话，让王明不快，他想他们为什么要问我是干什么的呢，为什么他们不问黑马是干什么的呢？王明牵出马，上了道，正碰上一个面熟的农村女人，那女人问，你养这么一大头牲口啊？王明笑了笑。

王明知道买来黑马是李翠想让他改变一成不变的生活方式，曾经在城里住，为了钱为了躲债，为了过上好生活，东拉西扯，现在躲到郊区来了，还郁闷什么呢，至少应该从黑马开始改变自己，或者像黑马一样，过上另外一种生活。王明不仅在马棚里跟黑马相处、对视，静立中思考生活，甚至迷恋上带着它出去，到马路上，在马路的沿上与黑马一起散步。黑马终究是买来的，王明还是不能完全放心这样的马，平心下来交朋友也还是不对等的。李翠总是说，你尽管地用它吧。马，总是要跑起来的，王明发现黑马只有在跑起来时才更为清新有力，拉着它散步，一张马脸满是愁容。人和马之间应该有沟通的，黑马不愿意王明牵着它在公路沿上散步，它必须奔跑起来，王明不太愿意跑，因为这跟他的躲债生活实在不符，又不是旗开得胜，为什么要拼命地跑呢。王明看出了在他和烈马之间一对矛盾不可避免地出现了。王明尽量在他可以跑的时候骑上马，偶尔也会不顾一切地抽它，黑马便会不遗余力地跑，尽管有时从紫蓬山脚下向肥西以至六安的方向跑去，但王明还是不能完全敞开胸怀，怎么都不对劲，凭什么疯狂而自由地驰骋呢，欠那么多债，生活一无是处，又不是在草原，而是在郊区，凭什么肆意奔驰呢？王明还是要慢下来，以至于每次从紫蓬山往回，在靠近三间瓦屋的最后这十多公里时，马速已无限地慢下来。黄昏之后，大地浸染在渐沉渐重的黑晕中，这匹剽烈的黑马驮着心烦的王明，像一对不合时宜的组合，马与人矛盾重重，但又一起往回走着。王明对马说，我知道你不能走，你就是要跑。马儿不做声，马能说什么呢，它低着头，按照王明的意思在路沿上往回走。中间会遇到人，遇到车，没有谁会特意地观望他们。回到三间瓦屋，李翠便把王明拉到桌边，一般来讲，晚餐还是丰盛的，李翠很少跟他一起吃，王明一边吃，一边喝点酒，不多，一两到二两的古井贡，李翠在王明喝酒时便会到马棚去照顾黑马，她要给黑马喂食，喂的时候经常要加水，吃的时辰至少要半个小时，黑马的喂养，李翠是按照江苏老郑的要求做的，然后，李翠还要给它梳理鬃毛，要刷它的蹄子，还要用一把柔长的软拍子去拍他的肚皮和腿根，李翠跟黑马的关系看来比王明跟黑马要强，李翠从不骑它，她自己说女人骑马算什么，还是你王明威风凛凛地骑吧。

王明喝一点闷酒，然后，天黑定了，他从瓦屋出来，看见李翠在弄干草，马棚里的吊灯有些晃荡，黑马的呼气声很均匀，王明咳嗽一声，黑马和李翠都知道是王明吃完了。李翠于是回瓦屋去收拾，黑马则站在那，把头从槽口那边收回来，斜对着门，耷拉着眼皮，陷入了沉静。王明这时到田野去，因为田野不平整，王明一般不会走远，经过几道沟坎，再绕过一处草垛中的稻场，然后便回来，回来时碰到李翠，李翠拖着一只筐子，她是要到她才从别人那里花两百块钱整过来的一小片空地，空地的农户到外边打工去了，地头闲在那，其实李翠不过是种些萝卜，但李翠当回事，很认真，籽已经撒下去两周了，现在他让王明跟她一起，用手电照，一些苗子已经绿荫荫的了。李翠说，快有萝卜的味了。王明说，没闻到。李翠说，那是我盖的屎土太多了。王明往回，李翠还在地头上折腾，大概是得意洋洋的。王明到门口，在马棚外又站了会，他想把马拴在里边没什么错，以后但凡跑出去，是一定要让它痛痛快快跑起来才对的，把它从江苏省买来，不是为了拴它的，它不跑，是对不起它的，我们人是不能对不住马的。王明吸了根烟，这时李翠也回来了，李翠拉他进屋，她吻了他一下，深情地说，马的事，别担心。

李翠在合城的农贸市场里给黑马买回的饲料其实黑马并不喜欢吃，李翠试着自己拼凑各种糊状的精饲料，再加上些从王庄要来的稻草以使黑马能够吃下去，她和王明都认识到要把黑马养好，不是那么简单的事。王明有时也自责，说作为中原一带的人，应该不至于对马的习性生疏到这种程度，根据家谱的记载，自家祖上还曾经有位先人娶过从塞外流落到中原一带的胡人之女，凭什么现在连一匹马都养不活了呢？李翠多方打听，说在舒城县的龙河口水库那里有人在成万上千地养马，有一个养马场。李翠于是开着那辆破旧的汽车去了舒城，中午就到了水库下边的马场，李翠打电话跟王明说，饲料的配方跟我们做的不同，其实不能是失了水的干草，要那种叠着捂在一起的草，而且稻草也不好，要地道的山草，王明说那你就从舒城搞一点饲料来。李翠买了草，自己只带回了一小部分，另一大部分委托马场的人从舒城来合城办事时顺带捎来，李翠在舒城逗留了三四个小时，晚上八点钟，车子在驶到距合城还有三十公里的花岗时坏了，打不着火，也不知是不是油不够了，在路上拦车也没人停下，实在没法子了，就打电话问王明怎么办。王明说，那怎么办，你自己搭个顺路车回来吧。李翠说，那这破车不要了？王明说，不要了。李翠说，这车丢不得，你不要以为你有了马，你就可以不要车子了，其实车子跟马不同，车子还是要更方便一些，要不是搞特殊，凭什么要骑马呢。王明被李翠狠狠地气了一通，他心里委屈，心想自己这么豪爽大方地劝她扔掉车子，她反倒刻薄起自己躲债的事情了，王明让李翠就在花岗的公路上等他，他骑马来救她。李翠觉得好笑，要来自己来，为什么要骑上马来呢。但王明已经骑马出来了，从大蜀山脚下往合舒公路要插一段从上派到官亭的新路，晚上，天上有稀星，月在东方，大地一片静谧，村庄的灯火若明若暗，王明骑在马上，他可以控制马的速度，她可以让它快也可以慢，因为从大蜀山到上派这段路，王明骑马是第一次走，人和马都有新鲜感，所以不知不觉中，马奔得凶了起来，沿路没碰到人，只和一辆中巴车相遇，中巴车当场就停了下来，王明抽了一鞭，马便火速疾奔。黑马在狂奔时，总踩在公路沿上的草地那一条，很少走中间的柏油路，那危险的柏油路很容易使马受伤，但也有在公路急转弯时，黑马会走一小截柏油路，但分外地轻快，便踏将过去。上派的这一段，是迎着大月亮，而且两边的空地上让人感到气流稀薄，只有村庄在一团一团的黑影中闪着细碎的农家的灯火。快到上派时，黑马犹豫了一下，它是有灵性的，但王明不敢抄近路绕过上派，他是骑马进了上派的街道，这一进街道，立刻引来街上人的评头论足，马速不可能快，那些十七八岁的少年站到路上，几乎是一直跟随黑马小跑。黑马很警惕，这样出了上派镇，从上派到花岗有二十里路，这时月亮淡了下去。因为路朝南，而公路两侧有高大的杨树，所以黑马在路上经常穿过树间漏下的淡白的月光，王明立刻感到自己的身世竟有旧时代的悲惨。骑一匹黑马，去搞一辆破车，并且在2005年，这是黑马的时代吗？

王明和黑马还是赶到了花岗，李翠抚摸着马头，黑马昂着头，月光照着王明、黑马、李翠和破车，事物基本不动。王明发动车子，还是不行，他下了车，打开引擎盖，李翠勾头看，黑马也转了过来，它那双闪着水的大眼睛向车子望着，忽然它的蹄子跳了几下，马首一昂，跳了跳，又嘶鸣了一声，王明吓了一跳，王明问李翠黑马是怎么了？李翠说，黑马可能是着急。王明说，这马跟我辛苦，他是懂我的。王明修了半个钟头，没有什么可能，在路上一辆车子都没有，黑马在不停地转悠、摇晃，也不知是哪个人出了主意，后来是用一根粗绳在马鞍的左右拴了两个结，黑马在前边拉起车子，王明坐在车里，李翠骑着马。就这样，还算轻松，轻松在跑，轻松地往回拉，只是上坡时慢一些，而到了下坡，就要危险些，因为马很难停住，王明不停地踩刹车，以使车速慢下来，一共用了三个小时，大概夜里一点钟，他们总算回到了大蜀山脚下的三间瓦房。到了家，李翠扶在马上大哭了一场，王明眼圈也黑了，心想黑马为自己做了这么大的事情，居然拉回了一辆车、两个人，而且是在一个月朗星稀的晚上。

黑马自从那晚从花岗帮王明李翠将破车拉回大蜀山脚下之后，就显得有些疲乏，王明起初没怎么在意，他把它当成了一个可以仰仗的朋友，心想或许休息一阵子就会好起来的。李翠时不时到里边的王庄去，她在那儿跟几个搞编织的农妇攀上了关系，偶尔也去打麻将。李翠在深夜跟王明讲，假如你的生活状态调整好了，你还是应该想出一个办法，要么去跟他们结了账，要么远走高飞。王明责怪李翠不要让他急于做决定，生活好不容易有了匹黑马，而且从此有了选择，现在要远走他乡？凭什么？黑马会这么看么？黑马？李翠反问，难道我把黑马买回来，就仅仅是让你骑着玩的嘛？李翠屡次到王庄打麻将，有时甚至凌晨才归，她每打必赢，基本上零用钱都不用储存的那点钱了。王明在夜里也时时起床去看黑马，也奇怪黑马总是睁着眼睛，有些防备地望着外边。直到有天晚上，下着雨，他才发现黑马的脸颊和鼻子两侧，交织着白色的灰东西，他用手一摸，黑马也不退让，倒有些清汪汪的，不是什么脏东西，再一摸鼻孔，原来呼出的气流烫得手指直颤。王明料到黑马是生病了，他打电话给李翠，李翠从王庄一路小跑回来，打着伞，脚上全是泥。李翠又喂食，又是梳毛，还试着让它动几步，但黑马是真正的病了。王明这下着急了，他问李翠怎么办？李翠说，还是上次到花岗拉车落下的病，它不该累着，它没有了草原，还让它拉一破车，它是没那么大本事的。李翠很心疼黑马，她把晚上赢来的两百多块钱交给王明之后，去厨房找来牛奶，往大锅里倒，还要拆饲料精的袋子，家里能找到的吃的东西都找了出来，但王明让李翠不要急于喂这些东西，它病了，就要给它找个医生。李翠一拍脑袋，说她想起来了，在王庄后边是小仓庄，有个赤脚医生，他不光给人看些小病，据说村里发疫苗什么的也找他，也许他能给马儿看看。王明记下了李翠所说的王庄后边小仓庄的赤脚医生，他姓汪，叫汪一鸣。

王明几乎是一路低头赶到小仓庄的，到那儿时，天色快亮了，他到了小仓庄的入口处，突然有些后悔，觉得这么草率地找一名赤脚医生看马，是不是合乎常理。他在村头也不知道汪一鸣住在哪一户，站了一会儿，他掏出烟抽起来，他想也许会有早起的村民出来。果然有个农民从村里头出来，手里还拿着不少东西，听王明问起汪一鸣，这位村民就把王明带到汪一鸣家门口，王明敲门，汪一鸣已经起来了，正在水缸里舀水，王明说了来意，汪一鸣说，恰巧自己还知道你们养了那匹马，在你们那路过时看到过好几次。王明领着汪一鸣到了三间瓦房前，汪一鸣径直进了马棚，发现李翠正靠在墙边打盹，她太累了，汪一鸣摸了摸马尾，又低头看了看屁股和后腿，对王明说，黑马病得不轻呢。王明问，那你能不能给它治。汪一鸣说，我怕治不好，你最好是牵到合城去，那里有个畜牧站，我看至少要输液。王明听讲要给黑马输液，就跟李翠商量，这合适吗？李翠说，既然必须得输液，那就输吧。汪一鸣喝了茶，王明把他往回送，到前边路口，王明折回。东边太阳快要出来了，王明站在池塘边，李翠老远地看着它，天上有红云，浓浓的，层叠着，映在水塘里。王明看着水塘，又看自己拖在水里的影子，太阳渐渐露出了一小截边沿，接着势不可挡地出来了。李翠牵出马，沿着小路，向水塘这边走来，王明一直看着女人和马，看他们这么缓慢地向着这边移动，女人在前边，马在后边。病着的黑马没什么精神，但还算撑得住架势，女人有些愁容。它们从瓦屋那边，从日出的方向，向水塘赶来，王明想张开臂，但没什么力气，只得看着女人和马，在小路上向自己走来。

东方的朝霞终于染红了树林的那些顶在最上边的枝条，而在缓缓轻泻的红的下方，是池塘的塘埂，塘埂上结满了昨夜的霜花，那些未死的草根上遒劲着的最后的草茎，在僵硬中渐次舒展，朝霞泻下之后，又直接地打来，普遍地照在草根，甚至是草根的深处，一直向地里边照去，而王明，在塘埂的下边，在塘埂内沿坡地的下边，在水沿儿上，那儿的土因为水位下沉的缘故，是从原先有水的地方重新露出来的，所以既没有草，也没有水印子，只是那么平平地向下伸去，而下边便是水。太阳，红红的，现在是全部跃出了，但还在东天上。过去了三十分钟，他才意识到女人和马，已经在池塘的拐口，静静地立着了。而王明是站在这水沿上，一只脚已经陷进了水里，全没有觉着凉，尽管早晨的空气清冷干冽，而阳光只是最低限度地开始了对土地的烘烤，王明看见女人和黑马，而女人并没有过来，他看不清女人的表情，但黑马的表情似乎是可见的，马倒并不是那么的清晰，大概是因为黑马那在疾病中高昂的头，带着执著抗争的它本来的力，王明只看见黑马那不屈的姿态，使它身边的那个女人显得那么重要，那么沉静，况且是在早晨，要是在以往的这个时候，在他生意还没有失败的时候，他一定是在他宽大房间的餐厅里用早点，或者是刷牙，看着太阳，计划着一天的行程，而现在呢？只有这黑马在提示它。王明从水里拔出脚，这才感到一阵钻心的寒冷，大地的近处没有人，只是在远处的公路上，有一些货车向合城方向奔驰而去。王明走到了女人和黑马的跟前，女人的眼睛湿湿的，头发很乱，她担忧着。黑马会好的，王明向女人保证。李翠把黑马的缰绳交给了王明。王明拉着缰绳，搂着李翠，男女和黑马都望见了池塘中他们被拉长了的身影，他们安静地站着，他对她说，好，我带它到合城去看病。李翠说，你不能去，你回去睡觉吧，我带它去看病。王明说，你不行，女人不能骑马，我带它去，它是好样的，我不怕了，我不怕那些人了，我要去给它打针，让它好起来。李翠没再阻止他，她说，好，那你带它去治病，我今天收拾菜园，我们会有好多萝卜的。王明牵着马，回到瓦屋前，简单地收了点东西，换了双鞋子，然后他牵着马上了公路。他摸了摸马鼻子，还是热，他骑了上去，马小跑着，二十多分钟，就绕过大蜀山脚下，到了新华电脑学校的门口，从那儿上香樟大道，就算进入市区了。这是黑马第一次进合城市区，他还骑在它身上，引来许多人侧目。车子很多，他几次把马勒到自行车道上，但黑马硬是要往汽车道上挤，王明怕给交警发现，但黑马不听话，就是要上汽车道。

两个小时后，王明把黑马带到了包河区畜牧站。包河区畜牧站因为有个养殖场赚了不少钱，修了座六层楼，王明和黑马过了传达室，进了院子，问保安才知道确实可以打针，但要在四楼，来这儿给马打针的人不只你一个。王明说，但我的马不同。保安转了一下，说，你的马确实不同，但不上四楼，打不了针。王明牵着马，进了楼。黑马上门口的台阶时，有些慢，有点踉跄，王明心疼地扶着它，到了电梯口，有个穿白衣服的人，还有个系领带的，他们并没对黑马产生多大的兴趣，王明问那个穿白衣服的，打针是不是在四楼，那人说，是的。那人回答了问话之后才看看黑马，对黑马笑了笑，说，不容易。王明没听懂是什么不容易。两个人还是先进了电梯，王明把黑马也牵了进去，电梯又长，但并不宽，因为是个畜牧站，可能考虑了动物的要求。到了四楼，王明找到了一个老职工，王明讲起黑马给自己拉车的事，说它太累了，所以生病了，本来它的体质挺好的。老职工白发苍苍，是个过来人，对动物心性很了解，他用手电筒照了照黑马的鼻腔，又用小刷板撬开黑马的牙床，问王明，黑马吃得怎么样。王明说，吃得还好。我女人有时给它奶喝呢。老职工说，按理讲，拉了车子也不至于生病的。我看还是没有用好。什么叫没用好？王明问。老职工说，这是匹好马，要跑，只有跑起来才会好，各大系统才正常，你懂了吗？王明说，有道理，我尽量让它跑呢，在紫蓬山那边，有时一口气跑上二三十公里。老职工说，二三十公里，那不行，要跑它百把公里才算数。王明说，以后注意。老职工开了个条子，对王明说，给它输液吧。王明交了钱。这时老职工已经把黑马拉到拐角的一个大房间，那是一个又长又明亮的房间，上边有多种动物解剖图，黑马还算听话，王明把药瓶什么的递给老职工，老职工手艺精湛，他很快就帮黑马打上了吊瓶，是从头顶边上插进针头的，黑马站着，一声都未嘶鸣。老职工对王明说，这真是匹好马。王明抽烟，老职工每过几分钟就过来看一趟，尽职尽责。老职工让王明不要抽烟，黑马生了病，你还抽烟，你眼中有没有马？王明把烟头扔了，快到中午了，太阳明晃晃的。老职工把针头拔下来，王明看到黑马的眼神又清澈了，鼻孔也不再皱了，他很高兴。老职工说，你把针水和针头带回去，明天在家输一次，后天再输一次就行了。王明感谢老职工，然后牵着马，出了畜牧站，人和马来到街上，王明再次骑上它，黑马有了劲，王明怕交警发现，就不敢走香樟大道，而是插到南七那条金寨南路，然后向南往肥西方向，想顺着郊线回大蜀山。

沿郊线把马骑回大蜀山脚下的路上，王明真正感到人和马之间，始终还是有许多一致的地方。输了液的黑马大概能抵挡它身体里那些不适的有害的东西，它那有限的活力终于还是发挥出来了，但当王明把马牵到了马棚前，他一侧身从马背上下来，才发觉天空真是阴暗了，那种从城里刚出来时明朗的心情也随之阴暗，他必须面对现实。空气中居然飘起小小的轻轻的晶亮的小东西，他伸手一接，原来是雪花，下雪也好，他拍了拍马背。天快黑下来了，大门半敞着，他把马在马棚拴好之后进屋。李翠坐在瓦屋西头那间，她对着灯，在她坐着的凳子的旁边，有另一只椅子，椅子上放着一把筛子，筛子里装的是黄豆，她一定是拣过了豆子，她现在捧着她的本子，王明知道李翠一直有记日记的习惯。不是每天都记，看来今天她又记下什么了。昏黄的灯光照着她的手指，王明站到内门旁，她转过头来，惊了一下，捂了捂胸口，然后站起来，急切地问，打过针了？她从他旁边经过，他拉住她，在她额头上亲了一下，她还是挣开他的手，走向大门，然后进了马棚里，她用刷子细细地刷着马的背，还有腿。她晓得黑马在你擦它的腿时，它是最舒服的，她喂了它东西，它的食欲并不好，难怪，它才输过液。王明到水缸那边舀了水，然后放到炉子上烧，炉子就支在客厅堂屋的中央，生了火，家里就会暖和些。她在里边忙活了好久，才进来，他都有些打盹了。两人在炉边一直坐着，他跟她讲在畜牧站里的经过，她很关心马儿在电梯里老不老实。王明说，可能是第一次坐电梯吧，它挺认生的，然后她就笑，他跟她说把针头戳在它头上时，它很勇敢，一步都没动。她听得很有趣，后来两人还是谈到了生活，他先有些不愿讲下去的样子，终究还是在椅子上睡了，她给他泡了茶，他只喝了几口，竹椅上垫着棉絮，他打着呼噜，她让他上床去，他只摇了摇手，说他不放心黑马。她于是打开门，这时已经是漫天的风雪了，很大，地上也积了不薄的一层。她沿着廊沿往马棚去，黑马站在那儿，她开始用干草堵住东西两侧墙顶漏出的风孔，奇怪的是马棚里比家里要暖和些。很快她把风孔堵住了，马棚里就有些暗，她抚了抚马背，并不打算打开灯，她想也许在暗中会好些。她在马棚里站了好一会儿。黑马一点动静都没有，马是屁股朝着外边的，她悄悄地退了出去，回到堂屋里，男人还睡着，炉火把他脸映得红红的。她把他盖的毯子拉了拉，他似乎没完全睡着，捏了一下她的手，她低着头，他的嘴角动了动，还是睡了过去。

第二天下午，王明去喊汪一鸣医生来给黑马输液。王一鸣起初不干，他说给动物输液是城里畜牧站才能办到的事，我做不了。王明说，你只要把针头插到马头上就行了，汪一鸣还是不敢。王明说，你怕什么，我在畜牧站看老职工就这么干的，你去，你行的。他几乎是把汪一鸣从村庄拖了出来，汪一鸣走到马棚里看了黑马，很不放心，坐在堂屋，用铁盒子热水烫了烫针头。王明说，用一次性的，我买的有。汪一鸣打开塑料袋，抽出打点滴的针头，王明领路走在前边，进了马棚，因为胆小，或者黑马的眼睛离得太近，汪一鸣颤悠悠地扎针头，结果弄了好几次都没扎好，没有回血，只得按住黑马的头皮，找着扎，他怕黑马踢他，其实黑马倒是安静地站着，忙活了好长时间，才扎进去，在马棚的木梁上吊一挂钩，瓶子挂在它上边。汪一鸣到堂屋喝茶，他有些兴奋。他跟王明说，他是真佩服这匹黑马，扎了这么多针，马儿就是听话，真是匹好马。王明说，它病了，没力气。留汪一鸣在瓦屋里吃晚饭，李翠烧了几个菜，有咸肉，还有萝卜烧鸡，王明跟汪一鸣喝了点酒。门外的风雪已经停了，大地一片白，汪一鸣说，听讲雪还要下，而且变成大雪，也好，下了雪，庄稼会好些。李翠说，我萝卜都收得差不多了。汪一鸣在出门之前，李翠打开门看了看黑马，她还是有些不放心。汪一鸣自然在瓦屋里吃了饭，就会尽力地帮黑马的忙。他倒是真会把黑马当成个朋友来看待。而王明就斜靠在炉旁，昨天从畜牧站回来时就这样，无论怎么都觉得睡眼惺忪的，他喜欢这炉火。李翠对汪一鸣说，外边风雪又起了，王一鸣起身，来到大门旁，他拉了一下衣服，喊了声王明，王明对他摆手，似乎已经醉得不行了。汪一鸣对李翠说，夜里黑马要是有事，你就来小仓庄叫我，我会马上来的。李翠给汪一鸣一把伞，汪一鸣不要。李翠这才发现汪一鸣醉得有些飘忽了。李翠让汪医生一路小心，汪一鸣说没有事，从瓦屋左侧的小路往回走，先是到那块池塘埂，再来到小树林旁，他没发现在他的身后跟着两个人，那两个人就贴在他后边，他是一点儿都没听见，待到走到树林中间时，其中一个人跳到汪一鸣的面前，挡住了汪一鸣的去路，汪一鸣打了个嗝，抬起头，风雪很大，两个人帽檐卡得很低，穿着厚西装，领子是竖着的。汪医生推了推他说，别挡路，要回家。那个人说，你不能走，你得跟我们讲讲那匹马。汪医生其实明白得很，几十年来，给不同的人看过病，给猪狗牛羊也看过，什么东西他大致分得清，他也不是装糊涂，但他就是不愿意说。他的不合作令那个站在他背后的人猛地推了他的背，他趔趄一下，勉强站住，这个农民医生这下不乐意了，他骂了句脏话，拔出他腰里的电筒，向后边那个人砸去，那个人只机灵地一闪，汪医生便跌倒在树林边的土沟里，土沟里积雪有些深，他索性坐在沟里，拿他的眼角看两个还站在土路上的人。那个温和一些的人抓住他的衣领，把他拉了起来对他说，不关你的事，我们只是想问你，那匹马到底是什么马？汪医生说，我是来给马打针的，我不懂马，那个后边的抬起脚就要踢汪医生，汪医生回到大路上，然后就继续往前走，后边的两个人还是把他费劲地抓住了，抓牢了，他才得以看清两个人的脸，也很平常的样子，是正当年的男子，力气自然是比他大。温和些的人问他，我再问你，这是不是一匹好马。汪医生哈着热气，他的心里更加清醒了，然后他挣脱他们的手，和他们一起往回走，三个人来到三间瓦屋前的平地上。

马棚里没亮灯，但能感到马的呼吸，门口的积雪要比路上的薄些，大门闭着，从里边透出些光线。汪一鸣站在马棚那一侧，这两个黑夜的来客慢慢走到门边，然后那个温和一点的人拍了拍门。李翠来开的门，李翠见过这个人，她一眼就认出了这个人，尽管风雪把他的脸搞得不像样子了。她叫了一声大徐，大徐全名叫徐贵，另一个站在门外的人叫杜军。李翠没让他们进屋，他们现在找上门来了，而躺在竹椅上的王明已经醒来，或者说他一直也没有睡着，他从眯着的眼缝中看到了大徐的面孔，似乎冰雪都已化去，只剩那机警的脸，王明知道自己进了城，只要进了城，他们就会发现。他们当然也就找上门来了，王明晕了一分钟，然后他坐起来，伸了伸手来到门边。大徐也没要进屋，那个朝外边又退了几步的杜军抱着手，风雪大作。王明把李翠向旁边拉了拉，自己站到门旁，手扶在门框对大徐站着的方向呼了口气说，你们还是找到我了。大徐掏出烟，又掏出打火机，自己点上，说，我们不仅找到你，还找到你的马呢。马？王明冷笑了一下，他伸出头，身子向前欠了一下。他朝马棚那儿看，汪医生站在那里，像个雪人似的。大徐说，一匹好马吧。王明说，不关你的事。杜军在外边说，怎么不关我们的事，你能躲得掉吗？王明说，不关马的事。

事后，王明回忆在这个风雪之夜，如果他能够坦诚地把他的债主大徐和杜军请进堂屋的火炉边坐下来，伴着炉火中的火苗，双方平静地谈论一下债务的具体偿还期限的话，或许双方不会那么不要脸，不会动起手来，而至关重要的是，也就把欠钱的事局限在人的身上，其实钱跟动物有什么关系呢。但事实情况是，王明并没有将两个追债人请进屋子，他是被刚才自己跟李翠在火炉边相守的那种美妙的情景给深深地牵制住了，所以他不停地甚至带有挑衅地逼着大徐尽快离开这三间瓦屋，因为他自己一无所有，如果真要逼债，那就法院见吧，对，那晚他就是不停地抛出所谓的法律和律师代理之类的东西，他想把追债人逼到法律的轨道上去，这跟他逃到大蜀山脚下之前的想法是完全背离了，他似乎变得有些绅士，也有些真正的神经质了。大徐叼着烟，没能进屋子，外面的风雪很大，杜军终于跟那个医生汪一鸣扭打在一起，他起初没有注意，他没想到汪医生会跟杜军过招。起因当然是杜军要到马棚里去，他要到马棚去牵马，这正是两个追债人此行的目的，既然你王明到城里去给马治病，那这匹马一定是匹好马，我们牵你的马，也就是拿你的钱。汪一鸣不干，他对杜军说，这马你不能牵，你不能动它，甚至连碰它一下也不行，因为马在生病呢，它发烧，正在治疗，下午还在给它输液。杜军跟汪一鸣拉扯起来，他扇了汪一鸣一个耳光，汪一鸣晚上酒喝多了，被他扇了一巴掌，也不觉得疼，只是死命地护在马棚口，这个杜军本是身强力壮的，但就是拉扯不开，这边的大徐和王明就在门外门内僵着，看那两个人在较劲，不时听见杜军在抡汪医生的耳光，汪医生在被打急了之后，才反过来踢杜军的，汪医生的脚总是踢到杜军的肚子，踢得挺准的，能听到扑哧扑哧的声响，而且杜军还躲不掉。这门边的李翠只是着急，她要出去，王明用手拦着她，对她说，让他俩打去，这边有我呢。后来杜军终于把汪一鸣打倒在马棚门口，风雪太大，所以汪医生一倒下去，就被白雪搞成一堆土垛子似的，杜军在喘气，看来他是在缓个力，然后便要去牵马了。这时王明一抖擞，把身上披着的羽绒服抖落了，他像个公鸡样的从门内蹦了出去，他是怎么从大徐面前蹦过去的，李翠没能看清，连大徐都愣住了，没缓过神来。王明来到了杜军旁边，一拳打过去，杜军一闪，他扑了个空，头就钻进马棚，他刹住脚，脑袋撞在热乎乎的马肚子上，黑马温和地抵了一下，他终于背靠黑马，睁大眼睛，大徐和杜军也已经站在马棚门口了，而在他们身后，是那个在风雪中重新站起来的汪一鸣。大徐只是猛地揪住王明的衣领，因为就在黑马的跟前，王明没有还手，大徐就把王明连拖带拽给弄了出去，两人站到雪地的中央，大徐对王明说，黑马我们得拉走，他还了钱，我们把马还你。王明说，不行，跟黑马没有关系。大徐用手点着王明的额头说，你别再说了，马我们肯定得牵走。这时，从背后又传来扑通一声，原来汪一鸣又被那个杜军打倒在地，汪医生倒了地，王明想这下不打是不行了，他就站在原地，飞起脚，但这一脚并没有像预想的那样，踢到大徐的脸，相反被大徐抓住，然后一提，王明往后一仰，没有挨着地，连续向墙根那儿退了七八步，他摸到了一根木棍，昏暗中的木棍翘起了一角，他就把手握在那木棍上。这时李翠在大门那一声尖叫，原来杜军已经把黑马从马棚里牵出来了，李翠这一叫，王明心被撕开了，他喝了些酒的，他不能容忍一个鸟人把他的大马从马棚里牵出来，他提着木棍就扑了过去，一棍打下去，因为要让着马，所以打的是斜着的人和外边的方向，杜军只一闪，这一棍子就敲在马棚的外墙上，杜军拽着马，已经到了大徐站着的位置。恢复体力的王明又向大徐那边冲去，这时李翠又叫，王明才看到大徐在黑暗中抽出了腰上的刀子，大徐大喝一声，王明才收住脚，站在两米开外，杜军站在大徐的右侧，黑马背对这边，李翠在大门那儿哭。王明说，你们别牵马，不然我跟你们拼了，马生着病它不能走。大徐冷笑。王明缓缓地过去，抡起棍子，杜军放开马，从底下钻过来，把王明扛住，然后把王明甩出去，王明费力挺住，抓住了马脖子上的绳套，黑马在一瞬间和他对视了一下，他受了些鼓励的力量。站直了，这时的大徐气极了，喘着气，眼睛红极了。他忽然扑过来，王明抡起棍子，棍子和刀在面前架住了一下，然后王明一滑，只听到一声嘶鸣，马抖得厉害，黑马似乎还跳了一下，然后王明滑倒，侧歪着头，感到热乎乎的东西滴下来，原来大徐的刀子扎进了黑马的前腿到腹部交界的地方。王明挣扎起来，大徐的手还握在刀把上，王明一棍闷下去，大徐倒在地上，刀也落了地。黑马淌着血，李翠哭成一团，抚着马。汪一鸣回到屋中打了110电话，外边的人围在马旁，雪还在下，李翠抚着马，用外衣覆在受伤的刀口那儿。大徐躺在地上，杜军抽着烟，和王明互相看着，王明坐在大徐旁边，大徐起不来，闷棍使他一时起不来劲。黑马被追债人大徐在肚子上捅了一刀，涌出了一大摊鲜血之后，雪白的平地上几个人了停止了械斗，而且不久之后，从合城方向就驶来了一辆警车，汪一鸣从公路上把巡警接到了屋前斗殴的场子上。黑马的受伤，并不能引起办案人员的注意。相对来讲，他们更关注人，由于沉重的闷棍把大徐放到了地上，大徐痴傻地站在办案民警的旁边，机械地提醒办案人员他并不是故意将刀子捅向黑马的。警察讽刺他，如果他把刀捅到那个叫王明的人身上，那问题就更复杂了。大徐的话还是没能将警察的注意力转到黑马身上。而黑马已经在雪夜站立得有些摇晃了，李翠用一件大衣从上往下罩住伤口，然后又用麻绳把它捆结实了。

警车呼啸，载着大徐、王明、杜军离开了三间瓦屋，只剩下李翠和汪一鸣站在黑马前，马身上的血已经不再流了，但伤口若不处理，黑马很可能会死。两人把马慢慢地引回了马棚，吊灯在摇啊晃的。汪一鸣掀开捆在黑马伤口上的大衣，只掀了一角，然后细看，他也没什么办法。只好等天亮，天亮了，就可以把黑马牵到王明上次牵去的畜牧站，在那儿也许能帮它弄好伤口。巡警把王明他们拉到了香樟大道派出所，简单交代了事情的经过之后，巡警便走了，他们又来到大蜀山脚下的三间瓦房外，他们这是再来处理黑马受伤的。在香樟派出所，警察给他们做笔录，以下是王明做笔录的一些大致情况：姓名，王明。年龄，三十五。职业，无固定职业。学历，专科。籍贯，合城。家庭情况，有一女友。姓名，李翠。交代事情经过，王明说，大徐和杜军趁着下大雪来牵我的马。问，他们为什么要牵你的马？王明说，因为我欠他们的钱。欠多少钱？答，十多万吧。问，到底多少？几十万。有些有条子，有些没条子。问，是不是借贷关系？答，不完全是。讲清楚！答，我从他们那拿了两台水泥搅拌机，给了施工单位，现在收不回账，所以还不上钱。问，那你答应还款没有？答，答应了。警察停顿了一下，隔壁的警察问大徐，在另一间屋子问杜军，那两边的情况问答跟这边差不多。这边的警察又开始问王明关于打架的具体经过。谁先动的手，王明答，他们先动的手。问，用了什么？怎么动的？答，他们去抢我的马。警察说，别讲马，就讲人，谁先对人动的手。王明有些不愿意了，他说，就是要从马讲起，他们动我的马。警察转了一下圆珠笔问，是不是他们动你马，你就跟他们打了起来。王明答，也不完全是，其实他们是打了那个兽医的。兽医呢？警察问。王明说，巡警没把他带来。警察自语，怎么又出了个兽医。王明说，汪兽医保护这匹马，他跟马有感情，下午才帮它输的液。感情？警察问。王明说，你可以记下来，我对马也是有感情的。警察说，所以你先动的手，只因为马，对不对？王明说，我看见大徐掏了刀子，我才举的木棍。警察说，但刀子没扎到你身上，扎到黑马了啊。王明说，我的闷棍跟刀子在空中横了一下，走了形。警察问，你自己也让了吧。王明点了点头。警察说，好了，现在说你自己的那一棍子吧，你怎么就打到他了呢？他刀子扎到了马身上，没有了刀子，你为什么还那么重地打他呢，你想过没有，闷棍子也是很恶劣的。王明说，具体的我讲不清了，但刀子扎进黑马肚子之后，又掏了出来，他还会行凶的。警察翻了页纸，并盯着王明。另一间屋子的大徐没讲他怎么就把刀子扎到马身上，警察也没问，倒是大徐自己在说，那马就应该牵走，他欠了钱，还不起，我们可以牵他的马。警察说，这个你们完全可以走法律途径，法院会在经济仲裁中给你们正确的处理意见。大徐说，可现在哪行呢，黑马捅了刀子了。这边的王明对警察说，我是绝不会把黑马让给他们的，我会争取把债还掉的，警察没把他这句话记录下来。巡警驱车返回大蜀山脚下的三间瓦屋时，李翠和汪一鸣还在马棚里护理黑马，气氛很祥和，巡警返回，问李翠，想不想把黑马弄到城里去治。李翠说，想。警察就说，那我们调车子，一个警察在屋子里打电话，大呼小叫，另一个警察就帮李翠用盐水往马受伤的大腿外侧那里小心地涂拭，这时已经快两点钟了，好不容易从城里调了一台小货车过来，然后把车子倒向马棚那儿，牵黑马顺着斜下来的大平板上拖斗，黑马就是不动，拖了半天，只好作罢。李翠眼泪都又要下来了，黑马就是不动。汪兽医说，黑马有一股烈性，天亮了，他答应亲自把黑马牵到畜牧站去。

从派出所回来之后，王明几乎一蹶不振。是汪医生把马骑到十八岗畜牧站去缝针的。汪一鸣医生在三间瓦屋的饭桌上劝王明想开一点，还不如就骑着这匹马，永远过消闲日子，何必再去趟商人这浑水。李翠也附和汪兽医的说法，确实当初买马来也就是想让他换个生活方式的。王明说，人倒不重要，只可惜会连累这匹马，说到马，也就再讲到女人，他都有些激动了，他看看李翠，想着自己在商海混了这几年，没得到什么，还让她受了这么大的震惊。他们又讲到黑马的伤势，虽然缝了针，伤处并不在大腿的肌腱上，但毕竟是靠近腹部的地方，这还是会殃及到马的奔跑，要是这匹黑马不能跑了，那还有什么意思呢。汪医生这几天马前马后地跟着收拾，李翠也给黑马做了不少好饲料。王明披着大衣坐在堂屋，他晚上跟李翠商量，自己一定要把账还掉，不然他们还会到法院去告的。李翠说，他们真要告，那也没办法。果然过了半个月，法院的传票就已经寄到了从前住家的地方，本来王明本人不答复就没事，最多是缺席调解，何况不是什么大案子，但以前的邻居没把传票那东西打电话告诉王明，恰恰是大徐那班人催着法院的小干事把传票送到了大蜀山脚下。王明收了传票，王明对小干事说，我能不能不出庭，小干事说，你不去也可以，但这对你不利啊。小干事走了。王明到马棚去跟黑马待了一会，他对黑马说，不好啦，追债人要把你搞走了，黑马听不懂他的话。王明牵着黑马到松树林边的池塘埂上站了一会之后，他到田埂西头，菜地里的李翠昂起头，看着王明，她说，王明，你脸色不好看。王明说，翠啊，我呢，还是要回去，我去找建筑公司，把他们的账要回来，把大徐的钱还上。李翠说，你要了多少次了，建筑公司已经倒闭了，哪来钱。王明说，那我也得找他们，王明往回走，两人在屋门外站着。王明沉闷地吸烟，一边骂骂咧咧的，王明对李翠说，法院的人要是牵马，你就说这马是你的，你是马的主人，马的主人不是我王明，你不让他们牵。李翠说，好啊，但法院的人会相信么？王明说，有什么不相信的，反正黑马又没有户口什么的，谁能证明它不是你的呢？谁又能证明它是我的呢？王明进马棚，摸了摸黑马，然后开动他的破车子，在城中转了几圈。三天之后，在大蜀山山顶，在能望见脚下三间瓦屋的那个高处，一个做旅游的男人用四千块钱买走了王明的破汽车，王明看着那人发动车子，心想终于有了四千块钱，可以到城里去找钱了吧。王明从大蜀山走下来，用了一个半小时，太阳都落下去了，又沿着公路往回走。李翠打他的手机问他卖车的过户手续办完没有。王明说，车子都已经开走了。王明回到屋中，喝了点白酒，吃了些菜，早早地上了床，李翠把收音机开到音乐台，王明在音乐声中睡着了。天黑定时，汪兽医过来，同来的还有他的老婆，他们跟李翠在马棚里围着黑马指指点点，李翠问汪兽医，就说黑马是自己的，不是王明的，行不行。汪兽医说，那怎么不行呢？我看它本来就是你的，汪兽医老婆也赞成把黑马说成是李翠的，三个人几乎忘了王明睡在床上，其实他是多么喜爱他的黑马啊。王明第二个星期的星期一到合城去，他找到了瑶海建筑公司，公司已倒闭，他当时经手的两台水泥搅拌机已经拆得差不多了，包工头早不知走向，只剩下几个人在抽闷烟，屋里也没任何值钱的东西，会计还在，王明找他谈钱，他说，什么钱呢。王明掏钱在公司旁边请他们五六个人吃了晚饭，王明摆酒席，有些阔绰的样子。会计问他，王总，听说你不是不在合城了么，都说你去了深圳。王明说，没去深圳，我就在大蜀山呢，大家都很吃惊。原来王总就在合城呢。酒过三巡，会计看王明没什么主意，倒是主动透露给王明一点意见，说是在肥东一带，公司还有一批砖头，砖头是付了钱的，就在店埠窑厂。他劝王明不如把那些砖头卖掉，多少能抵些钱。

请瑶海建筑公司的会计吃过酒席之后，王明打了张条子兴冲冲地返回大蜀山脚下的三间瓦屋，他都来不及跟李翠细说，只是一边收拾东西，一边不停地跑到马棚那儿跟黑马摸摸捏捏，他明白只有出去弄点钱回来，才能保住黑马。毕竟这是一匹自己的黑马啊。李翠问王明到底要多久才能回来，王明说，我去把瑶海公司的砖头卖掉，能补多少钱回来就算多少，只有把钱弄回来，我看才能平安些。李翠给王明装了许多衣服，怕他去外边冻着，王明让李翠不要牵挂他，他这是去找钱，这时双方就又回到了老路子上，还是做商人时的那套思维，怎么样弄点钱回来。王明是在下午五点出的门，七点钟由合城发往全椒的班车出了城，往东边。他把手机关了，他必须全力以赴。到了全椒，找了家还不错的宾馆住下来，洗了个澡，然后睡觉。从第二天开始，他就包了辆车子，在好几家工地上跑，原来只要工地的人要砖，随便什么条件，只要是买砖他都答应。一开始的一个礼拜，王明卖了七万多块砖，因为都是小工地的零星活，每次要的数字少，王明只好雇小货车，而且自己亲自往店埠那边拉，再把砖头拉回来，又过了一个礼拜，一共卖出了近十万块砖。那边的会计发现王明原来是静下心来做卖砖的活了，就喊来公司倒闭后游手好闲的一帮人，问王明能不能也带他们一起，往窑厂要砖，然后到全椒那边卖。王明不干，王明说我只卖你们的砖，窑厂自己的砖我不能卖，我又不是一个推销员。那会计还是央求王明，王明答应可以试着把公司积压的砖卖掉再说。王明每天都在跑，没有什么白天晚上，有时夜里还好些，加之已经开了春，晚上路上车少，跑起来方便，坐在副驾驶上，跟司机瞎聊。司机听王明跟他侃以前的事，司机很羡慕。小会计他们也时常请他吃饭。王明蓬头垢面，只想尽快搞到几万块钱。李翠是每隔几天就跟王明通一次电话，王明叫她不要担心，自己在全椒卖砖还不是为了还钱，保住那黑马。李翠让他不要一心在黑马上，到底还是人重要些。

原来，在三月上旬的一天，法院的人开着车子来到大蜀山脚下的三间瓦屋，李翠有准备，因为照王明的意思，应该把黑马说成是自己的，这样就不会失去黑马，法院来的人比上次递传票的小干事要威武些，据讲是法院的民事调解员，像是个人物。他到堂屋中坐下，跟李翠介绍完话，就要去看那匹黑马。李翠说不行，黑马是我的，不是王明的，它跟王明欠钱没有关系。那位调解员推开李翠拉住他的手，他对李翠说，你们是懂法律的人吧，李翠只好闪开身子，调解员进了马棚，他倒没有牵马，其实他没那么莽撞，他只是从皮包里掏出一张条子，然后他转身看着紧逼在他身后的李翠。李翠问，你到底要干什么？调解员说，告诉你，你要懂法律，现在这匹黑马要进行财产保全，因为它跟这件欠债案有关，它不能乱跑了，丢了可不行。李翠说，你们无权这样做。调解员说，有权无权，是法律说了算，这叫财产保全。李翠也没跟他争，但这位调解员也不知把那张封条往哪贴，他在马棚木门口试了一下，想贴在门上，但又觉不妥，贴在门上算什么呢，门一开，马不就跑了吗，于是他又想把封条贴到门框上，但门框还是开着，贴了个纸条算什么呢，他是试了好几下，都觉得不妥当，于是干脆把封条往黑马身上试了一下，结果就把封条贴到黑马的脖子那儿。李翠对调解员说，你别贴那儿了，这像什么呢？你们要尊重马。调解员被这句话刺激了，他突然看到了黑马的伤处，于是他把封条取下来，专注地看着黑马的伤处，还用手指小心地试了试，黑马在原地挪动了一下。调动员往后退了退，他实在没有什么办法，还是取下贴在马吃食的木槽上的封条，重新套回到黑马的脖子上。李翠问，你这有用吗？调解员从马棚出来，没再进屋，而是跟李翠很严肃地说，一旦调解结束，有了说法，该还钱的还钱，没有钱，那就得动这些东西了。调解员走后，李翠给王明打电话，告诉王明调解员来贴封条，王明在电话那头得知封条贴在马脖上，就劝李翠放心，很快把钱还上，他一再叮嘱李翠，不要让任何人把马牵走半步。王明在全椒和肥东之间卖砖、拉砖、搬砖、收账，一时间忙得都不觉着他以前的生意到底是失败的了。他每周跟李翠通电话时，总不忘鼓励李翠对新生活抱有希望。其实他哪里知道，他在外边卖砖的时候，大蜀山脚下的三间瓦屋中的生活已经有些举步维艰了。自从上次法院调解员来给黑马贴了封条之后，李翠就一直无法把黑马那么高傲地牵到马路上，更别说让黑马去奔跑了，而黑马的伤势，虽然由汪一鸣兽医在不停地换药、输液，但它并未彻底好转。现在还看不出黑马走路有什么困难，但显然它已经不如以前那么有活力了。黑马对套在它脖子上的封条没有什么意识。李翠和黑马同站在小树林边的塘埂上，她怕黑马会在池塘的水面中看见自己的影子，如果它看清自己脖子上挂了根白纸的封条，黑马是否也会有一丝悲观呢。李翠的遭遇，汪一鸣兽医和他的老婆是看在眼里的，一开始他们也没提什么意见，但过了一段时间，没见王明回来，他们慢慢有些挨不住了，他们尝试着让李翠把自己、黑马以及王明都好好考虑一番。汪兽医的老婆是个明白的人，她已经跟李翠暗示过好多次，如果实在弄不到钱，那就要再想办法了。李翠一天在地里拨菜秧里的杂草，汪兽医的老婆老远就看见李翠弯腰在地里劳动，她就揣着一把铲子赶了过来，黑马就在地头那边啃着草，现在已是春季了，油菜花都开了，李翠的地里种的是大乌菜，只有少数零星的一点油菜花，大概是撒种子时不慎夹杂进去的。兽医老婆一边帮李翠在除草，一边对李翠说，现在到底还想不想回合城。李翠说，那要看王明了。兽医老婆并不往王明身上说，她倒是直起身子，对李翠说起了黑马，她说，要是黑马能派上用场就好了。李翠说，是啊，可惜又没人骑着它跑。兽医老婆想说点什么，但又闭上了嘴，她只是往田埂那边去端茶，然后跟李翠坐在地沿里喝茶。太阳明晃晃的，这两个女人往大蜀山那边望，李翠说自己现在还真有点想在这农村生活了，她问兽医老婆，这些菜能卖多少钱？兽医老婆很惊讶，她没想到李翠要去卖菜，她还以为是种来自己吃的呢。李翠说，实不相瞒，王明没有钱，我也已经没有钱了。兽医老婆说，怎会过成这个样子？兽医老婆答应可以弄点米什么的给李翠。李翠拒绝了，说你们也不宽裕，我还是把这些菜收了，或许能在公路旁边摆个摊子卖点钱。兽医老婆在黑马前边转了几圈，她看见李翠又弯腰，在大乌菜秧子中间拔草，女人李翠在兽医老婆看来又洋气又漂亮，何必要过上这种流亡一般的生活呢？农妇很不解，就回家跟汪一鸣商量，说人家李翠真不容易，居然要过卖菜的日子啦。汪一鸣不相信，他说这都是暂时的，他们是做生意亏了的人，他们终还是会赢回去的。兽医老婆比兽医要现实，她说她不信，现在人家李翠都要卖菜去了，真是难过。夫妇两个商量了半天，兽医老婆让兽医去跟李翠说，不如把那黑马牵到这一带的几个乡里去，让它去给母马配种。真要是好马，配种换些钱，恐怕数目不会少呢。汪兽医被他老婆说动了，在配种方面，他也很支持。他傍晚去找李翠。李翠正在门外切些凉菜，见汪兽医来了，就请他进屋，汪兽医不进去，而是进了马棚，过了会，出来，跟李翠说起把黑马拉去配种的事，他没想到李翠先是说不行，然后有些恼怒地叫道，那怎么可能，王明从没想过，让它出去做这种事情。汪兽医说，又不是什么丢脸的事，好马去配种，这有什么错啊。李翠说，不行，那不行，我们买它回来是玩的，骑的，它不会去干这种事情。汪兽医没法劝，只好灰溜溜地回了家。

四月初，王明不断从全椒那边传回消息，说他已经收回了多少账，数目虽然不如以前做生意顺的时候进出款项那么大，但毕竟是在脚踏实地地往回收账。李翠知道挣钱再不比以前那么容易了，以前他是个职业商人，拥有公司、专车，拥有雄厚的人际关系，现在躲到大蜀山脚下，说是要重新换一种生活方式，但终究该还的钱还是要还，在这一点上，王明也是不再含糊了。王明在全椒那边卖砖，这里的李翠也是踏踏实实地过日子，再说还有这匹黑马，这就很能说明问题。阳春已到，春光烂漫的时节，李翠在蜜蜂的嗡鸣声中，时常能在她辛勤耕耘的菜地里听到菜叶和菜秧子出芽抽动的声响，微风拂过，似乎能听见菜杆子嗖嗖的击打，她知道它们在疯狂地生长，从泥土里抽出来，是要向天空奔去的。菜长得真是快，李翠先是在三间瓦屋直接对着的公路的拐弯那儿放了只菜篮子，她没想到这些菜会真正地好销起来，果然才放了两天，就有不少沿路开车的人停下车来，盯着她菜篮中晃动的拥挤的青菜，伏下身来，细细地看，他们买了她的菜，李翠很高兴，她只用两只篮子，几个小时就卖完，再到菜地里去一次，卖了几天，她发现这样果真很好。因为来回拾菜，她身上的脏泥什么的，也来不及洗，她倒一下子成了农家妇女一般的。来回拾菜，吃不消，李翠还是用上了那匹黑马，再说整天关在马棚里也不好，她改用麻袋装菜，用黑马从田地里拉到公路旁，于是附近的农民们就看到这位一年前搬到瓦屋里的女人用黑马来卖菜了，她站在路边，黑马倒更挺立，立在路上，头高高地昂着，不挪一步，李翠木然地站在旁边，跟买菜的人善意地笑。倒是汪兽医老婆很是辛酸，她叫李翠不要在路边卖菜，汪兽医也来劝阻，李翠不听，说路边卖菜能弄到钱。他们知道王明卖东西去了，李翠她不挣钱，她靠什么来吃饭呢。法院在黑马脖子上挂的那道封条还在，李翠不敢把它取掉，她是用一块蓝色司令布在脖子那儿做了个兜套，这样一来，路人们就看不到黑马贴了条子了。李翠倒不是掩盖法院调解员来做的财产保全，她只是感到一个蓝布兜裢，似乎能使黑马更精神些，只是从远处看，一匹黑马和一个女人，在路边卖菜，颇有些味道。

到了四月底，天气有些转热，王明终于从全椒带回来一笔钱，他是老远从出租车上就看到了瓦屋那一大块地方，在公路沿上，有一匹马，有一个女人，那是他的女友，那是他的黑马。他有些不忍，车子慢慢靠近，他看仔细了，黑马和女人都很认真。卖菜的李翠已经很熟练地称东西了，王明下了车子，李翠看王明回来，问他为什么不先打个电话。王明说，昨晚还没想到今天回来，砖头卖完了，没得卖了。李翠收拾好麻袋，空空的，往黑马身上一搭，跟王明要往瓦屋走，王明把麻袋取下来，扛在自己肩上，再拍了拍黑马，黑马眼睛水汪汪的，他们彼此没什么大动作。李翠牵着黑马，走在前边，王明走在后面，回到瓦屋，李翠拴好马，然后两人在堂屋坐定，王明把钱放到桌上，只有五万块钱，不够还的。他跟李翠说，我跟大徐他们讲了，就这些，把账结了，孬好也就这些了。李翠搓着手，王明站起来，搂住李翠，两人几个月没见，王明有些激动，深深地吻她，李翠也很深入地抱紧他，两人很亲热，少有的甜蜜至深。到卧室，王明一惊，忽然问，我怎么没看见黑马的封条，李翠艰难地挪开身体，对他说，还挂在脖上，我是用块蓝布裢遮着呢。王明起身，往前边跳一步，打开门，往马棚去看他的黑马的脖子，李翠用手抚了抚头发，脸色极红，伸了伸身子，咬着嘴唇，听见王明又从堂屋那边回来了。

关于这个故事的结尾，在大蜀山脚下有着各种说法，因为所谓的最终的结果，也不过是以汪兽医为代表的周围的几个村庄的农民在私下里的讨论中所得出的一些莫名的结论，而最终的说法也不过是暂时的，或者说也仅仅是大蜀山脚下的三间瓦屋的男女和他们的黑马各自有了什么去向，或者是它们一起迁移到别的什么地方。而王明从肥东全椒一带卖砖弄回的五万块钱还给了大徐他们，这一点不假。大徐他们也并没有纠缠，毕竟他们在前次的斗殴中伤害了黑马。山脚下的农民们都记得那个午后，王明和李翠在瓦屋前的平地上支起一张大桌，上边摆满了菜，还有喷香的白酒，大徐他们也来了一班人，或许都是以前认识王明的，他们喝了许多酒，不再跟王明敌对了，收了他的钱，销了他的账。而黑马脖颈上的法院的封条也及时地撤去了。一切似乎都在向好的方向发展，但认识他们的人都相信，关于黑马的故事还远远没有结束，这仅仅从这对男女对黑马那专注的眼神上就能看出来。不过，那次汪兽医和他老婆给李翠推荐让黑骏马去配种的建议之后，李翠就不再那么简单地看待身边这些村庄的农民了，她发现他们把她和她的男友看得很清楚，那么她和王明还有什么办法呢？或者说王明还能怎么样呢。据王庄的一个曾姓的村民说，王明和李翠带着黑马一起去了远方，就算是浪迹天涯吧，他们恩爱有加，共同爱护黑马，他们远走高飞，带着城里人那种傲气和城市的回忆，到远方去了，不过这种说法太老土，不大能让人接受。一位王庄的方姓村民说，其实王明李翠和黑马都回了合城，听说王明又搞到了钱，他们住在合城最昂贵的元一公寓，黑马每次要乘36层电梯，站在王明硕大无比的客厅俯瞰城市。而一位和汪兽医很接近的人，这人甚至是汪兽医的亲戚，他姓顾，这位老顾的说法是，王明已经没有什么更积极的好办法，因为汪兽医一直给黑马看病，他们还是听汪兽医的，汪兽医建议拉黑马去配种的建议被李翠否定后，他并不甘心，汪兽医有一位远房亲戚家的二十二岁的儿子，听说在北京上完大学在做一项地方志研究，他需要一匹好马，以骑马到金塞地区的一个草坝里去，那里有一个失落的城邦遗址，从未被发掘，他便是骑马到那里去了。这位公子年轻气盛，家境丰厚，又系名牌大学毕业，他雇佣了那匹黑马，给了王明很大一笔钱，附带的条件是李翠也必须跟他一起做调查，一个晚上，那年轻公子和李翠一道骑上黑马到金寨去了。王明在黑暗中向他们挥手，而他怀中揣着一笔不小的现金收入。不过，这种说法，引起了一些激愤，为什么要把李翠带去呢？公子哥为什么要把漂亮的李翠带去呢？李翠会同意吗？老顾说，李翠不同意行吗？只要王明同意，李翠她听王明的！还有一种说法，是说黑马跌进了三间瓦屋前的池塘，因为它腹部上次的刀伤，它跌进了池塘，不过没有人去打捞，这种说法让人悲伤。后来大家都支持老顾的说法，黑骏马驮着一位公子和李翠，李翠和公子到金寨那边寻找失落的城邦去了，而王明去向不明，有可能继续经商，有可能在等待他心爱的女友完成任务后顺利归来。

母亲的声音

我感到我的母亲已经相当累了，但我仍在追问她这一生中的事情。我相信母亲的一生恰好符合了我的心理——她已活过。包括覆盖了我的生活，我的存在卡在她生命的中间，让我来叙述她的生活，是保险的。我的忠诚在于我从她那里得到了生命的直觉，我成长并且学会了思考。尊重母亲，倾听她的故事，忠实于作为一个叙述者的位置，我就这样在母亲的身旁安静地坐了很久。

但只要我能保持清醒，我就刻意地要求我自己，在那个沉重的时刻还没有来临之前，我应当保持我自身的独立，把我的思想、异变的心灵还有渴望活动的肢体都负担在一个倾听者的位置上，我将确保我有能力记住她的经历。相信母亲本来不应负担我的生命，出于某种命运的必然，她选择我作为她的儿子，而现在当她躺在病床上，捂着头，向我缓慢地讲述她的生活时，外面的生活正在骤然地变化，在灰色的公路上，各种飞行物飞奔着。还有树木低下头，懒散地站立在很远的地方。

在这中午的医院，只有风拼命地吹着窗子，把我带进另一种印象，无比纯净的空气，没有多余的想象，只有热量和潜行的风，贯穿在记忆中。对，也许只有记忆是单一的，只有我自己的记忆才是单一的，我将牢固地坚守它，然而，现在平心而论，当母亲向我讲述她的生活时，她是何等艰难地向另一个人——即使是她的儿子，来处理她记忆中的影子，她将不再单独拥有它们。而每当我为这一点而为母亲感到愧疚时，我总是在内心做另一种平衡——因为她患了脑瘤。脑瘤成了叙述的前提，成了母亲向她儿子讲述经历的一个条件，我深深明白母亲在我一生当中深深地爱着我，只要记住她的故事，那么我就反映了母亲的生活。但是，即使由于脑瘤的缘故而不能准确地讲述她的经历，那也并不要紧，我将允许我母亲用她自身的能力对她的故事作一些局部上的处理。

在我纷繁地罗列我母亲在对我讲故事的情况时，我已经改变了我单纯的倾听者的地位，我感到我有义务为母亲的故事的纯洁性作出主观努力，必须保持母亲的独立性，我这样想着的时候，张医生就迈着她那纤细而又清脆的步伐过来了。

这是我第一次刻意地观察她，观察她也许是出于母亲的某种意见，因为母亲总是对张医生有一种好感。但难于出口。张医生并不爱多说话，但她说话声音好听。据说她是个医学权威。对我母亲这种脑瘤，她始终没有跟我交底，也许随着时间的流逝，她不可能永远保密。我拿着一支笔，并用笔套敲着嘴唇，张医生并没有反感。她也并没有像过去的医生那样俯下身说话，而是冷漠地站在那儿，但我可以猜到她有一种热烈的感觉在心中滋长，只是她并没有表现出来。她表现得非常得体。从后来的过程来看，张医生确实是个不错的人。

张医生把另一个站在床头的护士给指派出去了，她愣愣地盯着我母亲，我能感到她是看着我母亲的嘴。我想她一定了解母亲与我之间这点私事，她既不批评，也不提倡，而是把视线从母亲的嘴上，移到屋外的阳光上，阳光很美好，很容易让人抒情。然而张医生肯定不会允许她病人有任何情感上的不应有的波动。张医生的存在一直持续了很长时间，这一点使我有些生气，主要是因为她不说话，而同时我又确信她是个好医生。张医生的眼神充满了一种冷静的客观态度，因为早在住院初期她就在会诊小组上指出：对待这个瘤子光凭热情是没有用的，要说想办法，那么只有一个：让她（母亲）没有压抑。什么意思呢？那大概就是说让我母亲没有思想上的负担，因此背着我，以张医生为首的医务人员肯定向我母亲做了大量工作，提示她放开她的大脑和思想。而我母亲看来听从了她的意见，这不，她一直深情地向我表达她要讲话的愿望，她要告诉我她所知道的一切。好了，现在张医生的立场已完全转化为一种对我的倾听有利的东西——闯进现在的母子生活，鼓励母亲放开她的心灵。

张医生后来就对我看着，当然我只能低下头，我有些不好意思，因为我内心不纯净。我能从她眼睛里感觉到一些异样的可能——包括她不仅是一个女医生，一个生活中的人，一个有热情的人。她对我看着，只能使我无望地增加我对她的好感，我自己制造出来的一种心理，她被我母亲需要着，被讲述故事需要着。能被过去的时光照亮的一个现存的人，开始进入我的心灵，使我摇晃。

张医生在我模糊的视线中消失了，速度很快，我激情的身体毕恭毕敬地立了起来，母亲像一根杆子似的，在床单上动了一下，然后叹了口气，独自面向床里，我对墙壁的白色审视了很久，而此时阳光竟有一缕射进了屋内，热量在上升，直至浸染到我的腰部，使我在故事的压力下得到了缓释。我把双手往两边撑了撑，我预感到张医生的方式，为了帮助我母亲，她准备把母亲交还给我，而我想另外的医生很有可能会把母亲从我身边夺走，包括夺走她的声音。而我幸运地遇到了张医生。

母亲的父亲在1941年牺牲了，而那时她恰巧待在她母亲的肚子里。母亲在病房里向我描述了她观念中的父亲去世的那个夜晚。据说天气不好，加之她父亲和战友们被围困在深山里，母亲打了个哈欠对我说，那个夜晚如果按照她的仇恨心理她是无法讲出来的。因此我劝告母亲过去的事情就算了。她的父亲在她的想象中渐渐地立在我的面前。而我起初准备无动于衷的想法很快熄灭了，我得对她的愤怒保持一种支持，对，你想象中的父亲在你的口述中深刻地感染了我。而这还不够，关键是她居然没有见到过她的父亲，这一点从现在来看是不能容忍的，它对现在的讲话表达了一种讽刺。回忆也许是不准确的，然而母亲向我保证，这不仅仅是一种想象，相反这是她深思熟虑的后果。

母亲一直没有对她父亲去世时她母亲的表现作一点交代，那大概是因为母亲觉得她父亲对她来说有一种单独的人格意义。他的牺牲为她的生活既增加了光荣的历史也使她在后来遭受了打击。然而现在我听她讲述她父亲是没有多大勇气来主动想象的，也就是说母亲非常强烈地向我表述了她的愤慨，对于1941年的那个夜晚，阴风小雨，树林起着风涛，还有身体中的血后来就冲了出去，流满了那片土地，说着说着，母亲就头疼了，我忙用毛巾包住她的头，吃力地按着。我这是按照张医生的吩咐做的。

妈，头还疼吗，我问。她说，不疼，我不过是动了脑子。她一说她动了脑子就使我的同情心千百倍地增长了，我不希望母亲动脑子，这违反了我心中的设想，她可以轻松地不费力地讲述！看来，母亲使用了她的思想来讲述她的记忆，不，这种记忆已经不再原始了，她服从于她的想象，她仅仅是以她父亲牺牲这样一个基本事实而跃进到她对那个具体的夜晚的追述。我认为母亲在这一点上是付出代价的，也表现了母亲对历史的某种洞察，尽管现在说洞察有点晚，但毕竟母亲能说出那时的场景，她构造了一个印象中的父亲。

母亲的头摆动，我按住她的头示意她别动，我害怕母亲继续大胆地想象她父亲那个灾难般的夜晚。但她父亲去世了，母亲是一个突然地就没有了父亲的人，她被称作烈属，也使她和她母亲以及其他亲人在生活中遇到了更多的困难。母亲在剧痛中扯起毛巾，用手挥舞着，她的眼睛睁得很大，但又目空一切，她甚至在那种不自觉的状态中，辱骂了谁，然而我疏忽了。不久护士李芸来了，李芸从我背后敏捷地伸出手，牢牢地卡住母亲的脖子，然后一字一顿地表明，请你们别再胡闹了。我说，我没有胡闹。

护士叹了几口气，继续掐着她，母亲终于安静了下来，挥舞毛巾的手落下来，然后双眼缓慢地闭上，但从她眼皮上仍可以看出来她的眼睛一直在活动着，似乎看到了一些更精彩的瞬间。

张医生在医院的走廊里和我一起先是对今天的阳光作了一些评价，然后故意把脸庞向我凑近了一些，她问，你母亲是不是真的打算把她的一切都告诉你。我说，是的。但是，这很危险，她说。可你说过，只要把一切都交出来，那么她的脑子就没有负担了，这对她的病情不是很有利吗？我说。张医生背靠窗台，双眼闭上，两只胳膊抱在胸前，她沉思了很久，然后问我，她都对你说了什么。现在我无法准确地向张医生交代我母亲对我说的事情，从良心上讲，我得为我病中的母亲保密。张医生很有可能看出了这一点，她向我摆了摆手说，她向你倾诉是对的，但我们得面对一个更严酷的现实，那就是她在讲述她的故事时，她是否能保持一种轻松的没有压力的状态，你知道她现在再也经不起任何对脑子的折磨。

我看见张医生的眼睛里流露一种无可奈何的忧伤。多年以来有许多病人从她的手上转危为安，而也有病人从她的手上悄悄地离开了这个世界。我说，张医生，母亲能不能不再向我讲她的故事。医生很愕然，她坚定地说，不能，这在目前是唯一的心理治疗方法，甚至在生理组织上，如果她能顺利地讲述她记忆中的一切，那么她的脑瘤会得到缓解。我忽然转变话题说，可我觉得你应该为她做手术。张医生和另几个迎面走过去的医生打了个招呼，然后用手扭了扭耳垂，对我说，手术现在是不能做的，瘤太大，手术只能失败，所以我们才安排你母亲向你讲故事，等压力解除了，瘤子有改观，只要稍一改观，或者在大小上动一下，或者在位置上动一下，那么我马上可以动手，把它从脑子里拿出来。可你看，我说，今天刚刚开始讲，她就遇到了危险，差点昏过去。张医生伸了伸头，似乎想从门缝里看到病床上的母亲，然而母亲无声无息地躺在护士李芸的手里。

我说，关键是她有点吃力，如果能像背诵一篇文章一样把她的经历背下来就好了。张医生疑惑地问我，这不是一件容易的事情，她的脑瘤正是她长期的压抑，长期的忧郁、封闭和冷漠所造成的，现在她要一下子把它倒出来谈何容易。我说。有些事情她根本就不清楚，只有在讲述时，她才明白。告诉你吧，她是在想，甚至是费力地想象。是啊，想象是艰难的，她不可能超越这个过程，记忆本身虚无缥缈，当她把它讲出来时，她要耗费她的精力，她将承担这样的痛苦。那么她从哪说起？她问我。我说，从1941年。张医生并没有就1941年的具体情节向我追究，但她毅然地向病房的另一头走去，跟在她背后，发现她的心灵是沉重的。

到张医生办公室之后，张医生很快关闭了房门。床上摆着一盆长久没有浇水的鲜花，屋内一点儿灰尘都没有，在深绿色的沿墙内似乎有一种青色的忧郁慢慢地浸染，浮现，游荡在空气中，然后包围着她的脑子，看得出来，为了这些病人她已非常痛苦。她对我说，你最好别跟着我，别到我的办公室来，她好像非常需要冷静地处理她的心情。我悻悻地倒退到门口，试图从门那儿消失，但张医生又把我叫住了，她的脸上充满了一种迫不得已的信任。这时有另外的医生以及护士还有一些行政人员来敲门，他们向她提了很多问题，甚至包括一些工作以外的事情，她从容地处理完之后，用双手揉着头，在办公桌边沉默了很久。

我轻轻地问她，你没有事吧。她这才醒过来，叫道，坐，快请坐。她为我倒了杯水，然后给一些莫名其妙的人打了通电话，她摊平双手，从大堆的病历资料中掏出一个黑乎乎的本子对我说，你母亲现在很重要，也就是说她是一个非常难得的病例，我是指她的瘤子。她从瘤子的重要性而转述到我母亲的重要，使我很气愤，我站了起来，表示抗议，她又压住我的火气叫我坐下，温柔地问我，你愿意她讲吗？我害怕你烦。不，我不烦，我说。那就好，以前就有病人的家属并不愿意一五一十听他（她）讲，你真不错，她说。对于母亲来说，她现在需要你，而我呢，张医生浅浅地笑着。我现在也需要你。我有点受宠若惊，我热情地说，我愿意。就这样，我们双方都沉浸到一种幸福感中，我觉得她需要我有一种企图。

张医生站起来，我心里猛地惊了一下，她的腿划过我身边的空气，一大股从福尔马林味中潜溢出来的幽香感染着我，我想她很有可能被越来越现实地还原为一个没有主见的与瘤子无关的人。她说，你母亲很重要，我们双方要配合。由于激动，她差点儿从资料板那儿返回我身边时跌了一跤。但她巧妙地掩饰住了，她说，她正在完成一篇最重要的论文。她没有向我详细讲述论文的情况，她说，我需要你倾听。

母亲站在窗子前，我从前楼的长廊绕过来，正准备拐个弯，从另一条小径走，以便绕开一个开水房，我害怕那些蒸汽，母亲看见我扭过头，她就想张嘴喊我一声，但我从远处晃了晃手，母亲没有理解我的意思。

由于我走得很快，所以视线不一会便被沿墙挡了回去。我推开门时，母亲已坐回床边，她的双手相互叉着，大拇指无聊地活动，她说，你来晚了。我说，这是对不起你的地方。母亲突然就发火了，她似乎是在指责我不纯洁，我敢肯定自从母亲正式决定向我讲述她的故事，她就对我有了一种怀疑——你是怎么成为一个倾听者的，仅仅因为你是我儿子？我说，可我是你儿子。母亲躺了下去，把护士早上递过来的药片匆匆地吞了下去。

外面天空灰白，杨树皮黯然失色，母亲闭上眼睛。我感到她在使力，似乎想从体内纠集更多的东西来面对眼前的形势。而我算什么呢？我觉得母亲把问题看得太重要了。妈，你就慢慢地说吧，说出来就一切都轻松了，我劝道。母亲不做声，睁开眼睛，向我要了一杯开水。可我仅仅是对你说啊，她叹息道。这就够了，因为我是你儿子，我说。母亲想抚摸一下我的头，但一抬手还没有碰到我就强硬地抽了回去。我很内疚。我想我母亲从来没有主动向我讲述她的经历，她总是沉默地劳作，忧郁地看着我，目睹生活的变逝，而现在她好了，她必须讲，不停地讲，这意味着她真实地重新确认了自己，那个记忆中的自我被运动起来了。

我说，你会好的，你完全可以成为一个把一切都讲出来的人，现在你就是在减轻压力。而我以前不可以吗，儿子？她问我。我无法立即回答出她的问题，我认为母亲的忧郁和沉默并不是谁能负责的。反正，还是讲吧，但你不要给自己找麻烦，能记起来的就讲，你千万别再去想，绝不能使劲地想你的生活，我说。母亲疑惑地问我，什么意思？难道张医生不允许我想，不允许我像过去那样像一个正常人那样去想？我连忙解释，妈，不是那个意思，我是说你能讲就讲。母亲有些气愤。

我为她削了只苹果，她没有要，双眼盯着窗外，白杨树皮似乎向远处退缩，远处的天空也退着。母亲用手使劲地摁了摁眼睛，那大概是在摁灭眼眶里的幻觉。我说，1941 年。母亲坐了起来，李芸过来为她打了一针，她挥舞一下拳头，朝房间另一个毫无意义的方向砸去，然后她强带着愉快的神情对我说，她有一个现在已无法准确地把握住的母亲。她该是什么样呢，母亲似乎是在和自己的良心作协商。

我说，你见过她的，你和她生活过，她是你母亲啊。母亲说，是的，但我不知道她到底是个什么样的人。她很漂亮，而且年轻时就守了寡，当我母亲五六岁时，她才又找了个男人，那是一个更为奇特的继父，我母亲对这个男人保持一种距离，她在对我的讲话中一直称他为一个奇特的人。但作为我母亲的母亲，她似乎并没有在她的童年生活中给她留下多少印象，只记得在解放时，她还是蛮吃香的，在县里来回活动，尽管母亲对她母亲在她童年生活中那种模糊的叙述充满了玄妙，但我看得出来，母亲认为她母亲在那个时代并没有对她说过她继父的任何情况，她继父似乎是在从事一项很秘密的工作，同时又有秘密的长相，出入都很隐蔽。

她继父的悬念一直在她身上弥散，以使她在叙述时充满了不自信，但我想保留这样一个悬念将有助于我们对那个时代保持一种认识欲望。同时母亲这种客观的陈述似乎已经尊重了事实，不论她怎么想象，她都不可能对她继父产生任何认识，进而，她对她母亲的生活采取了冷漠的立场。可以说她母亲是个没有立场的人，因为她母亲并没有教给她欢乐和如何做一个明白生活的人，母亲的童年就是在她母亲和那个神秘继父的秘密笼罩下仓促地流逝了。

每当她无法通过母亲以及继父而跨越到她自身时，她就感到万分苦恼，因而她的头就疼了起来。我连忙劝她停止讲述，但母亲疯狂地推开我叫道，可那应该是阳光明媚的时代，我本来应该像背唐诗一样把那些经历背下来，可我现在几乎不知道那是怎么回事。母亲要我拉上窗帘，把病房门的插栓插上，我表示反对，因为护士们一再提醒过门绝对不能从里面插上。但母亲头疼淌汗，满脸的痛苦，我只得照办，母亲自己似乎也感到我们在讲一件危险的事情似的。

可那时，你应该单独跑到很远的地方。呼吸空气，吸收阳光，就当他们不存在，我建议道。母亲对我的建议表示了鄙视，好像我对她的记忆中的现实采取这种态度是可耻似的。母亲由于无法准确地讲述她的那段生活而痛不欲生地抱住头，抵在被面上呜呜地哭了起来。后来在1957年继父被枪毙了，她说。

她继父被枪毙的枪响似乎在病房尽头的盥洗间里回荡着，恰好，阳光从阴森的云中突然跃了出来，由于我没有心理准备，我就高兴起来。原来，她用一种类似倒叙的手法说，他是国民党的一个特务，母亲说，我母亲居然说她爱着他，尽管他犯下了不可饶恕的罪恶。母亲说，就是他杀过包括她父亲在内的人，因此在枪毙他的那天，她悄悄喝了一口酒，这样她总算长大了。才变成一个现实的人。她母亲第一次把她继父和她父亲放在一起向她作了些介绍，她才明白他们是不同的人，制约着她童年和少年时代的生活。母亲按照时间顺序，把这些情况摆出来之后，长长地呼了口似乎带有毒液的空气。我抚摸她沾满汗渍的腮帮，悄悄地站开，我发现她沉重地睡了过去，像一个死人，但在苍白脸庞的深处，有一种欢乐的阴影，像另一个正在成长的人似的。

母亲的成长本身带着许多问题，包括继父和父亲的阴影在不停地挤占她的内心。但母亲毕竟长大，因而她的忧郁就潜在地淤积了起来，这种忧郁主要是指她没有通过她自己的母亲来理解那些直接照在她身上的阳光，哪些是正确的，哪些是错误的。而错误的阳光往往会把一个人推向一种徒劳与疲于奔命。母亲开始长大，思想夹在肉体中也痛苦地生长。而她母亲正坐在桌子旁，手摇一把乌黑的扇子，她母亲与继父划清了界限，她的本质是一个烈属，因为她的第一任丈夫正在心头拼命地显现着，那鲜血的脸庞，带着对腹中子的眷恋和哀思，沉重地显现着。

作为烈属的她母亲现在正在她熟睡的身体里摇动扇子，内心一片空白，而此时在遥远的地方正有各种声音震动起来，这其中包括母亲随时有可能站出来呼喊，新生活万岁。是啊，渴望新生活的母亲从那时可能就要替新生活搭配一个瘤子，一个可爱而又像挂钟般嵌在未来思想里的瘤子，这个瘤子从某种意义上说，就是她本身。在她为现在的叙述孤注一掷，一改她沉默的生活立场时，她已下定决心服从她本能的心理，哪怕割开时间，割开一切附属物，哪怕躺在医院里，在喧哗中总结她的生活。而她确实这么做了。

母亲熟睡时间很长，而且一直保持平静，这使我看到了通过讲述使她头疼得到缓解的希望，甚至可以说脑瘤在她的叙述中被有效地扼制住了。我很亢奋。拼命地跑到张医生办公室，另一个医生说她刚刚走，于是我就往外追，在大门口我差点从她身边跑过去。因为她已换过衣服，所以我差点没能认出来，她见我气喘吁吁有些好笑，就站住了。

我激动地对她说，母亲终于轻松地讲了许多。她和我一样也很关心这个问题，但她并没有显得急切，而是压弯了身子好奇地试探，不再是 1941 年了？我说，不是的，这次是 1957 年。1957 年？她重复了一下，似乎她觉得这一点很重要。我不由自主地跟着她一起往前走，她也没有丝毫嫌弃我的意思。我说，她怪了，她在讲到 1957 年以前一直并不费力，她是在最后才说出那个人的。谁，她问我。我说，她继父。

张医生在我被一个行人不慎撞了个满怀时，居然拉了我一下，我感到这个人很有力。不知不觉我们已走了很远，我有点累，提出要在路边休息一下。张医生指着路对面的一个儿童娱乐场对我说：你看见那个孩子了吗？那个孩子被我抱起来时，差点欢乐地从我手臂里飞了出去。她说，那是她的女儿，我看了看孩子又看了看她，发现她们之间好像并没有什么联系似的。我在那儿焦急地哄她，快点，快喊我叔叔。但孩子一直不做声，用她那又大又黑的眼睛瞪着我。只在她高兴得控制不住时，她才用脚使劲地蹬我的肚子。她很少看她的母亲，好像对于她母亲她倒更为陌生似的。

我放下她时，她就蹲到地上。张医生从背面过去托了托她的屁股，她有些生气。于是张医生对我说，她认为我接她迟了。张医生牵着女儿的手和我一起往回走，那是什么方向我一点也不知道，后来在某个路口我们快要分手时，张医生对我说她的女儿是一个哑巴。她听不见也不会说话。我起初不相信，但后来我强迫自己相信了。张医生给我留了个她家的地址。叫我有空去玩，临了她又不放心地对我说，还是让所有人都多说话为好。

我觉得她异常冷静，似乎在讽刺什么似的。在她们转身之后，我心情很糟，我想张医生一定怀着对1957年这个概念的浓厚兴趣，而我瞄准着那个在她身边缓慢行走的女儿，我似乎领悟了张医生对声音本身的看法：声音是重要的。我尾随在她们身后，后来她们消失在一幢楼房里。我怀着对她的好感回到床上，感到有许多阴影正像刀片一样向自己飞来。

第二天早上我起得很早，在街道上迎着拉板车工人呼出的热气飞快地行走着，在我赶到张医生昨晚消失的那座楼下之前，我培养了更多的对张医生的猜测，她是如何作为一个哑女的母亲，或者说她是如何作为一个哑女的认同者。她承认她的女儿是个哑女感动了我，这其中包含了她的一种感觉——声音在本质上也许是错误的。否则，为何她的女儿没有了声音呢？同时，我更相信张医生对我母亲的治疗方案——让她说话。让她说话也就意味着使她在另一个意义上找回失去的时光，时光将在新的叙述声音里找到存在的依据，因为正义、生活和热情，我们面对所有与真理一样的东西。

我在楼下看到张医生推开七楼的一扇窗户，她伸出头毫无目的地向下看了一下，清晨的雾气包围着视线，但我居然听到她清脆地唱了起来，声音很婉转，很像是一个美女的声音。接着，她下了楼，我赶忙躲了起来，她穿着另一件衣服，头发高高地束起，她还在唱着，然后我就难过地走了。我在闯进病房之前在楼下向我母亲叫了一声，但我母亲并没能伸出头来，我站了很久，才见到一个护士的半个肩膀向外亮了下，随后扔出一只棉球，疲软地落在水泥地面上。

有些病人从房间探出头，然而我母亲仍旧埋伏在病房里，当我赶到门边，护士向我做了个手势，她的意思是我的母亲已经睡了好久。我赶忙问，是不是从昨天我走后，她就没有醒来？护士说，我想是的。母亲这样的病人能出其不意地睡上这么久，使大家都很高兴。但我却很焦急，因为我在等待她的另一次也许是更为冗长的叙述，从1957年往后，我想母亲可能正在培养她的灵魂，按照新的顺序向她的倾听者讲述她那沉默的生活。

张医生赶到病房和我正面相对时，已经在眼神中向我流露一种感情的暗示，但我没有把握住。

她轻轻地碰醒了母亲，母亲惊慌地坐了起来，她说，她梦见了许多东西。张医生抑制不住激动，对我转过身来说，听见没有，你母亲说她梦见了许多东西，她有梦了。是的，母亲已长久没有梦了，这是她脑子有问题的表现。但她梦见了什么呢？我想。而这并不重要，张医生又说。在走廊里张医生抓住了我的手对我说，一切都很顺利。许多手推车从身旁经过，张医生的话被一再打断，我不合时宜地提到她女儿。她一听我提到她女儿，马上就拉下脸，她说，但愿你不要有病。说完就向另一个方向走去。在快要迈出长廊时，她却突然叫了一声，听你母亲的吧。

母亲对她的梦居然津津有味地讲了起来，与其说她在向我继续叙述她的经历，还不如说她在叙述中产生了梦，并依靠梦再现了一些现实。

梦的出现同时也带来了她自身病的转机，她已经可以妥善地处理她对新生活的期望与生活本身的那种距离。继父的去世使母亲重新回到她一个地地道道的烈属身份。从而也就使现在她在梦一般的虚幻场景的推动下而轻易地推断，她的母亲是一个没有应变力的人。她母亲没有应变力也就意味着她在新生活中获取了一种盲从的力量，她穿上军装，挽着裤子，活跃在城市的食堂里，开起了批斗会，母亲因为长得漂亮，又因为是个烈属，因而也就有了威信，但她总是迅速地捂住任何人对她继父所产生的任何引述。

母亲一边让我把为她按头的手挪开，一边精神倍增，向我宣扬那个时代她被点燃起来的激情。她总是以她父亲，那个她并没有见过的人，来揭开她批斗生活的序幕。所谓批斗，母亲回忆说，她能掐着腰，指着别人的鼻子，可以说在那几年我母亲压制了很多内心不良的企图，而专心致志地怀念着父亲，不过父亲仅仅以牺牲被她在观念中脆弱地建立起来。这样也就很难保证她父亲会不会在今后被别人一笔勾销。但这都不要紧，关键是火红的被父亲的名声所点燃的激情控制了继父所遗留的阴影，她真的感到自己上升到一个有意义的积极的青年位置上。

但她并没有发现她母亲在表情的深层已挤满了一种焦躁和不适感。她母亲并没有从两个男人那种交替作用的阴影中走出来，我相信我母亲之所以在现在的叙述中有了这种热情，多半也来源于她在昨日的梦中增长了一种新的认识勇气，把本质直接束之高阁，而代之以盲目的热情和一种偏见。这种偏见无非就是她也同样认为，有些人生来就是错误的，这种错误同样存在于阳光、空气和水中。说简单点，也就是指我母亲丧失了分辨能力。

这其实与现在她患脑瘤没有什么两样，当她在红卫兵生活中长了不少威风，并吸引了一大批对她非常仰慕的人时，她母亲正在经历生活观念中一次最大的失败。她越来越受不了她的女儿（我母亲）那种以父亲的死亡为起点的精神生活，只有她自己明白，她丈夫在1941年的牺牲是一个无法补偿、无法重建、无法被拉升的点，她丈夫只能僵持在那个阶段上，他是一个单独的人，但我母亲显然利用了她父亲，她现在在讲述故事时丝毫没有为这一点感到不妥，这肯定也得益于她在脑瘤中的梦，一种极小可能性上的没有秩序的精神生活。

但在生活细节上，在极小的似乎没有经验的细节上，我母亲确实是失败了，她并没有预感到她的生活正在另一些人的眼中迅速地恶化。我母亲终于对她在梦后所残留的一种自傲作了修正，她坦白地对我说，那是一个她不得不服从于那种热情的时代，然而热情只能导致她在那个集体里的失败。1968 年的一个夜晚，当我母亲已认识我父亲一年，并且在红卫兵生活中渐感无聊时，她万万没有想到那个拴住全家本质地位的父亲却被另一批同志们不怀好意地重提起来。这时她母亲确实无法维持她那越来越脆弱的心理。有人指责她父亲在参加新四军之前和敌人之间有过交接，说他是个叛徒，母亲用嘶哑的嗓音回忆说。

我父亲告诉我母亲应该逃跑到另一个地方，以躲避现在不利的处境。那为什么不跑呢，我急切地寻问我的母亲。护士李芸默默地把针管中的水推进母亲充满愤怒的身体中。母亲要我把她扶到窗子前，她大概在寻找我父亲当时处于那种立场上的影子。可母亲没错，父亲也没有错，我们没什么好跑的，我母亲对我父亲说。我父亲并不反对别人指责我母亲。（父亲是一个叛徒有什么不可能的，从根本上说，每个人都有缺陷，我父亲说。）

母亲很失望，天就开始下雨了，雨季很长，一切都发霉了。不久，家抄光了，许多人过来搜寻证据，再后来她母亲就被绑了出去，当时的道理有许多条，其中有一条就是她对她第一任丈夫是一个叛徒负有无法根除的责任，证据在于她的后夫是个国民党，这双方结合起来看，她母亲是个恶劣的坏人，一个在革命队伍中埋伏的恶劣的坏人。她母亲被带走了，据说并没有批斗而是关在牢里。我母亲多想去看她，但没有得到父亲的支持，而且当时父亲总想撇开那个无可救药的她的母亲，想和我母亲建立火热的恋爱生活。但她对她母亲那灾难的监督生活而痛感不解，她更难以接受作为一种本质的烈属现象现在被无情地拆解了。之所以她自己也不能自信就在于她从来没有仔细地考虑过她的父亲，甚至她对她父亲也缺乏最起码的感性上的把握。

她对于她母亲的不幸是无法发挥作用的，她只能在内心承受更大的不幸，现在继父所遗留下来的悬念没有了，继父只是在她经验中证明了母亲的选择导致了她的失败——无法建立有说服力的光荣的烈属生活。甚至对于她父亲的牺牲，她更是后悔莫及——为什么成为一个无法追忆的点。她是不能反复地设想的，否则她的头就会剧疼起来，那些嵌在脑瘤上还没有衰落的记忆正在紧张地鼓动着，而在另一面，一些病毒，与生命格格不入的东西正在疯狂而又贪婪地吞噬她记忆中最清晰的部分，如果不是她自己振作精神回忆下去，她几乎无法保证她还能回忆出母亲的结果——正是被她的朋友和同龄人在阵阵嘲笑声中，抛弃了。她母亲死在监狱中。

她能表明她在那个夜晚的心灵处境，当她母亲在这个世界上含着某种模糊，含着对女儿的不利影响而离开这个世界时，我母亲当时就与她自身的存在对立了起来，她认为她的热情和青春都早已付之东流，毫无意义。

母亲一直想用一种包括比喻、夸张或象征的手法来追忆她母亲去世的那个夜晚，但她遇到了内心的困难，这种困难表明处于衰落和病变阶段的记忆已无法与心理上那些自许的神圣的初衷保持一致。我看见她的下巴往上翘，奋力地推开护士的手，然后屁股猛地抬起来撞击床面，接着鼻孔增大，呼吸加粗，后来脸的轮廓似乎也想扩张，眼珠向外挤胀，我想母亲的头疼肯定又要发作了，但她仍大声地胡乱地喧哗着，完全丧失了她一贯的谨慎作风，她甚至还在骂谁。不管她骂谁，她都无法表明她有能力回忆那个夜晚，因为对于那个夜晚来说，她没有属于她个人的经验和立场，她只有被迫接受那样一个粗糙、变质与新生活毫无关系的夜晚。

她母亲的去世使她进一步沉默了，现在她就像是在用另一种语言胡乱地改变、讽刺和否定那种沉默。这沉默既然在那时就持续，在她大量的热情都耗费殆尽之后，她现在能找出那时对于记忆有价值的东西吗？显然不能，母亲在床上摇摆着，有一种从未表现过的快感，然而我知道那种快感只属于她现在这些没有逻辑的语言，这种快感与重现记忆的重要部分几乎完全没有关系。

我按住她的手，但她吐出了舌头，绞缠在唇上，一些与语言迸射并列的唾液飞行在伞状的唇处。我明白在脑瘤的周围围满了愤怒的语言的同行，它们包括：理想、志愿和单纯的心理。这些都没有用了，只有喷射无数个形容词，直接控制住那个夜晚，把她母亲的死推进到一个光明的笼子里。

我相信母亲肯定有能力在一只脑瘤的协助下冲破我和护士按在她身上的力量，她将比那些语言更有效地迸发，分裂无数个碎片，在病房内继续组织语言，把更多的幽灵般的幻影都变成现实的悲惨的印象。母亲随时都可能昏厥，然而她又是用一种多么猛烈的力量把她自己限制在一个具体的值得信任和尊重的人的地位上，我不禁肃然起敬。

张医生带着听诊器还有抢救车赶到病房，猛地冲过来抱住我母亲的头，用她纤细的手捏着脑门，然后缓慢而滞重地用另一种仪器冲击她的身体，张医生她们奋力地抢救着，在我看来，她们同样听到了母亲那暴风雨的叙述，是的，只有我最明白这些语言远比身体重要，但张医生仍然看到了出路——那就是在如此疯狂的场合下终止她毫无意义的回忆。于是张医生一边紧张地忙碌着，一边问我，她说到哪了？我说1968年。别说了，张医生含着巨大的委屈叫道。

母亲眨了眨白眼珠然后就一下子昏过去。血压下来了，呼吸渐渐平缓，那在迸射语言时伞一般的唇现在也收拢了，像一只沉默的鸽子，张医生用手在那儿试了试，但很快她扑倒在母亲的床边，并从床沿掉了下去，瘫倒在地上，这时大家才反应过来，张医生太累了。

母亲酣睡在床上时，张医生也躺在床上，当她睁开眼时，我刚好提了一大堆苹果站在她的床前。当她还就我母亲所提到的1968年向我打探我母亲的叙述进度时，我差点眼泪就下来了。我的身后站着她的哑女，手捧一只苹果，生硬地目睹眼前的场景。张医生一边招手示意哑女去她的床边，一边凶狠地出人意料地撵我走，我顿时不好意思起来，我觉得我很难掩饰住我对她的好感。

为了摆脱僵局，我把并不情愿靠近她母亲的哑女拽了过来，哑女在挣脱中使劲地叫了起来，那声音很小，说她叫，仅仅是因为她的嘴形、身体以及虽很微弱但仍充满力度的某种声音，这种无法形容的东西把我们吓坏了，张医生坐起来，把脚塞在拖鞋里，对我愤怒地看着。为了什么？她向我嚷道。我不知道她什么意思。我问你，你的母亲她为了什么？她问。我母亲怎么了？我问。张医生搂住还在挣扎的孩子说，我是问难道你母亲她愿意如此投入地讲话，讲她的故事，每个人都并不那么愿意讲的。这是你的观点？我惊诧地问。张医生不说话，抱住哑女的头，眼泪下来了。这时，我为我草率地闯进她的家闯进她的生活而感到不安。于是我说，我随时准备把我母亲告诉我的一切都讲述给你听呢。有这个必要吗？张医生说话就像她现在非常害怕作为一个医生存在似的。有必要，因为她完全是为了脑瘤，为了改变病情，为了生理，为了你的医疗步骤才这么干的，我说。张医生盯着我，浑身发抖。

她制止不住她的不安，我过去用手按在她肩膀上，她震动着，哑女的苹果掉在地上。然后张医生说，我仅仅是需要她说，我需要她动起来，用她的意愿，用她直接的毫不费力的精神动起来，我需要她改变她自己，这就是说话。张医生一边这么说着，一边用手使劲地挤着她身边半蹲着的哑女，哑女把苹果在地上来回滚着，完全没有领会我和她母亲在说些什么。

你走吧，她说，我不要你复述，那不是我能承受得了的，而你呢，你是她儿子，你刚好可以亲身聆听你的母亲，她是如何缓慢地失去了另一种声音——比说话更重要的声音，她自己的声音，即使是现在也不能说她完全拥有了声音，她缺少一种生命中的自愿的最大力量的声音。这声音是一种伟大的乐观的、积极和自然的形式，而她现在之所以在回忆中发现了一些令人吃惊的东西，就在于她找回了一些声音。我说，她找到了1968年的那个夜晚。张医生打断了我的话，过一会她抬起头，走到电视机前，再转过身对我说，你快走吧，今天我要带我的女儿去看望她的父亲。

我回到医院门口，就看到一个熟悉的身影在一个护士的搀扶下在距肿瘤科有一段距离的精神病科的楼下来回走动着，不用说那个病人正是我的母亲，我在背后叫她时，她高兴地答应一声并向我奔来，摸着我的脸，她像换了个人似的容光焕发，护士也掩饰不住激动，护士李芸告诉我，我母亲自从昨天夜里一点钟醒来之后就一骨碌下了床，喝了许多开水，然后体力倍增，在病房里来回走动，等天还没亮，她要求护士放她出去，她说她心情很好。好到什么程度呢，我问。母亲说，她现在再也没有以前那种昏昏欲睡的感觉了，头变得轻了，脚步更为轻了。

我赶忙提醒我母亲，你别忙了，你患有脑瘤。母亲并没被吓住，相反，她居然口出狂言，我会好的。我觉得母亲一定是在讲述完1968年那个夜晚之后，经历了一次重要的昏厥，以至她忽略了许多她无法理解的东西。现在阳光很好，母亲在白杨树中间穿梭着，向我谈了许多与医院无关的东西，而我心里明白在母亲兴奋情绪的深层一定埋藏着更深刻的悲哀。然而这种悲哀有必要被感觉到吗？李芸吃力地扶着她，李芸似乎也有了一种快感，她第一次发现像母亲这样沉重的病人居然恢复得这么好，况且她还没有经历过手术！

母亲顺着白杨树挺拔的树干察看太阳扫在树尖上的那抹璀璨的阳光，这阳光刷亮了顶尖的某种嫩绿，催促它疯狂地生长。

母亲见我有些不高兴，就特意提醒我，你别忘了，我还要告诉你更多的东西。我能感到母亲的叙述能力一定得到了加强，但我并不奢望我能听出什么弦外之音，我只相信母亲可能遇到了另一种困难：她怎样才能反对这种绝对化的清醒，回到一个病人的地位上。母亲如此清醒以至我提到张医生为了抢救她而病倒时，母亲反倒冷漠起来，好像她一直如此尊重的张医生现在成了与她无关的人似的，这一点使我顿生凉意。我并没有告诉她张医生有一个哑女的情况，我相信母亲现在对这一点是不感兴趣的。她现在对一切沉重的生活都不感兴趣。母亲被我和李芸搀回病房时，她自己已精疲力竭，我们本以为她会呼呼大睡，并至少夹杂一些隐约的头疼，但回到病房时她仍高谈阔论，精神空前的好。

李芸把针水推进母亲的身体中时，母亲的眼睛闪动了几下，她向我伸手，要我帮她分享她现在难得的快感。我早就觉察到我母亲在兴奋的背后埋藏着另一种危险，于是我扭头对李芸说，去，快去，快找张医生来。张医生火速赶来，她比我更明白母亲现在的情况是怎么回事。她太激动了，以至她忘记了这次昏厥，或者说她忘记了让她昏厥的东西，张医生说。1968 年她母亲去世的那个夜晚使她竟变成了这样！我小声地向张医生低语。母亲肯定也听到了我的话，但她并没有什么反应，而是拉住张医生的手，根本不把她当个医生，她像把她当成另一个倾听故事的人。

张医生严肃地警告我母亲如果你过于兴奋可能会使脑瘤破裂，引起全面的感染和生命的危险。但母亲听不进去她的话，她为这迟来的令人叫绝的清晰而感到万分幸运。张医生甚至用力地把母亲的手从她的胳膊上甩开，她用血压器、听诊器还有另一些仪器为母亲做了检查，然后她又让李芸为母亲送来好几种白色的药片，母亲倒也顺从，但她闭口不理张医生关于病情的警告。在这时候，她不停地对包括张医生在内的人讲述她再次热情起来的生活。张医生有些难受，认为我单独留在这儿听她讲话可能会好些。于是她带李芸和另一个医务人员一起离开病房。

母亲在她们走后，有些不高兴，但她很快克服了这种对叙述不利的情绪。我也对她说，妈，快睡吧，你从来没有连续这么长时间不头疼，来之不易，你要珍惜。头疼？谁头疼？母亲不屑地问我。我想如果我强硬地逼她睡觉是没有用的，所以我老老实实地坐在床边，她告诉我她的母亲一死，她就和她的丈夫（我的父亲）一起逃到一个远离这一切的地方，她服从了我的父亲，据说我父亲对她父亲被诬蔑为一个叛徒不提半个字，可能是因为不屑，可能是因为他真的明白其中的蹊跷，但不论忘记了父亲也好，同意诬蔑他也好，她和我父亲居然坠入火热的爱情生活，于是母亲红着脸向我幸福地回忆起他们相恋时的天空土地和爱情，在当时几乎没有人不称赞他们的爱情，母亲抚着我的头说，你更应明白你就是我们爱情的结晶。

按道理她说到这也就够了，但她并没有停止。而是不厌其烦地向我陈述她对我父亲的爱，然而在我心里我仍在憎恶我父亲为什么把我母亲从那种对她父亲的缅怀中诱引了出去，在更后来，她的父亲虽然被平反了，但那时我父亲和她已劳燕分飞，她跌落在困难的生活中，好像母亲现在盛赞我父亲是在欺骗我似的。太阳落下去了，天黑了，所有的病人都睡了，但只有我母亲仍聚精会神地说着。

我不断地提醒她，你有脑瘤。可母亲只把我的话当个玩笑，甚至指责我是一个不孝之子，她总在骂，我在说你的父亲呢。我父亲是个复杂的人，母亲却撇开了他复杂的一面，向我单纯地讲述他和她共同建立起来的爱情生活，这爱情生活与她的头疼、昏厥和痛苦形成强烈的对照，我明白母亲并没有在当时的基础上建立这种回忆，这种回忆是建立在虚构的清醒上，这清醒因为排除了病痛——叙述前提，而成为虚构的狂妄的环境，我想击破这环境，但我又不敢打破母亲来之不易的清醒，尽管她在讲故事时充满了伪善的欺骗，这欺骗从我父亲忽视她父亲那一天起就确定地发生了。

后来，我实在听不下去了，因为我对我自己的父亲非常了解，现在母亲的叙述完全背离了我内心，我希望她能真实地面对1968年之后她所遇到的生活。但显然母亲忽略了我的辨别能力，她几乎一直在鼓励我相信，我父亲通过建立爱情生活而使她得到了新生活。这生活已产生了现在作为倾听者的我。

我低下头，护士李芸叫另几个人把我扶了出去。我起初不肯，但我实在太累了，可以说他们把我抱了出去，在走廊里，张医生托了托我的背，对那几个抬我的人说，让他到一个安静的地方去，结果他们就把我抬到了她的办公室，而我母亲仍在向李芸以及其他人不停地谈论我的父亲，她说他们一起忘记了那些不愉快的事情，沉进了自以为是的幸福生活。然而幸福生活到底是怎么回事呢？张医生现在内心非常紧张，她明白我母亲的内心已在讲故事的过程中发生了显著的变化，她担心这种叙述有可能使那些衰落的记忆在最后阶段完全丧失，代之而起的将是胡言乱语，她怀疑她的脑瘤正在经历前所未有的触动，因为离现在越近，回忆就越困难，真实程度就越值得怀疑。

张医生不用为我的父亲有任何负担，但她非常讨厌母亲言辞中的那个男人。她相信我母亲肯定会把她的叙述引向一个出其不意的结果，这结果也许会打击任何一个听故事的人。不论怎样，张医生还是不敢阻止我母亲的叙述，在这条危险的对付脑瘤的路上，她已放纵我母亲走了很远。

李芸和另几个年轻人暗自嘲笑我母亲对我父亲冗长而琐碎的描述，但母亲每多讲一句，都使我今后在转述母亲回忆中的父亲时多遭受一次讽刺。这种长时间的清醒是脑瘤所残留的最后生命力，以后也许它被挖出去，也许就占领了身体、思想和记忆，使一个人坍缩。张医生尽量遗忘我母亲的每一句热情的话语。打了许多针，吃了许多药，母亲的精力才蔫了下去，但她还在挣扎，她想不厌其烦地延续这种清醒，即使是谎言，她也充满了叙述的期望。

张医生一进办公室就扔掉她的白帽子，倒了一大杯纯净水拼命地灌了下去，她用眼角瞥了瞥我，可以看得出她的内心很失望。我想安慰她，但她首先过来安慰我，她很清楚我也意识到了一种危险，你母亲现在几乎神经质了，似乎是被你父亲的爱情迷住了，张医生说。

我对我父亲在本意上拒绝发表任何看法，特别是通过我母亲，我更是为难，但为了和张医生一起在背后来讨论我母亲这会儿的表现，我不得不说，我母亲止不住了，她想说，几乎是想乱说，没有标准地说，这有影响吗？我问。也许有，张医生说，也许这样下去反而会使前面的话失去意义。我说，请你说明白点。张医生说，我是指也许会使她的压力在另一个意义上加重。而不是减轻，她必须对她说的话负责，这就是声音的责任！我觉得张医生的话完全有道理。我在心里想张医生可能是这个世上对声音最有研究的人了。

我看到张医生有些慌乱，显然她可能为我母亲的脑瘤更加担心了。护士不停地跑过来告诉张医生我母亲不能平静入睡躁动不止的情况。张医生忧心如焚，但她告诉我现在不要去倾听，否则会使我母亲在胡言乱语中越走越远。

考虑到脑瘤的需要，我飞奔出医院，为了抢救我的母亲张医生已牺牲了很多休息时间，今天我想独自去看看那个哑女。当我赶到幼儿园时，哑女刚好在铁门那儿向外张望，见我来了便打了个手势，从嘴角滚出一些笑容，我抱着她旋转。哑女并没有惊诧她母亲没来，她用手向一个方向执著地指着，起初我没有明白她的意思，但后来她从书包里掏出一个本子，并翻给我看，顺着纸上的地址和人名我找到了一个男人，他就是哑女的父亲。

看守所大门口挤着一些送东西的人，我发现警察对哑女非常喜爱，摸着她的脸，向她打手势，后来我和哑女被特许到一间房子里去看望他父亲。他父亲在桌子的另一头向我伸过手，但不可能握得着。

你是那个人？他问我。我不知道他指的是什么。我说，张医生在帮我的忙，不能来，我找她带她（哑女）来看你，我说。他模棱两可地说，那倒不用了。我还是不明白。他向哑女连续做了好几个手势，哑女眼中噙满了泪水，就不停地点头。你母亲一直在说话，她说你母亲一直在说，对，让她说，让她在讲故事时消灭那个脑瘤，至少磨蚀掉它，把那些属于自己的东西找回来，他坚定地说。看来张医生已对他说过我母亲的情况。你怎么进来的，我问。他笑而不答，过了半天，他指了指哑女，并继续向她做手势，哑女哭着。

我把哑女带回张医生的家时，张医生还没有回来，但没过多久，电话铃声就响了，电话铃一响一个与电话连在一起的小灯泡就亮了起来，于是哑女就跳了一下，向我打了个手势，我明白那个手势是在说她母亲就要回来了。我赶快整了整衣服，我和哑女一起玩着一只桌上的苹果，把它从这一头扔到那一头，然后又扔回来。

不久张医生就回来了，张医生在刹那间使我有一种冲动，我想我是多么喜欢她啊。为了击破我的这种心理，我对她说我去见了她爸爸。怎么回事，他？我焦急地问。张医生坐了下来，搂着哑女，然而哑女仍盯着条桌上的那只苹果。她说，就因为别人说了一句话，他就打伤了别人，力气很大，打断了别人脖子上的一根筋。我不懂，还想追问，但张医生埋下头，身体轻微地颤动着，我连忙用手搂着她的背，哑女背过身去，遮住了那只苹果。在我快要走时，张医生对我说，就因为那个人骂哑女是个哑巴。就这样？我问。她说，而那个人并不知道她确实是哑巴。

我赶回医院已是深夜，李芸和另两个护士守在我母亲的身旁，有一个人打着瞌睡，另一个人只是在用力按住母亲的手时能清醒一下，母亲还在微弱地说着什么。我俯下身去，用我的舌头碰了碰母亲的额头，母亲睁开眼看见我，大滴的泪珠从眼角流落下来。疲惫不堪的护士被我推了出去，我想单独和母亲待一会儿，母亲说，我并不知道在哪一天，在那个春寒料峭的日子忽然有人送给我一张纸，那张纸上说我父亲（母亲的父亲）被平反，他仍然是个烈士，你听见了吗，母亲大声地高呼道，他仍是个烈士，并且说我母亲（母亲的母亲）也被平反，她仍是烈属，一个更加本质的烈属！

母亲欢呼着，随后在1982年的春季，为父亲召开了隆重的追悼会，当然为她母亲也举办了一个。在追悼会后，在1982年春季的一个黄昏，专案组（为平反工作）的人告诉我母亲她丈夫在1968年的那个夜晚扮演了一个荒谬的角色——站在声讨她母亲的行列中，他有力地诽谤一个长眠于1941年以后的日子里的战士，并希望把他打进深渊。我父亲离开了我母亲，母亲绝望般的说，他走得好，我只能记住他的音容笑貌，残留在阴暗的角落里。1982年以后，我们都没有见过他，不是吗？忘记他吗，我对母亲说。

母亲愤怒了，她想呼喊，但她没有力气，生活已使她无比负重，精神忽起忽落。

母亲不久又朗朗地笑了起来，这笑声使我有些害怕，我扶住她的头，但她的头部摇动起来，我以为她头疼，但她口口声声地说，不，我的头不疼，我看见了。谁？我问。母亲说，你父亲。在哪？我问。母亲说，我看见他在飞速地奔跑，超过田野、工厂、城市和道路，奔跑在迷蒙的空气中，他穿戴得好，怀着奇特的思想，他说，他仍爱着我。母亲不再说什么了，她指了指她的头，她说她好了，那意思可能是说对于脑瘤，不仅在医疗上，甚至在心理上，她也战胜了它。我抱住母亲，灯光笼罩着我们，我从她身体里获得一种热情，一种新生的热情，我只想把这热情精确地记住，以便在明天告诉张医生。

男　友

最后一位男友滑过他自己的床铺，穿上拖鞋，在盆子里洗了洗脸，本想照一照镜子，可并没有重视自己的脸，他的手有力地按着桌子，似乎思想是遏制不住的，他感到自己很愤怒，而在这种情况下，世界显得不重要，这是一个人的生活，里面布满着虚无的空气，假如还有别人存在，那一定是斜拉着的阴影，一切都不具体了。他并不知道就在他本人要与这个世界保持如此障碍般的关系的同时，另一个人已经越过他印象中的形象，生动地穿过无数种形形色色的栏杆，向前奔。这已是晚上十一点钟了，他很清楚，黑夜还会加深，尽管天总会亮，但明天呢？后天呢？反正每天都会有这样的时间，以后如果还愤怒，那就没有狰狞的面孔了，只会是另一道虚幻的精神，悠悠闪过，而现在，这脑里仍有真实的思路。其实，如果此刻他果真能看见上帝，那他准会打开门，然后去喝一杯啤酒，走几步路，也许会改变这糟糕的现实，但关键是他不相信上帝，他也不相信自己，思路是在一个又一个假设的条件上展开，假如我有权力选择我的夜晚，假如夜晚的时间充分漫长，假如忠实的思路保护着逐渐展开的行动，那么事情就是按自己的意志去定下来。因此，他把洗脸盆里的水倒到那只红色的小尿桶里，这间只有十平米的单人房里散发着一股腐味，他还是想到了阳光，以后它们会照见这儿曾留下的一切迹象，而很快，他就变得更为实质了。他看到了苹果，这本来是很偶然的，但刹那间他有了一种幸福的冲动，这苹果太像她那干燥的屁股，以前他使劲地捏过，他伸过手攥住它，它不像想象中的那么腻滑，有些皱，他在嘴唇上试了试，有一小点酸臭的味道，他并没有把它放下去，他明白了它的内容，这里面没有血，没有器官，没有象征意义，仅仅是一只不起眼的苹果，而它重要得很，因为，显然它需要一把刀，这使他更加确信自己的意志了，这即将在手上被握住的刀与这只苹果有着必然的联系，它们相互之间的需求已超过心灵里残酷的欲望，他试了试手上的力气，其实这力量已有些虚软了，不过，他想，没关系，刀子会跟苹果一样，会偶然爆发出更强烈的信念，参与到夜晚的现实中去。在他找刀子的同时，他没有盯住她，至少在脑子里，她奔跑的速度太快，一闪而过，后来，她就来到一个居民区，居民区的路灯把她的身子拉得长长的，她不以为她卑劣的身段是怎样划过他神经里秘密的缝隙，而他正在举行重要的模仿练习，在没有找到刀子之前，时间被有意识地放慢了，这使她略感一点寒冷和疲惫，而谁也抵抗不住她向五楼一个房间的靠近。相对于她即将光临的这个五楼房间来说，他的这间小屋子倒是更有目的的，至少我们终究会明白他的行动没有慢于时间，而是以无数倍的速度超过了城市的计时钟，这练习仅仅使心灵能突然占有更美丽的现实，而以后这练习就成了历史，显然人们不会重视苹果与刀，但人们不能忽略他所借用的外力，这可怜的意志已无需怜悯，顺着忠实的思路，他握刀的右手的拇指在刀把上小心地蹭着。她敲开五楼房间的铁门，当房间里的光线刺进她的眼睛，她体内的水分就撞动了一下子，发出沉闷的撕裂般的声音。小吴想把她拉进屋，可她躲过了，由于晃动了几下，小吴反而挡住了光线，小吴说，琴，我把你拉进来不好啊？琴说，我自己能进，我自己可以保证我自己是主动来的。最后一位男友主动把左手放在洗脸盆上方，抬着手腕有点累，他就把洗脸盆放到地上，并用脚把它调整到刚好在桌子和椅子之间的空当里。时间进一步放慢了，我知道在任何重要的时刻，人的思路都会拓宽，不是说想象力会加强，而仅仅是指它与目的离得更远，他不能容忍自己放慢了思路，他想叫一声，可他又盯住了苹果，他再一次想到她的屁股。琴把屁股的左半部分放到床上，而右半部分露在外边，小吴拿着一块抹布，正不安地注视着另一个地方。我相信两间屋子的画面不会重叠，因为他们在人性上的关系是，一方具有目的，而另一方毫无目的。从严格意义来说，琴的屁股与最后一位男友桌上的苹果并未假定有任何相像的地方，即使苹果的汁液与血液之间有着某种类似，但毕竟苹果将变成有目的有信念有意义的苹果，而屁股却失去了往日的温暖，它没有位置。这时，最后一位男友想，假如自己并没有切开苹果？

琴可没有什么隆重的葬礼，那几天的雨把泥土都淋得毫无生气了，还有许多从树皮湿到树心的树，黑头黑脑地站着。很多朋友，可以说几乎是所有朋友都知道了琴的死，人们频繁来到她的住处悼念她，看起来有点交友圈很广的味道，而事实上，来人都很淡漠。人们并不询问她的死因，这才使得她身边的人掌握了很多机会，并十分主动而卖命地拖延她的死，似乎她的死是一个极好的展览，使她的家人、朋友，甚至小吴都受到了良好的教育和启发，这一切都按沉默的方式发生。本来琴是不会死的，可怎么有一天，据说，她是在路上，突然就倒下了，当时确实在下雨，她走在从苏州路转过来到西康路的中段，那儿很幽静，除了骑自行车的人之外，真正走路的并不多。这个长得很美的女人在走出拐弯处不足二十米时，扶了扶头，头不很正，之后，她就倒下了，过了好一会，才有两个骑自行车的学生好心下来准备扶她，可她已没有气了，这两个学生用自行车把她弄到最近的医院，医生说，琴已经死了。后来的事情按部就班，找到她的电话本，打了些电话，又恰恰都是一般的朋友，只到第十个电话，才找到小吴。我们很难想象小吴的第一反应，不过他仍以飞快的速度赶到医院，他对医生说，我猜她一定有心脏病。医生很不愉快，不愿意死者的家属这样来下结论，可结论也只能大致如此。她的家人和朋友们把她放在医院的太平间，准备排队等待火化，谁也没有强调把她弄出医院，人们以为就继续死在医院里吧。要好的朋友就会到琴的单身宿舍那儿去，她的家人可不管，由于单身宿舍去的人多，小吴就不得不在这两天住到那儿，为了表示他同她同居过，他有意地露出点什么，大家也不以为然，小吴以为大家都沉浸在幻觉中，好像琴不是已经死去，而是即将死去，至少是正在死去，这使他本来很平静的心态弄得有点不正常了。他想，人总是难免一死，可为什么她的死如此玄妙，即使人们不在意，它也同样在隐蔽着什么呢。琴的单身宿舍摆设很简单，有一张中等大小的床，一副条桌，两把椅子，一个小衣柜，最显眼的东西就是她的最后一位男友送给她的那幅《牧羊女》了。当然，房子里的所有事物如果细想起来都有最后一位男友的痕迹，而众人在这时不会轻易想起最后一位男友，同样，对于最后一位男友来说，人们已组成一个无限陌生的世界。小吴本想弄点酒来，和琴的朋友们在单身宿舍里喝一喝，可又找不到借口，他想，如果喝点酒，就可以把琴生命中最后这段时光叙述清楚，在他看来，是他占有了她最后一段时间，他会在心里永远记住这一点，他自己才是真正的琴的死因，这一点一在他心中产生，他就无法抛却。好像成为一个人的死因是对这个人最好的报答似的。不过，小吴是个光荣的人。人们越是不愿再去想起最后一位男友，悼念者在房间里的关系就越是不协调。他们普遍觉得在如此平庸的日常生活中，又要承受如此平庸的死，实在令人汗颜，但无人来摆正自己的心态。他们拍他的肩膀，似乎在暗示小吴，够了，最后是你在玩她，不够吗？我们知道如果死人仍可以玩，你甚至可以在夜晚溜到医院的太平间，再去倾诉和拥抱呢。小吴从琴的几个女友的口气中听出了她们的不冷静，这纯粹不是为了深刻地纪念琴的生命，而仅仅是因为琴的死仍没有完成，它既不刺激，也不正常，使人们进一步被挖苦讽刺，人们从她的身体的想象中触到了自己的死，似乎和她一样，正在死去。而恰恰在这种处境下，小吴那种复杂的心态和不自然的表现恰好对应了别人的需要，小吴并不悲伤，小吴仅仅一个人活着，他见证了她的死。人们没再想去找其他的朋友，包括找医生，找殡仪馆，人们在推捱时间，虽然在琴活着时，关系都非常不错，可一旦琴遇到这么复杂的情况，众人就不会按良心办事了。小吴最终没能和朋友们吃成饭，可这两天每人都能相互碰到，或者在电话中议论正在发生的现实，但朋友们之所以强调小吴而绝不去寻找最后一位男友，一个很重要的原因就在于最后一位男友对一切人都是不利的。人们无法在回忆中找到他，即使从琴以前对他的描述中也抓不住他，他的形象无限的虚幻，他是谁？人们好像不明白他，但人们又都确信他是琴的最后一位男友。小吴在众人的特殊的怀疑中，去了北方医院边上的殡仪馆，那是一条岔路的深处，从巷口刚刚扬起的煤渣灰中，就能看出烦躁的火焰，殡仪馆很小，这符合小吴的胃口，场子一小，只要能找到适当的人来参加，就会使原本可能沉闷的气氛，稍稍弄出些生气，在他看来，琴也许仍在监督他现在的行动，到底自己为她做了些什么？小吴的这些猜想、行动、计划和奉献，都冒着对一个真实的琴的心理的冒险的干预，也就是说，对小吴来说，琴也不是一个静止的女孩，其实，她早就从他的身体中穿过去，还在跑，而且越跑越快，小吴之所以没抓住她，是因为他抓住了她在某一个时间上的影子，这影子现在躺在太平间里，而其余的呢？思想是顾及不到的，是早已就习惯迅速消失的东西，它们可能是贞操、自由、爱和骗术。

我们都会在时间放慢它自己速度的时候，争取到思考的自由，而在那只苹果面前，最后一位男友并未进入到苹果的里面，苹果仍皱巴巴地趴在桌子上，此时的夜晚更加黑了。在那个居民区的五楼房间里，琴脱下她的外衣，而此时，最后一位男友已忘却了苹果的存在，他的刀子无法从当初对苹果的直接的欲望中找到他愤怒的因由，他试图去回忆，可你们明白，一旦一只苹果封闭了它在人们头脑深层的存在原因时，一切现场的联系都会被粗暴地切断。也许最后一位男友连阳光、水和空气这些最基本的东西也找不到了，他的眼睛直视空荡荡的前方。居民区五楼的主人小吴拧灭了台灯，其实，即使在白天，小吴也看不见琴的奔跑，在小吴的面前，琴是一个主动的艳遇、青春、美丽、真实，从小吴的身上寻求一种暧昧和潮湿的关系，而小吴将其神圣化了，当然这也是值得的，琴已只剩下内衣了，而最后一位男友真是弄不明白，时间怎么这样迟缓地无限期地慢下来，根本举不起刀，更别说用力去割破什么了。苹果皱巴巴的已从视线中失去它唯一的意义。时间越是缓慢，就越是有过去的幻影在眼前飘动，而最后一位男友在观看一部倒着放的录像，而且速度很快，她在疯狂地后退，由于回忆并不可靠，所以她只是抽象地后退，并未见到多余的人。不过，无论琴跑得多么快，但她留在任何一个地点的形象都可以展开一段有趣的生活。因而，在现在五楼的房间里，小吴掀开自己的浅蓝色上衣，几根肋骨险恶地翘起来，还有两团腋窝里的黑毛距离琴的眼睛只有五寸，他们的呼吸并未加重，但已叠加在一起，使床上的环境显得有点粗糙，琴闻到一股腥味，还有柔软的脑花一样的黏稠的东西卡在嗓子里，她小心地用手接出自己的痰，随手把它抹在床沿上，接着她把这只手小小地蜷在他下巴的下边，他的喉结耸动着，他感到自己很庄严，认真地说，我爱你，我不计较你过去曾做过什么。小吴的话使琴不得不回到现场，她在喘气，显然是跑得太累了，她说，我愿意在你身边。他问，永远？不，她说，我是说现在。小吴用舌头小心地舔着自己下颌的第三颗牙齿与第四颗牙齿的缝隙，那儿有一小条肉丝，紧密地卡着，他知道他现在所说的每句话都对他的人生有着重大的决定作用。她用胳膊把自己的上身侧着支起来，小吴从斜下方看到了一张俊丽的脸，而这脸在稍长的时间里就会轻微地扭动，他有些不能容忍，粗暴地把她拉倒，他想按住她，而她反对了。她说，你难道不知道我有心思吗？小吴把手放下去，触着她的奶子，她敏感地退了一下，假装很圣洁地说，难道我不一直都是个处女吗？小吴很疑惑地问，琴，你到底怎么了？她按照假想的情绪流了泪，并很快止住了。假如最后一位男友，把自己的刀子使劲地抛出去，那么它一定会在一个精确的地方截断奔跑的琴，然而，他没有。最后一位男友就是这样想的，反正刀子在自己的手上，只要自己愿意就可以让自己的思维灵活地旋转，在观念中谁不是充分自由的呢？他不觉得自己必须想起琴，可没有办法，她那飞跑的痕迹仍拖拉着这个迷茫的最后一位男友，他精疲力竭，就在这时，他把那只被自己盯了近两个小时的左手腕抹了抹，并在一刹那间，抬起来，可这时，她的左手却垂下去了，垂在裤裆那儿，他发现那儿有点热，他把左手从拉链中伸进去，像少年时那样轻快地揉起了自己的那家伙，他本想吹个口哨来助兴，可最终他只能呻吟，一种逐渐堆积的抽风般的亢奋像毒瘾一样令其战栗。后来，右手也必须帮忙，右手的拇指和食指也捏在那暴起的玩意上，而刀子被另三根手指压在小腹边上，他耸动的身体像一块老木头。琴发出混乱的笑声，这笑声在夜里令小吴异常恐惧。小吴的手连忙从下边拿出来，他看了看自己的手，他想，怎么了，琴，你到底怎么了？琴不做声，但是她的牙齿咬得很紧，她的眼睛盯着天花板，也许她在一个足够远的后方也看清了自己的背影，正在飞快地逃窜，心脏、肾、裤腿和毛发，全都紧紧固定在各自的位置上，更前方是什么？她并不知道。他发出嚎叫，洗脸盆被脚踢到另一边去了，椅子也往后挤了些，最后一位男友害羞地拉上拉链，他在把手全部拿到桌上的时候，他的刀子一点力气也没有。而当时，现场里最激动的仍是琴的脸蛋，散发着臭鸡蛋的熏味，她老是用手把痰捂到床沿上。在最后一位男友刚才失声尖叫时，她的心顿了一下，命运不会总能把相互有关的东西联系到一起，这一次便是如此，不论最后一位男友怎样在放慢的时间中，作最后的努力，而她却奋不顾身地扒下内衣，这时，毕竟是夜晚，是小范围的私人生活的地方，每个人都能胡作非为，琴又怎样，她流着液体的地方和最后一位男友的嘴唇一样，预备喷出愤怒的词语，去嘲笑我们各自的命运竟如此滑稽、可笑！而他是可以冷静下来的。但她却要付出体力，要蜷起腿，要支起腰，必要时还要用舌头，固定住小吴。最后一位男友由于时间关系，已被无限地甩远了，但他仍在这样考虑——在任何时候，我都可以重新找回属于自己的时间，那么现在，就试验吧，用右手的刀子割开左手的动脉吧，在最后一位男友下达这个命令的时候，琴已睡过去了，她的眼睛、鼻子和嘴唇在静态中有些呆板和愚蠢，她的两腿使劲地夹在一起，带着纵欲的疼痛现已麻木地忘了，睡吧，最后一位男友想，对于我来说，你已永不醒来。

最后一位男友在第一次见到琴时，不仅深深地爱上了她，据他自己讲，他把生命和她拴在一块儿了。这一点琴本人是清楚的。他俩的交往很短暂，但很快就上了床，彼此都很干脆，琴身边的这位最后的男友总会从脸上泛起不祥的血色，而且说话很绝对，起初她还很喜欢他这种方式，但很快她就发现这个人的存在令自己畏惧，其实，她感到自己并不属于他。但他本人却非常确信爱情就是这样，就是一种超越时间的速度，不断地实现自己的决定。他看透了她，是的，抚摸过她那颀长的腿、奶子，还有肩膀，并倾听过她那些庸俗的记忆，他很少闯进她的现实，在他看来，他们双方都是充分孤独的。她不明白他在从事什么工作，也不了解他个人的历史，最多的时间是在床上，在脆弱的高潮之后，安静地蜷着。他们从不在对方身上寻找相爱的视点，爱情变成一个绝对的设计。而更重要的是，她从未停止过奔跑，至少在想象世界里，由于她的奔跑，已拓开了他的肉体和内部的光亮，使他无比透明，他无法向她再掩饰什么了。而事情就出在他一个非常粗暴的要求上，至今想来如果他没有这个要求，也许琴不会死的。那是一个灰白色的下午，他才从办公室回来，一路上他都在可怕地惦记着城里的一座又一座公园，那些游乐设施和长椅总在他头脑中翻动，令他压抑。但一回到家，刚好琴才回来，拎着些烧菜，妩媚地看着他。

他张口就说，我要你永远都是我的。她起初以为他在开玩笑，没有理他，可他上了趟卫生间以后，他就来真的了。他把她按到地上，扒掉她的内裤，把她的裙子捋上来，强硬地说，你永远是我的，你必须亲口告诉我。她发怒了，而且身体在被他做过之后，无限地扁起来，使劲往后退，像一块上了发条的凹着的叶片，鼓着往后，飞快地蜷起，飘扬。他仍然压住她，并随手从桌上扒下一本书来，在她身上仔细地读起来。她说，你头脑有病。他笑了笑，仍没有起来。本来，她也是不愿意无限地飞着后退的。她试图抓住他，使他回到日常的现实中。可他却需要绝对的誓言和永恒的虚设。她被他做得穿过去了，似乎下身有一个光亮的黑洞，有无数个曾经的动情者穿越其间，甚至还有幽僻的清风擦着肉，轻快地拭过，那是一种平静的抽动，他还在使劲，并握着书，口中发出更强烈的要求，说你永远是我的。她说，不，我不说。生活在某些人看来，并没有任何假设的条件和机会，对于琴来说，便是这样。在他那粗暴的欲望穿透自己肉体的时候，人的存在是绝对现实的，如果让语言成为假设的承诺，那自己的肉就不再是运动着的与对方配合的肉了，她想到了自己的肉，那么她就是贴近更多的人民群众，她真实地体验了他们的心态，一定在她性的运动中，蔑视了她本人的主观愿望，其实，也许她根本就没在他精神世界里存在过，这是一种腐朽的关系，取决于一次偶然的相识，然后就是漫长的床上生活，现在好了，他又发展到语言，要求作出承诺。可谁又对这一切作出过合理的解释呢？没有，只有他本人，总以为他自己是个悲剧，好像这悲剧变成了有效的力量一起构成了他们相互有保障的爱情动力。她想，也许他应该收场了。最后一位男友，依靠他灵敏的思维使他的每个决定都负担在以往的成果上，他想她不应该拒绝发出誓言。然而，她没有，甚至在他拼命地拱动时，正有另一群先生已穿戴整齐，作出现实的努力和出击，并将在不久的未来碰上琴。最后一位男友的遭遇是这个世界早就设定好的一份骗局，而他自己却没有意识到。如果我们按照一种客观的方式来回忆最后一位男友的生活历程的话，我们会发现他的真诚是异常绝对的，所有在他生活中出现过的人，都在某个适当的时候抛弃了他，为什么呢？因为是他自己决定了他的那些假设，他以为那些人是不可能和他到达命运的终点，因而总是在最强烈的刺激之后，失去了他们，他的心中空荡荡的。那个灰白色的下午，他射出足量的液体之后，不但没有变得轻灵，反而有些生锈了。琴的两条腿被细微地分成一个可怕的叉角，使她不那么自然。他把她拖向一个又一个公园，所有的公园都很冷清，他本以为公园象征了什么，可事实上，她并未感动，公园形同虚设，他以为她会稍稍迷惑一下，向他发出誓言，可她终究没有，并逐渐公开地嘲笑他的迂腐，最后一位男友在穿行于相互无关的那些公园时，把他的决定牢牢地卡在内心最黑暗的地方，他想，是的，再没有什么出路了，这一切从一开始就是注定的，也就是从那时开始他偶尔能捕捉到她飞跑的身影，只是飞跑中她并没有裸体。最重要的是，他首先想到的是她的死，只是他并未在精神中决定这一点，而是非常具体地理解了这一点，她必须死，这就是他们在迈出最后一座公园时，他们所必须面对的现实。在这时候，他反而有些兴奋了，是死亡，而且是对方的死亡使他的假设都在一个相对合理的终点上变得温和而正确了。他举起手，大声地唱起歌来，天已经有些冷了，他倒什么也没有觉察出来，但她并没有抛弃他，至少在那时她还没准备抛弃他。她觉得不论怎样假设，他只能自己为那些假设付出代价，而她本人还会保守地自珍自怜下去。

最后一位男友把刀子稍稍在肘子边上放一小会儿，他很不放心，似乎刀子自己会无缘无故地飞舞起来似的。他用餐巾纸擦了擦左手的指丫，那儿残存着温暖的液体，黏稠，不明确，既细腻，又像裹着细小的沙子，他擦得很仔细，因为他明白很快这只手将丧失作为一个劳动者的意义，而且它只能垂下去。十五分钟以后，他右手的刀子向左手的动脉割去，在外人看来，他的力气用得猛了些，这表明他对于现实，还是没有掌握好平衡，疼痛无法遏制他浅淡的悔意，他想也许用不着割破动脉，为什么总要依赖身体里的这些液体呢？刚才是下身，现在又是血管，如果还活着，是否还要利用唾液、尿液与脑浆？他感到自己的决定在外人看来仍是不可靠的，可他再管不了了，疼痛持续的时间不太长，令他感到愉快的是，动脉上大概只开了一个并不太大的口子，一开始血虽然漂了出来，但当他用右手不自主地捏住伤口时，血就只能浅浅地滋出来，顺着右手的指缝，滑到腕骨那儿，他头脑很清晰，这使他看到了生命最后的希望，在如此重要的时候，他仍能思考，这是相当可贵的，他用脚把洗脸盆往中间移了移，下面有些黑，但还是能听见血滴到盆子里的声音，叮咚叮咚的。他一直按捺自己想点根烟的想法，可事实上，他应该可以这样做，因为血流的速度取决于他右手的力气，如果捏得紧一点，血甚至是可以止住的。他很快地点上一根烟，在这几秒钟时间里，有一小股血斜喷到脸上，使他的脸更红晕了，抽上烟之后，他的幻觉倒是没有了，不过随之而来的是精确呈现的许多场景，这些场景绝不是现在才想出来的，它们应该是在更早的令人绝望的时际就隐暗地设计好的，而现在之所以能如此准确地呈现，是在于他的头脑再没有以前那么复杂了，剩下的东西已越来越少，身体的重量也越来越轻了。他的烟末子，从裤腿那儿斜落到盆子里，盆子里面的血粘成一层皱膜，他有一小点恶心，不过他仍在精心地控制着腕上血流的速度。时间已不再是放慢，而是无法去表明它的前进，即使是观念中运动着的琴，也已经在某个不熟悉的小地方隐匿而去，现在在头脑中出现的琴应该是现实生活中的琴，是从所有过去的记忆和经验中走出来的琴，她所面对的现实将只能是最后一位男友在目前的状态中所能感知的某种绝对的未来方式，在他看来，她是无法避免这一点的。时间不算什么，自己的血流也不算什么，如果说思维还是可靠的，那么他对于心灵中即将演绎出来的未来充满了信任，它们必然在将来会发生，假如血流得足够慢，那么场景会更加精细。盆子里的血不再以滴计算，而是有一个小小的深度，他用脚踢了踢盆子，盆子里的血就会来回地漾一漾，他不觉得有什么危险可言。这些血刚才还在自己的身子里，现在却装在盆子里，他颤了一下，似乎转不过这个弯来，这说明他的思想境界已在某些方面作出相应的变化。他客观地想到了，甚至是设计好了，琴走出大门，走出办公楼，背着那只统一的灰色的工作包，上面印有速达的中英文拼写，他粗糙地闪现了她的形象，可形象在此时，已不重要，现在需要的是线索，是在头脑中自动生成的线索。不论他怎样阻止想象力的胡乱发展，他还是在眼底深处瞥见昏暗的天空，而且他感到快要下雨了，这使他有些惆怅，同时也怜悯这个抛弃了自己的女人。他的烟已剩得不多了，可她才刚刚从办公楼前边的苏州路往中段走了一小会，这时小雨就下落了，他觉得自己的浑身也潮湿了，倘使在今后，人们都能深刻地理解这个城市的特点的话，那一定也相信在不幸的时候，天气总会落雨，令人更觉忧伤。他发现在思想中她配合得很好。由于血流得差不多了，身体已由当初那种发麻，逐渐变成一种轻飘的坠感，而空间相当有限，他有些不满，似乎这些场景仍带有极强的设计性，而幕后竟有人操纵？他难以置信。头在变得足够轻之后，就不能稳重地浮现未来的场景，而所谓的精确性也只能是实施内心某种潜在的计划而已。他的眼睛快要闭上了，不过在闭上之前，他还是能看见她的身影，她已转过苏州路来到西康路，越是在他已有障碍的时候，他反而能注视更多在雨天骑自行车的人，他们的神色都很冷漠，这也没什么关系。而事实只能这样，他感到自己的眼睛总要闭上的，他嘴里的烟屁股已有些冰凉了，发着腐味，他嗓子里似乎卡着什么，在他的头彻底地耷拉下来之前，西康路上的自行车轮子仍在转动。他听见一个骑自行车的人在说，今晚军俱那边不放电影，另一个说，怕不太可能吧。他想，他们都是在造谣。他的右手已不再捏住左手，这一点，他自己并未意识到，他的左手已垂下去了，他的眼睛还在睁着，在他理解起来，对手的死只是未来的事情，而可贵的是，是在西康路，在她下班的路上，而不是在另一些人的怀抱或床上，不是在公众的目光中死去，总是幸运的，他甚至要感谢她。而她竟是比他先倒下去的，这也许是因为她不能作出誓言的客观原因，而这也不影响他最后的消失，因为一旦她青春的身体倒在青灰色的墙下面时，她温热的身体一定会发出更纯粹的信息，那是对这个孤独而又沉闷的世界的一次回避，是的，是回避无限多重的关系，以及尽可能逼真的猜测。他自己还能延续一个短暂的缓冲的心理时间，虽然现实以最后的琴的死拒绝了他，但他还是真实地抓到了她的未来，那是她必须面对的，那个东西比誓言可能还要纯粹，它将过去的一切都填满了现在的影像，而不再是空虚。

雨水冰凉得如同细小的锥子，从头发外面刺向头皮，之后就扎在每一个软软的器官上面，她的身体被这些细小的针眼密麻地勾勒住了。今天，并未显示任何特殊的迹象，琴在一拐进西康路时，就突然回想起最后一位男友，说来奇怪，这竟是两人相识之后，第一次这么深沉地想起他，似乎他还没有去世，似乎那些流出去的血又倒灌进他那坚硬的躯体中。她自己也注意到在这个普通的午后，除了骑自行车的人之外，一个同行的人也没有。她有一丝很不明确的畏惧，她感到自己有必要打个电话，但命运的力量促使她尽量地敷衍。在这时，其实日后她的葬礼也早就确定好了，因为人的死亡毫无原因，那么这个午后西康路上的即将发生的一切也就是必然的了。她的手还能偶尔按一按头顶，虽然，雨雾并不浓密，但还是影响了人的视力。她不再去试图遗忘最后一位男友，看来他在思想中如此顽固地出现一定与这午后的现状有着必然的联系，然而，不幸的是，她以为他仍是无限陌生的，即使陌生，也丝毫阻止不住她对他的模拟，她在想，如果他还活着，那么他能看见自己，看见自己将怎样？在多天之后，琴的葬礼上，小吴说，她的死与我有关。众人仍没有提到最后一位男友，这个环节在这个午后的西康路上琴是没有设想到的。当时，琴自己意识不到她的速度已慢下来了，不再是于别人的想象中奔跑，不再是趴在床上闪现飞逝的欲望，而仅仅是在雨中，带着陌生的假想还活着的最后一位男友小心地推移，她认为他一定能看见自己，特别是自己的思想，他一定能看清自己的想法是何等的迥异于以前，像换成了另一个人，她轻轻地不自主地叫起他的名字，而他听见了吗？骑自行车的人都从身边以快于自己的速度驰过去了，她感到确实太慢了，不仅脚步慢了，似乎心跳也慢了，这时，她想起了爱情，这使她忍不住浅浅地一笑。在日后的琴的葬礼上，小吴手持一叠废纸，装模作样地说，即使她死了，我仍要说，她从我这儿找到了实实在在的东西，否则她以前是空虚的。众人并未对小吴所提到的空虚提出异议或疑问，小吴可以继续悲愤地说，在琴最后的日子里，我满足了她。而在西康路的午后，琴并未设想小吴或之前的任何一个爱人，她仅仅想到必须记住这个最后的男友，因为他先于自己而死亡，她露出无奈的胜利笑容，轻快地自语，假如你看见了我，也不能拿我怎样。在当初相爱的时候就是这样，是在陌生的拥抱中进入身体，是回避双方的关系，从未选择过对方，而最后一位男友你现在还能要求我什么？她想了想，明白了，除非你要求我死。当她触及这个问题的时候，她自己还是有些敏感的，但思路展开了。这时，她的头脑中涌出很多东西，那是最后一位男友的血，是他沉默生活中唯一光亮的东西，即便光亮，也只能在精神的高处，而实际上，那些盆子里的血已被潦草地处理掉了。她试图推卸头脑中的责任，而血，却不是陌生的东西，它们呼唤起她内心中沉睡的事物，令她进一步畏惧。她只能用手把头撑着，这时她可能已经站住了，而她以为她仍在行走，似乎接近过去的人是止不住的。最后一位男友活着的时候，曾在她飞退的身体前方张开双手，那姿势仍很动人，但他表明了什么呢？是否就为了使生活能获得平衡，通过爱情、尊严、性高潮或者誓言？她想，不，他什么也不是。这时雨大了，所有在最后一位男友生命中出现过的人都在冷漠的现场之外被人为地忽略了，他的死现在只进入琴的头脑中，抚摸她内在的畏惧和一种拒绝的心态，她已不那么容易控制自己了。其实，我们不用去比较在复杂事件发生的同时，那些相伴而发生的其他行为，不论这个世界和人类是如何逆反于亡者的思想，反正别人绝不会对你的死负有任何责任。而她已经晚了，当她意识到这一点时，已经晚了，什么都溜走了，只剩下空泛的街道，雨雾比之前浓了些，她似乎遇到了自己的结局，她想主观地想象一下纯粹的爱情，可精力已无法集中了。在日后的葬礼上，小吴说，除了我之外，她尽遇到空虚的人，而这是否指最后一位男友？反正，在当时，她没有想到最后一位男友与空虚有什么关系可言，他仅仅是一个陌生人，仅此而已。她意识到自己是能够倒下去的，不过，她不作改变，很顺利地完成了这个动作，身体并未负荷过多的东西，即使这样，也谈不上轻盈，她很乐意这样，她意识到时间不仅可以慢下来，甚至可以停住。

三 欧元

费小沫从英国留学回来，比大家以前知道的归国时间早了一年。至于具体原因，没人能说得清楚。自然回来了，以前的朋友们便要找个机会请他吃饭。大家知道他算不上学成回国，有半途而废的嫌疑，不便把饭局弄得很正式，加之本来就是一群二十三四岁的年轻人，所以就在一个周末，以请费小沫和另两个从北京回来的朋友为名，在梦都酒店吃饭。费小沫是第二个到饭店的，第一个到饭店的张驰是饭局的召集人，而其余的朋友都晚于费小沫到达饭店。费小沫跟张弛没什么话，张驰早知道费小沫到英国学不到什么东西。一个小时后大家在齐云阁包间里坐定，费小沫和这次饭局中他最重要的朋友李小青坐在相对着的隔得远一些的位子上。他的心绪极不平静，但他压制着。两位北京回来的朋友很快讲完他们在北京工作的大致情况，虽然不太理想，但毕竟在首都工作，谈话也还算有趣，其实大家都在等费小沫来讲他在英国的留学情况。费小沫的父亲在一家厅局里当头，他能出国主要是由于他父亲的金钱和关系。费小沫能告诉大家的仅仅是他在英国伦敦公寓里那些只有说起来才会有趣的生活，为什么是“说起来”呢？因为费小沫是个很会说话的男孩子，这一点众人都有极强的印象。当张驰建议费小沫用英语来讲讲他在英国的生活时，费小沫说他英语不行，他只能用肢体语言，比如手势、表情，比如动作，这惹得众人发笑，气氛终于轻松起来，仿佛又回到当初高中时代，最顽皮的费小沫常以做小动作来引大家发笑。李小青是知道费小沫的，她一直在对面观望他，她发现几年以来，费小沫在英国没有任何变化，他还是那个搞笑的不求上进的男孩子。饭桌上，朋友们要喝啤酒，费小沫的酒量不行，那两个北京来的朋友喝得很快，似有些醉，语焉不详。这样费小沫的机会又来了，他开始讲他在英国新认识的朋友。因为费小沫极力否定他在英国的学习，所以大家的兴趣也全都在他新结交的朋友身上。费小沫说他在那栋公寓里，最好的朋友是个日本女孩，其次有个淮北同乡，也是由父母掏钱，在英国混的。费小沫说起那个日本女孩，说她有些变态，经常一个人自顾自地哭，而哭完以后，常会抱着旁边某一个男孩的肩膀，要跟他亲热。众人听得饶有兴味，只有李小清低着头，费小沫就喊李小清，问她是不是自己说错了什么。李小清抬起头，用餐巾纸抹嘴说，你说的没什么意思。场面一下子冷了。为了让大家恢复兴致，张驰建议费小沫说说他给大家带回了什么礼物。费小沫往后缩了一下，说自己哪买什么礼物，能回来算不错了。为什么呢？因为实在是无聊，在英国实在无聊，四年的签证，自己只用了三年，因为实在待不下去，语言学不好，专业上也没有学，干什么都不行。大家还是追问他带了什么礼物。过了好一会，费小沫才说，我只给李小清带了礼物，是到巴黎时买的，一副钥匙串。有朋友问是不是很漂亮。费小沫说，很便宜的，三欧元。

李小清把费小沫从巴黎给她买的带有迪斯尼商标的钥匙串放到她那只黑色的背包里回到了家，然后她就记日记，日记中记到这天她见到了早年的同学，还记到那同学喜欢过她，费小沫喜欢李小清，李小清对这一点很清楚，她在日记中这样记到，一个喜欢我的男孩从英国，不对，从法国，给我带回了一个小礼物，钥匙串。李小清于是睡觉。她预计费小沫很快会打电话给她，但费小沫在接下来的几天并没跟她联系，李小清终于有些淡忘费小沫，李小清现在有个跟她接近的男人，这个男人在追求她，她对这个男人保持着恰当的距离。周末，李小清要到离本地有五十公里的庐阳县城去看她的外婆，见了外婆，她随手从包里掏出了钥匙串，她要把钥匙串送给她的外婆，外婆很高兴，毕竟是从国外带回来的东西，老人家把钥匙串反复地把玩了几下，就对李小清说，是很好看，就是花了些。李小清跟外婆说，很牢固的。老人家试了试，把一大把钥匙穿了上去，然后放在她的一只黑色的布袋子里。中午，她跟外婆还有舅舅、舅妈、表哥、表弟吃饭。下午，她就从庐阳回来。外婆在送她出门时，手里就攥着那大把的钥匙串。外婆在她上出租车后问她，哪来的这东西啊。李小清说，一个朋友送的。外婆又说是不是哪个男孩子呀。出租车要走，李小清没法跟外婆细说，只得说，三欧元。外婆没听懂，什么三欧元啊。李小清坐车走了，回到城里，她翻手机看，找到了上次输进去的费小沫的电话号码，想给他拨，但终没有拨，于是改给张驰打电话，张驰听出是李小清，问她什么事。李小清撒了个谎，说了些同学的琐事。张驰心不在焉地应付着。好不容易才把话题岔到那天的饭局上。张驰告诉李小清说费小沫喊他们几个人去他那看带子，李小清装作不当回事，挂了电话。李小清没有工作，平时交往的人也不多，除了那个追求她的男人之外，并没有什么特别能提及的熟人，她竟有些苍凉，发现人生很不如意，也就对费小沫从英国一无所成地跑回来多了些理解，以为费小沫身上还有率真和亲切的东西。

周三晚上，李小清跟张驰还有文卿，三四个人到费小沫家去看他从英国拍回来的带子。费小沫家，房间很多，他们在客厅跟大人打过招呼，就钻到费小沫的房间去，费小沫一边抽烟，一边在倒带子，是那种掌中DV拍的，晃得很厉害，费小沫边放边跟大家讲谁谁谁。李小清看到了带子上的淮北男孩、日本女孩还有一个法国青年，都住在公寓同一层，共用一大套房子。从带子中你能看出，日本女孩对淮北男孩和费小沫都很好，可以说很殷勤，这让李小清有些不舒服。费小沫跟文卿吹牛，说日本女孩有一次夜里要跟他同宿。文卿急忙问到底发生了什么没有。费小沫说，我才不干呢。录像上日本女孩跟淮北男孩有一段拥抱的镜头，那个法国人正在做饭吃，然后就是大家轮流讲黄段子，费小沫在里面讲得最多，也最精彩。李小清问费小沫，你在英国就这样生活的啊。费小沫说，是啊。李小清说，你真是糟蹋你爸妈的钱。费小沫脸红了。张驰让李小清不要乱说话，人家能到英国去就已经不容易了，你还真指望他能学个什么啊。李小清以前就看不起张驰，这个做小生意批发的初中同学居然敢指责她，她受不住，站起来就要走。费小沫连忙劝她，说她讲的对，自己就是在糟蹋大人的钱，自己不糟蹋，又能干什么？李小清挎起包，就要出门。张驰缩在座位上不讲话。文卿陪李小清一起出了费小沫家，两人来到街上，文卿给李小清买了冷饮，两人在街上晃悠。文卿问李小清怎么有那么大的火气。李小清说自己也不知道。文卿试着问，你是不是在意费小沫，他到底是留学回来的。李小清说，费小沫人不坏。文卿陪她在街上逛了半个小时，李小清接到费小沫打来的电话，费小沫在电话中问她人在哪里，李小清说自己跟文卿在街上乱逛呢。费小沫说他把张驰教训了一顿，李小清问他是怎么教训的。费小沫说他把张驰打了一顿。挂了电话，李小清对文卿说，费小沫把张驰打了一顿。文卿于是打张驰手机，张驰接了电话。他在电话中骂费小沫是个狗娘养的，居然敢打我，什么留学回来，完全是个废物，我还请他吃饭呢，简直是个白痴。文卿跟李小清分手，李小清打车回家。

李小清跟文卿在稍后几天的聊天中，多次提到自己对费小沫有一种奇怪的念头。文卿问李小清是不是后悔当初没跟费小沫好。李小清说其实自己倒一直对他不反感。以前自己是个什么心态，现在已经记不起来了。文卿鼓励她如果觉得费小沫人不错的话，那现在是个机会，你看他人长得不丑，家境不错，从英国留学回来，尽管没有学到东西，但对外边的人说，多少有个留学的名分啊。李小清听文卿讲的也很有道理，在文卿的鼓励下，李小清给费小沫发短信，在短信中提一些生活中的事，比如讲到人的困惑，李小清就说，有时甚至以为生活真没有多大意思。费小沫回过来的短信是，跟她有同感。两人于是在外边约会。当然，对李小清算是约会，因为她毕竟不是个能彻底放开的女孩，对于费小沫还真说不准，李小清弄不清楚他是怎么想的她。两人先到新华书店、麦当劳那一带进进出出，吃吃东西，买买书，很快就觉得没劲，其中费小沫提议还可以再约几个同学出来，这让李小清很不高兴，但想起费小沫多少年以来也一直都是个喜欢热闹的人便没有怪他，但其他人是没有约的。过了两周，一个阴天的下午，李小清觉得很无聊，就打电话给费小沫说自己浑身没劲，问费小沫有没有什么办法。费小沫说，那你可以到我家看我的那些 DV 带，李小清说我才不看你那些恶心的东西，费小沫问那还有什么办法。李小清说你还记不记得我们在初二时全班到大蜀山玩。费小沫说，记不清了，好像玩过。李小清说，我们去的大蜀山那里新建了野生动物园。费小沫于是只好打了车子来接李小清，两人往大蜀山的野生动物园赶。买了门票进去，天色阴沉，动物园里没什么人，观光车要半小时才发一班，他们在木栏杆那里望着长长的电瓶车，司机也无聊地望着他们，他们能听见动物偶尔发出的叫声。等到电瓶车开，他们和几个同样没精神的人坐了上去，沿着坡道，缓缓地前行，终于看清了一些动物，有非洲的、美洲的，有狮子、老虎这些猛兽，还有一些黑头黑脑的熊啊什么的。费小沫对李小请讲他在国外见过的动物，比这里多十倍。李小清说，那也没什么好讲的，多不见得好，她问费小沫他见过的最奇怪的动物是什么。费小沫说是河马，是流着鼻涕的河马，唾液和鼻涕一起从唇上流下来，水汪汪的，黏黏的。李小清说，恶心。电瓶车有气无力地晃着，确实没见到精彩的动物。李小清忽然抓住费小沫的手问，你说那钥匙串，真是专门买给我的？费小沫点了点头。他看着她。他的手从后边绕过来。有一个人回头看他们。费小沫试了试她，她没有退缩，他吻了她。她没有反抗，但也没有热烈地迎上去，只是顺着，他也没有深吻她。她说，才三欧元。他用衣袖在脸旁蹭了一下，说，是啊，才三欧元。后来至于看了什么野生动物，费小沫反正是无所谓了，而李小清也居然没有看清，她本以为她会看到长颈鹿，那种高大而又瘦长的类型，但遗憾的是她不知道是否见到过这种动物。电瓶车又绕了回来，他们的手没有再牵住，他们何时松的手，双方都没有注意。李小清意识到自己可能犯了个错误，为什么不反抗呢，如果反抗，也许内心的感受会强烈些，但假如真的反抗了，他可能也不会坚持，那么也许他们就不会亲吻，无论如何在这样一个阴天的下午，在野生动物园，有一次亲吻，这并不算什么错。两人都沉默地从木栏杆往外走，都记不得有什么动物。她说，动物一点也不凶猛。费小沫说，世上没有凶猛的动物，我在英国时，也没看到。李小清向他靠近了些，他笑了笑，在她的肩头拍了一下。她居然说，你别那么轻浮。他说，你怎么像个老年人讲话。

野生动物园里跟费小沫亲吻的事情，对于李小清来说，在以后的一段日子里令自己难以开怀，她甚至怀疑自己这么多年其实是很欣赏像费小沫这种游手好闲、出手大方、待人热情、心思乱野的男孩子，甚至家里有钱、性格懒散也似乎成了一个男孩的优势，她被自己的这种怀疑和犹豫给吓住了，发现了自己身上原来有以前未曾注意到的一面。她开始有意无意地去试探费小沫，费小沫也还是那个样子不紧不慢，直到有一天晚上，费小沫忽然打电话来，说第二天要她陪他一起到“润安公学”去讲课，李小清不相信费小沫还能去讲课。第二天她跟费小沫一起到“润安公学”去了。原来费小沫还请了包括文卿在内的另外七八个人，他们都已经等在“润安公学”门口了。润安公学是本城有名的私立学校，在三孝口一带有一座现代化的教学楼。学校主体部分位于这座教学楼的后边，里边绿树成荫。同学们、朋友们，看到李小清和费小沫是一起来的，都说李小清下定决心跟费小沫好了，李小清虽不否认，但也没有接他们的话茬，今天她有一些激动，毕竟听费小沫讲课，这太出乎意料，他能讲什么呢。在一个容纳四百人的大阶梯教室里，李小清跟朋友们坐在左侧前边那个区域，正面前排坐一些年纪大些的人，面前都有茶水，主持人试了试话筒，然后向大家介绍费小沫先生，原来他们是把费小沫作为他们润安公学派到海外学习的一个典型请来讲课的。费小沫于是开讲，讲得也很顺利。先是回顾了一下当初在润安公学培训时学到的东西，然后谈他在伦敦的学习。下边的人听得也很认真，费小沫从始至终没讲一句英语，他用土话讲得更有说服力，下边的更年轻的孩子们竖直了耳朵，费小沫的总结便是润安公学是个优秀的培训学校。结束时，爆发出热烈的掌声，以至于连李小清自己也不认为这里边有什么鬼。费小沫是在阶梯教室侧门后边从一个老先生那里拿到一千块钱的，此时听课的学生们都已经散去。李小沫站在后门那儿。那一帮同学已经溜出去，在门口等费小沫出来。据讲他已经承诺用这一千块的讲课费请大家去唱歌。而李小清看见张驰从前门走了进来，张驰脸色发青，头上缠个绷带，李小清不明白张驰怎么这时候才来。她跟他打了个招呼，他没有理她，她还以为他在为上次吵架的事生气呢。她没有考虑他头上的绷带。张驰走近了费小沫，这个过程李小清看得一清二楚。然后张驰的手举了起来，有一块断砖，红色的，从费小沫头上拍了下去。费小沫矮了一截似的，原来他吃不住劲，往下一蹲。随后，刚才递钱的老头大叫了一声，才有许多人围过来，张驰没有跑，他站在阳台上，老头一直在帮费小沫扶着，随后围了不少人，还有一开始的主持人、学校领导什么的。老头跟领导说，快把那家伙抓起来，他说费老师是个骗子。李小清想老头居然敢喊费小沫费老师这都成什么了，李小清没有挤过去，那出去的同学又回来了，他们把张驰包围起来，张驰头上的绷带表明费小沫之前曾拍过他砖头，他这次不过是报复而已。李小清终于来到费小沫旁边，学校的人都撤了，他们这些朋友已经出了校门，在街上，招手打车要把“费老师”送到医院去搞一下，他的脖子上流了不少血，头上已经裹了一件T恤。费小沫说，没事，我找时间把张驰这小子扒了。大家都劝他别气，张驰也没走，赖在旁边。在医院里，处理了一下，缝了针。然后派出所的人来了，是学校的那个人带来的，原来他们是一心要保护海外归来的“费老师”的。警察把张驰带走，有一个同学陪同，也没什么事，据说晚上就放了回去。李小清这边陪费小沫回了家，费小沫没有精神，倒头睡觉。李小清在床边问，你到底喜欢我么。费小沫说，喜欢，喜欢你。她坐在床边，把脸转向窗户，他忽然把头抬起来问，我送给你的三欧元的钥匙串呢？

那位叫婷婷的四川女孩大约也是家境富足的，她来到这座城市，费小沫并没忘记再次把大家约到了一起，或许是出于对于这位女孩的好奇心，文卿也去了，而文卿问费小沫是不是可以把李小清也叫来，费小沫竭力地阻止，说要是谁把李小清叫来了，他就跟他拼命。在吃饭时，照例还是讲他在英国的事情，只是由于他的四川女友在，所以才没有讲那位据他自己讲喜欢他的日本女孩。文卿是彻底不相信费小沫了，于是她喝酒，费小沫的四川女友婷婷是来接费小沫走的，他们要回到英国去，因为他签证还有一年，而婷婷还要在英国学两年。那天吃饭，张驰也在座，张驰和费小沫都有伤，但大家仿佛没事，谁也不提过去一段时间的事，并且在婷婷看来，他们是因为同一件事，因为受另一拨人的欺侮，才一起反抗，打的架，受的是同一种伤，这样听起来也是对的。那次吃饭，其实文卿预感到跟费小沫这种人也许以后见面的机会少了，因为他的四川女友婷婷是个看起来很泼辣的女人，对费小沫既维护又管教，其实费小沫会在英国进一步长大的。文卿在给李小清发短信，而当时的李小清恰巧在前往庐阳的路上，她到外婆家里去，她想把那钥匙串拿回来。无论如何，三欧元的钥匙串都是一份礼物，况且那个人吻过她。文卿只是在短信中说，又和费小沫一起吃饭，吃的是什么，喝的是什么，在哪里，他今天穿什么衣服，但没有提到四川女友，甚至连他跟张驰和解了也没有提到。李小清是在午后才到的庐阳，外婆在家里和几个老太太打麻将，他问外婆上次那个钥匙串呢？

费小沫和他的四川女友婷婷已经走了。又回到英国去了。这个城市的李小清再次与文卿在冷饮吧相遇。她对文卿说，我跟费小沫去了大蜀山野生动物园，那里有一些猛兽。然后她哭了。文卿给她递了块餐巾纸，她说，其实，大蜀山野生动物园的动物就是从逍遥津动物园搬去的，动物也会搬来搬去的。文卿说，别哭啦，没事，费小沫也是搬到英国去啦。她笑了笑说，外婆也讲了，她也快要搬了，搬到另一个世界去，她老了。文卿问，怎么老说你外婆。她说，因为那钥匙串，我给了她了。文卿终于按捺不住，她站起来，砸掉冷饮杯，声嘶力竭地说，你真傻逼啊，不就三欧元吗，你以为费小沫是个什么东西！

相　识

傍晚时分，我总爱到博物馆前边散步。在近十年的生活中，博物馆那高大的廊沿、粗壮的柱子一直强劲地支撑着我面对它的视线，使我感到在这建筑物面前心情被有效地拉开，容纳的东西也就更多了。繁华的街道远在三十米之外，隐约间可以听到街面上人们的声音。博物馆的外围有一圈大大的围墙，透过它上半部分镂空的花孔，我可以看到闪烁的车灯，在这个傍晚时分，我可以保证一切焦躁和明确的不适都过去了。因为博物馆处于身后，使我有一种沉重的与巨物相对称的位置感，我想同这静立了无数个日子的墙和柱子一样，我必须领会那种强有力的意志。

天色渐渐晚了，我想也许我该回去了，这时从铁门那儿有一个人隐隐约约向我这儿走来，凭直觉我感到我躲不过这个人。我好像在不自控的状态下同样向他走过去，很快我们之间的距离缩短了，在这个时刻，我们大家都停住了步子。我为我这样的行为感到有些不好意思，我想我为什么要迎上去呢，于是我低下头。他像我在短暂时间内所判断的那样，并没有绕过我或扭头就走，而是站在那儿，同样有些不知所措，我冷静了一会儿，回头看了看博物馆那高大的柱子，于是，我先跨出了一步，他却有些怯生生地把眼睛盯着我，我看得出他比我要小一些。这时，我内心已决定：绝不能回避他，因而我直接说道："你好像在找人。"他善意地笑了笑，这使我心中顿感温暖，从渐黑的亮色中我可以辨认那一张还不成熟的脸。他说："是啊，我在找你呢。""找我?"我用手挠了挠头，表示我有点吃惊，"可你并不认识我啊，"我敏感地往后退了一步。他一改他刚刚的神态，很有把握地说："都说你爱在这儿散步，只有到这儿才能肯定找到你。"

不知为什么，在他说找我的同时，使我与他之间的那点儿陌生感正开始解除了，但我觉得我面临某种迷惑，这个年轻人，他是谁？我把衣服整了整，即使迷惑，却也挡不住我高兴的情绪，我的语言开始流畅了，首先我解释了我为什么会经常在这儿散步，其次我还解释了我的身份，并与这博物馆联系起来，我的意思是我就是你要找的人。他说："你不认识我啊，我是刚刚分到单位的，先在车间里实习。""哦"，他一提出他是本单位的人，明显使我显得不那么神秘了，尽管我并没有感到丝毫枯燥。“既然这样”，我打了个岔，说，“我今晚在这儿是等一个人呢。”“等人?”他好像觉察出我在讲话时的逻辑并不很对，年轻人就变得谨慎了一些，他忙说：“真不好意思打扰了。”我顿感眼里现实美好起来了，甚至我在心头隐约感到我确实在等一个人。这时，我脑中浮现了另一个同样经常在这儿散步的中年男人，我准确地回忆出他的长相以及从他的姿势中所透露出的另一些可猜测的信息。

他在我冥思的时间里，忽然隐隐地走到廊沿里面，靠在博物馆的墙壁上，我不由自主地也向那里走去，这时我发现空气中飘起了小小的细雨，在细雨中路灯的灯光像散开的无数的小虫子一样。我看到他用一只手不经意地抠着斑驳的墙壁上的粉刷物，有一种细微的灰尘的沙沙声传过来。他说：“我得对你说实话，我来找你，并没有什么要紧的事，我只是想认识你。”他的话不像我日常生活中所遇到的那些人那样世故，显得非常简单。我从心底里就感到这个人不错，我对他很有好感，但我没有有意地表现这一点。我靠在一根柱子上点起一支烟，我似乎并没有在与他的谈话中产生缝隙，我问：“认识我干什么呢，尽管你要认识我这一点使我非常高兴。”他把手从墙壁那儿彻底地抽回来，双手拍了拍，那声音使我感到他这人真是朝气蓬勃，接着他讲了一句很有逻辑的话，他说：“现在下雨了，我不敢多耽误你的时间，我说更实在的话吧，是我身边的人叫我来认识你的。”

我们之间沉默了一会儿，双方的谈话总是被对方以一种直接的回答终止掉，因而对这沉默我们双方心领神会。他往外站了站，在视线中掠过我背靠的大柱子，他说：“雨下大了，你等的人，怎么还不来?”我这才意识到我所说的那个中年男人确实没有来，按照一贯经验他是每日必来的，这使我顿感吃惊，然而我尽量保持平静，我说：“也许他今天有事。”年轻人再次发现了话中的矛盾：“有事，不是说好了，你等他?”我说：“也许他有什么意外的事。”年轻人索性站到雨中，雨水洒着地，他喊到：“喂，你进来吧，到廊沿里，到我这儿，”我向他频繁地招手。他则仰面朝天，忽然伸开双肩激动地说：“这雨儿真好。”

我可以清楚地感觉到大滴大滴的水珠从他的额头上滴下来，但他兴趣盎然，用一种炽热的眼神盯着我这儿，他说：“虽然我怕打扰你等人，但我还是得说，我早在心里决定了，必须认识你，你这人……”他停顿了一下，接着他连喊了我几声。在他接下来关于我的议论中我仿佛听到了生命中自己所一直听到又一直逝去的声音，这使我觉得我被他认识是应该的。我在嗓子里涌着一句话，那就是被你认识真好，可我没有讲出来。我感到视线有些模糊，因为他的到来使我一直所保持的散步时间被拖长了，因而我感到头昏、疲倦，我用手撑了撑头，他站在那儿不动，只是把头从雨中向前伸了一点，他说："但愿我来认识你，没有给你带来不快。"我连忙摆手，我说："怎么会呢，你自己还站在雨中，你也别累了。"

应该说，我和他所进行的谈话一直都处于一种热烈的气氛中。这一点促使我在要求他回廊沿没有成功之后，我自己也站到雨中，我听到他以一种更熟识更大胆的声音说："我感到你与我想象中的你并不完全吻合。"我真诚地说："那是啊，如果我是你想象中的那个人，那我还要你认识吗?"我觉得我这话也有些开玩笑的成分。他用手在脸上抹了一把说："你看，你一站出来，雨就停了，啊，现在的空气有多清新!"我吸了吸，果然不错。我伸手拍了拍他的肩膀，他笑了，并且笑声响亮。之后，我主动提出了那个应该来散步的中年男人，因为我判断他不可能会来了，我说："我跟他很熟，那个人不错。"我甚至提醒他是否有必要也去认识一下，他又兴奋起来："哦，多不好意思，你看，我一直打扰你等人呢!"

这时，雨彻底停了，外围墙的铁门咣当一声打开了，我被吓了一跳，向那儿张望了一下。他试探性地问我："你怕是等不到了，不如走吧，我不好意思耽搁你太久。"我向铁门那儿继续张望，我表示我是还要等那个中年男人的，尽管我心里非常庆幸他没来。年轻人用鼻孔嗅了嗅空气，情绪高昂地对我说："很感谢你抽出这么长的时间跟我谈话，你说说，以后我算不算跟你认识了，或者说是不是我俩彻底认识了?"我说："也许可以这样说。"年轻人哈哈地笑了几声。就在这恍惚的状态中，那个中年男人突然出现了，我们没有发现他是怎样走进来的，我发现他时，他已经和往常一样在廊沿的另一个方向溜达了。估计年轻人先我而看到他，他见我也已经看到了中年男人，但坦率地说："不好意思，快去吧，你等的那个人来了，他正在那边等你呢。"

他和我肩并肩一起走到了那个中年男人的身边，我无法后退或走掉，在和那个中年男人目光交遇的刹那，我感到一种更强有力的亲情似的东西，我扭头看了看身边的年轻人，然后我对中年男人说："我等你好久了。"年轻人连忙插话说："是啊，他一边和我谈话，一边坚持等你呢。"这个时候，我内心有一种巨大的恐惧，我害怕中年男人拒绝和或者扬言他并不认识我，与我等人毫不相干。但是，中年男人向我走近了，以一种极其友善的动作拍了拍我的肩膀说："今天下雨我在路上不慎跌了一跤，很意外，所以来晚了。"年轻人看了看手表，表示他要走了。我看了看中年男人，我对他说："我把年轻人送到门口，再回来。"中年男人宽厚地同意了，在铁门那儿，年轻人说了告别的话："我算认识你了，谢谢。"我在转身回到廊沿上时，中年男人正背对我向另一侧溜达，我站在他背后，虽然他比我年龄大一些，但我发现他很可靠，我说："可我不认识你啊，再说我只是扯谎说等你的。"中年男人继续往前溜达。他轻声地说："我们还不够熟吗，要不是想到你在雨天一定仍在散步，我不是非来不可的。"

虚　弱

N躺在鸿城花园十九层那张巨大的床上可以翻滚踢打，但他躺着不动，他斜眼看窗外的光芒，觉得它们与他之间有一面比玻璃更透明的东西，通过他的目光，他发现了外界的冷清和退让，也就是说他发现了自己的稳定和稳定中的腐朽。他多少次想尝试让自己经历危险，使生活变得壮烈，使自我得到更新。N在这几天终于找到了一种方式，那就是梦，他把这个自童年时代就陪伴他的玩意儿放在心里仔细地想，感到趣味无穷的同时，他发现了自己那种强大的认识力量，他记得他在梦中可以提起一个长久没有触及的人，也可以做一件一直想做但是不可能做的事。他听着风在窗外的空中凶猛地呼号，乌云在下降，而那些仅存的光线迅速地消失了，对于他来说，该是闭眼睡觉的时候了。他责备自己不该给自己定个誓言：今夜一定要做梦，但他转念一想，每个人其实在进入完全睡眠之前总是带有某种对于自我的命令，要么主张继续想下去，要么主张让自己处于无知的状态。

就在N闭上眼睛后，他的头脑中闪现了许多东西，其中大部分是一些以往生活的图景，他不必强烈地要求自己去分清图景上具体的细节，于是图景在翻动的同时很快把自己清醒的头脑变得没有主见了，他在模糊中感到在他的内心有一种强大的仇恨感正在增长，他仇恨这舒适而无聊的悠闲生活，他仇恨没有海水没有田野的城市，他仇恨人与人之间空洞的对白，于是他清楚地听到他自己在嘴巴里骂了一句“我操”，然后用手捏了一下自己的嘴唇，他突然决定：做一个噩梦。带着这个决定，他反而睡不着了。他在大脑中搜寻所有的关于险恶事物、事件和人的记录，他发现在记忆中所有的险恶其实都十分渺弱，它们因为带有现实性的理由而变得可以接受了。他很失望，但这更加强化了他自己去做一个噩梦的理想。他用手摸着自己的胸口，心脏终于慢慢停稳，他睡着了。

他在睡着的状态中感到身体开始在晃动，于是他感到自己有必要调整一下，于是他翻了个身。此时他似乎听到有人在喊失火了，失火了。“什么，失火了?”他先是十分紧张，继而他偷偷地笑起来，他想这真是个噩梦啊，于是他在梦中爬了起来，他一直在表扬自己的能力，他想我的决定实现了，终于噩梦来了。于是他打开窗户，从十九楼向下望去，在五楼以下的位置每个窗口都在散发火苗，他感到火已经迅速从楼梯爬了上来，他没有着急，他想他应该冷静，因为他想他是唯一一个有准备的人。于是他拨通电话给三层的一个住户说："你们不要紧张，这是一个噩梦，你们就是不逃跑也不要紧。"那个住户的男主人是N多年的朋友，他用毛巾把他家人的鼻子堵起来正准备孤注一掷地跳楼，在听到N的电话之后，他望了望发抖的家人，毅然把毛巾扔到地上，大叫"啊，这是一个噩梦。"然后那家人抱作一团。

N冲出自己的房子，他从环状的楼梯向下望去，火苗像一条细细的长蛇向上面猛窜，他感到可笑，他双手插在自己的上衣口袋里向下去，到了十八层，他看到两个男青年正在解消防栓，并接好了灭火器准备往下喷射，他像个勇猛的将军那样一步窜过去，他拿起消防栓的阀门破口大骂："你们冷静点，你们应该冷静得像一个久经战场的猛士，这点火就能把你们吓成这样吗？快回屋去。"两个男青年对N的话先是感到无比惊讶，继而他们把拳头向他的脸砸来，他们说火完全可以把你的五脏六腑都烧糊。N捂着自己被砸伤的脸，继续往下到了十七层，他知道在鸿城花园所居住的人都是一些富有而自私的商人，他们基本上互不相识，但N发现现在这群人拧在一起了，他们把棉被、席梦思以及钢琴板，重新塞在上升的楼梯上，他们一致在声称：快堵住它，快堵住它。N觉得这些人的团结精神给了他巨大的讽刺，他感到他的噩梦遭到了挑战，人们正制止这个险恶事件，于是他在楼梯上坐了下来，很快就醒了。

醒来之后，他摸了摸被单，全都被汗湿了，他感到自己十分虚弱，他在咒骂楼里的人没有在他的梦里按照他们一贯的思想去做事，他想怎么会呢，三楼那个朋友为什么没有像以往那样多疑和奸诈，他怎么就相信我说的：这是一个噩梦？十八楼、十七楼的人奋起抵火，在以往如果他们上面的十九、二十层的人不和他们一起出力，他们绝对不会主动出击的，他感到在他梦中每个人都变了，他们变得与他们本来的性格迥异，他们在他的噩梦中成为新的人了，这使得他感到他要想组织一个噩梦确实困难重重。他站到窗前凝视星辰密布的静静夜空，他看那些孤立的星星一个个在他的目光中闪亮，他发现自己自始至终都不可能认识它们，那么他想：我又如何能认识生活，认识生活中的人呢？

于是，他打开电视机，泡了杯水，他盯着上面的画面，他看到那些电视机上的人们正在绘声绘色地表演，似乎他们所陈述的那个故事本来就是真实的，他在看电视的时候，一直在不停地猜测电视中每个人物最终的结局，直到此电视剧放完，他发现他赢了，每个人确实如他所想象的那样走向终点了，于是他关上电视，他在提醒自己如果他没有打开电视，他们也一样会按照他刚才所想的那样完成那个过程，但他同时又质问：为什么我能认识电视上的人物，却无法认识这楼里的在我梦中的人呢?

他第二次进入梦乡时，鸿城花园已经千疮百孔了，各楼层各房间的一些碎火仍然在燃烧，浓烈的烟味窜到N的房间里，他听到人们在不停地呼喊："请你不要再做这个梦了，不要再做了，我受不了了。"N听到这些求饶的声音感到那些不可一世的住户们终于变得温顺了，于是他在梦中大声地说："噩梦永远不会结束的。"他的话音未落，又有一声惨叫。N自己也震惊了一下，但他很快恢复了冷静。他穿好衣服再一次下楼，这时他发现每个楼梯上都挤满了人，他们坐在那儿把手紧紧地握在一起，他们仰视在楼梯上走动的N，他们目光温柔，语气软弱，他们试图向他证明：他们都是遭受打击的人，但他们十分理解这种打击，"既然这样"，N大声地说："你们会分裂掉的。""为什么"许多人几乎绝望地喊了起来。N不屑地说："在多少个平静的岁月中你们尔虞我诈，欺穷凌弱，但在我的梦中，在这个险恶的新场合你们却如此温柔、承受，难道你们有两个自己吗?"大家纷纷从楼梯上倒下去，浓烟翻滚，N感到自己踩着他们的身体，发现他们没有一点儿特点。

大火再一次在N的噩梦中熄灭了，剩下楼梯上那些熟睡的身体，他们手上、脖子上、脚上的贵金属在浓烟中闪光，仿佛什么也无法让他们表示一点儿退让，N很不服气。他叹了口气，他对自己说："他们到底是谁，并没有在大火焚烧他们时溃不成军，而是团结集中，这难道不是在讽刺我这个纵火者吗?"N醒了，他发现月亮正好挂在窗外，星星们在它的周围消失了，他捕捉月亮表面上那若隐若现的山峦，但最终一块云彩让它躲掉了，N隐约中可以听到在楼底仍然有车辆出入，他想他们肯定是在深夜干一些非法的勾当。甚至他能听到一个膀大腰粗的十五楼的一个住户正在辱骂仪表堂堂的保安，说他没有为他尽快让路。N变得失望了，他想："我怎么在梦中就没有讽刺他的丑相呢，如果我让他自己也来比较一下他的两种表现，他会怎样的无地自容啊!"N迅速冲出自己的房间，他在十五层还是亲眼目睹了那个骂声连连的胖子，他拾着一只大皮鞋冲只穿内裤的N笑了笑，他说："你并不可怕。"

N回到屋中，黎明已经到了，他感到有许多贫穷的卖早点的人们已经苏醒了。并听到他们油炸食物的滋裂声，N闭上眼睛却无法睡着，但他强求自己必须把那个噩梦做完，他要从噩梦中捕捉更多的信息，甚至他还想在梦中听到刚才那个胖子说："你并不可怕。"长时间的噩梦和楼梯间的上上下下，把N折腾得疲劳极了，于是他在半眠半醒之间终于熬到了日出。他在他的梦中看到太阳通红的脸庞正逐渐发热，烤得他越来越难受。于是N在床上辗转反侧，在那种极度的焦热中，他没有忘记他对噩梦的继续，于是他开始在睡梦中构思，但同时他在阻止他自己醒来，他强烈地克制自己睡下去，睡下去。于是，光成为他的武器了。他不再像以往梦中那样，画面是断的，不连续的，现在他可以利用光去看不同的画面，以及产生他所需要的画面。他首先让那个胖子发现鸿城花园起火，胖子第一句呼号是："我的妈啊，请别烧我的房子。"之后，许多人都在呼号中冲进楼梯。这时，N把光打在这幅画面上不动，他用手挤着他的脑门，他想下一步呢，该怎么办，是让他们团结起来对付大火，还是让他们溃不成军，坐以待毙呢？他感到他自己拿不定主意，于是他决定放弃他对画面的控制，于是噩梦中的那些富人再一次与现实中相反，他们真诚地鼓励团结扑火，使大火无法摧毁鸿城花园，说实在的，N失望得五体投地，他觉得通过这个噩梦，他仍然败了，仍然没有战胜那些富人，因为他们太离奇了（在他梦中），他没有能够抓住他们，认识他们，于是，他在梦中哭了。

N醒来的时候，他照了照镜子，发现自己容光焕发，他在楼梯口碰到了住在二十层的那个巨富，他风度翩翩拍着N的肩膀说："住在我下面的人啊，生活一样是美好的！"N受到了感动，亦步亦趋。

寻找农妇杜芒

1

俊村用蛋清将他的头发擦得分外的黑亮，在他走进军山网吧之前，他特意来到那条幽蓝发黑的穿镇而过的双河旁，他在水边再次地浮起对自己那在童年时代就夭折的姐姐的刻骨怀念。溺水的姐姐似乎仍在水中呼喊他，她并不知道世界发生了那么多的变化，双河镇已经跟童年时代千差万别。俊村是一个月以前在网上跟那个叫青岛的网友认识的，并且一直保持着网上聊天，无话不谈。现在俊村差不多对她产生了毫不怀疑的爱慕之情。而对方尽管没有接受他的爱，但她没有拒绝，这给俊村极大的动力，使他除了经营自己的小百货商店之外，把全部时间都耗费在军山网吧。这一天，他要向她表达他的感情，而青岛在电脑上缓缓引诱他，无论他说什么，她都跟着他的话题，两人聊得十分投入。俊村已经不是第一次在网上跟女孩子聊了，但这一次却是真正地陷入了网恋，他能从青岛不断传过来的方块字里联想到她姣好的身体和情感，他对自己的猜想信任万分。这一天，起风，坐在电脑前，他注意到擦蛋清的头发散发着一股清香，使坐在他同一排的人常常对他侧目。他在聊天中告诉青岛，他今天来网吧前去了镇上那条大河边，他告诉青岛他再次想起了他童年时候的姐姐。在青岛的提示下，他一步步地讲述了姐姐的死以及自己的思念。青岛认为他的姐姐对他肯定非常重要，这一切都应该有所暗示。俊村在电脑中说，其实我只对你青岛一个人说过我对我姐姐的感受，因为死了许多年了，几乎被忘了，甚至包括家中其他的人，都很少提到姐姐。青岛说，我会和你一起关注这件事的。从这一天开始，俊村用了接近十天的时间跟青岛在网上恋爱，说出许多动情之语，同时两人总不忘提起早逝的姐姐，并且是不可抵制。俊村被一种奇怪的强大的信念夹杂着，因为通过对青岛的讲述，他回忆了姐姐去世的细节，他闪现了他姐姐死亡的谜团，而唯一的线索便是当时一直困扰着全家以及当时全村人的一句谣传，是一个叫芒的女人把他姐姐推下了池塘，其实这么多年来，俊村一直在心里封闭着这个谜团和谣传，他相信要么是这样的，要么不是这样的，而青岛在俊村多次将这个谜团在网上讲给她之后，意味深长地告诉俊村，按照她的直觉，这个叫芒的女人肯定就是凶手。俊村要她说理由。青岛说，你要相信女人的直觉。俊村于是决定按照青岛的这种直觉去弄清这件事。他从军山网吧出来，打开小商店的后门，那个被雇来的小郑姑娘正在和柜台外边的熟人说话，俊村看了看纸箱里的烟，又回到柜台后边的里屋，泡杯茶，想起了几十里之外童年时候住的赵家村，他决定抽空回去一趟。和青岛在网上恋爱使俊村在商店里显得有些神经质。小郑姑娘问他进货的事。他支支吾吾。小郑有些怕他。他晚上没在店里吃，也没回镇西头的父母家，而是在街上馆子里要了酒，一个人喝了。夜有些暗，他在街上游荡。朋友约他去打牌，他推说有事，又来到双河边，看着夜晚的河水，在对岸有人停好自行车，那是一对恋爱的人。河边的路灯照在他们所靠的树上，树边的恋爱男女在亲吻，他再次想起了青岛，但没有青岛的电话，她只跟他在网上说话。

2

俊村全家是他十七岁那年从赵家村一带搬到双河镇居住的，十多年以来，除了赵家村有重要的亲戚家有事，他们全家很少回赵家村。最近小商店生意一般，俊村决定利用这段稍微轻闲的时间回一趟赵家村，他发现自己已经陷入到姐姐童年之死的阴影中。如果不能把问题弄清楚，他难以度日。他并没有意识到自己的内心到底发生了什么样的变化。他向经常为他拉货的司机田朋借了那辆他非常熟悉的昌河面包车，在一个阳光明媚的下午独自驾车前往赵家村。沿途公路两边的田园风光令人沉醉，他头脑中一直浮现的都是网友青岛的万种可能的样子，放着歌，吸着烟，车速中等，就这样他开车到了离赵家村只有一里路的公路岔口，再往右，是一条没铺沥青的土石路，尽管车子可以开进去，但他终究没有拐进岔口，因为他发现这么冒失地突然地出现在赵家村肯定会引起别人的追问。他甚至怀疑自己这么神经质地来到赵家村一带到底出于什么目的，黄昏中的赵家村近在一里之外，能看到村庄北头的新起的楼房，而那片老屋被挡在新楼的西南侧。只看见它们的一角。时间是下午五点半，既然不能到赵家村去，而即刻开车回双河又不合情理，于是他干脆开车直往前，到了十头小街。十头小街在二十年前才开始有人家，现在已发展成一条街市，这是赵家村一带大部分村庄的农民集中进行交易的一个市场，因为在这几个村庄有些头脑的农民几乎都在十头小街建起了他们的店铺，有做吃的、收粮的、加工的，也有卖货的，还有小旅馆。当俊村把车子在十头小街的变压器下停好，来到街上时，他并没有引起别人的注意，这使他有些快活起来，他和一个人抵上去，他觉得那个人很面熟，但对方并没有认出他来，毕竟他到双河镇已经十多年了。一讲话都明白就是“家门口人”。俊村和他打过招呼之后，他问这个人，你知道那个叫杜芒的女人吗？杜芒？那个人想了一下，摇了摇头，但他眼睛里有一股异样的东西，这让俊村很不舒服。转而那个人问他，你找这个人干什么？俊村没有任何准备，他自己也觉得奇怪，为什么这么草率地问起别人？难道这次回来的目的就是要打听杜芒。他想着想着，那个人就走了。他又往前走了一段，这次他进了一家小商店，小商店比他在双河镇的自己的店铺要小许多，他看着那些货架上的东西，别人问他要买什么。他说，我打听一个人。别人问，什么人？他说，这一带有个叫杜芒的女人，是秧沿庄。秧沿庄？那人问。俊村说，记不清了，好像是秧沿庄。他注意到跟他讲话的商店里的女人比他要小十岁多，一脸的稚气，她哪会知道近二十年前的人呢？他走出商店，这时天快要黑了，他有些气愤，如果自己没有问起便罢了，但自己问了，却对杜芒这女人一无所获，他有些不甘心，于是便急着往回走。到了停车的地方，他发现有几个小孩围在他汽车旁边。他向小孩子们吹了吹口哨，孩子们便往下退去，不远处有几个大人，一边抽烟，一边盯着他这边，汽车上方的变压器发出轰鸣声，这使他有些紧张，他上了车子，突然开车到十头小街，打听人，这有意思吗？除非那个人真的重要？他问自己，杜芒她真的把我姐姐推进水塘吗？二十多年前，杜芒是个什么样子呢？尽管他努力回忆，但他确认自己肯定是没有关于杜芒的任何印象了，尽管他确认自己一定在小时候见过她。他发动面包车，调头，那几个男人显然是注意到他的，他们把烟头丢到地上，就在他从后视镜看他们时，他们聚在一起，转过身体。他贴着右边，往回开。十头小街没有路灯，各家店铺的外墙上都安了很亮的吊灯，一路开过去，仿佛有隔世的恍惚感，他点了支烟，从十头街开出，他竟有些醉意似的。他是被小街上的所见所闻弄糊涂了，都是些什么人？他加快车速，决定赶快回双河镇，他要回军山网吧跟青岛说话。一路上，他把音乐放得很大，昌河面包车在公路上飞奔，一小时以后，他开到了双河镇。

3

回到镇上，俊村把昌河面包车还给了田朋，田朋让他在家吃饭，俊村给田朋丢下两包香烟，让田朋这几天如果方便的话，还能把车子借给他用。田朋说，他只要不拉货时都可以借给他。俊村到军山网吧，网吧里没有座位，他从网吧出来去了父母家，恰巧哥哥一家人也在，俊村爸爸问俊村下午去哪了，怎么不在店里。俊村说他到县城去办事了。俊村妈又问俊村县城里有什么事。俊村很不耐烦，他哥哥俊言跟他喝酒，俊村只喝了三杯，他的侄儿问他要五块钱。俊村问他为什么要钱，侄儿说他要买作业本。俊村掏钱给他侄儿，俊言把五块钱拿回来塞给俊村，让俊村不要掏钱给他儿子。拉拉扯扯，俊村更加厌烦，他父亲见两个儿子在喝酒，劝他们少喝点。俊言的工作很忙，平时在外应酬就要喝酒，在家里就不要多喝了，俊村干脆把酒杯拿到厨房去了。俊言在外边跟母亲说怎么俊村的脸色那么难看。他爸爸在边上说，哪知道他到县城去干什么事了。俊村说，还能干什么？又不是干坏事。俊言跟他老婆在讲什么事，俊村听了一会儿才明白原来嫂子又在给他介绍对象。他对嫂子说，你不用忙活了，我现在还不想讨老婆。俊言说，你怎么回事，快三十岁了，还不结婚。俊村说，我的事你们别管。嫂子让他还是放开架子，不要以为街上的女孩都不好，县城的倒好，但说不定是坏女人。嫂子的话激怒了俊村，俊村对他爸妈说，我的事你们都看得明白，我就是不喜欢这种做媒说亲的做法。父母劝他嫂子不要再跟俊村讲。哥哥一家三口吃完饭就走了。俊村在破沙发上和父亲并排坐着。父亲嗑着瓜子，母亲在弄咸菜。这时，俊村问父亲，你有多少年没有回赵家村了。父亲见儿子这么问他话，很是诧异，怎么突然问起这个？俊村说，没什么，就是奇怪，再怎么，也是老家啊。父亲当然比他更热爱自己的老家，但何必要挂在嘴上说呢？母亲没有注意到俊村和父亲的对话，仍在菜坛里弄菜，一股酸味熏过来。父亲抽烟，这时，商店里雇的那个小郑打电话到俊村手机上，问他货的事情。俊村于是拎着手提包，说要走，母亲给他拿鸡蛋，让他带到自己家，他出了门，父亲也跟了出来，说是要到楼下散步。在楼下，父亲小声地问他，你是不是到赵家村去了。俊村说，我下午回了趟老家，但没什么事。你妈这几年老了，总是一提到你那早死的姐姐就要整天在床上枯坐。俊村也知道他妈在早年有这毛病，但这些年反倒是妈妈最正常，家里人也没人提姐姐的事。父亲问俊村记住了没有。俊村说，记住了。父亲又问俊村，你回赵家村到底为什么？俊村说，只是在十头小街，没进赵家村。父亲和他在河边分手，父亲沿河往另一边走。俊村拿着包，沿河往主街那边走，风吹着他，有些凉，他的脸皴着，用手抹了抹，觉得干燥异常。这时，眼睛里边却有童年姐姐的影子，耳边是她模糊不清的话语声，他被弄得有些晕，加快步子，往回走。路过商店，小郑正在清点货物，他进来，小郑交款给他，生意不怎么样，小郑很负责，他对小郑也很放心，小郑是他同学郑大明的妹妹，彼此都很熟，所以也不担心她做手脚。他跟小郑说，明天我还要去办事，你明天去批点白糖，早点去，八点去，九点回来开门。小郑说，行。

4

俊村频繁地利用午后那段时间开着借来的昌河面包车前往十头小街打听杜芒的举动，在十头小街那形形色色的众人中渐渐引起了别人的注意，但在俊村自己看来，他只不过是一直在打听，向不同的人，用不同的方式，但他走后，在十头小街傍晚或子夜的街头闲谈中，人们已经一致看出这个常来小街的人就是多年前从赵家村迁到双河镇的。真正使俊村意识到小街已经对他保持警惕的那一次，已经到了开春时节。他是在一个卖豆腐又在卖炸油条的姓刘的一家人所开的小店中突然处于众人的包围中。其实不过是一个姓汪的收豆子的农民跟这个姓刘的农民因为讲起杜芒的往事而争执不下，引来了十多个男人，赶到小街的农民们围观参与，分出了两派，支持姓汪的那些人说杜芒是个好女人，是个为乡间办了不少好事的女人。而支持姓刘的那一群人则认为杜芒不是什么好货色，甚至攻击她做过不少坏事，所有的农民都七嘴八舌，这让俊村也判断不了，到底那是个什么样的女人。姓汪的跟姓刘的终于吵了起来，以至于农民们都很不快，大家问俊村为什么对这个杜芒这么感兴趣。俊村从豆腐店里逃出来，在小街上，那个姓刘的追出来。他问，俊村是不是跟杜芒有解不开的仇。俊村只能跟他说，在许多年前，杜芒可能淹死了他的姐姐。姓刘的把俊村拉到从变压器直往北的那道小坡右手边的厕所旁，对俊村神秘地说，杜芒已经死了。俊村问他这女人是怎么死的。姓刘的说，死了快两年了。就在俊村跟姓刘的在厕所旁秘谈时，那个姓汪的纠集了几个小街上的闲人已经围在俊村所停在变压器下的昌河面包车旁，于是俊村和姓刘的一拐上直朝着变压器的正路上时，姓汪的身后的那个闲汉拿着一根棍子冲过来，对着姓刘的头上就是一记闷棍。姓刘的让了一下，棍子落在他肩上，街上人少了些，俊村看他们打架，姓汪的让那个打人的农民退后，他揪起姓刘的衣领对他恶狠狠地说，你不要听这个双河人的话，听清没有。姓刘的摸着背，逃回豆腐馆。此时从街角能看到西边的天空，暗云红红的。俊村跟姓汪的说，这不关他的事，是我要找杜芒。那个打人的闲汉没敢对俊村动手，毕竟他们认为他是双河人。俊村又走进豆腐店，那些闲汉还是围在门口。姓刘的在码豆腐块，摞在一起，有几个小女孩在买豆腐。俊村问姓刘的要不要他找几个人下来收拾打他的这些闲汉。姓刘的说，没什么，这些人都很相信杜芒，他们很信她。俊村问，相信她什么。姓刘的说，杜芒是个很鬼气的人，她帮这些人测过字，跳过神，说他们是小街上最有钱的人。俊村说，他妈的迷信。姓刘的老婆这时从外边回来，她已经得知姓刘的被街上的闲汉们打了，所以一回来先是骂姓刘的多事，接着就是要驱赶俊村，说他不该得罪这些人，更不应得罪杜芒，那个女人死了两年了，得罪她干什么。俊村从豆腐店出来，来到变压器下边，那些闲汉们已经散了，俊村回到昌河车上，发动车子，看油表很低，于是开到车头的摩托车修理店要买油，别人倒了些油给他，他问那个修车的毛师傅，毛师傅对他说，他是认识他的。毛师傅原来跟俊村小时候在二年级还是同学。俊村很高兴，毛师傅也听说俊村的事。他对俊村说，现在要到十头小街办事，只有找一个人才能定下来，他小声地告诉了必须要找的这个人，以及在哪能找到他。俊村认为毛师傅说的是实话。

5

军山网吧的生意十分火爆，只要去晚了，就找不到座位。俊村已经几日没跟青岛在网上聊天了。这天，他到网上很青岛谈了起来。青岛的态度比前些日差了些，她推说是她最近遇到一些烦心事。俊村问她是些什么事，自己是不是可以帮忙。青岛也不明说，轮到俊村谈他的苦衷。他当然是讲他回赵家村去查找那个害他姐姐的人，那个人叫杜芒。青岛说这个叫杜芒的女人虽然已经死了，但你也未必就当真。俊村说，即便她死了，我也还没收场。青岛问他下一步打算怎么办。俊村说，现在还不清楚，但杜芒这个人在十头小街很有威信，现在只要在小街上一露面，就会有要来攻击他的人。青岛说，你应该像个男子汉，你应该明白你比你姐姐强。青岛的话尽管没什么水平，而且有激将俊村继续干下去的意思，但俊村还是被那种网恋的好感给冲昏了，他在网上问青岛他俩这感情算不算恋爱。青岛说，算，我认为算。青岛在网上下载了一些小诗传过来。俊村看得似懂非懂。很晚的时候，青岛通知俊村两人下线，改日再叙。小郑最近没向他交款，以前都是每日结账，但俊村最近往返于双河与赵家村之间，常常回来晚了，小郑已经关了门，所以三日结一次账，对双方都好。小郑的人品俊村很放心，听她说最近生意不好，他也不放在心上。上午，突然刮起了冷风，新发的小树芽在风中颤悠悠的。俊村夹着皮包来到他的百货店。小郑在拆成条的烟，俊村拿了两包，小郑记了个账。小郑的毛衣很漂亮，俊村问她什么时候买的。小郑说，是别人从外地带给她的。俊村问，是不是哪个男的带给她的。小郑笑着说，不是，是一个亲戚，是一个妇女呢。俊村按计算器，掏出小本子，上上账，又翻翻里间的小仓库。小郑进来，她脸色很好看，俊村看着也高兴。俊村问小郑，要是人死后有什么不如意的怎么办。小郑有些吃惊，说俊村不要问这样的话，什么死人不死人的。俊村夹着皮包出去了，心想，小郑年龄小，到底是不懂事。俊村又到田朋那借车，田朋跟他说，你老借我车子，你还不如买一辆算了，也就两三万块钱。俊村说，你要是嫌烦，我就不借了。田朋忙说，没事没事，你跟我说跑哪啊。俊村说，往我老家那边呢。田朋说，是不是在那找什么老相好啊。俊村不好意思地说，去你的。俊村来到十头小街，已是正中午，上午刮过风，现在又出了太阳，田地也没什么劲，一片荒芜，在开春时节，气氛很不和谐，停下来，他走了几步，就看到有个老头走过来，后边还跟着一个农民。那个老头伸手拦住了俊村，他问俊村，你还认识我不？俊村说，不记得了。那人说，我是你七叔。俊村想起来了，这是爷爷三兄弟家的老七，是他爸爸的堂兄弟，是叫七叙。俊村叫，七叔好，后边那个是七叔的儿子，也站过来，对他盯着，七叔把俊村拉到一家铁皮店，而铁皮店的老板就是赵家村的人，也是本家。于是关起门来好说话，七叔讲，你这样鬼头鬼脑地小街上乱闯了个把月了，人们把话都传到老家了，你找那个杜芒，那是你找的吗？俊村说，消息是怎么乱传的，谁说我在找她麻烦了。七叔的儿子在旁边说，那你乱打听什么。铁皮店的本家比俊村要小些，但他对俊村不是很熟，他说他前几次就已经盯上俊村了，只不过没声张，现在七叔出面也好，是该给你敲警钟了，你找杜芒干什么。面对自己亲戚本家俊村反而说不出杜芒可能淹死姐姐的事。他很不快，但又找不到反驳的理由。七叔说，找杜芒，你不能这么个找法，那是什么人，跳过神，上过坛，吹过簧，做过法事，她多大，你懂么？俊村闯了出来，七叔儿子也跑了出来。他说，你快走，回双河去，别在小街混。俊村被这家伙连推带搡回到车子那边，他上车，往双河那个方向开，这几个亲戚在小街上盯着他。

才开出两里路，毛师傅骑摩托车追了上来，毕竟是小学二年级的同学。毛师傅让俊村下车，他给他递烟。毛师傅说，他自己也不是个迷信的人，但做事情还是要考虑到民风民俗。杜芒，她，她老人家，她这女人，不凡啊！要想在小街上跟这些人斗，也没用，即使是那些闲汉们也只能是闹闹而已。毛师傅说，你可以到她家看看。毛师傅指着马梗庄。俊村问，不是秧治庄吗？毛师傅说，这杜芒跟过三个男人，第三个男人是这几天才回来的，毛师傅说他可以带俊村去。

6

毛师傅骑摩托车在前，俊村开面包车在后，向马梗庄驶去。马梗庄看起来很近，但在机耕路上，毛师傅要不断为昌河面包车垫石头，车子才勉强开到马梗庄。庄上没什么人，似乎都到外边去了，毛师傅讲这边正常，现在农村里哪还有什么人，要不到外地干活，要么就到十头小街做事，还有到长冲的，范家店的，反正留在村里的人都是不得不留下来的，这次毛师傅带俊村见到的这个农民是杜芒的第三任丈夫，这个男人正坐在自家平砖房的门口，毛师傅跟他熟，为他修过车，那辆摩托车就停在门边上。那男人姓高，姓高的拿出一条凳，让俊村坐。毛师傅把摩托车架子支着，就靠在车上。毛师傅跟姓高的说，俊村是从双河镇来的，要前往赵家村，他到十头小街来打听你们家杜芒。姓高的看着俊村，独自抽烟，俊村注意到他的脚十分不便，走路有些跛，毛师傅也问他，你脚怎么了。姓高的说他才从浙江那边回来，在干活时受了点伤，是冲金属件时碰上的。毛师傅没再问，俊村对姓高的说，就是我来打听杜芒。姓高的说，这里人都晓得她，无非是吹啊，上上坛什么的，死了也就没那回事了。毛师傅有些后悔把俊村带来，这时姓高的回屋里去拎茶壶，出来时，他裤腿向上拎了拎，坐下来之后，有几只苍蝇先是在地上的茶壶上边乱爬，然后往他裤子那边绕。姓高的把裤脚卷高些，露出了脚踝，一开始没看清还以为是块疤，俊村仔细看，才发现原来是脚踝的骨头直接露了出来，皮肉往两边掰着，难怪苍蝇要往裤脚里边飞。姓高的在赶苍蝇，毛师傅问他怎么伤这么重，姓高的说是铁件铆钉别的，差点断了，踝骨向背上翘起，像饭店里经常坐在门外的狗的那脚，俊村有些看不下去，就问他这么辛苦能挣多少钱。姓高的说一个月千把块钱，要是在种地，一年也得不上一千块钱。姓高的白生生的骨头让俊村难以问杜芒的事了。心情都在这家伙的骨头上，看来真不容易。姓高的跟俊村说还是你们在镇上好，钱好挣，又不要去打工。毛师傅也支持他这种看法。毛师傅进了一趟姓高的家，出来时，拿了药，交给姓高的，姓高的咬咬牙，疼痛不停。这时俊村在门边上转悠，他忽然发现在门外廊沿上挂着一只花包，以前他在县城见小姑娘背过，很漂亮，就问姓高的，这只包在哪买的。姓高的装作没听见，毛师傅也过来看那只包，挂着，太阳照在上边，毛师傅也说好看，并小声讲，怕是偷的。俊村倒不相信。姓高的刚上了药，转过身来，看着他们，见他俩站在一只小包下私语，就喊他们不如到家里坐，叙叙。毛师傅把姓高的搀回屋，俊村在外边晃了一小会，才进来。屋子里没挂杜芒的遗像，他问姓高的，怎么杜芒死了两年，你也没再娶啊，姓高的说，算了，还娶什么，挣钱要紧。卧室里肯定还有人，能听到响动，但那人不出来。毛师傅跟俊村不好打听。在正面的案柜边上翘出一只喇叭，铜的，俊村过去摸了摸。毛师傅问姓高的，杜芒死了两年，她这喇叭你还要留着的啊。姓高的说，我才带回来的。他说完这话，脸白了一下，起身到厨房那边去了。毛师傅跟俊村互相看了一眼，带回来的，从浙江买喇叭带回来？毛师傅从厨房门口跟姓高的打招呼，说要走了，姓高的坐在水缸边不做声，真奇怪，俊村伸头看了他一眼。

7

姓高的作为杜芒的第三任丈夫，显然他的生活过得很不如意，虽说在浙江打工，最近因为春耕的事回来，但他受伤的脚踝露出白骨还是令俊村感到十分可惜。和毛师傅从姓高的马梗庄下来，毛师傅接到一个电话，说是在官亭街那边有人要找他送配件。摩托车烂在石桥上走不了了，毛师傅走后，俊村开车过十头小街，这次小街中心远远地有人望见他，那个姓汪的和他的七叔都在，大家把街正中堵了起来，他看见姓汪的身后跟着上次打他的那个闲汉，闲汉手里握着拖拉机摇柄，他躲在人群后边，但俊村还是看出来了，他放慢车速，把头从车窗边伸出来。七叔上来打了他一巴掌，七叔比父亲年纪还大，俊村没敢还手，七叔上来打他，姓汪的也就不好意思再动手，他示意后边拿摇柄的那个闲汉不要动手，并且在七叔耳边嘀咕着什么。幸亏还有另几辆车子从对面开过来。俊村的面包车才得以侥幸开过十头小街的街心口，然后向东过一道桥洞，向东边双河镇冲回去。这次回去，先到网吧找青岛神聊。他问青岛具体的年龄。青岛说女人的年龄从来都不曾公开的。俊村还想问，青岛却在另一头说，怎么像一个农村人一样刨根问底。俊村只得作罢。俊村告诉青岛今天又去赵家村那边找杜芒，结果被七叔给打了。青岛说，你管什么七叔七叔的，找女人算账，跟这些长辈有什么关系呢。俊村说，七叔他跟我很陌生呢。我也不知道这些人尽护着杜芒，这女人吹拉弹唱，在农村怎么过几十年呢，尽是上坛，搞迷信，而且还有那么多人，追随她。青岛说，女人总有神秘之处，值得为人追随，你不能上当。这次俊村没跟青岛久聊，下线之后，到父母家。俊言刚从镇政府开会回来，顺应他爸爸口气也质问俊村为什么老往赵家村跑，老家已经有人传话过来，说我们家到镇上这么多年，从不曾引什么事回来，怎么这次惹起了一个吹喇叭的杜芒？俊村已经跟父亲讲过了他的意思，在农村那套完全是瞎闹，到十头小街寻访几个好朋友，有什么不对，俊村把毛师傅也搬出来讲。俊言狠狠地批评俊村如果再传出在小街那边闹事，那他就不客气了。俊村没跟俊言吵，说自己的事不用他管。俊言也火了，说他偏要管，这涉及老家人对咱们的看法，我们既然已经到了镇上，就要让别人明白我们跟他们有所不同，不说给老家忙点好事，反倒去捣乱，有什么好。俊村实在挨不住俊言的批评，才说起为的是查早年姐姐的事。俊言一听俊村把姐姐也搬出来，他对俊村说那是多少年前的事，那时你还不懂事，你现在打听这干什么。父亲即时劝两个儿子不要吵，防止被他们的母亲听到，母亲正在外边跟邻居玩呢。俊村溜回到自己的百货店。小郑把店面收拾得很干净，等他回来，就跟俊村讲要补进哪些货，还说今天有人来要她代销空调，问俊村干不干。俊村说，只要不垫钱先卖，包退就可以。小郑说她也是这个意思。小郑穿了白衬衫，外边的夹克是半西服式的，很可爱，小郑的手机铃声也比他的好听。俊村就问小郑自己是不是很老土。小郑说，一点也不土，镇上夸你的人不少呢。夸什么？俊村问。小郑说，说你会做生意，够义气。小郑给俊村留了个很有味道的眼神。俊村有些急，但又张不开口，不好跟小郑说他这些天到赵家村调查他姐姐童年溺水的事，小郑还以为俊村有什么隐瞒，只是对他笑。

8

哥哥俊言通过在县农业局工作的一个朋友为俊村介绍了一笔化肥生意，虽然是同双河镇上另一家有钱的商户一起经手的，但一个月下来，俊村还是狠赚了一笔钱。俊村为了对俊言的好意表示感谢，特地买了好烟好酒，到哥哥家去了一趟，还给了小侄子两百块钱。这次嫂子仗着俊言为俊村介绍了生意的大好时机，向俊村施加压力，要俊村同意跟双河镇政府一个新分来的打字员认识，俊村当场不好拒绝大嫂，但大嫂脸皮厚，硬是要俊村答应，俊村只好摆出他一贯的作风，跟哥哥嫂子再次急起来，为什么我非要有老婆呢？俊言劝他老婆不要跟俊村啰唆，这事还是他自己拿主意的好。俊村赚了一笔钱，心里也很高兴，他跟小郑开了个会，让小郑帮他多管管。最近马上要到忙农活的时候，四处的农民少不了到双河买那些农资用品。他问小郑能不能到县城去搞些货回来。小郑说，行，但到底弄什么，要由你来定，再说还要筹点钱，不然那货拿什么去进呢？俊村算了算，好像还是有些周转金，跟小郑一起算了一晚上。第二天，天晴，双河镇外边的田野已是紫英草遍地盛开，蜜蜂轰鸣，大地一片繁乱的样子。俊村又借了田朋的面包车，他要到赵家村那边去，因为前次跟毛师傅在电话中说了，常到十头小街去玩，即使查不出什么所以然，也算是见见老家人，见见儿时的朋友。这一次，毛师傅也有重大发现似的。他跟俊村说，要是十头小街有人想欺负你，我介绍你认识一个人，叫老康。中午，俊村跟老康见了面，就在毛师傅的修车铺里，老康是个电工，讲话口气很硬，似乎不把双河镇、县城这些东西放在眼里边。毛师傅说老康到南京和福建打过工，带过施工队，在外边是打过天下的。俊村说自己在双河，开了个小商店，没出去打过工。老康听俊村被十头小街的姓汪的欺负过，很为俊村生气，说要是早找到他，别说什么姓汪的了，就是村长、县长他照样不放在眼里，敢动我的朋友么。俊村听老康讲话这么硬朗，好像腰杆硬了，于是跟老康讲起自己童年时代早死的姐姐一事。老康对这种早年往事没什么兴趣，只是打哈哈敷衍。于是，俊村讲起小时候都谣传是杜芒干的，是杜芒把他姐姐推下水的。老康听俊村提到杜芒，这才问毛师傅，你怎么不跟我讲杜大姐的事，怎么不讲他要找杜大姐。毛师傅放下钳子，憨笑着说，杜大姐不是死了吗？我也没讲，没提了。老康这时跨出门，冲屋里的毛师傅直挥手说，要是提杜大姐，这事我就不管了，这谁跟谁啊，杜大姐的事，以前我也讲过，那就是我的事。俊村追出门，问老康。老康，你能不能帮我打听打听。老康没回头，只是操了几句，你这瞎了眼的双河人。俊村被老康骂了，很气恼，跟毛师傅说，你怎么介绍这么个人跟我认识，我看他是个脓包。毛师傅把东西修好，跟俊村出了个主意，说不如去请那个姓高的吃个饭，灌个和气，以后，你也别再打听杜芒了，那个姓汪的前几天还说要宰了你呢。俊村说，也行，请他吃个饭吧。

9

由毛师傅出面，请了那个姓高的，姓高的也不知道得了什么风声，居然对双河人俊村连同毛师傅都有些瞧不上了，尽管他的脚踝在浙江被打出了那么惨烈的光景，他却在应约前往和平饭店之后，对那些进出饭店门口的农民们吹嘘起自己在浙江的事情来。至少现在被一个双河人请进了十头小街一家上了档次的馆子而喜上眉梢，已因为姓高的如此的反常反而站在中间为俊村充当老好人的毛师傅觉察出一丝寒意。而此时离吃饭还有两个钟头，厨房还在忙菜。俊村恰可以到那个本家人所开的铁皮店，他的七叔威胁俊村在十头小街再闹，就不仅是个人名声了，赵家人不答应了。俊村本来就是听毛师傅安排，要来和解的。那个杜大姐是什么人？

现在来打听？现在才想起二十多年前的事？有什么用啊。七叔的话还是让俊村稍稍灵通了些。而饭店那边的毛师傅很快到铁皮店里把俊村拽了出去，说那个姓高的在饭店等着呢。毛师傅的意思，既然有这么个吃饭的机会，还不如再请一个人。俊村猜这是为他好，还是毛师傅了解他，不能白请人吃顿饭，还要在吃饭时捞出点东西来。毛师傅要请的人姓林。这个姓林的便是杜芒的第一任丈夫，也就是二十多年前那段时间的丈夫。姓林的前些年也在外地打工，这两年年岁大了，在外边干不动了，就回来，是个好赌钱的家伙。于是中午十一点，那个姓林的和姓高的就都坐到了由俊村出面请客的和平饭店里了。和平饭店老板也晓得今天是俊村请客，也知道这个双河人以前就住赵家村，现在请杜芒的第三任丈夫和第一任丈夫，前些天也听说他在十头小街打听杜芒的事，看来请客有道理。街上还能传出什么杜芒的不是呢？毛师傅跟十头小街上的另几个朋友打了招呼，说今天双河的朋友在和平饭店请吃饭，千万不要闹，毛师傅在十头小街修摩托车，人们还是尊重他的。姓林的说那时杜芒常到你们村去，在你们村熟人太多了。他甚至说出了俊村爸爸的名字，这证明杜芒那时至少跟俊村一家也是熟悉的。反倒是第三任丈夫，那个姓高的没话头，风头都被姓林的占了，也难怪，姓高的年纪不如姓林的大，况且是第三任丈夫，当然比不得姓林的更权威一些，但说到他是第三任丈夫，是现任的，即使杜芒死了，他也是最合适她的人，所以一端起了酒杯，格局也就清晰了，经毛师傅把俊村来十头小街查杜芒是为了解他儿时姐姐夭折的事情一说，那个姓林的便笑起来，说原来这么回事。其实也没什么大不了，难道杜芒还真有心害人不成。姓高的也表示杜芒是绝不会干那种事的。两任丈夫，两个地道的农民，都还是诚实人，尤其在饭桌上一坐，哪还能隐藏心里话。姓林的跟俊村说，他记得俊村姐姐的死，怎么不记得呢，太记得了，死一个人那么轻松，谁不惋惜，一句话把俊村给说得心酸了，不过，如果不借酒力，现在这帮子人，却是几十岁的，说起二十多年前的事，也还真是有点难得。姓高的说，过去的事能记得就都讲讲，看来，这些人都是真诚的。姓林的说，你要是真信谣言，也不怪你。俊村忙问，谣言，我那时小，现在是回想起来的，所以就常来打听打听，真不知道她是去了世的。姓高的有些哀痛，姓林的毕竟跟杜芒分开了不少年，也就没那么伤感了。姓林的说，你姐姐那时真是小，只有桌子那么高，死了后，你妈找的杜芒，杜芒吹的曲子，做了个超生的小式样。俊村听得很认真，跟姓林的干了几杯，姓林的又说，杜芒讲是上天把你姐姐推下去的，说是命。至于后来传的是杜芒她把小孩推下水淹死，也可能是她讲的。俊村问，她为什么要讲自己害人呢？姓林的独自喝了口酒，接着说，杜芒在上坛，在做法事时，什么话不敢讲，是老天推的，乱晕晕的，烧纸、吹喇叭时，她就是上天，她就是那个干一切坏事的人啊！她是把一切不幸、一切坏事都揽在身上的啊。姓林的红红的眼珠子盯着俊村。俊村明白了些，想来也讲得通。杜芒收人钱，给人办超生，吹曲子，丧葬或迷信，也都是图个形式，悲痛的又何止是亲人，杜芒她不曾好受过。姓林的讲着，就哭了。姓高的没说什么，他偶尔把脚支到凳子上，露出他的受伤的白踝骨，一边喝着酒，吐着酒精气。喝到三四点钟，都喝醉了，俊村有些清醒，但站不住地，歪歪斜斜的。

10

跟平常在双河镇喝醉酒的情形不同，这次在十头小街的和平饭店喝得如此之多，但却没有在镇上酒后那种肆意妄为的轻松，因为那几个一同喝醉的农民，包括姓林的、姓高的，以及后来加入其中打过俊村的那个姓汪的一帮农民在内，都是在红脸的同时，呆若木鸡，迟钝地端着酒杯，他们说从来没有被人在饭店里请过饭，这是第一次，这让俊村反而下不了台，既然姓林的把杜芒跟早逝的姐姐的那些事都已经说了，现在想来请这一桌酒也颇有些价值。醉得不行的俊村由于无法发作，难以解出酒气，便要硬闯出饭店，毛师傅使劲劝阻，却也不起作用。俊村上车发动，毛师傅坐在旁边，毛师傅只修过摩托车，没开过汽车，不懂得现在怎样弄俊村。俊村也就仗着酒气，在十头小街开车往前冲去，后来就刚好撞到了快出十头小街的一棵树上，车头扁了。前边的挡风玻璃也坏了。这让毛师傅气恼不已，因为俊村的脸被玻璃刮破，鼻子上也有道伤口，这才使得俊村惊醒了过来，也是后悔不已，但却不愿卸下面子。仍是在街上狂吹。毛师傅问俊村怎么办。俊村说你打个电话，就会有人来。毛师傅按俊村说的拨了个电话，原来是小郑接的。毛师傅也不知道对方是什么人。他只说俊村在十头小街开车出了事。那女的问了问，就说尽快赶过来。在小郑来之前，毛师傅把俊村扶到一个卖水泵管的铺面里坐下来，原来那里边的人也是跟俊村读过一所小学的，跟俊村哥哥俊言还同过班，这又让俊村更难堪了一些，因为现在不谈什么杜芒的，俊村也只好跟着这几个人胡乱地讲起这些年各自的经历，真有时间苍凉的意味。那晚，俊村还是吐了，然后歪在椅子上不省人事。小郑和田朋是什么时候从双河赶到的，他一点都不清楚，等他再次醒来时，已经回到双河，住在自己家里，夜已深，小郑坐在床边的高凳上，望着他，俊村的眼睛是一点一点睁大的。看到了女人，极力地认，却认不出来。他发现自己只穿着内裤，其他衣服已经扔到厕所里了。他看清了是小郑，有些意识，但一回忆，依稀记得她扶他，他手乱划着，支舞着，口里喷着乱语。小郑架着他，他甚至捏着她的腮，问了一些乱七八糟的问题，但具体什么样的形容不出，现在酒意未醒，但头脑却清醒多了。小郑望着他，他发现小郑这姑娘真是不错，雇来给自己开店，跟自己一起出入、生活，这么多天，几年以来，她很勤快、仔细，而且是有问必应，是那么的沉静。俊村伸出手，小郑还是坐过来。他的头有些疼。小郑于是在他头上按了按，然后他拽过小郑。小郑推了一下，但终没有他的力气那么大，便倒了下来，在他的旁边，她的脸那么红，而且烫。他解开她的衣服，静静地吻在她温暖的身体上。第二天，当俊村醒来，发现床单上有殷红的血迹，还没干透，有些湿。他想小郑真是个干净的姑娘。他头疼好了些，来到店上，小郑在卖货，秤白糖。见俊村来了，找给别人零钱后，给俊村泡了杯水，俊村坐在柜台后边的木椅上，看小郑进进出出，小郑的脸红极了。晚上，当他快走到军山网吧时，决然地退了回来。回到小店，拉上小郑的手，他把小郑带到他父母那。母亲见小郑和俊村一起拎着东西来，一下子明白了儿子的意思，再看小郑的脸，红得像门对纸，她高兴得不行。俊村问他妈爸爸去哪了。他妈说，今天是清明，他们回赵家村扫墓去了。俊村跟小郑相互看了一眼，俊村只叹气，原来自己从不曾陪父亲回去扫过墓。九点钟时，爸爸和哥哥俊言进了门，大家都望见俊村跟小郑一起来的。父亲一下子也明白了，他母亲更乐在其中。但父亲没有母亲那么高兴，想必他是在扫墓回老家时听到了关于俊村在十头小街的事。俊言把俊村拉到父母卧室，俊言用手抵了抵俊村鼻子的伤，对他说，看你干的事情，在那种地方喝什么酒。俊村掏出烟抽，俊村想把姓林的讲杜芒的事情讲给俊言听。俊言直挥手。他说，今天已经给姐姐扫了墓了。每年都扫，只是你不知道，你是老二，在我们赵家，只有长子去扫墓，每年都是爸爸带我去，我们没忘她，她的墓小一些，但靠在一棵松树边，她好好的。俊村说，知道了，在爷爷奶奶坟边不远，是吧。俊言说，是的。

艺术之死

关肃死的时候，他还不能代表艺术。可以说他的自杀于世无争，轻若鸿毛。在当时，除了少数几个人表示震惊，他的死也就潦草地收场了，不过，事情在后来变得复杂起来，这一切都是由于选锋造的反，这世上先有了关肃，后来才有了选锋，选锋对关肃来说，是一个隐蔽的人，他崇拜关肃是源于他读过关肃的诗，这样，关肃的死对选锋来说便是不可宽恕的了，关肃的死有关朋友和报纸作过相应的解释，大致是在一个四月的黄昏，在一个火车小站前方两百米的铁轨上，关肃是温柔地躺着，后来火车开过去，他就完了，城里的朋友们帮他收了尸，并在一些刊物上写了悼文，表面上大家试图记住他，其实活着的人都相信必须遗忘他，在他去世那年，艺术是严肃的，大家还不敢轻易就把他的死归于艺术范畴，仅仅觉得那是一种影响。其实，那一年我国经济已处于腾飞期，人们在谈及他的死时，惊讶于他的清贫，以及在性生活方面的保守。就艺术成就来说，由于他不会做人，沉默寡言，朋友们普遍认为他有可能取得成就，但当时并未取得，似乎把这种失误归结为生不逢时。总之，关于他的一切风言风语，选锋都了解到了。他像一只闷罐子，那些东西在里面晃。慢慢地，他开始接触关肃以前的小圈子，不知怎么，别人还真把他当回事，在他的死这个问题上，他很快就树立了权威，他让人相信他对关肃的死负责。所以这次与艺术并不遥远的甚至可以说是艺术方式的自杀也就变得实质了。选锋很轻易地吸收了各种消息、谣言、感想和猜疑，他在关肃的死上，变成一个资产者，积聚知识资本，审时度势，把关肃的死向纵深方向推进。我国经济进一步发展，以前关肃所关心的问题现已得到解决，而他以前的朋友纷纷变异，既捆在艺术圈中，又向外谋事，日子好过了，他的死，不仅没被遗忘，相反成了口头禅，人们把关肃比为天才，一切人与之相比，都成平庸的了，而别人能看出他的天才，那说明时代进步很快，关肃仅仅是去世那一个年份的天才。所有这些变幻莫测的新的怀念方式和总结性的态度，都在这个关肃之死的资本者手里兴奋地运行，鼓动人心。不过，如果我们一味把他的死与艺术的损失挂钩，那倒没什么意思，选锋的潜在想法是他的死不但没有使艺术受到伤害，相反他加聚了艺术的力量，使艺术在死亡这个方式上凶狠地生长，从他的坟墓上长出来，伸向空中，惹人喜爱。艺术是什么？是不是只能是被他怀念的那部分？显然不是。假如当初关肃批评过一个同行，那么这个同行如今的毁灭也必然是艺术进步的意义上的，如果当初关肃羞涩地与哪个姑娘在燕山脚下睡过、弄过，那么如今这个堕胎的妇女也必然是艺术地反思当初关肃的性能力，所有在今天看来反常的现象都与那时关肃表现出来的精神操守有关。他的热情、沉默、追求和记忆，都在选锋的权威性的观察中浮出他的死亡原因以外，不必再去追究自杀的谜，而是利用这个谜，吸附更多的不明真相的人，使他们产生怀疑的兴趣，使他们把艺术当成死亡的生长，从那些他曾走过的路上如何长出新的草根，蓬勃向上，孜孜以求。

为了彻底把关肃的死据为己有，完成崇拜的任务，就模仿他的灵魂，按照他那一贯的作风，甚至理解他思想中那些黑暗的部分，假如他继续活着，他能怎样？对，假如活着，他也只能像选锋这样，把自己以前的记忆、名声和敢于死亡的勇气当成个人的资本，并不断吸收另一些假想的艺术天赋，如果可能还要对社会提出更多的不满，反正，在个人意义上，自己是个权威。选锋想到了作为天才的关肃被自己模仿到的那个部分，那就是沾着艺术的边儿，从死这个方式上开始，全部挤进艺术方式中，表面上反对那种艺术损失，其实，为那种损失作出弥补，让每一次怀念、调查、对余生者的访问都当成在艺术上的觉醒，并觉得自己因为认识了天才，而急剧地膨胀、上升，像一只气球，飘在燕山上。在关肃以前描述过的燕山山脉上，看着那些小麦、黄土、沙石和风向，吹向北京以外，而在每一处冷漠的房子里，关肃的朋友们正在饮酒、思考、做爱，关肃的照片、关肃的形象都变成他们丢都丢不掉的东西，每逢他们进入痴狂状态时，他们总爱在女友的耳边低语，多亏了关肃，使我们发现活着总比死掉要好。为了他，我们再做一次吧。选锋想，他们都是疯子，只有自己是清醒的，珍惜每一分每一秒，搜寻那些即将消失的记忆，这些记忆只要从茫茫时空中找出来，装进自己的脑袋、日记本和书中，就会变成个人的财富，就会在一百年以后的清明节的扫墓中，让自己的后代代替自己对关肃发表唯一正确的意见，这里不存在不朽、永恒、奉献与真理，仅仅是关注现实，是把关肃死后的现实变成对关肃有意义的追忆，不能让关肃变成无产者，那是不可思议的，既然他生前酷爱艺术，置一切于不顾而献身了艺术，那么他必须在死后使他的灵魂为精神的再生供出应有的力量。选锋相信，假如他的手还能动，那一定会在选举中举起，如果下身坚挺，那也会生儿育女，他的现实能力都应在死后的证明方式中得到加强。选锋挨门串户，告诉别人自己就要离开这个小地方，他要到北京去，到关肃生前最后生活的那个地方去，他要把他的死弄得一干二净，给其清白。既然他已经死了，那么再不用担心歌颂他的人数之少了，现在如果谁还崇拜他，不如崇拜选锋，因为选锋到了北京就会深入研究下去，第一步就是把艺术和关肃作一个临时性的分别，他不但不能代表艺术，相反艺术不是天才的全部内容，艺术是天才虚弱的表现，他太虚假了，死于艺术还不敢说，还不敢指望别人来评论，其实他必死无疑，艺术仅仅在他死后才产生，是在选锋这个方式上产生了，不信，死神可以作证，选锋为了关肃的死，付出多么沉重的代价。

走出北京火车站，熙熙攘攘的人群令选锋讨厌。他的两个大学生好友，现在一个在电子信息部就职，一个为自由写手，专门在出站口迎接他。选锋大致向他们描述了他的来京因由。这两个同学一听他讲，不由得吓了一跳。怎么，选锋不知道，关肃死了整整三年了，现在你再了解他，找别人了解他的生平，你有病？选锋说，我离开北京久了，确实没那么敏感了，但毕竟我在北京读过书，读过关肃的作品，现在回京了解他当初的生活有什么不对，再说他还未扯出艺术的旗号呢。三个人在出租车上互不做声，大家都在吸烟。还未到终点，这两个老同学便各自扯谎下了车，把选锋一个人抛在车上。出租车一下子开到北京的效县延庆，车费是两百六十元，选锋毫不计较。他在车上早已迫不及待，想到延庆县边的燕山余脉那儿去，以前朋友们都说关肃整晚整晚地坐在那儿，听狂风吹荡麦地的声音。如今，当他自己坐在那，闻到了阵阵粪味，泥巴一点也不亲切，虽然远近的山景都分外摄人心魄，可他无法进入当初关肃的世界，不用说艺术，就是连点美感也找不到。这一点，令选锋难受，但并未动摇他调查关肃的念头。他费了很大力气，才找到在某些文章中提出的关肃生前所任教的那所高校在延庆的住宿区，按照抄在日记本上的号码，找到了那道门。选锋猛然有些激动，他很害怕去敲门，比如他在敲门时，是否会跳出一条狼，撕咬自己？敲门之后，一个非常年轻的女孩来开的门。这个女孩一听说来人是找多年前去世的诗人关肃，显得分外热情，不仅把他让进屋，还主动穿好衣服，戴上眼镜，与他聊了起来。女孩名叫尚晓帆，现在某文化报当干事，听她讲，她自认为自己与关肃之死有关，不过，选锋能听出她的话并非完全出自自愿。后来，尚晓帆让他明白她为了争取能住稳这间死者的房子，提前与她的男友登记结婚，办好此房的契约。而她的男友，据她讲，并不知道她如此与关肃直接相关。选锋把他的笔记本掏出来，问道，第一，请问您最后一次与关肃相见是什么时候？她说，三年多了。那么我再请问，你觉得关肃的精神有问题吗？她说绝对没有，他是一个非常具有天才的人。直言不讳地问，干过吗？她说，我们怎么说呢，算是吧。这怎么说？她说，有一次在一个聚会上，他的脚顺着我的腿肚子勾上来，一直够到我裤裆，把我的短裤边缘挑起来，用大脚趾头碰到了我的那个，不巧，并未太久，有个人低头到地上找笔，看见了，他收了回去。那以后，没找机会了掉这个心愿？选锋问。尚晓帆讲到此处，已情绪激昂，她说，可后来我马上就不是个处女了，我和一个很有力量的男人搞了，再说那时别人都谣传关肃身边有个特殊的女人，凡是他再去碰的女人，她都不放过，那个人是了不得啊。选锋的笔在本子上飞快地记着，他写到，某女，有很强的实力，据尚晓帆反映，几乎控制了关肃。并在实力二字下加了着重号。尚晓帆在说话时，脸慢慢变红了，她向选锋靠近，假装要看他的笔记本，其实她已无限地惆怅了，带着伤感语气说，你太像关肃了。选锋机灵地站了起来，假装很怀疑地问，我长得像关肃？尚晓帆也站了起来，说，你简直可以与他抗衡，不是吗，你以为你来研究他，是出于自愿，我认为你是他的鬼！说完，尚晓帆翘起一条腿，把她的丝袜向下掀，叫道，当初就是在这个地方，留下了他大脚趾的印子，告诉你，我爱他，你看吧，现在房中的一切都按照当初他临死前的陈设摆放的，在每一个夜晚，在感觉中我都抱着他，告诉你，你也可以告诉别人，我对他的爱已不可否定，谁也没有权力。选锋说，那你是否疯掉了。不，我没有，她说。激动了很长时间，这个女人才安静下来，她拎来茶壶为选锋沏水，选锋趁机在客厅拐角的橱柜里看书背上的字，果然有几本是后来别人纪念关肃，而为他出版的选集。选锋没敢去拿，其实那些诗，他自己也很清楚，是关肃个人的艺术。选锋在她坐下来时，对她说，可我这次来不是把他当个艺术家，我是想知道在他死后，他到底怎么了？这话怎么问的，他死后能怎样，比如什么？她问。他说，比如他的朋友、性伙伴、同行，甚至还有敌人，他们拿他怎么办？她说，这是政府的事情。不，选锋反对道，政府并不关心关肃，因为关肃被别人误解为艺术而献身了，所以必须改变这种看法，我这次来京，就是为了让人们明白所谓的艺术并不起作用，在他自杀这一点上，艺术是零，正是他死后，才有了艺术，他死后，也才有了你我。那以前的我呢，以前我与关肃的乱搞呢？尚晓帆问。选锋说，那时他也许是个流氓，是个无知，或者他伪装成一个艺术者，他的良心在死后才苏醒，你不认为他死后，你变得有点才华了，住上了当初偶像的房子，并在此房怀念、做爱、戏仿与手淫？尚晓帆给一个朋友挂电话，叫道，我这有个人公开诬蔑知识分子！

不论尚晓帆或者北京的每一个人怎么阻止选锋的观点，选锋坚持自己的看法，关肃必须是一个在死后才有所作为的人，而在生前，不管回忆的真实性如何潜进他的思想，他都认定在死后制造关肃的艺术，并瓜分了他。尚晓帆对选锋提到许多人，他们在关肃生前都与关肃有过神秘的交往，她认为他可以去找他们。选锋看着尚晓帆的腿，思绪翩跹，但内心几陷崩溃，在这死者的屋子里，到处都遗传着他的材料、他的字、他的气息、他的摆设方式，还有各种呻吟声，如果能变成一只苍蝇，那一定要吮吸尚晓帆手淫时黏稠的东西，并体味它们，如何在艺术蓬勃发展的20世纪90年代加固了所谓的现代化，按照新的忧愁方式怀念这位北京青年。两大杯酸奶，从纸袋子里倒进两只大碗，使人恶心极了，为了怕他热，尚晓帆逼着选锋喝下去，选锋喝完之后，两眼发昏，倒在沙发上，在他并未睡着之前，一只猫坐在他身上，他的裤子解开放到地上，他听到尚晓帆的歌声，如泣如诉，他的下身又痒又痛，好似被什么东西捆住，而喉咙里又卡着别人的东西似的，尚晓帆把关肃的选集堆在沙发扶手边上，书香浸人。燕山的大风在屋内也能听清，他想走，可无力拔步。后来他去洗了个澡，浑浑噩噩，不知彼此。后来就喝啤酒，尚晓帆欢迎他来京，冒充死者。他说，我们都已经死过，不过我们记住那些重要的句子。选锋随口背了起来，大约到一点钟，尚晓帆的男朋友回来了，选锋本以为那个人要打他，可这个男友非但没有打他，还一起加入狂欢的行列。原来这男人也是关肃的崇拜者，他们围成了一个圆。经尚晓帆提示，这男人也相信选锋与关肃极其相像，这时选锋才明白为什么自己能成为关肃之死的资产者，原因就在于关肃留下一个外在的伪装者，在他死后，继续关注艺术界的风声。那晚，他就住在死者的屋子里，可以说彻夜不能成眠。不论另两个人如何反映死者生前的曲折经历，选锋都觉得作为一种艺术，那时关肃还不能成为一个名人，因为那时他只能死去，而值得庆幸的是选锋他活着，他埋伏在余生者的行列中，不仅怀念他，谙熟他的“艺术”，还与之相像，加上盲目的崇拜与生硬的模仿，他已不容否认，成为新的权威。选锋这样想的时候，他就胆子更大了，当着那个男人的面，摸起了尚晓帆，尚晓帆赶快去抹口红，并把朱红的唇印在他腮上，他感到自己成了宠物，那个男人坐在对面眼前闪烁着欲火，他说，我真想看看你们怎么干的？尚晓帆说，你看，他出卖我了，不是吗？男人这才惭愧，赶快解开双手，把尚抱了进去，在外边，选锋听他们莽撞的声音，他们每动一下，他就把关肃选集翻过去一页，最后，关肃的照片出现在末尾，并印上一句话，后来居上。什么意思？选锋窜到里面，这两人已抱死睡死，怎么也分不开，他感到想哭，扑在他们身上，抱着他们，他想，假如关肃，他一定在说，我的人民啊，快觉醒吧。

清晨，太阳还没有跃出云层，地面有一种淡清的白色沿着麦地的土埂一级一级地向燕山的山冈爬去，浸染着记忆。选锋裹着那条大毛巾，看着东方出神。不一会儿，尚晓帆急匆匆地跑过来，她说自己在晨练，闭口不提与关肃有关的情况。选锋对尚晓帆说，我知道他生前学习过法律。尚晓帆这才冷漠地说，可他一点也不热爱法律，他是个艺术天才，我们已订好条约了，记住他是一个逝去的艺术天才。尚晓帆蹦着、跳着，这儿离学校宿舍区已有一华里左右，选锋观察她的背、屁股还有大腿，他感到很熟悉，就怀疑地问，昨晚我俩发生关系了吗？尚晓帆马上翻了脸，停止蹦跳，对选锋严厉地说，别玷污他！她言下之意，她是关肃的人。她问，你要在北京待多长时间。选锋说，恐怕我再也离不开北京了，他的事情才开始呢。她说，死了都三年多了，才开始？假如我有冒充的权力呢，假如我的艺术天分得到了启示呢？选锋问。后边有更多的学校老师和学生在山边锻炼，他们根本不把燕山当成诗人歌颂过的地方。尚晓帆说，你吃过早饭就到城里去吧，你去找一个叫屠南的人。他是关肃生前的好友，而且他对以前的人都很熟，不过你千万别说是我叫你去的，你就冒充是另一个艺术天才，是关肃的鬼。选锋用毛巾在脸上擦了擦，此时太阳已升出云层，万丈霞光照耀着燕山的一角，没有风，没有方向，北京就在不远处，但北京如此巨大、沉重，即使找到了屠南，又能怎样，他会使自己变得更权威？他会承认自己的天赋，并不比死者的差？于是，他急切地背诵关肃所有的诗，并把以前别人纪念他的短文全部在心中温习一遍，他有些飘飘然了，他想完全进入关肃的世界并不困难，特别是进入死者遗留下来的这个布满阴谋的世界更是趣味无穷，在别人看来，自己是在冒充死者，包括对死者的模仿，而事实上，冒充者的生长与当初死者的遗愿如出一辙，那就是继续关注艺术的风声，继续生长。他坐上开往前门的班车，车上坐着不少人，大家互不熟悉，死者生前也一趟一趟地坐这种公交车，到城中心去找那些人，现在选锋去找屠南，会让屠南兴奋起来，至少死者并未完全死去，活着的人不能绝对安宁。

这大约有五十华里的公交线路上，选锋忍不住还是抽了四根烟。窗外的风光令人觉得可恶。很快，找到了屠南，屠南刚要出门去外边，于是他俩就在街上开始了交往。屠南很干脆，他说，现在我回忆起当初关肃的行为，就觉得他的感情占了上风，而只有感情才算是真实的，这世上哪有真理可言，他不就是为真理而死的，他不就这样抛弃了我们？我懒得再去管他了。选锋听了很不是滋味，问，那么对这样一个有感情的人，你们反而没有感情了？屠南去了市场之后，又去了邮局，选锋一直跟得很紧，寸步不离。我想了解他的生平，特别是他死之前，他都做了些什么，你总不能说他仅仅跟真理过不去，就自杀了吧，选锋问。屠南细心地玩着手上的邮政回执，意味深长地说，虽然他那时不成熟，搞不清楚艺术在现实中的妥协，但毕竟，他结束了艺术，把艺术天赋给毁了，在铁轨上做成了肉饼，真让人气愤，完了，你听懂了吗？选锋啃着刚才买的苹果，觉得屠南非但看不重关肃的死，而且还憎恨他的死，憎恨他毁灭了艺术。而选锋冒充关肃对他说，我们才开始，我开始了，关肃也开始了，艺术才开始。你不觉得，在你的心中，他在起作用；在你的面前，我在起作用。屠南感到这玩笑有点荒谬了，吃惊地驳斥道，怎么，是你，在我面前起作用，你是谁呢？写传记的调查者不是吗？选锋认真地说，说我是传记作者只讲对了一半，其实我不是写他的传记，我是感到他仍活着，从他死开始，才活了起来，那就是我，你需要我通过背诵或解释关肃的诗来证明这一点吗？屠南想吐，捂着胸口，靠到博物馆的墙上，问，怎么找到我的。选锋答，通过回忆。替谁回忆？替我自己！那你已冒充他三年了？他问。选锋说，我想是的，他开始了新生，得到了艺术自由，全部的，而不是少量的。不知为何，屠南收敛了自己放任自流的态度，深沉地压住嗓子，鬼魅地说，我真的是怀念他啊，怀念他给我们带来的不朽的诗歌，那燕山、故乡，青铜，河水，还有女郎，还有他与我们共同的生活——消失了的生活。选锋拍着屠南的肩膀说，这生活可以继续。屠南耻笑他的无知，这可能吗？艺术已经死了，死了好几年，关肃就是分水岭，在他活的时候，他就是艺术，他死了，艺术也死了。选锋一拳打到屠南的鼻子上，顿时红彤彤的血就流了出来，屠南用手去捂，周围有些人围过来，选锋搂着屠南，屠南失声痛哭。等人散去，他像个幽灵一样地说，在关肃死之前的第三个下午，关肃到他家楼下坐了半天，这是后来听别人说的，那么当时他一定有话要对他讲，可为什么没有上楼呢？是什么，使他这样？选锋当然无法作出解释，反正在他看来，那肯定与艺术无关，那仅仅是死亡之前的心理活动。他们一起去喝酒，并一直在讨论这个问题，关肃有什么话要对屠南讲，而屠南本身是什么玩意？根据本人口述，屠南是平庸的艺术者，可以说不懂得那之前的关肃到底在做什么。他有些后悔。而现在的选锋就劝他，对他讲那时的艺术是关肃伪装的，那时只要关肃还没死，那么他的一切活动都只是对艺术的猜测，死了，才发现他重要，才发现他隐隐约约地活着。这句话倒使屠南有点安慰，忙问，活在哪？选锋立即站起来，拍着自己的胸脯说，那就是我。屠南的眼里映着多重的影像，既像死去的关肃，又像活着的关肃，关肃已分裂了，这是必然的，这主要是因为我们对他的纪念没有起到应有的保护，他已被冒充者夺去，他已被某一个，或某一些活人变成了活着的形象，继续参与我们平庸的现实，打我们的脸！酒喝多了，屠南和选锋都有些醉，走路歪歪斜斜，两人只能相互搀着，偶尔脸挨着脸。屠南对选锋说，以前关肃就从这条路上走到我家来和我彻夜长谈，什么亚洲、中国低部以及海洋之女等等，他的论点是诗歌比生命重要，艺术比生命更自由。这观点是偶然讲出来的，选锋很有把握地说，现在再不能这么看了，他讲话的口气，俨然是批评他，他又略带诚意，伪装者口是心非，把屠南搞得晕头转向。但问题没得到解决，当初他对屠南在死之前想说什么？屠南回家之后收到一个传呼，对方在电话中听到屠南说现在有个人对关肃之死抱有权威意见时，顿时在另一方火了，叫道，怎么搞的，都死掉的艺术了，还能复燃起来，还能置我们于不顾，有这种人吗？选锋恨不得从沙发上窜过去，把屠南的听筒砸碎。谁，选锋在屠南放下电话时问。屠南说，四子，一个非常著名的艺术家。选锋嚷道，他不能超过死者，至少他还活着，他只有死了，才能跟关肃比赛，才能利用关肃，树立他的成就，现在谁允许了，至少我就不允许他这么强硬地对待一个来京的新的艺术者。屠南用手摸着瑞士军刀，对选锋说，你别再惹祸了，告诉你，四子如果知道你疯疯癫癫地造谣关肃和关肃的艺术还活着，他会杀了你的。为什么？选锋问。屠南说，他的死已经明码标价了，谁都认了账的，他的艺术是以遗憾被北京的艺术圈子定下来的，他之所以赢得纪念，是因为他没有取得应有的成就，活着时没有，死后也不能有，只有这样，才值得我们深切地缅怀。选锋还想与屠南打架，但屠南敢动刀子，选锋只好强忍愤怒，骂道，我一定代表关肃活得像个样子，即使死亡之谜永远解不开，我也不在乎，我可以比关肃本人活得更好，会把艺术创造活动开展得更有生气，不信，我从今晚开始就作诗，讨论艺术自由的玄妙问题。屠南的另几个朋友在晚饭过后到他家来玩，还带了保龄球模型。选锋一直坐在屋角，人们不理他，那几个人不像是搞艺术的，可能是一般的痞子，选锋就溜到阳台上。

这时四子来了，他一进来，众人都围绕他旋转，这给了选锋很大的压力。他问屠南，那个人在哪？屠南就把四子带到阳台上，当然四子没有动武，他冷静地观察选锋，出其不意地抱住他，低沉地说，请原谅我晚来一步，你真是一个愿意冒充关肃的人？选锋连忙说，是的。四子又说，但我知道你一定在内心有痛苦，替一个死者来北京不容易啊。选锋不明白四子怎么了，别人都围在窗子里面，阳台上的三个艺术工作者互诉衷肠。四子以为选锋确实太像关肃了，看着他，就以为他没有死，还活着，所以艺术才寸步不前，原因就在这，死者为艺术献身是假的，至少是不可能的，这不，这儿的选锋就证明了当初关肃行动的愚蠢性。屠南把那帮朋友赶走了。他们三个人来到陶然亭公园，那儿晚上游园的人比较多。四子说，你真像鬼啊。屠南说，不会的，他确实有血有肉。选锋对他们说，昨天才来北京时找到关肃生前的住处延庆的屋子，那儿现在住着一个女孩子呢。四子想了想说，屠南和我都知道，把死者的房子封起来是没有用的，许多北京青年都希望艺术永存，怀念关肃，因而像这个女孩以及许多相似的青年都证明了让关肃复活是有必要的，你说呢。选锋摇了摇头，叹道，昨晚我和她发生了关系。于是，四子和屠南立即就骂他，你怎能把艺术如此现实地下贱地送给她了呢？选锋这就奇怪了，送什么了？我完整着呢。四子在冰冷的石凳上磨屁股，说，关肃活着的时候就讲过，等他死了，还会有人为他说话，并且他说那绝不是上帝，看来这个人是你，而我们不愿吹捧你，你真有本事，硬是把一个死人从心里拉出来了。陶然亭里的情人们依依走过，柳条下垂，湖水纹丝不动，三个幽灵向死者敞开了心扉。

四子通过清华人文学院的两个熟人帮着打听，又转到社科院里的一个出版社，最后才找到尚晓帆所提到的那个女人的丈夫。丈夫本人是从社科院里调出去的一个迂腐，而他把电话号码告诉了四子，四子连忙拨通号码，果然一个女人接的电话，那是个一般的人，她说电话那儿是一个面粉店，这使选锋很失望，但还是打了辆车子，与四子、屠南一起赶到了位于宣武医院旁边的这家面粉店。这面粉店靠宣武医院很近，而宣武医院专治神经疾病，也许当初关肃为了解精神病到了这儿，并认识了面粉店里的女人。进了面粉店，才知道这店倒像个小型的加工厂，里面科室齐全，四子熟人熟路，向几个工人打听几遍之后，径直上了三楼，在办公室里见到一个风姿绰约的女人，屠南和四子猛然醒悟，原来是她！她就是以前关肃总爱挂在嘴边，并在某次聚会露出一面的杨劝。杨劝并未立即回忆出这三个来人中两个似曾相识的知识分子。三个艺术家见到杨劝都很激动，这女人看上去只有三十五岁，不过她的真实年龄可能四十开外，她的开衩到膝盖的黑裙子从侧面敞开来，可以看到大腿外侧的腿根，由于侧身坐着，她的第三只纽扣由于胸脯的弹力向外顶着，许多印有红字的文件堆在她胸前，而一把小梳子从包口向外露出，看来她很注意自己的形态。四子鞠了一躬，轻柔地问，杨劝，不记得我了？你是？杨劝温柔地问，似乎在尽力地回忆。屠南向后退了一步，拉选锋一把，让他一起往上去。杨劝见到选锋先是一愣，马上脸色就变了，好像被什么东西击中了。她用手拍了拍脑门，说，你看，我离开进修学院久了，都忘了你们这些优秀人才了，不是为了他来的？四子说，正是，我们今天带来了一个新的关肃。选锋发现杨劝的下巴向下倔强地勾了一下，她情绪很不正常，她说，别提那些孩子了，他使我的心碎了。选锋看出杨劝这女人果然有两下子。杨劝故意低头，再没有先前那么自在，而是有点故作矜持，并有一种特别的中年妇女的甜蜜味道。选锋的心直跳，他完全相信这是一个有实力的女人，她的嘴唇、智力、胸脯、腿和经验，可以保证这一点。过一会儿，她说，是他来找我的？她指了指选锋。选锋想强装一个权威者的身份，但在这既有魅力又有实力的女人面前顿时柔软了下来，他低声地说，关肃一定在看着我们。杨劝趁机品味着这个冒充青年。四子一下子说不上话，就坐了下来，中间，杨劝把门关上，四个人在房子里钩心斗角。杨劝把桌子收拾干净，从抽屉里找出几张照片，它们中有关肃生前在山海关的单人照，也有他与杨劝的合影，最后一张，像是一张偷拍的照片，照片上的关肃正在拎裤子，草坪的金树背后有一张戴眼镜的黑脸，脸很大，冷酷地望着。选锋连问杨劝，这是谁？杨劝说，这就是我先生。选锋仔细地猜想这位先生的真实身份，可一无所获。杨劝对三个艺术者说，不是想来纪念关肃吗，那干脆到我家去，我去拿照片，以及以前关肃留在我这的材料，我们就可以理解为什么他的死如此重要，如此令人心碎，让我痛不欲生，告诉你们，只有我一个人爱他，而他也只爱我一个啊。四子和屠南怕是被感动了。在关肃生前就听说有个老婆娘对他好。她突然自言自语，我要真是他妈就好了。坐上地铁，地铁里的人不多。四子和屠南到前边那道门的扶手处站着，而选锋和杨劝坐在后排，两人挤得很紧，杨劝丝毫没有衰老的迹象，她肌肉的弹性很好，选锋的大腿和她的大腿抵着，他的肘子则挤在她肋处，好像是碰在乳罩的侧边，她很软，有力地向选锋挤着。不论怎么说，杨劝不像个母亲，可也并不是只有母亲才懂艺术、干预艺术、并在关肃死后，以艺术的方式铭记当初他们所发生的一切？杨劝可能估计到选锋的猜忌，便扭过头来对他说，关肃，我对他好，只觉得他有不同寻常的地方，这就是我能从儿子身上发现的东西，再说何必我去管他的艺术呢，我丈夫他对关肃看得最清楚。杨劝不仅是杨劝，不仅是一个疯狂的母亲，还是一个背后老男人的前台。

四子和屠南在杨劝家里看着照片就哭了，那些照片不曾公开发表，全是关肃的写真，包括如何在星期天在土地上坐了整整一天、如何吃剩饭等等。杨劝对两个哭泣的年轻人说，我说了别把艺术当那么简单的事，伤心了，对吗？四子和屠南落荒而逃。房子只剩下杨劝和选锋。选锋顿时不自在了。选锋不知道该向她提什么问题，倒是杨劝主动了起来。她把外衣脱下露出空肩袖的绸料短上衣，她的黑裙子把腰束得很紧，但还是能看见腰上的肉。不论选锋怎样暗示，这个女人绝不再提艺术。而选锋想，杨劝是世上到目前为止最令他激动的女人。她如此悠然超脱，从面粉中来，用那洁白、细密、纯情的淀粉围成一个丰满、健康、动感而又布满性欲的女人。选锋终于明白为什么关肃把杨劝放到一个那么重要的位置，因为她是面粉、是食物、是可以去吃、去吻、去幻想，并去同床的纯洁的肉体。杨劝对他说，以前我带关肃到北京游乐园去玩，那时他刚从大学毕业才分到另一所大学任教不久，这个农村孩子虽然在北京有知名度，可在游乐园里，你猜他怎样，他抱着我，说是害怕坐过山车，而就在坐完过山车之后，他又向我请求，让我带他去看黄色录像，他说他要习惯城里的现代生活。选锋想，这可能吗？杨劝一边有滋有味地做家务，一边用她美丽的眼睛盯着这个复活的关肃说，只要你努力，你真的会像他，并成为他，告诉你，你不是要了解他的过去吗，那么你找我就对了，他对我什么话都说，并委托我向我丈夫询问许多学术问题呢。选锋忙问，那你丈夫是什么态度？杨劝想了想说，我丈夫太老了，全在敷衍他呢。晚上，杨劝带选锋去一个很温馨的舞厅玩，他们找了个包间坐下来，包厢有两张沙发，面对面，顶上有一个柔红的吊灯，气氛浪漫。她说，在他死之前的第五个晚上，我们到这来过，我记得很清楚，当时我们也像这样坐着，而他的神情焦虑极了，不停地发抖。选锋有些不自然，这时杨劝把她上衣的领口向下拉了拉，她喝了口茶说，关肃当时对我说，他以为他可以结束了，因为该做的都做了，结果发现还有一件事没做，那就是死，死是一件事情，这就是关肃亲口说的。所以后来别人写悼文，惋惜他的艺术完全是一种杞人忧天，我一点也不悲观，因为在那晚，就在这儿，他和我整整坐到深夜，我们俩都脱光了，你千万别耻笑我们，当时我们光着身子坐在里面，一边抱着，一边诉说心中的梦想，他对我说得很肯定，死之后，一定有人替他继续活着。选锋接过话来说，这个人正是我。于是杨劝就问，那你是怎么把握住这个机会的？因为爱？恐怕是的。选锋问，我们可以再现当时的情景吗？杨劝说，可以。于是，选锋脱下上衣，光着上身，散发着纯男的气息，迷惑这个杨劝。杨劝仍没有动，她说，过去是完整的，他是我的，我不准备再去破坏它。但她说话时软弱无力。当时，我就这样，杨劝一边说，一边用细长的手指按在选锋的胸口上，她接着说，他并没有离开我，说完她的眼泪成线地扯出眼眶。此情令天地动。她说，可我不懂艺术，我只是感到他是一个伟大的孩子，纯洁、高尚、文静、深沉，也许他的死才让我明白，他比烈士还要坚强，你能代表他回来，并在艺术界冒充他，冒充他之后的权威，这让我无话可说，我愿意为你付出。说完，她的下巴仰起，那张俊俏、优美、略带沧桑却又甜蜜的脸庞勾人心魄。选锋从没有像现在这样觉得自己有如此坚挺的身体、坚挺的自由和坚挺的思想。他抚摸这成熟、风骚，带着面粉香味的腿，轻声地问她，要不要我对你说说艺术。她说，那也无妨，反正他生前不跟我说艺术，他知道我不懂。选锋调整一下坐姿，用另一只手在身上揉了揉，打了个冷战说，为什么他死前不跟你说艺术？因为他死前还没有艺术呢。他停一下，观看她的反应。她没有反应。选锋又接着说，只有在他死后，他的艺术才暴露出来，你看，我为什么冒充他，并如此全身心投入呢，因为我要对他的艺术负责。他低下头，尝试性地用嘴在她的头发上轻轻碰了一下，这一下她有了反应，把头翘过来，朱红的唇儿缓缓开启。他接着说，在死后，才有艺术，这艺术我知道，我明白，我说了算，好像真这么权威似的。

杨劝的丈夫把四子和屠南约到老舍茶馆，四子见此人的面才知道在北大听过他的演讲，他并没有想象的那么迂腐。听说，最近有个叫选锋的向我太太发起了进攻，是吗？丈夫开口就问。四子答不上来。屠南有些支吾说，看在杨劝喜欢关肃的份上，请谅解他的冒犯。丈夫觉得不好继续指责，只好喝茶，他打了个比喻，老舍先生投湖了，那么是不是就要有人代替老舍来找政府？四子他们一时悟不出这个道理。老舍茶馆的生意差极了，三个人坐在里边就像三只嗡声阵阵的蚊子。丈夫贵姓？四子问。丈夫说我叫秋生。当然，他俩觉得就把他当做一个丈夫更好。丈夫用手机给文艺界的另一个朋友打电话，大概那个人也要过来声讨四子的勾当。丈夫以为他妻子杨劝是个非常善良的人，就是容易随便插手文艺界的事，就拿那个关肃来说吧，本来可以完全不管他，但她同情别人，把别人看成儿子，结果他死了，她活得也不好。四子对丈夫说，你妻子是个真实的中国人，她同情关肃、理解关肃，她爱他。丈夫明显生气了，他想把她固定在一个母亲的身份上，尽管在文艺界大家都知道母亲是虚假的。屠南向丈夫提醒，有可能关肃从前与他妻子有过更深刻的感情。不会的，丈夫坚定地说。还是不谈从前，让我们回到现在，据说有个叫选锋的人，他找我太太干什么？屠南想，选锋可能把那个老婆娘干了。四子吸一口烟对丈夫说，选锋是关肃这方面的权威，他能满足贵妻的需要。丈夫显得谨慎一些，他觉得排开关肃来谈选锋还是困难的，于是对他们说，就关肃的艺术成就而言，他不应在北京享有这样的声誉，而为什么他有了这样的影响呢？你们知道我曾经是怎样对他的吗？四子和屠南拼命摇头。丈夫语重心长地说，关肃这孩子并没什么更高的天分，他唯一擅长的就是故弄玄虚，他不喜欢李白、杜甫，也对曹雪芹等人充满意见，硬是看重外国那些高手，我多次指责他，由于我本人和他未见过面，我只是托我妻子传话，告诉他我的意见。屠南问，那你妻子怎么把话带到，她是面粉厂里的妖精啊！四子在边上捂嘴想笑。丈夫深沉地吸了口气，对他们说，我已经告诉你们了。我妻子她那时虽然受到我的阻止，但她确实做了关肃的母亲。他们很少在我家里碰头，他们在外边，照你们的说法，就是在外边约会，不过，由于她顶着母亲的名分，我觉得，她和关肃就不可能乱搞了。丈夫的话中自有他个人的合理的逻辑。丈夫接着说，不论关肃的死来自什么原因，反正我觉得我个人占了很大的比重，我早对杨劝说过，像关肃这样的孩子不如去死，我曾在一本专著中谈到过现在年轻人的处境，凡是嫌国家不太好的，都应死去，有什么意思呢？四子问，那贵妻把这话带到关肃那儿了吧。老丈夫没有做声。茶坊里的红布四处挂着，几个烫金大字分外晦暗，在窗外的长安街上，汽车风驰而过。丈夫掀开窗帘向外看了看，他神情严肃，而四子想尽情把话讲完，免得被丈夫叫来的人会有什么难堪的举动。四子和屠南在表面上装着对这个艺术界的丈夫唯唯诺诺，而事实上他们早在耻笑他。丈夫在如数家珍地讲了他本人和杨劝的家庭生活之后，向二位发出了既像是命令又像是请求的东西，请你们让选锋离开关肃。四子问，你不允许他冒充关肃了？老丈夫叫道，不是我不允许，而是人民不允许。四子想走，可丈夫死活不让，过一会那个被丈夫从电话中调来的人到了。他双目炯炯，脸是常笑才笑得那么灿烂的。他很有魅力。丈夫并不向四子他们介绍来人，而是坐齐了四个人，各占一方。丈夫的手指在桌子上摁了摁，仗着老态龙钟的腔调，喊，我需要你们把我妻子救回来，她再不能被你们引诱，她是我的。叫完之后，他问那个人，最近面粉厂怎么样？来人看了看四子，又看看屠南，用手围着嘴巴在老丈夫耳边低声地说，面粉很白。老丈夫露出短暂的兴奋，身体一耸一耸的。告诉你们，丈夫说，别让选锋重蹈覆辙。四子说，他不会冒充关肃的死的，他活着，关肃也活了，至于那个母亲，她有自由。丈夫不再说什么。那个人站起来照着四子的鼻子就一拳，接着是屠南，两个当场就倒地，老舍茶馆的服务员想去报警，但也不了了之。四子忍痛和屠南从茶馆跑出去，打个的，穿过长安街，到万寿巷那儿找到选锋住的房子。选锋还没回来，倒是在门上给他们留了条子，上面说，万一我不在，那一定是和杨劝在一起了，请打杨劝的传呼。四子在打传呼给杨劝之前，和屠南到一家川味火锅店吃了一顿，两人都很生气，心想文艺界怎么越往高层越没劲，还能动手打人，这都什么时代了。不过反过来一想，是否我们所处的文艺界只是虚假的空想呢，不然怎么会为了一个面粉厂的妖精就动武？于是，他们不禁对关肃有些尊敬了，还是这个兄弟好，带着天才而去，把黑暗留给后来人，省事。杨劝收到四子的传呼之后，马上回过来，听口音，她很幸福，她说，她刚刚才和选锋分手，临了，她还跟四子说，请你们多关照选锋，毕竟他回到人间不久，很多东西有待重建，请多帮忙。听这话，他们就明白选锋可能上了她，什么名分也不管了，反正，图个吉利。屠南和四子一直等到七点钟，天快黑了，选锋才从外边回来，还背了点面粉，神气活现，一看到四子他们，马上就乐不可支，他说，你们猜，她怎样？四子从选锋口袋里掏出钥匙，进屋之后，放下面粉，三个人互不答话，过了快半小时，四子才对他说，别再糟蹋艺术了，还是老老实实地待在北京吧，丈夫已说了，说以前关肃故弄玄虚，我们也觉得关肃有那么大名声，全靠别人帮忙，靠别人对他的理解，他自己怎么样，连命都没保住啊。选锋一听四子的话如此悲观，心想一定出事了。四子和屠南就把下午在老舍茶馆被丈夫耍弄的细节向选锋通报了一遍。选锋很气愤，叫道，丈夫怎能这样呢？不就是敝妻与我重归于好，就对我的朋友如此报复，我要去找他。四子说，他不会见你的。选锋问，为什么？屠南说，也许他并不存在。选锋用刚背回来的面粉在肮脏的厨房里为两个朋友下了两碗清汤面疙瘩，看着他俩舒心地吃着，自己也就心安理得了。

你什么时候回来的、回到人间，什么时候，一个人踏上地球，踏上中国，从那个地方回到这？杨劝在椅子上一边盘毛线，一边问选锋。选锋在回答问题之前左顾右盼，他怕丈夫随时会回来，既然四子他们被他警告过，那么自己也得留心安全。杨劝让他不要担心，丈夫这时正在开会，不会这么早回来的。她的手指细长、灵巧，嘴唇厚而不露，一双眼睛机灵地闪着水汽，这一切都令选锋如痴如醉，只有他自己知道他还没有与她上床，显然这种可能指日可待，但如果上不成床，那说明自己与关肃还很远，必须体会她，体会她无私的爱，那不也是艺术的内容？杨劝提醒他，我在问你呢？选锋说，真的，我不骗你，从他死那一天开始，我就突然变了，那天，对，就是四月三号吧，据后来与报道上的时间进行校对，我发现就是在那一刻有一股强大的力量从某个方向向我袭来，使我陡然发生彻底的变化，我预感到关肃的大限已到，而我却及时地代替了他，虽然我没有立即到北京来向文艺界宣布，但我已按照良心在准备，我已经在回忆，只不过我不清楚为什么关肃把这么一个烂摊子留给了我，他不但没有艺术，可以说不懂艺术，所谓的准备工作也做得很少，这几年我时时都在设想，如果文艺界不接受我，那么我就替关肃再死一次，不过现在看来已没有这个必要了，大家记住了他的死，甚至像你这样一个母亲似的人物也接受了我，我顶替了他，你能全身心地爱我吗？杨劝听选锋这番发自内心的话，心情可想而知。她手中的毛线团滚到地上，嘴唇明显有点发紫，她向客厅的挂钟看去，可能时间不多，但又如此急切，只得拉住选锋的手对他讲，我们出去吧，你可以跟我讲，当你不在我身边时，当关肃不在我身边时，你是怎样的想念我，我要你一五一十全讲出来，那会让我受刺激，使我幸福的。选锋不会拒绝这等好事。看来杨劝不但有实力，而且应变能力也很强，他一点也不惊讶当初关肃栽在她手里的情况。她走起路来有点晃荡，这与她燃烧在血里的欲望有关。他们走在北太平庄那儿北师大外围墙下的马路上，她没说要打车，大概是想把他带到北师大招待所去，那儿方便，可从大门那儿，她又绕过去了。选锋本想提议让杨劝到他租的那地方去，可又担心四子他们撞见。两人差不多离着有三米远，她头也不回，思想活动肯定很剧烈，他在后面看她颤抖的臀部，他猛地觉得当初关肃在诗中应该描写过坐在她腿上，她卧在床上，捏着她屁股的情节，不过，选锋很怀疑，一旦当她全部袒现在他面前，她是否有极强的魅力，那毕竟是四十年的肉啊。最后在北京第四轴承厂临街的招待所前出租车停下来，他俩下了车。她想上前去推门，而选锋先她一步推开把她让了进去。在门口，她对他说，用你的身份证，就说到北京来看病的。他支吾一声。在柜台那儿办手续。几个人？问。两个，答。什么关系，问。母子，他说。说完他就剧烈地眩晕，恶心，他想我真实的母亲在哪？不在北京！在哪！在中国，他没有细想。柜里的人拿钥匙给他之后呛了他两眼。

我可以叫你关肃吗？杨劝在抵上招待所的铁木门之后问他。他站在窗子那儿，很细心地把绿布帘拉上，在床头柜的开关盒上按一按，一只昏黄低沉的小吊灯发出鬼森森的光。他的呼吸猛地急促起来，他跟她说，叫我关肃吧，我是关肃，他又重复了一遍，我是关肃。还记得以前我们玩的那些花样？可选锋是个新手，他的艺术虽然在关肃死后一日千里地发展，但毕竟那是死亡的艺术，是不平等的愤怒的艺术。她踮起脚，把她的左腿向前伸，那只套着黑袜的长腿从裙子的下摆往前伸，从裤裆那儿发出轻微的撕扯声，而另一只站立的右腿，负担着整个屁股，她的两只手就托在髋骨上，她的体形在伸开的左腿的引导下有些扭曲，以便使双乳更好地向下坠落，在那一刻他猛地感到在某种程度上，杨劝是当初关肃的支柱，他完全有理由相信，拥有杨劝的关肃已经实现了他人生的大部分目的，所以才对艺术有了绝望，什么叫艺术，这杨劝的造型，诱惑，欲望，以及真诚的爱，不就是吗？她喊，来吧，关肃，来，到我这来，她指了指她的腿。他走过去，她却向后退。他头脑发热，脸上全是汗。不知怎么，他不由自主地解开自己的衣服，先是上衣，接着是裤子，只剩一条短裤时，他低下头，发现她的丝袜只到腿根那，而再往上就是肉，她没穿短裤，他在心里想。这时，她的传呼响起来，这个沉默的女人用劲地摁着传呼键，生气地说，是四子，大约又是在找你。她说，并更加气愤了，你是选锋？他乞求道，不，我是关肃，她把传呼机扔到床角，坐到床上，支开两腿把眼睛闭上，她命令他，伸出手。在他看来，她威严极了。他难以想象当初关肃是如何把这一切化为美好的文艺思想。这时，他又想到她丈夫，那个真正的后台是如何纵容她的。他说，这简直是耻辱。她睁开眼，觉得这个人怕是疯了，他怎能这样说，耻辱在哪？她问。在艺术上，他说。别跟我说艺术，她一边讲一边扯下袜子。这时看到她的腿，那上面的部分，看不见，光是膝盖那儿，在呈粉红的皮上，有许多细小的麻点，不均匀地排列着，从膝盖转弯那儿来看，许多褶皱已松垮，皱着，而这一切与这张俏丽的脸是那么的不相称。他那白色短裤尖上的刚才滑出来的一小点水儿，现在印到外边，她用手指碰了碰，她猛地抱住他，她用嘶哑的声音说，你真是一个特殊的年轻人，你是艺术，就按你说的，你是艺术，我不懂，可我举双手赞成，你是艺术，我以一个母亲的名义发誓，你是艺术，并且，只有你，才是！她那成串的发自内心的话语还有紧贴他站着的腹部的俊俏的脸已使他完全虚软，这时他已无法辨别自己的欲望是什么，只有大股大股的暖流从他的心中流向四肢，生殖器，小肠和腋窝，在身体里轰鸣。他用力地搂住她，他闭上了眼睛，用他的双手按在那还没有脱去外衣的乳罩上，从外边感觉那里面同样有不可告人的秘密，但他不管，至少她能代表一个百依百顺，对艺术毫无敌意的人，至少她跟人民同呼吸共命运，任艺术者去设想。她已泣不成声，焦渴难忍，嘴中念念有词。他想到了当初她一定在床上把丈夫的话传给了关肃，是那些平庸的措词与转述的无力使关肃经受了多少个疲惫的春夜，在这么个温和善良而又春潮澎湃的女人身上牺牲了多少肉体的力量，拱动，拉扯，撕咬，发誓，而所有这些都是为了在这儿，为艺术找到温暖的假相，封存在动作中，耻辱，黑暗，无知和荒谬，关肃，如果你真的死了，那么艺术才会复活，才会越过曾经的生命来到人间，而问题是你并没有死，你还继续在这个母亲的身上寻求保护、慰藉和沟通，你并没有死，并没有被忘记，我们只能重复，并欺骗不明真相的人。

复杂的思想活动使选锋彻底软弱下去，趴在杨劝的身上无能为力。而这个充满欲望的燃烧的面粉妇女在身下摆动，用她细心保养的虚假的手指在他浑身上下轻轻地摸，搓，揉，似乎想重新积聚他的勇气，力量和精液，想让他兴奋，只有兴奋了，才是一件深沉而永动的艺术品，才会像丈夫所批评的那样，故弄玄虚，才会在她的身上泄气，依赖，才会离不开她，变成面粉似的男人，即使在当初关肃死时，她也没有绝望，因为她相信还会有更多的青年，从欲念或爱的需求出发，来到她的怀抱，面粉已很次要，主要是他，是选锋沉寂而凶猛的模仿欲，使她重新回到了艺术的边缘。而现在，确实如他所说的，真是可耻，越是在最关键的时候，他却失去了表演的能力，自由的肉体可怕地坍塌，无论怎样捏它，哄它，无论怎样回忆当初的激情、誓言，无论怎样以一个母亲的名义来要挟和恐吓，他都再不能尖锐，再不能荒谬地拥抱、刺入，使她快慰，获得身体和良知的艺术。这就是生命被毁灭的证据，生命只有一次，既然关肃已死，那么冒充者仅仅是在心理活动上进行良心的模仿。一切都已封闭成永远的记忆。从今以后，她想这肉体只有无限地衰老下去，看着丈夫与自己一起伴随着艺术的衰落，慢慢地消逝，而那些面粉，仍然圆润、丰满、拥挤的一切就像当初关肃所说的已将小麦和肉体划开了界限，它们仅仅是床，装配有坟墓的设备，预备着作为死者的进入。她有了泪水，四肢无力，两腿最后有限的力量使用殆尽之后，忽然向两边劈开，像一条死猪的下肢，而两只刚才还在细碎地摸滑的双手，也从那个环行的热情假象中散开，向两边散去，这垂老的四肢呈四极方向，双乳在他的重压下像两只蝴蝶被压扁了的肉体，向肋骨两侧坦去，那肚脐，那腹部，那曾经在最后聆听过关肃幻想的心跳现由那种激烈的拼命的鼓动已沦为疲惫的钟点，还有屁股和大腿，也由最后一刻的强装的饱满完全松散，过多的皮肤向边缘皱起来，她越发觉得自己已失去了一个健康而有活力的母亲形象，她已真正变成了妖精，或许如选锋说的，正是从关肃去世的那一刻起，自己也就有了新的感觉，那不再是肉体和情感上的，反而对自己的不满，对自己的苛刻要求，再不要以裤裆中那个流着欲水的空洞去思考丈量以丈夫为首的这个艺术者的世界了，而是从自己，从自己的目光，世界，生活与处境出发，去考虑自己的收益，自己的付出，自己的价值，再不是一个空泛的母亲，不是生育与羞臊，而是自己跟自己干。在以后，再不听什么艺术的儿子，假想的儿子，是自己用手，用保养手的方法，去保养下身、欲望，去保养需要关怀的人，别再对关肃回味无穷，应该把他抛却，就像现在把身上的死肉无情地推开，可她怎么也不能动，浑身被锁住。选锋吃力地支起双手，在她看来，他的脸是凌空的，无比狰狞，不但没有一种温和的艺术形象，反而充满了耻辱与愤怒。她终于明白他所说的，这是耻辱，是的，再不能欺骗了，他并不纯洁，至少他的心理动机并不纯洁，在肉体里，即使在一个模仿者，在一个鬼的肉体里，也会有另外的动机。她骂起来，不是儿子，不是伦理问题，是偷窃，是欲图不轨，她用丈夫的所有，攻击丈夫，令丈夫无脸见人。她兴奋地说着丈夫，这个光辉、儒雅、深藏不露的迂腐之人，也许他才是保障，永远有得干，在床上，在家里，在夫妻关系里。他扯出一声猛叫，这叫声令招待所的破楼梯发出咯吱咯吱的声音。她用手使劲地刮了他一个耳光，看见他的脸发生一道微弱的变形，很快又复归向一种极度的卑屑和失望。显然，这已无可挽回，不仅对现实，而且对于历史和记忆。恐怕在以后，这母亲永远不能再成立，而模仿者也清楚，艺术只能在心中，只能在动机没有发生之前，那时他们的母子关系那样的真实，并不与伦理和利益冲突，他们能成功地避开世俗的压力，把艺术与非艺术，把耻辱与理想巧妙地结合在一起，这只有伟大的人才能做出来，而这就是当初关肃的心理活动。选锋终于明白所谓他死之前并没有艺术，那仅仅是现实的失败，在他的心里，他已拥有一切艺术的可能，何必表现呢？正因为这一点，他才放心地死去，把艺术留给热爱体验的人，艺术不会留给现实，也不会留给关系，留给冒充者的唯一机会，只能是进一步的心理活动，无论外边多么黑暗、复杂、消沉与腐败。她用乳罩的棉垫塞着他的嘴，露出无可奈何的笑容，在现实面前一切人都必须平等地接受思想的囚禁，冒充并不解决心理深层的障碍，因为爱与罪恶都是从最深刻的思想出发，而不仅仅是肉，也不仅仅是来自丈夫在学术或肉体上的指责。他反倒用牙嚼着乳罩的软棉垫子，慢慢地就会嚼出一小点味儿来，起初是一种蜂蜜的甜味，接着是小时候吃的那种葱油咸味，最后就像是椿树的涩味，后来才发现是屎味，令人晕眩，但它是真实的，这天长日久包着奶头的海绵必然吸附身体里的一切可能的气味，现在传给咀嚼它的人，它永远不是奶头，不是乳腺，不是一个面粉厂妖精的人体变形，它只能是一个泛泛的身体所包含的所有味道。她的嘴唇紧闭，牙关咬紧，好像是在积聚体力，以把上面这个冒充关肃的人推翻，她真后悔，不知从什么时候，这个人竟变成一种压迫的力量，使她的现实生活变得痛苦不堪。

你成不了关肃，成不了，你难道忘了，我们是怎样热情地相拥，向我倾诉内心的不安和祈求幸福、信任，并把这种关系维持到终场，杨劝问选锋。选锋坐在床角。她的双手支在腿上，两只乳房以那未被满足的愤恨的悬空姿态向斜前方伸出。在这侧一点的位置，选锋在意念中感到自己的手指无法达到它们，无法实现自己的目的，自然也无法满足它们。这是否与死者有关呢。死者并没有把足够的信息遗留在人世，从现场来看，至少我们活人无法解释当初他个人的激情如何在绝望之前尽力地舒展、触摸，并实现所谓艺术的希望。选锋既难受，又羞愧，看着自己无所作为的身体，他不禁怀疑自己的冒充行为是否完全由自己支配，也可能在黑暗的地方有另一种力量在默默地引导自己、化妆自己，使自己疯狂地热爱上死者，而在关键部分，特别在面对一个伪装的母亲的问题上，他成为比死者更荒诞的艺术牺牲品。杨劝用手小心地掏着耳朵，她抬起的胳膊巧妙地遮掩她腹部那儿多余的肉，以使身体协调，继续维持住自己的名声、吸引力和竞技状态。她说，你的能力应该没有问题。如果要可惜，那就是可惜你对我的爱没有死者那么深。选锋说，也许是我没能全部理解这种爱，环境并不合适，在这招待所的床上，似乎承认了社会不允许我们相爱，否则为什么我们在陌生的环境偷情？如果能回到身临其境的地点、人物和处境中，如果在那儿，我会模拟得好一些，至少不会如此令你失望，我会重燃欲火，像死者那样，抱着艺术的雄心，大干一场的。杨劝一听对方不死心，似乎也感到对对方的要求太高了，如果要回到过去，那就必须相信艺术，相信选锋对关肃在艺术上的复现，那是自己所不通晓的，但应该把这种复现的权力交给他。两人不约而同地想到了关肃留在延庆的宿舍。一提到延庆，选锋就说，我肯定行，我刚到那晚就和尚晓帆有过关系。杨劝一听对方讲出如此吃惊的消息，不禁大怒，叫道，你怎么这么流氓，你怎么和她？选锋抓了抓头发，懒散地说，也许没有，那晚她让我喝了酒，不知到底发生了关系没有，何况她男朋友当晚也在，我只是感到和她发生了关系，并能保证在那儿就行，冒充起来得心应手，好像死者还在屋子里，配合我的表演，给我柔情和力量。招待所过道里有人在来回徘徊，杨劝一件一件地穿衣服，动作严谨，充满母亲的气氛，在她小心地系上乳罩时，她的两只手往后轻轻地一扣，一拉，动作的甜蜜使他的头脑立刻浮现了死者的音容笑貌。这很重要。

星期五晚上，选锋和杨劝来到延庆死者的屋子前时，尚晓帆正在做晚饭，开门之后，尚晓帆的脸立即就变得惨白，好像什么可怕的东西使她掉进意识的深渊。我是杨劝，杨劝对尚晓帆说。尚晓帆用手在衣角那儿蹭着，不怎么敢抬头，小声地嘀咕道，还在爱着他么？关肃是我的什么人，你知道吗，她加大嗓音说。尚晓帆为选锋和杨劝削水果，一边不停地看表，也许她的男友迟早会回来救她。杨劝把雪白的苹果放回茶几上，环顾房子的布局，对选锋说，还和当初的一样，你说呢？她又把话引向尚晓帆。尚晓帆拿着水果刀，一直没有放下它，对杨劝说，他知道的，我住在这，对他是好的。对他好？那你们？杨劝同时问选锋和尚晓帆。她是问，我们发生了关系没有？选锋说。尚晓帆被激将了，终于站了起来，反驳道，为什么要这样问呢。我住在这，为什么，不就是纪念他吗，而谁知道他与我的关系。选锋心想她又要讲大脚趾的事了，连忙止住她。选锋和杨劝向卧室那儿走去，并没有走进卧室，从外边看去，可见一只刚刚购置的婴儿床，还没有卸下外边的包装硬壳套子，摆在临窗的位置。杨劝小声地骂，真不要脸。她回过头来对尚晓帆说，我和关肃曾在这儿，你知道吗，是我，在他生前，在这儿，他只爱我一个人。尚晓帆拿着水果刀，走近她，小心地看着她的婴儿床说，我不跟你争，你是他母亲，你是管他的艺术的。她说艺术使杨劝一惊，但马上就掩盖过去了，她说我这爱可不止艺术，再说你没听这个冒充者说吗，那时他还没有艺术，他那时爱着我，北京谁不知道我杨劝与关肃关系特殊呢？尚晓帆的水果刀的刀口向外，闪着微弱的白光，尚晓帆疑惑地问，那现在就有艺术了，像冒充者选锋说的？选锋按捺不住情绪，向两人反问道，这还不够耻辱吗？一切都为了艺术，可被死者尊为母亲的人得不到尊重，而纪念死者的青年不顾当前艺术的回忆，甚至摆出婴儿床，这平庸得是不是过分了？这会儿，尚晓帆的男朋友下班回来了，他来个会意的微笑，就把尚晓帆带出去了。杨劝坐在卧室的床上，屋内气氛阴森，天色已晚，房子里出奇地沉寂，死者的影子在房内飘动，再没有当时的诗歌、讨论、朗诵和思考，仅仅只是一个死者的冒充者试图回到艺术增长的可能中，去迎合那个杨劝——一个非凡的中年妇女，她那柔和的膝盖在冰冷的丝袜中优美地翘着，而她的灰色的半职业的上衣露出内衣的领口，温暖的气流从这肉身发生，似乎要在卧室里和假想的死者对抗，而真实的死者，一定无处不在，继续保持他原先的观念和原先的生活方式。其实，艺术不是作品，选锋想，艺术就是人，活人或死者都是艺术，现在就这样了，就把这个中年妇女的上衣解开，但要按照死者的方式，双手在面粉里蘸一蘸，带着白灰，以防腻滑，拍一拍，照着一只又一只纽扣，有力地解开它们，不要怀疑里面的肉体松弛到什么样子，也不要管她是否从丈夫那儿得来了什么经验，总之，她是死者的，而不是活人的，因为艺术从来就没有在活人的脸上打过，它只把巴掌刮在死者的脸上，而现在呢，它就在凶猛地增长，伴随着身体的勃起、拱起和双方的投入，两个人达成一致，无数人也就达成了一致，活人和死者都达成了一致，艺术就如此诞生，并在感觉中增长，不管尚晓帆和她男友在外边的山冈上如何回味当初死者留下的悬念，而现在真实的生活又一次拉开了，这是让死者看的，看一个母亲式的人物如何在房间中发挥她有限的力量，与冒充者步入艰难的复现过程。她的腿，会从弯曲的姿势打开，并在打开时，想象这四方形的墙壁和天花板，如何打开拐角，变成一个平面，并于想象中躺上更多的人，一起重复以往的动作，相互拥抱，倾诉衷肠，即使还要传达当初丈夫的意见，揭露年轻人在艺术上的弄虚作假，但毕竟丈夫与死者已有了距离，丈夫再也不能闻到死者的气息，死者已被她全部地吸收，不仅如此，就连冒充他的人，从第一个开始，假如还有第二个第三个乃至无数个冒充者，那也要将他们全部吸收到自己的身上，让他们在自己的身上看到相同的处境，相同的温暖和爱。这打开的身体，在这死者的屋子里，变得无比美丽、大方、弹性、甜蜜，只有像这样的女人才是艺术品，才是没有缺陷的完整的爱恋对象，只有如此完整、安全、不计报酬，才能使艺术往前出发，才能符合生活，死者就是这样走过的，也就是这样在死亡的时候获得了艺术，把经验和感情全都带走了。现在的选锋明白了，她是死者的象征，是死者的艺术品，以后应该把那些朋友资助出版的选集全都扔掉。只要在杨劝的身边生活，就不会再做无谓的牺牲。而问题是如何在她身边生活，乃至公开地生活？她小心地咬着他的耳朵问，怎么样，想好了吗，怎么见人？

云南夫妻

她住在西坝河一带农民的房子。1995 年，她的单位没能给她解决住房，她和另一个女同事一起租农民的房子住。她是一家软件公司的工程师，比我大几岁，具体几岁并没去问，她是本地人，我 1994 年才来到这座城市，所以在我们的交往中，她多半以本地人的心态跟我相处，她跟我讲这个城市的一些情况。她所在的软件公司在 1995 年有一个卖电脑的门市，因为那时城中专门的电脑街还没有建成，所以很多人买电脑还是去像她单位这种挂了牌的正规公司。我便是买电脑才认识她的。买回电脑，她便由公司派来接一些线头，还要往里边装各种最基本的软件。本来装一次就行，但想必她也注意到我第二次打电话请她来调电脑已经有跟她建立私人联系的意思。她第二次来并不是上班时间，记得是一个阳光强烈的中午，我去院墙外接的她。进了家门之后，我锁好门，电脑摆在我的卧室里，离我的床很近，她穿着长长的连衣裙，不知为何，从第一次见她以至这一次见，我都觉得她不够漂亮，但她对我很有吸引力，她的头发染了色，1995 年女孩子头发染色的并不多，她的头发显得有些异类。后来，我吻了她，她的嘴唇厚厚的，很稚气，凭我的感觉她在这方面并不是经验丰富的人。以后她跟我说过，她只谈过一个男朋友，而她的妹妹却已经结婚了，我吻她时，摸了她的胸部，胸平平的，胸罩里边有些空，但这并不影响她的诱惑力。吻过她之后，再看她，觉着她忽然间有了特别大的变化，特别的漂亮，她把挽起的头发放下来，额头有了短短的刘海，腮两边有头发遮起，长长的脸，黝黑的眼睛还有细长的眉毛，这美一下子夺住了我，我很震惊，有了强大的幸福冲动。但那时我有女朋友，我和我的女朋友关系良好，女朋友在一家国有公司上班。那天，她走之后，我们有一个月没有联系，我想我谈不上爱她，只希望是她会爱上我，那时她比我大，而且穿着长长的连衣裙，使我弄不明白她算不算一个很看重性的女人。

一个多月以后，我在一个同样是阳光强烈的午后，突然想起她，没有什么原因，也不是因为电脑，就是想到她，我在阴暗的客厅拐角给她的办公室打电话，办公室的人让我打她的传呼。她回了传呼，我说我是住青年路的，她马上记起来，很开心的样子，她说她在家，我问她她家在哪，她顿了一下，又说是单位的那个住处，在西坝河。接着我便问她详细地址。她说在西坝河中段，403医院对岸，那个修理厂往东反插的路上，是一处农民房，有院子。我说我来接你。她问我接她干什么。我说我接你到我家来。她起初有些犹豫，一会儿便答应了。我打了的，去西坝河，我以前去过这一带。西坝河很脏，上边漂了不少脏东西，所以空气中浸着臭味。我们在她院门口见面，她上了出租车，来到青年路我的房子。这一天，她穿着牛仔裤、白T恤，这一天她的脸有些黑，听说是到抚仙湖玩了一趟，晒了一整天。我们先是坐在客厅，没开灯，虽是白天，但光线极不好，我给她泡了茶，她说我的客厅装修得太压抑，又暗，又局促，而且客厅的茶几和柜子都是漆成紫黑色的。我们并排坐在长沙发上，我没有吻她，而是摸她，她抱着我，后来我们上床，她的身段很好，身上也极光滑，我记得她是我所有女人中身体和谈话最为分离的一个，因为她在床上不说话，不讲任何情感的约定，也不问我任何私事，只是听任我的一切动作。又是一个月，我们彼此没有联系，这一个月当中，我想起过她，一直在心里分辨她到底算不算一个美女，做了许多比较，觉得她不算美女，因为她一绾起头发，就少了魅力，而且她的手显得有些干燥。1995年我跟我女朋友关系很密切，而且有外地几个女孩一直跟我保持着电话联系，我过得很充实，当然，我并不纯粹。

那是六月下旬，我记得是快到七月了，我又打电话给她，她说她在公司，我听出她把我当成很地道的那种关系的男女了，所以我直接在电话中说我想她，她说那你就过来吧，于是我去了她公司。她出来，我们上出租车，她带我去了西坝河她的住处，我们没有谈话，直接上床，我们没拥抱，然后，我们在她那张单人床上坐起来，她说她那个同住的同事其实并不住这儿，和她的男友同居了，住在她男友的家里。这间平房很大，很空，有两张写字台，两张单人床，贴着香港歌星的招贴画。我没有刻意地观察这间房子，来到院中也没有见到房东，她锁好门，又锁好院门，然后我们走了出来，这是个阴天。我们没有即刻上车，而是沿着西坝河向东走，那时东陆桥没有改建，还是一座六七十年代的老桥，桥两头的西园路也没有打通，而是一条曲折的土路，车子开过会搅起许多灰尘。我们在河边走时，她并不说话，我觉得她眼光很暗，人也没情致，我问她在哪学的电脑，她说是进修的，我有些看不上她，因为觉得她没有突出的地方。这一次我带了避孕药，因为怕出事，走过东陆桥，再从河的北岸往东，过一个农贸市场，我买了瓶矿泉水，就站在路边，她吃了药，喝水时，她看着河，我看她的头发十分浓密，头发很漂亮。

她叫时茹。这是我最后一次见她。九月份，同样是一个中午，下着雨，我打电话到她的单位，以前一直接电话的那个男人要我说我的名字，我觉得奇怪，他告诉我时茹出了车祸，就在两天前送货去玉门的路上，被迎面的卡车撞上，车上的三个人全部丧生，我留下了我的姓名，因为我是她的客户，她的同事告诉我有关我通过时茹买的电脑会由他们公司继续进行售后服务。下午，来到街上，时茹的死没给我太大的震动，反而使我有一些麻木感，当时也没意识到一个跟自己有过关系的女人的死到底对自己有什么影响。大概是第二天的上午，我还没有起床就有一个男人打电话给我，说他是时茹的男友，要跟我见一面。我很震惊，不知道他所说的是时茹的男友到底指的是她早期谈恋爱的那个还是其他我不知道的男人。我没有拒绝，因为毕竟时茹死了，她男朋友居然要见我，我想他应该从时茹那儿了解到我的情况。我们在和平村的一家冷饮店见面，这人个子很高，长得很威猛，给人的直觉并不坏，甚至对人很有亲和力。我们俩都要了绿豆汁。我开门见山地问他到底是时茹的什么人，他说他是时茹死之前的男朋友，交往才一两个月，但感情已非常好，他说如果他不是时茹的男友，他也不会从时茹的公司弄到我的电话。我也坦白我跟时茹有过一段，他追问我什么叫有过一段，我说有过一段就是说我跟时茹有过一段相好的时光。他说他早知道，时茹把我的许多情况都跟他说了，至于时茹生前到底怎么跟他说我的，我没有打听，再说我对时茹的了解还太少，我根本不了解她周边的任何一个人。一开始我们在冷饮店谈得还挺顺利，双方都没对时茹有什么伤感，我们后来到了街上，他才说出他的目的，他要我赔他一笔钱。我问他为什么。他讲话有些矛盾，但还是把情况讲给我听，意思是以理服人。照他讲的，时茹死之前已经有了身孕，而那是我的责任，因为刚才讲话中我已经承认了我跟时茹有身体关系，所以他这么说我也没法反对，只是心里很别扭，我问即使时茹是怀了我的孩子死掉的，那为什么我要给你一笔钱呢。他说一个女人怀了你的孩子却惨死在车祸中，你应该有同情心，而我是她正式的男朋友，所以你应该赔偿我的名誉损失。我想时茹怀着身孕而死，这对我算是个不小的冲击。我跟他说我要考虑一下。他说他也考虑一下金额问题。

晚上，我找到我的朋友王捷和邓军，他们俩都劝我不要给钱，说那个男人肯定是个无赖，他们要去收拾他。回到青年路，那个男的又给我打电话，他提一个数字，并不大，只是千把块，我没有完全拒绝他，因为我听出他的心思并不特别坏，而且我一直都在想着阴魂这么个东西。一周以后，我到这个男人的住处去，他的房子装修得整整齐齐，家里也放了不少书，他从卧室里给我甩出一个帆布包，里边有时茹的一些遗物，包括两件外衣，一双凉鞋，他叫我收下，我给了他一千块钱，他点了两遍，说他现在正好需要钱，我们相互间都没有恶意。这时他才告诉我他叫蒋浩。我在蒋浩家下了盘围棋，他泡了浓茶给我喝。我下楼时，手里拎着时茹的凉鞋，我和她的那一段就发生在夏天。蒋浩要请我在他家楼下的小店吃晚饭，我没拒绝，我们喝了两瓶啤酒，中间他两次到外边打电话，我忽然担心他是找人来闹事，于是我也打电话，王捷出差去了，邓军约上了我的另一个朋友朱桦一起赶来，结果蒋浩的人一直没来，邓军和朱桦坐下来喝酒，他们跟蒋浩慢慢搭上话，说起最近云南保山的一些事情，我们四个都喝多了，分手时，也没再提钱的事。王捷出差回来后我跟他提到我已经给了那个叫蒋浩的一千块钱，王捷骂我是个傻子。

十多天之后，我和我女朋友从青年路出来，在江滨大道上散步，那个蒋浩跟我们正面相遇，我向我女朋友介绍了蒋浩，我说他是我一个朋友的男朋友，我女朋友跟蒋浩握了手。蒋浩说他听邓军他们讲过我的女朋友是一个很好的女孩子。我问他什么时候又见的邓军，蒋浩说前几天他们已碰过好几次，大概是上次提到过的保山的一笔天麻生意。蒋浩，我，以及我的女朋友，我们三个人走了一段，蒋浩收到一个传呼，匆匆打车走了。我女朋友说他对这个男人印象很好。蒋浩跟邓军朱桦做生意，他们撇开了我，想必邓军他们知道那个女人的惨死，还是想天麻的事避开我比较好。我到邓军家去过一次，邓军提到了蒋浩以及天麻的事，说这个人不坏。

又过了几天，我女朋友下班直接到青年路，她一进门就摔东西，她知道我搞大了一个女人的肚子，而这个女人被车撞死了，即使撞死了，但你毕竟搞大了她的肚子。我问她怎么知道的，她说就是上次在江滨散步时碰到的那个蒋浩说的，她承认最近她跟蒋浩见过面，蒋浩把事情都说了。我问我女朋友到底要怎么样，我女朋友说要跟我分手，我怒不可遏，到厨房找了刀，然后我出门，打蒋浩的传呼，我尽量压住怒火，我们约好在昆都见。到了昆都，才发现朱桦跟蒋浩在一起，朱桦见我脸色铁青，便跟蒋浩和我告辞。我把蒋浩拖到昆都二楼的台球厅，里边只有三四个人，光线很暗，我没有掏刀，我问蒋浩找我女朋友干什么。蒋浩说是你女朋友主动找我问的，她是从你的朋友那里听到你的风言风语起了疑心之后才找他的。

我女朋友就这样跟我分了手，我向她道歉，并承诺以后绝不再跟别的女孩来往，但女朋友态度坚决，谈话中总是会带出蒋浩的话，看来她从蒋浩那得来的关于我的情况是十分恶劣的。

到了十一月份，天气转凉，我穿起我女朋友给我织的毛衣，心里忽然十分地怀念她，我打电话给王捷问他最近跟我女朋友见过面没有，王捷说他到邓军家去过一次，恰巧碰见我女朋友也在，不过她是和另一个人一起来玩的。我问另一个人是谁，王捷没回答。王捷岔开说邓军和朱桦对我现在很有看法，说我做事没章法，不能完全按自己的意思待人接物，我听着王捷散扯，心里很不高兴，我又给我女朋友家挂电话，她父母对我极为冷淡。我第二天到女朋友单位去，她下楼跟我见了一面，看见她比前段时间精神要差许多，穿着也素净了许多。我想请她聊一聊，她拒绝了，我这才意识到因为时茹这件事我的生活确实有了很大的改变。我从我女朋友的公司走后，到了时茹生前所在的软件公司，我见到以前老是接电话的时茹的那个男同事，我介绍自己是时茹以前的电脑客户，男同事找到了我以前填过的青年路客户单，我跟他讲起时茹，他一开始回避，但我说起时茹的死给我造成了影响时，这个男同事有些警觉，主动向我打听情况。我于是跟他说了她的一个男朋友找我麻烦，男同事是个很负责的知识分子，他眉头紧锁，大口地吸烟，他告诉我他跟时茹是单位里最好的朋友，他了解时茹。时茹根本没有男朋友，因为时茹死之后的许多遗交工作都是他经办的，他了解时茹。我很吃惊，男同事说要是有必要我可以去找时茹的妹妹，时娟。

我在吴井路的塘子巷找到了时娟，时茹的妹妹是个跟时茹完全不一样的女人，时茹皮肤黑，时娟白，时茹个子中等，时娟个子很高，时茹喜欢绾起头发，时娟却长发披肩，时茹有些压抑，而时娟却十分酷，时娟比时茹小几岁，时娟的丈夫在外地。时娟待我在沙发上坐好之后，一直细细地盯着我，我心里很不好受，她说她本以为我和她再不可能见面了，我这才知道时茹在生前跟她提到过我。我告诉时娟我跟一个叫蒋浩的人有一些过节，而蒋浩是你姐的男朋友。时娟玩着打火机，自己也点上一支烟，她说这个蒋浩不是她姐的男朋友，蒋浩是她们的哥哥。我很吃惊，以为时娟在开玩笑，但时娟说事实就如此，她们的这个哥哥十几岁便独自住在外边，跟家里边关系很僵，只有时茹跟他联系，对他有一些照顾，他们俩感情很好。因为蒋浩是时茹时娟的哥哥，我就没再把他向我要了一千块钱的事说给她听，时娟要去买蛋糕，我陪她下楼，她和我到蛋糕店，没买成蛋糕，结果她要去买凉鞋，挑了几家鞋店，都没有她形容的那种，我跟时娟说时茹有一双凉鞋，上次你哥转交给我的，时娟肯定从时茹那儿听说了我的不少情况，甚至知道我住在青年路，知道我还没有结婚。我们从拓东路往青年路走，这其中的一两个小时，我跟时娟彼此感觉都很好，到了青年路，时娟试了试她姐的那双凉鞋，觉得很合适，就穿上了，她才穿的那双皮鞋就丢在我家的鞋柜里。我们打车回塘子巷，巷口有家栗子店，她买了些栗子，分给我一半，我把她送到家，她给我泡了杯浓茶，我没喝，她接电话，是她丈夫从外地打来的。我想告辞，她一边捂住话筒，一边示意我等等，她打了半个小时，我没听出任何实质内容。她给了我一只网袋，里边有时茄的几件遗物，一只闹钟、两本书，还有一条围巾，她说我姐的东西你收下吧，我拎着网袋，时娟送我出门，在院门口，我回头看时娟，时娟的上衣被凉风吹着，她匀称的身段比时茄的还要好。

时娟跟她哥哥蒋浩的关系并不好，每次提起她也都是讲时茄跟蒋浩的那些事，依时娟的意思，时茄生前总是给蒋浩钱，说她们的哥哥一个人在外边不容易，虽然是二十多岁的人，但毕竟十几岁就跟家里边分开住，其中必有不少跟常人不一样的难处。既然蒋浩并不是时茄的男朋友。那么他就不应该说什么我让时茄怀孕以及她带着身孕惨死，要我给他作为一个男友所产生的名誉损失，因而我要去找蒋浩，我要拿回那一千块钱。我征求时娟的意见，时娟说她对她哥哥没有任何牵挂，她随我怎么做。我认识时娟一个礼拜，跟她见过三面，十天之后，我从时娟那儿出来去了蒋浩的家，蒋浩住在拓东路的岔街，离时娟很近，但时娟只在姐姐去世后那几天跟蒋浩见过面，我找到他家，恰巧我以前的女朋友在，一问，才知道我女朋友跟蒋浩已经谈恋爱有两三个月了，就是从我们在江滨大道散步遇到蒋浩那阵子开始，他们很快就相互爱上了。我很尴尬，但我女朋友很大方，居然当着我的面和蒋浩手挽手在沙发上跟我谈笑风生，他俩如此坦然，我也只得厚着脸皮，我让蒋浩把那一千块钱还给我，蒋浩说他没有钱，我说我见过时娟，时娟你知道吧，那是你妹妹，你根本不是什么时茄的男朋友，你是她哥哥，你冒充她男朋友向我要什么赔偿，这也太说不过去了。我女朋友听我讲完这一段，也没责怪蒋浩，而是一口气笑了两分钟，我听出来她是笑话我愚蠢。蒋浩又说他不会拿钱给我，因为她妹妹时茄确实怀了孕，自然要向我要钱，那我告诉你真相，时茄在车祸前几天，向他拿过钱，就是用来堕胎，真实情况是时茄拿他几百块钱去医院做了人流，所以这笔钱还是要算到你头上。我听蒋浩讲得也有道理，但真相的转换如此之快，我自己也接受不过来。他坦言他跟他妹妹时茄关系密切，他俩可以说相依为命，她怀孕的事，时娟也不知道，只有他蒋浩知道，所以这就只能随他说了。蒋浩作了这番解释之后，我发现我女朋友对他十分佩服，意思是他太仗义了。

邓军、朱桦跟蒋浩一起做保山的天麻生意，他们知道我对他们跟蒋浩玩在一块有意见，所以他们一直回避我，起初王捷对邓军他们也有看法，但到了十二月份，王捷也经常跟他们在一块。我这三个好朋友对蒋浩的好感与日俱增。一个晚上，王捷约我到莫尼卡，他跟我提到我女朋友和蒋浩感情十分好，他俩在考虑结婚的事，我女朋友跟蒋浩如此迅速的恋情使我有些愤怒。王捷奉劝我转变一下思路，其实蒋浩确实是个不错的朋友，在王捷的开导下，我对蒋浩也就没有什么可指责的了。蒋浩跟我女朋友的婚期就定在冬至那天，我女朋友给我打过电话，说选冬至这个日子是蒋浩的主意，她问我这一切是不是太快了。我说你们的速度你们自己定吧。在冬至之前，王捷和我在海逸酒店见一个北京来的朋友，那位朋友要一些云南的木象，王捷让邓军帮着弄，邓军和朱桦把木象送到了酒店，这是我们四个朋友第一次聚齐。王捷跟我们讲和，邓军跟我讲蒋浩这个人并不是个斤斤计较的人，他们这次跟他做保山的这一笔生意，蒋浩只是拿了很少的钱，所以当初为那个时茹要一千块钱恐怕也就是一时手紧，反正蒋浩这人有些迷糊。我让邓军不要在蒋浩身上开脱，我们还是好朋友。那天大家说好了，第三天去大理，邓军有个同学在大理新开了一家旅馆，让我们去玩。第三天上了面包车，才知道他们也约上了蒋浩和我的女朋友。那一次在大理，我们几个人一起爬苍山，在山顶上，我女朋友跟蒋浩紧紧地搂着，蒋浩穿一件长长的黑风衣，对我又恭敬，又客气，我反倒有些不好意思，他老问我冬至那天有没有什么安排，我说到时再讲吧。我女朋友冷落我，我也感到王捷他们跟蒋浩谈起话来倒是更投机。我们几个人沿玉带路往南走，过中和寺那一截，蒋浩带我女朋友要继续往上爬，邓军他们拉住他，让他还是不要再往上，看蒋浩意气风发的样子，我有些瞧不上。

很快冬至到了，我女朋友跟蒋浩结婚那天，我终究没去参加婚礼，我跟时娟在一块，时娟说她出了份钱，托一个亲戚带给她哥哥，我那份钱一天前让王捷带去。五点来钟，我女朋友给我打传呼留言，让我一定要到，但我不可能去。时娟从她公司里拎回一些烧鹅，从柜子里找了些酒，我在时娟家吃饭，中间她丈夫又来电话，我发现我每次在时娟家，她丈夫恰巧都要来电话，她也不避嫌，在我面前跟她丈夫甜言蜜语。我问时娟对这场婚姻怎么看，时娟说她对她哥哥所有事情都没有兴趣。我又问她对我女朋友怎么看。时娟看着我，半天说不出话，时娟这个学期的课刚上完，所以这段时间她有空，开着她单位的富康车带我到西山兜风，我们把车停到停车场，往龙门那边走，八点钟，天已经黑下来，但还可以看到滇池岸边的公路，过一会儿灯火都起来了。我猛然在阴森的西山公路上想起时茹，这时我才知道我可能是永远失去我女朋友了，而这一切都因为时茹，因为这个已经去世的阴魂，我说真不明白这一切怎么会发生得这么快。时娟问我是不是还是舍不得我的女朋友。我说她是真正爱上你哥哥了。时娟在公路上冷笑。我们开车下山时，时娟问我有没有把女朋友抢回来的打算。我说我跟蒋浩不是同一种人，而我女朋友肯定是深爱蒋浩的。时娟在马街发电厂的那个铁道口停下车，我去小解，时娟把音乐放得很大，再回车上时，她牢牢地盯住我。她知道我难过，但我的难过让我很丑陋，只是时茹已经去了，而我们都还活着。联想到当初给蒋浩那奇怪的一千块钱以及我和他的争执，想必死者不会轻易地明白各人的心思。我和时娟很长时间都在一起，但我们谈话不多，我们又吃又喝，开车，听音乐，上课，上街，有时讲起蒋浩什么的，但我们的接近依然十分有限。她的美对我是个奇异的东西，而且逼着我想起当初对时茹算不算一个美女的动摇，而时娟肯定算个美女。时娟上了楼，我往青年路去，在院中，王捷和朱桦在等我，告诉我婚礼很隆重，蒋浩的朋友全都到了，以至于他们挤不进新房，所以只好乘着酒兴到我家来，他们一点也不考虑我的感觉，我只好去小店拎了两箱啤酒，在我家的客厅继续喝。

蒋浩和我女朋友在婚后与我基本上没有联系。因为王捷最近在市园林局绿化处接到了一笔草皮的业务所以常到我家来，跟我问有关草皮进口的事。听王捷说邓军跟着蒋浩做完保山的天麻生意之后跟蒋浩的关系也就淡了下来，他还提到蒋浩这个人与众不同，不按常人的逻辑办事，甚至不是钱的问题，他们都看出来蒋浩的心里边装着另外的东西。如果不是我女朋友的父亲母亲在一个月明风清的晚上把我喊去，我还真不知道我女朋友所爱上的这个英俊的蒋浩原来是个吸粉的家伙。我女朋友母亲把这个重要的消息告诉我时我女朋友跟蒋浩的婚姻已经维持了近两年时间。这两年中，我的朋友邓军和朱桦又回到我这个圈子中，他们很少提起蒋浩和我的女朋友，但朱桦和我女朋友母亲一样对蒋浩仍然存有敬佩之情。所以我女朋友母亲在告诉我这个令人震惊的消息时，她自己也扼腕叹息，而我女朋友的父亲甚至希望我此时能帮助我的女朋友，因为他们知道我对我女朋友仍然心存爱恋，这时她母亲便更希望从我这里打听到有关我女朋友近期的一切情况。我女朋友每隔一两个月会因为各种偶然的事情跟我有电话联系，从她那里我能感受到她对蒋浩的一往情深。她母亲在这个晚上失声痛哭，她预计事情越来越糟，凡是沾上毒的人大部分不会有好下场。我女朋友的父亲问我的意见。我说你们的女儿对蒋浩的感情几乎是中了邪，现在想把她拉出来已经太困难了。既然蒋浩是个吸粉的，那么他从前的那一千块钱的事以及跟邓军做天麻生意的事，都势必有他自己对钱的态度。我女朋友的母亲一再要求我对我女朋友多加留心，凡是有关她的一切消息都要谨慎地对待，并报告到她父母那里，他们几乎又把我当成他们女儿的男朋友。而现在我女朋友已经是别人的妻子了。自从我女朋友父母找我谈话之后，我女朋友跟我的电话联系就中断了，或许她从她父母那里听出了什么。我叫邓军去打听一下蒋浩跟我女朋友的情况，邓军去找蒋浩，回来跟我说蒋浩很正常，而我女朋友也已经有了身孕。听邓军这么说，我估计我女朋友的父母很可能小题大做，对蒋浩担忧得有些过分，王捷也说假使蒋浩吸粉那就是一去不回头的事，只能把你女朋友解救出来。我倒没想起要让我女朋友离开蒋浩，他们是夫妻，况且又有了身孕。后来，我女朋友的母亲又找过我几次，断断续续地提到蒋浩这几年闹空了他们那个小家庭，我女朋友调到外企上班，工资收入不低，听说家里边什么东西都没添置，听起来叫人寒心。但我女朋友和王捷见过几次，王捷反映，她还是很开心的，大概孩子就快要出世了。

此时我对我女朋友的担心也减弱了许多，王捷从新加坡进口的草皮在体育场出了问题，后来我又陆续到东南亚出差了几次，把我女朋友跟蒋浩的事放到了一边。这样又过了两年。这几年当中我跟时娟的关系十分铁定，只是她跟她那个永远在外地的丈夫离婚之后，又嫁给另一个一直在外地出差的丈夫，我甚至怀疑她是不是专门挑选这样的男人去出嫁，总之她的第二个男人在北方，什么时候跟她相聚并不清楚，至少在我能了解到的范围内仍然是当着我的面跟她的第二任丈夫保持甜言蜜语的联系。最近这一段偶尔听邓军他们谈起蒋浩和我女朋友，说他们经常吵架，这让我很吃惊，不晓得我女朋友还会跟蒋浩吵架，我女朋友的母亲找过我几次，说她女儿跟蒋浩再这么下去可能会大难临头。我听不出她母亲这么讲的道理，我也不明白关于他们夫妻的事我能做些什么。我女朋友的父亲希望我能帮助我女朋友，大有一种拯救她的意思，而这一切都依赖于我对我女朋友不变的感情。看来我女朋友的父母都是狡猾的老实人，看出了我心底最深处的痛，而我终究有些麻木，每当我矛盾时，我便跟时娟到滇池边去，看那广阔湖面上翻动的波涛，吹着高原的风，我们慨叹世事无常。即使对时娟这样一直近在身边的女人我也只能平淡地对待。蒋浩跟我女朋友的女儿都已经三岁了，我女朋友在外企的职务又上调了一级，而几年来蒋浩仍是无所事事，中间听邓军说他做过几年生意，但邓军不明底细，也没插手，现在朋友们都在回避他。

直至 1998 年的年底，突然我女朋友的母亲打我的手机，说蒋浩被抓，我火速赶到我女朋友家，我女朋友的父母还有我女朋友的两个同学正在她家里对她好言相劝。我女朋友的父亲介绍了事情经过，大概是蒋浩带了少量的粉从城外的黑龙潭回来，被人举报抓了。事已至此，我女朋友的父母铁定了心肠，让我女朋友跟蒋浩离婚，不论今后如何，这婚一定要离，我也加入了劝说的行列中，但我的态度不够坚决，我女朋友的同学甚至责备我当初就不该同意跟我女朋友分手，但他们哪知道我女朋友对蒋浩那举世无双的感情。我女朋友搂着她的女儿，我逗了逗她，她很可爱，我在她妈去厨房的时候抱了抱她，她跟我贴得很近，而且嘴很甜，一再叫我，问我有趣的问题，我喜欢上了这个女孩。我女朋友要她女儿下来别在我身上蹭，我猛然看出她跟死去的时茹长得有几分相像。虽然蒋浩被抓后，各方面的朋友都劝我女朋友跟蒋浩离婚，但据说我女朋友坚决不同意，她说她要等他出来。蒋浩只是被判了一年，刑期不长，而且就关在离省城一百余公里的寻甸县马过河镇的省第三监狱。我女朋友把他们的女儿放到她父母那儿，她父亲常喊我去带孩子玩，周末更是要带到公园去，一时间我跟他们女儿的关系十分密切。而我女朋友每月要赶到马过河去，她贿赂了看守，把蒋浩弄到监狱外的旅馆同居了几晚。我女朋友的母亲每说到她女儿对蒋浩这种无微不至的关怀都要泪流满面。后来出了事，监狱方面处理了受贿赂的看守，又要给蒋浩延长刑期，所以我女朋友又在省城活动，找到了王捷的一个朋友，到监狱去说情。但我女朋友的父母在加大力度强迫女儿跟蒋浩离婚。我在她父母要求下，跟我女朋友谈过话。我女朋友目光深远，她说她始终爱着蒋浩，即使这一次他改不了吸粉的病，她还会相信他，直至他正常起来，她甚至说假如蒋浩死了，她会一个人把孩子带大。我女朋友对蒋浩的坚定感情让我自惭形秽。四月份我到马过河去了一次，就是劝蒋浩跟我女朋友离婚，在会见室，蒋浩的形象令我大为吃惊，一个原本英俊高大的男人现在十分潦倒，勾着腰，眼眶深陷，头发蓬乱，手指在不停地哆嗦。他对我很客气，但跟我女朋友一样，不同意离婚，他说他很快会出去，他还要跟我女朋友过下去。

无数朋友的好心相劝以及我女朋友父母对她以死相劝的威胁都没能促成我女朋友跟蒋浩的离婚，他们的爱情经受了考验。一年后，蒋浩出狱，我女朋友立即把他带到了云南下面的一个县，蒋浩回家跟他女儿见了一面。我女朋友的母亲事后跟我讲，蒋浩抱着他女儿失声痛哭，而我女朋友态度坚定，希望蒋浩到农村去彻底地远离毒品。他们去的地方在思茅地区，一个很偏远的靠近独龙江源头的江岸边的小镇上，我女朋友从那里给我打过电话，要把他们的女儿交给我，让我无论如何要为他们管上两三年。我女朋友的母亲几乎要跪下求我，让我帮我女朋友的忙。我跟他们女儿在这之前接触过几次都是在我女朋友的父母那里，她跟我在一起，话很多，总是提这样那样的问题，我无法推却，于是便非常奇怪地以一个单身男人的身份抚养起我女朋友的女儿。在独龙江边的石虎镇，我女朋友和蒋浩租下了一套农民房，过着清静的生活，我女朋友在单位请了长假，她每隔一两个月会从独龙江回省城一趟，每次她都带回蒋浩正在好转的消息，还说蒋浩跟当地的农民一起组织编织手工艺品往外卖。我对我女朋友的话将信将疑，我女朋友跟她女儿说要听我的话，我女朋友对我的信任让我有些莫名其妙。大半年过去了，时娟劝我还是把我女朋友的女儿放回我女朋友的父母那里为好，因为一个单身男人带孩子实在不方便。我跟我女朋友通电话谈起这一点，我女朋友在电话中大哭了一场，一周后，她急匆匆赶回，当着她女儿的面问她女儿到底喜不喜欢我这个叔叔，她女儿抱着我的脖子，在我身上又蹦又跳，我心里十分难过，我知道我甚至比我女朋友更喜欢这个女儿，我女朋友的女儿在幼儿园上中班，幼儿园老师都很喜欢她。时娟见我跟我女朋友的女儿难舍难分，不仅责怪我心肠软，于事无补，而且明显感到她跟我在一步一步地疏远。时娟的变化令我失望，而且在下半年她的第二任丈夫从外地赶回，算起来是我认识她以来，她跟她丈夫在一起住的时间最长的一次。我们在外边约会，因为我女朋友的女儿在家里，她家里又有丈夫回来，所以我们每次在外边又吃又喝的，但始终不能进一步发展两人的关系，而且越来越觉得彼此的无聊。

十一月份，我单位里领导找我谈话，说是要派我去北京办事处负责两年北京的工作，我有些兴奋，盼望离开云南，但唯独放心不下的便是我抚养的这个女儿。我给我女朋友打电话，我说我要调到北京工作了，恐怕不能帮你们带孩子了。我女朋友在电话里痛哭，我只得到独龙江去跟她面谈。到了独龙江边的石虎镇，我女朋友没让我去她和蒋浩的住处，在小镇的西头跟我见面，巨大的峡谷、庞大的山脉以及清澈剔透的山峰外的天空，这一切纯洁的气氛深切地打动着我，我们坐在她一个女朋友的堂屋，看门外飞跑的猪和小孩，心里难受极了。我女朋友说蒋浩好了一段，但最近他又不行，控制不住，他总有办法，即便在独龙江边他还是会步行许多里到县城去拿他所要的东西，我女朋友没有丝毫的绝望，相信独龙江的水土能挽救蒋浩。而在我看来，这已经没有什么意义了。我提出想见一下蒋浩。我女朋友说他现在很危险，最好别见了。我女朋友穿着当地人扎染的土布褂子，挽着袖口，头发又脏又乱，我们在镇西头分手，我坐上轰隆隆的拖拉机，我女朋友哭着跟我说，把他们的女儿带在身边，你去北京，你就把她带到北京。她哭，我没法拒绝，我想也许我本来就想如此，看到这一切，并且我实实在在地有着一个女儿，一个他们的女儿。我所坐的拖拉机走了。拖拉机一直沿着独龙江岸上的土路向县城开去，旁边竖立的峰尖以外便是广大的天空，现在我回想起来还是那样的天空，湛蓝的。白云和大山的下面，发着深蓝的暗光的独龙江向远处冲去，我对我女朋友最后的印象便是与这江水相混合的。几天之后，我带着他们的女儿去了北京。在北京，我雇了一个保姆，孩子生活得很健康。

在我到北京约半年之后，我接到我女朋友母亲的电话，这时我才知道早在三个月以前，我女朋友和蒋浩已经永远离开了人世，是蒋浩先跳的江，第二天早晨，我女朋友也跳下独龙江，我女朋友的母亲给我打电话那一刻，他们已经永远地埋在独龙江深深的江底，他们的女儿蹦着、跳着，我搂着她，按她的要求，讲一个每日必讲的新的故事。

我们这个时代的欲望

在这之前，我们的绝望是众所周知的，虽然绝望并没有影响到生活，但仍不能听之任之。出于某种必要的考虑，社会为我们提供了一个短期培训班。至今想起来仍无法将这件事归于谁的头上。许多失意的人有机会聚到一起，这就能生出一些事来。这是一个脱产培训班，据我事后反复回忆，如果有主办者存在，那么这个主办者一定具有极强的社会能力，否则，他如何使我们脱离正在进行的劳动？这个可以先不去感谢，因为短训班的生活也不能说完全美妙。从某种角度看，我甚至以为里面有不少神秘的东西，况且，在培训班里一个最直接的感受就是情感上的障碍渐渐消除，而同时，又有另一种无形的压力潜在地增大。培训班放在离城有一段距离的一个名曰度假村的废弃庄园里。当时的天气有些转冷，更有一派萧瑟感，好在这些被集中到一起的人，本来在生活中就备受欲望的惩罚，现在被局外的陌生人弄到这个相对激进的希望的庄园里来，内心冲突可想而知。我进来以后，发现许多朋友都已在这儿住了四五天了，他们的观点很模糊，弄不清他们要学什么，以及他们到底学了些什么。从脸色上可以看出来，欲望的光芒已经闪现，人在这儿，可以做到心理条件应有尽有。当然，还有女人，甚至有很年轻的女人，这给像我们这号玩倦了的男人增添了另一种可能。许多衣服晾晒在山凹下的围墙边，一些像老师一样的工人正整齐地步行，大约是在调整学校的布局，使它看起来更美一些。很快，我发现这些失意的人并不相互隔绝，彼此倒容易熟悉，他们没有明显的缺点，所以我不觉得这儿有什么监禁的意思。在我没见到正式授课老师之前，有一个学员主动告诉我，大约就在两个月以前的前两期培训班的尾声，一个老师投湖自尽了。我吃惊地问，怎么还有湖？

我费了半个小时，出校门找到了那个像鼻涕或盘子一般的湖泊，它蓄意地卧在山弯里，与学校仅相隔一个小小的山头，而从学校的另一道侧门，只要绕过一个小水沟就可以到小湖的另一端，那儿的边沿有些沼泽，更增加了它的鬼魅。回到学校，我把被子什么的整理好，并没有老师来安排，一切完全自愿，充分按你主观的意思来发展；甚至有个刚来的女生，约有三十多岁，想和我们这边的另一个男生同宿于一个标间，后来迫于舆论，住到另一间去了。我选了四楼拐角大卫生间边的一个丑陋的普通间住了下来。我摆摆书，看了看传呼，这儿居然仍能收到传呼，床头柜上有电话，不算与外界隔绝，但在内心深处，我一定希望此次培训班能使我战胜生命中的弱点，我需要在培训之后成为生活中的强者。不知怎么，我竟在临行前装了一把锋利的菜刀在包里，当我打开报纸，把它拿出来时，却不知往哪儿放，这使我的心情反而沉重了，也使我多了另一种预感，索性不去想它。我刚一躺下，午后静悄悄的院子里传来几声猪叫，我相信人在这儿的地位是出众的，因为他不需鸣叫，就可以得到教育。睡了几十分钟，我就去找教室，同行者有四个类似骗子一样的人。请你们记住，如果我死在培训班，那也没什么奇怪的，因为人人都一样，都处于陌生的生存中，否则谁能接受如此悲哀的现实，不劳动，不斗争，不管不问，却在此培训？培训什么？生活还有没有主题？

说这儿是个废弃的庄园，倒也还留有当初主人的一些阴影，比如有四个很大的浴室，男女各两个，以及一个圆形的凹陷的水泥地坪，似乎有无数人在里面躺过，现在里面飘着有限的早衰的叶子。当然，后来，我很快就弄明白了，到这儿来培训的人当初填表被审查通过时，都是承认恋爱的失败，不论真实的绝望来自于哪儿，反正到这儿来就是以失恋为借口的，所以你马上就会意识到故意渲染爱情气氛在这儿有多重要。你留心一看，在许多细微的地方，老师们都留下爱的痕迹，一些随手涂抹的画儿，或者一个相对陈旧的遗址，不论发生在哪期培训班，现在主动回想，都会发现人们在这儿是真的奉献了爱心的。这使我略显惭愧，因为当初我被介绍到这个培训学校来，完全由另一个朋友一手操办。不过，说起失恋，我也符合，我是一个准确的失恋过四次的人，就目前来讲，仍在失恋。到教室里，才意识到许多人都有些按捺不住。我在椅子上坐下来之后，低头看众人的大腿，均在拼命地摇晃。下午，就显得有点焦躁了。这儿有电视、电话，有通讯地址，与外界仍保持联系，所以，我们至少是安全的。在老师没有出来之前，我冷漠的感情是无所谓的，但我充满了讽刺，我以为从此以后，我将记住培训班生活。我伸手摸了摸屁股，它有些痒，以前患过性病的地方一滋一滋的。我扭头才发现在教室最后面的黑板上贴着几个用纸剪的爱字，这使我怒不可遏。我想，太过分，难道主办者不知道情感是心里的事情吗？恍惚中，有一些人脱光身子到浴室去了。我骂了句，我操！这就是绝望的人们，在机会来临时，反而趾高气扬，否则会死去，会怀念美好的别人的人生。我意识到这儿是我的另一座坟墓，它会培训我的幻想与快感，但到底它会为我培训些什么，可能要取决于我的存在在哪些方面对培训班是有利的。当然，我脱光了等着它，我不怕。

我在短训学校和梁云飞的相识发生在第四节培训课之后的一个分组讨论上，令我恶心的是众人都不愿直接跟我讨论，后来才有一个很年轻的女人出于无奈和我搞在一组。奇怪得很，在大教室里我居然没有记住她，仔细地追忆，才模糊记得她可能坐在左排的前方第二位，那时她只是一个背影。她坐在我对面，我们讨论的地方是一个废弃的开水房，放了两只板凳，我捧着太空杯，天气阴沉异常。她的出现使我良心不安，挨得近了，就发现她其实很年轻，虽不是个处女，但也有惊人的温柔；而可恨的就是她已经在现实中惨遭折磨，额头那隐暗的皱纹令我顿生同情。我们讨论的问题似乎与培训班的直接目标没有关系，说是要讨论一下我们生活中的希望，当然在第四节课乃至在前边的几次聚会上，老师并未正面向我们讲述过任何与希望有关的思想细节。她那细长的手指在膝盖上蹭着，她坐着时，有意把她的咖啡色一步裙向下拉，以遮住正对着我的双膝间的空洞。她并不羞涩，但明显她有障碍，尤其当我们一起来回忆我们的老师在围绕培训目标所叙述的那些故事时，她更是表现得出人意料。她问我，我们这个老师是什么？我立即在头脑中反映出老师的存在，她像一只装满废料的桶。她是个女人，如果在梦中她也会变成一个母亲，可一旦在短训班的课堂上，她肯定被主办者当做废物来利用，因为她讲述的故事糟蹋了人的情感。可她到底说了些什么呢？梁云飞掏出一包红云烟，主动递给我一支，我并没有接过烟，而是握住了她的手指。实际上，我畏惧她另一只细长的手会顺着下面的空处向我的下方伸过来。培训班本身是没有希望的，她向我表达了这个意见。可为什么她从不直接向我们论证希望的存在呢？我俩是有机会的，我说。她问，你说我们俩？我说，通过讨论。

废旧的开水房里似乎会传出往日炙热的空气，令我晕眩。从我自己来讲，我宁愿这儿是梦，梁云飞会作为一个梦中人物存在，从见她那一刻起，我知道我们的讨论将直接与我们的生死有关。你可以确信，梁云飞的绝望与我的人性是相关的，假如她厌恶这个世界，那么这个世界也一定包容了我的错误。而现在让我们共同来声讨这个刚刚布置完讨论话题的叶老师。叶老师的形象在开水房里令我冲动，她没有充分的理由来施展对这个话题的权力。上了四节课，我终于明白不仅培训学校是个废旧的教育方式的象征，同时，像老师以及校务工作者，也是被正常的乐观者淘汰下来的有突出病态倾向的人，而我以后是不会容忍这一点的。梁云飞说，我仍是不愉快的，不论培训班给了我多少解释，可我总不能从回忆中走出来。按叶老师说的，假如我必须对她所说的话作出反应，那我只能说我不得不承认过去的那些事儿。她把我的太空杯拿过去，随便喝了一口，这使我在幻觉上感到我俩在液体上是相通的，至少在最重要的讨论上，我们会取得一致。越是培训学校叫我们达到的理想，我们越要离它远一些。因此，在我们讨论的同时，培训班已经不是一个美好的集体，它仅仅只是在我们发挥讨论的同时，有可能打击我们心中主题的一道恶劣的阴影，从教室、浴室、操场、湖泊以及相互间的关系，我们都只是保持在进培训班之前的任意一个破碎的梦想上。客观的情况只会局限在进培训班之前那些被解散的多重的关系上，于是我们谈到了失恋。由于我正处于失恋中，那么我的体会就不仅是失恋的悲伤，而是由它带来的正在毁灭一个人的灾难能力。我克制住矛盾心理，纵任培训班以外的现实继续恶化，与梁云飞一起来触动过去生活的格局。可是，梁云飞注定在今后会成为我俩的主角。她说，她始终感到没有权力，尤其在爱情上，她什么权力也没有，更不用说尊严与自由了，所以到培训班来听到叶老师等人如何不厌其烦地阐述承认生命失败的必要性，她就对培训班也绝望了，培训班也成为一个弱小的符号，飘扬在这个废弃的旧度假村里。在梁云飞开始回忆时，我插话道，叶老师像一只旧水桶。我这个有点过分的形象化比喻，使梁云飞颇为不快，她说，叶老师是个女人。而我说，但她并没有给我带来欲望。梁云飞低下头。我很快倒也想通了，在培训班里本来就没有重视欲望的意思，至少在梦想上，它有一定的监禁能力，还能怎样？把过去都忘了？叶老师代表这个短训学校变成一只充气的橡皮垫，把我们弹了起来。梁云飞仍要说，没有权力是肯定的了，还有希望？叶老师和众人都不会说的，希望不是说出来的，梁云飞说。我想，那为什么让我们来讨论？梁云飞一直在喝太空杯里的热水，我心中滚动着热乎乎的东西。天空在变幻，许多青黄相间的叶子被阵风吹落了，从我们开水房的后窗可以跳过山间的空谷一直眺望到更远处的树林，那儿的飞鸟在某种可能的方向上闪动。

我们讨论的目标在无尽地耗散，生命被另一种力量发疯地抽动，我们从废开水房里撤出来时，已相互把自己的存在价值转移一部分到对方身上去了。可以看出来，在这一点上我们辜负了培训班对我们的希望，或者说我们并没有完成对自己的伪装。虽然，之后，我和梁云飞以及若干绝望的朋友仍在上课、回忆、减轻压力，但关于希望，我们仍一无所获。叶老师不仅让我们听任她在课堂里制造那些有杀害意志力的故事，同时，还在课后，在主题的后边，模仿我们曾经的经历，叫我们不得安宁。当然她和学校的本意是什么，我们不清楚。为了分散生命中直观的痛苦，我们主动地要求劳动，包括不断地清扫校内的落叶。有时我感到我们是这个废园子的永久主人，因为谁也不可能像我们这样牢固地热爱与培训班相反的那些东西。但我们无法脱离培训，因为我们在申请培训时，就已纷纷被爱情抛弃，在个人生活上遇到了绝境。我和梁云飞在清扫那个凹陷的水泥地坪时，拣出了五只塑料饼干袋，两盒空的避孕盒，还有许多烟屁股，我们相视一笑，那表明我们曾经都乱搞过。但目前，我们已相对比较纯粹了。我真想吻她，但可惜她不是处女，她舌头的味蕾上是大众食物的余味。我需要的是类似她心脏一样的部位，因为我大致只能如此。我和梁云飞蹲下去，视线刚好可以贴着凹地坪柔和的边线，我们看不见幻想中的日出，我只能听梁云飞在培训班的现实中诅咒现在的荒凉心态，她说，还是没有权力，只能听任过去的阴影继续蚕食培训班里的欲望。但欲望至少仍是你的，我说。她叹了口气，说，叶老师编造的那些故事与她自己的东西如此雷同，这使她进一步消沉，好像培训班是在惩罚虚弱的学员，但为什么要遭受这种不幸，说是要讨论希望，却一直逼迫我们承认这种绝望?！我为了帮梁云飞的忙，坚定地说，像叶老师那样的人，我真想废了她。梁云飞阻止了我，她第一次握住我的手，她的手很长很细，却又异常柔软，凉凉的，从她体内传来她过去的信息，那是一种宽阔、广泛、不容置疑的绝望，使我的心快要碎了。怎么进来的？我问。她说，是我亲手填的表格，我以为别人真的关心我的内心，但想不到培训班连失恋的借口也不再理会，它在惩罚我们，试图使我们相信绝望是一种正常的情绪，她大声地说起来。这时风起来了，掀起她齐肩的头发，我看见她美丽的脖子，更加伤心。我和她通过简短的商量，决定去洗澡。在我们清扫完凹地坪之前。有七到八个人在上边的水泥台上向我们嘲笑，我没有理会。培训班里没有任何重要的人物存在，每个人都不是杀人者，他们模糊地增加培训班里那些相反的绝望情绪，并加大叶老师之流处于教育上的先天优越性。

我和梁云飞去洗澡时，正是高峰时刻，时间已过五点半，有一大半人已吃过晚饭，可以在池子里泡上几个钟头；隔壁的女浴室据说更拥挤，许多肥胖的女人干脆睡在盖有木栅栏的贮水池上，被热气熏得死过去。我一直设想着如果梁云飞钻进男浴室，那一定是我主动地拥着她，因为在生命中，我们的价值通过讨论已产生了诸多的类似。我们拒绝承认绝望，同时，对于希望，我们毫无主见。我亲眼看见四个人，一边在描述他们经验中的女人，一边比划着不规范的动作，在他们失恋之后，在培训学校里，他们变成了另一批机会主义者，至少在想象上，他们得到了精神上的解释。他们在裸体时仍是合理的，我平静地耻笑他们的愚蠢，因为我明白只有我个人继续在培训班里拒绝爱情。对于梁云飞，我需要她的心灵，需要互通有无，像幻觉中的液体，假如条件允许，我应和梁云飞同时为培训班作出榜样。培训班变成失去理想者的温床，使我们重蹈覆辙，而又不需负任何责任。在沉闷的雾气中，男人们议论起梁云飞来，这使我顿生警觉，但我分辨不出他们在说什么，唯一存于这些对手心中的将是梁云飞绝对的冷漠。人们不会以为她有讲述故事的能力，她只能是荒废了的理想，会起死回生？别人以为是不可能的，但我以为我和梁云飞已做好精神上的准备，我们在回忆过去的故事之后，会进入培训班的反面，在那儿，绝望反倒更加美丽。是众男人裸体的格调丰富了我想象的世界，也使我真正怀疑了自己的实力，梁云飞的美丽与好感完全变成一小次偶然的财富。在我出澡堂时，她的厚格子一步裙贴得更紧了，我看见她的小腹，柔韧度特别好。

我们对叶老师印象的改变是突然的，可以说，我们突然对她失去了兴趣，并由此发展成对培训班计划强烈的不满和怀疑。按照教育上的规定，在上了一个礼拜的理论课之后，我们开始进入带有实践的部分。由于围绕希望有关的讨论并未取得成果，培训班的后台，假如看见学生的话，已经丧失了耐心。比如关于惩罚，通过实践课可能会好些。我本以为所谓的实践会离开真情实感，来点实际的进攻或练习，但事实上，实践课却是培训上的游戏。那天上晚自习时，叶老师穿上套装，由一个留有胡须的黑头黑脑的先生陪同进了教室。那个人可能与培训班的主办者更亲近一些，这从他说话上可以看出来。叶老师的头发梳得亮亮的，虽然她不能勾起欲火，但她使我们想到了往日的快乐。而现在，她居然很严肃，在那个先生步出教室之后，她向我们开诚布公地说，今天我们举办这个游戏就是为了让你们明白现实并不能压倒众人，你们不是普遍绝望吗，那我们就用今晚塑造一个最绝望乃至完全陌生的处境，让我们自己来观看一下我们到底会怎样。为了便于你们认清游戏的实质，我叶某主动把自己装扮成一个绝望的外人。与你们周游。

教室里寂静无声，电灯由于电压不够，扑棱棱地闪着，从窗子里望出去，其他教室大概已提前放学了，我们这儿更显出很强的实验室味道，于是，我们都严肃了。叶老师让我们把课桌全部移到贴墙的边角那儿去，然后彼此或者站着，或者坐着。叶老师一直居于一个潜在的中心位置，她浑身传出惊人的气质。由于我们对游戏没有准备，而她自己却如此老练，所以慢慢有人主动观望她的姿态。于是她当着众人的面，把她那件灰白色的上衣脱下来，拎在手上，另一只手摘下那只淡紫色的宽边眼镜，之后束起头发，就这样，她由一个严厉的老师变成一个太太似的人物。出于游戏规则，她继续拒绝众人的目光，一些天分差一点的人甚至想私自相互间谈点什么，但都被制止了，教室里的几十个人无声地压制自己的良心，并猜测另外的可能。叶老师与我们一起构成了一个圆。我费了很大的力气，才挤走了梁云飞边上的两个男生和三个女生，我们坐到了一起。梁云飞知道如果我不和她小声地咒骂几句，可能我也会倒入叶老师的圈套。她的腿很肥，我对梁云飞说。叶老师对我望着。我进一步确信她黑袜里的腿充满力量，那仍是废物的力量。可我觉得废品不是虚设，主办者一定通过某种监视仪看到了绝望的力量。在沉默了近一个钟头之后，人们开始缓慢地苏醒，先是有人抽烟，接着有人用手机给城里打电话；叶老师翻着教材，坐在一张比普通椅子高百分之二十的圆凳上，肥胖的屁股悬在半空中。有一个人想去靠近，但叶老师叫道，别碰我。于是，众人立即喧哗了。随后，叶老师宣布游戏结束，这样看来，这个游戏主要是心理上的。我们都站了起来，梁云飞小心地吸着烟。叶老师很光辉地走上讲台，勾下头说，刚才我看到了，绝望到顶也没什么。我是个外人，可我分明看到你们已经学会了忍耐、承受、默认和自慰。没什么，这个实践课将长期进行下去。梁云飞在我耳朵边上小声地说，这简直是惩罚。叶老师在我内心深处旋转了起来，我试图让身体冲动地膨胀起来，但她仅仅只有腿，只有黑色的长袜，还有乌黑的嘴唇。她是一个局外人，与爱情无关，它解释了我秘密的激情是如何杜绝在爱心之外的。我有些焦急了。她说，你们必须变得自私一些，这就是游戏的本质。你们不能再公开地活动了，必须学会充分地自我关注，包括失恋。那有什么，你摸一摸你的器官还在吗？她不笑，但众人却笑了。梁云飞鄙视叶老师，而我以为像叶老师这样的人一定经历了非凡的故事，否则，她不可能胜任这种复杂的培训工作。

自从叶某代表培训班抛出自私这个法宝之后，培训计划已相对明显了，它不仅使我们重新抓住绝望中的价值，同时，它也使我们失去了兴趣。所谓的培训已远离肉体，变成一个人沉默的抚摸，哪些部件还在，而哪些已作废了。随后，叶老师提到了那个投湖自尽的老师，那是绝望在培训班里的临时产物，令人忧心忡忡，可我们无法回避他的死。梁云飞美丽的脸庞、高挑的身材，还有她大学时的知识以及透过浅白色上衣的某种乳罩干扰着我脆弱的神经。在听进那个投湖老师的故事之后，我对培训班的内幕有了更深也更独到的见解，而梁云飞在此已不仅作为失恋者存在，我宁愿相信她代表了我自己的希望，代表了我肉体的部分，于是我当场就搂住了她。即使叶某气得要死，还是有不少朋友相互搂了起来，而历史在这儿可能会改写，培训班造成了轻微的情感反动，再没有真实的惩罚了，现在我有权力跟她搞。

落日的余晖从山谷左手的那个凹空投过来，从那块小沼泽地边的水沟开始，野草就杂乱地分割着水面上的余光，它们闪亮在越来越开阔的湖面上，培训班在这个场景的三百米之外沉寂地放着。我和梁云飞手拉手，站在离沼泽地还有几米远的一个布满岩层的土坡上，低矮的灌木丛盖住我们的脚，许多黑色的飞鸟逆着阳光，向沼泽地的另一方飞去，而在渐次开阔的湖面上，余光在一寸一寸地消退，代之以墨翠的冷意的水面向着下方凹陷。我们站在这水面以上，开始有重点地审视叶老师在实践课之后提到的那个投湖自尽的老师的故事。正因为投湖者是个老师，它才使我们强制地认可培训班继续存在的必要，而且它也掀开我们就要关闭的心灵，迫使我们在培训班里保存实力。社会为我们提供一个培训计划，那社会必然要我们实现一些必要的目标。我和梁云飞在此刻是不冷静的。其实，叶某的重要性很有可能因为她讲述了这个投湖者的故事而重新影响我们。但我们的良知使我们不得不痛惜投湖者在若干天以前所从事的具体的行动，他既暗示培训班里极端的力量，他又封闭了任何逃避培训计划的想法。

梁云飞说，他就是从这些灌木丛里穿过去，一直下到沼泽地，那会有些泥泞、坍陷，接着，他有力地拔脚，直至让湖水淹没身体，一直往前。她指着那黯淡的光，在波光没有消失之前，投湖者的印象却已泯灭。我搂紧梁云飞，她的身体发出轻微的颤抖。此刻，我愿意复述叶老师对投湖老师的描述，那是培训班内一项客观的事情。两个月前，在投湖自尽者负责的那个班上，据说有一个中年妇女就读，此妇女脾性温顺，在人世间饱受情感的灾难，当进培训班时已经快要粉身碎骨，然而在进入培训班之后，培训计划却令她格外反感。在这种很矛盾的处境下，正是这位老师向她伸出了友爱之手。可能是背叛了教学计划，在私人关系上对她另开小灶，这使她重燃了生活的信念，发誓要与此老师改变生活，并态度坚硬。我们说话时，湖面上那种黑红的亮面已被许多细碎的青灰的倒影取代，太阳不仅永远西沉，而且湖边的树木也一致地萎暗、变黑、机械地直立，沼泽地里传来偶然的弱小虫类的细微响动。我继续说，叶某只能告诉我们这个，似乎投湖者在教育上体现了一定的机动性。但说到底，他不可能承认生活中有任何改变命运的可能，为了使这个中年妇女回到真实的培训计划中，他只能一死了之。梁云飞疑惑地问我，那你说，老师就没有其他办法了，比如与学生一起离开培训班，或者暗自私通？当我们发挥想象，来挽救投湖者的生命时，天色更暗了，山谷中传来鬼魅的风声，湖面似乎还在凹陷，不论投湖者也好，还是重述故事的叶某，反正他们都代表了偏激的培训力量，这是不言而喻的。我记起老师在课堂上说的，投湖者在自尽之前和许多要好的老师通过电话，鼓励他们继续按计划教学。不过，就像叶老师如此平静地引述投湖者一样，对于绝望，他们确实有一套行之有效的办法。梁云飞愣了片刻，对我真诚地说，那个中年妇女很可能真的看到了希望。她说到希望，立即便我有些不好意思了。当然，为了顾全大局，为了避免在湖边受到死者的感染，我轻轻地把手按在她胸口，她的心跳得很厉害。虽然希望总近在咫尺，但我们无法提起它，似乎一切都能无限遥远。在我们回忆并追述叶某所展示的投湖者的经过时，天色已黑定，但奇怪的是湖面可能会积聚另一些异样的光芒，它将在微暗的山谷的空中把湖面从凹陷的波形中轻微地拉升。这时，我们能感到死者坚毅的英魂，那是对培训班而言一种重要的存在方式，不论对老师、学生，还是对讲故事的人都是如此。我们在暗中纪念他，很可能是因为我们在别人的计划中丧失了评判一件事情的力量，我们已无法看到除了绝望之外的任何东西。山谷的另一侧，很可能比培训班还要复杂，至少那儿有更繁芜的森林，干脆不去想它了。仅就此情此景来讲，我们只是增加了无益的兴趣，毕竟我们是从叶老师那儿得到了这个故事，究竟它有多可靠？这要取决于我们在培训班中的进一步探索。死者的故事似乎离欲望很近，但他的死终究使我们回到绝望主题上，这无可挽回。假如那个中年妇女还能怀念这位死者，那我相信培训计划在社会层面上是成功的，它使学员在更深刻的层面上沉入悲凉的深渊，就像这湖面以下任何一种冷漠的事物。

我们不仅搂着，我甚至把手伸到她外衣里，隔着那件竖条白T恤，我触到她乳房的下缘。有幸的是，我们都是学员，都是意识到培训班反面意义的人，因而我们今后的前进将有望促成真实的与绝望的对抗。但死者是强有力的，他象征了培训班野蛮而粗暴的阴影，我们要对这个故事保持高度的警惕，因而我和梁云飞商定，必须继续纠缠叶老师，让她向我们讲清楚投湖者的事情。从表面上看，一个培训班老师死了，而事实上，肯定有更多的人都得对死者负责，并付出代价，至少从我和梁云飞这样认真的学员开始，在内心要付出诸多恐惧与忧虑。一项旨在针对绝望的培训，现在已转变成对培训班一切内幕的对抗，这样想，仅以废物来评价叶老师之流恐不能收效，我们必须相互利用。梁云飞并未拉住我，我冲过灌木丛，以滞缓的速度下了水。水草裹在我腿上，湖水很吃人，浸入肉体里面。我在被刺痛之后，有一种短暂的快感，那一定是培训计划在情感方面的失误，它无法阻挡我热烈的内心，与这湖水与死者的英魂抗衡。这个，我不说了。梁云飞用双手捂着脸，瞪大眼睛望着我。在暗中，我看到她整体的身体，有力地伫在小坡上，像一棵值得信任的树。一刹那间，我有了死者与中年妇女之间的某种通感，至少他们的选择是反对了培训目标的。

绝望的湖泊拒绝任何主观上的假想者，我搂着梁云飞，本想钻到一个暗处去拥抱，但一进侧门，刚好看见叶老师和一个推金狮牌自行车的男人从校外返回。我张口想叫，梁云飞却迅速捂住我的口。我们跟在这两个人身后，我几次想冲上去与之讨论死者问题，但都受到梁云飞的阻止。后来，这两个人上了楼，并拉上窗帘。这使我无比气愤，我挣脱梁云飞的束缚，冲上二楼，敲她的房门。叶老师来开的门，奇怪的是房子里根本没有那个男人。我想，这不可能，我明明看见他俩一起进的屋。叶老师很有礼貌地请我坐下。我得承认作为一个人，她丝毫没有让人记恨的地方。房内的摆设也极富有生活情调，在书桌上居然还有她与一个孩子的合影。我本想追问死者的故事，可我竟说不出来。我望着她的手，并一直顺着手瞅到肩上、背上，我感到这个人很熟悉。她友善地问我，这儿不比城里，你们受点苦，以后会明白，培训班没有亏待你们。这时，我又想起那个推自行车的人。我不得不问，刚才，我好像看到一个推自行车的人与你一起回来？叶老师浅笑一下。说，怎么，故意要盯我？告诉你，你不信，我从不和别人一起回校，只要回到培训班就是一个人。我要让你们明白，绝望始终是一个人的东西，无伤大雅。我还是追问，真的没和推自行车的人一起回校？她坚定地说，没有。这使我毛骨悚然，我马上联想到她所说的投湖自尽者，莫非是死者的阴影，是那个不完整的由培训班捏造的故事造成的影响？

叶老师向我走近一些，我感到她快要伸出手来握住我身体上的什么部位，我本能地后退了。她发出连续带有快感的笑声，美滋滋地说，快点，让我来教你。可她能教我什么？她丰满的身体在我模糊的视线中晃动，此刻她立即由废弃品变成了宝贝，我知道培训班会把学员变成绝望的情感天使。此刻，我伸开双手接过她的苹果，并扭过头，试图向门边奔跑，她用似带娇嫩的嗓音说，你会被培训成一个令人骄傲的男人。而我诅咒我自己应以更快的方式老去。我始终为那个推自行车的男人与死者的相像或联系而惊惧万分。她抬起腿，小心地捋着丝袜，在左前方的一大堆教材刚好放在她胸一般的高度上。我不知道是怎么退出去的，反正我相信在培训计划的全部内容中，我们这些借口失恋的学员，只能是配角，是别人解释绝望并加重快感的借口。我的头昏沉沉的，在下楼梯时，我碰到了至少五只黑猫，它们像叶老师腿上的肉团，甩着毛茸茸的黑点，刺在我眼底。我下楼后，还是跌倒了。梁云飞把我扶起来，我们相互搀着，我闭口不提任何与死者有关的情况。她也不问，她大概会明白培训班不会对它自身的历史负任何责任。

我们回到我住的那个普通间，房内另一个人有好几个晚上都到别处留宿去了，我很干脆地对梁云飞说，如果方便，你可以住在这儿。梁云飞没说什么，我们一起泡了杯热水，放了点茉莉花茶叶，缓慢地品起来。如果我们当初拒绝绝望，那么现在我们连现实可能也要拒绝了。现在是晚上九点四十五分，离明早上课还有十一个小时，即使顺利开课，那也毫无生气，一切都被计划好了的，还能有什么更精彩的冲动？梁云飞用大洗脸盆到开水房打了些开水，我们一起洗脚，热气从脚上传到小腹那儿，我们面对面抽烟。晚上的培训学校里没有喧哗的声音，死气沉沉，我们洗过脚之后就上床。这当然并不随便，我无法体会梁云飞内心的考虑，但至少她钻到床上之后，抽了约十根烟，还试图给一个极重要的人打电话，只是没有联系上，这样她就跟了我。现在看来，她的决定是完全正确的，我们早就应该为对方顺利地交出自己，还有什么？既然绝望的力量如此巨大，那肉体的力量呢？难道床上生活也搞不了？于是，我们偏要搞。当时，或者今后，我们的思想就是这样，绝望阻止不了肉体以及肉体间的运动。我们当然没有得到别人想象的那么强烈的欢乐，但我们已经上了床，并且认认真真地做了。这看起来，讲起来，或者听起来都像是梦，但在培训班的床上，它是真正的事实，我不想把它拉向内心的希望，但它确实是在绝望的反面。弥散在周围的惊恐、不满和顾虑，使我没有脱她的衣服。当我们已经贴在一起，真实地感到对方的温暖时，培训班已形同虚设，所谓的失恋也越出精神范畴，我们都变成容易接受的人，可以把双手的十指相互卡紧对方，可以用骨盆、大腿、上肢和脖子，轻松地固定对方的姿势，这温和而又准确的细节与培训班目标毫无关系。生命变得十足的轻盈，内心黑沉沉地飘起来，我敢保证她的双乳与以往任何一种存在都有了直接的区别，它是与绝望毫无关联的新事物，联系着体内新生的思想。可以这样说，我们在床上相爱了。这爱情也许有点变形，但它出奇地真实，阻止不住它向肉体、关系和理想上的侵占，我们在此，相互拥有，相互拒绝培训。我的手往下放在她的腿形上，那细削的侧面，光滑、紧密，没有记忆，没有要求。此刻，没有结婚，没有治安，没有舆论，仅仅是相互选择，在暗中，在失恋之后。在感情之外，十分反动，同时，十分主观，想怎么干就怎么干。我们关上灯，但校内路灯的残光仍透过窗帘照在床上，我看见她那水晶晶的眼睛，一动一动的，身体动一下，眼睛要更疯地动一下。她的嘴角露出爱的形状，我没有去吻她，我们基本上是包在床单里。我隐约想到了主办者，当然我就更有力了，如果谈培训班还有什么价值，我相信那一定是我与主办者的相互肯定，它肯定了我的绝望，我肯定了它的希望，那是我能主观地想象到的。她一直没有主动吻我，我也不要求她，我很轻松，完成了这次特殊的爱情，当然这是我一个人的爱情。

从那晚以后，梁云飞永远消失了，没人能准确地回忆出她表现了何种破绽，以及第二天的什么时分从培训班里永远消失了，别人也没有追究在最后一个夜晚我与她的同居。也许这是个重要的秘密，但叶老师和众人都把伤感压在深层，恰好它进一步说明了绝望的价值，培训班变得更有利了。我在失去梁云飞之后，很快失去了对培训班计划的反应，呆板地上课，下课，偶然在笔记本上记下与梁云飞性生活的细节，当然，那是非常不明智的。如果可能，我愿意去寻找她，但她正如潜在的设计一样，带走了运动中的希望。情感、性秘密和肉体一样，都在如今的现实中失去了证明，梁云飞会进一步陌生，而培训班生活总要结束，社会不会无止境地纵容我们有哀伤和失望，我再也无法冲动。现在我再看叶老师，也觉得她彻底的温柔，我无法再将她设想为一个废物。同时，她也开始主动地忽略我，遗忘我和她之间那种暧昧的猜测。甚至，有时我连那个投湖者的故事也不怎么在意了。就在我们这一期培训班还未结束时，又有若干名失恋者进入学校，重复这些令人迷惑的过程。叶老师和同学们都会略施粉黛，偶尔还在食堂里加餐，而我的情绪却怎么也起不来。我拎着开水瓶，端着饭缸，怀念着红颜尚未消退的梁云飞，但她到底去了哪儿？她的消失意味着培训计划的疯狂挺进。出于任务，我却仍要服从计划，直到为社会办学出尽力量。况且，失恋的状况仍在恶化，以前由拒绝绝望，再到拒绝现实，现在连希望也一并拒绝，现在的实践课变得更为空洞，消沉。好在众人都适应了叶老师的观点，保持足够的自慰也就够了。即使像叶老师这样平凡的女人，也在课上课下与学生的神经紧密联系。他们只是自私地想，那是我们的女人。叶老师的欣赏价值会在多重的故事上得到抬升，学生们也在压抑的同时，向她抒情。培训计划尚未结束，但社会上的人们已看到了某种令人满意的结果，以后的绝望就不会伤人了，因为失恋者已培训成熟，足以对付任何明显的痛苦。我的消沉是因为梁云飞在培训班里和我一起发展了一次特殊的爱情，这种爱情从一开始就与失恋类似，它建立在培训班的反面，却又与培训本身的理想相互牵连，而且它反对那些人为捏造的培训课程中的故事，它唯一实践的意义就在于我们搞了，虽不是深情地抚摸，但毕竟制造了夜晚的欢愉，相互已战胜了对方的绝望，把力量使出来了。在她出走之后，失恋就不再是借口，而是培训班里既存的事实。这就是现场里的代价，社会看清了我们的真实面目，可以说我们永远不能绝对正确地理解绝望的概念，因为我们会按自己的方式付诸行动，我们是不忠实的。而叶老师他们也不会强求我们认同任何社会提供给我们这个培训机会的好感，她仅仅是实践了整个庞大计划的一部分，如果我有足够的才华，我相信在个人问题上我也可以征服她的良心。当然，现在乱搞别人已来不及了，只有一个消失的梁云飞令人追悔莫及。在星期五晚上，我居然收到一个传呼，当时我正在大便，赶忙回到房间去回，原来是个女人，凭直觉我预计她和梁云飞有关。果然，这个女人正是梁云飞的母亲，她叫付瑜。

我请假，承蒙叶老师和另一位先生的恩准，我回到城里。梁云飞的母亲在北京路邮电局上班，我本想等她下班再赴约，可又没事可做，干脆就找到邮电局。邮电局有三个门市，分别办理储蓄、电话和信件。别人听我是来找付瑜的，都很热情，这让我觉得有点蹊跷，好在除了梁云飞我什么都不在意。原来付瑜在大柜台边上的一个小柜子边上班，她的职务是专门为封好的信封加盖邮局公章。还没有说明来意，她就估计到我的身份。为了使事情的局面变得更直接，她对我说，是梁云飞在消失之前把我的传呼号码报给她的。我以为这样来讲，说明梁云飞看重我，但想不到母亲对我表现得有些不恭，说完话，她就继续在信封上盖章。我当然不可能轻易撤退，显然可能母亲是在压制心头的怒火。她的手一点儿也不老，甚至可以说有点嫩；上身穿一件紫红色的像纱裙一样的上衣，上衣盖住了膝盖上面的部分，透过纱网，可以判断她的裙子很短。这个四十多岁的女人唇线很俏拔，而且在某种程度上比梁云飞更像一个饱受磨难的人。我不知道该跟她说些什么，于是随口说，你这样盖章，信都发去了哪儿？她头也不抬就说，不知道。我稍稍向边上站了些，邮电员应付客户的声音有点老成的味道。过了三十多分钟，人就少了，下班时间也快到了，我迫不及待地对付瑜说，我真怕梁云飞死了。母亲从里面愤怒地站起来，身体略微前倾，使劲关上抽屉，低沉地嚷道，那是个丑恶的培训班。她这个意见我完全接受，她本来要去大院里推自行车，经我建议，俩人一起打的回了她家里。

我不知道我耗在这个母亲身旁有什么意思。我既不是梁云飞的代表，也不是母亲信任的人，那么我离开了培训班，到底为谁存在？付瑜说，你还会回去的。我说，不过，快了，反正我马上就要毕业了。她轻轻地哼了一声，没有发表意见。到了梁云飞家发现家中居然没有任何梁云飞的痕迹，因而我就不敢冒昧地询问有关梁云飞的情况。但付瑜还是把我引向梁云飞的卧室，卧室很简单，看不出曾经住过一个美丽的女孩，我的心情无名地沉重起来。过一小会儿，母亲低头，我误认为哭了，但想不到她揉了揉眼睛，向我妩媚地笑了笑。她站起来，把窗帘拉上，动作十分不协调，家里只有我们两个人，而且现在还没有充足的理由获得这位母亲的好感，唯一可以借助的条件就是梁云飞。提起梁云飞，付瑜从窗子那儿回到我对面的沙发上，对我认真地说，梁云飞和她通了个很长的电话，通过电话之后，她就消失了。我问，从这个世界中消失了？付瑜说，否则还能从哪儿？我想如果我偏执地探听梁云飞的下落是不好的，但我至少要搞清楚付瑜为什么要找我。即便是梁云飞留个传呼给她，她就可以找我？把我从培训班里暂时调出来？母亲看到我有些迷惑，就顺着她的思路说，梁云飞已把你们的事情跟我说了。说实在的，在培训班里真不该那样。我想既然付瑜知道了我和梁云飞的事情，那么我理应对她的消失负相当的责任了，所以在付瑜有可能在心中复述我和梁云飞的同居之夜时，我再次冲进培训班的反面，那儿有着哀婉的理想，轻松、神秘、鬼魅，不切实际，但却真实。付瑜的上衣在她不在意时。总会拉得高一些，我看见那只标致的腿，左边的腿，右边的则压在下边，更令人心动，而更久远的过去，当我自已还是个孩子时，这双腿曾在分娩时有力地叉开，产下了梁云飞，之后是漫长的被培训班表达成绝望的成长现实，终于在培训班内部使我拥占了梁云飞。也许是我想多了，母亲有些不在意，她的双手抱在胸前，认真地观望我，而我力求与她平等。所以我很少主动地提起培训班。为了分散她的注意力，我故意和她扯邮电局工作，但母亲是严肃的，她不能同意对面这个年轻人回避培训班以外的社会现实。她说，我找你来就是想看一看我女儿的最后一个男人到底是个什么货色。不过，现在我明白了，你是一个普通人，什么也没有，因而你可以想象梁云飞为什么会选择你。我不能完全听懂她说的话，但我仍拒绝重复培训班里的经历，面对付瑜，我和梁云飞的那点事情简直是太草率了。我发现我内部有点痒，手必须抓住点什么，于是我抓住电视遥控器，付瑜随手把它夺了回去。她说，你很重要。为什么，我问，难道是梁云飞说的？不，母亲摇了摇头，她说因为我觉得，她话没有说完。我发现她的感情猛地难以控制了，脸部有着轻微的变形，她有些抽动，但她极力遏制；正因为控制得太狠，她反而更加暴露了，包括腿形、胸口、脖子和一张仍算得上俏嫩的脸。我不知道是否应规劝她，但至少可以接触一下，而此时，她恰好仰着身子，斜靠在扶手上，她缓缓地说，最后一个看见我女儿的人，是你，不对吗？我说，是的。所以，你很重要。她抬起身子，看见我正勾腰立在她旁边，她用手指轻轻地触在我眼角问我，难道，你没看到她问题严重吗？我无法把责任推到培训班，只好自己来承担，于是我说，我尽力了。尽力了？她反问。我说，是的，假如梁云飞真的把一切都告诉了你，那你会明白我的功夫，我们已经在床上了。她再一次说，这很重要，可你还是不能救她，因为她需要权力，需要真正的爱情，而不是任何虚假的形式。我说，我记不清什么形式了，我们拥有了一个不太差劲的夜晚，就这样。是吗？她问。并用手指宁静地抚在我额边的头发里，她的身子抬起来了，她非常想念梁云飞这一点我可以看出来，但毕竟我不是梁云飞，我只是与梁云飞有一次偶然的相遇，是整个培训计划的一个漏洞，而现在的付瑜把我抓住了，不仅抓住了我与梁云飞的故事，甚至抓住了我本人。

她向我轻快地叙述梁云飞在电话中向她描述的那些细节，我因而在付瑜面前看到了一个出色的自我，是如何在床上，在理想的意义上，尽情地对抗绝望。而那时，我是有力的，现在却不同，现在我握在一个母亲的手中，不论是她的腿，她的肌肉，还是她个人的历史，这都是我陌生的希望，而我无法认同。我不知道她会怎样，不知道她心中的悲痛会转化成什么样的力量，于是我在沙发上坐下来，而她却比我高，把手撑在我脖子后面，她会不会杀了我？也许，不会。她的脸有些红，双眉兴奋地坦开。还有那双眼睛，闪动着比梁云飞更坚定的愤怒，向我逼近。此时。再拒绝梁云飞已不可能了，只能更全面地怀念她，才能在现实中找到出路，然而我听不清我们双方在说什么。可能这也是梁云飞或者是比梁云飞更重要的希望，不是被培训班造成的事实，而是某种更遥远的关系，现在变成了相互的纠缠。她握住我的手，我有了梦一般的虚幻，可我必须抓住她。我侧脸看见她的脚从她的高跟鞋中抽出来，我的目光停留在黑袜里的脚、小腿，乃至大腿上。这是一个人的报复，是为了女儿，还是为了当初的分娩，还是为了故事的利益？反正她在凶猛地培养她自己的方式，正威胁着我记忆中的梁云飞，但我无法反抗，或者说除了梁云飞之外，母亲并不存在，她有足够的理由听我颤抖的声音去复述那个同居的夜晚。既然是我毁了梁云飞，那么现在她针对我的一切都是对的。我张开口露出我的舌头，它发麻，发冷，但它必须伸出去。我知道我的价值在培训班以外得到了完美的体现，母亲的重视表明了培训远不是一种封闭的社会机会，它恰恰是向社会公开的一个绝密窗口，只要进去，或者出来，一定都有秘密的激情，或者实现它，或者永远消失，只能这样。她没有哭，她的眼里是湿润的。这个妇女可能比我们任何人想象的都要娇嫩，她不仅是在怀念女儿的心境下抱紧了我，同时，可能是培训班使我在绝望中找到了技巧，征服了这个母亲，我们的拥抱同样感人肺腑，而且围绕在梁云飞的记忆周围。我们忘情地相拥，已超过培训班那些庞大的目标，在它的外边，现实更迅猛地发展，即使失去了梁云飞，但她的故事仍能有力地煽情，使更多的人演化他们本身的激情，在此，培训班反倒成了多余的借口。无论如何我的眼里都不可能再上演梁云飞那倦怠的形象和举止，她已消失。母亲当然会明白，她去了那里，已不再重要，关键是关于她在培训班里的故事已深入人心，使人无法忘却。想来，付瑜的存在也是必然的，只有在她身上，在她的感知上，才能回到梁云飞全部的历史中，包括她以什么样的方式在社会中存在，而我拒绝解释付瑜所叙述的梁云飞的经历，那已非常的次要。

母亲会稍稍抬起身子，我知道这个悲伤的人在身体的全部意义上已放弃了她的自我，她已属于这些故事，这些人，这些令她怀疑的现实。然而，通过我，为她增添了生活的兴趣。我的头靠在她的乳房上，她的乳房不像一般中年妇女那么大，那么坠，而是中等大小，挺得很上，罩子很薄，我的耳朵刚好卡在乳头上。我感到不仅梁云飞曾在这儿吮吸，任何一个年轻人都在吮吸，而她却仍然丰盈，有力，因为她不是一般的爱与恨，而是倾听着别人的故事。如此感染精神，付出精力并且去猜测和证明，那么她仍和我们一样，有着正常的美感。我的头挤着它，她把我搂紧了，现在我们不那么为梁云飞悲伤了，因为我们都很想，现在可以按我们本来的秩序来分担生活的权利了，对，这是我们的权利，梁云飞如果还能看见，那她一定会明白。当我昂起头，注目付瑜的脸，她已没有泪痕，只有轻微的呻吟，带着少许病态的哀怨，伸出粉红的舌头。而我知道在所有的身体中，这样的身体才真正的完整，真实，属于权利上的肉，而不是关系或刺激。因此，现在可以无限地分割时间，可以慢慢地触摸，我们遗忘那些故事，现在我们拥有敞开的现实。我脱掉上衣，再剥掉她的乳罩，我看见那两只均匀而挺拔的乳头像心中的事物，一直触到唇前，柔软，韧劲，轻轻地弹着。再侧过脸边，我抱紧了她，而我知道此刻的生死只是另一种选择，是社会以外的事情。她的手顺着我的腿抓紧了我。她一点儿也不老，要说老，那可能是我这样从培训班里出来的人。她的紫红色上衣搭在沙发下边，如果可能可以放些液体在上面，看着它们粘湿它，或者用它来擦拭湿漉漉的身体，那会使她的快感更长久一些。我不累，淌了些汗，坐了起来。她一句话也不说. 我知道她还会回到她的身份里去，乳房不可能哺育万众的思想，更何况还要束紧它，考虑自己的名誉。我还要回到培训班去，至少要参加毕业典礼。但故事的线索更加晦暗，隐匿，似乎又在折断，而精神世界恶化繁芜，渗满了不祥的阴水。我只能这样，抚摸着她，但思想尽量空白一些，如果以后还有机会，我当然会更卖力。在举行毕业典礼之前的一个晚上，我一个人到湖边坐着。去的时候，天就黑了，我带了只手电，我一直把它开着，照在湖的中央。我假设梁云飞是在第二天的一个无人时分，下了水，那么，现在我一定用手电之光照见她曾经惊起的波纹，它们延续到现在的残余，可是，什么也不会出现。如果可能，我还是去回忆一下那个投湖老师的故事，以及由他引发的对培训班的不信任。但故事终究是故事，当我们在现实中迷惑于一个人的消失，我们最好别把她当成故事，我们也不能叙述她，最好是记住她，仅此而已。

阴　谋

对爱情起源问题的探讨一直在潜意识里折磨着我，然而真正促使我对爱情进行正面思考的事情倒是偶然的。或许在某一天我看见了一只雄鸡与一只母鸡静伏在地面时，我就有了探求这种真理的欲望。我得声明我关注爱情并不是一件抽象的事情，尤其当我自身也坠入爱情生活时，我发现我的探求不仅充满了一种趣味，而且可以使我在爱情生活中获得一股清晰的力量。我并没有愚昧到要拿自己的爱情生活去做试验的地步，但平心而论，我一开始认为爱情完全出自一种模模糊糊难以理解的愿望而已。在我向人们引述我爱情的对象、我的女友文时，我希望你们原谅我的心灵处境，我一直认为她的存在之最大意义在于她说服了我确信爱情的存在，在她和爱情之间，她像是我全部的有叙述价值的生活。这样来讨论我的爱情生活无疑是可怜的，但相对于这个复杂多变而又暧昧不清的世界来说，陈述爱情又显得很必需，在我看来没有什么比爱情更具有真理性，也更具有谎言性质了。

爱情在我现在看来是荒谬的，以后我也将一直认为它是荒谬的，然而在我严格的叙述即将开始时，我必须从亿万人群中分离出我的女朋友文。在我追溯与她相爱的过程时，我还是发现了一些令我无比感动的东西，它好像使我确信人性就是这样建立起来了。不论人性在爱情生活中彰显了什么色调，我相信人性也同样经常背叛我们的生活。当现在我一再强调要严肃地叙述整个爱情生活的经历时，我对人性并不抱全面的信任态度。应该说现实处境在爱情生活的起源阶段发挥了某种至关重要的作用。但并不是决定性的。我和文的相识完全取决于一把雨伞，当然如果没有那把雨伞，我已多次想过我是无论如何不会认识她的。一个像我这样的现代人由一把雨伞而把自己导入某个女人的世界中是耐人寻味的，况且生活本来就是这样，总是由某个现实化的条件将你推进今后一系列的莫名其妙的环状经历中。这并没有什么矛盾。在以后甚至我也想过抛弃文，每当这种对爱情非常不利的罪恶心理出现时，我就诅咒那把雨伞。要想追述这把雨伞，我时常会沉浸到雨伞自身的过程中，我不仅想到了这一把雨伞自身的经历，我甚至想到了雨伞作为一个事物它那漫长的出现过程，假如世界上从没有雨伞这么个东西，那么我和文的爱情生活早就化为泡影了。在我生命绝大部分可以自控的时间里，我都对文爱得疯狂，以至我不得不扼制这种疯狂，在我理性地停下来审视生活时，我认为现实存在带有强迫性。爱情并没有给我带来彻底的欢乐，但它给我增添了一些神圣感。

那天我并没有预感到天要下雨，可以说在出门之前，天空没有一点儿下雨的迹象，我带上那把伞的主观原因我已无法记起。但即使我没有任何原因要带上那把伞，我认为我带上它还是服从了某种局外的意志，这种意志同爱情的降临一样有一种神秘性。在我一步步下楼时，听到不远处的大工厂正在发疯地撞击着的机器声，但我感觉不到工人们的存在，还有许多车轮、马达以及皮带都在搅动。我每下一步楼梯都在更加迷惑，在当时我就嘲弄了我自己，我是在走向某种有意义的生活？我感到我更像一个抽象的人。也就是说当爱情这么个东西快要发生在我身上时，我确实比较纯粹，如果当时我是一个暴徒，或者我是一个英雄，并正在做一件惊天动地的事情时，我肯定无法获得爱情。我那天要去鼓楼公园走一走，鼓楼公园我从没有去过，在我听别人转述的印象中，那儿有一个大钟，同时有假山，但我猜测那儿有坟墓。也许我那天去鼓楼公园就是为了分析我印象中的坟墓，但这种欲望是不完整的，为了表明我去鼓楼公园完全是一种自愿，我居然在坐上汽车之前对自己严厉地说，那是一个很有意义的地方，但意义在哪儿呢？

在我步行、等车、买日用品以及下车、观察时，我发现了很多面容苍白的人，他们并没有注意我，而是坚决地义无反顾地忽视了我，继续从事他们手头上的事情，这从某种程度上加大了我的自卑感。这种自卑感也就使我从思维的焦灼中不断向一个有形的有目的的人靠拢。所谓一个有目的的人便是反对那种无聊，想使自己被世界注意上，想使自己形象化。在公共汽车上，我边上坐着一个带随身听的女人，这个女人很漂亮，没有年龄，反正是一个丰满的女人，她的随身听效果并不好，这样我就听到了本来只属于她一个人的声音。那声音是美好的，旋律相互之间有出入，让我感到我并不是在听一种声音，而是在听许多相互矛盾的声音，这使我对这音乐产生了兴趣，从而也使我丧失了我对这个女人本身的兴趣。事后我经常回忆那个女人，尽管在回忆中我获得了冲动，但在当时我被那声音掳掠了。那声音使我在前往鼓楼公园的途中不断滋生许多逆回的幻觉，我感到我并不是前往鼓楼公园，而是已经从鼓楼公园往回，也许在当初的出发点上正演示着更深刻的布局。

不论这种逆回的幻觉有什么阴谋，我相信在当时我就明白了我不过是在模仿别人以往在叙述一件事情时的局外心情，即总想让本来与自己有关的事件附加上强迫的色彩。这样我不仅明白了鼓楼公园是一个虚设，也许在我的主观世界中根本就没有鼓楼公园可言，那么我去鼓楼公园从一开始便与某种秘密存在的秘密企图勾搭上了。一个男人在一个并没有下雨的日子拿一把雨伞前往鼓楼公园揭开了我的爱情生活的序幕。在这个上午我本来只待在一个地方（由于我没有必要行动），那么任何一个新发生的地点都将是虚设。但当虚设的鼓楼公园在我眼中渐渐现实起来时，我突然有了恐惧。

我在车窗侧面看见了位于小山包上的鼓楼公园，树木郁郁葱葱。这时我猛然用手向那个女人眼前抓去。她吓了一跳，对我紧张地看着。我本来想说你耳机中漏出了声音，但我忍住了，我想这声音已足够虚无了，缺少被说出来的证据。我下车时竟把雨伞丢在座位上了，下车之后又赶忙跑到窗户那儿让那个女人把它扔出来。这就产生了我如何向那个听随身听的女人讲述我要雨伞的困难，但作为结果是她扔出了雨伞。我抱着雨伞，最后看上那个女人时，我丧失了我的尊严，我似乎在裤裆那儿做了个下流的动作，但我愉快地假想了她的微笑，或者她同样设想了我的处境，一个独立生活的现代男人，穷途末路，而一把雨伞意味着什么呢。

她的随身听随着她的身体一起向鼓楼以远的方向开去，这声音确实是消失了，或者我从来就没有听到过。这种象征性的随身听刚才似乎播放了一些既淫秽又真诚的声音，好像就是在打赌，你看，我早就脱光了衣服趴在银色的月光下，而你准备好了吗？可我还没有准备，因为我为我能意外地捡回那把雨伞而感到失望，我敢保证如果没有捡回雨伞我就不会再去鼓楼公园。在这个虚设地点一步步现实化的过程中，我已经多次向现实世界作了妥协和让步，谁也不可能明白我为什么这么死心塌地迈向这个地点，带着虚设的目的和沉闷的肉体？

虚设的目的只属于局外，当我作为当事人来叙述这件事时，我就不可能同雨伞、汽车乃至那个女人一样表现我的无动于衷，可以说在整个事情过程中我都有充分的机会来反对任何强加给我的假设。我的肉体是自由的，要不是在鼓楼公园门口时天突然阴了下来，我同样可以在现在大言不惭地说我是由于一时糊涂而跌进了爱情的深渊。但问题在于天阴下来了，鼓楼公园门口那个检票的老头儿就聪明地消失了，我没有买票就混了进去。对任何一个不理智的人来说，这意味着我不仅捡了个便宜，而且使我到鼓楼公园这件事缺少证人，我完全可以在任何对我不利的处境下来否定我到过鼓楼公园。

当然这是我一厢情愿的想法。其实我刚一闪身混进鼓楼公园，那个检票老头儿便在我背后把我喊了回去，他的声音很细。你本来就不用买票，因为你带了伞。这使我猛地意识到自己很可耻。于是我问他，你是说凡是带伞的就不用买票？他说，我想你不是有钱人。这我完全承认，我说，我真的没有钱，就这样，本来我并不是非进去不可的。那是什么原因呢？老头儿就像是明知故问。也许是命运的安排吧，我说。你这个小狗日的，老头儿对我精彩的对答表示钦佩，不过，你最终要把雨伞留下来的，他说。这样我反倒轻松了，因为我明白了原来老头儿是在用一张门票来要挟我。当他看出我可能戳穿了他的阴谋时，他点上烟走到我面前漫不经心地说，我可以肯定你这雨伞是多余的，所以我要它。但现在快下雨了，我说。可在你刚出门时，天好着呢，老头儿说，现在的形势与你的伞完全是巧合，在你出门时，交出伞吧，可别忘了要心悦诚服地把你多余的东西给我。他要求我心悦诚服有可能是为了让我在未来对全部生活做回忆时有一个愉快的心情，同时从雨伞开始我明白了一个虚设的东西那最终的归宿，它将被愉快地掠夺，从主观意志中消失。

而我并不是真正虚设它的主体，同雨伞一样，我整个人都被虚设在另一项阴谋中，这个阴谋便是让我在现实世界上实现局外人的安排，乃至我的爱情，一想起来就让我脸红的东西，也拉起我的人性加入到对阴谋的献媚中。老头儿的口气和眼神使我明白了这一点。我一点儿也不仇恨他，同那个在汽车上让我窃听了她的声音的那个女人一样，我同样否定了他另外的可能更有意义的存在，比如他的威胁是否依赖于他的后台——整个鼓楼公园的机构。这个我没有多加考虑，我只是加大了对雨伞的依赖，我想这雨伞既喻示了命运的某种轨迹，同时也扼杀了命运的其他可能，比如我可以殴打这个老头儿，强奸那个汽车上的女人。但纷乱的与虚设事物和虚设情绪紧密相连的情节使我没有机会从事我的内心的其他欲望。我已经被征服，在前往局外者的目的地上。

在我艰难地建立在遇到文之前那短暂的似乎是有秩序的生活时，我大胆地抽掉了许多遏制我可能使我无法行动的东西，但我毕竟像一只昆虫一样服从某种路线动起来了。基础不牢固是没有关系的，因为我明白这个基础在今后的爱情生活中将不断加固，否则无法维持虚设中那些与人性有关的险恶的阴谋，我从一开始就不指望存在什么健全的爱情，我相信作为一项事实的爱情它是消极的。但那个带随身听的女人和有威胁倾向的老头儿为我建立了一些带有讽刺意味的支点，即使爱情并没有发生，我也在渴望，为了避免现实生活的污浊、无序和强迫色彩。

鼓楼公园坐落在市中心的一个山包上，或者说鼓楼公园就是那个山包而已。老头儿纠缠不休的议论被我从头脑中坚定地抛却掉之后，迎接我的是一条高而狭窄的石阶，石阶在中间还拐过弯儿。我不知道从这样的石阶走上去会有什么突如其来的局面，但就起码我当初对鼓楼公园坟墓的预想化为乌有。山上没有人，鼓楼的顶层上有一些香火，其余的便是高入云天的大树，还有成堆的灌木丛，疯狂地蔓延着。一个卖汽水的女人把鼻子深深地藏进袖笼中，看不出她是如何向我兜售她的东西，反正我是狠狠地瞪了她几眼，我觉得她没有生气，又不像想象中的肃穆的人。

我抬头望天，天还没有下雨，但台阶已滋生了许多阴森的水分，从石阶的底部溢出，使石阶变成了黑色。也使脚步更为沉重。这时我真后悔为什么没有在汽车上扯下那个女人的耳机然后把她强奸掉，这样我就肯定到了公安局而不是公园；或者我就吻她一下告诉她非常不愿意丧失她，可是我知道我已经失去她。我在生活中已经失去了许多女人，其中就包括这些逼我走上现实道路的人，即使道路是现实的，但我还是拥护那些虚设的目的。由于天不下雨，雨伞仍强烈地负赘在我的身体上，迫使我相信它将把我引向我无法逃避的某种布局，这布局与天气、公园形式以及诸如卖汽水女人这些细小的迹象之间有一种确定的稳定关系，正险恶地推导现实生存向那个不可知的东西迈进，后来我明白这个东西就是爱情。在我成熟的身体、广泛播散的色迷迷的眼光和旺盛流淌的腺体中，我孕育了一种能力，这就是占有一个人。当我还没有占有她，但又清晰地预感到她的存在时，我对现实世界充满了厌恶，雨伞在石阶上跟随我的上升以及那个卖汽水女人的无奈都使我保持警惕，因为这个世界在此刻变得无比具体，没有任何抽象的性质，所有的东西都似乎在指出你将迎接挑战。如果说仅仅从一把雨伞那不合时宜的牵强附会的存在出发来推理我具有一定秘密指向的行为的话，那么这把雨伞同时也就在主观过程中和我的灵魂融为一体了。这时我无比确信，对于爱情，我是绝绝对对的要求者，没有哪个时刻使我这么明确地意识到爱情对我的诱惑。天空迟迟不肯下雨不过是为了加强这把雨伞在具体意义上的矛盾性，从而使我们将其被迫性提高到持有者（我）的心灵活动，作为对事物负责的心灵来说，它已经作为爱情的乞求者而暴露了它的刚才还称之为虚设的目的。

反正我并不愿意轻易地逃避我在前往鼓楼公园的过程中所有可能被选择的其他机会，但我同时也得承认作为结果，我被吸附到了鼓楼公园。即使从社会层面来说，这把雨伞的多余性被那个门口的检票老头儿发现，并要在我离开公园时交出这把雨伞，那么这把雨伞便与整个鼓楼公园的机构发生了不可分割的联系，同时也从更广阔的层面上迫使我在鼓楼公园中的存在丧失了合理性。由于我必须在离开它时交出那把雨伞，那么与其说我在鼓楼公园中活动，还不如说是雨伞在活动，因为最后与机构发生关联的只是这把雨伞而已，这样也恰好解释我在鼓楼公园中有可能与公园发生的任何牵连。我相信命运一定为我这个人提供了更好的机遇，这个机遇已经不再是对公园坟墓的分析，或者对其他印象的检验，而变成了一个纯粹的被投入到某个圈套中的人。一个具有爱情要求的人能被投入到什么地方呢？

这时天空已经远远地响起了沉闷的雷声，刚才还鸣叫的几只鸟现在不知飞往何处，鼓楼顶层的烟也已散去，游客们都匆匆从大门逐一逃出。不知怎么，我觉得鼓楼公园这个原本虚设的地点现在即时现实化了，可我也并不看重它，因为我强烈地意识到一个身影在晃动，其实我一直在渺茫地捕捉这样的身影。当她若隐若现时，我拼命地追逐起来，我从左侧红色的沿墙爬上了鼓楼的木梯，木梯已被众人踩出了惨白色，我迅速地爬，我想她肯定在上面，但当我爬到上面时却一无所有，只有几个稀疏的老人手拎塑料袋，对我疑惑地看着。你们看见一个人了吗？我问。他们问，你说是个什么样的人？我说，一个女人。不要这样说，一个年龄最大的人说。他们在顶部的平台上喝茶，一个倒水的伙计示意我坐下，可我没有依照他的吩咐。我看见了右手的大钟，以及大钟边一个静坐的外国人，皮肤很白，背弯着，打着响指，我没有理他。

我不知该怎么办，风就起来了，应该说这一切都是没有意义的，我仍被局限在一种直观的假想中，直到雨点在顶部以外扫向平台，把老人们发疯般的挤进来时，我才真实地感到现实那强大的象征力量已转化为强硬的事件。鼓楼里仅剩的几个人骚动起来，为这即将到来的大雨而忧心忡忡。我被围在这群人中间，开始我并没有意识到我的特殊性，但后来我发现他们正用贪婪的眼光盯着我的雨伞，这使我很恶心，我本能地把雨伞往背后藏了藏。他们向我逼近，他们在观察我的表情，可我已非常愤怒了，我觉得他们不能这样来对待一个在无意中持有雨伞的人。看来当初虚设在雨伞上的一些可能性现在正经历着某种危险，它不但没有把我引向我所期望的爱情，相反它把我引向了一种不安，使我特殊化，使我成为雨伞的附属物，于是我非常凶狠地说，我和这把雨伞没有关系。但我马上反应过来这样讲也是不对的，因为我这样说会丧失掉我对雨伞的虚设权利。而它一旦落入别人的手中就不知道是个什么情况了。在他们还没来得及发表主张之前，我又补充说，这把雨伞，请原谅，另有用处。

于是周围的人都很失望，但他们仍在等待时机，因为雨越下越大，从平台向外望去，全是一团迷雾，雨丝已绞成一片。一个年老的女人在僵持阶段被大风吹倒在背后的破沙发上，她向我伸出绝望的手，我差点儿动心了，但我仍然拒绝了。于是其余的人就愤愤不平地说，她有心脏病，她需要你带她走，因为你有雨伞，使她不至于被雨水淋湿，这是唯一的办法。也许她会死掉，有人甚至威胁我。可我并没有什么责任。雨伞另有用途，我说。仇恨的人们带着鄙视的神情环绕着我，在这一刻我不但没有虚弱，反而变得强硬，并以充足的理由说，任何人都不可能强迫我交出这把雨伞。那么说，你是不愿意带她走出鼓楼公园了？有人问我。我们应该把这点告诉公园派出所，有人说，那是一个看起来不怎么出色但很有理论逻辑的老头儿。你没有爱心，他又说。我使劲儿地捏着我的雨伞，我太生气了，我想公园派出所并不能看清楚我的良心，况且我的良心是好的，我以为周围这些人的行为就像是伪装的。

雨还在继续，那个衰老的女人似乎想哭，但她却又奇迹般的站了起来，拍了拍屁股，对另一个很失望的女同志说，我们下楼吧。尽管她下楼了，但那个老同志仍在向我描述包括公园派出所在内的人对我的有可能的处置。我相信公园派出所是虚设的另一个侧面，它不过是加大了我在公园中服从某种决定意志的主观性，公园机构的虚设性在于从检票老头儿到公园派出所都仅仅关注雨伞，而不是我这个人本身。

爱情作为一种艺术从它诞生的那一天起就有其完备的独立形式了，说它是一种艺术，是指它有它自身的抽象的基础，这种基础便是建立在一个人对另一人的先天的信任或者说献媚上。爱情独立地存在于两个人之间是天经地义的，这种形式本身就包含了某种排外性和安全性，同时正因为爱情发生在两个人之间，那么对于一个单独的人，比如说对我来说，它不过是另一项并不绝对真实的存在。所以在我反复叙述我在引入文之前的环境时，我是在澄清这种艺术的前提，它是指两个人之间达成共识的部分。

当文从右角大钟背后的某个漆着朱红色油漆的大门闯出来时，她眼神惊恐，抑制不住激动。她拼命地向我这边跑来，抱住了我边上的那根木柱，好像她并没有发现我，而只在意那把雨伞，她兴奋地叫道，我没想到有人会在这个突然的雨天带伞，真令人吃惊。是你带的吗？她问我。我说，是的，完全是为了你。我说出这句话才意识到爱情就像是谎言。这个我不敢否认，她半开玩笑地说。但我相信你愿意用这把雨伞把我一起带出鼓楼公园，她说。我没有立即表示同意，她很不快，但她很快掩饰住了。

这时周围还有刚才的几个人，大概他们并没有忘记我对那个伪装的老女人的拒绝。每想到这一点，反而促使我表态，我就是来接你。别再恭维我了，她说。可我发誓我不是恭维你，我撒谎，并以誓言来撒谎。这个我都不管了，她说，反正我遇到了你，一个聪明人，一个让我敬佩的特殊的人，因为你有一把雨伞。说完她向我走近，轻轻地抚摸那把雨伞。她抚摸雨伞，雨伞轻微的颤动传遍了我的全身，使我一直处于疲软的身体现在急于动起来，于是我长长地吁了口气，我说，我是绝对愿意为你效劳的。你可以把这句话埋在心里面，她一边说一边对身边的另几个人警觉地看着。

真不要脸，刚才那个提出要告到派出所的老同志对我厌恶地说。我没有理他，我想此刻我的心境是纯粹的，我认为我把这把雨伞贡献给爱情要比贡献给陈旧的其余伪装的感情要更好。后来她就把手捏在伞的一根骨架上，我想她同样对雨伞充满了宿命意识，即使她不愿意对我发生好感也已不可能了，因为这雨伞使我有了一种魅力，我特殊的对雨天的预测力。我不再到派出所去告你了，那位老同志最后很惋惜地说。我说，随你的便，反正我也不准备记你的仇，我现在是平静下来了，找到了依靠。什么意思？他问。我说，因为爱情。我说话声音很小，我害怕我过于自信了。老头儿盯着我的雨伞说，那是你们年轻人的事情，或者说是一个缺乏爱情的人的事情，一旦你今后拥有了爱情，你就不再会那样虐待一个老同志了。虐待？我反问道。他说，是的，也许派出所从来没有碰到过像你这样吝啬一把雨伞的人。他也走了。不知怎么，好像文对于他的话置若罔闻似的，她仔细地盯着我，这时我感到这把雨伞真的挽救了我们相互之间那种岌岌可危的关系。如果不是这把雨伞，如果我不是冒着被派出所惩罚的危险而一直保留着它，那么作为爱情对象的文不知早就投入谁的怀抱了。

而现在我们正亲密地撑起这把雨伞，像一片独立的天空，抵挡了雨，制造了适合于爱情的气氛。爱情美好地摇动在雨伞下，像一道优美的艺术线条，但就在不久前它还遭受了别人的诽谤，说要把它的前提——我，告到派出所里。而文并不像那个老同志那样谴责我，在我没有同意把那个生病（伪装）的老女人带出公园的问题上，文和我抱着同样的态度。为了把爱情从纷繁复杂的幻影中抽出来，我们丧失了人性中另外一些东西，所以根本不能说爱情是全部建立在人性基础上。我更愿意说爱情是建立在丧失人性的基础上，只有丧失得足够多，抽象的纯粹的过程继续被伪装，使人性中有利于爱情的一面往前可靠地发展。

而此刻我仍在想象那个老女人继续伪装着衰弱被另一个老同志搀着，怀着对那把雨伞的绝望情绪，穿过大树下的空间从润滑的石阶上缓缓地下沉，在整个公园机构在雨中都处于瘫痪状态时，她无处可以诉说她的痛苦和抑郁，她只能那样怀着牢不可破的雨伞形象从公园里消失。而我简直有点儿得意洋洋，并没有为那个老女人产生丝毫的同情心理，可以说和文肩并肩走在一起使我心花怒放。

我们之间的谈话已完全抛开了公园和雨伞这两个最有现实性的话题而转到正常生活的环节，以至我对我在公共汽车上所遇到的那个女人作了另一番描述，以表示我对女人的陌生心情。同时我仍在内心为门口检票的那个老头儿而惴惴不安，因为他威胁到雨伞的安全，甚至可以说只要他不在我没出门之前没收我的雨伞，那么这桩爱情仍是虚幻的，只有迈出公园——这个虚设地点，我才完成了雨伞从虚设到现实化的过渡。我说，我认识很多人，但没有一个人会像你这样坦率地向我提出要求。她承认了这点，并对我说，她也认识很多人，但她敢肯定没有一个她以前认识的人会把雨伞带在他身上，并在她需要它的时候。她说的确实是我的不同寻常处。我们应该多联系，我说。其实我意识到即使我不说，她也能意识到我的意思，她非常温柔地和我说话，使我们的亲密程度在公园石阶上就非同小可了。

在门口那儿，检票老头儿正站在雨中，对我殷切地望着。我不想理他，但我还是忍不住说，我不想交出雨伞了，因为这雨伞正保护着一个小姐。不行，他说。什么意思？你必须交出来，他态度强硬了，并说，我可以随时打通公园派出所的电话。我对文看了一眼，她好像并不在意眼前的局势。你别以为我是在敲诈，老头儿说。也许我会恨你一辈子，我说。那么，还是喊派出所来吧。刚才在楼上谴责我的老同志从传达室里机灵地钻了出来，他看见我惊恐地望着他便提了一下手说，我决定还是把惩罚你的希望寄托在公园机构上，记住派出所不是形同虚设的东西。我说，可我的这把伞不过是形同虚设。文示意我赶快把问题解决掉，她主张我要么把雨伞交给他们，要么和她一起走出去，即使不要那把雨伞也可以走出去。还有什么办法呢？在我犹豫时，老头儿告诉我公园派出所的人正从小山包背后往这边赶来了，为了加快速度，他们甚至从山包下围的内部道路上开起了摩托。我非常珍爱我的这把雨伞，我想是它把我引向了文，这个漂亮的女朋友，于是我立即扶起她，迅速从小门那儿冲了出去，只听到背后的人仍疯狂地叫道，抓住他，抓住他。但我耳畔狂风呼啸，雨伞被风吹得翻了过去，被我艰难地连拖带拽，我们绕过鼓楼公园外面的围墙。就听到门口的摩托声蜂拥而至，可惜我们已经在居民楼的一间失修的破房子里躲了起来。

经过这惊心动魄的逃离之后，我们相互之间洋溢着温暖。文没有任何反抗，就温顺地被我吻了，我吸着她的舌头，她托着我的脸。她闭着眼睛，她的唇、舌头以及上颌都软软的，许多水分拥挤在里面。我吻着她，我越来越相信她完全需要我。也许这太快了，我有点儿惭愧地说。不，一点儿都不快，你真是一个与众不同的人，她说。是不是我的这种与众不同使你对我有了爱心？我问。不，别说爱心，我们就这样，说完她又亲了我一下。过了很久，雨也停了，从破房子的窗口可以看到整个公园都沉默不语了，空气安静地笼罩着，我建议离开这儿。可我们去哪儿呢？我们双方都在思考这样的问题。在我们还没有动身之前，我们一起按住那把雨伞。充满了侥幸心理。这是一把功勋卓著的雨伞，她说。我说，你是说为了下雨。不，她坚决地否定了，她说，为了出其不意地认识你，你是一个好人。

我们一起从破房子里走出，由于戒备心理已经解除，我们不知不觉还是来到了公园门口，我们准备从那儿分手，好各自为之。但到门口时，我发现有几个穿制服的公园巡警正对我紧张地看着，我自己也紧张起来。有一个个子高一些的人向我这边挪近了点儿，但他终没有来盘问我，而是对边上几个人交头接耳地讲了些什么。我注意到他们并不能信心十足惩罚我，于是我把雨伞扬了扬，那几个人便狐性多疑地退缩进传达室，好像这是一桩严重的事情似的，于是我和文都朗声地笑了起来。我认为这是一场虚惊，而文并不这么看，但她也指出护卫好这把雨伞是体现一个人自卫意识的表现。

我和文第一次约会的地点就是在朋友李佳家里。原因是他当时刚刚生了个孩子，他妻子头缠白布对冷风怕得要命，一看我提着那把雨伞抖落上面的水珠就赶忙尖脆地叫道，不要告诉我外面在刮风下雨。李佳还和文在客厅那儿攀谈着，大概是在向她介绍我的某些优点。我虚构了文可能会有的好感，但我又很惧怕文正在朝另一个相反的方向猜测我的经历。文很稳重地坐在那儿，对李佳的每个问题都马上作出回答，对他的每个建议都采纳。最后李佳说，他是一个值得信任的人，是个讲义气的朋友。这我会心领神会的，她说。

我从李佳妻子吕琴手中把孩子抱起来时，他俩也赶忙围了过来。孩子脸很红，皮肤很皱，李佳在一边知趣地说，新生儿一般都很丑，请原谅我这样来打击新生儿。没关系，我说，反正他令我们愉快。文对我们的谈话好像不感兴趣，她一直时不时地对客厅的那把黑伞看着，也许她心神不宁是因为她无法把握新生儿与我们新近发生的爱情有什么关系。当文到客厅独自坐在沙发上时，李佳把嘴凑到我耳边小声地问我，这个姑娘还不错，认识多久了？我说，才刚认识的。那么怎么认识的？他问。吕琴在边上以开玩笑的口吻说，别问那么多，反正怕是事都做了。我很惊讶吕琴如此的坦率，我说，那倒没有，我挺喜欢的，这是不是就是爱？我反问道。李佳捂嘴想笑，但他忍住了。

我看见孩子睁开眼睛，好像他对我们之间的谈话有意见似的。这孩子，你看，眼睛中有一股忧郁，我说。别狗屎了，他骂道。在李佳那儿看了会儿电视又轮流把孩子抱了抱，吕琴那丰满的乳房在被面上旋转了几下就沉重地栽在孩子的嘴巴上。我感到这新生儿并没有给我带来鼓舞，相反我感到他好像对我们很不利似的，果然李佳把我们送下楼，文就对我嚷了起来，你为什么第一次约会就要把我带到这么个地方，我不喜欢，她说。可我们不过是看看孩子，这对你来说很苛刻吗？我问。我不喜欢这种新生的人，我喜欢一眼就能看穿的人，她说。可你得原谅一个孩子的蒙蔽性，我说。

李佳从窗台那儿勾出头来，见我们站在那儿争嘴，便高声叫道，快回家吧。文朝上面看了看，鄙视地盯着我，然后我们不愉快地往回走。我很难理解她的意思。我说，孩子是未来。雨又下了起来，我们踩着水泥路面心情顿时沉重起来。过了一会儿，她又反倒好了起来，对我用温热的口吻说，你别再计较了，我们不谈令人不愉快的新生儿好吗，最起码我不喜欢那样的形象。我很不清晰，矛盾重重，搂着她，赶回我的房间。

我一进门就接到李佳的电话，虽然他有话要说，但我还是很快挂掉电话，我到厨房倒了杯开水，然后把客厅的窗户关上，我们坐在沙发上打盹儿，之后李佳又来电话。这一次他坦率地说，我觉得你那女朋友有问题，内心很不平静，不信你可以试探她。他甚至建议我赶快甩掉她，因为她并不可靠。这个我不能，我挂掉电话，心中呈现在鼓楼公园与她相识那艰难的过程。爱情好像并没有从愉快的普遍的情感中滋生出来，而是更加突如其来地闪现，好像与周围的事情没有任何多余的关系。李佳是我很好的朋友，甚至是最好的，我向她强调。他不也很喜欢你吗？我问她。可他刚才都对我说了些什么，她问我。这个只有你自己清楚，我说。但愿他是真的喜欢我，她说。这多少使我有点儿不快，可你们之间有一个我，我说。别开玩笑了，她搂住我的脖子，他不如你，她说。如果没有孩子在，我会和他多谈一会儿，这样我可以更多地了解你的情况，她说。有那把伞就够了。我一提到黑伞她就严肃了，把电视频道换来换去。她并不拘谨，我过去抱住她，我们的欲望凶猛地上来了。但她阻止了我，对我说她正在想一些重要的事情。可以告诉我吗？我问。不可以，她说。

爱情并没有使我对眼前萧条的城市景象产生任何美好的幻觉，相反它使我心灵蒙上了重负。就在昨天晚上我和文通电话时，她还非常理智地对我说，请我不要感谢她对我的爱，因为那是不必致谢的。这使许多神圣的初衷不翼而飞，随着我们交往的加深，我越来越深陷到两个人的关系中，久而久之我就渴望了解当她不在我身边她到底在做些什么。虽然我每次面对她时所涌现的激情都有增无减，但毕竟那种激情最终要消退，在大量相互隔离的时间中她到底又是什么样的人呢？认识她一段时间之后，我仍没有弄明白她这个人到底是什么样的心态，我一切都不了解，尽管我也未主动表示过这种要求，即使激情和爱意欣欣向荣，但也不能把我局限在这种孤独的爱情中。我越来越怀疑我对这场爱情的控制权力甚至不如那把雨伞。我算什么呢，一个因为持有一把雨伞而欺骗了一个女人的人？

繁荣的爱情生活只是纸上谈兵，相对于这个庞大无序的世界来说，爱情仅仅只沟通了一个女人和一个男人那私有化的爱心，那种力量是微不足道的。当人们虚构许多感人肺腑的爱情故事时，其实不过是将无数局外人来填埋进当事人那种空虚的心态中，爱情的局限性在于任何两个人之间达成共识的部分其实非常渺小。

但我总以为建立在一把黑伞那抽象意境上的我们的爱情是牢固的，同时我又遥远地预感到黑伞与公园之间孕育着一项险恶的阴谋。对这阴谋我并不惧怕，我甚至希望这阴谋出现，好让我击碎它，加强我们爱情的基础。任何时候，对我来说，忘记那把黑伞都是危险的。有时我也向她试探她与鼓楼公园的关系，但她总是尽力回避，也许是出于羞涩，也许是出于对这桩爱情前程的恐惧。为了加强我对爱情的敏锐感觉，我有几次独自坐车从鼓楼公园围墙外绕过，我看不出那桩可能的阴谋到底意味着什么，但我一直是谨慎的。在后面几次去鼓楼公园时，我在汽车上仍碰到了那次带随身听的女人，每次她都带着随身听，听着同样的音乐。

为了避免不愉快，我和文一起去了许多无人的地方，比如子夜时分的江岸、清晨时的路口以及散场以后的电影院，在那些地方我们相互拥抱，长长地接吻，对一些时髦现象说三道四。但爱情仍深深地沉浸在我的心里，我一直都认为我的女朋友非常美丽，尖尖的下巴，细细的眉还有那双深邃而又晶亮的眼睛以及细削的腮，甚至还有令我紧张的身体，这些都是根本性的东西。有时我认为与其说甜言蜜语固定了爱情还不如说是这些肉质固定了爱情，有时我不想突然占有她，但我仍在观察，我认为身体是可靠的，不像爱情那么风险。我的有些想法是危险的，但我从不过分，我从第一天起就把更多的机遇留在对付阴谋上，当阴谋和局外的意志崛起时，千万不能束手无策。

唐虹坐在鼓楼公园的传达室里凶猛地吸烟，他的眼睛浸透着愤怒的血红，而那个检票老头儿正在嗫嚅地说，他跑得实在太快了，一转眼就挟着那个女人从围墙那儿夺路而逃。老头儿又疑惑地说，我很难相信一个人为了一张门票就慌成那样。唐虹粗暴地打断他的话，示意另两个和他一起来的年轻人把小门关上，然后他一字一顿地说，这把伞非常重要，是目前最关键的线索，我们一定要把这个人找出来。于是他又问老头子，你是说他是进来接他女朋友的？老头儿说，我想是的。

唐虹不再说什么了，风刮着公园里的大树，还有那些茂密的灌木丛嗞嗞作响，天已经快要黑了。他在判断这个持伞者的可能形象，但他很难明白为什么这把黑伞会在公园里这么巧合地出现。但不管怎样，公园派出所的同志们已经向他作了尽可能的准确描述，那把黑伞的伞尖很高、很长，伞不算太新，但质地好像还算可以，并且他们还说一个人来接女朋友是无论如何不会带一把虚假的伞，也就是说那是一把地地道道从各方面都说得过去的伞。

派出所的负责同志本来想把另一个老同志所汇报的持伞者拒绝带一个生病（伪装）老人出公园的事件讲出来，但考虑到公园本身的特殊位置，他压住了话题。但公园本身是安全的，派出所的同志对唐虹说。唐虹冷笑了几声，他很难建立起这一把雨伞与公园之间那种纯感性的关系。也许这仅仅是日常生活中的一对男女朋友，一个年轻的随从说。不，不要妄自下结论，不管怎么，那把伞具有典型的不可饶恕的特征，很长的伞尖在逃跑时闪着寒光，是吗，检票的？老头儿连忙应承，那是，那是，伞尖在他逃跑时闪着阴冷的光芒，就像夺命的武器似的。请你不要渲染，唐虹批评了他。

老头儿打开门出去了，天已经差不多黑了，唐虹他们还是敏锐地坚守在那儿，他们总以为那把黑伞与公园之间有一股默契，也就是说黑伞投入到公园中有一种自动化的不以人的意志为转移的特点。而我们一般人是不明白这一点的。是的，我们不能放过这个重要的机会。你们想想，根据时间来判断，那天下雨完全是一个偶然，按道理说，一个从鼓楼公园以外的地方赶到这儿的人是没有必要带伞的，伞之所以到了公园，它有一种企图，我现在不排除这种企图带有犯罪倾向。

唐虹，我不同意你如此看重这把伞的态度，年轻男人打开打火机照着自己的嘴唇说，我相信雨伞本身是安全的，我考虑的是持伞者本身与公园的关系。唐虹当即反驳了他，你这是什么说法，作为证据和线索的黑伞完全在公园事件中充当第一性的东西，持伞者与伞的关系依我看是松散的，而持伞者与公园的关系就更不可靠了。那为什么他要到鼓楼公园来？年轻女人反问道。这个，这个，唐虹费尽脑筋地琢磨着，后来他咬牙切齿地说，因为黑伞处于一种需要，需要进入鼓楼公园，那么即使持伞者是完全偶然地走到鼓楼公园，我相信这种偶然性对黑伞来说便是巨大的必然性了。可为什么，他没有按照检票老头儿要求的那样留下黑伞呢，既然他没钱买票？也许，年轻男人大胆地猜测到，也许是因为黑伞的价值超过了一张门票。不，我不这样认为，唐虹分析到，在他没钱买票的情况下，黑伞便只能充当门票——普通人可以这样来理解，但我们就不能这样想了。我宁愿相信持伞者也明白他与黑伞之间有分离的感觉，即黑伞不能充当他的门票。黑伞是独立的，它是用来接女朋友也好，招摇过市也好，或者就是犯罪也好，它都是不能让他负责的。总之依靠持伞者来推导黑伞是错误的，这不是一个严密的人所做的事情，应该从那把黑伞的特征上入手，我认为它还会回到这儿来的，因此我们要在此守株待兔。黑伞的再次出现距离公园那个骇人听闻的事件已经有很长时间了，另一个年轻女人善意地向唐虹提醒到。唐虹自负地回绝了她的提醒，坚定地说，我敢肯定黑伞与公园之间并不是无懈可击的。

李佳一面催促我赶快甩掉文，一边还不停地约我们到他家去。自从那次新生儿为我和文带来了不快之后，我就感到李佳在我们之间有一种玄妙的影响。

终于在一个周末，在我们的爱情生活看似如火如荼时，文接受了李佳的邀请，我们三人决定去游泳，到游泳池才发现吕琴并没有来，好像不太合适。李佳在那儿解释说，孩子生病了，她要照顾孩子。我将信将疑。不过我们嫌水冷，由李佳建议我们三个人去洗桑拿，在市中心一带，也就是在离鼓楼公园不远的地方我们进了一家桑拿保健中心。在蒸房李佳对我流汗的身体津津有味地看着说，你的身体像经过了一场革命似的，以后不再沉闷了吧。我可以隔过模糊的视线看到蒸房外面的人不停地翻动着。过一会儿我就倒在蒸房的地板上呼呼地睡了过去，我感到李佳匆忙地跨过我的身体，往另一边去了。在我半睡半醒的梦中我似乎听到李佳在问我，怎么样？她的身体？我说，无可奉告，无可奉告。

当我醒来时，我浑身发着高烧一样，身体已不再淌汗，而是灼热难忍。李佳已不知去向，我赶忙向服务员打听，那人说，他走了至少有一个小时了。我穿好衣服，到隔壁房间一问才知道文也走了好久。我想也许他俩都有事？或者他俩故意捉弄我。我穿衣服照了照镜子回忆刚才在梦中李佳对我的问话，既然有了爱情，那么身体呢？会不需要？可我要么是不懂她的身体，要么是根本就不在意，反正我是无法叙述她的身体。

但桑拿以后我虚弱的身体竟萌发了一种渴望，我赶忙压制它，坐上出租车，向李佳的家拼命地冲去。吕琴见我虚弱地坐在卧室门口。又听我介绍李佳和文一起失踪，她非但没有焦急，而是狡猾地笑了。过来，她向我招手。我假惺惺地说，不能，我在恋爱呢，难道你也看不重我的爱情，我和文之间的爱情？吕琴的乳房在丝绸被面以上的高度甩荡，使我难忍，我真想疯狂地扑过去，但我居然夺口而出，我是个有人性的人，我不能这样。有人性的人？吕琴在床上耻笑道。她掀开她的睡衣，丰满的胸脯由两团紫色的奶顶固定着，另外那些松软的肉有序地排列着。这曾经被我抚摸过的肉体在我心中游荡，勾起我回忆的神经，我相信对于身体，我曾经从她这儿得到了最好的收获，而对于文，我竟口口声声地说，我出于感情的需要。

你说，他会不会对她？我用试探的口气问吕琴。李佳和你都是什么人。你也不是不清楚，我看你最好不要惦记那个婊子。谁是婊子？我愤怒地责问道。文，她是婊子，我以为她是婊子，吕琴说。那是她现在和你丈夫在一起，可如果在我身边，那就是一个神圣的人，我虚弱地说。我一直僵持在那儿，吕琴干脆脱掉睡衣在床上坐了起来，在银花色的被面和床头布的映衬下，她雪白的肉色溢动着。我一定是遗忘了我曾经许下的要占有最丰满的女人的愿望，我居然流下了眼泪，我居然猜疑文被李佳欺骗了，带到了某个地方，而她却是我心中的爱情？孩子真的生病了？我问，吕琴低下头，用手抚弄了一下她的乳房，伤心地说，你不再看重我的身体？我说不出话来。

那天晚上，文第一次在我房间里过夜，由于一直没有开灯，我还是不懂她到底在床上为我带来了什么。第二天早上醒来已是九点钟，我看见她正睁着眼睛对我看着，充满了信任。我们，我没有说下去。不用说了，她穿好衣服，她的身体在厨房里忙碌着。她端着早点来到我身边时．我忽然感到她与我竟没有一点儿关系。于是我小心地问她，你真的需要我吗？她浅浅地笑着。这时有人来敲门，来人是楼道东头的一个邻居，他似乎想向我借点儿什么，但一发现文在这儿便专心致志地坐了下来问了许多节外生枝的问题，这使我有些不快。他不停地赞扬文的姿势，说她是他所见到的最优美的人。你看那腿，他居然用严肃的口气说，完全可以迷倒最成功的男人。他说话的意思也包括他。本来我就对他不以为然的，所以我尽快把他赶了出去，回到刚才的问题上。文有些恼怒，她不耐烦地说，我是肯定需要你的，而你不也同样需要我吗？我说，那你是指爱情？她点了点头。但她很快扭过脸去，默默地吃着蛋糕，阳光从窗台那儿射进来，停在她脚边，她腿上的灰尘跳跃着。

唐虹踏上来鼓楼的所有公共汽车，当他踏上我曾坐过并一直坐过的那一趟汽车时，他刚好与那个带随身听的女人擦肩而过，他本能地感到这个女人会对他有利，但当他招手，那个女人却突然消失了，并且在以后很长时间内都没有出现过。当他在车内向那些陌生的乘客们打听是否见过一个拿着黑伞的年轻人时，大家都在摇头，唐虹很失望。城市的雨季漫长，街上黑伞众多，飘零着，但他确信那把黑伞的伞尖一定是最有特殊性的一个。他也不停地思考那个带随身听的女人所听的音乐到底意味着什么，但他明白那个女人的消失为黑伞的隐蔽性又增加了一道障碍，现在他一闭上眼睛就感到那锋利的伞尖在城市的某个暗角静伏着，上面还蘸着黏稠的液体和淡淡的腥味。而鼓楼公园同样危险地趴在山包上，仿佛等待突然的强盗般的刺入。在公园与黑伞之间一定存在着特殊的逻辑。

今天是礼拜六，我想到外面去，文撩起裙子说。我想了一会儿，看阳光很好，居然没有下雨，很庆幸，我装作风趣地说，是不是去我们相识的地点鼓楼公园。一提到鼓楼公园文便拉下脸来一句话不说，吃完蛋糕以后，她就使劲儿地喝牛奶，然后站到窗前对街道上的行人仔细地看着。她对他们倒是热情地傻笑着，而我却浑然不知。我以为她在回避鼓楼公园，因为在那儿我背叛了那个老同志，尽管她伪装生病，但我拒绝了她，黑伞在最后将我导入文的存在中时，我的逻辑便是我意识到了命运中关于爱情的安排，或者说黑伞作为一个虚设，达到了虚设者的目的——爱情。黑伞的抽象意境是不合理的，只要我站在局外去看，当我打倒虚设的前提——我需要爱情，我发现黑伞对我来说，预示了我的虚弱。她说，如果你愿意去那儿，你可以一个人去，但无论如何我是不会去的。那你的意思是让我还带着黑伞去？我问。只要你敢，她用眼睛直勾勾地盯着我。请你尊重它，我说。我对黑伞的感情远比你想象的要强。

这时我感动了，我看见她从窗台那儿奔来抱住我，我双目湿润。她颤抖着说，世界这么大，我们俩能在一起是无法改变的，但请你不要追究我对黑伞的态度，那是说不清的。我抱着她，她的身体很软，但从昨晚的生活来看，她的体质很好，好像是一个坚强的人似的。这时我在头脑中回忆当时我把那把伞强烈地投进公园又带出公园时，我的权力意识，我虽然在生活中是一个渺小的普通人，但对那把黑伞，从我预感到它会为我带来爱情的那一刻起，我就对它变得无比忠实了。当我死时，我一定要求这把黑伞陪伴我最后一刻，我很忧伤地说。她站了起来，挣脱我的手。脱下衣服，要换上白天穿的，我急忙过去抱住她，她气急败坏地推开了我，嚷道，请你别跟我说未来。我觉得她有些不对，我说，你不能这样对待这么火热的爱情。她扑哧地笑了一声，然后就拉上裙子的拉链，收拢背部以后，裙子从腿根那儿向屁股撅去。我凑上去抚摸了一下，她惊叫了一下，高兴地提醒到，你别老让我喜怒无常。我想我的神经是低水平的，否则我应该能识破她的一些想法，但我一无所知，她的美丽和直率深深地感染着我。

在我迷糊的时候，她又提到了李佳，她一再声明，那是你最好的朋友。作为一个道貌岸然的人能拥有一个朋友是一件有幸的事情。你真的要去鼓楼公园？她问我。我想我不能否认我对鼓楼公园那种亲密的依恋心理，一种宿命意识。我说，如果下雨，那就更好，我就喜欢体会那种直觉，由那把黑伞把我引向了公园。

过一会儿，她仍对我炯炯有神地望着，我说，你知道吗，为了把握住那把黑伞，我费了多少周折。这是不言而喻的，她说。果然不久，天就开始阴下来。最近总是这样，只要我希望下雨，天空就会下雨，这使我所有关于黑伞的推理都变得无比准确，看来今天带着它去鼓楼公园是一个难得的机遇。由于最近我嫉妒文和李佳之间那种默契的关系，我已好久没有去过了。爱情需要维护，如果不维护它，它就会瘫痪，我说。为什么，她一边擦脸一边问我，你是不是指爱情必须睡在床上？不，我哈哈大笑起来，你怎么这样想我，我是说爱情需要越来越局限在抽象的只为两人得知的秘境上，比如……黑伞，对吧，她对我看着。我说，这个世界充满罪恶、虚无和痛苦，没有比两个人之间的关系更纯粹的东西了，爱情的原始性在于你知、我知。

说完，我拿起那把黑伞，天就扯起了雨丝。你应该一个人去，她说。这使我大失所望，我本想她会和我一起去纪念的。但她又非常诚恳地说，我今天还有其他事情，你去吧，好好地想一想，你是怎样服从了雨伞的，一提到雨伞她又隐忍而止，我也不便明说，她说。李佳最近的神情很不好。我马上装作关心地说，那是因为什么？也许是性病吧，她说。这使我善良的预备心理马上恶心起来，我对鼓楼公园的崇敬感也大打折扣，我无法排除我的一个好友患性病对我的打击，性病意味着他只能局限在床以外的地方。我又立刻反应过来，为什么你知道了，我却不知道呢？她说，我是看出来的。这很可耻，我说。你说谁？她问。我说，性病。你眼光很好，我带上门，牙齿酸胀。她没有回话。在我走上大街时，很多外地人在街上东瞅西瞟，黑伞们立在街角下，一些胆大的商贩挡在路中间吆喝，还有卖热饮的妇人在街中喧哗，一切都表示人们不仅无序，而且都承认生活就像雨水一样使一切都腐败起来。

小雨淅淅沥沥，大树像筛网一样，和前次不同，今天我买了门票。当检票老头儿认出我时，马上朝小房子跑去，当然我已钻进了鼓楼公园。没带女朋友来？有人在背后问我。

是的，我一个人来的，我语气平静地说。

那么，我还是可以向你提几个问题，唐虹当着我的面严厉地说。

为什么？我问。

因为我看见了你的黑伞，他说。

鼓楼公园像一团虚黑的东西，先是在眼前来回扯动了几下，然后整个坍缩了，像一个被破坏的纪念品。这时我不仅感到这把黑伞与自己的生命紧密相连，我甚至认为它比生命本身更有决定性，它的象征意义在于我是一个无足轻重的人。我没想到要拒绝唐虹，但唐虹那出其不意的询问确实讽刺了我的纪念心情，我仿佛感到黑伞正在超越爱情本身，在抽象的层面上继续扩大，勾引更多的与公园阴谋有关的东西。我浑身发冷，没有人要拿走我的雨伞或者神经质地观察它，大家既严肃地看重黑伞，又从不靠近它，这就使我在黑伞与唐虹之间处于被动的境地。这一次我没能到鼓楼上爬一爬，而是和他们不约而同地离开公园，来到市东南的一套老房子里，大概这是唐虹他们办公的地方，我很遗憾。

坐了好久，唐虹一直在另一个房间里忙碌，我坐在西头的一间，他的年轻的随从之一，一个女人陪伴着我，她对我仔细地看着。我问她，是不是我要交出它？不，我不知道，她说。那是什么意思？我问。这个以后会弄明白的，她说。以后？我加大了调门叫道，那今天算什么呢？我觉得你们不过是对这把黑伞起了疑心，而对我这个人有什么秘密可言呢？我现在心情还没有坏到最大程度，但当我疯狂地反对你们对我的不恭时，那么也许就不好收拾了。你别叫，你有嫌疑，这就是你一直的处境，她说。叫唐虹来见我，我说。那倒先不必，因为他正在另一间房子仔细地推究黑伞的再次出现与那次公园事件之间的关系。什么公园事件？我忽然有了危险的直觉。这个不用你管，或者你已经知道，但公园事件是另外的东西，如果你一味强调你不想与黑伞一道来面对问题，那么我们是不能容忍的。我说，我不知道你说的是什么意思。她说，我说的是尽量先让别人把黑伞弄清楚，其次才是你的问题，这对你不是很有利吗？看不出对我有什么有利的地方，我说。

那个年轻女人对刚进来的年轻男人说，我早就说过，完全忽视他是办不到的。我看那个年轻男人同样没有什么成见，他语气要温和一些，他说，你没有带女朋友来使我们对问题多少看得更清楚一些，而现在我们也不想追究你为什么要一个人到公园来，但问题的核心在于你至少两次明目张胆地带着黑伞闯进了公园，而前一次你甚至没有买票，我们认为你自己无法阻止黑伞与公园的关系，这一点我们正在绞尽脑汁地思考。唐虹如果没有弄明白黑伞自身的一些问题，他是不会见你的，他说。那么他为什么不把黑伞拿过去好好地研究一番呢，我跺了跺伞尖对他说。我告诉你他在想这个问题呢。我完全迷惑了。

又等了好久，还是没有人看我，于是我冲那个年轻女人嚷道，我正在谈恋爱呢，你看看表，这都几点了，我要去见她或者她正在等着我呢，你们能不理解爱情？那种至高无上的爱情？年轻男人向我靠近一些问我，你是说上次你从鼓楼公园接出去的那一位？

后来，唐虹带领余下几个人吃晚饭去了，我未经他们同意，但倒也轻松地溜了出来。我一闯到街上，顿时委屈起来，但我给自己的解释则是，也许为了爱情就得承受这些变幻莫测的倒霉事情。走到鼓楼公园那儿，公园已关门，满街的灯火，唯独在公园这儿黑成一团，检票老头儿还是把我放了过去，我问了他一些问题。但他都矢口否认了。我自言自语，我喜欢鼓楼公园。老头儿也自言自语，它阴森森的。公园事件现在强烈地扰乱着我的心情，我想公园事件一定与我的爱情事件之间有一种联系，但我弄不懂我是要用爱情的眼光去看待它呢，还是用平常的眼光来看待它。不管怎么说，当初那把虚设的黑伞所导致的虚设爱情，一起跃进到现实层次上时，虚设的前提——假想的爱情心理，已无法负担现实生活中危险的阴谋，这阴谋或许可以考验这种爱情基础，但当阴谋具体地毫不保留地有针对性地推进到你的身体上时，你会感到麻烦，负重，精神生活已不再纯粹。

公园事件在未暴露之前，一直在叙述者——我的精神世界里寻找它的支点——黑伞以外的东西，然而从一个虚设的物体而挺进到一个可以用来反对阴谋的具体的东西时，我遇到了困难，公园事件是否建立在公园上，我是指它是否建立在公园与黑伞有关的那一面上。我害怕黑伞挺进公园制造爱情事件不过是它的一个借口，我害怕黑伞本身便是阴谋的物品。而这也并不好说。当我为爱情而承受美好生活的向往时，公园是否正在利用黑伞愚弄我当初虚设的心理？我坐在石阶上思考，我想，无论黑伞最终最有决定性的归属是什么，但在目前它完全构成了爱情，我很难想象我本人在爱情问题上会比黑伞更有作用。

如果没有黑伞，我不会在雨天出门（尽管出门时并未下雨，但毕竟后来下了），我也不会到鼓楼公园（下雨天没伞是不能进公园的），我也不会认识文并带她出来。总之，黑伞成为爱情生活的充要条件，对我自己来说，我的主观努力是次要的。

坐了一会儿，公园派出所的人拿着手电找到了我，他们一点儿也不惊奇，有四五个围在我身边，大概相互之间准备了一下，由一个大概是当头的来问我，你是那个人吗？我想也没想就说，是的，我是那个人。但我们不敢绝对相信，不过你有一把黑伞，派出所的同志大概是刚刚才准确无误地发现了黑伞。另一个人小心地提醒到，我们照一照他的伞尖。于是手电筒的光芒聚拢在伞尖上，伞尖不发光，但反光。他们终于放下心来，语重心长地说，不要这么悲观嘛，我们可以理解你对黑伞的感情，但毕竟……他没有说完，大家沉默一会儿，有人向我提醒，我们建议你还是回去，要是想来，以后如有机会还可以来，且可以免票。他们都显得彬彬有礼。

我问他们，这是一座普通的公园吗？这个，那个派出所领导迟疑了一下说，作为公园里的人我不好评论。但对于我，那就不一样了，我在这儿，我说，我获得了爱情。那我们不管，或许你可以保留在回忆中，他说。也许，我应该把这一点告诉唐虹，我缓慢地说。唐虹？那个人把手电往空中闪了闪，不屑一顾地说，别再添乱了。他们见我还不走，就发了一支烟给我，他们说，我们真不明白你对公园还挺有感情的。我觉得他们的话就像是废话，于是我站起来沿着石阶往上，我爬进了鼓楼，后面的民警们用手电照着我的屁股叫道，别上，别上，那儿危险。危险？我轻蔑地问道。我们认为一个人在晚上是不能上鼓楼的，他们在背后叫道。可我已经爬上了鼓楼，里面十分漆黑，什么东西也看不见，我居然摸到了顶层，从平台往外可以看见民警们的手电仍在闪烁，但过一会儿，它们就消失了，我摸到大钟旁，在那天那个外国人坐的地方坐了下来，我听见了一些声音，但我很快放弃了它们。

我现在真实地坐在这个空间里时，我才意识到那天文突然从背面的一个房间钻出来是带有多大的隐秘性，如果现在在这漆黑无人的夜晚钻出一个人来，我是无论如何不会想到爱情的，我会想到陷阱、魔鬼、欺骗与精神病，但在那一天我就接受了，那么是否在当时我是受到了场景的干扰？比如伪装生病的老女人，其他老同志，外国人，倒茶伙计等？我很迷惑。

在我这样想着的时候，灯突然亮了，我猛地看见了身边的一切全是紫红色的，我有些恶心。那几个民警从西头的一个小门气喘吁吁地爬了上来，用手电晃着我的脸，嚷着，你是不是不想活了？为什么不听话？要在夜晚孤注一掷地上楼？我不做声，在他们的挟持下我被强行驱逐到楼下。

雨停之后，夜风很凉，在小山包上可以望见城市远一些的地方，车水马龙，生生不息。我被凉风吹着，眼泪禁不住夺眶而出，我为我刚才对爱情的疑惑而感到可耻。派出所的同志拥抱着我，大概怕我疯掉。有个人甚至说，如果你在公园里失常，那么一切就更不好说了。但他是不是伪装的呢，为了便于他逃脱？有人也这样猜想。不过，也许我确实是伪装的。我完全虚软，派出所的人几乎抬着我的双肩把我往门口架去。我并不害羞，我想在生活中我一定把爱情当成了至高的东西，以至我经受不住一点儿对爱情不利的打击？但爱情到底是什么呢？某种没有标准的感觉？潜藏在内心中？这一切都不能形容。检票老头儿放下他手中像松鼠一样的东西对我虚软的身体看着。他像一堆废塑料泡沫堆在大门外。人们都转身回去，过一会儿，有人急匆匆地撞击院门，大惊失色地向我提醒道，把黑伞给你，我们差点儿忘了。我拿起黑伞，精神和体力都慢慢复苏了。站起来，我向远处望了望，天空很矮。

粉红的光芒斜落在藕一样的腿上，潮湿的地面散发一股腥臊味。许多精致的水果放在包装盒里，打上进口的字样。许多妙龄女郎背着发亮的挎包，摆着臀部向拥挤的行人焦急地捕捉。一些人穿着虎皮般的外衣，一些人干脆站得很高，搜寻着。大部分人都在抽烟，很像祭祀时的烟火。人们三五成群地穿梭。当你躺在地面上，你就可以看见无数只美丽无瑕的套着丝袜的腿像在游泳似的。

文一个人在人群中漫不经心地挤着，她的连衣短裙的上口拉链稍稍松了些，下摆往上翘着，黑而平实的丝袜勒着她的大腿，小腿均匀地往下伸展，稍有点儿坡度的皮鞋像一只漆黑的小船，踩在冒水泡的水泥地上，而那张生着敏锐眼睛的脸飘荡在人群中，很多人注意她，但她的妆并不浓，加之她神情忧郁，别人很难判断她到底是干什么的。于是她走过整条街，直到街角那儿才勾搭上一个上了年纪的男人。那男人眼力不好，但首先摸了摸，觉得还可以，于是买了些水果给她。本来准备去过夜的，但一会儿那家伙的手机响起来，说他有事便走了，文一直从街这头把他送到街那头。在临上出租车时，文发现这个中年男人很有风度，眼神里含满了信任，出于某种孤独，她竟然乞求道，求你带我走吧，但那个男人还是放弃了。

文提着手中的水果，身体里酸胀难忍，而在焦热的下身她有一种幻觉，仿佛她心甘情愿地等待着那个男人。她一直喜欢那些有特点的男人。虽然文在这一带时常出没，但她和其他姑娘基本上没有什么往来，凡是她喜欢的男人，她认为她都从他们身上获取了金钱也获取了幸福。现在那个男人一消失，她就连忙钻进厕所里蹲了下来，她解除了自己的瘾，呻吟了几声，然后站起来，从水果袋里掏出一个水果使劲儿地还没出厕所圆门就吃了起来。她觉得，那股酸甜简直要了她的命。

现在她放松了，内心平坦，她把挽起的头发放下来，脸上堆起了迷人的笑容，笑容随着咀嚼肌翻动。她一只手拿着越来越小的苹果，一只手放在短裙摆下的黑袜上，轻轻地制造诱人的细节，许多人便接二连三地过来，但文都否定了。她居然有点儿自以为是，她希望至少有一个有着特殊体验的人来扯她的袜子，她希望在拨掉她袜子的刹那，她能看见别人眼中对这肉体的信任，而不是抛弃黑袜，漠视黑袜这罩在体表使她饱含激情的东西。她对于自己的腿，那丰硕修长而又有力的腿充满了敬意，这黑袜刺激着她，但人们纷纷退了下去。直到她停下来靠在一堵墙上时。才有个年轻人迎面走过来，一下子就捏住她的胳膊，那个人非常急切但又不像那种没有眼光的人，他口口声声地说，这是他所见过的最好的腿，但不久当他把她拖到一个暗角时，他仍是草率地扯下袜子，没有任何感情地占有了她。

她很生气，但她不想再追究，很久以来，她已无法在街市上碰到那种有思想的男人——在揭开她身体以外的部分时有一种特殊体验的男人。她知道这样的男人已经沉睡很久，忙于更重要的事情了。不过每当她失望，她就想到了那个年轻人，嘴唇红红的，大大的眼睛，头发先天有些稀疏，肉体是黑红色的年轻男人。她觉得他的未来是那种让女人发现幸福的未来，他的体验将在于，顺着你想象的路径拨开你的身体，在里面待着。但他没有钱，那也不要紧，他的本事在于他有一套特殊的合乎逻辑的直觉，因此他的爱情前程更有保证。她在想念着他，她经常想念着他。她以前经常到他那儿去，但最近她去得少了，一方面是因为她最近认识了德尚、李佳；另一方面在于她认为她应该拉长两次见面之间的时间跨度，他让她的身体在再一次见他时，能有另一些新生的意义。这倒不在于她更换内衣和袜子，而在于她身体在间隔时间内的生长，带着被广泛触摸的知觉和抑制。当他那特殊的手指与身体的每个部分迎上来时，那是一种伟大的欢乐，它超越了日常生活，无法准确地叙述出来，但她肯定那是比幻觉要更有优势的东西，她将摇摆、上下翻动或者安静地躺在那张大床上，让所有记忆中的忧伤都消散殆尽，只有温暖的身体与自足的存在，而这不需要虚构，只要挨过每一段时间，让自己的身体生长，然后放到他面前，再多余的就是他的问题了。他没有让她失望，尽管他一无所有，有时还要靠她的接济才能过好日子。

李佳和吕琴的新生儿住进了医院，说是病得不轻不重。受李佳的邀请，文和我一起去看他们。那天早上，我们本来就在争论黑伞与唐虹的问题，文一直在否认唐虹有关注这个问题的任何可能性。可他是严肃地对待黑伞，这多少让我有点儿心虚，我说。但又不是针对你我的爱情，她说。她不但提到了爱情，还主动在衣橱里为我找衣服，好像我们之间的生活无比温暖似的。我很激动，她就像妻子一样仔细地擦掉了我头发上的灰尘，用双手在我的肋上拭了拭，她说，我们要让别人看见我们的恩爱。她的话使我愿意被她麻醉。

但我还是无知地一再提到唐虹，但我始终没提公园事件，在我的日常生活已完全爱情化，使我有一种纯洁的幻觉时，我想我正在极力避免或主动否定爱情以外的东西。与其说唐虹对我个人的一些纠缠使我不快，还不如说是唐虹如此看重一把我爱情生活中的黑伞而使我焦急忧郁，我决定在精神上、在内心上战胜他的谬论——那是与公园事件有关的黑伞。我试图潜在地含蓄地把这种想法告诉文，但我没有做到，因为她完全否认唐虹与我们爱情生活的关系。

就这样我们在路上虽然笑上堆着笑，但内心是不平静的。我们去商场买了些东西，别人都很客气，但这并未缓解我们之间的紧张。当我们赶到医院时，李佳正在走廊里愁眉苦脸地坐着。他慌忙地握住文的手时，丝毫没有考虑我的心情。李佳说，很高兴你们俩能一起来看看孩子，告诉你们，孩子没事的。那怎么办？我问。这样吧，我陪她在医院走走。他们就这样向病房的另一头走去，我仍站在门口，看他们夹在浅绿色墙壁的中间变小，向玻璃门挤去，然后还越来越神秘地说着什么。这时我最害怕的就是他俩在一起也许会说上那个性病。

他们消失以后，我打开门，吕琴坐在床上抱着孩子，她说，孩子病得不重，但他的精神很不好，食欲也差，这一点非常不妙。我发现吕琴有时显得美丽，而有时又显得粗俗，当她单独和我在一起时，她总爱向我热情地招手，而我内心一片折腾，我在考虑另两个人走到哪儿去了。是不是他俩又溜了？她问我。请你别这样说你的丈夫，我提醒她。她哭了起来。这时我正努力试图看穿她的衣服在她的体表上搜寻，我能判断她是没有性病的。于是我说，你别怕，你没有问题的。不知她是否明白了我的意思，但她还是感谢了我的鼓励。我把提兜里的东西拿出来，她按住我刚要抬起的手，揉了揉说，别太当回事。谁？我问。文呗，她说。可我是真的，我说。谁不是真的，真枪实弹，她开玩笑地说。我很不容易遇到了她，我说。那是你假想的，我看未必，她认真地说。我不想再说什么，我们一起看了看孩子，彼此都有点儿不好意思。她妩媚地问我，你还能记起以前的那些事吗，凭你的经验，你应该不会遗忘我的。我说，也许我正在尽量遗忘。那倒难为你，她不愉快了。

我抱过孩子，哄了哄他，他扣着自己的鼻子，一脸无辜的样子，不过我还是莫名其妙地鼓励他的精神好起来。他会好的，母亲下了床代替他说。她几乎是抢过了孩子，叫道，爱情，爱情，你以为公园里的爱情就靠得住？她提到公园使我恼羞成怒，我用手指指着她嚷道，别跟我提公园。对，我不提，那不是一个一般的地方，她说。但你别忘了，我们也曾在公园里，那个，她说。粗俗，我骂道。尚，我对你一直都是有好感的，她安静地坐了下来说。我差点儿就过去拥抱她，但我说，请你别再让我回忆，否则我无法面对爱情。你的爱情在我看来是废物，她说。由于她生起气来，于是抱孩子的手箍得紧了些，孩子又叫，护士便连忙跑来，首先是训斥了我这个当父亲的（她误以为的），其次训斥了母亲（这一点是真实的），之后，她说，你们对孩子要负责，她嘱咐了药的吃法，并列举了不少对孩子的精神状况有利的例子，比如要我在地上爬，学猫叫，或者故意做痛苦状，以博取他的欢心。但我是做不到的。你无法阻止他得逞吗？她问我。你是说，他对文，我问。她笑而不答。她再一次靠近我，这次没有动，她把嘴凑到我耳边，小声地说，我真奇怪李佳是我的丈夫。

他俩一直没有回来，但我还是果断地告别吕琴，从医院里悻悻地走了出来。晚风拂着我，一大股福尔马林味在医院门口弥散着，我感到无处可去，我总认为我对李佳的怀疑是多余的，同时我绝不想主动去过问她和李佳都做了些什么。但现在就不同了，我必须在他们之间担心性。我认为这个东西会把一些秘密的关系袒露出来，而当李佳真的与她相爱，我想我也不怕，我认为我拥有黑伞，在这个存在前提下，谁都不可能腐蚀我的爱情。我一个人去啤酒店喝了不少廉价的生啤，胃口很滥，许多人都对我鄙视着，我说着醉话。其实我喝酒的地方离鼓楼公园并没有多远，我一直没有注意到在不远的桌子上有另两个人对我虎视眈眈。但我一边喝酒一边在思考公园，有时我认为公园就是个坟墓，到公园里去的人是扫墓者，而出来的人便是鬼魂了，这样想着我便有些害怕了，我想不至于文是鬼魂吧，但也难说。后来，酒店里的伙计示意那两个一直和我坐到深夜的人把我搀出了酒吧，我没有看清他们的面容，他们并不和我多说话，而是生硬地把我搀上出租车，然后径直把我送回家。一到家，我就清醒了。他们临走对我说，以后别忘了带伞。我骂道，狗日的，难道只有带着伞才表明我看重爱情？那我们不管，反正你千万别忘了它，他们说。放心，我不会的。

现在我必须承认是一个丧失人性的人，而且从一开始，从带有决定意义的与事件有关的存在的那一刻起，我就丧失了人性。人性无非就是指维护一种不确定的东西，而任何的确定的占有都将会把自己导入到某种荒谬的世界中，对雨伞的虚设并没有使我真正在虚构的意义上升华到对爱情的全面理解，我唯一做到的是我完成对雨伞从虚设到现存结果的过渡，而我借用了强制逻辑，这逻辑包括在丧失人性的基础上继续鼓吹确定的存在。从结局来看，一切都与我紧密地相连，其实他们除了虚设了我的虚弱，除了象征了我的矛盾、消亡、痛苦和封闭，什么也无所谓。公园事件可能是个永远的谜，因为伞对公园事件的参与是不确定的。所谓唐虹、公园派出所以及公园事件有认识的人都依据了我—— 一个盲目者的心理而刺入我虚无的精神生活，为了打败我的虚设，帮助我退出爱情。后来我仍然投入吕琴的怀抱，并使我意识到了性病的意义，它将使我们彼此一致，承受欲望的疼痛。当然我梦寐以求的爱情生活仍然在心中顽固地坚持，我想只有我自身才能分辨那种虚设，而放弃虚设也就意味着在真理意义上返回到虚无的现实，现实虚无而虚设已坚决地撤去，才能呈现一把黑伞的现实性、它的来历、生产史以及它的行为过程。只有撇开爱情，一个丧失人性者的盲目立场，才能使黑伞在现实意义上放弃对持有者的诬蔑和纠缠。而丧失人性并不可怕，只有在丧失人性基础上的爱情，才是有腐败性的。现在如果我还坚持爱情，我想我将连同性病、理智、关系和意志一起坚持。如果我可以到唐虹那儿去告诉他，这把黑伞并不是我的——它仅是我虚设的，它是我捡来的，那么唐虹一定会非常失望，而真正的阴谋——可耻者的目的，在于借丧失人性的进程获得一种动力，在人性的对立面上建立你的理想——只有李佳和文才明白当他们数次逃避我外出，他们在一起都做了什么，而我并不在意，我之所以这么长时间不敢轻易地放弃虚设——仍在现实表面上依靠随身听女人、门卫以及公园机构、几个陌生人乃至许多局外者来一起维持这种虚设，大概就是因为我对人性作了抵抗。人性将使我获得空虚的感动，执行许多自动的欲望和期待，而真正的自我只在虚设，只有建立在另一个人或另一些人的阴谋上，才能获得重建另一种生活的权利——确实的生活。我在拥有这把黑伞的过程中毫无人性可言。我不过是执行另一种全能——建立没有非确定的生活，相信爱情对我来说正是对阴谋的讽刺。公园阴谋性在我抽掉我对黑伞虚设性的刹那而化为乌有，我赖以求爱的黑伞其实是在那天早上在门口无意捡到的，也就是说在它与爱情有关之前，它与我毫不相干，而我与阴谋、公园事件、唐虹以及公园机构的关系在于——我粉碎了他们的梦想（他们不愿意见到这样一个人，一个持伞者，而且在多次的强有力的自我控制下占有爱情）。那么公园事件中受伤或死去的人将会永远埋在我的虚设里——一把背叛人性的黑伞，一把被控制的伞。而在爱情之前，在我拥有这把黑伞之前，公园事件就已危险地发生，并作为一种真理在今后的爱情生活中被提及。

硬糖果

1

他和她坐在五星级酒店的西餐厅，纱质的窗帘有五米之高，巨大的玻璃是他喜欢的那种清白色，他喜欢这个地方，他们是在离婚后约好了到这个地方坐一坐。婚是一定要离的。翠湖水在不远处，蜀山在不远处，杂草丛生的运动场地也在不远处，那曾是他们留恋的地方，而现在，婚姻结束了。他是一名记者，接触了无数人无数事，对这个时代，他总觉得他应该是看得清楚的，当然他指的仅仅是他遇见过的人和事，他能和她说什么呢？她倒要更为直接，不忘记在这样的场合祝愿他以后能获得他应有的幸福，他知道这仍是她对他的挖苦和讽刺，她永远都会这样，假如他能钻到她的心里，他一定能发现她到底是个什么样的人，也许她喜欢钱，喜欢权势，喜欢乐观的轻松的东西，她没有错，也正因为她喜欢这些东西，所以他们合不来。不过他承认，他有点儿偏，比如他有时装深沉，考虑大问题，有时似乎很艺术化，谁让他是记者呢，他本来就是要深刻一些的。当然他们吵架时，她偶尔也会骂他，你假惺惺的，其实你肮脏起来比谁都肮脏。

现在他俩坐在玻璃窗前，她为他点的是咖啡，他知道也许没有什么东西比咖啡更能假装成一种肮脏的饮品了，尤其是兑进足量的奶昔，泛起泡沫，简直比最脏的污水还要脏，他有一种强烈的想请她打他一下的冲动，因为只有这样他才不会伤悲，是啊，真到了失去她的时候了，一切都保不住了。然而她很文静，她怎会轻易在最后的时刻给他一个体面的退出的机会呢？他还要尊严呢，于是他乘机跟她谈起她有可能要去与之结婚的另一个男人。那是个叫白雪的男人，什么？他第一次听说这个名字，还有男人的名字叫白雪，这可能吗？她告诉他这是真的，是他身份证上的名字，他就叫白雪。他实在忍受不了，凭什么自己曾经的太太要认识一个叫白雪的男人，并且她有可能要嫁给他，她只能叹惜他对她了解得太少，他太沉溺于自我了。

他不记得自己是怎么走出这家五星级豪华酒店的餐厅，简直太倒霉了，这种糟糕比吃了只苍蝇还要强烈，他宁愿自己是爬着出来的，也但愿自己的前妻不要跟随或认识那样一个男人。但是，你要知道这个叫张峰的男人是个记者，是个业余记者，他在本城有名气，其实他在外省似乎更有名气，因为在那些地方，他更加地徒有其名，别人一直猜测这是一个特殊的业余记者，以擅长写一些神秘报道而闻名。他一直避免在自己的私生活或者是离婚这样的事情上被媒体盯上，所以他很果断地答应了前妻的离婚要求，并且与她和平地分了手。而见过这最后一面，他也就更加地独立、自由和我行我素了，没有了曾经的家，还有什么比这更好呢？他知道他之所以神秘，就在于他一直报道着只有他自己才知道的事情的那个唯一的部分，这使得他总是掌握着一些绝对的信息，既不是刻意向公众隐瞒，也不是独自留在记忆中，仅仅是他用他的方式报道着，他看见了生活中的事件。他和前妻见过这最后一面，获得了短暂的全身心的放松。

2

他可以在家中睡上三天三夜，只要把手机关掉，把电话线拔掉，把门铃的电池取掉，不开电脑，不开厨房门，只要饿时打开冰箱，他完全可以睡上更长时间，他已经跟他供稿的那家周刊说好了，他需要休息，别人知道他离婚了，这本身不是个消息了，他只是离了以后才跟周刊的几个有限的朋友讲的，好了，他真是睡了三天。在第三个傍晚，他从床上起来，洗漱完毕，他去双岗，那条永远冒着热气和烟火的小街，那条小街上过央视一套，说的是小偷在那里搬人家货箱的事。他很快就上了那条街，留心了一家音像店，一家迪厅，一家烧烤摊，之后，他跨过采蝶轩门口，来到好利来蛋糕店。太阳烤在橱窗上，里面有两张小桌子，几个儿童和他们的父母正在那里挑选面包，然而他是要买蛋糕的，不是那种带奶油可塑型的，而是要小块的蛋糕，比如只有手掌那么大见方的。营业员不认识他了，尽管他来过不下十次，但每一次别人都认不出他，他很乐意别人永远认不出他。他点了几样东西，忽然有个孩子在身后拉了拉他的衣角，喊了他一声爸爸，他没有回头，他晓得小孩是搞错了，果然那个爸爸从另一侧柜台过来拉开了孩子。

他出了好利来，坐上去北部的 131 路公车，汽车向北，很快就驶出了双岗。过北二环，再过货场西侧，到一片放散煤的小山凹，之后，到终点站，那个缓坡下边有许多水泥预制块，他就坐在那儿吃蛋糕。他看见水泥块尽头是一道红色的砖墙，那儿有一个猫洞，其实他曾经来过一次，也就是在那一次，他决定了同意跟前妻温小婉离婚。现在他不由自主地向那个红墙的猫洞走去，过了洞便下了坡，上了铁轨，虽然他还不知道这铁路到底是怎么一截一截地伸远，但他知道这是慢车道，既走货车，也走郊线短途慢车，每隔几里便是一个小站，这是向着西北的方向，现在看来是向着落日偏北的方向弯曲地延伸。今天他不走，他想明天我就往北走，他站在铁轨上，好利来的五块蛋糕已经吃下了两块，还有三块，很甜，他讨厌这么甜的蛋糕，当然他相信要想使自己再也不对甜食有特殊的好恶，你就必须斩钉截铁，也就是说他不能忍受那些糟糕的东西，其实他心里很清楚，知道温小婉她是怎么想的。一个前妻的内心世界，他完全可以不去想它，但是问题就在于人家可不是这么对他的，他真讨厌这个局面，离婚也谈不上是个终结，他只是不愿意深入去想。

尽管睡了三天三夜，可他总能迅速明白世界的恶劣之处就跟那个叫白雪的男人一样，一旦你知道有他，他便粘上了你，你已经在劫难逃了。他拎着的蛋糕在腿边晃着，这时他记起曾到河南做过一个采访，那一对困境中的夫妻互助的感人故事瞬间挤上了他的头脑，他明白人世就是如此，也许只有苦难才会有更多的真情，他相信他和温小婉不过是曾经过得太好了而已。

3

他中午从开贸易公司的朋友老余那里借来一辆黑色的丰田轿车，绕过美菱大道、环城东路，过寿春路、阜南路，再过亳州路、建材一厂，然后他拐向蒙城路，上了一座大桥，然后向右沿着沿河路，过柏景湾，这样他至少在城北这一带转了两个小时，之后，天开始落起小雨，他开启雨刮器，路上卖小东西的妇女们三三两两躲到报亭边上，他偶尔在路中间停下车子，引得后边的司机疯狂地摁喇叭，他很烦，已经四点钟了，这时忽然一声惊雷，大雨滂沱而下，车中的他分不清季节，什么都无所谓，风雨大作，雷电交加，护城河就在车窗下边，能看见河里有船，是环卫工人在清理杂物。雨之大，使得护城河从河面到高高的河岸之间似乎都成一道水幕了，只透着很小很弱的稀朗的光线，他知道这雷雨不可能太长，果断地掉转车头，又转向建材一厂那条路，顺着新宇宾馆边的小巷，插到新华厂，再之后上了临泉路，然后一直向北，到了北站边上的一家旅游公司，那儿有个停车场，他把车子停好，这时雨已经停了，只是雷电还在继续，而且声响不亚于下雨时，他觉得即使雨水倒下来，他也要往北边去，没错，他只要上那条铁道。自从前些日子买好利来蛋糕到这里闲待了一阵之后，有些迷这个地方。显然，还是冰冷的铁轨更对他的胃口。

停好车子，出了停车场，雷电在头顶轰响，雨又断断续续地落着，不像是能晴起来，但断然不会重新下起瓢泼大雨，他没有带伞，身上的外衣是棉质的，也并不怕雨，从这里要徒步过131车站背后的货场，穿过一家东北人垄断经营的储木公司，再过一处放铁矿石的货站，然后还要经过几块鱼塘，过了半个钟头，他到了红墙下的猫洞，浑身衣服都差不多潮了，里边比外边湿得更厉害。这一次他没有犹豫，一钻过猫洞，天就一下子明朗起来，不过算不上晴，因为没有日头，天空是白色的，带一点青冷冷的深蓝，往着更高处退去。他看着铁轨前的西北方，心里想起了儿时看过的许多关于唐宋演义的英雄画，岳飞、秦桧、程咬金、宇文成都、杨宗保、穆桂英，总之真真假假的纸画儿都在头脑里动，只有他自己明白自己还是个爱玩爱仗义的小伙儿。他沿铁轨向前，扯起一根野草，像个文艺青年那样，衣服潮湿，铁轨冰凉，向着西北方，那儿有一座小刀山，他知道从另一条省际公路向下一插，可以到达小刀山的东边山脚下，不过这铁路往哪儿去，可不是山东边，至少是山南边吧，他想。

空气清冽，大地无人，稻田里有鸟在低低地飞，一头扎进田里，很久没有出来，只是在远处，而且离铁轨很远处，也许有一两个农民，但都看不清楚，他也不会去叫喊，就这么沉闷地往前，他想走到哪算哪，但是从那个红墙的猫洞走了大概四十分钟，到了一处高地，这或许是到小刀山南口之前唯一的一处高地，这块高地架了一小段大概二十米的铁路桥，下边有一道流向山南和双河的小河，在下方，是一块平地，那儿堆积着晃眼的铁器，可能是另一个货场吧，他已经不太有方向感了，也许那就是城东的那个卫星城，也许是一个幻影，因为这是雨后，天空该有彩虹，有点幻影总是可能的。

张峰过了铁路桥，心想现在离那个猫洞已经足够远了，这只是一条没有走过的铁路，但每一次的《第一时间》都会报道这条慢速的铁路支线，上边总会发生一些诸如水淹、道口堵塞或者是停运几日的新闻，他自己是个记者，他晓得从这些不连贯的报道后边发现这个铁道的某种面貌，显然他没有失望，这个慢速线如他所预料的同样会把他引向那个岔口，那儿的情况，他从那条省际公路去过，只是那已经有些日子了。稻田里不时会有一阵惊动的声响传来，不是鸟，但也不会是小动物，因为声响实在算不得小，他想弄个究竟，但又无从下田，只能沿着铁轨，冷漠地往前。

4

铁轨穿过一大片金黄的稻田地，就抵达了小刀山南口，这块平地是小刀山周围少有的，它的其他几个方向要么是低凹的，要么便抬了起来，只有这个南口是块平地，从高速公路那边下来，要绕过一道石桥，之后也能到这个南口，当然他前几次来这个地方都是从公路过来的，从铁轨走上这个南口，他先到的就是这个小刀山铁道口，这儿是村级公路与铁轨的交口，村级公路由西向东，连起店埠镇和官亭镇，大片的稻田从这块平地往东西方向伸去，中间间或有池塘、河沟或者一些杨树林，而这一块真是奇地，他以前在公路上开车时也发现过，但这次从铁轨上走来，感觉很是不同。小雨还在下，他衣服湿了又干，干了又湿，几经反复，很重地压在身上。道口那间铁道值班房里，冒着热气，从窗外看，也许是炉子在烧水，或者是别的什么，他没有往里喊人，他晓得那个老高，肯定在前边那个小饭馆里。

他从道口上了小站台，过了两间铁道房子的后沿，然后沿向西的公路，略微转了个弯，就到了那间丰乐饭馆。他那次做采访时常到这家丰乐小饭馆，甚至还在里边那张桌子上写了一篇稿子，那次的事是老高出的。老高一般除了在值班房，肯定就在这家小饭馆。他掀开珠帘，进去了，果然在拐角那间小房里，老高正在吃菜。老高看见张峰来了，瞪着眼睛，闪着光，一下子拍了桌子，说稀客来了，喊店主快来，你看什么人来了。店主刘大林在厨房那边过来，见是张记者，连忙掏烟，说什么风把你吹来了。大家对他印象都很好。这也难怪，一方面他是个有名的记者，另外那次岔道口发生的事情，在报道上他做得很不错，老高和刘大林他们，还有村子里的人，都觉得张记者不仅报道的真实而且有人情味，什么人情味？张峰坐了下来，让刘大林到厨房去忙他的，他只是顺道过来，进了饭馆，看老高在喝酒。

待会儿，老高相信张峰是真有闲情的，他哪有什么考虑呢。张峰对老高说，你中午不在道口，在这喝酒啊。老高说，中午这几个小时没火车过，你知道我就是爱喝个酒。他对老高喜欢喝酒的事，心中有印象，因为那次刘村的刘麦家的老牛被火车撞了，就是他没放拉杆才出的事，幸亏是头牛啊，要是人可怎么办？老高在周围几个村子人缘还不错，但人家也都知道他是凭亲戚才在铁道值班室搞了活干，他已经干了二十多年了，现在帮他忙的那个亲戚早就不在了，但他还能在铁道上干这个活，想必铁路上边也都不那么讨厌他，让他干着吧。老高也知道那次火车撞牛的事故外边记者来得多，一下子很注重安全了，倒是张峰的报道是其他人报道的基础，他写得多好，他说老刘不仅拉了杆子，甚至老牛撞开栏杆到了铁轨上，他老高还上去拉牛呢。

老高给张峰也倒了杯酒，跟他叙起上次的事情来，说是叙旧，不过也就是年把的事情，况且从这个报道过后，张峰跟老高像结了朋友一样，他已经来过几次了，老高也知道，张峰跟他妹妹高芳芳是很能谈得来的。老高嗜酒，每天都喝，他在铁道上挣的钱有一半都花在刘大林的这家馆子里了。张峰喝了酒，也进入了状态。刘大林隔会儿来坐坐，也陪他喝一杯。不过张峰见刘大林坐三分钟就把他请走，让他去炒菜，他跟老高正胡侃呢，对于他妹妹高芳芳的事，老高一般从不问起，只有张峰自己有时提一下，比如这次他就问老高，你妹妹高芳芳，她在店埠还习惯吧。老高说，还行，芳芳她想到省城呢，毕竟店埠小了点。张峰讲，唉，店埠也不小，再说她在凤凰厂再做几年，现在在那儿做保管员，她人也活络，迟早还是会到省城去的。老高说她妹妹真不是种田的命，现在这个妹妹是他最心疼的了。老高比他妹妹芳芳大了接近二十岁，其实对妹妹比对孩子还要感到疼爱，张峰劝老高不要担心芳芳，有他在呢。老高喝一杯酒，脸上一泛红，把白瓷杯敲得脆脆响，对张峰说，你对我们不错啊，真不错。张峰说他小声点，外边还有人吃饭呢。天色快要转暗了，外边人也不少，张峰让老高不要喊话，慢慢讲。

老高又回忆上次张峰写报道的事，他总讲，你写得真好，说我去铁道上拉牛，哎，真好，我也还真是想过去拉牛，可我哪顾得到呢，我在炉子旁边呢。酒一阵阵往上泛，眼睛都是红的，耳朵也听不见，火车不就那么直直开过来的么？让老高不要大声，可这家伙就是不听，他比张峰要大上十来岁，虽是个农村人，但在铁道上干了二十多年，也像个国家公务员似的，在农村还是吃得开的。他在小饭馆嚷嚷惯了，张峰越提醒他小声，他越是不听，张峰就在他头上抵了一下，他有些难堪，不过马上笑了。哎，谁让他是张峰呢，要不是他，自己铁道值班的工作早保不住了，要不是他，妹妹怎能到店埠的凤凰厂上班，再说他这么来，真是玩玩，还不是要交我这个铁路上的朋友。对，这话还曾真是张峰说过的，就要交你这样可靠的有意思的朋友。几十年如一日，坚守铁道口，多么不简单。

人喝了酒，就容易动情，他老高也没什么爱好，就爱喝几杯，他只是个看铁道口的，又不是司机，凭什么不能喝酒啊。对，能喝，他曾经鼓励过他。老高跟张峰又喝了一杯满的，说是我俩谁跟谁，他应了他一声好，这老高就更加地爽快，到门外要酒去了。不知什么东西绊了一下，有一声大点的响动，紧接着张峰听见他在外边跟一个什么人争了起来，他没有动，他想等老高回屋来再说。老高回来了，头发有点乱，可能在外屋被什么人揪了一下。张峰问他，没事吧你？老高有点委屈。张峰出去了，老高也站起来，走到门边那，刘大林在柜台那儿呆呆地站着，只见张峰把那个刚才跟老高动手的人的衣领揪了下来，骂了句，你她妈的，到外边去。这人年龄跟老高差不多，像是本地人，又像是个城里人，张峰判断不准。

那人跟张峰出了屋子，来到外边的水泥地上，水泥地离马路还有一小段，那人把手表解下来装进口袋，看来他不是好惹的。张峰没有动，什么动作也没有，老高在饭店门口站着，那人扬起手朝张峰打来，张峰让了一下，张峰想自己到底是个文明人。但文明人也不能吃亏啊。这时他看见饭店门口地上有一把刀，刀背很厚，刀口也钝，虽不锋利，但刀很厚实，他向饭店门口走，那人在后边推搡，并乘他不备踢了他一脚，他已经到饭店墙下，提起那把刀，这时那个人呆住了，看这个文明人拾起刀，反而不知道怎么办了。他是提着这把重刀，反而把那人逼到了水泥地中央，那人不退了，再退就退到公路上了。他同桌的那些人有的要往外扑，刘大林在那跟他们说，别再动手了。他是把那个人逼到中央，都不再动，他把刀拎高些，但还是没有举起来，那个人矮了下去，他成功地封住了他的咽喉，锁紧了他的衣领，骂道，老子劈了你。他骂得多么威严，那人只能坐到地上，低下头，可能是哭了。这时，天慢慢黑掉了。

5

天已经黑定了，这个被张峰用钝刀逼在地上的男人和他们那一桌的几个朋友具体是什么时候撤出刘大林的小饭馆，坐在里间的张峰是什么也不知道的。可以说就是在把这个先是跟老高闹别扭欺侮老高的男人逼到地上灭了他的威风之后，他才真正感到自己跟老高一样也是需要好好地饮上几杯的。当然，他，如果说实话，实是在太累了，他仿佛是睡了三天三夜，但曾经的事情谁又相信呢，也许只有鬼才相信心情这么糟糕，还能安睡三天三夜，他想即使是自己也是不能相信的。他叫刘大林再拿白酒来，刘大林是多么尊敬这个张记者，现在又见他把邻桌的人制服成那个样子，文武双全，简直十全十美，喝什么都不在话下了，况且下午他跟老高没有喝多少，老高不时跑到站台那边去，现在每隔半个多钟头就会有火车过，他哪能安心喝酒，真当他是酒囊饭袋啊，他还要工作呢。张峰这下不高兴了，说老高，你陪我喝酒，别跑前跑后的，你别那么当真可好。他先这么说，老高不听，但他重复了好几遍，老高也不耐烦了，他满饮一盅，对他说，哎，老张啊，这是你来了，我不能给你丢脸，不然别说是喝这点酒，就是喝到天亮，我也不怕，对付火车我有办法呢。

刘大林站在隔门布帘那儿笑。外边似乎有小雨，反正才七点多钟，时间还早，在这里就没有什么时间概念，管它到底几点钟呢。他喝酒的速度不快不慢，很是适中，这让老高有点受不了，他想你这喝得也太慢了，他还要跟张峰啰唆，张峰就瞥了他一下说，给你讲好话，你还当真了，把你这职业搞神圣了，我怎么没听见有火车声啊，啥火车来啊。老高只是赔笑，他心想老张你肯定酒喝进了脑子里了，这么多汽笛声你听不见啊。老高被他催，因为他速度跟老高不一样，老高节奏被搞乱了，只得跟他诉苦说，我晚上在这里喝酒，本来是心安的，可是有你在，我不安。他边说边苦笑着，又望着布帘下的刘大林，似乎想让刘大林给他解围。

刘大林又端上一盘炒肝尖，对张峰说，张记者啊，你对我们乡下人真不错。这下反而让老高不高兴了，他可不当自己是农村人，我是铁路上的，对，铁路上的。刘大林应知道。到底搞什么鬼？张峰质问这个老高。老高闷着头，过了好一会儿才对张峰说，不是我不能在这喝酒，可我还是有点过意不去，我在铁道中间拴了条狗呢。狗？张峰很诧异地问，老高只好如实说，其实晚上我常在铁轨中间拴只狗，它坐在枕木上，两边拉着链子，狗一叫，我就出来，当然张峰明白喝酒时拴个狗在铁轨那儿，多少是个办法。可是今天不行，你张峰在，我不能给你丢脸，我不让狗叫了，还是自己去小房那安全些。张峰也觉好笑，火车，即使是慢车、货车，都有个表，再说值班室也有电话，何必让动物来折腾？刘大林在旁边声援老高，说老高真是负责，多条狗，多双眼睛啊，万无一失。真实，这倒是很好的新闻，张峰想老高也真有你的，拴条狗，自己就能抽身来喝酒，亏你智商高，点子足，才能稳保自己喝点小酒，来来来，喝一杯。

6

他跟老高喝酒，唠叨个没完。他这样的形象是老高以前没有想到的。他跟老高说，你别看我写报道，为你打抱不平，其实我烦心事也不少。老高见他俩喝得多，吐真言，自己心里反倒不痛快，其实双方虽然因为一则火车道口撞牛的事故互相认识了，但说到底大家本来都是陌生人，要不是后来发展成他跟老高妹妹有了那样一种熟悉的关系，并且帮了那么多的事，老高自己倒也没准备跟这个城里人走那么近的，老高晓得他这人有来历，可以说是个非凡的人。不过男人只要几杯酒下肚，还是会看出个究竟的。他俩都闭口不谈高芳芳，这即使在酒中他们也还都要保全一点自己独个儿的处世办法或者说一点点私事，老高他明白得很，他知道怎么一回事，他是个老酒鬼，一年到头哪天不喝酒呢，就凭这几杯就能把他怎样，当然他行动上有点迟缓，毕竟在火车道口干了二十年，怎么讲，他也是在农村有点养尊处优，不干农活，每天过着小日子，自己虽没什么大盼头，但自在逍遥，他这种状态，张峰很羡慕呢。他说上次之所以写新闻帮你，就是看你人不错，生活也不错，你是个好人。老高憨笑，自顾喝酒，他喝得很慢，可以看出来老高很有酒品，不像他张峰凶猛喝酒，他是有情绪的。

不知从什么时候开始他不厌其烦地每每点到那个叫白雪的男人，虽然他话不连贯，也不愿意吐露过多这个白雪与他刚离婚的前妻温小婉之间的关系，但是老高明白说的就是那么一回事。好在，温小婉跟他离了婚了，这也算不得特别愤恨的事了。然而，就是这个白雪让他在心中过不去，每喝一口小酒，都要奇怪地叹口气，摔一下筷子，骂道，我不相信治不了他。他要治他，这一点老高是听出来了，也好，人是有脾气的，老高是把张峰给看出几分了，他要治这个叫白雪的男人，那么这个白雪肯定很讨厌。老高是被他这么给越来越激将起来了。当然张峰也不是醉，他心里清楚得很，在这个乡村小站的小饭馆跟一个朋友聊白雪，那是不碍事的，再说他能怎么样？他总是会认真地听我讲下去的。老高还是每半小时往道口那边跑，不像他一直坐在这个里间，又品酒，又说话，有时还跟刘大林讲几句笑话，气氛多好。

但是，仿佛又有什么不安，这个情况在老高看来，跟下午与那几个人打架有关，老高是个有经验的糊涂人，心想打了架，就不管了，这行么？不过他是佩服张峰的，又不能跟他讲，我们下午打了架，现在恐怕得谈谈这个？张峰不管下午的事，老高有点着急，老想着他把重刀压在别人衣领上，别人吃得消？老高是个有时间概念的人，他对张峰说，老张啊，我们恐怕喝得不少了。张峰说，你也不叫我张记者了，这很好，叫我老张，你看，我们两兄弟，在这么个小地方，还是人五人六的。老高听出对方舌头大了，看他眼睛，也辨不出他到底是个什么情况。但是他情绪低沉下去了，在老高耳边交代了几句，老高听得不是很清楚，不过他说得很明白。

他说，我跟他不是你死就我亡，老高你记住，我跟他，不是你死就是我亡。老高点头说自己记住了。兄弟这么重要的话能不记住吗，就这么的，不是你死就是我亡。他张峰说的这个人就是白雪，他妈的，叫什么白雪，老高也愤恨异常，就凭这名字，也完全应该跟他不是你死就是我亡。张峰他似乎醉了，也许他只是要这么个状态，他一再叮嘱老高说，你记住啊，真要记住，我跟他不是你死就是我亡。老高不得不更加地严肃，因为他小声地在他耳边说，在山后，在小刀山北边。他还要问，张峰压低声音，怕刘大林或者店里的别人听见，只对着他耳朵说，小刀山北边，那里的事情。他说得很小，但足以让老高听明白了。

7

傍晚时被张峰用笨刀抵住脖子的那个男人叫刘鹤，其实当地人对他的情况并非不明白，只是这些年他都在外地打工，在上海南京一带是赚了些钱，再回来时人们不太注意上他而已，这一点老高跟开饭店的刘大林也都如此，不然要依他们早年的记性，他们也未必这么草率地让张记者在跟人有了纠纷之后还在这里待上这么长时间。不过老高一直酒不断，他是在那晚天黑之后到站台上去拴狗，并在沿墙那儿解手时才突然想起那个打架的家伙应该就是刘鹤。他到饭店厨房去跟刘大林说，刘大林起初也想不起来以前的刘鹤跟下午这个人到底是不是同一个人。当然店堂里还有其他人回忆起那人就是刘鹤，其实定明了就是刘鹤，让老高有些不放心，但他不想扫张峰的兴，管它呢，他是城里人，又是记者，岂会怕一个农村的，只不过打工回来。他没往张峰面前提这个人，当然这正是事情不可预料之处。

那晚他们喝到十点半，还是刘大林老是说自己饭店要关门了，弄得张峰有些生气，加上连酒鬼老高也说实在不能喝了，张峰才作罢。后边的时间他都是在跟老高鬼头鬼脑地交代什么关于那个白雪的事情。看得出来他是很愤怒的，不过老高是把事情记到心里去了，朋友嘛，就应该如此。从饭馆出来，老高有点犯愁，他心想留他住在这不行，他走又怎么办。张峰在饭馆屋后拐向站台口这边的水泥沿那儿解手。老高的烟头冒着红火，他喊老高，老高说，不早了，老张，你怎么回去？我到公路前边村口那儿叫个面包车送你走。往村口那？张峰问。老高说，那有面包车，包个车子也不要几个钱。老高知道他是下午从铁道那里晃过来的。老张解完小手以后出来到弯路那儿，下边有个小台阶，可以直接下到老高的值班室。虽然这会儿没有火车，狗是拴在铁道中间，一切都很安静，他看到有两个人推自行车从道口那边过去，远处还能听见人说话。村口那里有不少房子，灯都还亮着，他是下了台阶，没进老高的值班室。在值班室往北边去，那里有一道小坡，小坡有一条为了抄近路而踩出来的颜色发白的弯路，老高就是从那条弯路下去，上土公路，再准备去公路的，以便到村口那儿叫车。老高刚从弯路下去，看到上边站台那有个人影，他后背发凉，感觉异样，于是停了一会儿，他开始往回走，他意识到上边有推搡拉扯的声音，但他跑不快，他没法跑快，从弯路上来了，果然上边的张峰跟另外一个人扭在一起，又分开了。在老高和他们中间隔着值班室，还有收拢起来的栅栏。他愣住了，那个和张峰扭在一起的人就是刘鹤，他扭的时候还没有拔出刀子。老高从值班室那边过来。显然他意识到了什么，从腰后掏了一下，一把长而细、带尖口的长刀深深地扎进了张峰的肚子，他甚至没觉得疼，只感到肚子上插了把东西，然后他腿一软倒在了地上，刘鹤见他倒下，指着身后呆若木鸡的老高说，我他妈最恨这号人。老高这才醒悟过来，扑上来要抓这个刘鹤的头，刘鹤只一拉，便把他甩开了。刘鹤沿刚才老高走过又返回的弯路下去了。老高弯下身看躺在地上的老张，老张意识还有，但刀子太深了，他对老高说，你，他又指了指值班室。老高把他连抱带拖弄到了值班室，一路都是血，在床上，他还在淌血。老高打了120，值班的接线员说最早也要从店埠医院来车，三十分钟。他又给高芳芳打电话，说张记者他快要不行了。

8

高芳芳是在张峰被刘鹤捅死后的第三周才到医院检查发现已经怀上他的孩子，医生建议她做人流，她没有找人商量，在医院楼下徘徊了两个多钟头，其间也没给任何人打电话，她想也许在这个地方是待不了了，店埠和省城都有他们秘密生活、同居的影子，要想忘记很难，要想记住什么也很难，她匆匆回到了店埠的厂里，没跟任何人打招呼，反正那工作也是张峰给介绍的，现在他死于非命，自己迟早也是要离开这家工厂，再说工厂也不是她长久留步的好地方，她知道她跟他一样都喜欢南方。杀人凶手刘鹤在事发第二天上午就被捉拿归案，案件很简单，事发的那个礼拜，公安局，还有张峰的朋友跟她有过接触，既是安慰她，同时人家也录了她的口供。她是在他还没咽气的时候接到她哥哥老高打来的电话，等她赶到铁道口值班室，他已经死去，什么遗言也没有，更何况她本来也不过就是他的一个隐秘的朋友。她是很伤心，很伤心的，但伤心又有什么用呢，人死了。

她要往他偶尔跟她提起的南方去，那儿有好的天气，有许多陌生人，更重要的是有大海。她在认识他之前，就爱写诗，这是她在乡村高中毕业以后的生活中，唯一坚持的一点嗜好，可以说，她的诗写得很好，并且张峰是理解她的，她也明白张峰之所以帮她，不单纯是因为他跟她哥哥由于一则火车撞牛的新闻报道成了朋友的缘故，更重要的在于他是喜欢她的，她确信他是由于这一点才跟她产生了感情，并且把她从乡村弄到了店埠的工厂，让她成了一个小城里的人，让她有更多的时间可以看看外边。她却不想收拾东西了，对于她和他来说，也许孩子是可以说明问题的，假如要留在店埠，即使可以写诗，她还是会有太多的抑郁，现在想来，离开店埠离开省城，离开本省，都是充分必要的。留在这干嘛？

他死于非命，她怀了他的孩子，她去了南方。她先是在广州，然后在佛山，后来她到了顺德，那里河流密布，交通发达，有高楼，也有平房，有全国各地的口音。租了房子，找到了一家工厂，在那里干活，活不重，做包装封口的。别人先是没有看出她怀了孩子，她写诗，倒是很快传遍了工厂，工厂不太在意。在她住处那一带，女孩子们都晓得她写诗，为了肚里的孩子，她很少哭，因为那样对孩子不好，干嘛要那么抑郁呢？她什么都懂，跟张峰好了一段时间，她从他那里学到了不少，如今这些东西都在她新写的诗中，所有的记忆、经历以及那些与他和哥哥有关的事情都写在了诗中，这些诗作有些发在报纸上，有些发在刊物上，有些上了网。她，高芳芳，有了些许名声，这名声真管用，她在这南方的小城，在这些大工厂的围墙边战栗不止。是要感谢生活，还是要缅怀那逝去的人？不过她甚至不了解他，至少是了解得太少，以至于她甚至无从追忆。除了写诗，她也给她在铁道口值班室的哥哥写信，她想也许他根本不看信，信到不到也无所谓，她只想哥哥是他的朋友，哥哥应该知道他跟她不那么简单，再说，哥哥又哪里知道他们早已秘密相爱，她已经怀上了他的骨肉。

9

有人说，在铁道口守了二十多年的老高是自己结束自己的一生的，也有人说，他在被铁路机务段停掉了他的看道口的工作之后，非常的寂寞，一直没有搬离那间值班室，最重要的原因在于他永远也离不开这个地方，这个地方有了魔力，当别人来宣布他已经被铁路局停掉了看道口的工作时，他倒是显得没有反应，因为在他来说，他曾经的工作是有目共睹的，人们都说他是个好人，但人家也都清楚，几年前那个与他结交为朋友的记者张峰也就是因为他而死的，这才是问题的关键，假如不是为了他，不是为了曾经为他写火车撞牛的事，他们何曾能认识，再说那个杀人的刘鹤到底也是先跟老高有了争执，后来才是张峰上去与他扭打，乃至在晚上被他捅死的。老高在被辞掉铁路工作之后，更凶猛地喝酒，也许他死于酒精中毒，饮酒过度，导致肝病，他甚至没到医院去化验。最后几年妹妹高芳芳从广东寄来的信给了他许多安慰，他从没有给妹妹回过信，妹妹写信给他讲的大都是张峰的事情，对于张峰和妹妹他心里明白得很，他们是怎样好上的，怎么好的，他不太清楚，但他知道妹妹怀了张峰的孩子。

孩子出世、成长，慢慢的都有三四岁了，有时她也会在信中偶尔提一下孩子，但说不了什么，看来她在那里过的是另一种生活了，这样也好，总比在这个地方好。他丢掉了工作，但他没有跟妹妹说，他没有搬走，恐怕也是为了便于收她的信。他也不想让妹妹了解他现在的情况，对他这样的人，实际上还有什么退路呢，然而事情终归是包不住的。老高脾气不大，被辞掉了工作，和他交往的人也少了，其实他一直想跨出一步，想找那个叫白雪的男人，因为那次张峰被捅死前，一直跟他唠叨的便是这个白雪，虽然当时是酒醉，但张峰他不是没有脑子的人，他一再跟他说，我跟他不是你死就是我亡，他说得很清楚。

现在老高每日喝酒，少有清醒的时候，但他头脑里清楚地记得那个张峰跟他说过我是迟早要把他弄死，他还问老高，你帮不帮我，老高那时在笑，他说过我要帮你的，我要帮你弄死他，这句话只是他讲给他听，刘大林他们都没听到，他自己记得很清楚。张峰说那些话的当晚就被刘鹤捅死了，但是他还活着，他老高还活着，他数次都有夜里顺着铁道走到城里的想法，要是能把那个人干掉也好，他常这么想，但问题是他从没有这么做过，他晓得这件事不那么好做，再说他之于白雪，实在是太少信息，只知道有这么个丑陋的名字，其他的一无所知。而且张峰是在酒醉时说的，到底要他怎么样？老高他没底啊，于是再喝酒，甚至有一天他没再醒来，永远地合上了眼睛。他就葬在小刀山北侧，那儿有一个坑，是他老高自己在前些年挖的，他没跟任何人交代，但刘大林他们晓得，他挖了坑在小刀山北门，于是他们就把他葬在那里。

10

打工诗人高芳芳出名是在她打工的南方，她的出名无非是由于她写诗，而同时她的身份却是一个从内地赴南方艰辛打工的打工妹，但她的诗到底有多好呢，人们也说不出来，况且并没有多少人在这个时代还坚持读诗，诗人成了罕见的品种，而更罕见的倒可能是高芳芳这个人本身。她拖着个孩子，南方谣传她的身世，谣传她跟一场千古奇绝的谋杀案有关，实际上只有少数人知道她那些诗里隐秘的感情或许正来自于她那特有的内地生活经历，但她始终没有跟任何人讲起。就在老高去世不久，高芳芳带着她为张峰生下的孩子回到了内地。这也是她五六年前去广东打工后首次回到故乡，故乡的媒体不知道她回来，假如获悉她回来，难免会发个消息，内地诗人也很多，她的特殊身份或许会引起他们的注意，她就跟当初离开内地去广东时一样，这次回来也是静悄悄的。孩子是个很听话的孩子，她跟妈妈之间已经有了很自然的默契，从不过问她的身世，也许她曾问过，但难保妈妈没有责骂她，反正这次回故乡来，她跟妈妈一样是沉默的。

她带她下了火车，在宾馆住下，然后，她带她从车站坐小巴到了小刀山铁道口，跟六年前他被杀死时还是一样的，景况没有改变，房子、水泥台阶、值班室，还有一块菜地似乎都跟时光一样，特别静谧，没有任何时间挺进的痕迹。她拉着孩子的手，刘大林的饭店已经换了主人，店门头没变，火车站的栏杆还是那颜色，只是她哥哥已经不再值班，他也已经作了古，睡在了小刀山北门。是啊，时间只对人有效，往往也只对有经历的人有效，有时，她都记不得自己是个诗人，诗人有什么重要的。她握着孩子的手，孩子的这六年都在南方，她对这陌生得妈妈的故乡陌生得很，她想应该让孩子跟这样的地方亲切些，但是故人呢？也许，什么都没有了。往事对于高芳芳，或许不仅仅是那个张峰被捅死的夜晚，还有别的，还有他们认识时，他带给她的那一点新鲜的触动，他给她的那些书，讲给她的那些外国的名字，还有他经历中的往事，她知道他也许也是不幸的，至少他不平静，他是怎样挨上那一刀子，又是怎样坚持了一阵，却没法见她最后一面。她甚至记得在那之前的几天，他们见过面，他久久地搂着她的胸，柔软地插在她隐秘的小腹，她都记得。

孩子挣了挣她的手，她们在铁轨上走着，靠近值班室，别人看着她，也是一个有点年老的男人，没法认出她来，但这样一个人似乎跟她的哥哥一样，也许也喝酒，也许不喝，谁知道呢？他面色那么焦黄，想必身体也不会太好。孩了终于挣开了她的手，孩子往铁轨北边的一道坡地去，那儿正是张峰那晚往下走、再扭头回来的地方，那地方很特殊，要么下去，要么上来，要么上值班室、铁道口、栅栏，要么下公路、下地、去小街，那个地方人容易回头。孩子往那儿去，这是个上午，阳光很好，气氛温和，她懒得让孩子停住，随她去吧。

孩子终究没上那个拐弯处，因为就在值班室后墙那儿，孩子遇见了那只大黄狗。啊，大黄狗！孩子向妈妈叫道。妈妈这才过去，她一下子认出了这条大黄狗，那是六年前，它帮着她哥哥看铁道，拴在枕木上呢。她看出来了。那时狗虽然壮实，那才一两岁吧，现在它明显老了，这从眼睛上能看出来，这狗还是哥哥托她在农村逮的呢，她记得抱它来值班室时的样子，不足一尺长，现在它多长。高芳芳看着孩子，也看着黄狗，说不出话。大黄狗不凶，当然也许它没能认出她来。打工诗人在诗里写过大黄狗，现在见到它，她很辛酸。小女孩走近大黄狗，好奇地近近地盯着它，大黄狗趴了下来，狗爪子向前伸，小女孩也蹲下来，回头对妈妈说，大黄狗认得你。妈妈不说话，扭过头，眼睛湿得很，她慢慢地退了下去。

11

她以前知道张峰的前妻温小婉曾在省城规划院下属的一家企业上班，应该是个会计，或者是个办公室文员，他曾经并不回避谈论温小婉，但他跟她提醒过那是个非常厉害的女人，她吃得开，玩得转，早已不在企业上班，她在外边的身份是个外贸公司的头，她名下有着好几家企业，她也知道那些开在温小婉名下的企业，应该来自于她在生意场上的百变灵通。她玩得转，这是他意识到他们无法在一起待下去的原因之一，关于他和高芳芳的关系，他活着时，高芳芳来不及想，到他猝不及防地被人意外杀死了，她也还是不明白。生活过得真快，这次，她决心要见一下这个温小婉，其实打听一个人并不难，她是通过规划院，一个温小婉以前的同事得知她的情况的，别人听说是来打听温小婉很乐意帮忙，大约之前的人际关系很好，另外一个情况是她现在终于过回了她之前的生活，她是个能折腾的女人，她又结了婚，当然不是什么叫白雪的男人，是另外的人。她那五六年前的公司都已经倒闭了。

高芳芳见到她是在一条叫做新亚的巷子里，巷子宽，像一条通道，路边有树，里边空间开阔，巷内还有弯道拐口，她是在通向一个居民区的拐弯处见到那个曙光杂货店的，店面不大，但货物很多，生意不是很好。或许是因为下午，或许是因为碰巧，反正没什么人。她从没见过温小婉，温小婉也没有见过她，她们面对面站着，就在店面外的梧桐树下。她老去了许多，凭样子就能看出她确实老去了许多，再不是当初张峰活着时跟她传播过的前妻的模样，她对她说，我叫高芳芳，她说我就是温小婉，她们就这样站着。温小婉笑了笑，拿了瓶矿泉水给她，温小婉是个心气很高的女人，虽然只是开个杂货店，但她还是坚持得住的，她的男人就在店的后堂，只要一吱声，或许就会出来。高芳芳不想见到这样的人，见到温小婉也就够了。这时她倒想问问，但是问不出口。

温小婉搓了搓手，静了一小会，恢复了神气，她终究是个很风光的女人，她不是什么家庭妇女，不是女诗人，也不是女官员，她是个了不起的女人，她领她往店面的北头走。高芳芳跟着她，温小婉在前边，她跟在后边。到了巷头那儿，她站住了，她对高芳芳说，两年前，你哥哥也来找过我，差不多也是在这个地方，我跟他说，别问白雪是哪个！他不信，他要问，我知道他要干什么，全城人都知道，老高就是要为张峰做点事，说白了，不就是要找白雪算账么？高芳芳说，那是我哥哥的事。温小婉说，那时你哥哥他身体不好，肝不好，一眼就看出来，满嘴的酒气，我还要扶着他，不然他要倒呢。高芳芳想得出哥哥是个什么样儿。温小婉问高芳芳，你不也想问么？白雪是什么样，谁是白雪，最关键的，不是每个人都讨厌怎么一个男人叫他妈的什么白雪么！这可说到点子上了，当初张峰也这么骂的，什么人不搞，搞一个叫白雪的男人！这事多大？嗯？温小婉摊着手问。

12

高芳芳跟温小婉说她这次是带孩子从南方回故乡。孩子？温小婉顿了一下，没有再问下去。她自己跟张峰还没有孩子呢，尽管他们曾经有婚姻，可他们没有孩子，但高芳芳跟他有孩子。温小婉似乎想强调孩子并不能说明问题，比如她现在跟一个做小生意的人结了婚，就是刚才高芳芳在杂货店里见到的那个影子，假如需要温小婉也完全可能跟他有一个孩子，但目的在什么地方呢。对，她追问起高芳芳她这次回来的目的，然而高芳芳没有跟她说，实际上也许她关心过到底那个白雪是个什么样的男人，但问题是这个白雪又是什么意义？

她俩都很犹豫，然而温小婉还是把她引到了白雪的住处，那是一处虚黑的水泥墙留下的一道建筑门空，可以看见曾经的脚手架，还有用剩的砖块垒成的小小的阶梯，向着右边是一道淌水的深沟，然而即使从这道门空进去，左右暂且不说，即使是直着往里，先要下一道坡，再之后会有一栋新楼，很惊奇地立在这堆破烂的围院建筑中，而那些低矮的建筑彼此难分，歪斜地靠在一起，也有路单独撇开这个院子，似乎往有水的沟渠那儿延伸而去，那边有小树林。这一块地方，显然是温小婉长期往返的，她一再问高芳芳，你到底要见他吧，要见白雪吧。如果她不问，也许高芳芳自己也要问自己，终究要不要见呢，她俩就站在门空这儿，她想引她走，但她不动，她就跟她讲，她现在真是什么都不在意了，你真是不懂我温小婉是个什么样的女人，我能缩能伸，我能高能低，我也受过苦，遭过害，但高芳芳，你看，我对人你可都看见了。她是没什么讲不出来的。高芳芳既有些厌恶她，又有点莫名的敬佩，当然她是个能干的女人。

她把她往左边引，那儿有低矮的灌丛，前边是水沟，还有一道水泥闸，这一带是环城河的东引河，这一点高芳芳还明白的，但为什么在这个地方建了一栋这么高的现代城，这是谁的主意？不过她离开这地方已经六年了，这六年什么不能发生？她有点着急，不想再耽搁太多的时间，温小婉问她，你小孩闹吗？怎么说呢？高芳芳没法讲清楚她的孩子，再说这样来讲孩子也似乎更加地让人晕乎，总之孩子她什么也不了解，这一点倒是事实。她们晕乎乎的情况大致相同，至少高芳芳是这么看的，但温小婉可是个有准备的人，她说过她接待过她哥哥老高，现在对于高芳芳她倒是可以让她了解清楚到底白雪是个什么样的人！

最终温小婉把高芳芳领到了这片建筑群差不多最拐角的一栋院子，院墙同样是带水渍的水泥墙，有些水泥已斑驳脱落，露出青色的灰砖，院中没有树，只有几株草茎样的东西长在墙头下边，在外边都可以看到，在这个位置你才发现原来那个后现代的高建筑在环城河的对岸，离这里有两座拱桥隔着。院子里传出一股腐烂的气息，她告诉高芳芳，白雪就住在里边。她想白雪原来离自己已经这么近了，院子的门是半开的，房门也是半开的，下午光线不错，这河边有不少老树，所以光影交杂，应该说这倒有了好风景一般，高芳芳就怔在院门那儿，右手扶门框上，感到有水渍从木头上浸出，门也快要腐透了。这与当初张峰说过的多么不同，那时他好像提到过这个白雪，提到过一个叫白雪的男人，和他那做大生意的前妻温小婉多么风光，可现在，高芳芳到了白雪住处了，觉着不对啊。她没有立即进去，就僵在门那儿。温小婉说她自己每天都要来。屋子共有三间，如果你进去，你就会看到白雪。

屋子，她知道肯定很潮湿，甚至屋顶上的落叶也潮滋滋的。天空中有鸟低低地飞过，高芳芳也抬不起头，有很沉的东西压在那儿。白雪就在这院中的房子里，房子很潮湿，发霉，浊浑，压抑，甚至肮脏，杂乱，在看得见的一扇窗户的外边晒着中药样的木楂，还有一块断砖压着一只毛茸茸的旧玩具，假如再伸头，看得见两三只花盆，里边的浮土正发着铁黑的光泽。这就是故乡啊，跟南方不同，那也很潮湿，但潮湿中有一种刚烈的决绝的气息，在这环城河边，在这个叫白雪的男人的院子外边，她只感到白雪十分特别，让他待在那吧，让他永远待在那吧。她终于说出这句话，让他永远待在那吧，她发现温小婉满脸的皮肤都暗暗地隐隐地拉紧着，她很不自在啊，她想也许她是让她进去，让她看一看白雪。但是，不！

13

女儿一定要带走那条她舅舅的大黄狗，她的这一点要求，高芳芳起初是不同意的，这次回故乡来，她对女儿的看法是，或许就不应该带她一起回来。当然她也早就明白是应该让孩子回故乡看看，她出生在南方，但是她生命的第一刻，是在故乡的，那个叫做张峰的男人是她的父亲。真是悲伤，真是往事不能重提，但带她回来是有道理的。不过女儿有女儿自己的想法，她要带走那条大黄狗，从她到值班室第一次跟大黄狗见了之后，便跟大黄狗有了特别的好感，似乎她都不想多问有关那个在道口守路的舅舅的事情了，她要这条大黄狗。大黄狗也老了许多，不过，孩子眼中呢，也许不这么看，再说大黄狗差不多跟女儿一般大，至少不比女儿小，女儿要把它带到南方去。但是，妈妈高芳芳很着急，她告诉女儿我们没有时间了，我们要马上走，我们要离开这，我们要回到南方去，我们要立刻动身。女儿不同意，女儿问妈妈，以前你没说没有时间啊，怎么就没有时间呢，还早啊。妈妈说，你不懂事，你小孩子懂什么？没有时间了，妈妈告诉你就是没有时间了，妈妈确实是真的感到没有时间了。女儿哭了起来，并且停不住，这使高芳芳的心情难以平静，她害怕自己急躁起来，她知道要是自己急躁起来，事情可能更加难以收拾。她要女儿听话，答应了女儿，只要带走大黄狗，就不要跟她谈任何条件了，不许闹，不许哭，不许跟妈妈怄气，现在妈妈有情况，心情不好着呢。可是妈妈，你有什么情况呢？女儿问。高芳芳没法回答她，跟她讲什么好呢。

她只好带着女儿回到了小刀山铁道岔口，果然那只大黄狗还是站在上次见到的地方，那个台阶的中部。女儿跑过去，拽着大黄狗的头，啊，大黄狗。诗人高芳芳觉着那大黄狗的脑袋就跟孩子舅舅的一样，她现在得相信女儿真有眼光，最起码比自己好，她倒也是直接，想把大黄狗带走，就跟妈妈闹。高芳芳想要不是来带走这大黄狗，完全可以乘上午的飞机离开故乡了，但现在不行了，时间虽然还要争取，但事情已然这样，有条大黄狗一起回南方，也许并非没有别的好处，但什么好处呢？她自己也不甚明了，但这只好是自己堵自己的嘴了。可时间真是不能这么瞎耗着，时间不能耗下去。女儿拉着大黄狗的耳朵，下了台阶，上了水泥沿，然后到了铁轨那儿。

中午温暖的阳光照在铁轨上，一直向前方看去，铁轨要转一个弯。女儿向着那拐弯的铁轨看，小刀山蜿蜒的南侧坡底正和稻田与土路交错着退缩。女儿、大黄狗和高芳芳沿着这铁轨向南边走，高芳芳知道张峰被杀的那天中午，他就是沿着这条铁路慢慢从城北那边走来的，向这小刀山走来的，现在女儿和大黄狗走在前边，她自己走在后面，她想不要催促女儿，女儿有女儿的考虑，女儿知道她应该知道的事情。大黄狗在铁轨左侧长小草的石子上走着，女儿走在铁路中间，高芳芳在后边。女儿问，妈妈，这次回来是看爸爸和舅舅的啊。妈妈说，是啊，爸爸和舅舅，可他们都不在了。女儿说，知道不在了，但你不是说他们不在了，也是在吗？在心里边啊。妈妈说，你记得这个就好，一个是爸爸，一个是舅舅。女儿说，是啊。她不停地看表，又看太阳，又看铁路，但她没有再催促女儿，她想女儿回来一趟不容易，她长这么大，第一次回故乡，既没有见到爸爸，也没有见到舅舅，真是不容易，不再说她，随她吧。她们和大黄狗就这样向着南边走去。

晚上，她带着女儿坐上了飞机，大黄狗是交给了货运公司办理宠物专运。在飞机上，她再次看表，低着头，女儿看着窗弦，静静地看着忽儿有点发暗的故乡的机场那空旷的草坪。她眼睛不时地盯着前边登机口那儿的布帘，一个接一个进来的旅客，都是陌生人。女儿的小腿晃着，女儿手里捏着一只糖果，她问妈妈，那个温阿姨为什么要给我糖啊。是啊，糖果是温小婉给的，温小婉没有见到她女儿，说实在的，很难过的人，都是，不见也罢，谁能受得住呢。这糖果真甜。女儿跟妈妈说，温阿姨真好，这糖好甜，女儿又问，这糖叫什么名字，回到顺德你还要买给我吃。妈妈说，叫硬糖果。女儿说，硬糖果，记住了。她跟女儿说话，眼睛却盯着登机口那儿，突然从头顶的某个按钮中发出了嗞嗞的声响，这是广播启动的声响，她嗓子提起来了，紧抓女儿的手松开来，头昂了起来，女儿望着她，嚼着硬糖果，看着妈妈，妈妈问女儿，你吃糖吧，再吃。

女儿还是望着她，但广播还是没有响起，她勾着头，又不想碍着女儿，朝窗弦外看，只有很小的角度，她看见有车子向飞机这边开来，广播还没有响起，这时她真是有些按捺不住了。这时隔着通道有一个人碰了她一下，问她，有什么事吗？她摇了摇头。飞机怎么还不起飞啊，登机口那儿已经没有人上来了。她再次勾着头，又看见了之前那辆车子，上边闪着红色的警灯，她决定认真地打量一下，似乎在移动，但很慢，终于向着这个停机坪驶来，她看到了硕大的航空图案，是导引车。她缩回了位子，广播又嗞嗞地响了两下，但听不到声音啊，她就这么挨着，听不到广播声，空姐已经站到机舱通道的中间和前部，微微地笑着，她想听广播到底响了没有，里边会有什么消息。

图书在版编目(CIP)数据

中如珠宝店:陈家桥中短篇小说集/陈家桥著 . —合肥:合肥工业大学出版社,2011. 7

ISBN 978 - 7 - 5650 - 0542 - 8

Ⅰ. ①中… Ⅱ. ①陈… Ⅲ. ①中篇小说—小说集—中国—当代②短篇小说—小说集—中国—当代 Ⅳ. ①I247. 7

中国版本图书馆 CIP 数据核字(2011)第 119849 号

中 如 珠 宝 店

——陈家桥中短篇小说集

陈家桥 著　　　　责任编辑 朱移山 霍俊檀 郭娟娟

出　版	合肥工业大学出版社	版　次	2011 年 7 月第 1 版
地　址	合肥市屯溪路 193 号	印　次	2011 年 7 月第 1 次印刷
邮　编	230009	开　本	710 毫米×1010 毫米 1/16
电　话	总编室:0551 - 2903038	印　张	22
	发行部:0551 - 2903198	字　数	380 千字
网　址	www. hfutpress. com. cn	印　刷	合肥学苑印务有限公司
E-mail	press@ hfutpress. com. cn	发　行	全国新华书店

ISBN 978 - 7 - 5650 - 0542 - 8　　　定价: 29. 00 元